Aus Freude am Lesen

btb

Pascal Mercier

Der Klavierstimmer
Roman

btb

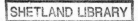

FSC

Mixed Sources
Product group from well-managed
forests and other controlled sources

Cert no. GFA-COC-001223
www.fsc.org
© 1996 Forest Stewardship Council

Verlagsgruppe Random House FSC-DEU-0100
Das FSC-zertifizierte Papier *Munken Print* für Taschenbücher aus
dem btb Verlag liefert Arctic Paper Munkedals AB, Schweden.

17. Auflage
Genehmigte Taschenbuchausgabe Oktober 2000,
btb Verlag in der Verlagsgruppe Random House GmbH, München
Copyright © 1998 by Albrecht Knaus Verlag,
in der Verlagsgruppe Random House GmbH, München
Umschlaggestaltung: Design Team München
Umschlagfoto: Guido Pretzl
Satz: Filmsatz Schröter GmbH, München
Druck und Einband: CPI – Clausen & Bosse, Leck
KR · Herstellung: BB
Printed in Germany
ISBN 978-3-442-72654-7

www.btb-verlag.de

Nous cherchons notre bonheur hors de nous-mêmes, et dans l'opinion des hommes, que nous connaissons flatteurs, peu sincères, sans équité, pleins d'envie, de caprices et de préventions: quelle bizarrerie!

Wir suchen unser Glück außerhalb von uns selbst, noch dazu im Urteil der Menschen, die wir doch als kriecherisch kennen und als wenig aufrichtig, als Menschen ohne Sinn für Gerechtigkeit, voller Mißgunst, Launen und Vorurteile: wie absurd!

LA BRUYÈRE

*All dies aufzuschreiben – es hat mir die
Gegenwart zurückgegeben, die ich vor
langer Zeit verloren hatte.*

PATRICE

*Läßt sich, was man einmal in Worte
gefaßt hat, weiterleben wie bisher? Oder
ist die stille Beschäftigung mit Worten die
wirkungsvollste Art, das Leben zu verändern – wirkungsvoller als die
lauteste Explosion?*

PATRICIA

Patrice

ERSTES HEFT

Jetzt, da alles vorbei ist, wollen wir aufschreiben, wie wir es erlebt haben. Wir werden den Erinnerungen allein gegenübertreten, ohne Verführung durch die Gegenwart des anderen. Die Berichte sollen wahrhaftig sein, ganz gleich, wie groß der Schmerz sein mag beim Lesen. Das haben wir uns versprochen. Nur so, hast du gesagt, vermöchten wir den Kerker unserer Liebe zu zerschlagen, die mit der gemeinsamen Geburt begann und bis zum heutigen Tage gedauert hat. Nur so könnten wir frei werden voneinander.

Du hast es gesagt, als wir in der Küche standen und die letzten Schlucke Kaffee aus den Zwillingsbechern tranken, die Maman am Abend meiner Ankunft aus dem hintersten Winkel des Buffets hervorgekramt hatte. Ihre Hände zitterten, und es wäre unmöglich gewesen, sie in ihrem verlorenen Lächeln, hinter dem sie einen Sprung in die unversehrte Vergangenheit versuchte, zu enttäuschen. So haben wir einen unsicheren Blick getauscht und die beiden blaßgelben Becher in die Hand genommen, du den heilen, ich denjenigen mit dem Sprung; wie früher. Wenn wir uns, weil wir keinen Schlaf fanden, nachts in der Küche trafen, hielten wir die Becher wie damals, und es schien mir, als würden sich unsere Bewegungen mit jedem Mal wieder ähnlicher. Nur angestoßen haben wir mit unserem Kaffee nicht wie früher, obwohl wir beide vom anderen wußten, daß er daran dachte. (In diesen Tagen waren wir füreinander wie aus Glas: hart und zerbrechlich zugleich, und in den Gedanken vollkommen durchsichtig.)

Zweimal hast du heute morgen den leeren Becher an die Lippen geführt, bevor du ihn ausspültest. Als du nach einem Au-

genblick des Zögerns zum Küchentuch griffst, um ihn zu trocknen, hatte ich die Hoffnung, du würdest ihn in die Reisetasche
stecken, die fertig gepackt im Entrée stand. Als einen Gegenstand, der uns über alle Abschiede hinaus verbände. Statt dessen tatest du den trockenen Becher in die Geschirrablage, als
müßte er noch weitertrocknen. Es geschah langsam und mit großer Behutsamkeit. Dann gingst du voran. In dem Blick, mit dem
du mich streiftest, lag erschöpfte Tapferkeit und der dunkle
Schimmer der Resignation, denn wie immer fiel dir die grausa-
me Rolle derjenigen zu, die den Abschied vollziehen mußte. Ich
war froh, daß dies noch nicht der letzte Blick war. Gleichzeitig
zitterte ich vor dem Moment, wo wir nachher unter der Haustür stehen würden, um den letzten Blick zu tauschen.

Deine Stiefel waren laut auf den Fliesen. Mit einer schnellen
Bewegung schlüpftest du in den Mantel und holtest die Handschuhe aus der Tasche. Während du sie anzogst, standest du mit
gesenktem Kopf vor mir. Nie wieder würde ich diese Hände auf
mir spüren. Ich dachte an die weißen Handschuhe aus Spitze
und öffnete die Tür, um das Bild zu verscheuchen. Dann begegneten sich unsere Blicke. Mit leise zitternden Lippen versuchtest du ein Lächeln, das deinen und meinen Schmerz,
wenn nicht zu leugnen, so doch zu verharmlosen suchte: Machen wir es uns nicht schwerer, als es ist! Einen entsetzlichen
Augenblick lang dachte ich, du würdest mir die Hand geben,
etwas, was wir – außer wenn wir andere spielerisch nachahm-
ten, so daß die Geste wie ein Zitat war – niemals getan haben.
Schon hattest du dich gebückt, um die Reisetasche aufzunehmen, da richtetest du dich wieder auf, und nun verlor sich
dein Blick in Tränen. Ich habe keine Ahnung, ob auch ich mich
bewegte, ich weiß nur, daß du auf mich zutratest wie sonst nie
in diesen Tagen und den Kopf an meine Schulter legtest. «Wir
werden alles aufschreiben, nicht wahr?» hast du geflüstert. Ich
nickte in dein Haar hinein, das anders roch als früher. Dann um-
armtest du mich mit der wunderbaren, entsetzlichen Rückhalt-
losigkeit eines letzten Males. In der Zeit gab es einen Sprung,
du standest am Gartentor und hobst die Hand, es war die glei-

che Bewegung wie bei zahllosen Gelegenheiten in ferner Vergangenheit. Auch ich hob die Hand, glaube ich. Und dann sah ich dich, wie damals, mit einer Reisetasche die Straße entlanggehen, zur Seite geneigt als Gegengewicht. Es war eine andere Tasche als damals, und jetzt, im November, konnte mein Blick dir länger durch die kahlen Bäume folgen als an jenem Sommermorgen unseres ersten Abschieds, als mir die Zeit verlorenging.

Nie werde ich vergessen, wie ich damals, vor sechs Jahren, von deiner Gegenwart auf dem Bettrand erwachte. Nicht die Bewegung des Hinsetzens war es, die mich weckte. Deine Nähe war es, dein Blick und der feine, kaum merkliche Geruch aus Seife und Parfum. Einen winzigen Moment lang glaubte ich, du wolltest zu mir kommen, und setzte an, die Arme nach dir auszustrecken. Doch dann sah ich im fahlen Licht der Morgendämmerung deine Reisekleidung. Nie zuvor bin ich so tief erschrocken wie damals, und jedes andere Erschrecken, das mir seither zugestoßen ist, war verglichen damit ein Nichts. Ich hoffe, nie wieder eine so große, so schmerzhafte Wachheit ertragen zu müssen wie in jenem Augenblick, als mir deine Absicht klar wurde. Du saßest sehr aufrecht, die Hände im Schoß. Es lag eine entsetzliche Bestimmtheit in dieser Haltung, und dein Blick besaß eine Entschlossenheit, die keinen Widerspruch duldete. «*Adieu*», sagtest du nur. Halb aufgerichtet wollte ich gerade fragen, wohin, da hast du nur stumm den Kopf geschüttelt. (Manchmal verfolgt mich dieses Kopfschütteln im Traum auch heute noch.) Wie nach einem Faustschlag sank ich ins Kissen zurück. Deine Entschlossenheit, so schien mir, geriet für einen Augenblick ins Wanken, als du meine Tränen sahst, und du schlossest die Augen, um in deinen Willen zurückzufinden. Immer noch mit geschlossenen Augen beugtest du dich plötzlich zu mir herunter und küßtest mich auf die Stirn. Dann warst du mit einer einzigen schnellen Bewegung bei der Tür, die du, ohne dich noch einmal umzudrehen, hinter dir zumachtest.

Ich hörte deine leisen Schritte auf der Treppe und im Entrée, und einmal das Schleifen von etwas, das deine Reisetasche sein mußte. Erst jetzt sprang ich auf und trat auf die Galerie. Du hattest den Schlüssel außen ins Schloß gesteckt, ich sah, wie sich die Tür lautlos schloß, und hörte, wie der Schnapper leise ins Schloß glitt. Ich stürzte ans Fenster. Seitlich geneigt gingst du mit unregelmäßigen, angestrengten Schritten die Straße entlang. Einmal setztest du die Tasche ab, um zu verschnaufen. Ich hoffte, du würdest dich umdrehen und zu meinem Fenster heraufblicken. Darüber vergaß ich zu atmen. Doch du standest nur da und massiertest die Hand. Dann nahmst du die Tasche in die andere Hand und gingst weiter, auf den Mexikoplatz zu und hinaus aus meinem Leben.

Damals breitete sich eine schreckliche Stille aus, die für lange Zeit auch den größten Lärm übertönen sollte: die Stille deiner Abwesenheit. Ich hörte das Geräusch einer jeden Bewegung, die ich machte. Vor allem meine Schritte hörte ich. Es kam mir vor, als sei ich nichts anderes als der Resonanzkörper für die Geräusche, die so schrecklich laut von deinem Verschwinden zeugten. Ich verließ das Haus in der Hoffnung, der Lärm der Straße würde die gespenstischen Laute der Stille aufsaugen. Doch weder das Aufheulen von Motoren noch das ohrenbetäubende Knattern von Preßlufthämmern vermochte der betäubenden Stille etwas anzuhaben. Ich hörte weiterhin jeden einzelnen meiner Schritte auf dem Pflaster, jedes Reiben des Ärmels an der Jacke, ja sogar jeden Atemzug, den ich tat. Im Haus spürte ich das Pochen meines Bluts und hörte – seit Jahren das erste Mal mit Bewußtsein – das Ticken der Pendule im Entrée. Von da an schien die Welt voll von tickenden Uhren zu sein, sogar das Ticken meiner Armbanduhr meinte ich zu hören. Nichts hätte die plötzliche Leere der Zeit, ihr dürftiges, lebloses und dennoch aufdringliches Verfließen besser zum Ausdruck bringen können als dieses Ticken.

Der heutige Abschied war noch nicht der letzte. Der endgültige steht uns noch bevor. Wir werden in Paris aus dem Bistro kommen, das du für diese Begegnung ausgesucht hast. Wie wird es aussehen? Werden wir unsere Aufzeichnungen gegeneinander über die Marmorplatte schieben wie bei einem Treffen von Spionen? Oder werden wir sie erst austauschen, wenn wir wieder draußen sind? Werden wir getrennt zahlen, oder werden wir versuchen, einander zu diesem letzten Kaffee einzuladen – du als die Gastgeberin, ich als der Besucher? Und was werden unsere letzten Worte sein? Worte eines solchen Abschieds haben wir nicht in unserem Repertoire. Es war nicht vorgesehen, daß wir sie eines Tages brauchen würden.

Wir werden auf der Straße stehen, jeder die Papiere des anderen in der Hand, um dann unserer Wege zu gehen, jeder einen anderen. Wie das sein wird – ich wage nicht daran zu denken.

*

Es ist Abend, und das Haus ist leergeräumt. Bis auf den Flügel, Vaters Schreibtisch, den Koffer mit den Partituren und das Sofa, auf dem ich schlafen werde. Vaters Arbeitszimmer, hatte ich den Möbelpackern gesagt, solle als letztes drankommen. Gegen Mittag kamen die Leute vom Klaviertransport und standen in blauer Arbeitskleidung um den glänzenden Steinway herum. Da geschah etwas mit mir, und ich schickte sie wieder weg. Dann gab ich Anweisung, was sonst noch dableiben sollte. Dem Möbelhändler sagte ich, er werde, wie vereinbart, auch die restlichen Sachen bekommen; nur jetzt noch nicht. Von Anfang an muß ich gespürt haben, daß ich hier noch nicht fertig bin. Daß ich Vater noch etwas schulde.

Eigentlich müßte ich jetzt im Flugzeug nach Santiago sitzen, und es stört mich, daß du mich über dem Ozean wähnst, während ich in Wirklichkeit hier an Vaters Schreibtisch sitze. Anrufen aber wäre gegen die Abmachung.

Als du heute morgen aus meinem Blickfeld verschwunden warst, konnte ich es kaum erwarten, den ersten Satz zu schreiben. Den Stift aufs Papier zu setzen, um zu dir zu sprechen, das würde verhindern, daß das unsichtbare Band zwischen uns zerrisse wie beim ersten, sprachlosen Abschied. Zumindest vorläufig würde es das verhindern. Jede Minute, die verstrich, ohne daß ich begonnen hatte, erschien mir bedrohlich. Doch dann fuhr der Möbelwagen vor, und ich hatte anderes zu tun.

Später ging ich in die Papeterie. Es sollten keine losen Blätter sein, auf denen ich unseren Pakt des Erzählens erfüllte, sondern Hefte. Das war im Flugzeug praktischer. Was ich mir nämlich vorstellte, war, während der sechzehn Stunden Flug ununterbrochen zu schreiben. Nur so wäre das Geräusch der Motoren erträglich, die mich unaufhaltsam von dir wegtrieben. Mit jedem Satz, den ich über uns schrieb, würde ich die Triebwerke und die äußerliche Distanz, die sie zwischen uns legten, verspotten. Nie wieder wollte ich eine Nacht erleben wie auf dem ersten Flug. Deshalb war es wichtig, daß mir auf keinen Fall das Papier ausginge. Ich nahm drei Hefte aus dem Regal, dann noch zwei. Schon draußen, kehrte ich um und kaufte weitere fünf dazu. Ich würde auf dem Flug nicht zehn Hefte füllen; das war es nicht. Was ich sicherstellen wollte, war, daß die Hefte bis zum Ende meines Berichts die gleichen blieben. Diese Gleichförmigkeit war – so kam es mir vor – ein Mittel, um mich gegen einen Abbruch unseres Gesprächs zu schützen. Auch wäre es gut, in Santiago einen Stoß von Heften zu haben, die aus der Papeterie stammten, in der wir beide über viele Jahre unsere Schreibwaren zu kaufen pflegten. Und so liegt jetzt ein Stoß von neun Reserveheften in der Schublade von Vaters Schreibtisch.

Noch während die Schritte der Möbelpacker im leer werdenden Haus hallten, begann ich zu schreiben. Die Männer, die vergeblich auf das Bier warteten, machten sich in halblauten, unwirschen Sprüchen lustig über mich, der ich dasaß, als ginge mich das Ganze nichts an. Auch Baranski, der Makler, der zur Schlüsselübergabe gekommen war, wußte nicht, was er von der Sache halten sollte. Kaum hatte ich ihn hereingelassen, setzte ich mich an den Schreibtisch und nahm den Stift zur Hand, ungeduldig auf den Moment wartend, wo ich würde weiterschreiben können. Er habe schon zwei Interessenten an der Hand, sagte er, die ein Haus zum 1. Dezember suchten, und vorher müsse ja noch renoviert werden. Ich konnte mich nicht konzentrieren. Vorläufig keine Besichtigungen, sagte ich ungeduldig. Und unser Vertrag? Vorläufig keine Besichtigungen, wiederholte ich. Was das denn hieße: «vorläufig»? Das könne ich ihm vorläufig nicht sagen, war meine Antwort. Die Reifen quietschten, als er abfuhr. Kaum war der letzte Möbelpacker durch die Tür, schloß ich zweimal ab. Ich habe mich unmöglich benommen. Es wird noch Ärger geben.

*

Ich denke zurück an jenen Anruf von dir, der das zerbrechliche Gehäuse meines neuen Lebens zum Einsturz bringen sollte. Wie unwirklich es war, aus dem Schlaf gerissen zu werden und im Rauschen der transatlantischen Leitung deine Stimme zu hören! *Ici Patricia*, sagtest du, als ich abnahm, und nicht wie früher *«C'est moi»*. Als ob ich deine Stimme nicht in jedem Augenblick und unter allen Umständen erkennen würde.

Dein Bericht war von atemloser Sachlichkeit. Anders als früher hätte ich deine Worte nachher nicht wiederholen können. Sie versanken in der Betäubung, die mich schon nach den ersten Sätzen umfing. Nur die nackten Informationen behielt ich: Antonio di Malfitano während einer Aufführung von *Tosca* erschossen. Vater im Gefängnis. Maman sei dabeigewesen, sage aber nichts. Und dann der Schluß des Gesprächs, nachdem es eine Weile still gewesen war: «Patrice?» «Ja.» «Du wirst doch kommen?» «Ja», sagte ich, «ich komme.» *«A bientôt.» «A bientôt.»* Ich war froh, daß du bereit warst, unsere gewohnten Worte des Abschieds zu tauschen. In diesem Augenblick war es wie früher. Ich konnte es kaum erwarten, dich wiederzusehen. Und ich habe noch nie vor etwas solche Angst gehabt.

Ich konnte es nicht glauben. Das würdest du niemals tun, Vater, dachte ich und wiederholte es mir in den nächsten Stunden hundertfach, laut und leise. Nicht Antonio di Malfitano, den Mann, dessen Stimme du vergöttert hast. Und gewiß nicht auf offener Bühne, die für dich wie ein Heiligtum war. Die Stimme zu vernichten, die du beim Schreiben deiner Partituren ständig im Ohr hattest: Das ist unvorstellbar.

Es kam mir damals ganz natürlich vor, Vater in Gedanken auf diese Weise anzusprechen. (Wobei es mir wichtig war, ihn *Vater* zu nennen und nicht *Papá*, wie du es – stets mit der französischen Betonung – zu tun pflegtest.) Erst im Laufe der folgenden Stunden wurde mir klar, daß ich es so noch nie getan hatte. Es war, das spürte ich allmählich, eine ganz neue Art, ihm zu begegnen. Es war eine Befreiung, darauf gekommen zu sein, und ich war verwundert, daß es der gespenstischen Nachricht von seiner undenkbaren Tat bedurft hatte, um mir diese Möglichkeit zu eröffnen. Jetzt, wo ich dir darüber berichte und die Worte, die ich damals an ihn richtete, nachträglich aufzeichne, habe ich das sonderbare Gefühl, Vater damit näher zu sein als früher, wenn ich bei ihm war. Richtig erklären kann ich es mir nicht. Vielleicht war es seine Aura der Einsamkeit, die mich vorher daran gehindert hatte, ihm so unmittelbar zu begegnen. Es ist, als müsse ich erst seine einsame Anwesenheit vergessen, um ihn mit meinen Gedanken ganz zu erreichen. (Wir alle haben – so kommt es mir nun vor – stets *über* ihn geredet statt *zu* ihm. Es klingt verrückt, aber ich möchte hinzufügen: Das war selbst dann so, wenn wir ihn, äußerlich gesehen, direkt angesprochen haben.)

Ich vermisse dich, Vater. Als ich damals verwirrt und ungläubig den Hörer auflegte, war es in Chile noch mitten in der Nacht, während für dich bereits der erste Tag hinter Gittern begonnen hatte. Du in Handschellen, dachte ich. Wie konnten sie das tun! Ich sah, wie die stählernen Ringe über deinen breiten Handgelenken zuschnappten, und hörte das Klicken. Wie ich dich kenne, sagte ich zu dir, wirst du kein Wort gesprochen haben, und auf deinem Gesicht wird jenes Lächeln erschienen sein, mit dem du der feindlichen Welt stets begegnet bist – jenes Lächeln, das Gygax, der Heimleiter, nicht ausstehen konnte. *Das arroganteste Kinderlächeln, das ich kenne.* Wie oft hast du diesen grausamen Ausspruch von ihm zitiert. Ich sehe, fuhr ich fort, das besondere Glitzern in deinen Augen, das wir geliebt und gefürchtet haben, Patty und ich. Diese Augen, sie wirken stets, als würdest du sie eine Spur zusammenkneifen, und zusammen mit den schmalen Lippen, die immer auf dem Sprung sind, sich zu einem spöttischen Lächeln zu büscheln, geben sie dem Gesicht den Ausdruck einer fortwährenden ironischen Distanz zu allem. Es ist, als würdest du das Gesicht stets ein bißchen nach vorne schieben, und dieses Schieben kommt nicht vom Hals, überhaupt kommt es nicht von etwas Körperlichem, es kommt aus deinem Inneren, aus derselben Quelle wie das Glitzern in den Augen. Allen, die dich nicht kennen, erscheinst du dadurch wie einer, der die Welt von einem inneren Hochsitz aus betrachtet.

Und doch könnte nichts weiter von der Wahrheit entfernt sein. Patty und ich, wir pflegten zueinander zu sagen: Er weiß es nicht, aber durch dieses Schieben des Gesichts und den oft überwachen Blick versucht er in jedem Augenblick, den Startnachteil auszugleichen, den er als Waisenkind hatte. Was an diesem Gesicht arrogant erscheinen mag, enthält in Wirklichkeit die Botschaft: Ich war im Hintertreffen, und damals, als Kind, konnte es scheinen, als würde ich es nie schaffen. Aber ich habe aufgeholt, und nun bin ich hier und weiß über Musik alles. Das soll mir einer nachmachen. Ihr, die ihr das bessere Los gezogen habt, wißt nichts von der Anstrengung und den Demütigungen, die hinter mir liegen.

Erst als dieses lautlose Gespräch mit Vater zu Ende war, machte ich damals Licht. Die Wohnung kam mir mit einemmal fremd vor, obwohl ich schon vier Jahre dort gelebt hatte. Dein Anruf, Patty, er hatte eine alte Empfindung von neuem aufbrechen lassen: daß die Dinge ihre Fremdheit für mich erst verlieren, wenn auch du sie gesehen hast. Wenn ich geglaubt hatte, mir diese Räume auch ohne dich zu eigen gemacht zu haben, so wurde ich in jenem Augenblick eines Besseren belehrt: Es hatte sich um bloße Gewöhnung gehandelt. Zu einem Teil von mir würden sie erst dadurch werden können, daß ich sie mit dir teilte. Insgeheim, da bin ich sicher, habe ich darauf gewartet, daß du sie eines Tages betreten und mir dadurch gewissermaßen übereignen würdest.

Bevor ich nach deinem Anruf in die Küche ging, um Kaffee

zu machen, rief ich am Flughafen an, wohl wissend, daß es dafür noch zu früh war. Als ich dann den Tauchsieder in der Hand hielt, dachte ich an Vaters Tauchsieder. Mit diesem verbeulten Ding, Vater, pflegtest du dir dein Kaffeewasser zu machen, wenn du, lange vor uns anderen, aufgestanden warst, um noch ein, zwei Stunden Noten zu schreiben, bevor du ins Geschäft mußtest. Ich sehe dich in der Küche stehen, den schäbigen Topf in der Hand, umgeben von ausgesuchten italienischen Kacheln und einer endlosen Reihe von Pfannen und Töpfen aus blitzendem Kupfer.

Maman hat ihn gehaßt, deinen Tauchsieder mit dem wackligen Griff. Wenn sie dich dabei überraschte, daß du ihn herausholtest, statt eine der beiden Kaffeemaschinen einzuschalten, ging sie wortlos hinaus. Es war wie mit der alten Füllfeder, die ebenfalls aus deiner Junggesellenzeit stammte. Maman hat dir im Laufe der Jahre sicher ein Dutzend der edelsten Füller geschenkt. Deine Partituren aber hast du alle mit der alten Feder geschrieben, deren Griff vom vielen Gebrauch matt und gräulich geworden war. Oder der uralte Geldbeutel, den du heimlich zum Sattler brachtest, statt ihn gegen eines der eleganten Portemonnaies auszutauschen, welche Maman dir aufdrängte. Stumm hast du dich mit solchen Dingen in einer Familie behauptet, in der du immer ein Fremdling warst.

Weißt du, Vater, was mir als erstes durch den Sinn ging, kaum hatte ich in Santiago den Hörer aufgelegt? Deine heisere Stimme, wenn du über Erfolg sprachst. Es war dann, als streiftest du die alltägliche Stimme ab und schlüpftest in einen neuen, bedeutungsschweren Tonfall voller Geheimnisse. Etwa wenn du von Verdis, Puccinis oder Massenets Erfolgen sprachst und überhaupt vom Durchbruch, der jemandem gelungen war. Sie hatte viele Schattierungen, diese besondere Stimme. Ich weiß nicht warum, aber man wußte, auch wenn man eben erst dazugekommen war, sofort, ob du von einem Erfolg oder einem Mißerfolg sprachst. Der Klang verriet es, noch bevor man den Inhalt verstanden hatte. Es lag düsterer Triumph in deiner Heiserkeit, wenn die Rede von einem Großen war, dem der Erfolg bei einem später gefeierten Werk lange versagt geblieben war, wie Beethoven beim *Fidelio*. Wobei ich nie sicher war, ob der Triumph der späteren Anerkennung galt oder der Tatsache, daß auch Große manchmal lange auf sie warten müssen.

Nichts jedoch glich derjenigen Tonlage, die du anschlugst, wenn es um deinen Helden ging, dem der Erfolg ein Leben lang versagt geblieben war: Cesare Cattolica. Es gab diesen einen Satz über ihn, den ich bei zahllosen Gelegenheiten von dir gehört habe: *Niemand wollte seine Musik hören.* Und jedesmal war es, als sagtest du: *Niemand will meine Musik hören* – ein Satz, den du nie ausgesprochen hast, dazu warst du zu stolz. Niemand *wollte seine Musik hören.* So sagtest du, wenn du traurig und verzweifelt warst. Keiner *wollte seine Musik hören.* So drücktest du dich aus, wenn Wut und Verbitterung dich beherrschten. Es war, als wendetest du dich mit dem Wort keiner an jeden einzelnen und klagtest ihn an – als schrittest du eine endlose Front von einzelnen ab, vor die du der Reihe nach hintratest, um ihnen deine heisere Anklage entgegenzuschleudern. Dein Blick bekam eine hilflose Heftigkeit, der Haß beigemischt war, ein anonymer Haß, der keiner bestimmten Person galt. Du sahst in solchen Momenten niemanden an, sondern blicktest an allen vorbei, und in dem Blick lag Anklage, nein, eigentlich nicht Anklage, sondern etwas, was darüber hinausging, nämlich das mit Verachtung gepaarte Wissen, daß niemand der Anwesenden, ja überhaupt niemand außer Cattolica und dir, Vater, ermessen konnte, was das bedeutete: daß niemand die Musik hören wollte, die man geschrieben hatte. Die anderen, zu denen du sprachst, waren nur Publikum, Staffage für die verzweifelte Botschaft, von der dich niemand erlösen konnte. Dein Blick war voll von brennender Einsamkeit, für die man sich keinen kraftvolleren Ausdruck hätte denken können als die Heiserkeit deiner Stimme.

Als ich damals, nach Pattys Anruf, mit dem dampfenden Kaffeebecher in meiner Küche in Santiago stand, war ich vollkommen sicher, Vater, daß wenn du es – was unmöglich schien – doch getan hattest, du gewissermaßen aus dieser Heiserkeit heraus geschossen hattest; daß es deine heisere Einsamkeit war, die sich in dem Schuß entladen hatte. Nach einer Weile dann spürte ich, daß hinter meinem Rücken etwas Überraschendes geschehen war: Mein Ekel vor deinen heiseren Erfolgspredigten war verschwunden, ein Ekel, der in den letzten Jahren zu Hause übermächtig geworden war und mich hierhergetrieben hatte. Ich hatte in die andere Hemisphäre reisen, einen Ozean von Wasser sowie einen ganzen Kontinent zwischen mich und diese Heiserkeit legen müssen, um ihrer erstickenden Eindringlichkeit zu entfliehen. Ans andere Ende der Welt war ich geflohen. Doch jetzt, wo ich dich mit deinem übertrieben geraden Rücken auf einer Gefängnispritsche sitzen sah, hatte deine Heiserkeit plötzlich alles Bedrängende verloren. Jetzt gehörte sie nur noch dir allein; sie war nichts mehr zwischen uns. Überhaupt hatte sie kein Ziel mehr, sondern war nur noch ein Aufschrei, vor dem ich wiederum fliehen wollte, doch nun nicht mehr, weil deine heisere Stimme mir die Zukunft zu rauben drohte, sondern weil ich spürte, wie schrecklich der Schmerz dahinter sein mußte.

Erfolg macht unantastbar. Ich hörte diesen Satz jeweils lange, bevor du ihn wirklich aussprachst, und ich versuchte mich dagegen zu schützen, indem ich mich innerlich taub stellte, damit er wie eine Lautfolge ohne Bedeutung an mir vorbeirauschen möge. Jetzt, wo eine Zellentür hinter dir ins Schloß gefallen war, mußte ich mich vor dem Satz erneut schützen. Doch nun war es anders als früher. Voller Scham dachte ich daran, wie ich deine Heiserkeit manchmal nachgeäfft hatte im hilflosen Versuch, mich dagegen zu wehren. Auf einmal konnte ich es kaum erwarten, deine heisere Stimme wieder zu hören.

Als ich dich vor dem Gefängnis wiedersah, war sie verschwunden, die früher so verhaßte Heiserkeit. Du warst so leer ohne sie, Vater, so matt und ohne Zukunft. Die Heiserkeit war doch auch die Stimmlage der Hoffnung und des Träumens gewesen. Ich hätte alles darum gegeben, sie noch einmal hören und dich noch einmal als Träumer erleben zu können. Ich vermisse dich, Vater. Und ich wünschte, ich hätte dich auf eine Weise berühren können, die den Griff der Polizisten, als sie dich abführten, ausgelöscht und dich in der Unantastbarkeit, nach der du dich stets gesehnt hast, wiederhergestellt hätte.

In Santiago begann es zu dämmern, langsam und zögernd wie an regnerischen Tagen immer. Ich trat auf meinen winzigen Balkon und lehnte mich auf das rostige Geländer. Die ersten Lastwagen donnerten vorbei. Ende Oktober, der Frühling hatte begonnen. Nicht nur meine Wohnung wirkte jetzt fremd. Die Fremdheit dehnte sich auf die ganze Stadt aus und auf die verschneiten Kordilleren, von denen sie umgeben ist. Nie, Patty, ist dein Blick über diese Szenerie geglitten, nie hast du leibhaftig neben mir gestanden und sie mit mir zusammen betrachtet, wenngleich ich mich in der ersten Zeit manchmal in diese Illusion vergrub und laut mit dir zu sprechen begann, bis ich einmal den verwunderten Blick meiner Nachbarin auffing, die sich erschrocken zurückzog, als hätte sie etwas Krankes gesehen. Weißt du noch, wie gut wir das schon als kleine Kinder konnten: etwas in so vollständigem Gleichklang betrachten, daß unsere Blicke ihre Getrenntheit verloren und miteinander verschmolzen? Und wie glücklich wir dabei waren?

Ich erschrak, als meine Gedanken eine abrupte Wendung nahmen und ich dachte: Gekonnt hätte er es. Vater, das wußten wir, war ein guter Schütze, der zweitbeste in der Kompanie. Hugentobler bekam den Preis, aber nur deshalb, weil er mogelte. Nie hat Vater vergessen, das hinzuzufügen. Erinnerst du dich an den verschlagenen Ausdruck, den sein Gesicht dabei annahm – als sei er wieder auf dem Schulhof und bereit, sich mit allen, auch den gemeinsten Tricks zu verteidigen? Ich kann mir vorstellen: Damit, mit seiner wortlosen Treffsicherheit, hat er sich bei den anderen, die den schweigsamen Außenseiter mieden, Respekt verschafft.

Ja, Vater, du hättest es gekonnt, dachte ich. Und *Tosca* war die perfekte Gelegenheit: Man könnte es kurz vor Ende tun, wenn Mario Cavaradossi, der Maler, auf der Engelsburg vom angetretenen Kommando erschossen wird, angeblich nur zum Schein, doch Scarpia hat sein Wort gebrochen, und die Schüsse sind echt. Man könnte gleichzeitig mit den Soldaten schießen, dann fiele der Knall nicht auf. Den genauen Zeitpunkt, den hättest du mühelos getroffen, Vater, du kennst jeden Takt dieser Oper, so wie du jeden Takt jeder Oper kennst.

Aber du hättest aufstehen und vor aller Augen die Waffe auf die Bühne richten müssen. Es ist viel zu melodramatisch, es paßt nicht zu dir. Oder doch?

Und dann hatte ich plötzlich das Gefühl zu verstehen: Sollte Vater es tatsächlich getan haben, dann hatte ihn das Theatralische seines Tuns nicht gestört. Im Gegenteil: Es war wie die Szene in einer Oper. So ergab es einen Sinn. Zugleich aber war es undenkbar. Auf einen anderen hätte er vielleicht zielen können, einen wie Gygax, den Heimleiter. Aber nicht auf Antonio di Malfitano.

Ich fror und ging hinein, um am Flughafen anzurufen.

*

Es war ein sonderbares Erwachen im leeren Haus. Ich hatte nicht daran gedacht, die Fensterläden zu schließen, und ohne die Gardinen ist es an einem frostklaren Morgen blendend hell in den Räumen. Das Sonnenlicht brach sich in den schwarzglänzenden Flächen des Flügels, die Vater so sehr liebte. Das gestrige Ausräumen hatte dort Staub hinterlassen, und als erstes nahm ich das Taschentuch und wischte ihn weg. So hätte es auch Vater gemacht. Ich wischte lange, viel länger als nötig, und nach dem Kaffee noch einmal. Dann stand ich lange am Fenster und überlegte, ob ich zum Grab gehen sollte. Doch das war es nicht, worum es ging. Was aber war es dann, was ich Vater schuldete?

Ich schloß den Metallkoffer auf und nahm seine Partituren heraus. Eine nach der anderen wog ich sie in der Hand. Vierzehn Opern, das Werk von dreißig Jahren. Natürlich habe ich gewußt, daß es viele waren. Trotzdem hat es mich erschüttert: Da war immer noch eine und noch eine und noch eine. Blütenweißes Papier, jede Note mit kalligraphischer Sorgfalt hingemalt. Wie wir uns doch diesen Noten, diesen Tönen gegenüber verschlossen haben, du und ich! Geradezu verbarrikadiert haben wir uns im Inneren, bis daraus schließlich eine selbstauferlegte Taubheit wurde. Lange saß ich und blätterte. Ich kam mir vor wie ein Analphabet vor einem Buch. Ich, der Sohn eines Komponisten.

Der erste Brief, den Vater mir nach Chile schickte, kam mir in den Sinn. Von den vielen Briefen, die aus Berlin kamen, war er der einzige, den ich öffnete. Ich kann ihn auswendig. Er verfolgte mich bis in die Träume hinein. Wochenlang suchte ich nach Worten, um ihm zu antworten, und fand sie nicht. *Ohne Euch ist es leer hier,* schrieb er. *In den ersten Tagen konnte ich nicht komponieren. Jetzt geht es wieder. Warum bist Du weggegangen? Ich verstehe es nicht. Hattet Ihr es nicht gut hier? War ich ein so schlechter Vater? Es tut mir leid. Ich vermisse Dich (und auch Patricia). Es geht mir eine Melodie durch den Kopf. Sie ist für Dich. Chile, das ist so weit weg. Du willst sicher nicht, daß ich Dich besuche. Sonst wärst Du nicht geflohen. Ich hoffe, Du wirst dort Erfolg haben. Ich denke an Dich. Vater. P. S. Den Hausschlüssel bewahre ich für Dich auf.*

Ich habe ihn nie beantwortet, diesen Brief. Die richtigen Worte, sie kamen erst heute. Zuerst sagte ich sie leise, dann sprach ich sie laut in den hallenden Raum hinein. Dabei stand ich auf und begann, auf und ab zu gehen. So war es leichter, mich zu verteidigen. Ja, Vater, sagte ich zu ihm, es war eine Flucht. So schrecklich das auch klingt. Eine Flucht vor vielem, nicht nur vor dir. Aber auch vor dir. Oder eigentlich nicht vor dir, sondern vor deinem übermächtigen, versklavenden Traum vom Erfolg, deiner aberwitzigen, dich verzehrenden Sehnsucht nach Anerkennung für deine Musik. Ich habe es nicht mehr ertragen, einfach nicht mehr ausgehalten, in dem Haus zu leben, wo du jede freie Minute mit deinen Partituren verbrachtest, den wirklichen und den erträumten, stets den Durchbruch vor Augen, den rauschenden Applaus nach der Aufführung deiner Werke.

Lange Zeit war es große Ehrfurcht, was Patty und ich empfanden, wenn wir dich beim Notenschreiben sahen. Der gewaltige Schreibtisch aus Mahagoni, der schöne aber unbequeme

Stuhl, du mit kerzengeradem Rücken auf der äußersten Kante, ein Anlehnen und Ausruhen kam nicht in Frage, viel zu ernst war deine Mission, wie ein Mönch in seiner Zelle saßest du da, das Gesicht nach vorne geschoben, den Blick unverwandt auf die Partitur gerichtet, verloren für alles außer der Musik: Für uns Kinder war dies das Sinnbild des Wichtigen – auch wenn wir keine Ahnung hatten, was wir darunter verstanden. Manchmal haben wir die Tür einen Spaltbreit geöffnet und dich in deiner Versunkenheit betrachtet, umgeben von einer Stille, die nur durch das kratzende Geräusch der Feder auf dem Notenpapier unterbrochen wurde. Der Gegensatz zwischen dieser Stille und der Musik, die, wie wir wußten, in dir erklang – er war ein Mysterium, wunderbar und ein bißchen auch beängstigend. Das, Vater, ist das Bild, durch das du all die Jahre in mir gegenwärtig warst.

Zu diesem Bild gehört auch das rhythmische Bewegen des Kopfes, ein langsames seitliches Schaukeln, manchmal unterbrochen durch ein sanftes Kreisen. Das Notenschreiben war die einzige Gelegenheit, bei der du in diese sonderbare Bewegung verfielst, die für mich unauflöslich mit dem Anblick deines Gesichts verbunden ist. Sie gab dir etwas von einem selbstvergessenen Kind und auch etwas von einem Schlafwandler, der abstürzte, würde man ihn aufwecken. Einmal, Patty und ich mochten acht oder neun sein, sahen wir dich so, als wir vom Spielen kamen und noch in ausgelassener Stimmung waren. Wir rannten weg, um ungehört in prustendes Lachen ausbrechen zu können, so komisch berührte uns dein Schaukeln. Doch dann geschah etwas Sonderbares: Kaum hatten wir uns Luft gemacht, erstarb uns das Lachen, und wir blickten uns voller Scham an: Wie du da am Schreibtisch saßest, schaukelnd und kreisend in deiner einsamen Welt, das war nichts, über das man sich lustig machen durfte. An jenem Abend waren wir beim Essen stiller als sonst und wetteiferten darin, dir das Salz, das Brot und andere Dinge zu reichen.

Was sich mir mit unauslöschlicher Beklemmung ins Gedächtnis eingegraben hat, sind die Berge von Notenpapier, mit denen sich der riesige Papierkorb füllte, lauter angefangene Blätter, die du wegwarfst, weil dir ein Fehler unterlaufen war und du es nicht ertragen konntest, auch nur eine einzige durchgestrichene oder ausradierte Note zu sehen, die das Gesamtbild eines makellosen Partiturenblatts gestört hätte. Oft genug geschah es, daß die alte Feder spritzte, und auch dann warfst du das Blatt weg. Ich weiß nicht, was von beidem ich schlimmer fand, wenn ich, noch ein Kind, bei abgeschlossener Tür den Papierkorb untersuchte wie eine geheime Akte: ein nahezu leeres Blatt, auf dem dir schon bei der ersten Note ein Mißgeschick passiert war, oder ein praktisch fertiges Blatt, bei dem in der untersten Ecke ein kleiner Spritzer zu sehen war.

Doch nicht dein stilles, sehnsüchtiges, mönchisches Arbeiten mit all seiner Komik war es, das unerträglich wurde. Es war der Mißerfolg und das, was er aus dir gemacht hat. Denn die eingesandten Partituren kamen zurück, eine nach der anderen, Jahr für Jahr. Sie kamen mit der gewöhnlichen Paketpost. Als seien es irgendwelche beliebigen Waren, hast du einmal gesagt; warum sie nicht als Wertpakete geschickt würden, das wäre doch das mindeste. Immerhin waren es Originale, die Seiten gefüllt mit handschriftlichen Noten, die Arbeit von vielen hundert Stunden.

Einmal, da fand ich einen Ausschreibungstext für einen der vielen Wettbewerbe, an denen du teilgenommen hast. Darin gab es einen fettgedruckten Absatz, in dem darum gebeten wurde, aus Sicherheitsgründen auf keinen Fall das handschriftliche Original der Partituren einzusenden, sondern eine gute Fotokopie. Trotzdem hast du stets das Original eingesandt. Es war, als ob du die Welt zur Anerkennung deiner Leistung zwingen wolltest, indem du ihr das unmittelbare Werk deiner Hände vorzeigtest. Damit es den Mächtigen möglichst schwerfiele, es abzulehnen, schwerer, als wenn eine Kopie käme, die durch ihr neutrales Schwarz etwas Anonymes an sich hatte, hinter dem der Autor verschwand. Du wolltest der Jury in jeder Note aufs lebendigste gegenwärtig sein als einer, den es verletzen mußte, wenn man sein Werk zurückwies.

Dazu paßte die heilige, andächtige Sorgfalt, mit der du die Partitur jeweils einpacktest, mit Unmengen von Seidenpapier zum Polstern. Alle Schachteln, die bei uns leer wurden, hast du mit einem prüfenden Blick betrachtet: ob sie geeignet wären, darin eine Partitur zu verschicken. Manchmal hast du sie angefaßt, manchmal nur betrachtet, aufmerksamer als man sonst ein Stück Verpackungsmaterial betrachtet. Alle kannten wir diesen Blick von dir, Patty und ich sahen beklommen weg, und in Mamans Augen war Überdruß zu lesen. «Die ist zu groß», sagte sie einmal, kaum hattest du die Schachtel in Augenschein genommen. Du standest da wie geohrfeigt: daß man dich so erraten konnte.

Meistens kamen die Pakete mit den abgelehnten Partituren, während du im Geschäft warst. Maman nahm sie in Empfang und legte sie dir auf den Schreibtisch. Schon als Knirps spürte ich, daß es mit diesen Paketen etwas Besonderes auf sich hatte; daß es ungut, ja gefährlich war, wenn sie kamen. Es war, als ginge von ihnen eine Strahlung aus, welche die Atmosphäre vergiftete. Eine bedrückende Stille lag dann über allem, du erschienst nicht zum Abendessen, und wenn wir dich holen wollten, wurden wir zurückgepfiffen.

Später, als wir mehr verstanden, entwickelten wir einen sechsten Sinn: Kaum hatten wir, von der Schule kommend, die Genfer Wohnung und später dieses Haus hier betreten, wußten wir, daß es wieder einmal soweit war; wir brauchten dazu nicht einmal Mamans Gesicht zu sehen. Ich habe keine Ahnung, woran es lag, aber wir wußten es. Wenn wir dann einen Blick in dein Arbeitszimmer warfen, lag es regelmäßig da, das gefürchtete Paket. Und auch du schienst es schon im voraus zu ahnen: Dein Gang ins Arbeitszimmer war an solchen Tagen steifer und hektischer, dein Gesicht verschlossen, als müßtest du all deine Kraft versammeln, um der neuerlichen Enttäuschung zu trotzen, die dich hinter der Tür erwartete, vor der du einen Moment länger stehen bliebst als sonst, es war ein leises, winziges Stocken, das nur derjenige wahrzunehmen vermochte, der die Vorahnung mit dir teilte.

Manchmal kamen die Pakete während der Schulferien, wenn auch du dir freigenommen hattest. Du trugst sie stets unter dem linken Arm, nie anders, nie mit beiden Händen. Es hatte etwas so Bitteres und Gedemütigtes, dieses Tragen. Und wie du zu dem Postboten «*Merci*» sagtest: mit der unterwürfigen und doch auch trotzigen Biederkeit, die nur ein Deutschschweizer in dieses Wort hineinlegen kann. Damit muß ich allein fertig werden, sagte dein Ton, Sie persönlich können natürlich nichts dafür, andererseits gehören auch Sie zu der Welt draußen, in der man meine Musik nicht hören will ... Es war entsetzlich, Vater. Und jedes weitere Mal noch ein bißchen entsetzlicher.

Mit verzweifelter, hohler Geschäftigkeit holtest du die große Schere aus dem Schreibtisch. Aus unerfindlichen Gründen spanntest du die Schnur zusätzlich an, so daß es einen dumpfen Knall gab, wenn sie zerschnitten wurde. Dann durchtrenntest du das Klebeband, faltetest das Papier und den Karton auseinander – alles so routiniert, als lägen schon Tausende von Absagen hinter dir. Aus der anhaltenden Geschäftigkeit und Energie hätte man beinahe schließen können, daß du, entgegen aller Erfahrung, trotz der Rücksendung mit einer positiven Antwort rechnetest. Die Verpackung stopftest du in den Papierkorb zu den zerknüllten Notenblättern. Mit scheuem, verhaltenem Stolz bliebst du vor der gebundenen Partitur stehen und legtest die Hand darauf ohne zu blättern. Erst jetzt setztest du dich hin und machtest den Begleitbrief auf.

Ich werde nie vergessen, wie versteinert dein Gesicht war, während der Blick über die Zeilen eines förmlichen Absagetexts glitt. Es mußte die Festigkeit von Fels haben, dieses Gesicht, um der Enttäuschung standhalten zu können, die so vertraut war und dir trotzdem so weh tat wie beim erstenmal. Langsam faltetest du den Brief wieder zusammen, tatest ihn zurück in den Umschlag und – ich zuckte zusammen – warfst das Ganze mit erbitterter Beiläufigkeit in den Papierkorb. Dann zündetest du dir eine Zigarette an, griffst zur Feder und schriebst an der Partitur weiter, die gerade in Arbeit war. All dies habe ich im Laufe der Jahre nur zwei- oder dreimal beobachtet. Aber ich weiß, daß alles immer auf die genau gleiche Weise geschehen ist. So warst du.

Es war unmöglich, dich zu trösten, Vater. Ich meine es in den Gliedern zu spüren, wie ich zu dir gehen und dich berühren wollte. Ich probierte es innerlich aus: wo und wie ich neben dir stehen würde; ob ich dir den Arm um die Schulter legen oder dir übers Haar fahren könnte; was für Worte sich sagen ließen. Am liebsten hätte ich gesagt: Nimm das Urteil der anderen nicht so wichtig; du schreibst deine Musik doch vor allem für dich selbst. Als Feststellung stimmte das natürlich nicht; ich hätte es als Empfehlung sagen wollen. Aber ich spürte: Das war etwas, was man dir nicht sagen konnte. Dir den Vorschlag zu machen, die Dinge so zu sehen – das hätte dir wie Hohn geklungen. Denn es war falsch, und wir beide wußten, daß es falsch war. Es wäre die billigste aller Tröstungen gewesen, die Tröstung durch Lüge. Eine Lüge, wie einer sie ausspricht, wenn er sich den Schmerz des anderen vom Hals schaffen will, statt ihn zu teilen. Du schriebst die Musik für die anderen: Sie sollten dich dafür lieben. Jede einzelne deiner Noten, die du kalligraphisch auf die Linien setztest, war getragen von dieser Sehnsucht nach Anerkennung.

Das Schlimmste war: Man konnte sie nicht verfluchen, deine Sehnsucht, wie man sonst Wunsch und Willen eines anderen verfluchen mag, weil sie ihn zerstören. Denn deine Sehnsucht war so gut, so mühelos zu verstehen. Du warst alles andere als erfolgsüchtig, obwohl dein Bedürfnis nach Erfolg wie eine Sucht war. Denn das eine warst du nicht: eitel und selbstverliebt. Sie sollten dich nicht großartig finden, damit auch du dir großartig vorkämest. Was du suchtest, war das Gefühl, angenommen zu sein, aufgehoben im Wohlwollen der anderen.

Das einzig Aufrichtige wäre gewesen, mit dir durch die Enttäuschung hindurchzugehen, sie mir zu eigen zu machen, auch wenn sie nicht meine war. Kann man das? Ich weiß es nicht, Vater, und ich denke, auch das hättest du nicht gewollt.

Du wolltest die Einsamkeit in deiner Enttäuschung. Auf sonderbare Weise wolltest du sie als Gegenstück zu der ersehnten, überbordenden Anerkennung, von der du träumtest. Es war, als wäre dir der Applaus fade und wertlos vorgekommen, wenn ihm in deinem Inneren nicht die kompromißlose Einsamkeit einer Ablehnung entsprochen hätte. Deshalb wohl kam es mir unmöglich vor, dich zu berühren oder auch nur neben dich zu treten, um dir meine Verbundenheit zu zeigen. Es wäre mir anmaßend erschienen.

Nein, es war nicht möglich, dich zu trösten. Auch deshalb bin ich geflohen.

*

So sprach ich zu Vater. Dann setzte ich mich an den Schreibtisch und stellte mir vor, ich sei es, der seinem Sohn jenen Brief nach Chile schriebe. Ich hatte das Gefühl zu ersticken, sobald ich mir die kurzen, hölzernen Sätze nicht nur zitierend vorsagte, sondern sie *dachte*, hier dachte, genau hier, wo Vater sie gedacht hatte. Plötzlich wußte ich, weshalb ich hiergeblieben war.

Durch ein Berlin, das mich nichts anging, fuhr ich zur Hochschule der Künste und machte am Schwarzen Brett einen Aushang: Ich würde jemanden suchen, der mir unbekannte Opernpartituren als Klavierauszug vorspielen könne.

Kaum war ich zurück, meldete sich am Telefon eine junge Französin, deren Vater in der Botschaft arbeitet. Juliette Arnaud heißt sie. Ihre erste Frage war, ob ich der Sohn von Monsieur Frédéric sei. Ich war verblüfft, doch inzwischen weiß ich: Vater war vielen Studenten der Hochschule ein Begriff. Er beriet sie im Steinway-Haus beim Kauf eines Klaviers, und er ging mit ihnen, wenn sie sich auf eine Annonce hin ein gebrauchtes ansehen wollten. Er genoß den Ruf eines unbestechlichen Experten, dem man bei Klavieren nichts vormachen konnte. Auch gestimmt hat er sie, wenn sie nachher in den Studentenbuden standen; mehrmals, wegen Temperatur und Feuchtigkeit, und unentgeltlich.

Still saß er anschließend in der Studentenküche beim Wein. Nur wenn sie ihn aufforderten, vom Klavierbau zu erzählen, konnte er reden. Und wenn er sich dann durch die Aufmerksamkeit der anderen angenommen fühlte, stellte er ab und zu auch eine Frage nach ihrem Leben, die durch eine sonderbare Einfachheit beeindruckte, die Art von Einfachheit, welche die ersten Fragen eines Laien an sich haben, wenn er sich einem fremden Gegenstand zuwendet. Wie das sei, in einer richtigen Familie aufzuwachsen, mit Vater, Mutter und Geschwistern, wollte er wissen. Was ihn vor allem interessierte: wie es bei den gemeinsamen Mahlzeiten sei, was man da rede, ob man immer rede oder manchmal auch schweige, und ob das dann unangenehm sei, peinlich. Und: was junge Menschen, wie sie es seien, dazu bewegen könne wegzugehen, wenn sie vorher in einer Familie aufgehoben waren.

Anfänglich grinsten die Studenten, die an Familienspaziergänge und ähnliches zurückdachten. Doch etwas an Vaters Art zu fragen ließ das Grinsen bald verschwinden. Die Einsamkeit, die aus seinen Fragen sprach, füllte die Küche, und plötzlich fingen diese Experten in Familienzynismus an, nach ernsthaften Antworten auf Vaters Fragen zu suchen. Wenn er dann aufbrach, fanden sie es schade und luden ihn ein wiederzukommen. Er kam nie wieder. Man stand, wenn Vater gegangen war, linkisch herum wie sonst nie, niemand sagte viel, es fanden sich plötzlich ungewohnt viele Freiwillige für den Abwasch, und nachher ging man leise in die Zimmer.

Wir haben dir die früher vermißte Familie nicht ersetzen können, Vater. Das habe ich gewußt. Niemand hätte das gekonnt. Daß wir es aber so wenig verstanden haben, dir die Einsamkeit zu nehmen, daß du Wildfremden solche Fragen stellen mußtest! Es scheint, wir haben das Ausmaß deiner Einsamkeit nicht einmal geahnt.

Noch auf eine andere Weise kannte man Vater: als den Mann, der im Foyer der Hochschule stand und die Ankündigungen studierte. Gelegentlich saß er in einer Vorlesung oder kam zu einem Konzert der Studenten. Daß er komponierte, hat er niemandem erzählt. Stets wirkte er wie einer, der nicht dazugehört, aber gern dazugehören würde.

Juliette Arnaud gehört auch zu denen, die Vater beim Kauf eines Klaviers beraten hat. Die Familie Arnaud muß, als er zum Stimmen kam, sonderbar berührt gewesen sein von Vaters Art. Viel sagte Juliette darüber nicht, aber ich kann es mir zusammenreimen: Scheu, langsam und ein bißchen komisch muß er ihnen vorgekommen sein. Er erinnere sie an Buster Keaton, habe Madame Arnaud bemerkt. Auch Juliette hatte keine Ahnung, daß Vater komponierte. Sie ist von dem Gedanken fasziniert, das geheime Leben dieses scheuen Mannes kennenzulernen. Leider kann sie erst am Freitag kommen. Ich kann es kaum erwarten.

*

Es ist noch keine zwei Wochen her, daß du mich in Santiago anriefst. Wir haben uns beeilt mit allem. Verpflichtungen, sagten wir, Verpflichtungen in Paris, Verpflichtungen in Santiago. Nach der Art dieser Verpflichtungen haben wir uns nicht gefragt. War es, daß wir uns nicht trauten? Oder war es, daß wir nicht fragten, um nachher nicht selbst gefragt zu werden?

Sie tat weh, diese Zurückhaltung, denn sie gab unserem Gespräch, wenn es um Termine ging, etwas Förmliches. Und sie läßt eine Frage entstehen, die ich nicht vorhersah, als wir unser Bündnis des Erzählens schlossen: Wird mein neues Leben in Santiago in meinem Bericht vorkommen? Darf es? Soll es? Oder war dein Vorschlag anders gemeint: daß wir nur aufschreiben, wie es uns in den ersten neunzehn Jahren unseres Lebens miteinander ergangen ist – bis zu jener Nacht, die alles zerstörte?

Wie wir diese Frage beantworten, wird für den anderen, den Lesenden, einen großen Unterschied machen. Was wird sein, wenn wir sie verschieden beantworten und also unterschiedlich viel preisgeben? Und uns das bei unserem Treffen sagen? Wie wird es dann im Bistro sein?

*

Nach deinem unwirklichen Anruf damals versuchte ich den ganzen Vormittag vergeblich, für denselben Tag eine Flugverbindung nach Frankfurt zu bekommen. Ich war bereit, die unmöglichsten Umwege zu fliegen, aber es war nichts zu machen. Schließlich buchten sie mich auf den Mittagsflug des nächsten Tages über Buenos Aires. Es wurden vierundzwanzig lange Stunden. Oft war ich versucht, die Berliner Nummer zu wählen, die ich immer noch auswendig wußte. Es drängte mich, mehr zu erfahren. Was du berichtet hattest, ergab einfach keinen Sinn; es kam mir vor wie das Allerunwahrscheinlichste, das im Universum passieren konnte. Es schien mir schlechterdings keine mögliche Geschichte zu geben, die das Geschehene verständlich machen konnte. Doch ich legte den Hörer immer wieder auf die Gabel zurück, bevor es bei euch klingelte. Ich fürchtete mich davor, Mamans Stimme zu hören, und auch vor dem Klang, den deine Stimme vorhin gehabt hatte, schreckte ich zurück.

Ich ging zur Bank und räumte mein Konto leer. Damals, vor sechs Jahren, hatte ich in der Bank am Mexikoplatz gestanden und mein Sparbuch aufgelöst. Es war nur wenige Stunden her, daß du Adieu gesagt hattest, und ich war noch gefühllos vor Entsetzen. Unschlüssig stand ich später am Flughafen und betrachtete die Kreditkarte, die ich kurz zuvor zum Abitur bekommen hatte. Es wäre die Gelegenheit gewesen, sie einzuweihen. Ich habe sie unbenutzt vernichtet, Maman. Du hättest die Abrechnung erhalten, und ich wollte nicht, daß du noch irgend etwas über mein weiteres Leben erführest. Nicht einmal das Land solltest du kennen, in das ich geflohen war.

Im Reisebüro hatte ich offengelassen, ob ich die Karte für den Rückflug auch gleich kaufen würde. Auf ein Datum wollte ich mich nicht festlegen, so daß es vom Geld her auf dasselbe hinauslief, ob ich sie hier oder in Berlin kaufte. Doch ums Geld ging es ohnehin nicht, das wußte ich nur zu gut. Worum es ging, war etwas ganz anderes, das mich bis zu der Stunde in Atem hielt, als das Reisebüro schloß: Würde ich überhaupt hierher zurückkommen?

Plötzlich nämlich brach die Erinnerung an die ersten Tage und Wochen in dieser Stadt über mich herein, und sie hatte eine solche Wucht, daß alles, was danach gekommen war, nicht mehr zählte. Das Spätere erschien an jenem Nachmittag wie eine Fron, die ich in der Fremde auf mich genommen hatte, weil ich nicht hatte zurückkehren dürfen. Zu dir. Doch jetzt war das Exil vorbei, in weniger als zwei Tagen war ich bei dir, und dann gab es nicht mehr den geringsten Grund, wieder herzukommen. Noch jetzt, hier an Vaters Schreibtisch, kann ich die Gewalt jener Gefühle nachempfinden, ich brauche nur die Augen zu schließen, und schon spüre ich den Sog.

Am ehesten wirst du es vielleicht verstehen, wenn ich dir sage: Den Reisewecker, den ich damals mitnahm, habe ich in den sechs Jahren nie umgestellt, er steht noch jetzt auf dem Nachttisch in Santiago und zeigt die Zeit von Berlin und Paris. In den ersten Wochen habe ich im Inneren ausschließlich nach einer Zeit gelebt, von der ich annahm, es sei deine. Ich stand auf und ging zu Bett nach chilenischer Zeit, gewiß. Doch kaum war ich wach, ging mein Blick zu der Uhr, die für dich tickte. Das war, als ich noch keine Arbeit hatte und mich noch nichts mit dem Alltag des neuen Landes verband. Ich weiß nicht mehr, was ich den Tag über machte. Doch oft schlüpfte ich, ohne daß es Absicht gewesen wäre, in deine Zeit, es wurde Abend auf deiner Uhr, und wenn ich dann hinaustrat, merkte ich mit ungläubigem Staunen, daß erst früher Nachmittag war. Später, als ich zu arbeiten begann, fing mich die chilenische Zeit schließlich ein. Aber der Blick auf deine Uhr, wenn ich aufwachte oder heimkam, blieb, nur sank alles tiefer nach innen, ohne deswegen an Macht zu verlieren. Einmal, während ich weg war, blieb die Uhr stehen, die Batterie war leer. Es war, als sei nun die letzte Verbindung zu dir gerissen. In Panik rannte ich zum Geschäft und kaufte einen riesigen Vorrat an Batterien. Nie wieder durfte so etwas geschehen.

Ich habe sie niemals losgelassen, deine Zeit, nicht einen einzigen Augenblick lang.

Auf der Hinreise damals, als die Dinge im Flugzeug zur Ruhe

gekommen, die Gespräche verstummt und die Lichter ausgegangen waren, so daß im Dunkel nur noch das Rauschen der Triebwerke zu hören war, spürte ich mit stillem Entsetzen, daß ich nicht wußte, wie ich das machen sollte: Zeit ohne dich zu durchleben. Zeit war immer Zeit mit dir gewesen, geteilte Zeit. Eine andere Zeit hatte ich nicht gekannt. Die Zeit, sie war unsere gemeinsame Schöpfung gewesen, entstanden und entfaltet im gemeinsamen Erleben. Es klingt verrückt und unglaubhaft, aber so war es: Ich hatte nie daran gedacht, daß ich eines Tages in eine leere Zukunft würde hineinleben müssen, eine Zukunft voll von deiner Abwesenheit. Daß einer allein einer endlosen Zukunft gegenüberstehen sollte: Ich fand es monströs. Die Zeit, sie wurde zu meinem ungreifbaren, grausamen Feind.

Das gibt es: daß man mit seiner Zeit nichts anzufangen weiß, und doch ist es nicht Langeweile. Langeweile setzt Vertrautheit voraus. Gerade diese Vertrautheit, die zur Monotonie geworden ist, läßt die Zeit lange erscheinen. Ich sehnte mich danach, mich langweilen zu können.

Die winterliche Schärfe in der Luft, als ich Mitte Juli ankam: Sie hat sich unauslöschlich in mein Gesicht eingegraben. Selbst im heißesten Sommer schien ich sie zu spüren, gewissermaßen unter dem Schweiß, den man sich ständig aus dem Gesicht wischen mußte. Auch jetzt spüre ich sie, trotz der Wärme, die Vaters Schreibtischlampe ausstrahlt. Ich hatte das Gefühl, daß meine Haut zu dünn war für die trockene Kälte, und noch mehr für die Sonne. Als könnte mich diese milchige Sonne verbrennen. Immerzu suchte ich den Schatten. Dann fror ich. Meine Haut schien ganz und gar untauglich fürs Überleben.

Was in der ersten Zeit unerträglich war: sich durch die Stadt zu bewegen mit der Losgelöstheit eines Touristen, aber ohne dessen Neugier. Die Stadt: eine leblose Kulisse, weiter nichts. Ich begann auf meine Neugier zu warten. Auf die Neugier dem neuen Land gegenüber – eine Neugier, die mir zu Gegenwart verhelfen könnte. (Neugier: die Kraft, sich gefangennehmen zu lassen von Fremdem und dadurch frei zu werden von der Last rückwärts gewandter Empfindungen.) Doch bis jetzt war auch die Neugierde stets unsere gemeinsame Neugierde gewesen, und wenn uns etwas in Abwesenheit des anderen neugierig gemacht hatte, dann wandten wir uns ihm zu, um es nachher erzählen zu können. Nun gab es diese Möglichkeit nicht mehr – was sollte ich da neugierig sein? Jede Straße, jedes Gebäude, jeder Platz war zunächst einmal etwas, das du nicht sahst und das ich dir nicht würde beschreiben können.

Ich kaufte eine Kamera. Ich zwang mich, genau hinzusehen. Vielleicht ließ sich die Stadt dadurch zum Leben erwecken. Die Filme brachte ich nie zum Entwickeln, sie begannen sich zu stapeln. Die Bilder waren für deine Augen bestimmt, diese Augen aber waren in unerreichbarer Ferne. Und selbst wenn du sie eines Tages betrachten solltest: Sie wären für dich ganz anders als für mich, Abbildungen einer fremden Stadt, weiter nichts. Du würdest jedes einzelne Bild lange betrachten, länger als man fremde Aufnahmen sonst betrachtet. Du würdest Einzelheiten erwähnen, um mir zu zeigen, wie sehr du versuchtest, sie auch zu deinen Bildern zu machen. So wie du stets versucht hast, mir über Trennendes hinwegzuhelfen. Helfen würde es nichts.

Manchmal trat ich ganz dicht an Häuser heran und fuhr mit den Händen den Stein entlang. Nicht so sehr, um mich ihrer Wirklichkeit zu versichern. Eher war es der Versuch, die quälende Distanz zu den Dingen zu überwinden und in diesem Land endlich anzukommen. Es gab Leute, die mich für blind hielten und mir ihre Hilfe anboten.

Ganze Tage lang ist es mir vorgekommen, als sei ich nicht aus freien Stücken, sondern im rätselhaften Banne eines anderen hierhergereist, und nun hielte mich seine Schwerkraft in dieser Stadt fest. Nachts, wenn ich wach lag, dachte ich: Ich habe nicht hierherkommen wollen, ich bin kein Weltreisender.

Ich fühlte mich von der eigenen Seele verlassen. Nur im Traum, wenn ich vergaß, wo ich war und daß dies ein Ort ohne dich war, erhaschte ich manchmal einen Blick auf sie. Doch kaum war dieses träumende Vergessen vorbei, hatte ich mich wieder ganz und gar verloren. Ich war mir so fremd wie jemand, der unter vollständiger Amnesie leidet.

Ich versuchte, meiner Erstarrung Herr zu werden, indem ich so genau wie möglich aufschrieb, wie es mir ging. Es half nichts. Es waren immer wieder die gleichen Sätze. Das war fürchterlich: zu erfahren, daß mir die Sprache mit einemmal nicht mehr zum Leben verhalf.

Losgeworden bin ich diese Erstarrung nie. Es schien nur so, weil mein Leben durch die spätere Arbeit einen äußeren Rahmen bekam. Ich gewöhnte mich an die Erstarrung und achtete seltener darauf. Ich hatte bis dahin nicht gewußt, daß einen Gefühle, auch die stärksten, nach einiger Zeit langweilen.

Niemand hatte mir gesagt, daß Einsamkeit eine körperliche Empfindung sein kann wie Hunger, Durst oder Ekel. Niemand hatte mir gesagt, daß sie zu einem Gefühl werden kann, das einen gefangenhält, obgleich man es nicht mehr spürt. Einmal, als ich sie wieder spürte, versuchte ich mich zu erinnern, wie es gewesen war, als ich mich nicht einsam fühlte. Ich hatte es vergessen. Darüber geriet ich in Panik.

Ich werde nicht nach Santiago zurückkommen, dachte ich an jenem Nachmittag vor der Abreise, als mich diese Erinnerungen überspülten und fortrissen. Allenfalls, um die Wohnung zu kündigen und die wenigen Habseligkeiten zu verkaufen. Ich ging ins *Inca de Oro*, mein Stammcafé. Ich versuchte, dort als einer zu sitzen, der für immer Abschied nimmt. Ich wartete darauf, daß ein großer innerer Druck von mir wiche, wie wenn man etwas endlich überstanden hat. Nichts geschah. Da wußte ich, daß etwas nicht stimmte.

*

Wieder bin ich von dem blendenden Licht aufgewacht, das durch die nackten Fenster in Vaters Zimmer fiel. Die Fensterläden hatte ich in der Nacht aufgemacht, weil ich mich in der dumpfschwarzen, lichtlosen Atmosphäre, die entstanden war, eingesperrt fühlte. Ich zog den Mantel über den Kopf, um weiterschlafen zu können, aber es half nichts. Daraufhin ging ich los und kaufte blaue Bettlaken als Ersatz für Gardinen. Sie hängen jetzt vor den Fenstern, so daß im Raum ein kühles Dämmerlicht herrscht, das meinem übermüdeten Kopf guttut. Ich habe wenig geschlafen. Als ich um Mitternacht zu schreiben aufhörte, wußte ich: Jetzt muß ich Paco anrufen, länger darf ich es nicht hinausschieben.

Paco: Das war es, was mit dem Gedanken, nie wieder nach Santiago zurückzukehren, nicht stimmte. Ich konnte ihn doch nicht einfach im Stich lassen, den Jungen, den ich ein Stück weit aus sich herausgelockt hatte, weiter, als das einem Menschen jemals zuvor gelungen war.

Jemand hatte ihn auf den Stufen der Kinderklinik ausgesetzt. Um den Hals trug er ein Stück Karton mit dem Namen: Paco. Seine Kleider strotzten vor Schmutz, und sein Körper hatte monatelang kein Wasser gesehen. Als sie ihn gewaschen hatten, sahen sie, daß sein Körper mit Striemen übersät war, die von einer Unzahl von Schlägen zeugten. An manchen Stellen waren daraus eiternde Wunden geworden. Gehen konnte er nur mühsam, die Mißhandlungen hatten eine Hüfte beschädigt. Er wird immer ein bißchen hinken und besondere Schuhe tragen müssen. Als ich ihn kennenlernte, hatte er im Alter von fünf Jahren noch kein einziges Wort gesprochen.

Das erste Mal habe ich ihn durch einen Gitterzaun gesehen. Es ist ein grobmaschiger Zaun, der einen Kinderspielplatz gegen eine vielbefahrene Straße sichert. Beim Zaun blieb ich stehen, weil mir der gelbe Sand gefiel, mit dem der Boden des Spielplatzes bedeckt war. Ich trat dicht an den Zaun, legte die Hände auf ein Stück des Gitters und sah den spielenden Kindern zu, die von einer Gruppe von Frauen beaufsichtigt wurden. Paco fiel mir auf, weil er sich abseits von den anderen hielt und ganz in sich versunken wirkte. (*Ensimismado*, würde man im Spanischen sagen. Ist das nicht ein wunderbares Wort?) Er war vollkommen still inmitten der lauten Kinder, eine Insel der Stille. Der Lärm der Welt, so schien es, drang nicht zu ihm durch, und diese Undurchdringlichkeit, diese Unberührbarkeit durch Geräusche, übertrug sich auf mich, den Betrachter. Ich fühlte mich so still, wie es in ihm sein mußte.

Plötzlich hob er den Kopf und sah mich an. Einem Blick wie diesem war ich noch nie begegnet. Es war nicht der gewöhnliche Blick eines Kindes, der einen in Verlegenheit bringen kann, weil er so direkt und ohne jede Scheu ist. Pacos Blick haftete etwas Widersprüchliches, Gespaltenes an: Er war draußen bei mir und gleichzeitig ganz zurückgenommen, gewissermaßen eingeschlossen in diesem Kind. Es war schwer, ihm standzuhalten. Ohne die Augen von mir abzuwenden, machte der Junge einige Schritte auf mich zu, und nach einer Weile noch ein paar Schritte. Nun war er nur noch zwei, drei Meter von mir entfernt. «*¡Hola!*» sagte ich, «*¿cómo te llamas?*» Keine Antwort, nur immerzu dieser gerade, rätselhafte Blick, in dem sich Neugier und Mißtrauen zu mischen schienen. Jetzt erhob sich eine Frau von der Bank und kam mit raschen Schritten auf uns zu. Sie musterte mich mit einem durchdringenden Blick, ergriff wortlos Pacos Hand und führte ihn weg. Ich kam mir ertappt vor, ohne zu wissen wobei.

Erst jetzt, als ich die Hände vom Gitter löste, bemerkte ich die rote Farbe. Jemand hatte dieses Stück Draht kürzlich rot angestrichen, ohne daß man darin einen Zweck hätte erkennen können. Nun klebte ein Teil der Farbe an meinen Händen, und beim Versuch, sie abzuwischen, drückte ich sie nur noch tiefer in die Rillen der Handfläche hinein. Es war eine hartnäckige Farbe, klebrig wie Teer, und es dauerte Tage, bis ich sie ganz los war. Jedesmal, wenn ich die Hände wusch, dachte ich an Paco und seinen Blick.

Eine Woche nach der ersten Begegnung ging ich wieder beim Spielplatz vorbei. Es war dieselbe Stunde, und Paco war wieder da. Dieses Mal kniete er auf dem Boden und ließ den gelben Sand durch die Finger laufen, bedächtig und immer von neuem. Als er mich bemerkte, hielt er inne, und seine Finger schlossen sich um den Sand. Er stand auf und kam mit zögernden Schritten auf mich zu, die Faust fest um den Sand geschlossen. Doch statt so weit zu kommen, daß er mir, wie beim erstenmal, gegenübergestanden hätte, blieb er ein Stück links von mir stehen und schüttelte den Kopf. Ich verstand nicht und sah ihn mit einer fragenden Geste an. Wieder schüttelte er den Kopf, sonst nichts. Noch immer verstand ich nicht. Jetzt hob er demonstrativ den Kopf und blickte starr geradeaus. Ich folgte seinem Blick, und da wurde mir klar, worum es ging: In der Linie seines Blicks lag die rote Stelle des Zauns. Ich ging die paar Schritte nach links und hielt die Hände zunächst berührungslos über die Farbe. Paco wartete gespannt. Schließlich umschloß ich mit den Händen den roten Draht, auf dem noch meine Spuren vom letztenmal zu sehen waren.

In diesem Augenblick erlebte ich zum erstenmal, wie sich Pacos Blick aufhellte. Die Veränderung in seinen Augen war gewaltig, noch nie hatte ich etwas Vergleichbares gesehen. Wenn die Augen vorher wie eine Schranke gewesen waren, die sein Inneres abgeriegelt hatte – jetzt öffneten sie sich und ließen meinen Blick passieren. Es war, als begegneten wir uns erst jetzt richtig. «¡Hola!» sagte ich und lächelte ihn an in der Hoffnung, er möge das Lächeln erwidern. Doch seine Gesichtszüge, die indianische Herkunft verraten und manchmal wie geschnitzt wirken, blieben unbewegt. Statt dessen geschah etwas anderes: Er streckte mir den Arm mit der Faust entgegen, hielt ihn für einige Augenblicke reglos von sich weg und öffnete die Faust dann ein bißchen, so daß der Sand herausrieselte und vom Wind verweht wurde. Die meiste Zeit hielt er den Kopf dabei gesenkt. Doch ab und zu hob er ihn leicht und warf mir von unten her einen kurzen Blick zu, wie um sich zu vergewissern, daß ich ihm beim Spiel mit dem Sand noch zusah. Es war das erste Mal, daß Paco und ich etwas *teilten*.

Ich war so sehr gefangengenommen von der Szene, daß ich die Frau vom letztenmal erst bemerkte, als sie sich neben Paco stellte und ihm die Hand auf die Schulter legte, wie um ihn ihres Schutzes zu versichern.

«Was wollen Sie von dem Jungen?» fragte sie, und in ihrer Stimme lag eine Schärfe, vor der ich mich auch später immer wieder fürchten sollte, selbst wenn sie nicht mir galt.

«Nichts», brachte ich nach einer Weile heraus, «ich will nichts von ihm. Er wollte, daß ich die Hände auf die rote Farbe lege, genau wie beim letztenmal. Und er zeigte mir das Spiel mit dem Sand.» Da sie nichts sagte, fügte ich hinzu: «Das verbindet uns jetzt.»

Diese letzte Bemerkung mochte die Frau nicht. Ich weiß nicht, woran ich das erkannte, aber ich erkannte es. Sie schien mit widersprüchlichen Regungen zu kämpfen. Schließlich löste sich ihr kühler, beinahe feindseliger Ausdruck auf und machte der Andeutung eines Lächelns Platz.

«Jetzt verstehe ich», sagte sie. «Er war in den letzten Tagen ganz wild auf rote Sachen. Ganz gleich, was es war, Hauptsache, es war rot. Alles andere ließ er liegen. Von den Buntstiften ist der rote inzwischen der kürzeste. Ich konnte mir keinen Reim darauf machen. Das müssen Sie sein. Es ist typisch für ihn, daß er die Dinge in dieser Weise ineinanderfließen läßt. Und auch, daß das zweite Mal genau so sein muß wie das erste.» Sie zögerte. «Ich glaube, er möchte, daß Sie wiederkommen.» Und nach einer weiteren Pause: «Das ist etwas Seltenes bei ihm. Etwas sehr Seltenes.»

So lernte ich Paco kennen und Mercedes Valdivieso, seine Pflegerin. Er hat dichtes, schwarzglänzendes Haar, das ihm wie einem Mädchen in Locken bis auf die Schultern fällt. Wenn ich ihn sehe, bin ich in ständiger Versuchung, mit der Hand über dieses Haar zu streichen. Mercedes, die sich nicht nur als seine Pflegerin, sondern insgeheim auch als Therapeutin versteht, hat es mir strikt verboten. Als ich es in ihrer Abwesenheit trotzdem tat, erstarrte Paco mitten in der Bewegung. Es war die heftigste menschliche Reaktion, die ich jemals erlebt habe – gerade weil sie so lautlos geschah. Danach habe ich ihn lange Zeit nicht mehr zu berühren versucht.

Eines Tages dann begann er, sich stets von neuem genau so neben mich zu stellen wie damals beim ersten Streicheln. Es geschah immer dann, wenn wir allein waren. Weil er mit so großer Verzögerung zum Ausdruck kam, habe ich seinen Wunsch erst spät erkannt. Auch dann habe ich noch gezögert. Als ich es schließlich tat, berührte ich seinen Kopf nur ganz kurz. Paco zitterte, als könnte die Berührung seine Vernichtung bedeuten.

Die Angst und der Wunsch hielten sich die Waage. Er erstarrte nicht und rannte auch nicht weg. In der Folgezeit entstand zwischen uns ganz langsam eine körperliche Beziehung, indem die Berührungen allmählich ein bißchen länger wurden. Diese Entwicklung wurde unterbrochen durch Rückschläge, wo es schien, als sei die mühsam aufgebaute Vertrautheit wieder verlorengegangen. An solchen Tagen mißlang mir alles. Die Berührung von Pacos Haar, sie ist als Empfindung in meine Handflächen eingegraben, ich brauche mir den Jungen dazu nicht vorzustellen, es ist das Gedächtnis der Hand. Auch jetzt, wo ich Tausende von Kilometern entfernt an Vaters Schreibtisch sitze, spüre ich sein Haar, das kräftig und zugleich seidenweich ist. Es kommt mir vor, als recke Paco den Kopf der Hand entgegen. Dabei weiß ich genau, daß es nie so ist.

Nein, dachte ich damals im *Inca de Oro*, so einfach ist es mit dem Verschwinden nicht. Plötzlich hatte ich Angst vor dem Abschied von Paco, der mir am Abend bevorstand. Wie es gewesen sei, als er von Inca de Oro, der ehemaligen Goldgräberstadt in der Wüste des Nordens, nach Santiago zog, fragte ich Juan, den Besitzer des Lokals, mit dem mich eine wortkarge Kameradschaft verbindet. Als ob sein Abschied und der meine sich vergleichen ließen! Na ja, der gelbe Sand habe ihm gefehlt, er fehle ihm heute noch, sagte Juan.

Paco kam gerade vom Abendessen, als ich den Klinikflur betrat. Wie immer, wenn er mich sieht, hellte sich sein Blick auf. Ich kenne jede Nuance dieses Aufhellens. Die letzten Schritte auf mich zu tat er nur zögernd, den Blick fest auf mein Gesicht gerichtet. Sein Blick wurde dunkler; er spürte, daß etwas nicht stimmte. Ich erklärte ihm, daß ich verreisen müsse. Schon nach den ersten Worten wandte er den Blick von mir ab. Ich kannte diese Reaktion. Es ist dann nicht so, daß er etwas anderes anblickt. Vielmehr geht sein Blick insgesamt verloren, es ist, als würde er nach innen in eine verschlossene, unzugängliche Tiefe gesogen, und es bleiben zwei blicklose Augen zurück. Der Junge versinkt dann gewissermaßen in sich selbst, fast möchte man sagen: Er ertrinkt in sich selbst. Es ist der erschütterndste

Ausdruck von Enttäuschung, den ich kenne. Mühsam und zögernd hatte er sich jemandem zugewandt, ihm Vertrauen entgegengebracht. Und nun ließ ihn dieser Mensch im Stich.

Ich ging in die Hocke, so daß mein Gesicht auf der Höhe des seinen war. Plötzlich schlug er mir die Faust mitten ins Gesicht, und ich kippte nach hinten. Eine Sekunde lang, vielleicht sogar weniger, streifte er mich mit einem verlassenen, verzweifelten Blick. Dann drehte er sich um und ging mit seinem eckigen Gang den Flur entlang. Die ganze Zeit über schlug er mit den Fingerknöcheln gegen die Zähne. Es ist eine Bewegung, die er immer macht, wenn er erregt ist. Als er fast am Ende des düsteren Klinikflurs angekommen war, blieb er vor seinem Zimmer stehen. Gegen alle Erfahrung hoffte ich, er würde den Kopf in meine Richtung wenden. Er tat es nicht. Nach einer Weile trat er mit dem Fuß gegen die angelehnte Tür und verschwand mit einer wütenden Bewegung im Zimmer.

Ich ging ins Reisebüro und kaufte auch einen Rückflug.

*

Ich hasse dieses transatlantische Telefonieren, bei dem man, weil die Worte mit Verzögerung ankommen, ständig aneinander vorbeiredet und es nur eine Frage der besseren Nerven ist, wer von beiden sich verständlich machen kann. Bevor ich gestern nacht die Nummer der Kinderpsychiatrie in Santiago wählte, dachte ich daran, daß Paco nicht mehr so aussieht, wie ich ihn in Erinnerung habe. Bereits als ich in Santiago abflog, trug er einen blutroten Turban. Kurz bevor ich an Bord gehen mußte, hatte ich in der Klinik angerufen. Mercedes war nicht da, und so erzählte mir Teresa, die andere Schwester auf der Station, was geschehen war: Noch am Abend zuvor hatte Paco eine Schere beschafft und sich in selbstzerstörerischer Wut die Haare abgeschnitten, bis nur noch Stoppeln übrig waren. In dem Bemühen, sie möglichst kurz zu schneiden, hatte er sich an vielen Stellen die Kopfhaut verletzt. Vielleicht war es auch Absicht, meinte Teresa. Jedenfalls blutete er stark, und nun trug er einen Turban aus Verbandszeug, durch den immer wieder Blut sickerte. In den ersten Stunden nach dem Start war ich verstört und konnte nichts essen. Ich sah Paco vor mir, wie er wütend gegen die Tür getreten hatte, ich sah das Erlöschen seines Blicks und spürte in der Hand das Haar, das es nicht mehr gab. Das Bild vom blutenden Turban verfolgte mich. Abschütteln konnte ich es erst, als es draußen dämmerte und wir in das Licht des neuen Tages hineinflogen. Nach Europa. Am Flughafen in Frankfurt und dann noch einmal in Berlin dachte ich daran, Mercedes anzurufen und nach Pacos Zustand zu fragen. Ich tat es nicht. Der Turban hatte im Licht des anderen Kontinents etwas von seiner Wirklichkeit verloren. Das tat weh.

In der Nacht nach der Beerdigung, als uns das Haus so unerträglich leer und still vorkam, habe ich schließlich angerufen. Pacos Wunden seien verheilt, sagte Mercedes, das Haar könne nachwachsen. Rote Dinge rühre er nicht mehr an. Ihre Worte klangen spröde, und in dem Satz über die roten Dinge schien mir ein leiser Triumph mitzuschwingen. Vielleicht war es auch nur das Rauschen in der Leitung.

Mit dem Anruf gestern nacht wartete ich, bis es hier Viertel nach zwei war. Viertel nach acht, das ist die Zeit, wo die Kinder der psychiatrischen Station ins Bett geschickt werden, um halb neun wird das Licht gelöscht. Da würde ich Paco am ehesten ans Telefon bekommen. Wenn er überhaupt mit mir sprechen wollte.

Mercedes hatte Dienst. «Du hast dir Zeit gelassen», sagte sie.

Das fand ich unfair und schwieg. Schließlich waren es keine Kleinigkeiten, die hier in den letzten Tagen geschehen waren. Mercedes ist eine fabelhafte Krankenschwester, kompetent und aufopferungsvoll. Was mir manchmal Mühe macht, ist, daß die Welt für sie nur aus diesen gestörten Kindern zu bestehen scheint.

«Kann ich ihn sprechen?» fragte ich. Beim letzten Anruf hatte sie kategorisch abgelehnt.

«Warte», sagte sie, und nach einer Weile: «Ich gebe ihn dir jetzt.»

«Paco?» sagte ich und spürte, wie mir das Herz bis zum Hals schlug. «Ich bin's, Patrice.»

Nichts. Stille. Ich wiederholte seinen Namen, dreimal. Dann endlich hörte ich seine Stimme, hart und knapp:

«*Doce días, una hora.*» Zwölf Tage, eine Stunde.

Ich verstand nicht sofort und bat ihn zu wiederholen.

«*Doce días, una hora.*»

Jetzt verstand ich, und es schnürte mir die Kehle zu: Zwölf Tage und eine Stunde, das war die Zeit, die seit dem Abschied mit dem Faustschlag vergangen war. Er hatte gezählt, bis auf die Stunde genau. Ich habe es später nachgerechnet: Es stimmte.

«Ich vermisse dich, *Señorito*», brachte ich mühsam hervor.

«Er ist schon weg», sagte Mercedes.

Es war mir nicht recht, daß sie unsere Phantasie-Anrede mitgehört hatte. Das ging sie nichts an. Es geht nur Paco und mich etwas an, nur uns beide.

Wie es ihm gehe, hatte ich fragen wollen; wie es mit dem Kopf sei und auch sonst. Das ging jetzt nicht mehr.

«*Adiós*», sagte ich förmlich, statt wie sonst *Ciao*.

Ich werde mit Paco ganz von vorn anfangen müssen. Es wird unendlicher Geduld bedürfen. Er vergißt keinen Schmerz, den man ihm zugefügt hat. Wie Vater.

*

Vorhin klingelte es, und Baranski stand mit einem Ehepaar vor der Tür, das sich für das Haus interessiert. Er tat, als hätte es neulich keinen Zusammenstoß zwischen uns gegeben. Er war scheißfreundlich. Die Provision geht ihm über alles. Es war scheußlich: wildfremde Leute in unserem Haus, Eindringlinge, die sich über die Räume unterhielten, als seien es *irgendwelche* Räume. In Vaters Zimmer kamen sie zuletzt. Die Laken vor den Fenstern hatte ich hängenlassen, ich denke gar nicht daran, mich zu verstecken. Der Mann und die Frau blieben in der Nähe der Tür, sichtlich ratlos angesichts der merkwürdigen Verhältnisse. Hin und wieder streiften sie mich mit einem raschen Blick:

Das ist also der Sohn der Leute, die Antonio di Malfitano auf dem Gewissen haben; offenbar auch er nicht ganz dicht. «Ein schöner Flügel», sagte die Frau schließlich höflich. Wann man denn mit dem Renovieren beginnen könnte, fragten sie zum Schluß. Was hieß: wann ich denn endgültig auszöge. Vorläufig nicht, sagte ich. Ich genoß es, das kritische Wort vom letzten Mal zu wiederholen. Na ja, sie müßten darüber nachdenken, sagten die Leute und gingen ohne Händedruck zum Gartentor. Baranskis fettes Gesicht wurde dunkelrot, als ich es rundweg ablehnte, ihm für den Fall, daß ich einmal nicht da wäre, einen Schlüssel zu geben. «Unmöglich», zischte er unter der Tür, «schließlich ist es kein ganz unbelastetes Haus, vergessen Sie das nicht.» Das hätte er nicht sagen sollen. Ich knallte die Tür zu. Das Problem ist, daß man Baranski damit noch nicht draußen hat. Sein widerliches Rasierwasser hängt überall. Das war schon neulich so.

*

Vom Gefühl her wußte ich es sofort, im Kopf dauerte es eine Weile, bis ich darauf kam: Pacos Worte am Telefon waren wie die Worte in Vaters erstem Brief gewesen. Ein Staccato der Enttäuschung und des verzweifelten, einsamen Vorwurfs. Ich holte Vaters zweiten Brief hervor. *Mein Sohn, ich kann Dir die Mitteilung machen, daß ich den berühmten Musikwettbewerb von Monaco, Concours d'opéra contemporain, gewonnen habe. Ich hatte meine letzte Oper eingeschickt. (MICHAEL KOHLHAAS heißt sie.) Und stell Dir vor: Anders als sonst haben sie die Partitur nicht zurückgeschickt. Sie werden sie drucken und mein Werk im Herbst aufführen. In der Oper von Monte Carlo (Salle Garnier). Das wollte ich Dir sagen. Dein Vater.*

Ich hatte den Brief in der Nacht vor der Abreise aus Santiago aufgemacht. Zuvor hatte ich lange im Dunkel gesessen und ab und zu an die Nase gefaßt, die mir von Pacos Schlag weh tat. Es war wie ein langer innerer Anlauf gewesen, und ich weiß noch genau, daß ich fest an die Lehne meines Rohrstuhls faßte, als wollte ich mich meiner chilenischen Gegenwart versichern, die verhindern sollte, daß ich von all dem, was nun käme, weggespült würde.

Ich mußte die Briefe öffnen. Jetzt ließ es sich nicht mehr umgehen. Ich mußte die Schublade endlich herausziehen. All die Jahre über hatte ich sie jeweils nur einen Spaltbreit geöffnet, um die Briefe hineinzuschieben. Danach war sie wieder unter der gehäkelten Decke verschwunden, die auf der Kommode liegt. Die spießige und inzwischen schmuddlige Decke ist mir stets ein Dorn im Auge gewesen. Aber sie hat mir geholfen, nicht an die Briefe zu denken, und so blieb sie, wo sie war. Jetzt schlug ich sie zurück und zog die Schublade weit heraus.

Daß es so viele Briefe sein könnten, hatte ich nicht gedacht. Ich zählte und ordnete sie nach Datum. Es waren achtundsiebzig Briefe, zwei von Vater, der Rest von Maman. Vaters ersten Brief hatte ich geöffnet, als er kam, den zweiten von Ende Januar dieses Jahres hatte ich nicht mehr zu lesen gewagt. Jetzt machte ich ihn auf.

Ich wußte nicht, was schlimmer war: daß ich auf diesen Brief nicht reagiert hatte, oder auf den ersten. Für einen Augenblick glaubte ich, an meinem Versäumnis zu ersticken. Heute weiß ich, wie sehr beides Vater getroffen hat. Später, im Flugzeug, legte ich mir Sätze zurecht, die ehrlich waren und ihm trotzdem bedeuten sollten, wie leid es mir nachträglich tat, daß ich es nötig gehabt hatte, mich so weit zu verschließen. Auf dem Weg zum Gefängnis rekapitulierte ich diese Sätze. Als er dann durch das Tor in die Freiheit hinaustrat, waren die vorbereiteten Sätze wie ausgelöscht.

Ich las den Brief stets von neuem. *Sie* hatten die Partitur nicht zurückgeschickt, und *sie* würden sie drucken. Dieses ganz besondere *sie* – es hatte aus Vaters Mund immer einen beklemmenden Klang gehabt. Es bezeichnete eine fremde Macht, einen unsichtbaren, unbelangbaren Gerichtshof, von dessen Gnaden er abhängig war und von dem er für seine Entscheidungen keine Begründung erwarten durfte. Wie sehr hat ihm die Wirklichkeit recht gegeben!

Auch Vaters ersten Brief las ich in jener Nacht noch oft. *Ich hoffe, Du wirst dort Erfolg haben*, hatte er geschrieben. Man durfte sich von dem konventionellen Klang der Formulierung nicht täuschen lassen. Er meinte nicht Geld und Glamour. Er wünschte mir, daß ich von den Menschen, denen ich in dem neuen Land begegnete, anerkannt und geliebt würde; daß sie mich in dem, was ich bin, erkannten. Er wünschte mir nicht weniger, als daß ich das erleben konnte, was ihm versagt geblieben war. Und er wünschte es mir, obgleich ich ohne ein Wort geflohen war. Es war nicht einfach ein freundlicher Wunsch, den er mir mit auf den Weg gab. Es war das schlechterdings Wichtigste, das er mir zu wünschen und zu sagen hatte.

Und doch haßte ich den Satz wegen jenes Worts, das alles Unheil in sich barg: ERFOLG. Es war das Wort, vor dem ich geflohen war und das ich nie mehr hören wollte. Was immer es sein mochte, das Vater ins Gefängnis gebracht hatte – der Gedanke an den Erfolg hatte dabei die Hand im Spiel gehabt, dessen war ich mir sicher.

Vaters lakonische Sätze schnürten mir die Kehle zu. Und dann dachte ich: Was hast du ihnen für einen Antwortbrief geschrieben? Wer hat dir geholfen? Ich sah mich neben dir stehen, Vater, wenn du mit einem Brief zu mir gekommen warst, damit ich dir beim Formulieren helfe. Dann warst du das Heimkind und ich der Lehrer eines Behinderten. Zwar habe ich dich sehr geliebt in solchen Augenblicken, aber es war auch schrecklich, dich in deiner Unbeholfenheit zu erleben und zu sehen, wie du im Zeitlupentempo die Buchstaben deiner stets kindlich gebliebenen Handschrift aufmaltest. Ich erlebte noch einmal dein ehrliches, neidloses Staunen über Formulierungen, die du für besonders geglückt hieltest, wobei sich eine rührende Neigung zum Kitsch zeigte, die mir als Warnung galt, nach einem anderen Ausdruck zu suchen, einem spröderen, über den du enttäuscht warst, so daß sich ein sanfter Kampf entwickelte. Denn ein Urteil in der Auswahl meiner Formulierungen, das nahmst du dann doch für dich in Anspruch, mit einem Ausdruck von spöttischem Stolz um den Mund, dem schwer zu widerstehen war. Es waren sehr intime Momente, Vater, schön und fürchterlich.

Monaco, dachte ich. Du in Monaco. In Monte Carlo. Von so etwas hast du all die Jahre geträumt, ich weiß. Aber es paßt nicht zu dir. Es gibt nichts, was noch weniger zu dir paßt als die glitzernde Welt der Côte d'Azur. Michael Kohlhaas dagegen: Kein anderer Stoff paßt besser zu dir als dieser. Du wirst dich in der Figur des Roßhändlers aus Kohlhaasenbrück wiedererkannt haben, und in der Vertonung seines erbitterten, erfolglosen Kampfes um sein Recht fandest du eine Möglichkeit, deinem eigenen Kampf um Anerkennung Ausdruck zu verleihen. Deine Verletzungen und Demütigungen, deine Bitterkeit und deinen ganzen Haß, der sich hinter dem angeblich hochmütigen Lächeln verbirgt, hast du in Form von Arien in die Welt hinausgeschrien. Es muß ein unbeschreiblicher Triumph für dich sein, daß just diese Oper preisgekrönt wurde.

Das war es, was ich in jener letzten Nacht in Santiago dachte. Ich konnte lange nicht einschlafen, und den Rest der Nacht war ich träumend damit beschäftigt, mich gegen eine hoffnungslose Übermacht von Vorwürfen zu verteidigen.

Am Morgen, auf dem Weg zum Flughafen, ließ ich das Taxi vor einer Buchhandlung halten und kaufte Kleists Novelle auf spanisch. Vor Jahren hatte ich sie schon einmal gelesen. Ich mußte sie wieder lesen. Jetzt gleich. Noch im Warteraum begann ich damit. Als der Flug aufgerufen wurde, steckte ich das Buch in die Tasche zu Mamans Briefen, die immer noch ungeöffnet waren. Dann betrat ich die Maschine.

Patricia

ERSTES HEFT

ICH HABE DEN KOFFER abgestellt und die Tür zugemacht. Im Mantel bin ich langsam durch die kalten Räume gegangen, ein Fremdling in der eigenen Wohnung. Später habe ich am Fenster auf die Dämmerung gewartet und gehofft, durch sie in die Gegenwart dieser Wohnung und dieser Stadt zurückzufinden. Das Telefon hat geklingelt. Ich habe nicht abgenommen. Es wäre zu früh, Stéphane zu sehen. Und von den Filmleuten will ich im Moment noch nichts wissen. Erst will ich beginnen, unseren Pakt des Erzählens zu erfüllen.

Dein Bericht wird wortgewandter sein als der meine. Die Worte kommen dir schneller als mir, und es sind mehr Worte. So war es immer. Zufall ist es nicht. Auch nicht eine Sache der Begabung. Du mußtest all die Sätze vollenden, die Maman unfertig ließ. Das hat sie von dir erwartet. Oft kam es mir vor, als gäbe es einen unausgesprochenen Vertrag zwischen euch: Du sprachst ihre angefangenen Sätze zu Ende; dafür galt dir ihre besondere Liebe. Es war die erste große Aufgabe, die dir gestellt wurde. Du hast sie bravourös gelöst, immer von neuem. Darüber bist du zum Sprachkünstler geworden. Auf die Idee, daß Mamans Sätze nur in deiner Gegenwart unvollständig blieben, kamst du nicht. Es war eine geniale Art, dich zu verführen. Ob es aus Berechnung geschah oder nicht – ich weiß es nicht. Bei Maman war das schwierig zu wissen, schwieriger als bei anderen Menschen.

Am liebsten würde ich dir eine Folge von Bildern vorführen, die dich zeigen, wie ich dich sehe, und die uns zusammen zeigen, wie ich glaube, daß wir waren. Denn etwas habe ich durch dich (wenngleich nicht von dir) gelernt: Worten zu mißtrauen,

53

auch wenn sie genau sind und überzeugend und sanft, wie es deine Worte so oft sind. Am liebsten hätte ich es, daß du meinen inneren Bildern, wie sie auf der Leinwand erscheinen, ausgeliefert wärest, wehrlos in völliger Stummheit, so daß du verstündest, wie es mir mit dir ergangen ist in den fünfundzwanzig Jahren. Da das nicht möglich ist und du durch unser Abkommen im Vorteil bist, bitte ich dich, meine Worte so auf dich wirken zu lassen, wie ich wünschte, daß meine Bilder auf dich wirken würden. Ich bitte dich, sie ohne Gegenwehr in dich aufzunehmen und sie nicht zu behandeln wie Züge in einem Spiel, in dem du mir überlegen bist. Meine Worte mögen in dich hineinfallen wie in einen stillen Teich, sie mögen Kreise ziehen und Wellen werfen, und ich möchte, daß du diesem Geschehen alle Freiheit einräumst sich zu entfalten; daß du nicht nur äußerlich, sondern auch im Inneren mit deiner Antwort wartest, bis die Wirkungen sich ausgesponnen haben und du wirklich verstanden hast, was ich sage. Wirst du das tun, Patrice? Für mich tun? Wirst du ein Mal, ein einziges Mal, den Schutzschild deiner Wortgewandtheit beiseite schieben, um dich treffen und, wo es unvermeidlich ist, auch verletzen zu lassen? Damit wir frei werden können voneinander?

*

In diesem Augenblick bist du auf dem Flug nach Frankfurt, um dann in einer endlosen Nacht weiterzufliegen bis hinter die Anden, fast bis zu den Osterinseln. Die aberwitzige Distanz, die du damals zwischen uns gelegt hast, kommt mir gewalttätig vor. Ich finde sie kindisch, deine Maßlosigkeit. Ich liebe sie.

In dem Augenblick, als ich auf den Mexikoplatz hinaustrat, bog der Möbelwagen in die Limastraße ein. Ich blickte ihm nach, bis er vor dem Haus hielt. Es wird nicht geschehen, dachte ich: Er wird das Haus nicht einfach räumen lassen und dann seines Weges gehen. Die Art, wie du Papas Partituren beim Einpacken in den Händen hieltest, mit dieser zärtlichen Nachdenklichkeit, die dich so unwiderstehlich macht: Ich war sicher, daß du noch etwas unternehmen würdest. Auch die Art und Weise, wie du den Flügel betrachtet hast: Es war mit Händen zu greifen, daß es dir unmöglich sein würde zuzusehen, wie sie ihn sang- und klanglos zerlegten und hinaustrugen, ein Möbel unter anderen Möbeln.

Aber natürlich ist das Unsinn. Du wirst den Metallkoffer mit den Partituren zur Post gebracht haben. Vielleicht würde er sogar im selben Flugzeug mitfliegen, hast du gemeint, sozusagen unter deinem Sitz. Einen halben Tag bist du von Geschäft zu Geschäft gefahren, bis du einen Koffer fandest, der dir vertrauenswürdig erschien. So wolltest du es: Ich würde die Bücher und die anderen Unterlagen nehmen, du die Partituren. Partituren, die wir nie hören werden. Die niemand je hören wird.

Du wirst möglichst weit weg in ein anderes Zimmer geflüchtet sein, als sie den Flügel holten. Ich sehe dich vor mir, wie du am Fenster stehst ohne etwas zu sehen, die geballten Fäuste in den Taschen, die Lippe zwischen den Zähnen. So viele Jahre sind vergangen, und ich kann dich immer noch erraten. Früher, wenn das geschah, pflegte ein Erstaunen auf deinem Gesicht zu erscheinen, in dem sich Freude mit Erschrecken mischte. Dieses Erschrecken, es hätte etwas sein können, was Raum zwischen uns schuf, eine Aufforderung zur Abgrenzung. Doch du schienst dein eigenes Erschrecken nicht zu bemerken oder wolltest es, da es etwas Trennendes war, nicht wahrhaben. Und bei nächster Gelegenheit suchtest du mir zu zeigen, daß du mich in derselben Weise zu erraten vermochtest. Nicht, daß dir das nicht oft gelungen wäre. Doch manchmal, und immer öfter, errietest du nicht wirklich mich, sondern dich in mir.

Noch etwas anderes spürte ich, als ich dich mit den Partituren in der Hand neben dem Flügel stehen sah: deinen unausgesprochenen Vorschlag, uns Vaters Musik gemeinsam zu erschließen. Laß uns jemanden suchen, der diese Noten zum Klingen bringt, wolltest du sagen. Nach allem, was war, sind wir das Vater schuldig. Und es ist etwas, das wir gemeinsam tun müssen; schließlich war es auch etwas Gemeinsames, daß wir uns gegen diese Noten und die Musik überhaupt verschlossen haben. Es könnte die Chance sein, das Universum der Töne endlich zurückzugewinnen, oder besser: es zum erstenmal richtig zu betreten. Laß uns so lange noch hierbleiben. Es soll das letzte sein, was wir gemeinsam tun.

Wie immer wärest du in deinem Werben mit Worten sehr überzeugend gewesen. Doch natürlich wäre, was du vorschlagen wolltest, keineswegs das letzte geblieben. Im Gegenteil, es hätte sich dadurch zwischen uns eine neue Geschichte angesponnen. Das war in deinen Augen zu lesen. Da wußte ich, daß ich gehen mußte; daß ich die Grausamkeit aufbringen mußte, sofort und für immer zu gehen. Es überkam mich die alte Wut darüber, daß du mich immer in die Rolle der Grausamen drängst, die den ersehnten Gleichklang verweigert; daß du in der Sehnsucht nach Gemeinsamkeit derart unbeherrscht bist. Du kannst unendlich geduldig und beherrscht sein, wenn du dieser Sehnsucht dienst und ein Ziel verfolgst, in dem sie zum Ausdruck kommt. Beherrscht bis zur Selbstverleugnung vermagst du dann zu sein, du hast einen unerhört langen Atem dabei und eine unerschöpfliche Phantasie. Nur was die Sehnsucht selbst anlangt, läßt du dich gehen wie ein kleines Kind. Da hat Maman ganze Arbeit geleistet.

Ich konnte deinen enttäuschten Blick spüren, als ich heute früh meinen Becher, statt ihn mitzunehmen, in die Geschirrablage tat. (Wäre dieser Blick nicht gewesen, ich hätte ihn vielleicht mitgenommen.) Und spüren konnte ich auch, wie du mir zusahest, als ich die Handschuhe überstreifte. Du wirst dabei an die Handschuhe aus Spitze gedacht haben, denen für immer diese besondere Bedeutung anhaften wird. Meinen Tränen ließ ich erst im Flugzeug freien Lauf. Es waren Tränen der Trennung, aber auch Tränen des Mitleids mit dem Verlassenen, und nicht zuletzt waren es Tränen der Wut darüber, daß du es mir mit deinem Gesicht, das im Schmerz erstarrt war, so schwer gemacht hattest.

Während die Maschine über Berlin aufstieg, durchlebte ich noch einmal unseren ersten Abschied vor sechs Jahren. (Es würde mich nicht wundern, wenn du die genaue Anzahl der

Tage wüßtest, die seither verflossen sind.) Ich sah das fahle Licht vor mir, das ins Zimmer fiel, als ich an jenem Morgen aufwachte. Noch heute bin ich verwundert über die innere Klarheit, die ich beim Aufstehen empfand. Ich hob das Kleid auf, in dem ich getanzt hatte, die Spitzenhandschuhe und die Schuhe, von denen ich einen auf der Tanzfläche verloren hatte. Noch einmal spürte ich, wie du dort meinen Fuß hieltest. Und nun lagst du da, den einen Arm vor dem Gesicht, wie um dich zu schützen. Ich ging ins Bad und packte dann die Reisetasche. Es war keine Hast in dem, was ich tat; aber ich verlor keine Zeit. Von meinem Zimmer habe ich gar nicht richtig Abschied genommen; später, im Zug, war ich darüber verwundert.

Als ich wieder zu dir ins Zimmer trat, hattest du den Arm vom Gesicht genommen. Deine Lider bewegten sich unruhig, als ob du heftig träumtest. Es war inzwischen noch keine Stunde vergangen. Doch das hatte genügt, um eine erste, zuvor nie gekannte Empfindung vollständigen Getrenntseins entstehen zu lassen. Ich wußte nicht, was grausamer war: dich zum Abschied zu wecken oder ohne ein Wort zu gehen. Schließlich setzte ich mich auf den Bettrand und betrachtete dein schlafendes Gesicht. Jetzt war es wieder das gewohnte Gesicht, das Gesicht meines Bruders. Das Gesicht in der Nacht – ich habe es nicht vergessen. Ich brauche es in meinen Gedanken auch nicht zu meiden. Ich denke einfach nicht daran. Nicht, weil es mich erschreckt hätte, oder abgestoßen. Nur war es sehr fern in seiner erregten Nähe – das Gesicht eines Fremden.

Lange Zeit habe ich gedacht, daß es vor allem dieser Anblick war, der in mir fortwirkte und mich in der Gewißheit erwachen ließ, daß ich abreisen müsse. Doch das ist nur ein Teil der Wahrheit, und der geringere. Es war Angst, die mich flüchten ließ. Angst wovor? Wir hatten ein uraltes Tabu gebrochen. Das wäre Anlaß gewesen für eine Empfindung der Schuld. Aber Angst? Ich war verwundert und bin es noch heute, daß mich kein schlechtes Gewissen quälte. Nein, darum war es nicht gegangen. Der Gegenstand meiner Furcht war etwas viel Bedrohlicheres gewesen: der Verlust meiner selbst. Unsere körperliche

Getrenntheit, sie war die Garantie gewesen, daß wir trotz allem zwei waren; sie hatte gewirkt wie eine letzte Trennwand. In jener Nacht wurde auch sie noch niedergerissen, und obwohl ich es nicht weniger gewollt hatte als du, brach eine ungeheure Angst in mir auf, die Angst vor einer Entgrenzung, die der Vernichtung gleichkäme. Vielleicht war die Fremdheit, die ich in dein erregtes Gesicht hineinlas, ein Akt der Notwehr, der meine Grenzen wahren sollte. Ich weiß es nicht.

Ob du all das verstehen wirst? Kaum hattest du damals die Augen aufgeschlagen, erschien ein Lächeln auf deinem Gesicht, aus dem man die Erinnerung an die Nacht herauslesen konnte. Glück und Scheu mischten sich in diesem Lächeln, und aus deinen Augen sprach die bange Frage nach meinen Empfindungen. Bei jedem anderen Mann hätte mir dieses Lächeln gefallen. Dein Gesicht jedoch wurde mir dadurch noch einmal fremd. (Vielleicht, weil darin nichts zu erkennen war, was meiner Angst entsprochen hätte; weil du mich mit dieser Angst allein ließest; doch auch das weiß ich nicht.)

Du mußt mir diese Empfindung angesehen haben, denn deine Augen wurden dunkel vor Erschrecken. Du hattest begriffen, daß ich gehen würde. Ich hatte mir Worte zurechtgelegt, während ich packte, doch deine erschrockenen Augen löschten sie aus, so daß ich nur *Adieu* zu sagen vermochte. So hatte ich dieses Wort zuvor noch nie gesagt, und es dauerte viele Monate, bis der Schmerz aus ihm gewichen war und ich es wieder unbefangen benutzen konnte. Daß ich auf deine stumme Frage nach meinem Reiseziel nur den Kopf schüttelte – nie hat mich etwas mehr Anstrengung gekostet. Ich kann dich nicht weinen sehen, Patrice, und so vollzog ich den Abschied schließlich mit geschlossenen Augen.

Du bist auch geflohen. Was hätten wir anderes tun können? Doch ich weiß: Du hättest gewünscht, daß wir es gleichzeitig täten – daß wir in der Gleichzeitigkeit der Flucht eine letzte Gemeinsamkeit hätten, so daß sogar unsere abrupte Trennung noch eine Episode der Gemeinsamkeit wäre. So daß wir uns gar nicht wirklich trennten.

Der Bahnsteig war menschenleer, als ich auf die erste S-Bahn wartete. Ich stand mit dem Rücken zur Treppe in einer Haltung der Abwehr, ich hatte Angst, du könntest plötzlich auftauchen. Später stieg ein Mann unseres Alters ein. In Gedanken legte ich dein Gesicht über seines und begann dich zu vermissen, mit jedem Schlag der Räder mehr. Um den Hals schien ich deinen weißen, glitzernden Schal zu spüren, der zum verhängnisvollen Band zwischen uns geworden war. Als am Bahnhof Wannsee der Zug einfuhr, der mich nach Paris bringen würde, kostete es mich alle Kraft einzusteigen und mich forttragen zu lassen.

Auf der Reise sah ich immer wieder deine Arme vor mir, die sich zu mir ausgestreckt hatten, bevor dir klarwurde, was ich vorhatte. Es tut weh, dich zu umarmen, Patrice. Jedesmal enttäuscht man dich dabei, und jedesmal spürt man deine Enttäuschung. Du willst auf eine Weise gehalten werden, wie man niemanden halten kann – selbst wenn man ihn so fest in die Arme nimmt, daß man ihn fast erdrückt. Auch du selbst kannst einen nicht so halten – auch wenn du das glaubst. Man kann sich nicht in einem anderen verlieren. (Obgleich man davor Angst haben kann.)

Ich fuhr in eine Stadt, die einmal auch deine war: die erste fremde Stadt, die wir als Kinder zusammen entdeckten. Während du ans andere Ende der Welt geflüchtet bist, wo ich nie hinkommen werde, in eine Sprache hinein, die ich nicht verstehe, bin ich in die Stadt unserer damaligen Entdeckungsreisen gefahren, um sie jenseits der Erinnerungen zu meiner Stadt zu machen. Ich weiß nicht, welches der schwerere Schritt ist.

Wie schwer meiner sein würde, spürte ich, als die Geleisestränge draußen immer breiter wurden und den Gare de l'Est anzeigten. Jetzt, wo ich noch sehr verletzlich war, weil ich hier noch keinen einzigen eigenen Schritt getan hatte, würde ich unter der Stadt, die von unseren Erinnerungen übersät war, buchstäblich hindurchtauchen müssen. Ich fuhr mit der Métro zu derjenigen Endstation, zu der wir als einziger nie zusammen gefahren sind: *Villejuif-Louis Aragon.* Dabei betrachtete ich den Linienplan: Wie wichtig waren dir die Namen der Stationen gewesen! Ich hörte, wie du sie aussprachst: *Porte des Lilas, Alexandre Dumas, Les Gobelins …* Wie enttäuscht konntest du sein, wenn es draußen dann grau war und ohne den Glanz, den die Namen verheißen hatten!

Als sie mir in der erstbesten Pension, die billig genug aussah, den Zimmerschlüssel gaben, kam ich mir vor wie jemand, der sich nach einem Verbrechen in einer anonymen Unterkunft verkriecht. Den ersten Abend und die erste schlaflose Nacht, die voll waren von der Marseillaise und dem sonstigen Festlärm des 14. Juli, erlebte ich als ein einziges Stemmen gegen die Versuchung, dich anzurufen. Erst als die magischen vierundzwanzig Stunden verstrichen waren, seit ich die Haustür zugezogen hatte – erst dann, mit dem Puffer von einem Tag und einer Nacht zwischen dir und mir, wurde es leichter, jeden Tag ein bißchen mehr.

*

Wieder hat das Telefon geklingelt. Ich habe es sofort leise gestellt. Um diese Zeit kann es nur Stéphane sein.

Ich habe ihn von Tegel aus angerufen um zu sagen, daß ich komme. Als ich wählte, schien es das Natürliche zu sein, etwas, das zu meinem Leben hier gehört. Erst als ich seine Stimme hörte, spürte ich plötzlich, daß etwas nicht stimmte. Nicht mit ihm. Mit mir. Nein, ich wolle nicht abgeholt werden, sagte ich zu meiner Überraschung. Eine Weile herrschte Stille. «Rufst du mich an?» fragte er. Ja, sagte ich, das würde ich. Und nun habe ich wieder nicht abgenommen.

Was ist geschehen? Ist es nur dieses: daß ich in meinem Erinnern nicht unterbrochen werden will, weil es eine Möglichkeit ist, bei dir zu sein, eine Form deiner Gegenwart, die mich nicht bedrängt? (Wenn ich wüßte, daß du es bist, der anruft, würde ich auch nicht abnehmen.) Oder hat es nichts mit dir zu tun? Ist in diesen beinahe zwei Wochen, die wie eine Ewigkeit waren, noch etwas ganz anderes mit mir geschehen?

*

In der ersten Zeit kämpfte ich gegen die Vertrautheit, mit der Paris überzogen zu sein schien wie mit einem Schleier (oder einer Farbe, die durch alle anderen Farben hindurchleuchtete). Mit aller Macht versuchte ich, die Stadt zu einer fremden Stadt zu machen, die ich – ich allein – mir erobern könnte. Ich versuchte sie zu reinigen, vor allem von Maman und GP. (Unsere Abkürzung für *grand-père*, tausendfach ausgesprochen, sieht geschrieben komisch aus, nicht wahr?) Und auch von dir versuchte ich Paris zu reinigen, ja, auch von dir. (Nicht von Papa; er schien, obwohl er genausooft dort war wie wir anderen, in Paris nie angekommen zu sein.)

Oft war ich erschöpft von diesem krampfhaften Versuch, und dann geschah etwas Sonderbares mit meinem Französisch: Obwohl eine unserer Muttersprachen, erschien es mir mit einem Male fremd und voller grammatikalischer Tücken, wie etwas, dessen man nie wirklich mächtig sein konnte, und ich war verwundert, daß ich die Botschaften verstand, die in diese verwickelten Ausdrucksformen gekleidet waren. Vielleicht, dachte ich in jener Zeit, erging es mir jetzt ähnlich wie Papa, wenn er plötzlich herumstotterte, als habe er gerade die ersten Lektionen hinter sich. In solchen Momenten vermißte ich ihn sehr. Ich sprach langsam wie ein Bauernkind aus einem fernen Alpental, ein trotziger Tölpel, der auch sonst darauf bestand, sich in der geschliffenen Welt nicht auszukennen.

Die Zeit verstrich, und durch ihr bloßes Verstreichen schuf sie – ob ich es wollte oder nicht – eine neue Wirklichkeit ohne dich. Ich versuchte, an Dinge in mir anzuknüpfen, von denen du nichts wußtest. Zunächst dachte ich, es seien nur wenige Dinge und ich würde lange nach ihnen suchen müssen. Doch nach und nach wurde mir mit Staunen bewußt, wieviel es war, was ich an Gedanken und Gefühlen vor dir verborgen hatte, so daß es mit deiner Sucht nach Gemeinsamkeit und Gleichklang nie in Berührung gekommen war. Ich hatte es nicht mit Absicht verborgen. Das hätte bedeutet, dich zu betrügen, und so etwas war undenkbar. Es kam mir vor, als habe eine schützende Instanz ohne mein Zutun dafür gesorgt, daß sich ein Teil meines Inneren dem Sog deiner vereinnahmenden Gegenwart entzog.

In jener Zeit begann ich, ein Tagebuch zu führen. Als ich es soeben nach langer Zeit aufschlug, überraschten mich die ersten Sätze. Sie sind an dich gerichtet: *Ich weigere mich zu glauben, daß nicht auch du viele Dinge für dich behalten hast. Es gibt also nicht den geringsten Grund für ein schlechtes Gewissen. Wie hast du es bloß erreicht, daß ich mich sogar jetzt, wo die Trennung vollzogen ist, noch schuldig fühle angesichts von Erfahrungen, die ich dir verschwieg?* In der nächsten Eintragung versuchte ich es mir zurechtzulegen: *Du hast das Verbot der Abgrenzung, das Maman dir einpflanzte, an mich weitergegeben.* Meine damalige Handschrift kommt mir ungelenk und fast noch kindlich vor, sie paßt nicht zu der Einsicht, die sie festhält. (Einmal, wir werden dreizehn oder vierzehn gewesen sein, sagtest du, wie schön es wäre, wenn sich unsere Handschriften voneinander in nichts unterschieden. Du sagtest es in scherzhaftem Ton und verbandest es mit der Vorstellung eines Verwirrspiels den Lehrern gegenüber. Trotzdem erschrak ich.)

Ich ging damals viel ins Kino. Nicht der Zerstreuung wegen oder weil mich die Geschichten anzogen. (Im Gegenteil: Am Anfang war ich ganz ausgefüllt von meiner eigenen Geschichte, geradezu trunken.) Was ich stets von neuem suchte, war eine Erfahrung, die ich einige Monate zuvor in Berlin gemacht hatte, als ich zum erstenmal ohne dich ins Kino ging.

Es war eine Sensation und kam mir wie ein Verbrechen vor, als ich eine Karte für mich allein kaufte. In den ersten Minuten fühlte ich mich allein vor der Leinwand schutzlos. Dein Arm lag nicht auf meiner Lehne. Es war unglaublich: Wir sahen die Bilder nicht *zusammen*. Diesen Gedanken habe ich während des Films Hunderte von Malen gedacht. Während der anderthalb Stunden in jenem dunklen Raum vollzog sich etwas Unerhörtes: Ich begann, mich von dir zu lösen. In den ersten Minuten überlegte ich, wie ich dir die Bilder – die ungewöhnlichen Farben, die gelungenen Schnitte – später erzählen könnte. Noch hatte der Gedanke, daß es besser war, damit allein zu bleiben, nicht die Kraft, sich in mir auszubreiten. Dann kam im Film der erste dramatische Wendepunkt. Das Geschehen nahm mich vollkommen gefangen. Meine vorweggenommene, an dich gerichtete Erzählung wurde von den Bildern überrannt. Ich erlebte die Szene ganz allein. Noch nie hatte mich eine Szene mit solcher Macht in ihren Bann geschlagen, noch nie waren Filmbilder so tief in mich hineingesunken. Unsere Gemeinsamkeit, so dachte ich später, war wie ein Filter vor allem gewesen. Er hatte den Bildern im Film wie auch in der Wirklichkeit diese besondere Qualität des Geteilten verliehen, die süchtig machen kann, ihnen aber auch etwas von ihrer Unmittelbarkeit und Gegenwart nimmt – einer Gegenwart, die man nur allein erleben kann, weil das Alleinsein ein Bestandteil des Erlebens ist. Als der Film Atem holte, erwachte ich erschrocken aus meiner einsamen Gegenwart, erschrocken darüber, daß du mir nicht gefehlt hattest.

Für den Rest des Films gab es in mir einen Widerstreit zwischen der Trauer darüber, daß in diesem dunklen, muffigen Kino eine neue Zeitrechnung begonnen hatte, und einem aufkeimenden, mit Macht sich ausbreitenden Empfinden der Freiheit, das mir in einer Mischung aus Schuld und Freude die Tränen in die Augen trieb. In stummer Verbissenheit verteidigte ich mich gegen den Schmerz auf deinem Gesicht, wenn du es erfahren würdest, ein Schmerz, der viel schlimmer sein würde als der heftigste Vorwurf (den du mir nie machen würdest). Über dieser Verteidigung, die gründlich war und umfassend, eloquent ohne Worte, verlor ich im Film den Faden, so daß ich nicht weiß, wie er ausgegangen ist.

Die Kinokarte, die wir während der Vorstellung eingerollt zwischen den Fingern zu halten pflegten, um sie beim Ausgang mit scherzhafter Gleichzeitigkeit in den Abfallkorb fallen zu lassen – die Kinokarte zerriß ich dieses Mal mit einer nüchternen Bewegung und warf sie weg. Dann setzte ich mich in unser Café und weinte, als die Kellnerin, die uns immer bedient hatte, nach dir fragte.

Erzählt habe ich ihn dir nicht, jenen Kinobesuch, mit dem ich unser bedingungsloses Bündnis verriet. Es kam heraus, als ich mich einige Tage später versprach. Du sagtest kein böses Wort, nicht einmal ein enttäuschtes, du sagtest überhaupt nichts. Nur deine Augen wurden dunkler. Weder nach dem Inhalt des Films fragtest du, noch nach den letzten Bildern, die uns bei jedem Film besonders interessierten und über die wir eine Theorie hatten. (Eine falsche übrigens, wie ich weiß, seit das mein Beruf ist.) Ich traute mich nicht zu fragen, ob wir uns den neuen Film von Chabrol ansehen wollten. Ich wußte, wie du warst: Du würdest mein verschwiegenes Handeln von neulich so auslegen, als wollte ich nun nie mehr mit dir ins Kino – so dumm, so kindisch, so fürchterlich verletzt konntest du sein. Erst viel später erfuhr ich, daß du am Tag danach in die erste Vorstellung gegangen warst und dir den Film, an dem ich unser Getrenntsein erprobt hatte, nun auch angesehen hattest. Dieselben Bilder sehen, die ich gesehen hatte: Es war dein verzweifelter Versuch, die Lücke zwischen uns zu schließen, die du plötzlich klaffen sahst. Es hat mich lange beschäftigt, daß du das tatest. Ich war gerührt, glaub mir, und habe dich dafür auch geliebt. Trotzdem begann ich mich verfolgt zu fühlen. Ich sah mir Filme am letzten Tag an, an dem sie liefen. Um mit ihnen allein bleiben zu können. Es begann ein stummer Kampf.

All das durchlebte ich hier nun von neuem. Allein ins Kino gehen – es wurde zu einem Ritual der Loslösung und Verselbständigung. Es gab Zeiten, da ging ich jeden Tag, sogar mehrmals am Tag. Von jener befreienden Erfahrung konnte ich nicht genug bekommen, auch wenn sie sich abzunutzen und zu verblassen begann. (Einmal, da verkehrte sie sich sogar in ihr Gegenteil: Statt daß ich meine Freiheit genoß, vermißte ich dich während des ganzen Films und stellte mir gegen meinen Willen vor, du säßest neben mir wie früher und flüstertest mir ins Ohr. Danach ging ich eine Weile nicht mehr ins Kino.) Die einsame Beschäftigung mit Bildfolgen, Szenen und Schnitten, das schien mir ein Weg zu sein, in ein Leben hineinzuwachsen, das ganz allein meines war. So ist es denn kein Zufall, daß ich Cutterin geworden bin. Die Kollegen sind immer wieder erschrocken zu sehen, wie heftig ich werden kann, wenn man mich bei der Arbeit stört. Sie können nicht wissen, daß es dabei um sehr viel mehr geht als Ruhe. Manchmal ist mir, als übte ich drüben im Studio die Trennung von dir als Beruf aus.

Als ich Maman nach drei Monaten meine Adresse mitteilte, schickte sie mir deine Karte, auf der die Adresse in Santiago stand. Dazugeschrieben hatte sie nichts. Die Karte trug ein Datum von Ende Juli und enthielt die Bitte, die Adresse an mich weiterzuleiten. *Par exprès*, hattest du hinzugefügt.

Santiago, Chile – als ich diese Wörter las, war mir sofort klar, daß die riesige Entfernung das schreckliche Ausmaß deines Schmerzes zum Ausdruck brachte. Der Name des fernen Ortes war wie ein Aufschrei, und es kamen mir die Tränen. Es waren indessen auch Tränen der Wut. Wut über das Pathetische deines Tuns. Ein Ort am anderen Ende der Welt hatte es sein müssen. Wie üblich – sagte ich zu dir – hast du übertrieben in deinem Hang zum Melodramatischen, den du von Maman aufgesogen hast wie durch Osmose. Irgend jemand sollte es heroisch finden. Oder genügte es, daß du selbst es so fandest? Du wußtest, daß ich das Irrsinnige an dieser Wahl richtig zu lesen verstand. Du wußtest, wie mich die Botschaft treffen würde. Die Kunst der stummen Dramatik – ich kenne niemanden, der sie so virtuos beherrscht wie du, der Redegewandte.

Einen halben Tag lang bin ich durch die Straßen geirrt und habe mich verteidigt. Ich brauchte Zeit, sagte ich zu dir, ich brauchte einige Wochen Zeit und Stille. Ich brauchte Schutz vor dir und deinen Worten. Nach dem, was geschehen ist, hatte ich ein Recht darauf. Ich mache dir keinen Vorwurf, ich wollte es in jenem Moment auch, schon auf der Tanzfläche, als du meinen Fuß hieltest, spürte ich, daß ich es wollte, und vorher, als sich unsere Blicke im Spiegel trafen, vielleicht wollte ich es auch da schon, jedenfalls wollte ich es auch, und überhaupt ist es keine Frage von Schuld, nur brauchte ich in den ersten Wochen Zeit, Zeit und Ruhe vor dir. Darauf hatte ich ein Recht.

Ich wollte dir meine Adresse schicken und wußte nicht wie. Mit welchen Worten sollte ich sie begleiten? Wenn ich überhaupt schriebe, so müßte ich erklären, warum ich es erst jetzt tat. Und die rechtfertigenden Worte, die ich auf der Straße und im Café vor mich hingemurmelt hatte, die konnte ich nicht aufschreiben, es waren Worte für ein Gespräch, ein Streitgespräch vielleicht, es waren nicht Worte fürs Papier, da würden sie falsch klingen, falsch und selbstgerecht und verletzend.

Und so schrieb ich dir nicht. Ich würde es tun, sobald dein erster Brief käme. Meine Adresse würde dir Maman schicken, dachte ich, so wie sie mir deine geschickt hatte. Es lag Ironie darin, daß ausgerechnet sie nun zum Bindeglied zwischen uns wurde, nachdem sie bis zuletzt gegen diese Bindung gekämpft hatte, wenn auch erfolglos.

Es kam kein Brief von dir. Ich stellte mir vor, du hieltest meine Adresse in Händen, um sie nach einer Weile aus Groll und Schmerz wegzuwerfen, da ich so lange gezögert und dann nicht einmal selbst geschrieben hatte. (Dabei lag sie jahrelang in verschlossenem Umschlag in deiner Schublade.) Diese Vorstellung mag mit ein Grund gewesen sein für das, was ich tat. Deine Karte blieb zwei quälende Monate lang liegen. Dann, kurz vor Weihnachten, habe ich sie vernichtet. Es war grausam. Es ist das Grausamste, das ich jemals getan habe. Viel grausamer noch als dich zu wecken, bloß um Adieu zu sagen.

Ich brauchte das mir Unbekannte an deinem Leben, um mich zu befreien. Ich brauchte das stetige, tägliche Anwachsen von Erinnerungen, die wir nie teilen würden. Meine Erinnerungen wuchsen an, und deine auch, und es waren nicht die gleichen Erinnerungen. Diesen Gedanken brauchte ich, ich brauchte ihn immer von neuem. Er wurde Bestandteil meines neuen Lebens in dieser Stadt. Er war Teil der Cité Vaneau im 7. Arrondissement, wo ich bei Madame Auteuil wohnte, er gehörte zu meinem Platz im Reisebüro, wo ich zu Beginn arbeitete, und später gehörte er zum Schneideraum und zu dem Café, wo ich mittags mein Sandwich aß. All diese Dinge bekamen ihre Wirklichkeit und Gegenwart durch den Gedanken an das Anwachsen von Erinnerungen, von denen du nichts wußtest.

*

Der erste Schimmer der Morgendämmerung erscheint über den Dächern. Die Augen brennen. Wie grausam es ist, was ich aufschreibe! Ich zögere lange, bevor ich harte Worte wie diese hinschreibe. Dann presse ich den Kopf in die Hände und denke an unsere Abmachung: daß es die Wahrheit sein soll, ganz gleich, wie groß der Schmerz sein mag.

Vorhin dann plötzlich der Gedanke: Mit dieser Offenheit gebe ich das Verschwiegene preis, das mir so wichtig war, um selbständig zu werden. Wie konnte ich meinen, daß diese Offenheit uns die Freiheit voneinander bringen könnte? Schafft sie nicht vielmehr eine neue Intimität, die uns aneinander binden wird, stärker noch als früher? Ich kenne mich nicht mehr aus.

*

Ich habe von unserer geplanten Begegnung im Bistro geträumt. Unsere Aufzeichnungen lagen auf dem Tisch, so daß kaum mehr Platz für die Tassen blieb. Ausgetauscht hatten wir noch nicht. Wir sprachen über das Bündnis des Erzählens. Immerhin sei es ein *Bündnis*, sagtest du. (Das Wort hallte durch den ganzen Traum wie ein endloses Echo.) Und wenn wir nachher tauschten, sei es, als ob wir Ringe tauschten. Ich erschrak und widersprach heftig, wobei mir die Stimme nicht richtig gehorchte. So sei es nicht gemeint gewesen, sagte ich. Eine Befreiung habe es sein sollen, nicht ein neues Band. Dein Gesicht wurde dunkel und verlor alle Konturen. Dann sei dies also ein letzter Abschied, sagtest du. Ich wollte dir erklären, daß es so nicht zu sein brauche; daß wir uns nach der befreienden Lektüre wieder würden sehen können, befreit eben. Du sahst mich an, als spräche ich eine völlig fremde Sprache. Es war fürchterlich.

*

Kaum war ich aufgestanden, kam die Spedition mit den Bücher-kisten aus Berlin. Erst jetzt, wo sie sich hier stapeln und etwa ein Drittel der Wohnung verstellen, wird mir bewußt, wie viele es sind. Es gab in Papas Arbeitszimmer viele Regale. Trotzdem habe ich an ihn nie als einen Mann mit vielen Büchern gedacht. Mit vielen Partituren: ja; mit vielen Büchern: nein. Er war kein *homme de lettres*. Er war es so wenig, daß es ausgesprochen ko-misch wirkt, diese Bezeichnung im Zusammenhang mit ihm auch nur zu erwähnen. Um so verblüffender ist es, wie viele Ki-sten da jetzt stehen. Die eine oder andere wird auch voll sein mit Büchern von Maman.

Paßten Bücher zu Maman? Es ist verrückt: Ich weiß es nicht. Und wie ich das hinschreibe, drängt eine Empfindung ans Licht, wie ich sie hatte, als sich ihr Sarg in die Erde senkte: Was habe ich alles nicht gewußt von ihr! Wie groß ist meine Abwehr stets gewesen und wie klein mein Bemühen, ihr gerecht zu wer-den!

Drei Kisten sind meine Bücher, drei weitere deine. (Wenn das denn die richtige Bezeichnung dafür ist, daß die einen in mei-nem, die anderen in deinem Zimmer standen.) Nein, nach Chi-le wolltest du deine Bücher nicht verschiffen, das hast du mit großer Bestimmtheit gesagt. Es klang beinahe heftig, und du warst danach verlegen. Als seist du dort auch nach all den Jah-ren nur vorläufig – etwas freilich, was eigentlich niemand wis-sen sollte, nicht einmal ich. Ob es mir etwas ausmachen würde, die Bücher in Verwahrung zu nehmen? Wie steif dieser Aus-druck zwischen uns klang! Als seien es nicht Bücher, die auch ich gelesen habe! Jede Seite habe doch auch ich gewendet. Dir, dem Redegewandten, fehlten in Berlin oft die richtigen Worte. Ich war froh darüber, ich fühlte mich dir dann nahe – auf eine Weise freilich, die dir nicht geläufig ist und die du nicht erkannt haben wirst. Nein, sagte ich, es würde mir nichts ausmachen, auf deine Bücher aufzupassen. Du hast gelächelt: Das war das bessere Wort.

Und nun sind sie hier, deine Bücher. Hier in der Wohnung, die wie ein Bollwerk gegen die Vergangenheit war. Ein bißchen wirken sie wie Eindringlinge, deine drei Kisten; ein bißchen bedrängen sie mich. Es war kein Plan von dir, kein kluger Schachzug. Nicht, daß du dazu nicht fähig wärst. (In deiner Sehnsucht nach Gemeinsamkeit warst du stets so gerissen wie ein Feldherr.) Aber als die Frage mit den Büchern aufkam, warst du unvorbereitet, das könnte ich beschwören. Nein, es war kein Kalkül. Kein bewußtes.

*

Es ist früher Nachmittag, ein hellgraues, nüchternes Licht liegt über Paris. Der richtige Moment, um dir davon zu erzählen. Eigentlich wollte ich es in Berlin tun, *face à face*. Am Abend nach der Beerdigung zum Beispiel. Jetzt waren nur noch wir übrig, da hätte es gepaßt. Doch ich fürchtete dein nachträgliches Erschrecken und das, was es in deinem Gesicht anrichten würde. Ich wollte diese Erinnerung nicht mitnehmen. Sie hätte es schlimmer gemacht, als es war.

Ende Juli damals war meine Regel fällig. Sie blieb aus. Es kommen dabei Unregelmäßigkeiten vor, die eine oder andere hatte ich selbst schon erlebt. Deshalb habe ich den Test nicht sofort gemacht. Vor allem aber wollte ich mich auf mein Erschrecken vorbereiten, wenn es käme. Es mag sonderbar klingen, aber ich brauchte dazu einen festen Ort, an den ich jeden Tag hingehen konnte. Ich wählte den Jardin des Tuileries. Es ist der Ort, an den ich am Morgen des 15. Juli, dem ersten Morgen meines neuen Lebens, ging.

Das war ein wolkenloser Sommermorgen, man spürte, es würde ein heißer Tag werden. Ich setzte mich ans Wasser. Ich hatte das Gefühl, ich müsse das Leben für mich ganz neu erfinden, jede einzelne Bewegung darin, jedes Verharren, jedes Empfinden. Und neue Gewohnheiten brauchte ich, jede Menge neuer Gewohnheiten. Ich weiß noch, daß ich das Lachen der Kinder, und überhaupt das Lachen, aus der Einsamkeit heraus neu empfand. Zum erstenmal erlebte ich jene Form der Einsamkeit, die mir später lieb und teuer wurde: Sie ist voller Abschied und Trauer, zugleich aber auch voller Zukunft und Neugier. Überhaupt hat sie viel mit Zeit zu tun, diese – wie soll ich sagen – schöpferische Einsamkeit. Bisher hatte ich Zeit ja nur als etwas gekannt, das voll von deiner Gegenwart war. Jetzt war sie auf einmal nur noch meine Zeit, ganz allein meine. Ich konnte darin nach Belieben spazierengehen, im wörtlichen wie übertragenen Sinne. Ich ging im Jardin über den Kies, einmal nach rechts, dann nach links, einmal schnell, einmal langsam, einmal hüpfte ich, dann wieder schlurfte ich – alles, wie ich gerade wollte. Mit jeder dieser winzigen, unbedeutenden Entscheidungen schuf ich mir meine Zeit, es kam mir vor, als spänne ich sie wie ein Garn, das in meinen Händen entstand, ohne daß da vorher irgend etwas, irgendeine Substanz gewesen wäre, eher schien es mir so zu sein, daß es aus dem leeren Raum herauswuchs, der sich in meinen Fingern auf rätselhafte Weise in Zeit verwandelte. Es war wunderbar, und immer wenn es mir später schlechtging, fuhr ich zum Jardin und versenkte mich in das rätselhafte, traumgleiche Garn der Zeit.

Mit niemandem habe ich seither dort gesessen. Auch mit Stéphane nicht, der den Ort liebt. Immer bin ich ausgewichen, wenn er es vorschlug. Einmal ging es nicht anders, wir mußten durch den Jardin hindurch, alles andere wäre ein unsinniger Umweg gewesen. Mein hastiger Schritt und die Weigerung stillzustehen haben ihn überrascht, ein bißchen auch verletzt. Er hat nicht gefragt und nichts gesagt. So ist Stéphane.

An diesen Ort also ging ich, um mich auf das Erschrecken vorzubereiten. Du Traumtänzer, dachte ich dort auf der Bank, warum hast du nicht aufgepaßt. Das ist albern, fiel ich mir ins Wort. Beide zusammen haben wir uns forttragen lassen von diesem Wunsch, der alles Bisherige mit so wunderbarer, unwiderstehlicher Logik besiegelte. Weder du noch ich haben Widerstand geleistet, als die Vertrautheit in Verlangen umschlug.

Wir haben nie darüber gesprochen, doch wir wissen beide, daß es einen Vorboten gab. Es war an einem Abend im Januar, als wir in *Onkel Wanja* gingen. Ich stand vor dem hohen Spiegel im Entrée und dachte gerade, daß der Kragen des neuen

Mantels viel zu groß sei. Da sah ich dich herunterkommen in deinem wiegenden Gang, von dem du nichts zu wissen scheinst, obwohl darüber in der Schule manchmal getuschelt wurde. Du trugst das schwarze Veston über einem weißen T-Shirt, und um den Hals hattest du den weißglitzernden Schal geschlungen, der dir bis zur Hüfte hinunterreichte. Dein Schritt stockte, als sich unsere Blicke im Spiegel trafen, es war ein Stocken wie bei einem Anblick, der in Verlegenheit bringt. Dann nahmst du einen neuen, erstaunten Anlauf des Sehens, und ein Lächeln erschien in deinen Mundwinkeln, wie ich es noch nie auf deinem Gesicht gesehen hatte. (Vielleicht liegt es am Spiegel, dachte ich, freilich ohne mir zu glauben.) Ich klappte den hohen Kragen herunter, den ich aufgestellt hatte, um die Frisur gegen Schnee und Wind zu schützen. (Ich habe keine Ahnung, warum ich das tat, ich habe wirklich nicht die geringste Ahnung.) Dein Schritt war zögernd, als du hinter mich tratest, mir den Kragen sanft auf die Schultern drücktest, das Haar anhobst und den Nacken mit den Lippen berührtest, flüchtig, verstohlen, unsere Blicke trafen sich, wir mußten jetzt wieder zum alten Blick zurückfinden und taten es sehr schnell, du lachtest, dabei das Gefährliche an der Episode durchstreichend, abstreitend und doch auch aufbewahrend in diesem Lachen, ich werde es nie vergessen, dieses Lachen, mit dem du uns beide über den heiklen Moment hinübergerettet hast.

Ich weiß nicht, ob ich auch gelacht habe, es ist wie ein kurzer Filmriß, ich klappte den albernen Kragen wieder hoch, und dann waren wir draußen im Schneegestöber, du hast auf die Uhr gesehen und mich angetrieben wie jahrelang jeden Morgen, wenn wir zur S-Bahn hetzten. Diese Schulzeitgewohnheit, sie half uns (auch vor uns selbst) zu tun, als sei der Blick im Spiegel nicht gewesen, wir saßen in der S-Bahn wie Hunderte von Malen zuvor und taten, als sei es nicht wahr, daß zwischen uns mit einemmal alles anders war.

Ich habe jenen Mantel nie mehr getragen. Damit ich deine Lippen nicht mehr auf meinem Nacken spürte. Eine Weile hing er noch im Schrank, dann brachte ich das einmal getragene

Ding zum Roten Kreuz. Du hast mich mit der Tüte gesehen und kein Wort gesagt.

Daß wir auch diesen gefährlichen inneren Schritt zeitgleich taten! Einen Tick nur, einen winzigen Tick, war ich früher (wie fast immer in solchen Dingen). Denn wäre da nicht schon etwas in meinem Blick gewesen, als du herunterkamst – ein Glitzern, eine Bereitschaft, ich weiß nicht –, du wärst heruntergekommen wie sonst auch, vielleicht hättest du eine spöttische Bemerkung über meine Haarspange gemacht (die du *toc* fandest und *chiqué*), mehr nicht, du hättest nicht zugelassen, daß sich dein eigener Blick vor dem meinem entzündete, dafür war ich für dich zu …ich weiß nicht, jedenfalls hättest du das niemals zugelassen, nein, wir wären hinausgegangen wie sonst auch.

Tschechows Stück war an jenem Abend anders als sonst. In uns beiden, denke ich, kreiste (wie das Licht eines inneren Leuchtturms) die Frage, ob wir unsere wechselseitigen Blicke aus Wunschdenken heraus mißdeutet hatten. Ich jedenfalls schloß während der Vorstellung stets von neuem die Augen und versuchte mit aller Macht, das genaue Bild von dir heraufzubeschwören, das ich gesehen zu haben meinte. Jedesmal, wenn ich es vor mir hatte, war ich mehr noch als beim vorigen Mal hin- und hergerissen zwischen den Deutungen. So saß ich neben dir, jede Berührung vermeidend, auch die harmloseste und zufälligste, und zwischen uns stand der Gedanke an die größte Nähe, ein Gedanke, der uns voneinander wegtrieb wie noch nie etwas zuvor, denn er war undenkbar.

Eine neue Zeit hatte begonnen, ohne daß wir es uns eingestehen konnten. Wir hatten immer zu schweigen verstanden, besonders in Theaterpausen; für bildungsbürgerliches Geschwätz über Theater hatten wir nur Verachtung übrig. So schwiegen wir auch damals. Doch schien es mir nicht unser übliches Schweigen zu sein. Wir taten genau dasselbe wie immer; im Inneren aber war es ein anderes Schweigen. Auch an unseren Blicken war etwas anders. Eine neue Scheu und Zurückhaltung lag darin. Keiner wollte die unverfängliche Zärtlichkeit des Blicks wagen, die weit in die Kindheit zurückreichte. Wir wollten sie nicht riskieren aus Furcht, uns durch einen Blick zu verraten, in dem auch Verlangen gestanden hätte.

Von jenem Abend an herrschte für ein halbes Jahr banges Warten und verleugnete Vorfreude. Wir wußten, daß es nicht passieren durfte und doch passieren würde. Auch in den Monaten, wo die Dinge ohne spürbares Gefälle auf das Verbotene zu verliefen und wo wir uns mit der gewohnten Vertrautheit begegneten – auch in jenen Monaten geschah etwas. Es war, als kochte die Zeit. Alles, was geschah, war von der erstaunten Wahrnehmung geprägt, daß die Versuchung sich so weit hatte zurückdrängen lassen.

Und dann verlor ich auf dem Abiturball den Schuh. Ohne aus dem Rhythmus zu geraten, bücktest du dich, um ihn mir wieder anzuziehen; es war ein Meisterstück des Gleichgewichts. Ich bewunderte es um so mehr, als du es vor aller Augen vollbrachtest, denn inzwischen standen alle um die leere Tanzfläche herum und sahen den Zwillingen zu, die zum erstenmal in der Öffentlichkeit zusammen tanzten. Du führtest meinen Fuß zurück in den Schuh. Die Bewegung wird von außen nüchtern und zweckmäßig ausgesehen haben. Und doch veränderte sie die Welt. Die Wärme deiner Hand, die sanfte Festigkeit des Griffs – sie werden mir für immer unvergeßlich bleiben. Unsere Blicke ertranken ineinander, als du wieder oben warst, nein, dieses Mal konnte es kein Mißverständnis sein, auch im Januar war es keines gewesen, das wußten wir in diesen Sekunden, und als wir uns nachher bei rauschendem Applaus Hand in Hand verbeugten, waren meine Hände schweißnaß in den weißen Handschuhen.

Noch heute bin ich erstaunt über das Paradox, daß es der Blick der anderen war, unter dem wir unsere neue, verbotene Nähe besiegelten.

Irgend jemand muß uns nach Hause gefahren haben, alles andere hatte ich bereits vergessen, als wir im dunklen Entrée aufeinander zugingen. Im Lichtschein, der durch das Glas über der Tür hereindrang, sah ich das schweißnasse Haar auf deiner Stirn. Und den weißen Schal. Bei Gelegenheiten wie diesen trugst du ihn immer, sommers und winters, er galt als dein Markenzeichen. Jetzt schlangst du ihn um mich. *«Fanfaron»*, sagte ich, bevor sich unsere kalten, zitternden Lippen vermischten. Es war das schönste Wort, das mir in jenem Augenblick einfiel.

*

Ich erwartete ein Kind von dir. Noch am selben Tag, an dem ich das Testergebnis bekam, rief Madame Auteuil, meine Wirtin, einen alten Freund an, einen Frauenarzt, der mich an einen jüngeren Kollegen vermittelte. Am nächsten Tag war ich bei ihm. Das Gespräch war kurz, von meiner Seite einsilbig, aber meine Auskünfte genügten ihm. Am Tag darauf erfolgte der Eingriff. Ich blieb eine Nacht dort und schlief schlecht. Für das Mittagessen saß ich bereits wieder in meinem Café in der Cité Vaneau. Die Wahrheit hat niemand erfahren.

Tagelang hatte ich mich auf das Erschrecken vorbereitet. Es setzte nicht ein. Vielleicht war es von der Vorbereitung aufgesogen worden. Unangenehm war, die Hände und Instrumente im Leib zu wissen, und es störte mich, daß ein Mann es machte. Aber so ging es am glattesten, deshalb hatte ich zugestimmt. Etwas blieb zurück, viel länger als ich dachte: Ich hatte keine Augen mehr für Männer. Ich lief nicht weg vor ihnen und empfand keine Feindseligkeit. Auch wäre es nicht genau, wenn ich sagte, daß sie mir gleichgültig waren wie Möbelstücke. Vielmehr war es so, daß sie alle gleich waren, grau, gestelzt und ein bißchen lächerlich mit ihren Bärten, Bäuchen und abgerissenen Jeans. Drei Jahre hat das gedauert, und unter den Kollegen, da bin ich sicher, kursierten Gerüchte.

Einmal habe ich geträumt, daß Papa davon wisse. Er sprach nicht zu mir, sondern zu einem Dritten, der Anklage gegen uns erhob. «Wenn es sie doch zueinander zog!» sagte er aufgebracht. Natürlich war es mein Wunsch, daß er das sagte. Aber er hätte es auch in Wirklichkeit sagen können. So war er. Ich habe den Traum aufgeschrieben und zu einer kleinen Geschichte ausgeschmückt. Es hat mir gutgetan.

In der Nacht zum 14. Juli denke ich regelmäßig daran. Es ist nicht immer gleich. Manchmal zieht es mich in den Jardin, manchmal ins Kino. Stéphane habe ich gesagt, ich möge den Rummel nicht und wolle allein sein. Aber der Rummel ist doch erst morgen, hat er eingewandt.

Nein, entsetzlich war es nicht. Aber ein bißchen anders wäre mein Leben schon, wenn diese Dinge sich nicht ereignet hätten.

*

Es gibt diese Wohnung: vier Zimmer, hohe Räume mit Stuckdecken, Kamin mit eingelassenem Spiegel darüber (gerahmt wie ein Gemälde), Fischgrätenparkett, goldene Türgriffe, altmodische Eleganz im Bad, perfekt ausgestattete Küche. Ein Traum von einer Wohnung in einer Seitenstraße vom Boulevard des Italiens. Sie ist mir von Madame Bekkouche angeboten worden, einer gebürtigen Algerierin, der das Studio gehört, in dem ich arbeite. (Sie ist selten da und versteht vom Schneiden nichts; aber es ist ihr Geld, und sie bestimmt, wer welchen Film bearbeitet.) Die Miete wäre lächerlich gering, das Angebot ist also persönlich gemeint.

Obwohl sie mich kaum kennt, hat sie den Narren an mir gefressen. Sie bekam zwei Filme in die Hände, bei denen ich den Schnitt besorgt hatte, und war von den beiden Dingen begeistert, mit denen ich mir hier so etwas wie einen Namen gemacht habe. (Zu meiner Überraschung, denn für mich war es – zunächst wenigstens – eine Spielerei, und außerdem bin ich sicher, daß andere das gleiche auch schon gemacht haben, es ist naheliegend, wenn man einmal begriffen hat, wie im Film Zeit definiert ist.) Sie hatte auch gleich Namen parat für die beiden Stilmittel. Das eine nennt sie (natürlich!) *à bout de souffle.* Im Grunde genommen sind es einfach Vorblenden. Ich streue in immer kürzer werdenden Abständen Bilder von dem ein, was noch nicht ist, aber demnächst sein wird, so daß sich der Bilderfluß auf einen bestimmten Punkt in der Zukunft zubewegt, ihm näher und näher kommt, bis die zuvor eingestreuten Bilder, die nur kurz aufgeblitzt waren, schließlich als ruhige, kontinuierliche Gegenwart ablaufen. Das erzeugt eine gewisse Atemlosigkeit. Die andere Sache nennt Madame Bekkouche *l'écho visuel.* Auch das ist etwas ganz Einfaches: Ich wiederhole bereits gezeigte Bilder und mache dadurch die besondere Bedeutung deutlich, die sie für eine Figur hatten. Raffiniert daran ist nur, daß es nicht die Bilder sind, die dem durchschnittlichen Zuschauer wichtig wären, sondern Bilder, deren Auswahl für diese besondere Figur typisch ist. Dadurch erfährt sie dem Zuschauer gegenüber eine Abgrenzung und wird durch das bildhafte Echo in ihren inneren Konturen eingekreist. (Natürlich stammt die Idee mit dem Echo aus der Musik.)

Diese beiden Dinge beeindruckten Madame Bekkouche so sehr, daß sie eine berühmte Cutterin aus mir machen möchte *(Vous aurez du succès extraordinaire, Mademoiselle Patricia, les réussites sont inévitables).* Daher die Wohnung; zum Erfolg gehört die elegante Wohnung. Erst der Erfolg, dann die Wohnung, sagte ich. Aber Florence Bekkouche sieht das anders: Erfolgreich wird man dadurch, daß man sich erfolgreich gibt, *voilà le truc.*

Ich will die Wohnung nicht, ich wollte sie von Anfang an nicht, ich will in meiner Dachwohnung mit den vielen schrägen Balken und dem Blick über die Dächer bleiben. Ich hatte gehofft, daß sich die Sache während meiner Abwesenheit erledigen würde. Aber heute morgen rief Madame Bekkouche an, ein bißchen ungehalten über mein Schweigen, aber immer noch überschwenglich, *c'est une chance unique, Mademoiselle Delacroix.* Ich lehnte ab. Sie war eingeschnappt und wandte sich an die Kollegen: Was mit mir los sei? Ich käme erst am Montag zur Arbeit, sagte ich dem Kollegen, der mir den Klatsch weitergegeben hatte. Dann zog ich das Telefon heraus und machte Papas Bücherkisten auf.

*

Jeder würde es für ein Märchen halten, aber es ist wahr: Papa hat ein System von Erfolgen und Mißerfolgen entwickelt, eine regelrechte scholastische Theorie, in der es nicht weniger als achtundzwanzig verschiedene Arten gibt. Ich habe Stunden gebraucht, um dahinterzukommen, und noch kenne ich kaum die Umrisse dieser Gedankenwelt, in der es so umwegig und raffiniert zuzugehen scheint wie in der Kabbala.

Zunächst fiel mir nur auf, daß es unter den Büchern, die zum großen Teil Musikerbiografien sind, kaum eines ohne farbige Unterstreichungen gibt. Nach einer Weile begann ich mich darüber zu wundern, daß Papa im Laufe der Zeit eine Unmenge verschiedener Stifte benutzt hatte, wenn ihm etwas wichtig erschienen war, und zwar auch Stifte in ungewöhnlichen Farben: helles, fast weißes Lila etwa, oder dunkles, fast schwarzes Olivgrün, oder ein rötliches Ocker. Nur langsam dämmerte mir, daß sich dahinter ein System verbergen könnte. Die farbigen Markierungen betreffen nämlich ausnahmslos Stellen, an denen von Erfolgen oder Mißerfolgen die Rede ist, die ein Komponist oder Werk erfahren hat. Der rauschende Premierenerfolg, das weiß ich bereits, ist (was sonst bei Papa!) weinrot. Das kann man an Verdis *Nabucco* oder an *Salome* von Richard Strauss ablesen. Ich holte den Farbenkreis und suchte die komplementäre Grünschattierung. Ich hatte richtig vermutet: Mit diesem Stift hat Papa angestrichen, wenn eine Oper bei der Premiere ausgepfiffen wurde, wie Rossinis *Ermione* oder Debussys *Pelléas et Mélisande*. Von da an wird es komplizierter. Wichtig war ihm natürlich, ob ein Werk, selbst wenn es zunächst abgelehnt wurde, später Anerkennung erfuhr *(Traviata)*, oder ob es für immer verschwand (Tschaikowskys *Undine*). Das hat mit Blautönen zu tun, scheint mir. Die Frage, wie früh im Leben eines Komponisten der Erfolg kam, wird in Gelb dargestellt, wobei sich das leuchtendste Gelb bei Rossinis *Tancredi* findet. Andere Klassifikationen, wo mir die Übersicht noch fehlt, scheinen zu sein: Erfolg als Applaus des Publikums, Erfolg als Liebeserklärung berühmter Sänger an ein Werk, Erfolg als Lob aus der Feder der Kritiker, Erfolg gemessen an der Anzahl der Aufführungen, Erfolg gemessen am Geld, Erfolg in und außerhalb des eigenen Landes, Erfolg durch das Populärwerden von Melodien. Entsprechend die Mißerfolge, und dann wird es farbliche Nuancen für die Kombinationen solcher Werte geben. Weiter bin ich noch nicht vorgedrungen. Plötzlich war ich erschöpft, und als ich etwas essen wollte, merkte ich, daß mir schlecht war.

Ich legte mich aufs Bett und dachte an die Zeit, als ich, noch ein kleines Mädchen, heimlich bei Papa im Arbeitszimmer war und er mir von seinen gesungenen Märchen erzählte. Als ich darin schon eine gewisse Erfahrung hatte (wie ich fand), machte ich hin und wieder selbst einen Vorschlag, wie die Geschichte weitergehen könnte. Wie stolz war ich, Papa, wenn du einen meiner Vorschläge übernahmst (oder doch so tatest als ob)! Warum hat dir das nicht genügt? Warum war es so wichtig, daß die Welt deine Werke beklatschte? Warum waren dir meine Liebe und Anerkennung nicht genug? Warum sollten andere applaudieren – wildfremde Menschen, die dir doch überhaupt nichts bedeuten konnten?

Papa konnte wunderbar erzählen. Niemand sonst fand das. Auch du nicht. Nicht daß er, wenn wir allein waren, plötzlich zum wortreichen Erzähler geworden wäre. Es war ein karges Erzählen mit vielen Pausen und wenigen Worten. Man mußte sich auf das langsame Tempo seiner schweigenden Phantasie einlassen. In seiner extremen Langsamkeit war es ein Tempo, das die Welt aus den Angeln hob. Das Aufgeregte und Grelle der äußeren Welt verlor an Wirklichkeit, wenn Papa bedächtig Wort an Wort fügte und seinen Figuren Leben verlieh. Er hat uns nie Märchen vorgelesen. Das hatte er nicht nötig. Mit einem Blick, der nur zum Schein tadelnd war, in Wirklichkeit aber Komplizenschaft verriet, sah er mich über den Rand seiner Halbbrille an, wenn ich nach dem offiziellen Zubettgehen in das Zimmer mit der rötlichen Tapete schlüpfte, das in Genf sein Arbeitszimmer war. Anfangs saß ich auf seinem Schoß, wenn er erzählte, doch bald zog ich es vor, auf dem Boden zu sitzen, den Rücken an die rote Stofftapete gelehnt. Mit den Handflächen fuhr ich über den Stoff, der sich weich wie Samt anfühlte, und diese samtene Empfindung wurde Teil von Papas Worten, die von Opernschicksalen handelten. Viel verstand ich nicht, denn er gab sich keine Mühe, die tragischen Geschehnisse dem Verständnis des kleinen Mädchens anzupassen. Doch das spielte keine Rolle. Wichtiger als der Inhalt war die Begeisterung in seinen Worten, eine leise, oft nur geflüsterte Begeisterung, voller Geheimnis, denn es sollte niemand von unseren nächtlichen Ausflügen in die Phantasie wissen. Die flachen, ovalen Zigaretten mit dem ägyptischen Tabak, die er damals rauchte, rochen während jener Stunden anders als sonst, ich konnte es mir nicht erklären, war aber ganz sicher, daß es sich so verhielt. Und nur in jenem Raum, eingehüllt in jenen besonderen Rauch, formte, ja modellierte Papa seine überraschenden Wörter, die man sonst nirgendwo hören (und, das stand für mich außer Zweifel, auch nicht lesen) konnte, Wörter von berauschendem Wohlklang und magischer Treffsicherheit. Die meisten habe ich vergessen, obgleich sie mir so kostbar waren. Wenn Papa mich mit einem Kuß auf die Stirn verabschiedet hatte und ich im Bett lag, hatten sich jene besonderen Wörter in nichts aufgelöst, es war, als hätten sie nur einen märchenhaften Augenblick lang existiert als Gebilde, in denen sich Samt, orientalischer Geruch und geflüsterte Begeisterung vermischten. Eines Tages dann kniff ich die Augen fest zusammen (ich hatte irgendwo gehört, daß das Konzentration bedeutete, wobei ich mich insgeheim fragte, was das sein mochte), und da gelang es mir durch unausgesetztes inneres Wiederholen, drei dieser Wörter aus Papas Zimmer hinauszuschmuggeln und für immer festzuhalten: *wildlederweiche* Stimme, *herbstsanfte* Melodie und *nachtschwarze* Verzweiflung.

Was hätte ich darum gegeben, jene nächtlichen Séancen in Berlin fortzusetzen! In Papas neuem Zimmer fehlte die samtene Tapete, die Beleuchtung hatte gar nichts Märchenhaftes mehr, und der Weg von meinem zu seinem Zimmer war viel zu lang, als daß ich hätte unentdeckt bleiben können. Doch das eigentliche, unlösbare Problem war, daß ich älter wurde. «Jetzt bist du eine Gymnasiastin!» sagte Papa, als ich am Abend des ersten Berliner Schultags zu ihm ins Zimmer trat. Das Wort hatte einen aufregenden Klang, es versprach viel, enthielt aber auch eine unüberhörbare Forderung. Ich hätte stolz sein müssen. Statt dessen war ich auf neue, bisher nicht gekannte Weise traurig: Es war das erste Mal, daß mir die Unwiderruflichkeit von etwas Vergangenem zu vollem Bewußtsein kam. «Man gewöhnt sich daran», sagte Papa, ein spöttisches und doch sanftes Lächeln auf den Lippen.

Zwei, drei Jahre vergingen, ohne daß es einen Ersatz für unsere frühere, geheimnisvolle Nähe gab. Zwar sah mich Papa auch jetzt noch manchmal mit seinem komplizenhaften Blick an, und ich vergaß nie, ihn nach der Oper zu fragen, an der er gerade arbeitete. Aber es war nicht mehr dasselbe. Mir fehlte unser früheres Geheimnis. Und so war ich wie elektrisiert, als Papa eines Abends beim Essen den Namen von Cesare Cattolica erwähnte.

Ich wußte vom ersten Moment an, daß es diesen Komponisten nie gegeben hatte. Gemerkt habe ich es an Papas Stimme, die mich an unsere frühere Verschwörung erinnerte, an den orientalischen Rauch und die samtene Empfindung auf den Handflächen. Dir gefiel es, daß einer so geheißen hatte wie der adriatische Badeort, und Maman sagte etwas über die Eleganz seines Vornamens. Ich aber wußte, daß er ihn erfunden hatte wie eine Opernfigur. In Eufemia, einem kalabrischen Dorf, ließ er ihn aufwachsen. Ich hätte geschworen, daß er diesen Ort ebenfalls erfunden hatte. Aber da war er, als ich nachher auf der Karte nachsah. Papas Mischung aus Wirklichkeit und Phantasie, sie ließ sich nicht ausrechnen.

Cesare Cattolica – er war dein Idol, Papa. Ein Held des Mißerfolgs. Du brauchtest ihn, er war dein treuer Gefährte auf dem endlosen Weg der Enttäuschungen. Ihm, der nicht zufällig aus der ärmsten Region Italiens stammte, hast du eine Energie und Festigkeit des Willens verliehen, die deine noch übertraf, so daß du dir daran immer von neuem ein Beispiel nehmen konntest. Er kannte, da bin ich sicher, alle vierzehn Arten des Mißerfolgs und noch einige mehr. Seine Reisen nach Mailand dauerten Monate, weil er sich unterwegs verdingen mußte, um das nächste

Stück der Fahrt bezahlen zu können. Er wollte seine Partituren, die er auf dem Leib trug, persönlich bei der Scala abgeben; der Post nämlich mochte er sie nicht anvertrauen. Sie lachten über ihn, wenn er auf den Stufen der Scala schlief, bis er bei einem Dirigenten vorgelassen wurde. Die Szenen der herablassenden Zurückweisung hast du, stets in ganz wenigen Worten, so beklemmend zu beschreiben gewußt, daß es am Tisch still wurde und nur noch das Besteck zu hören war.

Es kam mir dann stets jene Begegnung zwischen dir und dem Professor von der Hochschule der Künste in den Sinn, die ich miterlebte, als ich dich im Steinway-Haus besuchte. Du warst steifer als sonst mit Kunden, aber du hast seine Fragen, auch die unnötigen, geduldig beantwortet. «Ach, übrigens», sagte er beim Hinausgehen, «ich bin endlich dazugekommen, einen Blick auf die Partitur zu werfen, die Sie mir geschickt hatten. Für mehr als eine kursorische Durchsicht hat es leider nicht gereicht, das Semester, Sie verstehen. Erinnert an die Italiener, da werden Sie mir zustimmen. Aber ganz ordentlich. Und was für eine Kalligraphie! Das Drucken erübrigt sich da von selbst!» Er war schon lange draußen, da standest du immer noch da, nach vorne gebeugt, als hörtest du ihm weiterhin zu.

Cesare Cattolica reiste nach Hause, wo er die Partituren in der dunkelsten Ecke des Dachbodens in einer Truhe verstaute, denn er hatte Angst, die Tinte könnte ausbleichen. Er wurde neunundvierzig Jahre alt und schrieb neunzehn Opern. Die neunzehn Reisen nach Mailand, die ganz unterschiedlich verliefen, machten ihn zum landschaftlichen Kenner Italiens, er schrieb seine Eindrücke auf und legte Faszikel für Faszikel in der Dorfkirche aus, wo die anderen sie lesen konnten. Nicht durch die Opern, sondern durch den Reiseführer wurde er in der Gegend berühmt. Als er von der neunzehnten Reise unverrichteter Dinge nach Hause kam (nicht vorher!, betontest du, nicht vorher!), begann er zu trinken. An seinem Häuschen blieben die Fensterläden Tag und Nacht geschlossen. Ein einziges Mal sah man ihn zur Post gehen, wo er ein Paket aufgab. Es war an Vincenzo Bellini in Catania adressiert. Danach lebte er wieder wochenlang in der Dunkelheit. Eines Nachts brannte das Haus aus, der Berg von Partituren auf dem Dachboden ging in Flammen auf. Cesare Cattolica überlebte den Brand nicht. Einige Wochen danach traf ein Brief für ihn ein. Der Absender war Bellini. Da es keine Angehörigen gab, wurde der Brief schließlich vom Bürgermeister geöffnet. Bellini war begeistert von der Oper, die sich in dem Paket befunden hatte. Er werde sich dafür einsetzen, daß sie aufgeführt werde, schrieb er. Der Brief wurde ans Schwarze Brett der Kirche geheftet. Bald kannte man ihn auswendig. Kurz darauf starb Bellini. Die Oper wurde nie aufgeführt. Die Partitur blieb unauffindbar.

Daß all dies pure Erfindung war, das war das neue Geheimnis, das ich mit Papa teilte. Wenn wir allein waren, fragte ich nach weiteren Einzelheiten aus Cattolicas Leben. Weil es billiger war, so erfuhr ich, brannte er im Keller seinen Schnaps selbst. Er tat es unvorsichtig und erblindete. Wenn man nahe genug heranging und das Ohr an die geschlossenen Fensterläden legte, hörte man ihn auf dem alten, verstimmten Klavier spielen. Er begann die eigenen Melodien zu vergessen und wußte es. Ab und zu stieg er auf den Dachboden, kniete vor die Truhe und befühlte die Notenblätter. Nachher hatte er Angst, er könnte mit dem Schweiß, den er dabei stets an den Händen hatte, die Noten verwischt haben, und so zog er in Zukunft Handschuhe an. Nur hatte er jetzt das Gefühl, den vergessenen Melodien nicht nahe genug zu sein.

Und so weiter. Natürlich sprachst du dabei über dich, Papa – über einen, der du hättest sein können. Das wußten wir beide, und das war der bittere Ernst in dem Spiel, das wir stets von neuem genossen, besonders wenn ich dich der Widersprüche überführte und du daraufhin halsbrecherische Erzählmanöver vollführtest, um das Ganze wieder stimmig zu machen. Nie bin ich dir näher gewesen als in den Momenten, wo du die Geschichte von Cesare Cattolica immer weiter spannst und wir uns darin einwickelten.

*

Bald schon ist das erste Heft voll. Als ich einen Stapel dieser typisch französischen Hefte kaufte, sagte die Verkäuferin: «*Ah, des cahiers d'élève.*» Ihr Blick verriet, daß sie in mir die Mutter eines Erstkläßlers sah, die den Erfolg des Kindes dadurch zu sichern suchte, daß sie über einen Vorrat an Heften wachte. Vielleicht war es deshalb, daß ich mir wie eine Schülerin vorkam, die noch ganz am Anfang steht, als ich dieses erste Heft aufschlug. Ich fand dieses Gefühl reizvoll. Das überraschte mich.

Am Anfang fand ich es sonderbar, über Dinge zu schreiben, die wir gemeinsam erlebt haben. Was gab es da noch zu sagen, wo du doch ebensoviel wußtest wie ich? War mein Vorschlag des wechselseitigen Erzählens nicht unsinnig? Eine überflüssige sprachliche Verdoppelung unserer gemeinsamen Vergangenheit? Inzwischen verstehe ich meine Idee besser. Erfahrungen in Worte zu fassen, die unverrückbar dastehen, das ist ein Exerzitium der Abgrenzung. Es bedeutet, unsere wortlose Gemeinsamkeit zu durchbrechen, eine Gemeinsamkeit, die wir für so vollkommen hielten, daß sie ohne Worte auszukommen schien, sie war wie ein Heiligtum, an das man nicht rühren durfte, nicht einmal dadurch, daß man es benannte. Es war ein gefährliches Heiligtum, weil es das Verbot einschloß zu überprüfen, ob die inneren Uhren unseres Erlebens wirklich so zeitgleich liefen, wie wir glauben wollten, oder ob wir im Inneren längst nach verschiedenen Rhythmen lebten.

Doch es ist schwerer als ich dachte, unser Abkommen zu erfüllen. Schon bei den allerersten Worten habe ich es gespürt. Etwas hemmt meine Hand. Nicht, daß mir die Worte fehlten. Doch es sind nicht meine Worte, sondern deine. Ob ich Französisch oder Deutsch schreibe – stets habe ich das Gefühl, daß es deine Sprache ist, obwohl wir sie zusammen gelernt haben. Es ist dein Rhythmus, dein Atem in den Worten, nicht meiner. (Selbst Dupont in Französisch und Neuhaus in Deutsch fiel auf, wie sehr sich unsere Aufsätze sprachlich glichen. Wer von beiden da wohl das Sagen habe? Ein peinliches Schweigen in der Klasse, jemand kicherte. Mit keinem Wort haben wir über diese Episode gesprochen, damals nicht und auch nicht später.)

Ginge es um etwas Beliebiges, so wäre das nicht von Bedeutung. Ich habe mich immer gern von deinen Worten, ihrer Melodie und ihrem besonderen Tempo tragen lassen. Jetzt jedoch, wo es darum geht, aus unserem gemeinsamen Leben unwiderruflich zwei getrennte Leben zu machen, muß ich mich von dir auch dadurch lösen, daß ich meine eigene Sprache finde. Nicht nur muß ich versuchen, einen inneren Abstand zu dir zu schaffen, indem ich erinnernd zu dem Erleben vordringe, wie es war, bevor es in Worte gefaßt wurde, die deine Worte waren. (Indem ich das Erleben gewissermaßen von dir reinige und es als etwas erkenne, das ganz allein meines war.) Auch die Worte müssen meine eigenen werden. Denn es ist ja doch keine Lösung, vor der Sprache in die Bilder zu fliehen, wie ich es in den ersten Jahren hier versucht habe. Das kommt einer selbstauferlegten Stummheit gleich, in der sich Unfreiheit spiegelt.

Doch wie macht man das: seine eigene Sprache finden, indem man sich gegen die sprachliche Übermacht eines anderen stemmt? Wenn der andere ein Feind ist oder jemand, den man verachtet, so mag es nicht so schwer sein: Man wird das Auffällige an seinem Wortschatz meiden und die Sätze betont anders bauen als er. Mit dir ist es viel schwieriger: Deine Worte, dein Tonfall – das sind Dinge, die mein bisheriges Leben durchzogen haben und die ich liebe. Ich will sie nicht ächten oder verleugnen. Ich will diese Worte weiterhin gebrauchen können, denn sie sind mir ja nicht von einem Diktator als etwas Fremdes aufgenötigt worden. Doch was bedeutet es dann, meinem klaren Gefühl zu entsprechen und deiner Sprache meine eigene entgegenzusetzen?

Gestern habe ich in der Métro zwei Kinder gesehen, die sich an den Händen hielten. Die Hände blieben die ganze Fahrt über verschränkt, auch dann, als die beiden mit der anderen Hand auf den Linienplan zeigten und darüber sprachen, wo sie umsteigen mußten. Da habe ich daran gedacht, wie es damals mit uns war. Lange Zeit faßten wir uns an den Händen, wenn wir aus der Haustür traten, um zur Schule zu gehen. Es war wie ein Bündnis gegen die Welt. Ich meine, es war am ersten Tag der dritten Klasse, daß du mir deine Hand entzogst, als das Schulgebäude in Sicht kam. Du warst jetzt ein Drittkläßler, fast schon ein Mann, da wolltest du vor den anderen nicht länger als einer erscheinen, der auf die Hand der Schwester angewiesen war. Am nächsten Morgen zögerte ich und wartete, bis du meine Hand nahmst. Deine war wie immer warm und trocken, und doch war es nicht mehr dieselbe Hand wie bisher. Es war mit einemmal eine selbständige Hand, die sich nicht mehr wie selbstverständlich in die meine fügte. Wir gingen auch danach noch Hand in Hand zur Schule. Aber etwas war anders geworden.

Einige Tage später geschah es, daß sich meine Hand aus der deinen löste. Ich drücke es mit Absicht so aus, denn die Bewegung kam mir ebenso ungewollt wie gewollt vor. Du hieltest es für eine Ungeschicklichkeit und ergriffst meine Hand von neuem. Da, genau in diesem Augenblick, wußte ich, daß ich mich wirklich hatte lösen wollen. Zwar ließ ich meine Hand in der deinen, aber nun waren es zwei selbständige Hände, die sich hielten, und nicht mehr zwei Hände, die sich ohne die andere unvollständig anfühlten. Etwas Trennendes hatte sich eingeschlichen, und mit einemmal war es bei jedem weiteren Schritt eine offene Frage, ob wir einander loslassen sollten oder nicht.

Beide hatten wir Angst vor dieser Frage. So erkläre ich mir, daß uns die Hände von nun an immer öfter feucht wurden. Es war unangenehm, diese feuchte Angst zu spüren, und so kam es, daß du eines Morgens die Hände in den Taschen behieltest und ich sie auf dem Rücken verschränkte. Einen bangen Moment lang sahen wir zu Boden, bevor sich unsere Blicke trafen. «Komm!» sagte ich schließlich und ging voraus. Was uns über diese Klippe hinweghalf, war, daß wir beide denselben Morgen gewählt hatten, um unsere Hände zu befreien. So weit reichte die Gemeinsamkeit immer noch! Und mehr: Man konnte die übereinstimmende Trennung geradezu als Episode der Gemeinsamkeit, als Beweis für unsere Zusammengehörigkeit deuten.

Nach und nach dann geriet die Sache mit den Händen in Vergessenheit. Die Symbole der Nähe wurden andere. Was blieb, war der Wunsch nach einer Gemeinsamkeit, die keiner Worte bedurfte. Er war so stark, dieser Wunsch, daß wir über all die Jahre nicht anders konnten, als sein Bestehen für seine Erfüllung zu halten. Anders durfte es nicht sein. Es durfte nicht.

Das, denke ich, war der Grund, warum wir unsere Nähe um jeden Preis von allen Worten fernhielten. Denn sie, die Worte, hätten diese Nähe in Frage stellen können. Was wir nicht bemerkten, war, daß aus der Wortlosigkeit, über die wir Herr gewesen waren, eine Sprachlosigkeit wurde, die uns versklavte. Diese Sprachlosigkeit zu beenden, das ist es, was wir nun tun, jeder an seinem Pult. Damit uns das, was mit den Händen gelungen ist, auch mit den Seelen gelingen möge.

Patrice

ZWEITES HEFT

ANGEKOMMEN BIN ICH auf dem alten Flughafen von Santiago, abgeflogen auf dem neuen. Als das Taxi auf das neue Gebäude zufuhr, erschrak ich: So lange war ich schon hier. Kaum hatte ich meinen Platz in der Maschine eingenommen, standen mir Bilder von der Herreise und vom Tag meiner Flucht vor Augen.

Das Flugzeug, das mich ans andere Ende der Welt bringen würde, traf in Frankfurt mit Verspätung ein. Es war triefend naß, regenglänzend. Ich hatte Angst wie ein Kind vor dem Unwetter, aus dem es zu kommen schien. Noch in Tegel hatte ich mir für den langen Flug ein Buch gekauft. Es würde das erste Buch sein, das ich in meinem neuen, von dir getrennten Leben las. Ich habe es nicht gelesen; nicht einmal hervorgeholt habe ich es im Flugzeug. Auch später habe ich es nie gelesen. Es war *Hundert Jahre Einsamkeit* von García Márquez. Es ist das Lieblingsbuch von Mercedes, und sie versteht nicht, warum ich ihm aus dem Weg gehe, wo ich doch sonst alles lese.

Ich habe dieses Haus hier verlassen als einer, der eine Schuld auf sich geladen hatte. Dein wortloser Abschied, die Weigerung zu sagen, wohin du fuhrst, das spätere monatelange Verschweigen deiner Adresse – das machte mich zum Schuldigen. So habe ich es all die Jahre über empfunden. Nachdem du damals aus meinem Blickfeld verschwunden warst, vergrub ich den Kopf im Kissen und durchlebte noch einmal alles, was dazu geführt hatte, daß du noch vor einer Stunde neben mir gelegen hattest.

Wir haben nie darüber gesprochen, aber du weißt es: Begonnen hat es mit unseren Blicken, die sich im hohen Spiegel des Entrées trafen, bevor wir aufbrachen, um *Onkel Wanja* zu sehen. (Es war ein besonderer Moment, als die Möbelpacker diesen Spiegel hinaustrugen. Ich starrte auf die spiegelnde Fläche, als ließe sich darauf die Stelle ausmachen, an der sich unsere Blicke damals begegneten. Als könnte etwas derart Rätselhaftes wie ein Blick – der wirklicher ist als vieles andere, obwohl man ihn in der materiellen Welt nicht antrifft – auf einer Oberfläche Spuren hinterlassen, Brandspuren sozusagen. Ich bat die Männer anzuhalten, ging nahe heran, und es war verrückt: Ich fuhr mit dem Ärmel über das obere Drittel des Glases, als wolle ich etwas auswischen, dabei – ich weiß es ganz genau – war die Geste gedacht, um jene imaginären Spuren zu entdecken. «Er wird in eine Decke gewickelt», sagte einer der Männer in dem zögernden, ratlosen Versuch, aus der Situation irgendeinen Sinn zu machen.)

Du standest vor jenem Spiegel, als ich herunterkam, der hohe Kragen des Mantels hielt dein Haar wie ein Gefäß. Gerade schobst du die Lippen übereinander, um den Lippenstift ein letztes Mal zu verteilen. Ich wartete auf deinen gespiegelten Blick in Erwartung schwesterlichen, kameradschaftlichen Spotts, vor allem über den weißen Schal. Doch kaum blicktest du auf, veränderte sich dein Blick, er wurde sonderbar dunkel und scheu, einen Moment senktest du ihn, doch dann war er wieder da, unsicher und doch entschlossen, trotzig. Ich traute meinen Augen nicht, traute meiner Fähigkeit nicht mehr, dein Gesicht zu entziffern, das ich seit jeher perfekt zu lesen verstand, besser als jeder andere. Es war eine neue Sprache in deinem Gesicht, eine Sprache, die ich kannte, die jeder kennt, ohne sie gelernt zu haben, aber auf deinem Gesicht konnte diese Sprache nicht sein, auf deinem Gesicht doch nicht, oder doch nicht an mich gerichtet. Ich mußte dich berühren, und es mußte anders sein als sonst, um zu dem Blick zu passen, und so hob ich dein Haar an und küßte dich auf den Nacken. Ich wußte, daß es nicht hätte sein dürfen, daß ich dabei war, die Spielregeln noch viel stärker zu verändern als du mit deinem Blick. Ja, ich wußte es, mitten in meiner sanften Betäubung wußte ich es mit vollkommener Klarheit. Dieses war der schönste Augenblick, schöner noch als alles, was später geschah. Über deine Schulter warf ich dir einen Blick zu. Dieser Blick, er erfand dich für mich neu, so wie dein antwortender Blick mich für dich neu erfunden haben wird.

Und dann geschah etwas, das du nicht gesehen hast, du warst schon draußen im Schneegestöber. Es war zugleich etwas Leises und etwas Dramatisches. Bevor ich die Tür am goldenen Klopfer zuzog, warf ich, ich habe keine Ahnung warum, noch einen Blick zurück. Da stand Maman oben an der Treppe, ohne Schuhe, nur in Strümpfen, auf das Geländer der Galerie gelehnt, als habe sie dort schon lange gestanden, und ihre vor Erregung bebenden Nasenflügel machten das Gesicht bitter und häßlich. Unsere Blicke begegneten sich einen Moment lang, verhakten sich ineinander, in meinem Inneren fühlte es sich an wie trockenes Eis, an dem man sich verbrennt, dann zog ich die Tür ins Schloß. Das Herz klopfte mir danach wie verrückt, ich mußte mich bewegen und nahm Zuflucht zum Ritual, dich wegen der S-Bahn anzutreiben.

Ich würde dir – so dachte ich, als ich neben dir herging – nie erzählen, daß Maman uns im Augenblick der verbotenen Intimität beobachtet hatte, in dem wir in Gedanken ein uraltes Tabu brachen. Ich würde es dir genausowenig erzählen wie das, was sich in ferner Vergangenheit im Boudoir zwischen Maman und mir ereignet hatte und was in überwältigender Dichte in dem Blick gegenwärtig gewesen war, den ich mit ihr soeben getauscht hatte. Das war das eine, das einzige, was ich nicht mit dir zu teilen wünschte. Bis jetzt, wo unser Vertrag der Wahrhaftigkeit es von mir verlangt.

Begonnen hatte es harmlos. Maman rief mich zu sich, um ihr beim Frisieren zu helfen, manchmal auch nur, um ihr etwas aufzuheben oder zu halten. Zu Beginn schien es mir nicht bedeutungsvoll, daß sie mich bat, die Tür abzuschließen. Die Intimität, die dadurch entstand, empfand ich nur als Zeichen mütterlicher Zuneigung. Erst als sie immer unverhohlener meine körperliche Nähe suchte, bekam das Abschließen der Tür den

Geschmack des Verbotenen. Besiegelt wurde diese Empfindung, als ich Maman eines Tages vor dem Spiegel überraschte, wie sie in dem alten, gelb gewordenen Ballettkostüm mit schmerzverzerrtem Gesicht Pirouetten versuchte. Ihr bleiches Gesicht bekam rote Flecke, als sie mich entdeckte. Mit hektischen, fahrigen Bewegungen holte sie mich herein und schloß ab. Unter Tränen umarmte sie mich und drückte meinen Kopf an die schmerzende Hüfte. Ich roch Mottenpulver und Schweiß und spürte das Gewebe der Strumpfhose an der Wange. Dann mußte ich ihr die Beine stützen, während sie sich auf den Zehenspitzen zu halten versuchte. Betäubt von ihrem Geruch und geängstigt von einer Unzahl neuartiger, verwirrender Empfindungen verließ ich sie schließlich. Wenn ich von nun an das Boudoir betrat, geschah es in einer aufregenden Mischung aus Neugier, Angst und dem zögernden Wunsch, von Mamans Wärme noch mehr als beim letztenmal zu spüren. So entstand zwischen uns nach und nach ein Pakt der verbotenen Wünsche, der Verschwiegenheit und der geräuschlos geschlossenen Türen.

Maman erfand ein Spiel, das uns half, die Empfindung des Verbotenen voreinander und vor uns selbst zu verbergen: Sie, die mich auf dem Schoß hielt, fing Sätze an, und ich mußte sie vollenden. So schufen wir die Illusion, daß wir eigentlich nichts weiter als ein harmloses Spiel miteinander spielten. *Compléter* nannten wir das Spiel am Anfang, später wurde daraus *penser pensées*. Ich liebte das Spiel. Ich liebte es auch dann noch, als mir die Dinge, die dadurch entschuldigt, überdeckt und verleugnet werden sollten, immer unheimlicher wurden. Statt mich auf Mamans Schoß zu setzen, zog ich manchmal einen zweiten Stuhl heran und sah sie erwartungsvoll an. Sie wich meinem Blick aus, sah auf die verschränkten Hände im Schoß und verharrte in beredtem Schweigen. Die Mundwinkel zeigten nach unten, was ihr den Ausdruck von jemandem gab, der sich seiner Macht sicher ist und nur noch darauf zu warten braucht, daß der andere den Widerstand von selbst aufgibt. Das Satz- und Gedankenspiel wurde erst in dem Moment von neuem eröffnet, in dem ich wieder auf ihrem Schoß saß und ihre Hände und Lippen auf mir spürte. Als Entschädigung für das Warten kamen die Satzanfänge nun in dichter, atemloser Folge.

Ich war inzwischen ein Virtuose in dem Spiel und hatte das Gefühl, Mamans Gedanken mit den Lippen zu berühren, wenn ich sie auf die Stirn küßte. Immer öfter versuchte ich, ihre Heftigkeit zu bremsen, indem ich sie in unserem Spiel unter Zeitdruck setzte und in abweisender Erstarrung verharrte, bis ihr der nächste Satzanfang eingefallen war. Es entspannen sich stumme Kämpfe zwischen uns, die ich immer öfter gewann. Maman jedoch wußte zu verhindern, daß aus diesen Siegen eine Befreiung wurde. Kurz vor der Niederlage pflegte sie das Spiel abzubrechen und meinen Kopf unter sich zu begraben, und ihre Bewegungen hatten etwas so Rührendes und Verzweifeltes, daß ich die Kraft nicht aufbrachte, mich ihr zu entziehen. Plötzlich dann wurde Maman von einer geschäftigen Unruhe erfaßt und tat, als seien wir beide die ganze Zeit über mit einem praktischen Ziel befaßt gewesen. Ich mußte ihr noch das eine oder andere bringen, während sie den Morgenrock aus Satin zurechtrückte. (Mit einer heftigen, fast zornigen Bewegung der linken Hand verschloß sie ihn so dicht unter dem Kinn, daß es sie würgen mußte. Mit der rechten ordnete sie das Haar. Es waren stets genau dieselben Bewegungen.) Dann bedankte sie sich mit einem spöttischen *Merci, mon petit,* und entließ mich. (Das *Merci* galt den praktischen Dingen, und nur ihnen. Ich weiß nicht, woher ich das wußte, aber ich wußte es.)

Wenn ich Maman später bei Tisch sah, war ich verwundert, ja eigentlich schockiert darüber, wie geschäftsmäßig sie plötzlich sein konnte, wie gleichmäßig und kühl ihre Stimme klang und wie herb ihr Gesichtsausdruck war, mit dem sie meinen fragenden, ratlosen Blicken begegnete. Keine Spur mehr von der früheren Hitze im Gesicht, vom wiegenden Rhythmus des Körpers und von der befremdlichen Rauheit ihres Flüsterns, die mich gleichermaßen anzog und abstieß. All das war verflogen wie ein Spuk, und während ich ohne Appetit vor dem vollen Teller saß, tobten die widersprüchlichsten Empfindungen in mir: Ich war erleichtert, daß es wieder einmal vorbei war und die nüchterne Wirklichkeit des Essens die gespenstische Episode im Boudoir verdrängt hatte; gleichzeitig fühlte ich mich betrogen, als habe man mir einen kurzen Blick auf die wirkliche Wirklichkeit gewährt, nur um sie mir sofort wieder zu entziehen. Dich wagte ich nicht anzusehen, obgleich ich deinen Blick auf mir zu spüren meinte. Es war, als hätten Maman und ich in jenem verschlossenen Raum ein Stück aus der Zeit herausgeschnitten, das dir nun fehlte, und ich war der Dieb.

Und Vater? Wie immer saß er schweigsam da und kaute bedächtig. Was hatte Mamans rauhes Flüstern und Keuchen mit ihm zu tun? Nahm sie damit auch ihm etwas weg? Die Frage war zu groß für mich, und ich war dankbar, daß Vater nichts von ihr zu wissen schien. An solchen Tagen kam mir das Abendessen endlos vor, und ich sehnte den Moment herbei, wo ich die Tür zu meinem Zimmer schließen, mich aufs Bett legen und ein Buch aufschlagen konnte, das von Dingen handelte, die ich verstand. An solchen Abenden kamst du nie zu mir, nicht ein einziges Mal. Beim Einschlafen dachte ich daran, daß die Nachtstunden dasjenige, was zwischen uns getreten war, auslöschen würden. So war es bisher immer gewesen, so würde es auch dieses Mal sein. Und doch begleitete mich bis in den Schlaf hinein die Angst, es könnte dieses Mal anders sein und du würdest mein Zimmer von nun an nie mehr betreten wollen.

An den Tagen, an denen ich zu Maman ging, warst du anders zu mir als sonst, und zwar schon Stunden vorher. Ich begann, Mamans Rufen auszuweichen. Das war leicht, auch ich hatte einen untrüglichen Sinn für die Zeit von Mamans Wünschen entwickelt. Ich verließ die Wohnung oder stellte mich schlafend. Die Besuche im Boudoir wurden seltener. In Mamans Stimme schlich sich eine Gereiztheit ein, die ich erst später als Panik zu deuten verstand. Sie spürte, daß ich ihr entglitt. Wenn ich eintrat, und manchmal auch beim Hinausgehen, sah sie mich an, als überlegte sie, wie gefährlich ich als Mitwisser war.

Und dann kam jener Nachmittag, der alles beendete. Es war Winter, und die Promenade des Bastions entlang brannten bereits die Laternen. Maman hatte Morphium genommen, ich sah es, kaum hatte ich die Schwelle überschritten. Ihre Augen hatten diesen besonderen, unpersönlichen Glanz, und ihr Lächeln war um eine Nuance zu selbstvergessen, es schien seinen Halt in der Seele verloren zu haben und in den Raum hinaus zu zerfließen. Ich wollte umdrehen und davonlaufen, ganz weit weg, am liebsten an den See. Aber ich brachte die Grausamkeit nicht auf. Es war viel Mitleid dabei, als ich mich umarmen ließ. Sie war heftiger als sonst, diese letzte Umarmung, roh und ungestüm. Mit überraschender, zuckender Gewalt nahm Maman meinen Kopf in die Hände, zog ihn zu sich und preßte ihre geöffneten Lippen so fest auf die meinen, als wolle sie mich verschlingen. Ich spürte die weiche Wärme ihres Mundes, die sich mit dem seifigen Geschmack des Lippenstifts vermischte. Auch heute weiß ich die Empfindung nicht zu benennen, die mich explodieren ließ. Es wäre zu schwach, sie Ekel zu nennen. (Auch wäre es nicht zutreffend. Zwar lag die Empfindung ganz dicht neben dem Ekel, aber der kleine Abstand war wichtig, ohne daß ich zu sagen wüßte, ob er die Sache besser oder noch schlimmer machte.) Alles Erleben schrumpfte in jenem Augenblick auf den Willen zusammen, mich gegen Mamans Überfall zu wehren wie gegen eine tödliche Bedrohung. Einen kurzen Moment noch gelang es ihr, mich festzuhalten. Dann hatte ich die Arme frei und schlug sie mitten ins Gesicht, es war ein pausenloses, blindes Hämmern mit den Fäusten, das einer glühenden Wut entsprang, wie ich sie noch nie erlebt hatte, ich war in diesem Moment nichts anderes als eine Quelle von überbordendem, maßlosem Zorn, der nicht versiegen wollte, sondern sich mit jedem Schlag noch zu steigern schien. Zur Besinnung kam ich erst, als ich das Blut wahrnahm, das aus Mamans Nase tropfte. In die Wut mischte sich Beschämung, ich schloß die Augen und rannte zur Wohnungstür hinaus und die fünf Treppen hinunter auf die Straße, wo ich einen Hausschuh verlor, als ich kopflos durch den Verkehr stolperte und mich im schützenden Dunkel des Parks auf den gefrorenen Boden warf, um den Tränen freien Lauf zu lassen.

Maman war sehr weiß, als ich sie am nächsten Morgen sah. Weiß, nüchtern und verschlossen. Es war, als habe sie sich in sich weggeschlossen. Mit keinem Wort haben wir jemals über das Geschehene gesprochen. Und wir haben uns nie mehr berührt. Nicht einmal zu einem Händedruck ist es gekommen. Wenn ich krank war, überließ Maman Jeannette die Pflege, und wenn sie ab und zu selbst nach mir sah, blieb sie jenseits der Schwelle. Die Worte, die wir wechselten, waren in der ersten Zeit betont neutral, keimfrei. Du hast es beobachten können: Es dauerte Jahre, bis wir einen Ton gefunden hatten, der nicht nur das Spiegelbild unserer Befangenheit war.

Als wir ein Jahr später nach Berlin zogen, war es, als könnte ich einen belastenden Traum abschütteln: Wir würden nun in Räumen wohnen, in denen nichts geschehen war. Am Tage des Umzugs bat mich einer der Möbelpacker, in dem zukünftigen Boudoir einen Karton zur Seite zu schieben. Danach habe ich das Zimmer kein einziges Mal mehr betreten.

Das waren die Dinge, an die ich dachte, als ich neben dir im Theater saß und immer wieder Mamans Gestalt auf der Galerie vor mir sah. Daß sie ohne Schuhe, nur in Strümpfen dagestanden hatte – es machte mich wütend, ich kann nicht sagen warum. Oder vielleicht doch: Die beinahe nackten Füße müssen das Boudoir in mir heraufbeschworen haben, und indem sie das taten, erhob Maman den Anspruch, daß mein Kuß auf deinen Nacken eigentlich ihr gehörte. Deshalb standen wir uns in jenem Moment gegenüber wie unversöhnliche Feinde, ich unter der Tür, sie auf der Galerie.

Vor dem Moment, wo mein Blick den deinen im Spiegel kreuzte, war die Zeit einfach etwas, das wir teilten, das Medium, in dem wir alles teilten, was uns – wie alle anderen auch – in die Zukunft hineintrug. Und obgleich wir durch unsere Hoffnungen und Pläne auf die Zukunft bezogen waren und von dieser offenen, ungewissen Zukunft in Atem gehalten wurden, hatte dieser Spannungsbogen doch nichts mit unseren Gefühlen füreinander zu tun: Es gab, bevor sich unsere Blicke im Spiegel trafen, keine Beziehung zwischen uns, für die das bloße Verfließen der Zeit in die Zukunft hinein etwas hätte darstellen können, das uns an den Rand einer Gefahr brachte. Oder nein, das stimmt nicht ganz. Bedrohlich wurde das tägliche Verfließen der Zeit schon vorher, vom Beginn des letzten Schuljahres an. Von dem Tag an, wo man rechnen konnte: Wenn dieses Schuljahr vorbei ist, werden sich unsere Wege trennen, oder jedenfalls wird der Gleichklang nicht mehr so vollkommen sein wie jetzt. Ich hatte Angst, Patty, auch Angst davor, du könntest weniger Angst haben als ich. Trotzdem: Erst nach *Onkel Wanja* war in das Verfließen der Zeit hinein eine Gefahr verwoben, die für Monate im Hintergrund blieb und gelegentlich ganz auszubleichen schien, in Wirklichkeit aber stetig größer wurde, manchmal hatte ich das Gefühl, sie wie ein leises Pochen zu spüren, das ich genoß. Irgendwann brachtest du den Mantel mit dem großen Kragen weg, ich weiß nicht wohin, aber ich sah dich mit der Tüte und wußte Bescheid. Es nutzte nichts. Wir wußten, daß es geschehen würde. Nichts hätte uns aufhalten können.

*

Ich mußte einkaufen. Mit Ausnahme einer Pizza beim Italiener drüben hatte ich seit Tagen nichts Richtiges gegessen. Den Kühlschrank wieder in Betrieb nehmen: Als das Aggregat ansprang und das Licht anging, war es, als klinkte ich mich in die Berliner Zeit und Wirklichkeit ein. Von jetzt an wohne ich wieder hier, so ein Gefühl war es. Ich machte probeweise wieder aus. Zu spät, es war geschehen. Dazu paßt gar nicht, daß mir Baranski einen förmlichen Brief geschrieben hat, in dem er für Samstag morgen seinen Besuch in Begleitung mehrerer Interessenten ankündigt und mich noch einmal an meinen verbindlichen Verkaufsauftrag und die Vollmacht erinnert. Ich weiß gar nicht, was er will: Es ist noch immer Vaters Haus, das Haus, in dem seine Musik erklingen wird, wenn Juliette Arnaud am Freitag kommt.

*

Ich war noch einmal weg, um eine Lampe zu kaufen. Juliette muß ja am Flügel etwas sehen. Als ich aus dem Geschäft trat, lief mir Katharina Mommsen über den Weg (du erinnerst dich: der Wirbelwind aus dem Leistungskurs Deutsch). Sie hat in Rekordzeit ein Jurastudium beendet und arbeitet in einer Kanzlei. Über Vater haben wir nicht gesprochen, schon bei der Begrüßung hat sie in der Wahl ihres Tons das Thema geschickt ausgeklammert. Chile, das fand sie toll. Mit der Cutterin konnte sie weniger anfangen. «Daß ihr nicht studiert habt», sagte sie immer wieder, «ihr hättet das doch mit links gemacht!» Und warum wir plötzlich weg gewesen seien, wie vom Erdboden verschluckt? Wie wir auf dem Abiturball getanzt hätten – wochenlang sei das am Stammtisch der Ehemaligen Gesprächsthema gewesen. Wären wir nicht Geschwister, man hätte uns für ein Liebespaar halten können!

*

Ja, wir waren die Stars an jenem Abend. Die Zwillinge! Anfangs waren wir verlegen und hielten uns aneinander fest, noch nie hatten wir in dieser Weise auf dem Präsentierteller gesessen. Was unsere Beziehung anlangte, kannte man uns als zurückhaltend, bisweilen muß es den anderen vorgekommen sein, als seien wir uns im Grunde fremd. Doch jetzt waren aller Augen auf uns gerichtet, die Tanzfläche leerte sich, wir waren ein Paar. Bald wurden wir sicherer, es war die Entdeckung, daß wir nicht nur zu Hause, wo wir öfter getanzt hatten, sondern auch vor Publikum im körperlichen Rhythmus übereinstimmen konnten. Anfänglich waren wir nur erstaunt darüber, noch hatte der körperliche Gleichklang keinen anderen Sinn. Es machte Spaß, wir wurden mutiger, probierten Pirouetten, der Beifall wuchs, begeisterte Pfiffe waren zu hören. Wir tanzten uns in einen wahren Rausch hinein, es kamen Tänze dazu, die wir nicht kannten, wir erfanden sie einfach, und trotzdem war jede Sekunde vollkommene Harmonie der Bewegung. Später taten uns die Füße weh, doch an Aufhören war nicht zu denken, wir warfen uns

Durchhalteblicke zu, und immer noch waren wir nichts anderes als Bruder und Schwester. Dann knicktest du ein und verlorst einen Schuh. Ich hielt dich, dann bückte ich mich und zog dir den hochhackigen Schuh wieder an. So hatte ich deinen Fuß vorher noch nie gehalten, ich spüre die Wärme im seidenen Strumpf noch heute. Ich weiß nicht, ob es so war, aber ich habe den Eindruck daß ich ihn einen Moment länger als nötig hielt. Dann war ich wieder oben, der Tanz ging weiter. Ich war außer Atem vom raschen Bücken, und es dauerte einige Takte, bis ich wieder ganz im Rhythmus war und dich sicher hielt wie zuvor. Ich blickte dich an, und da sah ich feuchten Glanz in deinen Augen, der so ganz anders war als der Vorbote der Tränen, den ich kannte. Einen Ausdruck wie diesen hatte ich an dir noch nie gesehen, auch damals im Spiegel nicht. Ich beharre darauf: Es war eindeutig, was er bedeutete. Es kam, wie gesagt, nicht völlig überraschend. Trotzdem war ich wie vom Donner gerührt, ich trat dir auf die Füße, wir stolperten und fielen uns in die Arme, ich roch dein Parfum im Haar, mein Gesicht brannte, tosender Beifall und Pfeifen. Von neuem suchte ich deinen Blick, er war unverändert in seiner Botschaft, ich schickte dich in eine Pirouette, fing dich, sah dich an und drehte dich erneut von mir weg, alle Zukunft der Welt und alles Verbot der Welt lag in diesen Minuten, unsere Blicke wurden trotzig angesichts des gemeinsamen Gedankens an die Folgen, schließlich brachen wir ab und verbeugten uns Hand in Hand, durch die Spitzenhandschuhe hindurch konnte ich spüren, wie feucht deine Hand war.

Für den Rest des Festes war ich wie betäubt, ab und zu streiften wir uns mit dem Blick, ich weiß nicht, wie es weiterging, auf einmal saßen wir im Wagen von anderen, dann standen wir vor unserem Haus, und ich suchte mit zitternden Händen nach dem Schlüssel. Die Tür fiel ins Schloß. Keiner von uns machte Licht. Du standest da in deinem schlichten schwarzen Kleid, das die helle Haut an Hals und Armen betonte. Langsam gingen wir aufeinander zu, es waren die kostbarsten Schritte meines Lebens. Der weiße Schal – du hast gelächelt, als ich ihn um dich schlang, dieses eine Mal war es ein Lächeln ohne Spott, ein

Lächeln des Einverständnisses. «*Fanfaron*», sagtest du leise. Es ist das schönste Wort, das ich jemals gehört habe. Es war, als zerdrückten wir es mit unseren Lippen.

In jener Nacht sprachst du meinen Namen italienisch aus, immer wieder. Es war, als würde ich dadurch neu erschaffen. Dein Gesicht, wie ich es noch nie gesehen hatte. Der Blick brach, und für einen langen Augenblick versank ich in der Täuschung, es gäbe endlich nichts mehr, was uns trennte.

*

All das stand mir vor Augen, als die Maschine in Santiago abhob. Als ich spürte, daß das Fahrwerk die Berührung mit der Rollbahn ganz verloren hatte, war Berlin mit einem Schlag wirklicher als Chile. Es kam mir vor, als verließe ich die Zeit von Paco und Mercedes. Zwar lief sie weiter, jene Zeit, aber sie rückte in den Hintergrund wie eine Stimme, die von einem Dolmetscher übertönt wird. Ich rechnete die Anzahl der Tage aus, die ich dich nicht gesehen hatte.

Im gläsernen Transitraum von Buenos Aires hörte ich aus dem Lautsprecher dieselbe schläfrige Frauenstimme wie damals. Mit der immer gleichen melodiösen Gleichgültigkeit verkündete sie ihre Botschaften. Ich dachte daran, wie ich auf der Herreise einen Angestellten auf englisch gefragt hatte, um wieviel Uhr die Sonne hier aufgehe. Erst Verblüffung, dann ein Lächeln, das Trost bedeuten sollte: Lange brauchen Sie nicht mehr zu warten, bald ist es soweit. Dabei hatte ich nicht aus Ungeduld gefragt, sondern aus Angst: Solange die Nacht anhielt, war ich noch mit dir verbunden. Wenn der Tag begann, erst dann, wäre es endgültig, daß mein Leben nun auf einem anderen Kontinent weiterging.

Die Schlagzeile mit dem Bild von Vater in Handschellen bekam ich in diesem Warteraum zu Gesicht. Jemand las die Rückseite einer zerknitterten Zeitung, und als er sich anders hinsetzte, sah ich auf der Titelseite: MORD IN DER OPER. Vater in einer Smokingjacke mit Fliege, der Schnurrbart zerzaust, der

Blick starr wie der eines Irren. Ich wartete, bis ich die erste Erregung niedergekämpft hatte, dann trat ich vor den Lesenden und fragte mit gepreßter Ruhe, ob ich die Zeitung haben könne, wenn er fertig sei. Ja, natürlich, sagte der Mann, er habe sie hier aus einem Abfallkorb gefischt, es sei die Zeitung von gestern, jemand müsse sie in einer Maschine aus Deutschland dabeigehabt und hier weggeworfen haben. Er deutete auf die Titelseite. Ob das nicht unglaublich sei?

Ich setzte mich abseits. Ich schaffte es nicht, den Text zu lesen. Nicht nur, weil alles in Tränen verschwamm. Es wurde mir übel, ich rannte auf die Toilette und übergab mich. Bevor ich wieder an Bord ging, riß ich die Titelseite in Fetzen.

Der Sitz neben mir war frei, und ich las die ganze Nacht. Es war ein mühsames Lesen, denn ich mußte mich ständig gegen das gespenstische Foto von Vater und gegen die Vorstellung von Paco mit dem blutigen Turban wehren. Ich versuchte, mit *Michael Kohlhaas* weiterzumachen; doch es gelang mir nicht, die Gedanken beim Text zu halten. Jetzt, wo ich in der Luft war und der Begegnung mit Maman entgegenflog, bedrängten mich ihre ungelesenen Briefe von Minute zu Minute mehr.

Schließlich gab ich nach, nahm sie aus der Tasche und legte sie auf den leeren Sitz, sechsundsiebzig an der Zahl.

Zunächst betrachtete ich sie eine Weile von außen. Immer das gleiche teure Kuvert mit dem aufgedruckten Absender in schräg gestellten, ziselierten Lettern: CHANTAL DELACROIX DE PERRIN. Daß dies, weil der Bindestrich fehlte, eine unmögliche Schreibweise ihres Doppelnamens war – wie oft haben wir es ihr gesagt! Aber es war wie immer, wenn Mamans Gedankenwelt in Konflikt mit der wirklichen Welt geriet: Die wirkliche Welt unterlag. Vaters Briefe waren in gewöhnlichen Luftpostumschlägen gekommen, die Anschrift in steifen, zu groß geratenen Schönschrift-Buchstaben. Der Kontrast zu Mamans Handschrift hätte nicht größer sein können. Ihre hauchdünnen Schriftzüge. Die gleiche blaßblaue Tinte wie immer. Dafür, daß ihre Schrift elegant wurde, hatte GP gesorgt. Auch darin war sie sein Geschöpf.

Schon am Abend zuvor hatte ich diese Umschläge lange betrachtet. Ich hatte nicht wissen wollen, was auf den hellbeigen Briefbogen stand. Andererseits war es unerträglich gewesen, mit der gespenstischen Nachricht aus Berlin im Kopf nur herumzusitzen und zu warten. Vielleicht fand sich in den Briefen ein Fingerzeig, eine Vorgeschichte, irgend etwas, was die Tat weniger absurd erscheinen ließ. Die Tat, die Vater unmöglich begangen haben konnte. Um die Lektüre aufzuschieben, hatte ich zu packen begonnen. Zweimal packte ich wieder aus und begann von neuem. Als ich keinen Vorwand mehr fand, mich noch weiter mit der Reisetasche zu beschäftigen, begann ich die Wohnung zu putzen. So sauber wie danach ist sie noch nie gewesen. Ein letztes Mal erwog ich, die Briefe ungeöffnet zurück in die Schublade zu tun. Für einen Augenblick, in dem die alten Gefühle hochschossen wie eine Stichflamme, war ich sogar versucht gewesen, den ganzen Stapel hinunter zur Mülltonne zu tragen. Aber natürlich ging es so nicht. Schließlich hatte ich beschlossen, sie auf dem Flug zu lesen. Und so machte ich sie jetzt auf und begann zu lesen.

*

Sie hatte jahrelang gegen mein Schweigen angeschrieben. Und weil sie keine Antwort bekam, hatte sie Antworten erfunden. Ja, buchstäblich erfunden. Ich hatte Vorwürfe und Bitterkeit erwartet, auch mit flehentlichen Bitten zurückzukommen hatte ich gerechnet. Doch nichts dergleichen. Sie war meiner Flucht (und es war auch eine Flucht vor ihr, das muß sie genau gespürt haben) mit einem Mittel begegnet, an das ich nicht gedacht hatte: der vollständigen Verleugnung der Wirklichkeit. Vom ersten Brief an war der Ton so, als sei nichts Außergewöhnliches vorgefallen und als pflegten wir uns seit jeher regelmäßig zu schreiben. Sie hatte sich in diesem imaginären Gespräch über Kontinente und Meere hinweg fester eingerichtet, als sie in der Wirklichkeit jemals Fuß gefaßt hatte.

Es mag dir sonderbar klingen, aber nachdem die erste Wut

und das erste Erschrecken abgeklungen waren, empfand ich eine Art Bewunderung für die Art und Weise, in der sie unter Aufbietung der gesamten Einbildungskraft der Wirklichkeit getrotzt hatte. «Das Morphium – es gehört einfach zu Chantal», hatte Vater eines Tages zu mir gesagt. Es war ein großartiger Satz, fand ich. Er, der Träumer, verstand Maman. Das Lächeln, mit dem er seine Worte begleitete, werde ich nie vergessen: Es sprach daraus die tiefe, wunderbare Bereitschaft, Maman so anzunehmen, wie sie nun einmal war. Vielleicht muß man so sehr in sich selbst versunken sein wie Vater, um das zu können. Ich weiß nicht, ob er von ihren unwirklichen Briefen an mich wußte. Aber ich bin sicher, er hätte darüber ähnliches gesagt.

Wie gut sie verstünde, daß ich die Welt sehen wolle!, schrieb sie. Besonders, weil das weite Reisen für sie wegen der Schmerzen schon lange nicht mehr möglich sei. Und Lateinamerika! Von Anfang an hätten mich ja die südamerikanischen Straßennamen in unserem Berliner Quartier beeindruckt. Vor dem Schild LIMASTRASSE sei ich zu Beginn jedesmal stehengeblieben, und dann hätte ich mich mit dem Atlas in meinem Zimmer verkrochen. (Daß du und ich Südamerika gemeinsam auswendig lernten, das unterschlug sie.) In den ersten beiden Briefen, die voll von solchen Dingen waren, stand kein Wort über dich. Erst im dritten: *Du schreibst, Du wolltest Dich von Patricia lösen. Das ist gut, Ihr seid doch jetzt zwei Erwachsene.* (Dabei redete sie mich stets mit *mon garçon* an.) Und dann begann sie, mir einen Beruf (Journalist) und eine Wohnung (Panorama-Fenster, Dachgarten) anzudichten. Kurz danach hatte ich mit einemmal eine Freundin. Das überraschte mich, es war das letzte, was ich erwartet hätte. Hatte sie endlich den Schritt vollzogen und mich freigegeben? Ich konnte es nicht glauben, und der nächste Brief gab mir Recht: Die Freundin (Juanita) hatte mir den Laufpaß gegeben. Der Brief war voller Trost und Verständnis. Als ich ihn in blindem Zorn zerriß, fluchten sie vor und hinter mir, und die vorbeigehende Stewardeß legte mahnend den Finger an die Lippen.

Die Karte mit deiner Pariser Adresse war im sechsten oder

siebten Brief, ich war seit gut drei Monaten in Santiago. Einige Tage nach meiner Ankunft dort hatte ich (entgegen meinem Vorsatz) Maman eine Karte mit meiner Adresse geschickt und darum gebeten, sie an dich weiterzuleiten, sobald sie wußte, wo du warst. Noch bevor die Karte in Berlin sein konnte, begann ich zu warten. Bis ich ganz damit aufhörte, dauerte es fast ein Jahr. Und nun mußte ich entdecken, daß Maman deine Mitteilung zwölf, dreizehn volle Wochen lang zurückgehalten hatte! Ich kochte vor Wut und ging auf die Toilette, wo ich mir kaltes Wasser ins Gesicht schaufelte.

Ich war wie mit Blindheit geschlagen; denn es dauerte sicher eine halbe Stunde, in der ich Maman tonlos anschrie, bis ich schließlich das Datum auf deiner Karte sah: Mitte Oktober. Maman hatte gar nichts verzögert. Du selbst warst es, die drei Monate lang geschwiegen hatte. Wie groß muß dein Bedürfnis gewesen sein, dich vor mir zu verstecken! Noch einmal kämpfte ich mit den Empfindungen, die ich jeden Morgen durchlebt hatte, wenn ich mit leeren Händen vom Briefkasten gekommen war. Ich verstand es nicht. Ich verstand es einfach nicht. Das Gefühl der Schuld wuchs und wuchs, denn nur so – durch den Gedanken, dir in jener Nacht etwas Schreckliches zugefügt zu haben – konnte ich mir notdürftig erklären, daß ich nichts mehr von dir hörte, geradeso, als seist du tot.

Deine Karte mit der lange vermißten Handschrift vor mir, ging es mir im Flugzeug ein zweites Mal so, als sei ich blind, dieses Mal, was das Denken betraf; denn nur ganz allmählich dämmerte mir, daß es meine jahrelange Weigerung gewesen war, Mamans Briefe aufzumachen, die dazu geführt hatte, daß du und ich all die Jahre, bis gestern, kein einziges Wort mehr gewechselt hatten. Gut, als du dich schließlich entschlossest, deine Adresse preiszugeben, schriebst du mir nicht direkt. Aber danach hätte ich dir ja von mir aus schreiben können – wenn die Karte, die dich viel gekostet haben mußte, nicht jahrelang ungelesen in der Schublade unter der gehäkelten Decke gelegen hätte. Als die Stewardeß mich – den weit und breit einzigen, bei dem das Lämpchen brannte – fragte, ob alles in Ordnung sei, nickte ich kleinlaut und machte für einige Minuten das Licht aus.

Auf der anderen Seite des Gangs, wo einige Sitze frei geblieben waren, lag eine Frau, den Kopf in den Schoß ihres Mannes gebettet. Auch du schliefst einmal mit dem Kopf in meinem Schoß, damals auf der Klassenfahrt nach Rom. Als du dich, schon halb im Schlaf, hinlegtest, erschrak ich und spürte meine Wangen brennen. Doch die anderen im Abteil fanden nichts dabei. Wir, die bewunderten Zwillinge, genossen Respekt, ja mehr noch: Wir waren unantastbar. Ich glaube, das war sogar hinter unserem Rücken so. Für Stunden wagte ich mich nicht zu rühren und gab vor, auch zu schlafen. Als es langsam hell wurde, strecktest du dich, setztest dich auf und sagtest: «*Bonjour*». Durchs Haar fuhrst du mit meinem Kamm.

In den folgenden Briefen war etwas mit Mamans Schrift passiert, sie wurde fahrig und auftrumpfend. Also hast du das Zeug wieder genommen, Maman, sagte ich zu ihr. Um danach die weißen Sachen anzuziehen und es vor dem Spiegel unter Tränen noch einmal zu versuchen. Es war unfair, das zu ihr zu sagen. Doch meine lautlosen Worte waren wie ein Zucken, gegen das man nichts vermag. Ob ich sie jemals los werde, die Bilder und Gerüche von damals?

Von nun an las ich die Briefe nicht mehr richtig, sondern überflog sie auf der Suche nach etwas, das Vater betraf. In einem Brief, den sie vor drei Jahren geschrieben hatte, fand ich es. Der Brief war in ihrer normalen Handschrift geschrieben, und der Ton war auf einmal ganz anders, wie wenn sie inzwischen wieder ganz nüchtern geworden wäre. Vater arbeite an einer neuen Oper, schrieb sie, einer Vertonung von Kleists *Michael Kohlhaas*. Dieses neue Vorhaben verändere ihn. Bis vor kurzem noch sei er wegen einer besonders dichten Folge von Enttäuschungen in bitterer Stimmung gewesen und habe noch weniger gesprochen als sonst. Nun werde er ruhiger, manchmal wirke er beinahe gelöst. Und das Schönste sei, schrieb sie, daß er mit ihr über die neue Oper spreche, sie an seiner Arbeit teilhaben lasse. Sie habe daraufhin Kleists Novelle gelesen, und nun verfolge sie, was in Vaters Händen aus den Figuren werde. Ob ich die Novelle kenne? Ob sie mir den Text schicken solle? Sie würde ein neues Exemplar kaufen müssen, fügte sie hinzu, denn das Bändchen aus deinem Regal, mit dem Vater gearbeitet habe, sei übersät mit Anmerkungen.

Auch in den folgenden Briefen war viel von der neuen Oper die Rede. Maman wurde zunehmend besorgt, wie eigenwillig Vater mit Kleists Figuren und der Geschichte insgesamt umging. Sie befürchtete, die Jury, welche das Werk eines Tages zu begutachten hatte, könnte daran Anstoß nehmen. Andererseits stand in einem der Briefe ein Satz, der mir die Tränen in die Augen trieb: *Stell Dir vor: Die Frau von Kohlhaas (Lisbeth heißt sie) bekommt bei Vater eine ganz wichtige Rolle.* Wie schwer dieser Satz im Rückblick wiegt! Und an noch einen Satz erinnere ich mich: *Frédéric sagt jetzt oft: «Das wird mein großer Wurf.»* Weißt du noch, wie wir sie gehaßt haben, diese Rede vom *großen Wurf*? Denn der große Wurf, das war das Werk, mit dem sich Vater, weil er es nie schreiben würde, um sein Leben betrog.

Es gab kaum mehr einen Brief, in dem Maman die neue Oper nicht erwähnt hätte. Sie sprach nie von «unserer» Oper; aber der Ton war so, daß mich das nicht überrascht hätte. Es war etwas zwischen ihr und Vater geschehen, dachte ich damals, etwas, das diese beiden Menschen neu verband. Vielleicht zum erstenmal wirklich verband. Jetzt, wo ich weiß, wie sich die Dinge entwickelt haben, denke ich, daß es dieses neue Band zwischen ihnen war, das mit unerbittlicher Logik zu dem tödlichen Drama führte.

Dazu passen Sätze aus einem Brief, den sie vor etwa einem Jahr geschrieben hatte. Gestern habe Vater die neue Oper eingeschickt, hieß es da. Er habe zwei Jahre lang daran gearbeitet, und sie hätten sogar auf die geplanten Urlaubsreisen verzichtet. Er sei erschöpft, aber glücklich. Und dann: *Sie werden die Partitur nicht zurückschicken; dieses Mal nicht. Sie dürfen nicht. Es wäre eine Katastrophe.* Ich weiß noch, daß ich bei diesen Sätzen eine paradoxe Erfahrung machte: Ich hatte den Eindruck zu wissen, daß genau diejenige Katastrophe eingetreten war, von der Maman sprach. Wenn überhaupt, dann konnte es nur ein Ereignis dieser Art gewesen sein, das Vater zur Waffe hatte greifen lassen. Gleichzeitig aber lag in der Tasche unter meinem Sitz Vaters Brief, der mir das Gegenteil mitteilte. Und was konnte Antonio di Malfitano mit alledem zu tun haben?

Ich machte den nächsten Brief auf. Maman sprach von einem Loch, in das Vater nach Abschluß der Oper gefallen sei; von einer Leere, über die er klage; von seiner Verzweiflung angesichts einer Ablehnung auch dieser Partitur, die er in Gedanken vorwegnahm. Dann kam ein Satz, den ich nicht verstand: *Ich werde zu verhindern wissen, daß Frédéric auch dieses Mal übergangen wird.* Ich entschied, daß dies nicht mehr sein konnte als der wirklichkeitsferne, pathetische Ausdruck eines starken Wunsches. Das war ein Irrtum. Aber es paßte zu Maman.

Ich hatte Angst vor den weiteren Briefen – Angst davor, daß sie Vaters unmögliche Tat erklären und mich dadurch zwingen könnten, an sie zu glauben.

Vater habe geweint, schrieb Maman in ihrem nächsten Brief, der kurz nach Vaters Mitteilung des ersehnten Erfolgs abgeschickt worden war. Es war das allererste Mal, daß sie Tränen in seinen Augen sah. Er hatte den Brief aus Monaco Samstag morgen aus dem Briefkasten genommen, als sie beim Einkaufen war. Bei ihrer Rückkehr kam er ihr mit dem Briefbogen in der Hand entgegen und überreichte ihr den Text ohne ein Wort. Ein Gesicht wie in diesem Moment habe sie an ihm noch niemals zuvor gesehen, schrieb sie. Es fehlten ihr die Worte, um seinen Ausdruck zu beschreiben. Sagen könne sie nur, daß sie nicht für möglich gehalten habe, daß Vater einmal so weit aus sich herausginge. Den ganzen Tag über las er den Brief immer wieder, während er im Arbeitszimmer auf und ab ging. Beim Essen nahm er ihn mit an den Tisch wie einen Wertgegenstand, den es zu bewachen galt. Es verging kein Tag, an dem er den Brief nicht mehrmals las. Manchmal fuhr er mit dem Zeigefinger die Buchstaben des Briefkopfs entlang, die in das teure Papier eingestanzt waren. Ganz oben war das Wappen der Grimaldis aufgedruckt. Ob es nicht wunderschön sei, fragte er Maman.

Dann wieder legte er den Brief zur Seite und betrachtete den Umschlag mit der Marke, die Fürst Rainier III. zeigte. «Diese Marke zusammen mit meinem Namen», sagte er.

Wir haben es geschafft, hatte Maman geschrieben, als sie von dem langersehnten Erfolg berichtete. Ich las den Satz so, als hätte er gelautet: *Ich* habe es geschafft. Ich weiß nicht warum. Vielleicht, weil er nicht, wie ich es erwartet hätte, lautete: Jetzt hat *er* es geschafft. Gut, seit der letzten Oper gab es diese neue Gemeinsamkeit zwischen den beiden. Und doch störte mich etwas an dem «wir». Das Wort hatte einen unheilvollen Klang. Doch ich ging darüber hinweg und las nun die Briefe, die von der Reise nach Monaco berichteten, von der Vorfreude auf das große Ereignis und von den ersten leisen Zweifeln, die sich meldeten, um sogleich mit aller Macht zum Schweigen gebracht zu werden.

Im Jahr zuvor hatte das Fernsehen die Aufführung einer preisgekrönten Oper aus der Salle Garnier in Monte Carlo übertragen. Vater hatte die Sendung aufgezeichnet, und an jenem Samstag morgen, als der Brief aus Monaco gekommen war, setzte er sich vor den Fernseher und legte die Kassette ein. Maman erwartete eine Ansage, eine Ouvertüre und dann das Aufgehen des Vorhangs. Statt dessen sah man als erstes, wie der Vorhang *fiel,* nachdem offenbar gerade der letzte Ton verklungen war. *Stell Dir vor,* schrieb sie, *er hatte das Band nur bis zu dieser Stelle zurücklaufen lassen; er muß sich den Schluß der Veranstaltung, nur den Schluß, Dutzende von Malen angesehen haben.* Die Sänger traten nacheinander vor den Vorhang, gefolgt vom Dirigenten. Vater rutschte bis zur äußersten Kante des Sessels, den Kopf weit nach vorne geschoben. Jetzt erschien der Komponist. Er wurde von den Sängern in die Mitte genommen und verbeugte sich. Das Publikum erhob sich und bereitete ihm eine Ovation, die mehrere Minuten dauerte. Von den Rängen regnete es Blumen. Eine Großaufnahme der Fürstenloge wurde eingeblendet. Fürst Rainier III. und Prinzessin Caroline waren aufgestanden, und als sich der Komponist in ihre Richtung verbeugte, erwiderten sie die Verbeugung auf gemessene Art. Auf dem leeren Sitz, erklärte Vater heiser, habe der Komponist gesessen. Noch zwei weitere Male erschien der Komponist vor dem Vorhang, jeweils allein. Schwede sei der Mann, sagte der Kommentator, dreißig Jahre alt, und dies sei seine zweite Oper; auch für die erste habe er einen Preis bekommen.

Die ganze Zeit über hielt Vater den Brief aus Monaco in der Hand. Von Zeit zu Zeit warf er einen Blick darauf, wie um sich zu überzeugen, daß er ihn noch hatte. Als der Abspann begann, stoppte er das Band und ließ es zur Ausgangsposition zurücklaufen, die er auf dem Zählwerk markiert hatte. Lange Zeit sprach er kein Wort. Sein Schweigen, schrieb Maman, sei beredter gewesen als alle Worte.

Wie es Tradition sei, hieß es in dem Brief, werde die Aufführung von Vaters Oper in der letzten Oktoberwoche stattfinden. Wegen all der Dinge, die entschieden und vorbereitet werden müßten, werde man sich zu gegebener Zeit mit ihm in Verbindung setzen. Auch was den Festakt betreffe, sei einiges zu besprechen. Der Brief trug die Unterschrift einer Frau, deren Name ein Zungenbrecher war; sie vermuteten, er sei baskischen Ursprungs. Als Adresse war ein Postfach in Monte Carlo angegeben, dazu eine Telefonnummer.

Nun begann das Warten. Die ersten ein, zwei Wochen seien sie wie beschwipst gewesen, schrieb Maman. Alles schien leicht und ein bißchen unwirklich. Sie hatten lange überlegt, ob es in einem solchen Fall angebracht sei, einen Dankesbrief zu schreiben oder wenigstens den Empfang des Briefes zu bestätigen. Was ich dazu meine? (Fünfeinhalb Jahre waren vergangen, in denen sie mir Brief um Brief geschickt hatte, ohne das geringste Lebenszeichen von mir zu erhalten, und immer noch solche Fragen! Ist das nicht unglaublich? Einfach unglaublich?) Was den Dankesbrief nach Monaco anlangt, so entschieden sie sich schließlich dagegen, schrieb Maman. Sie meinte, es könnte unterwürfig oder kleinbürgerlich erscheinen. Wenn ich an den Brief denke, den Vater dann heimlich doch schrieb und den du in seinem Schreibtisch fandest: Was für eine abenteuerliche Mischung aus rührender Dankbarkeit und hölzerner Arroganz!

Maman entschied, daß man sich um die passende Garderobe kümmern müsse. Nicht nur für die Aufführung selbst, auch für die Zeit der Proben. Sie würden sicher im traditionsreichen *Hôtel de Paris* wohnen. Frack oder Smoking? Sie sahen sich die Videoaufzeichnung noch einmal an: Der schwedische Preisträger hatte einen Smoking getragen.

Du im Smoking!, sagte ich im Flugzeug zu Vater. Wenn es irgend jemanden gibt, zu dem das nicht paßt, bist du es. Du in Abendgarderobe mit seidenbesetztem Revers. Wie absurd! *Das* war es doch nicht, was du wolltest.

Er trug ihn ein einziges Mal, seinen Smoking. Um schließlich darin verhaftet zu werden. Ich stelle mir vor, wie er an jenem Abend hier im Entrée steht, während er auf Maman wartet. Er stellt sich vor den Spiegel. So, denkt er, hätte ich in der Fürstenloge und auf der Bühne ausgesehen. Was ich mir auch vorstellen kann: Es fällt ihm jener verächtliche Satz von GP ein: *Er sieht auch in den teuersten Anzügen noch wie ein Handwerker aus.* Er hat die Äußerung zufällig mitgehört. Erzählt hat er sie uns, als wir am Tage von GPs Beerdigung abends nach Berlin zurückflogen, während Maman in Genf blieb, um einiges zu regeln. Du fragtest, ob Maman ihn denn nicht verteidigt habe. Erinnerst du dich? Er wandte den Kopf und blickte zum Kabinenfenster hinaus. «Wir sinken», war alles, was er sagte.

Im nächsten Stadium ihres Wartens, schrieb Maman, sprachen sie oft über die Wendung *zu gegebener Zeit,* die in dem Brief aus Monaco gestanden hatte. Wann würde *le bon moment* sein? In welchen Zeiträumen mußte man denken? Sie machten eine Liste der Dinge, um die sich die Leitung des Wettbewerbs kümmern mußte: Die Partitur mußte gedruckt werden, einschließlich der Auszüge für die Sänger und die einzelnen Instrumente. Bühnenbilder waren zu entwerfen und herzustellen. Es galt, Sänger zu verpflichten und ihren Part jeweils mit Klavierbegleitung einzustudieren. Dann die Proben mit dem ganzen Orchester. Dirigieren, so nahmen sie an, würde Eliahu Inbal, der ständige Kapellmeister des Orchesters von Monte Carlo. Wieviel Zeit würden all diese Dinge in Anspruch nehmen? Vater und Maman schwankten zwischen Extremen: Einmal machten sie eine Rechnung auf, nach welcher man sie eigentlich schon heute anrufen müßte, um sie an den Vorbereitungen zu beteiligen; dann wieder sagten sie sich, daß routinierte Leute nicht mehr als zwei Monate für alles brauchten, höchstens ein Vierteljahr, so daß mit einem Anruf nicht vor Vaters sechzigstem Geburtstag im Juni zu rechnen war. Oft holte Vater den Brief hervor und starrte lange auf die Wendung vom *bon moment*, als könne er ihr dadurch Genaueres entlocken. Hin und wieder stand er mitten in der Nacht auf und ergänzte die Liste der Dinge, um die sich die Leute in Monte Carlo zu kümmern hatten.

Es wurden Wochen, in denen sich die Vorfreude durch das endlose Warten und das ängstliche Spekulieren allmählich abnutzte. Er sei froh, meinte Vater, daß er im Steinway-Haus noch nichts gesagt habe. Mehrmals war er kurz davor gewesen, doch dann hatte ihn sein natürliches Mißtrauen, wie er es zu nennen pflegte, im letzten Augenblick davon abgehalten. Er wolle nicht noch einmal so blöd dastehen wie damals, als sich die Sache in Zürich im letzten Moment zerschlug und der Neid der anderen sich in wochenlanger, unverhohlener Schadenfreude entlud, sagte er. Auch Hugentoblers Betrug beim Schießen gehe ihm jetzt wieder öfter durch den Kopf, er wisse nicht warum. Am ehesten würde er es noch Liebermann von der Werkstatt erzählen; aber der könne den Mund nicht halten. Wenn er so rede, schrieb Maman, sei er wieder ganz das Waisenkind aus dem Heim. Seine Ausdrucksweise sei dann schrecklich derb, und er verfalle in den stampfenden, aufbegehrerischen Tonfall der Deutschschweizer. Es höre sich an, als könne er kein Wort Französisch. In solchen Momenten sei es fast unmöglich, sich ihn neben dem monegassischen Fürsten und Prinzessin Caroline in der Loge vorzustellen.

Statt ihm diesen ziemlich kühlen Brief zu schicken, hätten sie ihn eigentlich auch anrufen können, sagte Vater einmal vor dem Einschlafen. Und ein anderes Mal: Auf welchem Schreibtisch seine Partitur jetzt wohl liege? Er versuche, sich den Raum vorzustellen. Es war, meine ich, im selben Brief, daß Maman darüber nachdachte, wie wenig Vater und sie über die Welt der Opernaufführungen im einzelnen Bescheid wußten. Vater wisse zwar alles über Ort und Zeit von Uraufführungen und natürlich über Erfolge und Mißerfolge. In diesen Dingen sei er beschlagen wie kaum ein anderer. Wenn es jedoch darum gehe, was alles vorangegangen sein müsse, bevor sich der Vorhang für eine Uraufführung heben könne, so merkten sie jetzt, wie wenig genau ihre Vorstellungen seien. Geradezu hilflos kämen sie sich vor. Zugeben würde Vater das nie. Aber wenn sie sehe, wie er am Schreibtisch über der Liste brüte, oder spüre, wie er neben ihr Stunde um Stunde wach liege, dann wisse sie, daß er das auch denke. In solchen Momenten (aber das sage sie nur mir allein und ganz im Vertrauen) habe sie manchmal den paradoxen, geradezu aberwitzigen Gedanken, daß Vater sich jetzt, wo die Aufführung der Oper noch ein bloßer Wunschtraum sei, womöglich glücklicher fühle als später, wenn der Traum mit der Wirklichkeit in Berührung komme. Die Schriftzüge in diesem Brief waren seit langem wieder einmal fahrig und unsicher, ich sah Mamans zittrige Hand vor mir. Doch wie hellsichtig hatte das Morphium sie gemacht!

Auf dem Monitor im Flugzeug konnte man sehen, daß wir den Äquator längst überflogen hatten. Ich schloß die brennenden Augen. Ja, sagte ich zu Vater, über die Geschichte der Oper weißt du alles, da macht dir niemand etwas vor, du bist, was das angeht, ein wandelndes, unfehlbares Lexikon. Als es das große Quiz im Fernsehen gab, warst du zu Hause vor dem Bildschirm besser als alle Kandidaten im Studio. Fast immer kam deine Antwort schneller als ihre. Dann hast du gelächelt. Einmal machte einer der Experten einen Fehler, der Kandidat verlor einen Punkt. Du sagtest, es sei ein Fehler, und gabst die richtige Auskunft. Wir zweifelten. Auch die Bekannten, die wir eingeladen hatten, zweifelten. Die Experten waren immerhin Musikprofessoren. Noch während der Sendung wurde der Fehler korrigiert. Du hattest recht gehabt. Du lächeltest, ohne ein Wort des Kommentars. Ich war danach naß vor Schweiß, Vater. Und ich wußte nicht, worum ich mehr gebangt hatte: daß du recht hättest und glücklich wärst darüber; oder daß du hin und wieder etwas nicht wüßtest, damit dein Fanatismus nicht noch mehr Nahrung bekäme. Warum hast du nicht bemerkt, daß du uns mit diesem Fanatismus aus der Welt der Musik vertriebst? Warum nicht?

Aus Mamans nächsten Briefen ging hervor, daß Vater auf weitere Nachricht aus Monaco wartete, als hinge sein Leben davon ab. Samstags, wenn er nicht ins Geschäft mußte, wartete er am Fenster auf den Postboten, und an den anderen Tagen rief er mittags zu Hause an. Früher sei die Post zweimal am Tage gekommen, habe er neulich gesagt. Wenn er im Entrée beim Telefon vorbeikam, hob er ab und prüfte, ob die Leitung in Ordnung sei. Danach legte er den Hörer vorsichtig auf und vergewisserte sich mehrmals, daß er richtig auf der Gabel lag. Wieder war es ein Warten, das Vaters Leben bestimmte. Doch jetzt, denke ich, war es ein anderes Warten als früher. Das bisherige Warten hatte nach den vielen Enttäuschungen etwas Vergebliches und bisweilen hoffnungslos Komisches bekommen, das einen zu Tränen rühren konnte. Vater mußte nicht nur mit den jeweiligen Enttäuschungen fertig werden. Zunehmend hatte er auch gegen die Ungläubigkeit anzukämpfen, die wir nicht mehr zu verhehlen vermochten. Wir hatten ihn aufgegeben, und er wußte es. Das neue Warten muß für ihn ganz anders gewesen sein – natürlich, zielgerichtet, praktisch, und vor allem nicht mehr angefochten durch unsere Zweifel, in deren Spiegel er sich lächerlich vorkommen mußte.

Trotzdem: Als der März zu Ende ging, scheint Vater plötzlich mutlos geworden zu sein. Vielleicht sei das Ganze nur ein übler Scherz, muß er geäußert haben. Warum er den ersten Anruf so lange hinauszögerte – ich weiß es nicht. Vielleicht hatte er wirklich Angst, von sich aus den Schritt in die Wirklichkeit zu tun. Anzurufen – das war noch etwas anderes, als den Brief aus dem Kasten zu nehmen. Er mag gespürt haben, daß damit die Zeit zu Ende ginge, in der er mit seinem Traum allein gewesen war. Vielleicht war er um jeden Tag, der ohne Nachricht aus Monaco verstrich, auch froh – eine Empfindung, die hinter der täglichen Enttäuschung verborgen lag, so daß er nichts von ihr wußte. Jedenfalls bin ich sicher, daß das Kärtchen, auf dem er die Telefonnummer notiert hatte und das wir in der Schublade des Schreibtischs fanden, schon lange dort gelegen hatte, bevor er schließlich zum Hörer griff.

Für den Anruf hatte er sich im Geschäft einen Vormittag frei genommen. Es meldete sich eine Frau, deren Name ganz anders klang als der Name im Brief. Das sei das erste gewesen, schrieb Maman, was ihn unsicher gemacht habe. Sein Französisch sei entsetzlich schlecht gewesen. Die Frau kannte seinen Namen nicht, er mußte ihn dreimal wiederholen. Weil es ihn große Anstrengung kostete, die Gereiztheit zu unterdrücken, geriet er außer Atem. «Ich bin der Preisträger des diesjährigen Wettbewerbs», sagte er mit heiserer Stimme.

Ich kann dich hören, Vater, ich höre dich, als stünde ich draußen im Entrée neben dir.

«Es ist noch nichts entschieden», sagte die Frau, «die Nachforschungen sind in vollem Gang.» Vater erstarrte und stand eine Weile regungslos da, den Hörer fest ans Ohr gedrückt. Alles Leben schien aus ihm gewichen. Schließlich zog er den Brief aus der Tasche. Beim Versuch, ihn mit einer Hand zu entfalten, glitt er zu Boden, und Maman mußte ihn aufheben. Ob er Madame Etxebeste sprechen könne, brachte Vater endlich heraus, nachdem ihm im ersten Anlauf die Stimme versagt hatte. Nein, nicht Excelleste, sondern Etxebeste, Nerea Etxebeste. Vater verhaspelte sich mit dem Namen. Der Name sei ihr nicht geläufig, sagte die Frau. Und nun müsse er sie entschuldigen, sie brauche die Leitung. Er könne ja in einigen Wochen wieder anrufen. «Einen Moment noch», sagte Vater, «warum erst …?» «Ganz einfach», unterbrach ihn die Frau, «so lange wird es eben dauern. Da kann man nichts machen. *Au revoir.*»

Es dauerte Tage, nein Wochen, schrieb Maman, bis Vater wieder zu sich gefunden hatte. Er war verstört und schlief kaum mehr. Am Nachmittag nach dem Anruf verkaufte er einen bereits verkauften Flügel zum zweitenmal. So etwas war ihm in den fünfzehn Jahren im Steinway-Haus noch niemals passiert. Auch sonst war er im Geschäft nicht bei der Sache. Er, die Zuverlässigkeit in Person, machte Fehler über Fehler, und Maman begann sich Sorgen wegen der Stelle zu machen.

Es verging kein Tag, an dem er nicht mit ihr über jenen rätselhaften Satz gesprochen hätte: *Es ist noch nichts entschieden, die Nachforschungen sind in vollem Gang.* Das Quälende war, daß der Sinn dieser Worte so vollständig ungreifbar blieb. *Worüber* war noch nichts entschieden? In düsteren Augenblicken dachte Vater, es sei der Preis selbst, über den noch keine Entscheidung gefallen sei. Dann entfaltete Maman zum x-ten Mal den Brief, der inzwischen ganz zerknittert war. Ja, das könne nicht sein, räumte Vater dann erleichtert ein. Jemand, der sich nur einen Scherz erlaubte, wäre kaum an Briefpapier mit dem Wappen der Grimaldis gekommen. Was aber konnte es sonst sein? Ging es um den Zeitpunkt der Aufführung? Aber der stand laut Brief weitgehend fest, und für die Festlegung des genauen Tages waren doch keine wochenlangen Nachforschungen nötig. Was hatte die Frau überhaupt gemeint mit *recherches*? Meinte sie die ganzen Vorbereitungen für die Aufführung – also all das, was Vater auf seiner Liste hatte? Dann stimmte zwar der zeitliche Rahmen; aber an dieser Art von Recherchen müßte doch wohl der Komponist beteiligt werden. Maman war pikiert, als Vater den großen Larousse holte und das Wort nachschlug. Wenn man die wissenschaftliche Bedeutung beiseite ließ, kam außer *Nachforschung* eigentlich nur noch *Ermittlung* in Frage. *Die Ermittlungen sind in vollem Gang* – nein, das konnte es auch nicht sein, das sagte man nur bei einem Verbrechen. Wie nahe sie der Sache damit kamen, ahnten sie nicht.

Unerklärlich war, warum die Frau am Telefon Madame Etxebeste nicht kannte. War eine der beiden Frauen vielleicht nur eine Aushilfskraft? Oder hatte Vater den unmöglichen Namen durch seine Aussprache bis zur Unkenntlichkeit entstellt? Maman schlug Vater vor, noch einmal anzurufen. Es sei erschütternd gewesen zu sehen, schrieb sie, welche Angst er vor einem erneuten Anruf hatte. Als er sich mit dem Taschentuch die Stirn abwischte, zitterte ihm die Hand. Stell dir vor, Patty: Vater, der im Heim und beim Militär als einer galt, mit dem nicht gut Kirschen essen war, zitterte vor einem Telefongespräch!

Hätte ich die Briefe nur gelesen, als sie eintrafen! Dann wäre ich gekommen, um dir beizustehen, Vater.

Mit Monaco kam nie mehr eine telefonische Verbindung zustande. Vater biß die Zähne zusammen und ließ es lange klingeln. Sie sei stolz auf ihn gewesen, schrieb Maman. Er probierte es sogar noch zwei weitere Male. Dann übernahm Maman. Drei Wochen lang versuchte sie es, immer dann, wenn Vater im Geschäft war. Der Brief, in dem sie davon sprach, war mit fester Hand und – sozusagen – mit fester Stimme geschrieben. Ich hatte den Eindruck, daß sie in dieser Zeit ohne Morphium auskam. Es war, als habe sie plötzlich eine Aufgabe, die ihr Festigkeit und Selbstvertrauen verlieh. Der Pakt des gemeinsamen Wartens, den ihnen das Schweigen aus Monaco aufzwang, hat die beiden noch mehr zusammengeschweißt als die Oper selbst, dachte ich in jener Nacht im Flugzeug, als ich – inzwischen mit wachsender Spannung – Brief um Brief öffnete.

*

Ich habe inzwischen mit Ralf Liebermann gesprochen, der Vaters Nachfolger geworden ist. Weißt du noch, wie groß unsere Abneigung gegen ihn war, weil er dich, wenn wir Vater abholten, mit seinen wäßrigen, unsteten Augen zu verschlingen schien? Es hat mich Überwindung gekostet, ihn aufzusuchen; aber ich wollte wissen, wie jemand anderes Vater in dieser Zeit erlebt hat. Es war dann ganz angenehm mit ihm; er ist inzwischen grau und nicht mehr so aufgedreht und flattrig wie früher. An den doppelt verkauften Flügel erinnerte er sich gut. An jenem Nachmittag und in den Wochen danach, sagte er, war es, als sei nur Vaters Körper anwesend, während seine Seele woanders weilte. Wer ihn darauf ansprach, wurde angeschnauzt. Ein Lehrling meinte, er komme ihm vor wie ein Spieler, der gerade sein ganzes Vermögen verloren habe. Man begann sich Sorgen um ihn zu machen. Einmal, mitten aus der Arbeit heraus, nahm Vater Liebermann beiseite und fragte ihn, wie lange seiner Schätzung nach die Vorbereitungen für die Aufführung einer neuen Oper dauerten. Das gehe ihn nichts an, schnauzte er Liebermann an, als der sich nach dem Grund für die Frage erkundigte. Auch früher gab es Tage, da konnte Vater im Geschäft sehr unwirsch sein, geradezu grob. Wie ein mißgelaunter Schuljunge, sagte Liebermann. Dann konnte es vorkommen, daß er – was wie ein Sakrileg war – mit der brennenden Zigarette durch den Ausstellungsraum ging, um draußen zu Ende zu rauchen. Ich bin sicher, das waren Tage, an denen wieder einmal eine Partitur zurückgekommen war. Aber irgendwie nahm man Vater die Grobheit nicht übel. Man spürte, daß etwas an ihm nagte und daß der scharfe Ton Ausdruck seiner Verletzlichkeit war.

Es war einfühlsam, wie Liebermann darüber sprach. Ich glaube, wir haben ihn unterschätzt. Zu Ende des Gesprächs war ich einen Moment lang versucht, ihm die Wahrheit über die Schüsse zu erzählen. Aber Vater hätte das nicht gewollt, und so ließ ich es. Es sei eine schreckliche Tragödie, sagte Liebermann zum Abschied. Einen Klavierstimmer wie Vater werde es so schnell nicht wieder geben. Er vermisse ihn.

*

Laut Mamans nächstem Brief nahm Vater Ende April überstürzt Urlaub. Sie reisten zusammen nach Monaco. Sie müssen das überwältigende, blinde Gefühl gehabt haben, daß es darauf ankam, am Ort der Entscheidung leibhaftig anwesend zu sein. Mit simplem Schweigen kämen die dort unten nicht durch, sagte Vater immer wieder; jetzt werde er sie *stellen*. «Sie» – die unsichtbaren Mächtigen, die über ihn und seine Oper aus purer Willkür entschieden. Sie wollte er aufspüren und zur Rechenschaft ziehen. Was hatte diese Reise für einen Sinn, dachte ich beim Lesen. Außer einer Postfach- und einer Telefonnummer hattet ihr doch nichts in der Hand, um euch Gehör zu verschaffen. Aber das konnte Vater nicht aufhalten. Daß es in Monte Carlo für ihn gar nichts zu tun gab – daran dachte er nicht oder wollte er nicht denken.

Das erste, was Vater am Flughafen von Nizza tat, war, im Telefonbuch von Monaco nach dem Namen der Frau zu suchen, die den Brief unterzeichnet hatte. Er stand nicht drin. Also hatten die Frauen von der Berliner Telefonauskunft recht gehabt. Dreimal hatte er dort angerufen, bevor er sich geschlagen gab. Es war Mamans Idee gewesen, die Frau mit dem unmöglichen Namen zu Hause anzurufen. Nun schlug sie vor, auch die Verzeichnisse der benachbarten Orte durchzukämmen, bis hinauf nach Menton und hinunter nach Antibes und Cannes. Nichts; an der gesamten Côte d'Azur wohnte keine Nerea Etxebeste. Und es waren auch keine Namen verzeichnet, die ähnlich lauteten, so daß man an einen Tippfehler hätte denken können.

Sie blieben drei Tage. Es muß für beide ein Alptraum gewesen sein. Die Telefonauskunft weigerte sich, die Adresse preiszugeben, die zu der Telefonnummer gehörte. Es half nichts, daß Maman sich auf den Ton besann, den GP bei solchen Gelegenheiten angeschlagen hatte. Da verfiel Vater auf die Idee, bei den Postfächern in Monte Carlo auf den Abholer zu warten. Er wartete und wartete, zwei volle Tage lang. Niemand kam.

Ich sehe dich dort stehen, Vater, aufrecht und still. Jede Frau, die hereinkommt, musterst du: Ist sie Nerea Etxebeste? Oder die andere, deren Namen du in der Aufregung sofort wieder vergaßest? Abends, schrieb Maman, standest du bis tief in die Nacht vor dem Fürstenpalast in Monaco-Ville. Das Waisenkind, das zu den Mächtigen hinaufschaut und davon träumt, sie zur Rechenschaft zu ziehen. Vater. Es waren doch nicht der Fürst und seine Töchter, die entschieden. Es war eine Jury.

Bevor sie aus Monaco abreisten, wollten sie das Opernhaus von innen sehen, um nach all den Vergeblichkeiten wenigstens diesen Eindruck mitnehmen zu können. (Demnach glaubten sie trotz allem noch an eine Aufführung der Oper.) Es erwies sich als unmöglich. Die livrierten Angestellten des Casinos behandelten sie wie zwei Vagabunden mit zweifelhaften Absichten und verstellten ihnen den Weg die Treppe hinauf zur Salle Garnier. Als Vater den sorgfältig verpackten Brief mit dem fürstlichen Emblem hervorkramte, weigerten sie sich, auch nur einen Blick darauf zu werfen. Statt dessen sahen sie sich vielsagend an, als hätten sie es mit einem Irren zu tun. Es habe nicht viel gefehlt, schrieb Maman, und Vater wäre tätlich geworden.

Er atmete schwer, als sie nachher auf dem Platz mit dem Denkmal für Jules Massenet standen. Den Brief immer noch in der Hand, erzählte Vater von den beiden Opern des Franzosen, die in Monte Carlo uraufgeführt wurden. (Die eine sei *Don Quichotte* mit Fjodor Schaljapin in der Titelrolle gewesen, die andere habe sie vergessen, schrieb Maman.) Plötzlich, mitten im Satz, brach er ab und starrte auf eine schwarze Tür an der Seite des Casinos. Das müsse die Tür sein, durch die der Fürst die Oper betrete, sagte er, er habe darüber gelesen. Langsam ging er darauf zu. Sie könne es nicht erklären, schrieb Maman, aber die Langsamkeit seiner Bewegungen habe gefährlich auf sie gewirkt, wie das Vorspiel zu einem Ausbruch von Gewalt. Und der Ausbruch kam auch wirklich. Zuerst rüttelte Vater nur an der verschlossenen Tür. Er rüttelte in mehreren Anläufen, und die beiden Hände schlossen sich immer fester um den glänzenden Türknauf. Schließlich erlahmten seine Bewegungen, er schien aufgegeben zu haben und drehte der Tür den Rücken zu. Maman atmete auf und ging ihm entgegen. Da drehte sich Vater blitzartig herum wie jemand, der einen Gegner getäuscht hat und ihn jetzt überrumpelt. Mit beiden Fäusten donnerte er gegen die Tür und drosch auf sie ein, als wollte er sich an ihr für die erfolglose Reise und das ganze demütigende Schweigen aus Monaco rächen. Die Leute blieben stehen und betrachteten das Schauspiel verwundert. In diesem Augenblick sei etwas in ihr vorgegangen, das sie überrascht habe, schrieb Maman. Statt sich für Vater zu schämen, habe sie einen sonderbaren Stolz empfunden, und als Vater aufhörte und die blutenden Knöchel betrachtete, sei sie beinahe enttäuscht gewesen. Als er nun auf sie zuging, trat ihm ein junger Polizist in den Weg, der hatte einschreiten wollen. Vater sah ihm gerade ins Gesicht und ging mit festem Schritt auf ihn zu, als wolle er durch ihn hindurchgehen.

Es war der Polizist, der schließlich auswich. Den Brief in seiner Hand hatte Vater ganz vergessen. Er war vollständig zerknittert und wies Blutflecke auf. Zu Hause tat Maman mit dem Bügeleisen, was sie konnte.

Als das Flugzeug über der Côte d'Azur aufstieg, muß Vater gesagt haben, er möchte am liebsten die gesamte Küste mit einem riesigen Rechen durchkämmen, um die Verantwortlichen zu finden. Und später: Was, wenn der Anruf aus Monaco ausgerechnet in diesen Tagen gekommen war? Auf dem Weg hierher bat er den Taxifahrer, schneller zu fahren, und dann stürzte er als erstes zum Briefkasten. Auch jetzt war kein Brief aus Monaco in der Post.

Noch am selben Tag rief Vater in Monte Carlo an. Die Reise habe ihn verändert, schrieb Maman. Jetzt habe er keine Angst mehr anzurufen. Die Angst war einer lautlosen Wut gewichen, und Vater ging während der restlichen Urlaubstage alle halbe Stunde mit festem Schritt zum Telefon, immer vergeblich.

Mitte Mai beschlossen sie, einen Brief zu schreiben. Maman machte verschiedene Entwürfe: freundliche, in denen noch etwas von der ursprünglichen Freude nachhallte; kühle, die in ihrer Bestimmtheit bereits ein Recht anmahnten; polternde, in denen der Ärger unverhohlen hervortrat; und schließlich sogar drohende, in denen Vater sich vorbehielt, die Oper zurückzuziehen. Stundenlang ging Vater im Arbeitszimmer auf und ab und sprach den Text laut vor sich hin. Er schwankte hin und her und konnte sich nicht entscheiden. Schließlich warf er alles weg.

In der Zeit nach jenem Urlaub, sagte Liebermann, sei Vater im Geschäft von einer sonderbaren, gleichsam erstarrten Freundlichkeit gewesen. Überkorrekt in allem. Es war eine leblose Freundlichkeit ohne die Spur eines Lächelns. Er ließ den Ausstellungsraum mit den Klavieren umräumen, und wenn es nichts mehr zu tun gab, überprüfte er die Unterlagen alter Geschäftsvorgänge. Noch nie zuvor hätten die Aktenordner so ordentlich in den Regalen gestanden. Sogar an Feiertagen war Vater manchmal im Geschäft. Einmal putzte er übers Wochenende die gesamte Werkstatt. Mir scheint, er hielt sich an diesen Dingen fest, um nicht zu explodieren. Oder in seiner stillen Wut zu ertrinken.

Hier brachen die Briefe ab. Immer mehr war es ein atemloses Lesen geworden. Jetzt knipste ich das Lämpchen über mir aus. Am Horizont erschien das erste Licht der Morgendämmerung. Noch immer wußte ich nicht, wie es gekommen war, daß Vater zur Waffe gegriffen hatte. Aber ich begann es zu glauben. Ich erahnte die inneren Umrisse seiner Tat. Wieder sah ich das Zeitungsfoto vor mir. Zumindest wußte ich jetzt, warum Vater einen Smoking besaß. Mit einemmal überfiel mich der Wunsch, ihn zu umarmen und in dieser Umarmung, die nie aufhören sollte, die ganze verrückte Reise nach Monaco und alles, was vorher und nachher gewesen war, auszulöschen. Er sollte wieder aufrecht und still am Schreibtisch sitzen und Noten schreiben, ich sehnte mich danach, das Kratzen der alten Feder auf dem Papier zu hören. Ich drehte mich zur Seite und ließ den Tränen freien Lauf.

*

Als ich von der Stimme des Piloten aus dem Lautsprecher aufwachte, war es taghell. Wir befanden uns über Portugal. Wie anders die gleichen spanischen Wörter aus dem Mund derselben Leute plötzlich klangen, jetzt, wo wir über Europa waren! Es konnte sich unmöglich um dieselbe Sprache handeln. (Und was dieses Wort *Europa* mit einemmal für einen wunderbaren Klang hatte – es war, als hörte ich es zum allerersten Male.) Daß Sprachen je nach Umgebung so verschieden sein können! Ist alles Erleben so sehr perspektivisch? Ohne festen Ankerpunkt? Sind Sprache und Erleben etwas so Ruheloses, Wandelbares? Ist es deswegen, daß Menschen so sehr an ihrem gewohnten Ort hängen? Um die Illusion eines festen Kerns zu bewahren?

In Chile, meinem freiwilligen Exil, vergrub ich mich ins Spanische, schon nach wenigen Wochen konnte ich den besonderen chilenischen Tonfall. Ich versuchte, mich in dem fremden

Klang neu zu erfinden, mit der Vergangenheit zu brechen, sie zu löschen. Jedes Wort einer anderen Sprache, zumal der deutschen oder französischen, war eine Bedrohung dieser neuen, krampfhaften Erfindung und drohte sie zu unterspülen. In der ersten Zeit gab es Situationen, wo ich davor buchstäblich die Ohren verschloß. Jetzt, nur noch zwei Stunden von Frankfurt entfernt, war es, als löste sich ein jahrelanger sprachlicher Krampf. Das Spanische schien auf einmal nicht mehr zu mir zu gehören. Kleists Text, den ich nach dem Frühstück wieder zur Hand genommen hatte, wirkte in der spanischen Fassung plötzlich komisch, geradezu grotesk. Wie mühelos ich diese Sprache auch verstand – sie war dabei, mir zu entgleiten. Ich schloß die Augen. Sie tat weh, diese Erfahrung. Spanisch war Pacos Sprache.

Im Flugzeug habe ich nur die ersten paar Seiten der Novelle gelesen. *An den Ufern der Havel lebte, um die Mitte des sechzehnten Jahrhunderts, ein Roßhändler, namens Michael Kohlhaas, Sohn eines Schulmeisters, einer der rechtschaffensten zugleich und entsetzlichsten Menschen seiner Zeit ... die Welt würde sein Andenken haben segnen müssen, wenn er in einer Tugend nicht ausgeschweift hätte. Das Rechtgefühl aber machte ihn zum Räuber und Mörder.* Schon auf dem Flughafen von Santiago hatte ich mir einen Ruck geben müssen, um weiterzulesen. Daß Vater sich diesen Stoff ausgesucht hatte – es paßte so gut zu ihm, so entsetzlich gut. Und du hattest am Telefon gesagt, daß nun auch er selbst zum Mörder geworden war. Jetzt, da ich Mamans Briefe gelesen hatte, wogen Kleists Worte noch schwerer. Ich las, wie der Roßhändler durch die Forderung nach einem Paßschein aufgehalten und genötigt wurde, auf einer sächsischen Burg zwei seiner Pferde zum Pfand zurückzulassen. Wie er entdeckte, daß die Geschichte vom Paßschein ein Märchen war, und wie er trotzdem noch *ohne irgend weiter ein bitteres Gefühl, als das der allgemeinen Not der Welt,* zur Burg zurückkehrte, um seine Pferde abzuholen. Wie er dann seine Pferde, zwei ehemals wohlgenährte Rappen, als dürre, abgehärmte Mähren wiederfand. Und wie ihn der Schloßvogt seiner Empörung wegen schließlich noch verhöhnte und ihm mit den Hunden drohte. Der aufgebrachte Kohlhaas hielt auch jetzt noch an sich, denn nichts war ihm wichtiger, als gerecht zu sein. *Es drängte ihn, den nichtswürdigen Dickwanst in den Kot zu werfen, und den Fuß auf sein kupfernes Antlitz zu setzen. Doch sein Rechtgefühl, das einer Goldwaage glich, wankte noch; er war, vor der Schranke seiner eigenen Brust, noch nicht gewiß, ob eine Schuld seinen Gegner drücke.* Irgendwann jedoch, das war klar, würde der Damm brechen, und dann würden die Fluten der Rache alles mit sich fortreißen.

Mit solchen Sätzen im Kopf betrat ich in Frankfurt den Flughafen. Als ich am Zeitungsstand vorbeikam, sprang mir das Foto von dir ins Gesicht. Du lehntest dich an der Limastraße aus dem Fenster und spucktest hinaus. DIE WÜTENDE TOCHTER DES OPERNMÖRDERS stand darunter. Zum erstenmal im Leben kaufte ich dieses Blatt. Den Text habe ich nicht gelesen, ich trennte nur das Bild heraus und warf den Rest der Zeitung weg. (Sie ist nicht nur eklig anzu*sehen*, viel ekliger noch ist es, sie anzu*fassen*.) Ich wollte auf dem Weiterflug nach Berlin dein heutiges Gesicht betrachten, dem ich in wenigen Stunden gegenüberstehen würde. Ich war noch nicht beim neuen Flugsteig, da hatte ich auch das Bild weggeworfen. Dieses grobkörnige, in der Spuckbewegung erstarrte, verzerrte Gesicht konnte nicht dir gehören. Und was hatte der Fotograf mit deinem Haar angestellt!

Ich brauchte bis Berlin, bis ich dein Gesicht in mir restauriert hatte. Eine ähnliche Anstrengung habe ich am Anfang in Chile regelmäßig unternommen. Ich versuchte damals, dich wieder mit den alten Augen zu sehen, den keuschen Augen des Bruders. Ich habe mir frühere Fotografien vorgestellt, Bilder des Schulmädchens, Bilder, an denen ich den alten Blick wieder einüben könnte. Damit ich wieder hinter jenen Blick im Spiegel zurückfände, in dem ich eine neue Liebe für uns erfand. Jenen Blick, mit dem ich dich verloren hatte.

Auf der Fahrt nach Zehlendorf schreckte ich auf: Was ich mir auf dem Flug mühsam vorgestellt hatte, war bestimmt nicht mehr dein heutiges Gesicht. Ich hatte keine Ahnung, wie das wirkliche Gesicht jetzt war. Überhaupt hatte ich keine Ahnung, wie du jetzt warst. Ich glaube, ich habe es irgendwo schon aufgeschrieben: Ich habe noch nie vor etwas solche Angst gehabt wie vor unserer Begegnung.

*

Dies war schon mein dritter Tag in den leeren Räumen. Vor drei Uhr früh werde ich nicht einschlafen können. Dann weiß ich, daß Paco schläft. Und daß er nicht mehr anruft. Dabei weiß ich genau, daß er nicht anrufen wird. Und selbst wenn er den Wunsch äußerte: Mercedes würde es kaum erlauben. Dieser ewige Kampf mit ihr. Aber Paco wird den Wunsch nicht äußern. Jetzt sind es nicht mehr zwölf, sondern vierzehn Tage, daß ich ihn im Stich gelassen habe. Gestern nacht hatte ich den Hörer schon in der Hand. Aber was soll ich ihm sagen? Trotzdem: Ich werde nicht vorher einschlafen können. Früher war es deine Zeit, die ich nicht loslassen konnte, jetzt ist es seine. Warum kann ich, seit ich dich verloren habe, nie mehr dort leben, wo ich gerade bin?

Patricia

ZWEITES HEFT

HEUTE IST DER DRITTE TAG nach meiner Rückkehr. Ich war gezwungen, einige Besorgungen zu machen, und dabei sah ich aus der Ferne das Musée d'Orsay. Paris ist jetzt wieder voll von Erinnerungen an dich. Oft sind es Erinnerungen an Erinnerungen, sozusagen Erinnerungen der zweiten Generation: Ich denke daran, wie mich damals nach meiner Flucht so vieles an frühere Erfahrungen gemahnte, die wir hier zusammen gemacht haben. Zum Beispiel an den Besuch dieses Museums. Ich hatte mir vorgenommen, es erst zu betreten, wenn ich eine Unterkunft hätte, einen Ort, wo ich von nun an wohnen würde und beginnen könnte, ein Leben ohne dich zu leben. Damit ich der Erinnerung an Claude Monets *La pie* besser standzuhalten vermöchte, oder besser: der Erinnerung daran, wie wir im Vorjahr beide verzaubert vor diesem Schneebild gestanden hatten. Damit ich der Aufgabe besser gewachsen wäre, es allein zu betrachten und dadurch in mein neues Leben hereinzuholen. Das Schwierigste würde sein: an die sieben Schritte zu denken, von denen wir schließlich entschieden hatten, daß sie genau den richtigen Abstand ergaben, aus dem das Spiel der Farben den Eindruck wirklichen Schnees hervorrief. Es galt darum zu kämpfen, daß diese Erinnerung bestehen bleiben dürfe, ohne entwertet werden zu müssen und ohne erstickt zu werden in unsichtbaren Tränen. Ganz treu geblieben bin ich meinem Vorsatz dann doch nicht. Immerhin habe ich gewartet, bis ich das Zimmer in der Cité Vaneau gefunden hatte, im letzten Haus der Sackgasse, die mit einer hohen Mauer abschließt. Madame Auteuil versicherte mir mit einem festen Druck ihrer runzligen Hand, die Abmachung gelte, und bereits eine Stunde später war ich im Museum. Den Kampf mit der Erinnerung hatte ich verloren, noch bevor ich den Raum betrat und die Elster auf dem Tor sitzen sah. Es auszuhalten, daß etwas, was man in der Gemeinsamkeit eines Blicks entdeckt hat, jetzt nur noch für die eigenen Augen da ist: Wie macht man das? Wie? *«It's out of this world»*, sagte eine Stimme neben mir. Ich weiß nicht, wie der Sprecher aussah, ich bin mit geschlossenen Augen geflohen.

*

Entgegen meiner Absicht bin ich in der Nacht noch einmal aufgestanden und habe mich weiter in Papas verrückte Scholastik von Erfolg und Mißerfolg verbissen. Denn plötzlich wollte ich wissen, ob es denn in seiner Gedankenwelt nirgends diese Art von Erfolg gegeben hatte: daß einer glücklich ist mit seinem Werk, weil darin ein Stück seiner selbst auf besonders klare Weise zum Ausdruck kommt; oder daß er sein Werk als Erfolg empfindet, weil ihm die Arbeit daran ein besonderes, gesteigertes Erleben von Gegenwart beschert hat. Noch habe ich keine Farbe für solche Ideen gefunden. Aber das mag auch an all diesen Biographien und Autobiographien liegen, die vom Gedanken der öffentlichen Anerkennung oder Mißachtung vergiftet sind.

Nach dieser nächtlichen Eskapade träumte ich von Papa, der sich in einem Gewirr von Buntstiften verheddert, um dann plötzlich auf der Bühne der Berliner Philharmonie zu stehen und sich zu verbeugen. Es war schrecklich, wie sehr dieses letzte Bild ins Groteske verzerrt war. Die Wirklichkeit, an die ich viele Jahre nicht mehr gedacht hatte und die ich mir im Licht der Morgendämmerung in Erinnerung rief, war viel sanfter gewesen und trotz ihrer traurigen Komik würdiger.

Erinnerst du dich, wie er uns das erste Mal in die Philharmonie mitnahm, an einem Vormittag in den Schulferien, als er einen Konzertflügel zu stimmen hatte? Was hatte das Wort *Künstlereingang* für einen geheimnisvollen, verzaubernden Klang!

Wir saßen in dem menschenleeren Raum in der ersten Reihe und erlebten, wie Papa in seiner Arbeit und, wie es schien, in sich selbst versank. Die Kollegen, sagte Maman, spotteten darüber, daß er beim Stimmen stets seinen guten Anzug trug. Doch das war schon immer so gewesen, und der Spott vermochte ihm nichts anzuhaben, denn es gab weit und breit keinen besseren Klavierstimmer als Frédéric Delacroix, das wußte jeder, und die Pianisten rissen sich um ihn. Den Stimmschlüssel am Stimmwirbel, hielt er den Kopf ein bißchen nach rechts geneigt, die Augen waren meistens geschlossen. Papa, er besaß das absolute Gehör. «Das ist ein Gis, ein Fis, ein Des …» – wie oft haben wir erlebt, daß er die Leute mit seiner tonalen Unfehlbarkeit faszinierte! (Dann lächelte er. Immer wenn er eine Prüfung bestand, ob diese oder eine über Operngeschichte, lächelte er. Es war stets das gleiche Lächeln, das – jedenfalls für unsere Augen – die verschwiegene Botschaft aussandte: All das ist nichts; was ich wirklich kann, davon habt ihr keine Ahnung.) Das sogenannte perfekte Gehör, dozierte er, wäre noch etwas ganz anderes: die Fähigkeit, ohne den Bezugspunkt der Stimmgabel sagen zu können, das Normal-A schwinge mit 440 Hertz oder 438 Hertz oder was auch immer. «Niemand kann das», pflegte er zu sagen, «niemand.» Ich kann es nicht erklären, aber obwohl ich das von ihm nicht ein einziges Mal gehört habe, hatte ich stets denn Eindruck, daß er innerlich hinzufügte: «außer mir».

Früh lernten wir von ihm den Unterschied zwischen Stimmen, Regulieren und Intonieren eines Klaviers. In der Schule gaben wir damit an, indem wir die Begriffe ganz beiläufig ausspielten und etwa hinzufügten: «Wenn die Intoniernadel nicht reicht, so kann es vorkommen, daß man die Hämmer feilen und unter Umständen sogar lackieren muß. Natürlich nur, wenn der Pianist einen besonders gläsernen Klang wünscht.» Auch sonst gaben wir uns als Kenner des Metiers, wenn wir (darin warst du unübertrefflich) gelangweilt erwähnten, daß die Mechanik eines Flügels fünftausend Einzelteile umfaßt; daß keine der Quarten und Quinten ganz rein gestimmt wird, sondern daß es darauf ankommt sie zu *temperieren*, so daß die Quinte *unterschwebend*, also minimal kleiner als die reine Quinte ist («klar: damit alle Intervalle innerhalb des Quintenzirkels Platz haben»); daß die Terzen und die Sexten *groß* und die Oktaven *weit* gestimmt werden; und so weiter. In der fünften oder sechsten Klasse schrieben wir den unvermeidlichen Aufsatz über den Beruf des Vaters. Wir hatten keine Gelegenheit uns abzusprechen, wie immer saßen wir in entgegengesetzten Ecken des Klassenzimmers. (Was die Nähe um so deutlicher spürbar machte.) Trotzdem beschrieben wir beide wie aus einer Feder Papas Haßtiraden auf das Stroboskop, das elektronische Stimmgerät. Die Argumente im einzelnen habe ich vergessen, aber die vehemente Behauptung war, daß nur das erfahrene Gehör zu entscheiden vermöge, wann eine Saite so gestimmt sei, daß sie *die Stimmung halten* würde, ganz gleich, mit welcher Wucht sie angeschlagen werde. («Anders bei der Harfe», pflegte Papa hinzuzufügen, «da hat der Saitenzug viel größere Toleranz. Beim Flügel liegen zwanzig Tonnen auf der Saite!»)

Was wir auch beschrieben: Papas besonderes, geradezu mystisches Verhältnis zu Holz. Natürlich *sah* er, was er vor sich hatte; aber er konnte auch *riechen*, um welches Holz es sich handelte. Und wir lernten durch ihn ein Thema kennen, das dem gewöhnlich Sterblichen spleenig vorkommt, den Klavierbauer aber ständig beschäftigt: die Frage, ob ein Holz *wirklich trocken* ist. Wir legten die Hand darauf und sagten: ja. Papa strich zärtlich darüber und lachte: «Das braucht noch mindestens ein Jahr.» Es war, als habe er ein besonderes Feuchtigkeitsorgan. Und was den Leim betraf, der verwendet worden war, schien er uns hellseherische Fähigkeiten zu besitzen. Die Verkäufer in Möbelgeschäften gerieten ins Schwitzen, wenn er sie ausfragte und korrigierte. Wie oft haben wir ihn von all den Hölzern reden hören, die man für einen einzigen Flügel braucht: Zuckerahorn für Mechanikteile, helle, dichtfaserige Sitka-Fichte für Resonanzböden, harzhaltige Zuckerpinie für die Resonanzbodenrippen, Bergahorn für Rahmen und Stege, amerikanische Vogelkirsche, schwarzes Walnußbaumholz und Mahagoni für das Gehäuse, Gelbbirke für die Füße und Tulpenbaum für Deckel, Tastendeckel und Notenpulte.

Wir waren stolz auf Papa, den legendären Klavierstimmer der Suisse romande, den Steinway nach Berlin geholt hatte. Und wir waren unglücklich, daß ihm sein hervorragender Ruf im tiefsten Inneren so wenig Befriedigung zu geben vermochte.

Uns, die Kinder des Chefstimmers, kannte man hinter der Bühne der Philharmonie bald. Für die Getränke an der Theke haben wir nie etwas bezahlt. Zwischen dem Respekt, den man Papa entgegenbrachte, und der Achtung, mit der man den Musikern und Dirigenten begegnete, gab es für unser Empfinden keinen Unterschied. Einmal, da sahen wir Karajan aus dem Zimmer kommen. Er ging so nahe an uns vorbei, daß wir ihn hätten berühren können. Wir waren beide erschrocken über die groben, herrischen Züge. «Herrberrt», sagtest du nachher – das paßt genau.»

Einmal war ich mit Papa dort verabredet. Er sei schon drin, sagten sie. Ich schlich mich leise hinein und setzte mich ganz an den Rand, unsichtbar, so daß Papa sich in dem riesigen Raum weiterhin allein wähnte. Als er mit Stimmen fertig war, packte er das Werkzeug ein, und ich dachte, er würde gehen. Doch dann setzte er sich wieder hin und begann zu spielen, Melodien, die ich bisher nur in seinem Arbeitszimmer gehört hatte. Er machte Fehler über Fehler. Und trotzdem: Die Töne wirkten befreit, als erblickten sie in diesem Moment zum erstenmal das Licht der Welt.

Und dann geschah es: Langsam ging er auf die Rampe zu, unsicher, wo er beim Applaus stehen würde. Ein paar Schritte vor, ein paar zur Seite. Dann begann er sich zu verbeugen. Ich dachte an die Verbeugung eines Butlers. Dabei sah man: Er hörte den Applaus, er hörte ihn übermächtig. Er probierte verschiedene Arten des Lächelns: ein scheues, ein vertrauliches, ein joviales. *Danke*, sagte er mit den Lippen, *Thank you*, und schließlich: *Merci*. Schließlich ging er, wie ein Solist oder Dirigent, die schräge Rampe hinunter, seine Schritte waren unnatürlich federnd, so ging Papa sonst nie. Und da sah er mich. Er erschrak zutiefst: daß ihn nun doch jemand gesehen hatte. (An den Monitor draußen hat er, glaube ich, einfach nicht gedacht.)

«Wirst du es …?» fragte er auf der Heimfahrt. «Nein», sagte ich. «Auch nicht Patrice?» «Nein», sagte ich noch einmal und strich ihm über die Hand. *«Merci»*, sagte er, und nach weiteren Minuten noch einmal: *«Merci.»*

*

Es ist halb zwölf nachts. Eine schreckliche Uhrzeit. Jedesmal, wenn ich sie bewußt erlebe, wünschte ich, ich könnte sie überspringen, oder besser noch: sie ein für allemal aus dem zeitlichen Kontinuum herausschneiden, wie ich es im Schneideraum mit Filmbildern mache. Zwei grauenvolle Dinge nämlich ereigneten sich um halb zwölf, Dinge, die ich nie werde vergessen können.

Das eine waren die Anrufe von Michel Payot. Ja, indem ich Paris wählte, wählte ich auch die Stadt, in der Michel Payot in seinem Rollstuhl saß und auf das Ende wartete. (Doch bin ich nicht seinetwegen hierhergefahren, wie du vielleicht annehmen wirst.) Mit keinem Wort hast du in Berlin nach Michel gefragt. Ich hätte dir sagen können: Er ist tot. Im dritten Jahr nach meiner Ankunft hier hat er sich in dem Heim, in dem er vor sich hin brütete, vom Balkon gestürzt. Ich hatte ihn davor länger nicht gesehen und auch einige Tage lang nicht gesprochen, es geschah in der hektischen Zeit, als ich meinen ersten Film machte und jeweils nur wenige Stunden auf der Couch im Schneideraum schlief. Niemand im Heim kannte meine Adresse, und so bekam ich nicht einmal eine Todesanzeige. Ich erfuhr es erst, als ich ihn Wochen später besuchen wollte.

Es war fast auf die Sekunde genau halb zwölf, wenn er mich anrief. In dieser Pünktlichkeit steckte viel Grausamkeit. Ich war es ja, die den Wagen gelenkt hatte, der ihm die Beine zerschmetterte. Ich war nicht schuld, das weiß ich. Wie leicht ist es, das zu sagen, und wie schwer, es zu erleben! Im Rollstuhl kann man kein Cello halten. Nachdem ich ihn hier das erste Mal besucht hatte, erlebte ich träumend stets von neuem meinen ohnmächtigen Willen, den Zusammenstoß zu verhindern, einen Willen, den ich als stärker erlebt habe (und körperlicher) als jeden anderen Willen vorher und nachher. Es überfielen mich all die zurückgedrängten Eindrücke wieder: von dem frisch geputzten, glänzenden Motorrad, das blutverschmiert auf Michel lag; von seinen fürchterlichen Schreien und dem noch schlimmeren Keuchen, das aus dem Helm hervordrang wie aus einer Gruft; von dem haßerfüllten, sich gleichsam überschlagenden Blick, der auf mich fiel, als ich ihm den Helm abgenommen hatte (aus dem verklebten Haar auf der Stirn floß ihm Schweiß in die Augen, was ihn rasend machte, doch ich wagte nicht, ihn wegzutupfen, und steckte das Taschentuch wieder ein); von dem einen freien Arm, mit dem er nach mir zu schlagen versuchte; von den schrecklichen Schimpfwörtern und Flüchen, die er hervorpreßte, als sie ihn in den Ambulanzwagen schoben; und schließlich von der höflichen, beinahe charmanten Art, mit der mich die Polizisten zu beruhigen suchten, indem sie auf das Verkehrsschild hinwiesen, das Michel mißachtet hatte. *Ce n'était pas votre faute, Mademoiselle, je vous assure.*

In den nächtlichen Telefonaten beschuldigte er mich nie direkt. Er kannte die rechtlichen Fakten. Die Angriffe – vielleicht kann man sogar von Vergeltung sprechen – waren feinnerviger. Mit Vorliebe erzählte er, daß er nur zwei Wochen vor dem Konzertdiplom gestanden und eine große Karriere als Solocellist vor sich gehabt hatte. Bei Jacqueline Du Pré sei es Krankheit gewesen, fügte er dann wie einen Refrain hinzu, das sei noch etwas anderes. «Ich weiß, ich weiß», sagte ich. «Sag nicht immer ‹Ich weiß, ich weiß›», schrie er in den Hörer. Das Schlimmste aber waren seine Selbstmordgedanken und die Tatsache, daß sie – da gab es nie einen Zweifel – vollkommen ernst gemeint waren. Was sagt man in solchen Momenten? «Der Balkon ist wunderbar hoch», sagte er mit seinem stählernen Sarkasmus, «und unten ist bildschöner Beton.» Manchmal legte ich den Hörer auf den Tisch und ging in die Küche. Doch dann hörte ich sein Gebrüll aus der Muschel kommen, das war fast noch schlimmer. Zwei- oder dreimal habe ich es nicht mehr ertragen und aufgelegt. Er rief nicht wieder an, er wußte, daß ich es ein paar Minuten später selbst tun würde. Wenn ich ihn besuchte, war es anders. Meine Gegenwart schien ihm gutzutun, und wenn ich das billig eingerichtete, schmuddlige Zimmer herge- richtet hatte, nahm er für einen kurzen Moment meine Hand. Wenn ich unten aus dem Haus trat, sah ich seinen Wuschelkopf über der Balkonbrüstung. In den Armen hatte er Kraft genug, um sich über das Geländer zu stemmen, das wußte ich.

Hätte ich jene Reise nach Genf nur nie gemacht! Die gerade erreichte Volljährigkeit und der brandneue Führerschein waren es, die mich verführten. Und jemand mußte sich den Wasser- schaden ansehen, den die verrückten Mieter in GPs Villa ange- richtet hatten. (Wäre das Haus nur gleich verkauft worden! – Darum werden wir uns nun auch kümmern müssen.) Papa konnte nicht weg, und Maman hatte wieder einmal eine Phase, in der sie regelmäßig Morphium nahm. Ich schlug dir vor, ge- meinsam hinzufahren. Ein so schneidendes «Nein!» habe ich von dir sonst nie gehört, und auf dem Flug rätselte ich darüber. Gut, wir mochten den reichen alten Angeber mit dem Eierkopf und der Meerschaumpfeife, der uns immer noch wie die ange- beteten süßen Zwillinge behandelte, schon lange nicht mehr. Aber er war doch nun schon ein Jahr tot. Woher also deine Hef- tigkeit? Dasselbe fragte ich mich noch einmal auf dem Friedhof, wo ich nach seinem Grab sah. Dein Gesicht war bei der Beerdi- gung steinern gewesen, der starre Blick wie aus Marmor. Irgend etwas muß es da geben, von dem ich nichts weiß, und mein Ge- fühl sagt mir, daß es mit Maman zu tun hat. Werde ich es in dei- nen Aufzeichnungen lesen können?

Stolz mietete ich am Flughafen ein Auto und fuhr nach Co- logny hinaus. Es war auf dem Rückweg, daß es passierte. No- vembernebel lag über dem See. Ich fuhr langsam, das Fernlicht konnte man nicht gebrauchen, es richtete sofort eine gleißende Nebelwand auf. Ich war auf der Hauptstraße und habe ihn nicht den Berg herunterkommen sehen. Auch gehört habe ich das Motorrad nicht. Es war, als käme er aus dem Nichts.

Von alledem wolltest du nichts hören. Auch nicht von den drei Tagen, die ich blieb, bis Michel nach Paris überführt werden konnte. Der Nebel lag die ganze Zeit über dem See, ich stand am Fenster des Hotelzimmers und saß am Fenster von Restaurants, immerzu blickte ich in den verfluchten Nebel hinaus, drei Tage lang. Dazwischen Krankenzimmer, Schläuche und das bedauernde Kopfschütteln der Ärzte. Am Telefon warst du einsilbig, und wenn du etwas sagtest, machte es mich wütend. Ich rief nicht mehr an.

Nur ganz langsam begann ich zu verstehen, und ganz klar wurde es mir erst, als ich wieder in Berlin war: Die Erfahrung von Schuld (und es spielt keine Rolle, ob es einen Grund dafür gibt oder nicht) ist etwas, das man nicht teilen kann. Viel weniger noch als Schmerz. An Schmerz kann man Anteil nehmen, und die Anteilnahme kann lindern. Der Versuch eines anderen, an der eigenen Schuld Anteil zu nehmen, macht wütend, und er macht noch einsamer. Das war mit dir nicht anders. Wobei ich das Gefühl nicht los wurde, daß deine zögernde, mühsam aufgebrachte Anteilnahme eigentlich dem Wunsch entsprang, mein Empfinden nach und nach verblassen zu lassen und auszulöschen. Denn du hast sehr wohl verstanden: Es trennte uns, es ließ sich nicht einschmelzen zu etwas Gemeinsamem. Und du warst eifersüchtig auf Michel, den einsamen Krüppel, mit dem mich nun die Intimität der Schuld verband.

Zu Maman drang die Sache gar nicht richtig durch. Der einzige, der verstand und bei dem ich darüber sprechen mochte, war Papa. Das hast du nicht gewußt. Er konnte mich in meinem Empfinden so lassen, wie ich war. Er bedrängte mich nicht, wenn ich meinen Gefühlen, in denen es von Widersprüchen wimmelte, Luft machte. Er legte die Feder zur Seite, und dann war ich aufgehoben in seinem Zuhören. Ich vermisse dich, Papa.

*

Das zweite, was sich um halb zwölf ereignete, war Mamans Anruf. Werde ich das Telefon um diese Uhrzeit jemals wieder hören können, ohne zu erschrecken? Ich war mit den Leuten vom Film zusammengewesen und hatte mich über die Bemerkung eines Kameramanns geärgert, der meine Art zu schneiden nicht mag. Ich nahm ab und sagte knapp: *«Oui?»*

«Patricia?» fragte Maman. Es schien mir unendlich lange her, daß ich ihre Stimme gehört hatte.

«Oui, Maman», sagte ich, und in meiner Stimme schwang der Ärger von vorhin noch mit. In der Leitung blieb es still. *«Maman?»* sagte ich, und dann noch einmal: *«Maman?»* Sie hat das Zeug wieder genommen, dachte ich.

«Frédéric, il est ...», begann sie, dann brach sie mit einem Geräusch ab, als bekäme sie keine Luft mehr.

Mit einem Schlag war mein Ärger vergessen. Fest preßte ich den Hörer ans Ohr. Ich war darauf gefaßt, daß sie sagen würde, Papa sei krank oder verunglückt oder tot.

«Il est ... il est ... en prison.»

Das letzte Wort hatte sie sehr leise ausgesprochen, fast nur gehaucht. Ich hatte es trotzdem genau verstanden. In der Stille hörte ich mein gepreßtes Schlucken. Ich wollte das Wort nicht wiederholen, nicht im Zusammenhang mit Papa. Endlich, mit einer riesigen Anstrengung, fragte ich:

«En ... prison?»

«Oui», sagte Maman, und dieses Mal war es kaum noch zu verstehen.

«Pourquoi?» fragte ich. Ich fragte es mehrmals, jedesmal lauter, schließlich schrie ich es.

«Il est en prison», sagte Maman. Jetzt sagte sie es ohne Stocken, mit abwesender, nach innen gewandter Stimme. So war es keine Mitteilung mehr, auch kein verzweifelter Ausruf. Der Satz drückte einfach den Gedanken aus, der alle anderen Gedanken in ihr ausgelöscht hatte.

«J'arrive», sagte ich und legte auf. Ich fror, als ich bei der Auskunft deine Nummer in Santiago erfragte. Die Zeit dehnte sich, bis es bei dir endlich klingelte. Ich ließ es sicher zwanzigmal klingeln, bevor ich auflegte. Eine halbe Stunde später saß ich im Nachtzug nach Berlin.

Nicht einmal in die Nähe der Wahrheit bin ich auf jener Zugfahrt gekommen. Was ich mir vorstellen konnte: Papa hatte jemanden mit dem Auto überfahren und war schuld. Wenn er über etwas aufgebracht war, konnte er wie ein Anfänger fahren, eckig und ohne Übersicht. Vielleicht war auch Alkohol im Spiel gewesen. Hatte er, seit wir ihn im Stich gelassen hatten, zu trinken begonnen? Noch einmal durchlebte ich den Moment, in dem mir Michel Payot vor den Kühler gefahren war. In letzter Zeit war es mir endlich gelungen, nicht mehr daran zu denken. Jetzt, wo mich im dunklen Abteil eine Flut von beängstigenden Bildern überspülte, sah ich noch einmal den Scheibenwischer, das Licht der Scheinwerfer, die verwirrenden Reflexe auf der nassen Straße, und ich spürte, wie es gewesen war, auf ein Hindernis zu prallen, das viel zuwenig Widerstand bot. *Ce n'était pas votre faute, Mademoiselle, je vous assure.* Noch nie, Papa, hatte ich etwas so inbrünstig gehofft wie dieses: daß es dir erspart bleiben möge, in einer Zelle zu sitzen und Bilder dieser Art vor dir zu sehen.

Etwas anderes, was ich mir vorstellen konnte, Papa: daß du mit jemandem in Streit geraten warst und ihn niedergeschlagen hattest, wer weiß mit welchen Folgen. Daß so etwas im Heim vorgekommen war – du hast es stets bei Andeutungen belassen. Es huschte dann ein verschlagener, ja gemeiner Ausdruck über dein Gesicht – der einzige Ausdruck, den ich nicht mochte. Auch beim Militär muß etwas geschehen sein. Ein einziges Mal nur ließest du ein Wort darüber fallen und bereutest es sogleich. Dein Blick wurde gnadenlos hart dabei, doch er stieß mich nicht ab, weil man dahinter die Verletzung ahnte. Wenn es bei Tisch um solche Dinge ging, betrachtete ich deine großen Hände, die plump aussehen konnten und doch so geschickt waren, sobald sie es mit einem Klavier zu tun hatten. Auch auf jener Zugfahrt sah ich deine Hände vor mir und dachte an die Worte, die du zu Maman sagtest, als du den Ehering zum erstenmal am Finger hattest: *Da bleibt er. Für immer.* Maman war bewegt, wenn sie uns davon erzählte, und sie tat es oft. Deine Treue und deine Gewalttätigkeit, Papa, sie gehörten zusammen. Und heute, wo ich die ganze Geschichte kenne, bin ich – wenngleich es sonderbar klingt – geneigt zu sagen: Sie waren ein und dasselbe.

Als es draußen unter einem regenschweren Himmel zu dämmern begann, schlief ich ein und erwachte erst, als der Zug in Magdeburg hielt. Das Abteil füllte sich. Die Leute hatten die Morgenzeitung gekauft; gleich würden sie sie entfalten. Wieder versteckte ich mich hinter dem Mantel. Ich wollte keine Schlagzeilen sehen; an diesem Morgen interessierte mich die Welt keinen Deut. «Hast du das gelesen?» fragte jemand mit Entsetzen in der Stimme. «Ja, unglaublich», kam die Antwort, «muß ein Verrückter sein; für mich war er der beste.» Die Zeitungen raschelten. Noch eine Stunde bis Berlin.

Il est en prison. Ich befühlte die Manteltasche: Der Schlüssel zur Limastraße war da. Maman begegnen; Papa im Gefängnis besuchen; dich anrufen und nach sechs Jahren das erste Mal wiedersehen. Mein Leben in Paris schien zu verblassen und seine Wirklichkeit zu verlieren. Dabei waren seit Mamans gespenstischem Anruf noch keine zwölf Stunden vergangen. Der Reihe nach, ganz methodisch, rief ich mir die Dinge in Erinnerung, die mein Leben in den letzten Jahren bestimmt hatten: die Zeit im Reisebüro, Stéphane, die Filme, an denen ich mitgearbeitet hatte. Es durfte nicht sein, daß ich ankam, als sei all das nicht gewesen. Um das, was jetzt kam, zu überstehen, mußte ich dem Sog der Vergangenheit das Gewicht und die Festigkeit eines eigenen Lebens entgegensetzen können. Ich schob den Mantel beiseite und setzte mich ganz gerade hin wie jemand, der beschlossen hat, sich dem Kommenden zu stellen.

Der Opernmörder von Berlin. Im ersten Augenblick schienen mich die riesigen Lettern der Schlagzeile, die mir von gegenüber in die Augen fielen, nichts anzugehen. Zwar rief das Wort *Oper* in mir wie immer ein besonderes Echo hervor. Ich wünschte, ich könnte dieses Wort einmal unbefangen hören, sagtest du vor langer Zeit, und ich erschrak über die verhaltene Wut in deiner Stimme. Von Anfang an, Papa, war es für uns ein besonderes Wort, dessen Klang unauflöslich mit deinem

Arbeitszimmer verbunden war, mit dem Glanz des Flügels und dem sanften Kratzen deiner Feder auf dem Notenpapier. «Was ist das?» fragten wir, als wir uns noch recken mußten, um auf den weißen Bogen mit den Linien deuten zu können. «Eine Oper», sagtest du. Eine Weile dachten wir, eine Oper sei ein Stück Papier. Deshalb war es verwirrend, als Maman uns eines Abends sagte, ihr gingt in die Oper. Und verwirrend war auch, daß sie vor dem Grand Théâtre in Genf sagte: *C'est l'Opéra*. Oper, das war etwas Großes und Wichtiges, etwas Heiliges fast, das hörten wir am Klang eurer Stimme. Nach und nach dann – wir hatten inzwischen ein ungefähres Verständnis – fanden wir heraus, daß Opern auch etwas Unheilvolles an sich hatten, denn sie hatten eine große Macht über euch und diktierten auf undurchsichtige Weise die Stimmung zu Hause. Und so kam es, daß uns das Wort *Oper* zu einem belasteten Wort wurde, das von enttäuschter Hoffnung und Unfreiheit sprach.

OPERNMÖRDER. Ich blickte auf die Brandenburgische Landschaft hinaus, als der Schreck durch mich hindurchging wie ein elektrischer Schlag. Er hatte nicht sofort einen klaren Inhalt, dieser Schreck, eher war er wie eine plötzliche böse Vorahnung. Ich wandte den Blick, und da sah ich das Foto von Papa in Handschellen, an beiden Armen von Polizisten gehalten. Ich finde keine Worte, um zu beschreiben, was ich empfand. Ich muß mich ruckartig, jedenfalls auffällig nach vorne gebeugt haben, denn nun reichte mir mein Nachbar die gleiche Zeitung und fragte: «Möchten Sie es auch lesen?» DER MANN, DER ANTONIO DI MALFITANO ERSCHOSS, stand unter dem Foto, und aus der ersten Zeile des Textes sprang mir das Wort *Tosca* entgegen. Ich stürzte aus dem Abteil und hielt mich an der Stange vor dem Gangfenster fest. Zwei Leute mit einer Zeitung unter dem Arm gingen vorbei. Ich rannte durch den halben Wagen und schloß mich in der Toilette ein. Dort blieb ich, bis Berlin-Wannsee angesagt wurde. Ich weiß nicht, wie lange es war, ich habe kaum eine Erinnerung daran, alles schien einzustürzen und auszusetzen, ich würgte und taumelte, das ist alles, was ich sagen kann. Die Leute aus dem Abteil reichten mir die Tasche und den Mantel, als sie mein Gesicht sahen. Auf dem Bahnsteig gelang es mir nach einer Weile, langsam und tief zu atmen, dann ging ich zum Taxistand.

Ich konnte nicht denken; sonst wäre ich vom Anblick der Reporter nicht überrascht worden. Das Taxi setzte mich am Mexikoplatz ab. Für den Rest des Weges wollte ich allein sein. Der Fahrer zeigte in die Limastraße hinein. «Dort hat er gewohnt», sagte er, «es steht in der Zeitung.» Ohne viel zu erfassen, ließ ich den Blick über den vertrauten Platz gleiten, bevor ich in unsere Straße einbog. *Dort hat er gewohnt.* Ich hatte nicht gewußt, daß die Vergangenheitsform so grausam sein kann. Es waren drei Männer, die vor dem Haus standen, zwei von ihnen hatten Kameras. Ich war dankbar für die Wut, die mich erfaßte; sie half mir wieder denken. Im ersten Augenblick war ich versucht umzudrehen. Doch das hätte mich verraten. Ich wechselte die Straßenseite und machte die Runde über die Klopstock- und Schillerstraße zurück zum Grundstück der Sommerfelds. Unser Schleichweg von damals war längst zugewachsen, ich stapfte durch Büsche und hohes Gras. Weißt du noch: der Kellerschlüssel für alle Fälle? Er hatte eine dicke Rostschicht angesetzt und ging erst ins Schloß, nachdem ich ihn abgerieben hatte.

Es war ein dichter Moment und auch ein schrecklicher, als ich die Kellertreppe hinaufstieg und ins Entrée trat. Es ist viel zu groß, dachte ich, und wirkt leer, oder besser: museal. Ganz zu schweigen davon, daß man darin immer friert. Trotzdem staunten die Gäste: die symmetrische Einrichtung; die vier Sessel, Louis XV; die Kacheln mit dem besonderen, provençalischen Rot; der große Gong, mit dem Jeannette in den ersten Jahren zum Essen rief; der hohe Spiegel in der Goldfassung. Er hing also immer noch da, der Spiegel. Und GPs Pendule tickte so laut wie eh und je. Sonst war es still im Haus, beängstigend still, totenstill. Nach Maman zu rufen, wie wir es als Kinder getan hatten, brachte ich nicht fertig. Ich ließ die Reisetasche stehen und ging den Flur entlang. Die Tür zu Papas Arbeitszimmer war zu. Ich blieb davor stehen. Sie war immer etwas Besonderes gewesen, diese Tür. Dahinter war dein Reich, Papa, das

Reich deiner Töne und Träume. Dort hast du deine Partituren eingepackt, um sie in die Welt hinauszuschicken, und dort hast du sie auch wieder ausgepackt, weil die Welt nichts von deiner Musik wissen wollte.

Für Maman war es das *Musikzimmer, la salle de musique*. Sie verstand nicht, daß du manchmal der Bude in Genf nachtrauertest, die du während der Lehre als Klavierbauer hattest, und auch der kleinen Wohnung, als du bereits ein bekannter Stimmer warst. Hattest du es nicht viel besser in dem Raum, den dir GP einrichten ließ, mit zuviel Geld natürlich? Maßgearbeitete Bücherregale bis unter die Decke mit Beleuchtung am oberen Rand wie in einer englischen Bibliothek; antiker Globus; Perserteppiche; zwei Lesesessel mit passender Stehlampe; der Schreibtisch aus Mahagoni. Und natürlich der Steinway, der euch zusammengebracht hat, dich und Chantal de Perrin. Eines Tages, als du nach Hause kamst – es war noch in unserer Genfer Wohnung –, stand er da, schwarz, glänzend, makellos. Und darauf das Foto von Clara, das auch im Hause de Perrin auf dem Flügel gestanden hatte. «Papa hat sich das so gewünscht», sagte Maman, als du, Überraschung im Gesicht, das Bild betrachtetest. «Es macht dir doch nichts aus, oder? Wo du dich so für Maman interessierst. Es hat ihn riesig gefreut.»

Immer noch stand ich vor der Tür zu Papas Zimmer. Ich dachte an den Morgen, als sie die gepolsterte Tür brachten, und senkte bei dem Gedanken unwillkürlich den Kopf. Hätten wir Kinder diesen grausamen Wunsch nur niemals ausgesprochen! Hätte Maman ihren vagen Willen nur in sich versammelt – dieses eine Mal nur – und sich auf deine Seite gestellt! Wir wollten von deiner Musik und der Musik insgesamt, von diesem ganzen Ausschnitt der Welt, einfach nichts mehr wissen, denn da kam dein Unglück her. Wir wünschten uns die Welt zurück in einen Zustand vormusikalischer Stille. Und doch war es dann entsetzlich, als sie die neue Tür mit der dicken Polsterung brachten. Du standest dabei, als sie eingehängt wurde, die Hände in den Hosentaschen, das Gesicht nach vorne geschoben. Als es soweit war, strichst du mit den Händen über die dunkelrote

Lederpolsterung, die mit goldenen Nieten befestigt war. (Die Farbe wenigstens hattest du dir aussuchen dürfen. Großer Gott!) «Probieren wir es aus!» sagtest du mit deiner fürchterlichen Tapferkeit und dieser unbeschwerten Bitterkeit, die einem die Sprache verschlagen konnte. Dann gingst du hinein und schlossest die Tür. Der Unterschied zu vorher war groß, die Töne waren gedämpft und klangen wie aus weiter Ferne. «Nun?» fragtest du, als du herauskamst, «ist meine Musik jetzt still genug?»

Alle standen wir da, den Blick zu Boden gesenkt, aus dem Augenwinkel sah ich, daß Patrice mit den Tränen kämpfte. Schließlich sagte einer der Handwerker: «Ja, es ist ein großer Unterschied.» Du unterschriebst den Lieferschein und brachtest die Männer zur Haustür. Keiner von uns hatte sich von der Stelle gerührt – fast so, als hätten wir ein Verbrechen begangen. Du gingst durch die neue Tür ins Zimmer, stecktest dir eine Zigarette zwischen die Lippen und sagtest, die Hand schon am Türgriff: «Jetzt kann ich ungestört arbeiten.»

In der Erinnerung kommt es mir vor, als habe sich die Tür im Zeitlupentempo geschlossen. Dein Lächeln und die grauen Augen, deren Glitzern Trotz wie Tränen bedeuten konnte, waren endlos lange zu sehen, bevor die schwere Tür mit einem neuen Geräusch ins Schloß fiel. Wäre all das nur nicht geschehen! Vielleicht hätte sich dann nie eine Zellentür hinter dir geschlossen.

Ich ging weiter und warf einen Blick in den Salon, in Mamans Boudoir, ins Eßzimmer und in das Schlafzimmer, wo unsere Eltern zwei Nächte zuvor mit ihren mörderischen Absichten nebeneinandergelegen hatten. Keine Spur von Maman. Auch Küche und Bad waren leer. Sie liegt oben im Zimmer von Patrice, auf seinem Bett, dachte ich plötzlich. Es hätte gepaßt. Doch auch hier war sie nicht. Mein Blick blieb an dem Bett hängen. Was für eine Wucht und Genauigkeit die Erinnerung in diesem Augenblick hatte!

Daß sich Maman in meinem Zimmer aufhielt, war unmöglich, sie hatte es nie freiwillig betreten; trotzdem sah ich nach. Seit meinem letzten flüchtigen Besuch vor zwei Jahren hatte sich nichts verändert. Immer noch fehlte das große Foto, das Papa im Garten gemacht hatte: Du und ich, einen Arm auf der Schulter des anderen, tanzten zur Musik von *Alexis Sorbas*. Wo das Bild gehangen hatte, war ein helles Rechteck. Deine Eifersucht, Maman. Deine hellsichtige Eifersucht. Wie du es gehaßt hast, wenn Patrice mit mir tanzte! Wo das Tanzen doch einmal deine Domäne gewesen war.

Nun rief ich doch nach Maman. Ich hatte freundlich rufen wollen, liebevoll sogar. Es wurde ein gepreßter Ruf voller Gereiztheit und Zorn. Im Haus blieb es still. Ausgegangen konnte sie nicht sein; die Haustür war nicht abgeschlossen. Papas Arbeitszimmer. Nie hatte sie sich allein darin aufgehalten. Doch jetzt, wo ich alles weiß, scheint es mir der logische Ort. Ich zögerte und holte mehrmals tief Atem, bevor ich die schwere Tür öffnete.

Der Anblick, der sich mir bot, war erschütternd. Die Vorhänge waren zugezogen. Maman kauerte zusammengesunken in einem der Lesesessel. Kopf und Schultern waren unter einer breiten Stola aus schwarzem Samt verborgen, die Arme hielt sie vor der Brust verschränkt, die Beine hatte sie fest angezogen, wie um sich möglichst klein zu machen. Einen Augenblick lang dachte ich, sie sei tot. Dann sah ich, daß sich ihre Brust langsam hob und senkte. «Maman», sagte ich, und dann noch einmal, lauter: «Maman.» Dieses Mal gehorchte mir die Stimme. Maman machte eine winzige Bewegung und war wieder still. Es war eine Ewigkeit her, daß ich sie anders berührt hatte als mit Handschlag. Ich weiß nicht mehr genau, wann ich die erste Umarmung verweigerte. Ich war noch klein, und es hatte etwas damit zu tun, daß du mit einemmal so sonderbar warst, wenn du aus ihrem Boudoir kamst. Jetzt berührte ich ihre Schultern und befreite den Kopf von der Stola, die sich wie eine schwarze Kapuze um ihr Gesicht gelegt hatte und mich an Verurteilung und Hinrichtung denken ließ. Ihr Haar hatte den künstlichen Glanz von Spray. Sie hatte schön sein wollen, wenn Antonio di Malfitano die Bühne betrat. Jetzt war ihr Gesicht eingefallen und grau. Sie öffnete die Augen. Langsam, wie aus weiter Ferne, kam ihr Blick zu mir. «Patricia», sagte sie. «Maman», sagte ich. *«Où est Patrice?»* Bis du kamst, habe ich diese Frage Dutzende von Malen gehört. «Wann kommt er? Warum ist er noch nicht hier?» Sie fragte es flehentlich, beinahe so wie jemand, der betet.

Ich nahm ihre Hand. Sie fühlte sich schrecklich welk an, und es war diese Empfindung von Alter und Verfall, die bewirkte, daß ich meinen Groll, den ich all die Jahre mit mir herumgetragen hatte, vergaß. Ich sah ihr in die Augen und hoffte, sie würde in meinem Blick die Erleichterung über den verlorenen Groll erkennen können. Doch nun begann ihr eigener Blick zu flackern, er wich dem meinen aus und wanderte unstet über meine Kleider. Da ahnte ich, daß etwas nicht stimmte. Sicher, auch das Morphium hatte ihren Blick stets ein bißchen unsicher gemacht, und inzwischen waren Jahre vergangen, in denen das Gift seine unheilvolle Wirkung hatte vertiefen können. Doch ihre jetzige Unfähigkeit, meinem Blick, der sich doch für sie öffnen wollte, standzuhalten, war etwas anderes. (Blicke sind seltsam flüchtige Wesen: Es gibt sie nur, wenn jemand sie liest; dann aber sind sie beredter und genauer als alle Worte.)

Es war nichts aus ihr herauszubringen. Offenbar hatte sie die Nacht in diesem Sessel verbracht, denn sie trug noch Abendkleidung. (Ein dunkelrotes Kleid aus Taft, das Décolleté zu tief, der Saum aus demselben schwarzen Samt wie die Stola. Ich bin sicher: Dieses Kleid hatte Papa ausgesucht. So, genau so, sah er sie.) Immer wieder ging sie zu dem Sessel zurück, es war, als wollte sie sich bei Papa verstecken. Den Aschenbecher mit seinen Zigarettenstummeln durfte ich nicht leeren. Zu essen nahm sie nichts an. Sie hat mich mit keinem Wort nach der Reise oder meinem Leben in Paris gefragt. Ich hatte nicht den Eindruck, daß sie darüber vorsätzlich schwieg. Vielmehr schien sie nur noch im Augenblick zu leben, ohne jedes Bewußtsein für seine Geschichte. Hin und wieder gab es Momente, wo sie mit abwesender, beinahe unpersönlicher Freundlichkeit zu mir sprach, doch es betraf lauter Nebensächlichkeiten. Diese ätherische Freundlichkeit, die ihr die Aura einer Irren gab, machte es unmöglich, mit ihr über das Geschehene zu sprechen. Wie soll ich es erklären? Mehr als einmal war ich kurz davor, sie anzuschreien und zu schütteln, um sie endlich in die Wirklichkeit zurückzuholen. Doch im letzten Augenblick beherrschte ich mich aus Furcht, etwas in ihr unwiderruflich zum Einsturz zu bringen, etwas Ungreifbares und Unverständliches, das sie, ohne daß es ein Wille gewesen wäre, aufrechterhielt. Statt dessen sprach ich betont ruhig und sachlich mit ihr, auch wenn ich meine Fragen oft drei-, viermal wiederholen mußte.

Als ich in der Nacht versucht hatte, dich von Paris aus anzurufen, war keine Zeit für Befangenheit und Angst gewesen. Jetzt, wo ich das Haus betreten hatte und in die Vergangenheit zurückgekehrt war, zögerte ich den Moment hinaus, wo ich deine Stimme hören würde. Ich rief Stéphane in der Werkstatt an. Es wollte mir nicht gelingen, das Wort *prison* auszusprechen. Schließlich tat er es, und ich sagte nur: ja. Er hatte von dem Drama in den Frühnachrichten gehört. Keinen Moment hatte er angenommen, daß mit Frédéric Delacroix mein Vater gemeint sein könnte. Die Sachlichkeit seiner Worte, die beruhigend hätte sein können, verletzte mich. «Hast du Patrice erreicht?» fragte er am Ende. Er wird nie erfahren, was zwischen uns geschehen ist. Ich habe selten von dir gesprochen, und dann waren meine Auskünfte stets blaß. Er hat das respektiert, und so wird es bleiben.

Ich wollte deine Stimme nicht unmittelbar nach der seinen hören und rief das Studio an, um die Dinge während meiner Abwesenheit zu regeln. Während ich sprach, hörte ich das erste Mal seit langer Zeit das dumpfe Klopfen von Mamans Stock auf dem Parkett. Ich verlor den Faden und verstummte, so daß der alte Jean dachte, wir seien unterbrochen worden. Mit einem Schlag war mir alles wieder gegenwärtig: die Geschichte über den Unfall (die falsche), Mamans Gesicht, wann immer vom Ballett die Rede war, unser Schwanken zwischen Mitleid und Überdruß, wenn wir den Stock hörten, und auch unsere Wut, wenn Maman es übertrieb, um uns an ihre Schmerzen zu erinnern.

Ich hatte gerade aufgelegt, da erschien sie unter der Tür zu Papas Zimmer, in der einen Hand den Stock, in der anderen eine Partitur, die sie mir entgegenstreckte. Es war *Michael Kohlhaas*, eine Fotokopie. «Dafür hat er den ersten Preis bekommen», sagte sie, «sie werden sie aufführen, in Monte Carlo, wir waren dort, Salle Garnier heißt das Opernhaus, Antonio wird die Titelrolle singen, Frédéric wird auf der Bühne stehen.»

Daß sie di Malfitano beim Vornamen nannte, habe ich wahrgenommen, ohne mir in jenem Augenblick etwas dabei zu denken. Zu sehr war ich gefangengenommen von den übrigen Worten, die sie in atemlosem Staccato hintereinandersetzte. Es war, als sollte die schnelle Bestimmtheit, mit der sie sprach, das Unwirkliche des Gesagten überdecken. Sie sah mich nicht an, als ich die Partitur entgegennahm, ihr Blick blieb an dem Einband haften. Daß ein Blick *verloren* sein kann – erst jetzt erfuhr ich, was das heißt. Ein bißchen glich er dem Ausdruck einer Blinden, und auch das ziellose Lächeln sprach von einem Verlust der Wirklichkeit und einer Wendung nach innen. Maman sah erschütternd aus und pathetisch, wie sie dastand im zerknitterten Abendkleid, das Décolleté verrutscht, die Frisur zerstört, die Füße nur in Strümpfen, was sie klein und plump erscheinen ließ. Als ich stehenblieb, ohne etwas zu sagen, streifte sie mich mit einem verwirrten und ängstlichen Blick. Ich hätte sie in die Arme nehmen sollen, das spürte ich. Es hätte nicht die Umarmung der Mutter durch die Tochter sein müssen; ich hätte sie halten können wie eine Krankenschwester. Doch ich blieb stehen, den Blick auf den Titel der Partitur gesenkt, den Papa (selbst für die Kopie) in Schönschrift auf den Deckel gemalt hatte. Schließlich ging Maman zurück zu dem Sessel, in dem ich sie gefunden hatte. Jetzt waren es ihre Haltung und ihr Gang, die etwas Verlorenes an sich hatten, etwas entsetzlich Verlorenes.

Du mußt tief geschlafen haben, es dauerte lange, bis du das Telefon abnahmst. «*¿Sí?*» sagtest du. Es wurde ein unwirkliches Gespräch, nicht zuletzt wegen der Verzögerung, mit der die Worte beim anderen ankamen. Nachdem wir uns zweimal ungewollt ins Wort gefallen waren, hörtest du nur noch zu. Es war gespenstisch, meine düsteren Botschaften in das Rauschen der transatlantischen Leitung hineinzusprechen, das dein Schweigen noch unterstrich. Als wir aufgelegt hatten, kam es mir einen Moment lang vor, als sei es ein Fehler gewesen anzurufen, ich weiß nicht warum. Doch abends stellte ich das Telefon nach oben durch, und als du mir mitten in der Nacht die Ankunftszeit vom Samstag durchgesagt hattest, begann ich die Stunden zu zählen.

*

Wieder ist es über dem Schreiben Morgen geworden. Doch nicht nur mit dem Schlafen bin ich aus jedem Rhythmus herausgefallen. Auch sonst will es mir nicht gelingen, mich wieder in die hiesige Ordnung einzufügen. Das betrifft nicht nur Stéphane. Es betrifft auch das Studio. Inzwischen rief der alte Jean an, um sich zu vergewissern, daß ich am Montag auch wirklich käme, Madame Bekkouche habe ihm den Schnitt eines schönen aber schwierigen Films übertragen, und er brauche meine Hilfe. Er kann nur noch mit mir arbeiten, sagt er. Er ist ein Fossil und stammt noch aus der Zeit, wo die Filmstreifen aus Nitroglyzerin waren, so daß Rauchen strengstens verboten war. Widerstrebend hat er die technischen Neuerungen mitgemacht. Bis zu dem Moment, wo das Schneiden im Computer, also mit der Maus, gemacht wurde. Ich beherrsche die neue Technik, gehöre aber auch zu denen, die dem alten Schneiden und Kleben nachtrauern, auch den weißen Handschuhen, die man dazu anzog (zum Vermeiden von Fingerabdrücken und sonstigem Schmutz). Und so sieht Jean in mir eine Verbündete. Ja, sagte ich, ich werde am Montag dasein. Aber im Augenblick kann ich es mir nicht vorstellen, und ich habe den vagen Verdacht, daß dabei mehr im Spiel ist als das Bedürfnis, mit den Aufzeichnungen fortzufahren und den Stoß der leeren Schulhefte Stück für Stück abzutragen.

*

Daß ich die Frage nicht beantworten konnte, ob Bücher zu Maman paßten, muß mich beschäftigt haben, denn nach dem Aufstehen begann ich nach den Kisten mit ihren Büchern zu suchen. Ich habe eine große Überraschung erlebt. Es gibt nämlich nicht weniger als drei Kisten voll von Büchern, die unserer Großmutter Clara gehört haben. In jedem Buch steht vorn ihr voller Name drin, geschrieben zuerst in kyrillischen Buchstaben und darunter ein zweites Mal in lateinischen: *Clara Désirée Fontana-Aslanischwili.* Alles Bücher aus der Zeit vor ihrer Heirat mit GP. Ich erinnere mich jetzt wieder, daß ihre Mutter ursprünglich aus Georgien stammte, finde es aber ein bißchen überraschend, daß sie an den Namen des Tessiner Vaters stets den der Mutter auch noch dranhängte. Natürlich konnte sie Russisch, und doch haben mich die kyrillischen Buchstaben verblüfft. Wir haben Clara ja nicht gekannt, sie starb, als Maman gerade mit der Schule fertig war.

Claras Bild, das bis zuletzt auf Papas Flügel stand, habe ich neben den Schreibtisch an die Wand gehängt. Immer will ich es nicht sehen; aber es muß so sein, daß eine Drehung des Kopfs reicht, um es betrachten zu können. Wie sie da am Flügel sitzt, das Gesicht ausgeleuchtet vor dem dunklen Hintergrund, mit dem langen schwarzen Haar, das ihr das eine Auge streift, und dann dieses unglaublich versunkene, glückliche Lächeln, das nicht ohne Spott ist, Spott gegenüber der Welt, sofern sie nicht Musik ist: Man kann sich in dieses Gesicht verlieben.

*

Was man nicht versteht: Wie eine Frau, die eines solchen Gesichts fähig war, GP heiraten konnte, den Antiquitätenhändler von der Grand-Rue mit den lauten Gesten und der Vorliebe für protzige Möbel und grobschlächtige Eleganz. Den Waffennarren mit dem Schrank voller Pistolen. Ich stelle ihn mir vor, wie er im riesigen Salon mit den Vorhängen aus schwarzem Brokat zum antiken Telefon greift und mit seinen Freunden aus den Kreisen des Militärs, der Lokalpolitik und der Banken spricht.

Ich hatte stets das Gefühl, die Gegenstände seien in diesem Raum doppelt so schwer wie anderswo, sie drückten mit doppelter Schwerkraft auf das dunkle Parkett und die dicken Perserteppiche. «*Continuez!*» pflegte er zu seinen Gesprächspartnern zu sagen, wenn er bereit war, sie nach seiner Unterbrechung weiterreden zu lassen. Dabei spielte es keine Rolle, wer diese Partner waren, er hätte auch zur Queen «*Continuez!*» gesagt.

Er hat uns die Jugendstilvilla an der Limastraße gekauft. Jugendstil als der Inbegriff des Teuren. GPs Großzügigkeit, sie vernichtete diejenigen, auf die sie gerichtet war. Wie eine Überschwemmung. Das gibt es: Goßzügigkeit, die vernichtet, weil sie ohne Respekt ist.

Papa, dem armen Schlucker, legte er den Arm um die Schulter zum Zeichen, daß er ihn als Mann für seine Tochter akzeptierte. «Es soll euch an nichts fehlen», muß er gesagt haben. «Ich habe mich zusammengenommen», sagte mir Papa, «Gott, wie habe ich mich zusammennehmen müssen!» Für ihn war GP kein «Mann mit Erfolg». Papa, er hatte ein untrügliches Gespür für Echtheit und Unechtheit, und das Unechte verachtete er. Ich glaube, GP kam ihm, als Persönlichkeit betrachet, wie ein Hochstapler vor. Das wußte Maman, und es war ein Herd des Konflikts, der kompliziert war für sie; denn was sie an dem knorrigen, ungeschliffenen Klavierstimmer angezogen hatte, war gerade seine Echtheit, die GPs Art hohl und kitschig aussehen ließ. Sie spürte, daß Papas Beurteilung von GP so falsch nicht war. Zugeben aber konnte sie es nicht, nicht einmal nach seinem Tod.

GP, ein Mann von bescheidener Bildung, der jahrzehntelang *The Reader's Digest* las (das du bei der Räumung der Villa hinter Mamans Rücken zentnerweise in den Müll kipptest) und Will Durants Kulturgeschichte ungelesen im Regal stehen hatte, heiratete Clara als die Feine, die Künstlerische, und er verehrte sie wie eine Madonna. Daß er sie dadurch auch unterdrückte, war ihm wahrscheinlich gar nicht bewußt. Sie brachte die Musik, überhaupt die Kunst, in die Ehe, ihm war das im

Grunde alles fremd. Es war etwas, womit man im guten Restaurant, beim Geschäftsessen, angeben konnte. Mehr nicht. Denn nicht einmal seine Antiquitäten kaufte er, weil sie ihm gefielen.

Oder tue ich ihm Unrecht? Nach Claras Tod und Mamans Heirat muß er in dem großen Haus einsam gewesen sein. Ich denke an seine Körperhaltung beim Abschied, wenn er am Chemin du Pré-Langard allein unter der Tür zurückblieb und dann einige Schritte auf den blendend hellen Kiesweg hinaus tat, als möchte er am liebsten mitkommen. Seine immer gleichen Worte zu Maman: *Ma petite.* Sein Winken. Und der heimliche Flachmann aus Gold, mit dem du ihn ertappt hast. Ich habe mich stets gefragt, was er nach unserer Abfahrt machen mochte, wenn sich die schwere, glänzende Eichentür mit den schmiedeeisernen Beschlägen hinter ihm geschlossen hatte. Einmal habe ich den Fehler begangen, dies laut zu denken, als wir durch das hohe Eisentor hinausfuhren. *«Papa ne s'ennuie jamais»*, sagte Maman heftig, *«tu comprends: jamais.»* Dabei wußte sie genau, daß ich nicht nach Langeweile gefragt hatte, sondern nach Einsamkeit.

Das Genfer Uhrengeld, das GP geerbt hatte, konnte es doch nicht sein, was Clara bewog. Oder doch? Gab es ihr, deren Gesundheit stets auf wackligen Beinen stand, eine Sicherheit, in deren Schutz sie ihren künstlerischen Neigungen nachgehen konnte? Auf jeden Fall war es Clara, die Maman fürs Ballett interessierte, das weiß ich jetzt. Die drei Bücherkisten nämlich sind voll von Literatur zur Geschichte des Balletts. Wir müssen die Rücken dieser Bücher viele Male mit dem Blick gestreift haben, ohne zu ahnen, was für eine Welt sich dahinter verbarg. Hat Maman all diese Bücher gelesen, die ihrer Mutter so wichtig waren, daß sie den Namen zweifach hineingeschrieben hat? Und was haben sie ihr bedeutet? Wie wenig ich von dir weiß, Maman!

*

Als ich vorhin fortfuhr, wollte ich eigentlich nicht über GP schreiben. Was ich wollte, war: aufschreiben, was Papa an seinem letzten Abend über Clara sagte. Doch dann verschwammen mir die Buchstaben in Tränen, und ich riß (zum erstenmal) eine Seite heraus. Dann ging ich ins Café an der Ecke und nahm schweigend Verbindung mit den fremden Leuten auf. Sie müssen mich jetzt festhalten, diese Leute, wenn Papa lebendig wird und vor Claras Bild tritt, um von der Bedeutung zu sprechen, die sie für ihn hatte, eine Bedeutung, von der niemand wußte, niemand.

«Ich liebe sie», sagte er. Ich muß ihn entgeistert angesehen haben. Nicht nur, weil er Clara überhaupt nicht gekannt hatte. Vielmehr noch, weil ich diese Worte aus Papas Mund noch nie gehört hatte, weder auf Maman bezogen noch auf jemanden sonst. Es waren Worte, die ich Papa nicht zugetraut hätte. Auch die ungeschützte Art, in der er sie aussprach, hätte ich ihm nicht zugetraut. Er äußerte sie mit überwältigender Selbstverständlichkeit. Es war, als ob er – in dem Ton, wie man ihn wählt, wenn man mit ironischer Brechung ein Stück Selbstbehauptung zum Ausdruck bringen will – einfach seinen Namen gesagt hätte: Ich bin Frédéric Delacroix.

Er lachte, als er mein verständnisloses Gesicht sah. Es war das letzte Mal, daß ich Papa lachen sah. Es war ein richtiges Lachen, nicht das wissende Lächeln, das er hatte, wenn er heiser von Erfolg sprach oder die Leute mit seinem absoluten Gehör verblüffte. Ein richtiges, befreites Lachen war es. Als hätte er gewußt, daß es mit ihm bald zu Ende ging, so daß ich ruhig von seinem Geheimnis erfahren konnte. Nicht irgend jemand. Ich.

«Das erste Mal sah ich sie, als ich Chantal im Hause de Perrin begegnete.» (*Im Hause de Perrin.* Weißt du noch? Es war immer diese Formel, immer genau die gleiche, wenn er von der ersten, legendären Begegnung mit Maman sprach. Und wie dicht waren die Worte aus seinem Mund: die ironische Distanzierung von GP und von Mamans Anhänglichkeit an ihn; und dahinter – wie eine durchschimmernde Farbe – die Bewunderung für den Klang des adligen Namens und die Eleganz, für die er stand.) «Ihr Foto stand auf dem Flügel, den ich stimmen sollte. Um den Deckel aufstellen zu können, mußte ich das Bild zur Seite räumen, ich stellte es auf den Teetisch.» Er nahm die Fotografie im silbernen Rahmen in die Hand. «Sie hat mir sofort unerhört gut gefallen, und während des Stimmens warf ich hin und wieder einen Blick hinüber auf ihr Gesicht. Nie habe ich später den Salon am Chemin du Pré-Langard betreten, ohne mir mit einer Ausrede einen Augenblick zu erschleichen, wo ich mit ihr allein sein konnte. Dann kamt ihr mit euren südländischen Gesichtszügen. Ich sah darin Clara, denn ihre Mutter stammte aus Georgien und ihr Vater aus Lugano. Ich wußte nicht viel von Vererbung, hatte aber gehört, daß es das gibt: daß erbliche Einflüsse für Generationen ruhen, um dann wieder hervorzutreten. Und wie dunkel war Claras Vater gewesen! Wie ein Sizilianer hatte er ausgesehen, und eure scharfen Nasen glichen der seinen aufs Haar. Ferdinando Fontana hatte er geheißen. *Ferdinando Fontana!* Du kannst dir nicht vorstellen, wie aufgeregt ich war, als ich den Namen hörte. So hieß der Schriftsteller, der über Puccinis Schicksal entschied.»

Mit Papas Gesicht geschah etwas. Die Tage im Gefängnis, Mamans Tod – all das wich aus seinen Zügen, und es kehrte jene Begeisterung in ihn zurück, die wir von früher kannten, wenn er über den Erfolg eines Komponisten in jungen Jahren sprach (den *Durchbruch*, wie er unweigerlich sagte). «Der junge Puccini, der sich nach dem Studium am Mailänder Konservatorium zwar *Maestro* nennen durfte, sonst jedoch noch ein Niemand war, las am 1.April 1883 in der Zeitschrift *Teatro illustrato* von einem Preisausschreiben, das in späteren Jahren *Concorso Sonzogno* hieß, weil der Verleger Edoardo Sonzogno der Urheber war. Einzureichen war eine einaktige Oper. Darin sah Puccini seine Chance. Die musikalischen Ideen hatte er. Was fehlte, war ein Libretto. Da machte ihn sein früherer Lehrer, der berühmte Amilcare Ponchielli, mit Ferdinando Fontana bekannt, der gerade an einem Textbuch schrieb und es Puccini nun überließ. Am Stichtag, dem 31. Dezember, reichte Puccini die Partitur ein. Der Titel der Oper war *Le Willis*, später wurde daraus *Le Villi*.

Die Oper erhielt keinen Preis. Da half Fontana ein zweites Mal, indem er Puccini in ein reiches Mailänder Haus einführte, wo er seine Oper im Klavierauszug vortragen durfte. Anwesend war auch Arrigo Boito, nach dessen Text Verdi den *Otello* komponierte. Er war begeistert und empfahl das Werk dem Verlagshaus *Ricordi*, das es kostenlos druckte. Am 31. Mai 1884 fand im *Teatro dal Verme* in Mailand die Uraufführung statt. Es gab achtzehn Vorhänge, und das erste Finale mußte dreimal wiederholt werden. Am 24. Januar 1885 erreichte das Werk die Mailänder Scala. Mascagni hat für seine *Cavalleria rusticana* Melodien daraus gestohlen.»

Unter Papas Büchern gibt es mehrere Puccini-Biographien. Ich habe nachgesehen: Die Geschichte stimmt Wort für Wort. Die Daten habe ich jetzt eingesetzt, aber ich bin sicher: Auch sie stimmten auf den Tag genau. In diesen Dingen irrte er sich nie. Solche Daten, sie waren wie Fixsterne in seinem Universum. Die Mailänder Uraufführung von *Le Villi* ist weinrot angestrichen, es war ja ein rauschender Premierenerfolg, zugleich hat Papa auch helles Gelb eingesetzt, denn der Erfolg kam früh. Der Mißerfolg beim Preisausschreiben ist grün, in einer Nuance, die heller ist, als ich erwartet hätte. Die Aufführung in der Scala übrigens ist kein sehr dunkles Rot. Ich habe eine weitere Art von Erfolg entdeckt: Noch vor der Scala wurde *Le Villi* in Turin aufgeführt, wiederum viel Applaus, aber Puccini war mit der Wiedergabe nicht einverstanden: Lila, weder richtig hell noch richtig dunkel. Ist also Blau – anders als ich dachte – die Farbe der kritischen Distanz des Künstlers zum Applaus? Ich wäre froh, wenn es so wäre.

Papa war danach, noch stundenlang so weiterzureden. Mich auf eine letzte Reise in seine Gedankenwelt mitzunehmen. Er hatte Claras Bild immer noch in der Hand, vielleicht war es das, was ihn zu ihr zurückbrachte. «Ich begann mir den Fontana, der Claras Vater war, zurechtzudenken als Puccinis Fontana. Diese wunderbare Frau hier war seine Frau. Puccini verliebte sich in sie, als er im Hause Fontana das Libretto besprach. Sie inspirierte ihn zu allen weiteren Opern und stand mit ihm auf der

Bühne, wenn er den Applaus entgegennahm. Diese Erfolgsfee war mir so nahe: Sie war vor mir auf dem Flügel. Und ihr wart ihre Enkel.»

Später kam Papa hinauf in mein Zimmer, wo ich im Dunkel auf dem Bett saß. Er setzte sich neben mich. «Paß gut darauf auf», sagte er und gab mir Claras Bild. Dann umarmte er mich, und ich roch den herben Geruch aus Mottenpulver und Gefängnis, der sich in seine alte Jacke hineingefressen hatte. Es war das letzte Mal, daß ich ihn lebend sah.

*

Schon ist es wieder Abend. Ich vermisse dich, Patrice. Ich würde gern mit dir über Claras Bücher sprechen. Wir könnten sie gemeinsam auspacken, Buch für Buch, und dann würden wir langsam umblättern. Wie als Kinder würden wir die Seite gemeinsam halten, und das Bedürfnis zu wenden käme in exakt demselben Moment. Doch inzwischen bist du wieder hinter den Anden verschwunden. In einer Sprache, die ich nicht verstehe. In einem Leben mit Menschen, die ich nicht kenne.

Vorhin habe ich im Dunkel am Fenster gestanden. Wie in Berlin, als ich auf deine Ankunft wartete. Ich habe dabei nicht an unser Kind und die Lampen im Operationssaal gedacht. Vielmehr war es wie eine Reise in der Zeit, zurück in die Jahre, die vor alledem lagen. Glückliche Jahre. Manchmal, wenn es schwer ist, ein einzelner Mensch zu sein, möchte ich dahin zurück.

Du wolltest nicht, daß ich nach Tegel käme. Als die Maschine landen sollte, ging ich in dein Zimmer hinüber, um dich nachher vom Fenster aus kommen zu sehen. Ich wollte dich, deine Gestalt und deine Bewegungen, für einige Augenblicke betrachten können, ohne dir schon zu begegnen. Licht habe ich nicht gemacht, der Schein der Straßenlaterne genügte. (Sie kam mir heller vor als früher, zudringlicher.) Je länger es dauerte, desto unruhiger wurde ich. Zunächst dachte ich, es sei nur die Angst, unser Wiedersehen könnte mißlingen. Erst nach und nach gestand ich mir ein, daß da noch eine andere Empfindung

war, die sich, unbekümmert um alle Widersprüche, in die Vorfreude eingeschlichen hatte: Ich wünschte, du kämest nicht.
(Wahrhaftig sollen unsere Berichte sein, ich muß es mir immer
wieder sagen.)

Fliegerjacken, dachte ich, als du schließlich in den Lichtkegel der Laterne tratest. Du trägst immer noch Fliegerjacken.
Schon in Genf, du warst noch keine zehn, hast du von GP eine
bekommen, es war die kleinste, die sich auftreiben ließ, und
trotzdem versank dein Kopf in dem weiß gefütterten Kragen,
der natürlich aufgestellt sein mußte, selbst beim schönsten Wet-
ter. Auch jetzt war der Kragen aufgestellt und schloß sich um
das Haar, das dir vom Wind in die Stirn gewirbelt wurde. Plötzlich bliebst du stehen und strichst dir übers Gesicht wie jemand, der einen Gedanken festhalten möchte, der ihm durch
den Sinn geht. Diese Bewegung und das anschließende In-
nehalten – nichts hätte mich eindringlicher daran erinnern können, daß du aus einem anderen Leben in einer anderen Welt
kamst, an dem ich keinen Anteil gehabt hatte. Ich hatte es so gewollt. Dennoch: Jetzt, wo ich wieder in diesem Haus war, dazu
in deinem Zimmer, tat es weh, dich da unten stehen zu sehen,
beschäftigt mit etwas, an dem ich nicht teilgehabt hatte. Schließlich nahmst du die Reisetasche (nicht dieselbe wie früher) in
die andere Hand und gingst auf das Gartentor zu.

In diesem Augenblick sah ich, wie ein Blitzlicht das Dunkel
auf der anderen Straßenseite erhellte. Eine ganze Salve von Blitzen explodierte. Etwa eine halbe Stunde vorher war ein Auto
mit überhöhtem Tempo vorbeigefahren und hatte ein Stück
weiter mit quietschenden Bremsen gehalten. Jetzt wußte ich
warum. Sie erfahren alles, die Fotografen, offenbar erkaufen sie
sich sogar Einblick in die Passagierlisten von Flügen. Den
ganzen Donnerstag und Freitag über hatten sie das Haus bela-
gert, so daß ich die Fensterläden schloß, nicht einmal unsere
schweren Vorhänge schienen mir genügend Schutz zu bieten.
Als ich schließlich zwei von ihnen durch den Garten pirschen
sah, öffnete ich demonstrativ das Fenster und spuckte hinaus,
hoffentlich drucken sie das Bild, dachte ich.

Daß auch du den Fotografen anspucktest, sah ich nicht, du hast es mir nachher erzählt. Ich sah nur, wie du die Tasche fallen ließest und auf ihn losgingst. Das hatte ich noch nie gesehen: daß du jemanden regelrecht verprügeltest. Du rissest ihm die Kamera vom Hals und warfst sie in hohem Bogen auf die Straße, ich habe den Aufprall durchs geschlossene Fenster gehört. Er wehrte sich kaum, ich hatte den Eindruck, daß er von deinem Gewaltausbruch, der immer mehr etwas Blindwütiges bekam, wie gelähmt war. Schließlich rammtest du ihm noch das Knie in den Bauch, so daß er mit seiner kaputten Kamera gebückt davonschlich. Du lehntest dich an den Pfosten des Gartentors um zu verschnaufen, strichst dir das Haar aus dem Gesicht und massiertest die Knöchel. Langsam verlor sich die ungewohnte Härte in deiner Haltung. Es dauerte noch Minuten, bis du schließlich die Tasche nahmst und durchs Tor tratest. Jetzt streift er die gewaltsame Episode ab, dachte ich währenddessen, er will dem Moment gewachsen sein, wo er Maman unter der Tür gegenübertritt.

Leise, als könne man mich bei etwas Verbotenem ertappen, ging ich zurück in mein Zimmer, wo ich hinter der halb geöffneten Tür auf das Geräusch deines Schlüssels wartete. Dieses Geräusch würde, so kam es mir vor, wie eine erste Berührung sein. Da erklangen die hellen Töne unserer Klingel. Ja, dachte ich sofort, das paßt zu ihm: Sogar den Schlüssel hat er zurückgelassen. Abgänge von leiser Melodramatik, darin ist er nicht zu übertreffen. Wahrscheinlich hat er ihn auf den Tisch im Entrée gelegt, genau in die Mitte, bevor er in den Nachtstunden die Haustür hinter sich zuzog.

Als ich Mamans schleichende Schritte hörte, schloß ich die Tür und ging zum Fenster um zu warten. Ich wollte nicht wissen, wie eure Begrüßung sein würde. Gedämpft hörte ich deine Stimme und kurz darauf die Schritte auf der Treppe. Ich hielt den Atem an und war enttäuscht, daß du nicht gleich zu mir kamst, sondern offenbar zuerst in dein Zimmer gingst. Jetzt würdest auch du das Bett sehen. Es dauerte endlos lange, bis ich dich schließlich kommen hörte, und die Zeit schien sich noch einmal bis zum Zerreißen zu dehnen, bevor du klopftest.

Es war ein fremdes Klopfen, erst zu leise, dann zu laut. Wie hattest du dein früheres Klopfen vergessen können!, dachte ich. Es war die erste Gelegenheit von vielen, bei der ich gegen den Gedanken aufbegehrte, auch du könntest dich in den Jahren unserer Trennung verändert haben. Erst allmählich wird mir bewußt, daß ich mir den Schritt in ein eigenes, selbständiges Leben nur so hatte vorstellen können, daß ich ging und mich veränderte, während du bliebst, ohne dich im geringsten zu wandeln. Daß auch du gegangen warst – ich habe es gewußt, mir aber nicht vorstellen können. Ich wollte dich unverändert in mir mittragen, um jederzeit wieder in unsere frühere Gemeinsamkeit zurückkehren zu können. Du solltest in deiner früheren Gestalt der Anker sein für den Fall, daß mir mein neues Leben mißlingen würde.

Du bist erschrocken, als du mich sahst. Die kurzen Haare – ich wußte genau, wie sie auf dich wirken würden. Die Ohrringe. Nach langem Hin und Her hatte ich sie schließlich angesteckt. Du brauchtest nicht zu erfahren, daß sie ein Geschenk von Stéphane sind, der sie selbst geschmiedet hat. Aber sehen solltest du sie.

Du hieltest mich wie ein Stück kostbares Porzellan und zittertest am ganzen Körper. «Patty», sagtest du. Du sagtest es vier- oder fünfmal, und jedesmal klang es, als wäre es das erste Mal. Nur ein einziges Mal in all den Jahren habe ich diese zärtliche Form meines Namens gehört. Es war, als ich Stéphane kennenlernte. Er war erschrocken über die Bestimmtheit, mit der ich ihm verbot, mich so zu nennen. Er hat mich nie gefragt warum. So ist Stéphane.

Deine Hände – du führtest sie so beherrscht und zögernd, als seien es Wesen, die sich ganz plötzlich verselbständigen könnten.

Im Schein der Straßenlaterne hatte dein Gesicht so bleich gewirkt, daß ich darüber erschrocken war. Als ich nun Licht machte, fiel mir vor allem auf, wie müde du aussahst. Die Müdigkeit schien mir nicht nur von der langen Reise zu kommen. Das Gesicht war noch von einer anderen Art der Anstrengung gezeichnet.

Und dann berichtete ich dir das wenige, was ich wußte. Wir saßen nebeneinander auf meinem Bett, du hattest die Arme auf die Knie gestützt, den Kopf in den Händen. Du hörtest anders zu, als ich es von dir gewohnt war. Nicht weniger konzentriert, aber weniger vereinnahmend. Früher war dein Zuhören durchzogen gewesen von einer verschlingenden, aufsaugenden Aufmerksamkeit, in der alles, was man sagte, sofort und ohne Rest zu verschwinden schien, du machtest es, kaum hatte man es ausgesprochen, zu einem Teil von dir. Man war erschöpft, wenn man in den Bannkreis dieser Aufmerksamkeit geraten war. Nicht, daß man die Erschöpfung gleich bemerkt hätte. Im Gegenteil, man fühlte sich beflügelt durch diese Art des Zuhörens, man stieß hier auf ein Interesse an der eigenen Sache, von dem man nicht zu träumen gewagt hatte. Erst nachher, wenn du gegangen warst, fühlte man sich auf einmal müde und ausgelaugt, es war ein bißchen, als hättest du einem die Worte durch dein verzehrendes Zuhören weggenommen, vor den eigenen Augen entwendet, so daß man nun ohne Worte, sprachlos zurückblieb. Und über eine Sache bin ich stets von neuem erschrocken, weil ich sie von mir wies, kaum hatte ich sie bemerkt: wie herrisch du darin warst, von den anderen Aufmerksamkeit für dich und deine Aufmerksamkeit zu fordern.

Jemand, der dich nicht kennt, käme niemals auf die Idee, daß es so etwas gibt: eine artistische Virtuosität des Zuhörens. Diese Fähigkeit, sie barg eine Gefahr in sich, von der du nichts zu wissen schienst: Weil die anderen bei deinem Zuhören aufblühten, glaubtest du, sie müßten dir nun auch die Wahrheit sagen. Daß dein Zuhören sie dazu verführen könnte, sich für deine Ohren neu zu erfinden – das kam dir nicht in den Sinn. Auch das war eine Form deiner unverzeihlichen, bequemen und manchmal mühsamen Naivität, die ich liebte.

Jetzt aber hörtest du anders zu. Früher hatte ich oft das Gefühl, daß zuerst ich kam, dann lange nichts, und dann erst das

Thema, von dem ich sprach. Jetzt war es umgekehrt. Du warst sofort bei der Sache, man sah es an deinem Nicken und an den Nachfragen. Du drehtest mir den Kopf zu und lächeltest zum Zeichen des Erkennens, wenn ich von meinen Empfindungen sprach. Früher hättest du mich dabei berührt und hättest versucht, nachträglich noch etwas für oder gegen diese Empfindungen zu tun, so daß sie ein bißchen auch deine würden. Jetzt ließest du mein Erleben ganz bei mir. Kein einziges Mal machtest du den aberwitzigen, wunderbaren Versuch von einst: es mir abzunehmen. Es sprach Respekt aus dieser Haltung: Da saß deine erwachsene Schwester neben dir, die sechs Jahre lang ihr eigenes Leben gelebt und wer weiß was für Erfahrungen gemacht hatte. Etwas Ähnliches hatte auch ich gedacht, während ich auf deine Ankunft wartete: Sechs Jahre, das ist eine Zeit, in der jemand Arzt werden kann oder Anwalt. Er war wohltuend, dein Respekt, ich brauchte nicht auf der Hut zu sein vor deiner Nähe. In der Nacht habe ich darüber geweint, daß er so groß war, dieser Respekt. Daß du so erwachsen geworden warst.

*

Wäre ich der Versuchung nur nicht erlegen! *Kein Anschluß unter dieser Nummer.* Als ich die Berliner Nummer wählte, habe ich natürlich nicht wirklich geglaubt, du würdest abnehmen. Es war nur ein Spiel mit der Illusion, weiter nichts. Das Telefon, das fiel mir erst nachher ein, hatte ich ja selbst noch abgemeldet. Im Laufe des Mittwochs würde es abgeschaltet, war die Auskunft gewesen, und heute ist Donnerstag. *Kein Anschluß unter dieser Nummer.* Jetzt ist es schlimmer als vorher. Denn jetzt weiß ich endgültig: Du bist weg.

Patrice

....
DRITTES HEFT
....

IN DER NACHT habe ich *Michael Kohlhaas* gelesen. Als ich gegen drei fertig war, hielt ich es nicht mehr aus und nahm den Hörer ab, um Paco anzurufen. Die Leitung war tot. Daß wir das Telefon abgemeldet haben, hatte ich völlig vergessen. Am Mexikoplatz nahm ich ein Taxi und ließ mich zum Nachtschalter des Postamts fahren. Ich war froh, daß in der Klinik nicht Mercedes Dienst hatte, sondern Teresa. Paco habe inzwischen wieder eine Art Bürstenschnitt, sagte sie und lachte: Er sehe irgendwie militärisch aus.

«Paco», sagte ich, «ich bin es, Patrice. Hörst du mich, *Señorito*?»

«*Sí.*»

Ich atmete auf.

«Wie geht es dir?»

Wie idiotisch! Da war ich mitten in der Nacht hierhergefahren und stellte nun diese konventionellste aller Fragen.

Stille.

«Paco?»

«*Sí.*»

«Möchtest du, daß ich zurückkomme?»

Rauschen in der Leitung, gleichmäßiges Rauschen. Ich dachte, er sei weggegangen, da kam plötzlich:

«*El dibujo.*» Die Zeichnung.

«Hast du mir eine Zeichnung geschickt, *Señorito*?»

Ja, hörte ich Teresas Stimme, er habe eine Zeichnung gemacht, sie sei unterwegs zu mir. «Es ist viel Rot drauf», sagte sie.

Ich gab dem Taxifahrer viel zuviel Trinkgeld und machte mit zitternden Fingern den Briefkasten auf. Nichts.

Während ich schlaflos dalag, verfluchte ich mich wegen meiner dämlichen Fragen am Telefon. Bis ich merkte, daß mir auch jetzt keine besseren einfielen.

Am Morgen rief ich als erstes bei Telekom an. Ich müsse das Telefon formell wieder anmelden, hieß es. Mühsam beherrschte ich mich, raste hin, stand in der Schlange und gab schließlich den Antrag ab. Wahrscheinlich nicht vor Dienstag, sagten sie, auf keinen Fall vor Montag. Was ist, wenn Paco inzwischen anzurufen versucht? Oder du? Aber nein, für dich bin ich doch in Santiago; und außerdem bist du selbst es gewesen, die die Sache mit dem Telefon erledigt hat.

*

Heute abend kommt Juliette Arnaud. Ich kann es kaum erwarten, Vaters Musik zu hören.

Vor mir liegt das Exemplar von Kleists Novelle, mit dem er gearbeitet hat. Auf der ersten Seite unser Signum: P & P. Die Bücher, sie waren gekauft von gemeinsamem Geld und gehörten uns gemeinsam. Niemand kann wissen, daß es das gibt: ein derart unbefragtes Teilen, selbstverständlich wie das Atmen, so daß wir erstickt wären, wenn ein Verteilen hätte stattfinden müssen. «Wieviel haben wir noch?» Nie haben wir anders über Geld geredet. Zwischen uns gab es keinen Raum für den Gedanken des Borgens und Leihens. Wenn wir ihm bei anderen Geschwistern begegnet sind, oder bei Liebenden, fanden wir ihn lächerlich und fremd. Wenn es um Geld ging, kannten wir das Wort *Merci* nicht, kein einziges Mal haben wir es gebraucht, es wäre uns vorgekommen, als verließen wir den Bannkreis unserer Intimität und träten hinaus in die herbe Welt derer, die getrennt sind und deshalb so etwas nötig haben.

Der Text war mühsam zu lesen, denn er ist ein wahres Schlachtfeld von Angestrichenem, Durchgestrichenem, Eingefügtem und Kommentiertem. Herausgekommen ist ein Libretto für eine Oper in drei Akten, nicht weniger sorgfältig geschrieben als die Partitur, alles in Vaters rührender Schönschrift, gegen die nicht einmal Gygax etwas sagen konnte. Ich schäme mich, es zu sagen: Diese Leistung hätte ich Vater nicht zugetraut. Was habe ich eigentlich geglaubt, was er die ganze Zeit machte? Ich habe keine Ahnung. Ich hatte all die Jahre über keine Ahnung von seiner Arbeit.

Zum Beispiel diese Idee: Es gibt über die ganze Länge der Oper einen Chor, der viel Ähnlichkeit mit dem Chor einer griechischen Tragödie hat. Er ist Kleists Stimme, manchmal auch diejenige von Vater selbst. Der Chor hat unterschiedliche Aufgaben. Einmal geht es darum, dem Empfinden von Kohlhaas mehr Volumen zu verschaffen, indem der Chor über ihn mit Worten spricht, wie nur der Dichter sie gebraucht: *Ein richtiges, mit der gebrechlichen Einrichtung der Welt schon bekanntes Gefühl,* singt der Chor, veranlaßte Kohlhaas, bevor er sich zu wehren begann, erst den Knecht Herse zu den Vorwürfen zu hören, die man auf der Burg gegen ihn erhoben hatte. *Ein ebenso vortreffliches Gefühl, und dies Gefühl faßte tiefere und tiefere Wurzeln,* sagte ihm, daß er gegebenenfalls *mit seinen Kräften der Welt in der Pflicht verfallen sei, sich Genugtuung für die erlittene Kränkung zu verschaffen.* Der Chor erwähnt *seine von der Welt wohlerzogene Seele* und beschreibt den Zuhörern, wie es Kohlhaas ergeht, als er sich in seinem Verdacht der Ungerechtigkeit bestätigt findet: *Mitten durch den Schmerz, die Welt in einer so ungeheuren Unordnung zu erblicken, zuckte die innerliche Zufriedenheit empor, seine eigne Brust nunmehr in Ordnung zu sehen.* Auch um wissen zu lassen, daß Kohlhaas *in die Hölle unbefriedigter Rache zurückgeschleudert wurde,* erhebt der Chor die Stimme.

Der Chor verkündet gewisse für die Öffentlichkeit bestimmte Manifeste, etwa die verschiedenen *Kohlhaasischen Mandate,* aber auch Luthers Plakat mit den harten Worten: *du, den Ungerechtigkeit selbst, vom Wirbel bis zur Sohle erfüllt.* Auch eine kritische Instanz ist der Chor, etwa wenn er singt, daß Kohlhaas *zur bloßen Befriedigung seines rasenden Starrsinns* handle. Und dann gibt es Stellen, wo Kohlhaasens Tun in Sätzen zusammengefaßt wird, die wie Gemälde sind: Kohlhaas kniete ein letztes Mal vor dem Grab der Kinder nieder *und übernahm sodann das Geschäft der Rache.* Oder nachdem er über die Tronkenburg hergefallen war: *Er bestieg seinen Braunen, setzte sich unter das Tor der Burg, und erharrte schweigend den Tag.* Es war, als spürte ich Vater, als ich das las.

Maman sprach in ihren Briefen von der eigenwilligen Art, mit der Vater Kleists Text behandle. Das ist milde ausgedrückt. Er hat die Hauptlinie der Handlung stehenlassen, die Figuren jedoch in gewissem Sinne neu geschaffen. Lisbeth, die bei Kleist früh in der Geschichte stirbt, begleitet Kohlhaas nun als treue Gefährtin bis zum Schafott. Es ist der Tod der beiden Kinder, durch den sein Rachebedürfnis bei Vater Nahrung erhält. Ja: statt der vielen, von Kleist im Ungefähren belassenen Kinder hat Kohlhaas einen Sohn und eine Tochter, Anton und Antonina. Nein, Zwillinge sind es nicht. Sie ist drei Jahre älter als er, und Kohlhaas findet, *sie sei an der Seele noch ein Vielfaches reifer.* Antonina ist Kohlhaas wichtiger als der Sohn. Über das Verhältnis der Kinder zur Mutter erfährt man nichts. Es ist Antonina, die den Vater davon abzubringen versucht, Haus und Hof zu verkaufen, um sich ganz seinem Rachefeldzug zu widmen. Sie ist es, die schließlich mit der Bittschrift nach Berlin fährt, begleitet vom Bruder, der nur dadurch zu Wort kommt, daß er verspricht, die Schwester heil zurückzubringen. Tödlich verletzt werden die beiden zurückgebracht. Vater läßt die sterbende Antonina das tun, was bei Kleist Lisbeth tut: Sie zeigt Kohlhaas den Vers: *Vergib deinen Feinden; tue wohl auch denen, die dich hassen.* Es paßt nicht recht zu Antonina, daß sie das tut, und ich glaube, Vater hat es nur deshalb so arrangiert, damit Kohlhaas nachher seine große Arie hat: *So möge mir Gott nie vergeben, wie ich dem Junker vergebe!* Ich habe die Noten angestarrt, um die Melodie zu erraten, aber ich höre nichts, ich muß auf Juliette warten. *Als der Begräbnistag kam, ward die Leiche, weiß wie Schnee, in einen Saal aufgestellt, den er mit schwarzem Tuch hatte beschlagen lassen,* schreibt Kleist über die Beerdigung von Lisbeth. Genau diese Regieanweisung gibt Vater für die Beerdigung der Kinder. Und dann läßt er Kohlhaas singen: *Warum habt ihr mich verlassen?* Vor diesen Klängen fürchte ich mich.

Noch eine Abweichung: Herse ist bei Kleist einfach ein Knecht, Kohlhaas zwar ergeben, aber etwas Persönlicheres ist es nicht. Vater hat aus ihm einen treuen Freund gemacht, mit dem er jeden Schritt bespricht. (Einen Freund, wie er ihn nie hatte. Es wäre schwer gewesen, Vaters Freund zu sein.) Herse ist sein Gewissen, mehr als Lisbeth, die zu ihm hält, weil sie Angst um ihn hat und ihn nicht verlieren will. Es gibt sogar eine Stelle, wo Kohlhaas sich bei Herse über sie beschwert: Im Grunde verstehe sie die Sache mit der Gerechtigkeit und der Vergeltung nicht. Ähnliches denkt er auch über Antonina, scheint mir; aber das gibt er nur in einer winzigen Andeutung zu erkennen, wenn er in der großen Vergeltungsarie singt: *Vergebung aus Schwäche nicht! Auch nicht im Tode!*

*

Juliette ist gegangen. «Sie haben Eilpost», war das erste, was sie sagte, als ich ihr aufgemacht hatte. Sie zeigte auf den Aufkleber am Briefkasten. Der Bote muß gekommen sein, als ich für heute abend belegte Brote und Patisserie einkaufte. Es war Pacos Zeichnung. Ich zögerte, den Umschlag in ihrer Gegenwart aufzumachen: Es war, als würde ich ihr, noch bevor wir ein Wort gewechselt hatten, Zugang zu meinem Innersten verschaffen. Sie sah das Zögern, blickte weg und begann einen Spaziergang durch die leeren Räume. Ich nahm das Blatt heraus und sah: eine riesige Wand, unterteilt in Kästchen, davor in winzigen Strichen Blumen. Auf einem anderen Teil: freistehende Rechtecke, darauf Kreuze in der Schräge, die das Kreuz auf Christi Schultern hatte. Auf chilenischen Friedhöfen sind die Kreuze oft so. Über alles hinweg hatte Paco zwei dicke, geschwungene Linien gemalt, die in den oberen Ecken beginnen und sich in der Mitte treffen, wo sie dicke Enden haben, die miteinander verschmelzen. Unsere verschränkten Hände, wenn wir nebeneinander über die Friedhöfe gegangen waren.

Ich putzte mir die Nase, als Juliette zurückkam. «Nein, nein, Sie stören nicht», sagte ich und half ihr aus dem Mantel.

«So also wohnen Sie hier», sagte sie. «Oder kann man das nicht sagen: daß Sie noch hier wohnen?»

Ich wisse es nicht, sagte ich.

Sie wußte von dem Mord das, was in der Zeitung gestanden hatte. (Jetzt habe ich es also doch hingeschrieben, das Wort Mord. Eigentlich wollte ich es vermeiden, wollte tun, als gäbe es das Wort nicht. Ich bekomme Herzjagen, wenn ich auf die vier Buchstaben blicke, eine ganz und gar unvernünftige Reaktion, es ist doch nur ein Wort. Wenn ich dabei an Vater und Maman denke, will ich immer nur eines sagen: nein, nein, nein. Ich bin nicht sicher, was das heißt, aber ich glaube, es ist dieses: Es war ein Mord, ja, aber es ist trotzdem falsch, das Geschehene so zu nennen, es ist falsch und unfair, es trifft die Sache auch nicht im entferntesten, es ist geradezu grotesk, wie weit dieses Wort an der Sache vorbeigeht, denn Vater und Maman, das waren nicht Menschen, die wirklich einen Mord begehen konnten, dazu waren sie nicht fähig, es ist purer Unsinn, das Gegenteil zu behaupten, wenn einer es tut, dann zeigt das nur, daß er keine Ahnung hat, wie unsere Eltern waren.) Zunächst war es mir lästig, Juliette das Ganze zu erklären, doch ihre konzentrierte Art des Zuhörens tat gut, und auf einmal merkte ich, daß es mir half, die Geschichte jemand Fremdem erzählen zu können, es war ja das erste Mal.

Wir machten die beiden Lampen an, und dann begann Juliette zu spielen. Das heißt, es gab noch eine Verzögerung. Sie hatte die Hände schon über der Tastatur, da sagte ich: «Einen Moment noch.» Ich trat ans Fenster, um mich zu sammeln. Ich wollte Vaters Musik vom ersten Ton an hellwach erleben. Als ich Juliette wieder anblickte, lächelte sie: Sie hatte verstanden.

Ihr Blick beim Spielen: wie der eines Simultan-Schachspielers, der alle paar Sekunden ein neues Ganzes aufnehmen und darin die wichtigen Kräftelinien erkennen muß. Von Zeit zu Zeit sagt sie mit atemloser Stimme, welches Instrument ich mir gerade vorzustellen habe. Nach etwa zehn Minuten braucht sie jeweils eine Pause. Orchesterpartituren vom Blatt spielen, sagt sie, sei das Anstrengendste, was sie kenne.

Es ist unglaubliche Musik, Patty. Besonders ihrer Wucht wegen. Du kannst einen Menschen so gut kennen, wie wir Vater kannten, und doch kann es dich vollkommen überraschen, wenn du die Musik hörst, die in ihm erklang. Dann kommt es dir vor, als hättest du bisher nichts verstanden, nichts. Bratsche, Klarinette und Fagott, das waren Vaters Lieblingsklänge. («Fagott», pflegte er zu sagen, «hat einen *fernen* Klang – wo immer man ist.») Ab und zu, an ganz unerwarteten Stellen, Harfe. Dann denkt man an Wasserspiele. Meistens Moll. An vielen Stellen, wo es überhaupt keinen Sinn ergibt, steht *tempo rubato*. «Ihr Vater war richtig verliebt in die Bezeichnung», sagte Juliette und lachte laut über die abwegigen Stellen, an denen der Ausdruck vorkommt.

Man spürt ein elementares Bedürfnis, aus sich herauszugehen und die eigenen Grenzen von innen her beiseite zu fegen. Es gibt Passagen von schwelgender Romantik, die hart an der Grenze zum Kitsch sind. (Juliette lächelt dabei und hat einen Ausdruck des plötzlichen Verstehens.) Dann wieder schwerblütige Melodien, die eine Vertonung der dunklen Landschaftsbilder holländischer Meister sein könnten. Ich kann nicht beurteilen, was die Musik unter künstlerischen Gesichtspunkten wert ist. Ob sie zu Recht oder Unrecht abgewiesen wurde. So höre ich sie nicht. Ich höre Vater zu, sein Gesicht vor Augen, sein Lächeln voll von tapferem Spott, seine Einsamkeit. Die gepolsterte Tür ist weit geöffnet, damit die Töne bis in den hintersten Winkel des leeren Hauses dringen können. Wenn du nur geblieben wärst, so daß wir es zusammen hätten erleben können. Es ist doch Vaters Musik. Das unsichtbare, unhörbare Zentrum, um das sich in unserer Familie alles gedreht hat. Die Millionen von unhörbaren Tönen, vor denen wir geflohen sind. Wir hätten ihnen zuhören und sie nachträglich in unsere gemeinsame Vergangenheit hereinholen können.

Fast zwanzig Jahre, Vater, war ich in deiner Nähe – und doch kannte ich deine Musik kaum. Gewiß, du hast die Melodien am Flügel ausprobiert, und als Kind war ich manchmal dabei. Doch damals hatte ich noch kein rechtes Unterscheidungsvermögen.

Zudem hast du schlecht gespielt, abgehackt, immer unterbrochen durch das Eintragen der Noten auf dem Papier, so daß nicht der Eindruck einer größeren musikalischen Gestalt entstehen konnte. Ich habe deine Werke nie als längere Klavierauszüge gehört. Später, als das Gift deiner Erfolglosigkeit in mein bewußtes Leben zu sickern begann, habe ich mich, ohne daß es ein Plan gewesen wäre, gegen deine Musik und später gegen alle Musik, gegen Musik überhaupt, verschlossen. Musik, sie wurde für mich zum unheilvollen Ort des Mißerfolgs, der Enttäuschung und wortlosen Bitterkeit.

Patty und ich, wir haben nie eigentlich beschlossen, kein Instrument zu lernen. Doch bei jenem Abendessen einige Tage vor unserem achten Geburtstag, als Maman euren (oder jedenfalls ihren) Plan aussprach, uns zum Geburtstag Musikinstrumente zu schenken, haben wir wie aus einem Munde abgelehnt. Was wir gesagt haben, weiß ich nicht mehr. Aber dein Gesicht, Vater, meine ich noch heute vor mir zu sehen: dein Lächeln, mit dem du alle Enttäuschungen quittiertest. Es war viel schlimmer als Mamans Enttäuschung darüber, daß ihr Plan, den sie wie üblich mit GP besprochen hatte, auf Widerstand stieß. (Es war das erste Mal, daß wir ihr einen derart entschiedenen Widerstand entgegensetzten.) Bei ihr würde es vorbeigehen; in dir dagegen, da waren wir sicher, würde für immer eine Wunde bleiben. Erst Jahre später wurde uns klar, wie groß die Verletzung war. Du hast unsere Ablehnung nicht nur als Weigerung aufgefaßt, ganz allgemein in die Welt der Musik einzutreten. Es war viel schlimmer: Sie erschien dir als Weigerung, insbesondere mit deiner eigenen Musik in Berührung zu kommen; denn wir hätten ja etwas davon auf unseren Instrumenten spielen können.

«Ist meine Musik jetzt still genug?» fragtest du, als die Handwerker die neue, gepolsterte Tür für dein Arbeitszimmer eingehängt hatten und du nach der Geräuschprobe wieder heraustratest. Ich werde mir die Grausamkeit nie vergeben, die in unserem Vorschlag der Schallisolierung lag. «Nehmen Sie die Tür wieder mit», hätte ich sagen sollen, «man hört ja nichts mehr von der Musik!» Ich hätte es laut und mit großer Bestimmtheit sagen sollen. Immerhin war ich schon dreizehn oder vierzehn. Ich habe es nicht gesagt. Nur in den Träumen habe ich dagegen aufbegehrt, daß sie dich einsperrten, und da war es eine Gummizelle.

Alle haben wir es geschehen lassen, Maman, Patty und ich. Im entscheidenden Augenblick haben wir getan, als breche die verfluchte Tür herein wie ein Naturereignis; als seien nicht wir die Urheber. Und so hörten wir immer weniger von deiner Musik. Manchmal sah ich dich verstohlen an und versuchte zu erraten, wie sie in dir klang. Ich hatte die abstruse Vorstellung, es an deinen Gesichtszügen ablesen zu können. Jedesmal war ich erschrocken, wie wenig ich es mir vorstellen konnte; wie wenig ich von dem Wichtigsten in deinem Leben wußte. Eine Weile fragten wir noch nach den Themen der Opern. Dann hörte auch das auf, und wir ließen dich ganz allein zurück in der Welt deiner Musik, die wir zum Schweigen gebracht hatten.

In dem Alter, wo man ein Gefühl dafür bekommt, stellten Patty und ich uns vor, daß du hinter der gepolsterten Tür, allein mit der Musik, so sehr bei dir selbst warst, wie man sich das nur wünschen kann. Wir begannen heimlichen Neid zu spüren. Dem Neid war verworrener Groll beigemischt. Nicht nur hatten dein Mißerfolg und deine Verbitterung uns der Möglichkeit beraubt, daß auch wir in der Musik zu uns finden könnten. Es begann so auszusehen, als gehörte es zu jedweder Art, bei sich selbst zu sein, daß sie in der Welt zu Mißerfolg führte. Beides, so schien uns (obgleich wir es so nicht hätten ausdrücken können), ging nicht zusammen: erfolgreich und doch bei sich selbst sein. Und so begannen wir, alles zu meiden, was uns auch nur im entferntesten in den Bannkreis von Erfolg und Applaus hätte führen können. Wir wollten keinen Erfolg, weil er entfremdete und weil ihn zu wollen zerstörerisch war wie bei dir. Wir suchten den Mißerfolg. Wir wollten es besser machen als du: Statt unter dem Mißerfolg zu leiden, wollten wir ihn nutzen, um zu uns selbst zu finden.

Doch dann kam die Entdeckung: Man kann Mißerfolg nicht planen, nicht absichtlich herbeiführen. Er hat nicht die Herbheit von echtem Mißerfolg, wenn er geplant ist. Eigentlich kann man mit der Ausführung von etwas gar nicht beginnen, wenn man nicht beabsichtigt, es gut zu machen, so gut man kann, und das heißt: so, daß die anderen es gutheißen würden; also Erfolg. In der Schule: Man konnte auf die Dauer nicht verleugnen, daß man etwas konnte, gut konnte. Wie also sollte man es anstellen, in seinem Leben nicht so durch den Wunsch nach Erfolg bestimmt zu werden wie du, Vater?

Es waren – ich sagte es – verworrene Gedanken; aber sie hatten Macht über uns und prägten bis heute unser Leben.

*

Juliette spielte sich durch die Ouvertüre und den ersten Akt. Die Ouvertüre beginnt mit fast idyllischen Klängen, um dann zunehmend von harten Dissonanzen zerrissen zu werden, die sich in Länge und Lautstärke steigern. Dazwischen schöpft das Orchester in leisen, harmonischen Passagen Atem. Man kann darin etwas vom Aufbau der Geschichte erkennen: Verletzung und Vergeltungsbedürfnis werden stärker und stärker, obgleich es dazwischen manchmal aussieht, als könne doch noch alles friedlich beigelegt werden. Früh führt Vater das Motiv der großen Vergeltungsarie nach Antoninas Tod ein: Es beginnt mit der Beschwörung von Trauer durch die Streicher, dann verfärbt sich die Trauer unter Einsatz der Bläser zu Haß; man kann die Musik als ein Schwanken zwischen beidem hören, der Haß obsiegt, indem die Holzbläser dem Blech weichen, und an dieser Stelle kündigt sich die eine Linie an, die den ersten Akt musikalisch bestimmt: ein Ensemble von ineinander verschlungenen Melodien, die von steinernem, beinahe religiösem Haß zeugen; über weite Passagen, meinte Juliette, kann man geradezu von einer Messe des Hasses sprechen. «Daß Haß so hart und zugleich so lyrisch klingen kann, hätte ich nicht gedacht», sagte sie.

Ich war stolz, daß Vater offenbar eine eigene, originelle Tonlage geglückt war. Zugleich war mir unheimlich bei dem Gedanken, daß außer mir noch jemand Vaters Aufschrei hörte.

Die andere große Linie in diesem Akt sind Kohlhaasens Zwiegespräche mit Frau und Tochter. Lisbeth ist ein lyrischer Mezzosopran, Antonina eine Altstimme. Aus dem Textbuch wußte ich: Lisbeth beginnt regelmäßig mit der Bitte, er möge doch, ihretwegen und um der Kinder willen, von der Rache ablassen. Darauf Kohlhaas: *es könne Zwecke geben, in Vergleich mit welchen seinem Hauswesen als ein ordentlicher Vater vorzustehen untergeordnet und nichtswürdig sei.* Am Ende gibt Lisbeth immer klein bei und deklamiert Loyalität. Dann läßt Vater den Chor regelmäßig singen, was bei Kleist nur am Anfang vorkommt, wo alles noch im Rahmen ist und Lisbeth einfach ihrem natürlichen Rechtsempfinden Ausdruck verleiht: *Er hatte die Freude zu sehen, daß sie ihn in diesem Vorsatz aus voller Seele bestärkte: daß es ein Werk Gottes wäre, Unordnungen gleich diesen Einhalt zu tun.*

Lisbeths Arien sind der italienischen Oper nachempfunden, ein bißchen sehr seelenvoll. Antonina sollte sich davon unterscheiden, und ihre besänftigenden Melodien klangen mir eher französisch. Da sagte Juliette mitten aus dem Spiel heraus lächelnd: «Debussy, *Pelléas et Mélisande*». Als sie mein erschrokkenes und wohl auch verletztes Gesicht sah, fügte sie hinzu: «unbewußt natürlich.» Antonina scheint zunächst naiver als Lisbeth, leistet Kohlhaasens Verblendung aber mehr Widerstand. Vater hatte gar nicht genug bekommen können von dem Kontrast zwischen den sanften Melodien der Frauen und den rechthaberischen, musikalisch ausgreifenden Antworten von Kohlhaas, die in Juliettes Ohren teutonisch klingen. Als wir später über die beiden Frauengestalten sprachen, verzog Juliette säuerlich den Mund. «Na ja», sagte sie nur.

Der Schluß des ersten Aktes ist der Höhepunkt; eine nahtlose Folge von Arien. Zuerst die Bitte der sterbenden Antonina, die auf die Bibelstelle deutet. Eine gefällige Melodie, mehr nicht. Es folgt die große Vergeltungsarie: *So möge mir Gott nie vergeben, wie ich dem Junker vergebe!* In diese Passage, die überhaupt nicht enden will, hat Vater alles hineingelegt. Es ist eisig im Raum, wenn diese Töne erklingen. Anton und Antonina sterben, Kohlhaas und Lisbeth singen ein Duett der Trauer und

Wut. Es erinnere sie an Tschaikowsky, sagte Juliette vorsichtig. Ich lächelte.

Zum Schluß dann *Warum habt ihr mich verlassen?* Ich hielt den Atem an, als Juliette das Thema anschlug. Die Arie ist vollständig verunglückt, das höre sogar ich. Juliette hat recht: eine naive Melodie ohne formale Gestaltung. Entsprechend hat man den Eindruck, daß das Empfinden keine richtigen Konturen hat: Ist es einfache Trauer, vorwurfsvolle Enttäuschung oder Anklage? Hätte die Arie mehr Form und Ausdruckskraft, würde sie mich mehr treffen, das weiß ich. Trotzdem bin ich unglücklich, daß Vater an dieser Stelle nichts Besseres gelungen ist. Ist es, weil ein Unverständnis, gegen das er vergeblich ankämpfte, ihn lähmte, so daß die Ausdrucksschwäche der eigentliche Ausdruck des Schrecklichen ist? Wenn ich es so sehe, trifft es mich mehr als eine fulminante Anklage.

*

Mit Juliette war das erste Mal seit deiner Abreise jemand im Haus, der etwas mit meinem Leben zu tun hat. Nach ihrem Besuch ist es anders, hier zu sein. Ich weiß nicht, ob ich die Veränderung mag. Ob das einsame Schreiben in den leeren Räumen, die von deiner Abwesenheit hallen, nicht schöner war.

Das erste Mal seit Vaters Tod ist Rauch in den Räumen. Juliette macht die Zigaretten sorgfältig aus und zerdrückt auch noch den letzten Rest Glut. Früher waren überall Mamans brennende Zigaretten. Unsere ständige Angst, es könnte etwas passieren. Aschewürmer, Brandspuren auf Antiquitäten. Vaters schlafwandlerische Sicherheit im Aufspüren glühender Stummel. Überhaupt: Vater als Butler. Bei Einladungen der überkorrekte, ein bißchen steife Gastgeber – einer, der es aus dem Buch gelernt hat. Die Regeln, die er anwandte, für Gläser und Besteck etwa, oder für das Abnehmen von Damenmänteln: Keiner kennt sie mehr. Wenn er sich hinter die Damen stellte und ihnen bei Tisch den Stuhl zurechtrückte: Den meisten war das noch nie passiert, und wenn sie nach einer Schrecksekunde verstanden hatten, dankten sie mit glücklichem Erstaunen, als sei ihnen einen Moment lang eine versunkene Welt gezeigt worden, in der sie noch etwas gegolten hatten. Dies alles erinnerte an Vaters Opernitalienisch: beides aus einer anderen Zeit. Sein Handkuß: ein Schlager. Selbst wir fanden, daß neben dem sonderbaren, ein bißchen peinlichen Charme auch Würde darin lag. Die Würde des Hausherrn oder die des Butlers? Unauffällig beseitigte er die Spuren von Mamans Morphiumzerstreutheit. Nicht nur brennende Zigaretten, auch Notizzettel, offene Füller und liegengelassene Bücher. Er war es, der die im Laufe eines Tischgesprächs versprochenen Dinge beim Abschied an der Tür bereithielt, eingepackt. Butler: Nein, auf den zweiten Blick doch nicht. Fürsorglichkeit, stummer Ausdruck von Liebe. Und die Leute merkten es, besonders die Frauen. Am nächsten Tag riefen sie an und dankten für den Abend. Ließen ihn grüßen, ihn ganz besonders. Er war beliebt, unser Vater. Es hat ihm nichts bedeutet. Nicht wirklich.

Nach all der melancholischen und zornigen Musik hatten wir das Bedürfnis zu lachen. Das Stichwort war die *Dickfütterung* von Kohlhaasens Pferden. Juliette bog sich, als ich ihr noch einen Satz und noch einen vorlas, in dem das Wort vorkommt. Dazu Patisserie.

Ich begann ihr von Chile zu erzählen, von Paco und den Friedhöfen. Ich lernte sie alle kennen, die Friedhöfe von Santiago. Ich schritt sie ab, Reihe für Reihe, Grab für Grab. Das war mein tägliches Vorhaben in der ersten Zeit. Dabei sah ich dich vor mir, wie du am Morgen unseres ersten Abschieds mit der Reisetasche die Straße entlanggingst, zur Seite geneigt als Gegengewicht. Es war wie ein gefrorenes Bild am Ende eines Films, und ich hatte nicht die Macht, den Film weiterlaufen zu lassen. Vor den Gräbern von Santiago kämpfte ich gegen die Erstarrung an, in die mich jenes Bild versetzt hatte. *Cementerio Central:* die gigantischen Gräberwände, die in Pacos Zeichnung vorkommen; *Cementerio Católico:* die Sakralbauten, Gräber der Reichen; *Parque del Recuerdo:* eine riesige Rasenfläche, auf der man aus der Entfernung nur eine Unmenge von Blumengebin-

den sieht, bis man näher tritt und die in den Rasen eingelasse-
nen Grabsteine bemerkt. Bis zu sieben Särge sind in der Erde
unter den Tafeln übereinander geschichtet.

Warum denn, um Gottes willen, diese düstere Beschäftigung,
fragte Juliette. Ich hätte das Grab von Henri gesucht, sagte ich:
dem Mann, der Vaters Mutter sitzenließ und nach Chile ging,
um sein Glück zu versuchen. (*Großvater* Henri klingt sonderbar, und Vater hat auch nie von *Vater* gesprochen; obgleich er
es war.) Ganz haben wir ja nie an diese Geschichte geglaubt, du
und ich. Aber es reichte als Ausrede, um jeden Tag wieder auf
die Friedhöfe zu gehen. Als ich durch das Tor des letzten hinaus auf die Straße trat, mit einemmal ohne Vorhaben und einer
bedrohlich leeren Zeit vor mir, da beschloß ich, von vorn zu beginnen. (Henri könnte seinem Namen ja eine spanische Form
gegeben haben. Vielleicht hatte er aus *Hofer Cortés* gemacht?
Dem reichen Mann, den wir vom Foto her kannten, wäre das
zuzutrauen gewesen.) So lernte ich Dutzende von Trauernden
kennen, meist Frauen, aber auch einige Männer. Und ich lernte
die typisch chilenischen Namen kennen und die Geschlechter,
die in der Geschichte von Santiago eine besondere Rolle gespielt hatten. Sie waren wie eine Droge, diese stundenlangen
Aufenthalte auf dem Friedhof, sie verhalfen mir zu einer Betäubung, die mich davor bewahrte, mich meiner neuen Gegenwart
zu stellen.

So habe ich die ersten Wochen und Monate verbracht: Ich
lernte Santiagos Friedhöfe auswendig, und ich lernte mein spa-
nisches Wörterbuch auswendig.

Als ich Jahre danach Paco kennenlernte, machte ich mit ihm
Spaziergänge über die Friedhöfe. Das war zu einer Zeit, als er
immer noch kein Wort gesprochen hatte. Mercedes gefielen diese Ausflüge nicht, aber Paco war danach stets friedlich und zu-
gänglicher als sonst, und so erlaubte sie es. Was sie nicht wußte: Wir zwei, Paco und ich, waren auf der Suche nach einem
Nachnamen für ihn. Er solle die Namen auf den Grabsteinen
betrachten und sich den schönsten aussuchen, hatte ich ihm erklärt. Wortlos blieb er vor einem Grab stehen, wenn ihm der

Name gefiel. Was ihn faszinierte, waren Namen mit *U* und doppeltem *rr*: Urra, Urrutia … Später, als seine Stummheit durchbrochen war, sagte er oft solche Namen vor sich hin wie einen Kinderreim, wobei er das *r* über viele Sekunden dehnte.

Doch soweit war es noch lange nicht. Vorerst blieb er mein stummer Gefährte. Als ich ihn damals auf dem Spielplatz mit dem gelben Sand gesehen hatte, in sich versunken und unerreichbar für den Lärm der Welt, hatte ich das erste Mal, seit ich hier war, ein Bedürfnis nach Musik verspürt. In den ersten Tagen nach der Ankunft hatte ich mich plötzlich vor dem *Teatro Municipal*, der Oper, befunden. Auch wenn das verrückt klingt: Ich war überrascht, daß es hier eine Oper gab. Daß es hier Musik gab. Davor war ich doch davongelaufen. Ich nahm Pavarotti übel, daß er hierherkam. Beim Anblick von Paco dann hatte ich plötzlich das Gefühl, Musik könnte auch etwas sein, das nicht unter dem Diktat von Vaters Enttäuschungen stünde. Es würde sich um etwas ganz anderes handeln, dachte ich, es wäre kaum wiederzuerkennen. *Diejenige Musik, die uns auf die Stille vorbereitet*: Das erste Mal verstand ich den unendlich oft zitierten Satz von Antonio di Malfitano, den er als Antwort auf die Frage geäußert hatte, welche Musik ihm am meisten bedeute. Einige Wochen später, als ich Paco schon etwas besser kannte, wachte ich mit der Frage auf, wie es wäre, mit ihm zusammen Musik zu hören. Ihm die Welt der Musik zu erschließen; und damit mir selbst.

Ich kaufte einen Walkman, an den man zwei Paar Kopfhörer anschließen kann. Wir gingen auf den Friedhöfen nebeneinander her und hörten dieselbe Musik, unsere Hände verschränkten sich beim Tragen des Geräts. Bevor wir die Starttaste drückten (sein Daumen auf meinem, damit er bestimmen konnte), machten wir einen Countdown aus Handzeichen, der ein wichtiges Ritual des Gleichklangs darstellte. Wichtig war der geteilte Rhythmus beim Gehen. Paco blieb stehen, wenn der Rhythmus gestört war. Er hat ewig klebrige Hände vom Naschen, er ist süchtig nach Süßigkeiten. Ich brauche nur an ihn zu denken und spüre das Klebrige an meiner Hand.

Manchmal gingen wir auch ohne Musik Hand in Hand über die Friedhöfe. Da begann ich, ihm von dir zu erzählen, der verlorenen Schwester. Von unseren Zwillingsnamen, den ununterscheidbaren Matrosenjacken und Skimützen, die wir als Kinder trugen, und von den gelben Zwillingsbechern. Ich sagte ihm, wie sehr ich dich vermißte. Paco hat die ganze Geschichte unserer Jugend gehört, Episode für Episode, Gefühl für Gefühl. Das dauerte viele Wochen, und nie sagte er ein Wort. Abends brachte ich ihn zur Klinik. *«Hasta luego, Señorito»*, sagte ich. Immer diese Worte, keine anderen. Vor der Klinik wollte er nicht berührt werden. Da war er so spröde, als hätten wir uns nicht stundenlang an den Händen gehalten. Nur an seinem Blick war abzulesen, daß da etwas gewesen war.

Eines Tages dann geschah es: Paco sprach die ersten Worte seines Lebens. Der winterliche Himmel war bedrohlich dunkel geworden, so daß wir den Walkman zur Sicherheit in der Tasche verstaut hatten. Es war der 31. Juli, und ich hatte vom 1. August in der Schweiz erzählt. Es waren Bilder vom Feuerwerk über dem Genfer See, die ich beschrieb, Bilder, wie ich sie seit vielen Jahren nicht mehr vor mir gesehen hatte. Ich erzählte, wie du und ich die Raketen liebten. Wie dich faszinierte, daß sich am Ende eines Lichtstrahls, gewissermaßen aus dem Nichts, mit zeitlicher Verzögerung ein Bouquet aus Sternen entfalten konnte, und immer noch eines, wenn man schon sicher gewesen war, die letzte Stufe gesehen zu haben. Wie du, den Kopf weit nach hinten gebeugt, an der Reling des Schiffs standest, von dem aus wir das Feuerwerk betrachteten. Und wie ich dich liebte für deinen grenzenlos staunenden Blick, für die vollkommene Versunkenheit, mit der du draußen bei den Lichtern warst.

«Warum gehst du nicht zu ihr?» Paco fragte es, als wir auf dem *Cementerio Católico* vor dem Grab von Sofia Izquierdo de Arellano standen, ich habe mir den Namen gemerkt, so wichtig erschien mir, was da eben geschehen war. Er hatte leise gesprochen, etwas am Klang verriet, wie ungewohnt das Sprechen für ihn war, aber die Worte waren klar und richtig gekommen. Ich war sprachlos. Zuerst vor Freude, dann deshalb, weil ich keine Antwort auf die Frage wußte. Es war an diesem Tag nicht möglich, Paco zu weiteren Worten zu verführen. Dieses Mal ging ich mit ihm bis auf die Station. Ich erzählte Mercedes, was geschehen war. Das Blut schoß ihr ins Gesicht. «Das glaube ich nicht», sagte sie scharf. Paco zum Sprechen zu bringen – das war seit Jahren ihr Ziel gewesen.

In der Nacht suchte ich nach Worten, um Pacos Frage zu beantworten. Dabei merkte ich, daß es neben der Freude, den Kampf gegen die Stummheit gewonnen zu haben, in mir auch ein Erschrecken gab. Pacos Stummheit war es gewesen, die mich zum Sprechen gebracht hatte, zum Sprechen über dich. Weil ich von ihm kein Urteil über meine Empfindungen zu befürchten hatte. Wie würde es von nun an sein?

Es war ganz anders als erwartet. Nach etwa einem Monat gab es bereits einen Austausch von Worten zwischen uns, den man mit etwas gutem Willen als Gespräch bezeichnen konnte. Dein Name, den er mit spanischem *c* aussprach, hatte es ihm angetan, er benutzte ihn viel häufiger als nötig. *«¿Patricia, qué ...?»*, *«¿Patricia, dónde ...?»*, *«¿Patricia, por qué ...?»* – das war die Form, welche die meisten seiner kurzen Sätze über dich hatten. Es kam darin eine besondere, mir bis dahin unbekannte Art der Anteilnahme zum Ausdruck. Paco sprach über meine Sehnsucht mit einer Nüchternheit, als handle es sich um ein technisches Problem wie etwa, einen Tunnel durch besonders harten Fels zu bohren. Er wollte meine Empfindungen erkunden wie ein neues Territorium, sie waren bisher ein blinder Fleck auf der Landkarte seiner Erfahrungen gewesen. Und er hatte eine Art Ehrfurcht vor diesem Unbekannten.

So geschah nun zweierlei, wenn wir Hand in Hand über die Friedhöfe gingen: Ich lernte meine Sehnsucht neu kennen, und gleichzeitig erfuhr ich mehr über ihn. Diese erkundenden, wortkargen Gespräche mit einem Kind, das sie als autistisch eingestuft hatten, verhalfen mir nach und nach zu einer neuen Sicht meiner Gefühle. Und ich lernte, Fragen, wie Paco sie stellen würde, auch in seiner Abwesenheit an mich zu richten. Meine Gefühle waren bei ihm gut aufgehoben. Er wäre nie in Versuchung geraten, mir darin zu nahe zu kommen. Gerade das lernte ich von ihm: wie man über die Gefühle anderer sprechen kann, ohne sie zu gefährden.

«*Se pierde*», sagte er, als ich ihn fragte, warum er so lange nicht gesprochen habe. Die Antwort kam so spät, daß ich erst nicht sicher war, ob sie sich noch auf jene Frage bezog. Sie können vieles bedeuten, diese Worte: daß man sich vergeudet, zum Beispiel, oder sich zugrunde richtet, oder sich verirrt. Vielleicht hatte er mit zwei, drei Jahren ganz normal zu sprechen begonnen und war mit Schlägen zum Schweigen gebracht worden. Die Deutung aber, die mich am meisten anzog, ist: *Man verliert sich*, wenn man spricht. In dieser Nacht lag ich lange wach, und dann träumte ich von *penser pensées*.

Für einige Tage unterbrach ich unsere Spaziergänge. Also hatte Mercedes vielleicht doch recht. Mein Gedanke war von Anfang an gewesen: Paco findet den Weg nach draußen nicht, man muß ihm helfen, indem man ihn aus sich herauslockt. Dagegen stand ihre vehemente, geradezu wütende Behauptung: Das genaue Gegenteil ist der Fall, er hat sich in sich zurückgezogen, weil er nach außen zu verfließen droht, sein Problem ist die fehlende Abgrenzung. Doch warum dann der Versuch, ihn zum Sprechen zu bringen? War das, wenn die Diagnose stimmte, therapeutisch nicht ein krasser Fehler? Als ich ihr das vorhielt, blickte sie mich in stummer Wut an. Es war die Wut von jemandem, den man ertappt hat: Sie wäre gern Pacos erste Verführerin geworden. Wir müssen aufpassen; Paco darf nicht zum Zankapfel werden.

Er ist langsam beim Sprechen, manchmal ist es zum Verzweifeln. Am Anfang machte ich die Sätze für ihn fertig. Dann stampfte er vor Wut auf und ballte die Fäuste. Da bekam ich eine Ahnung davon, daß meine Wortgewandtheit ein Hindernis sein könnte in der Beziehung zu den Menschen.

Zwar ließ Paco es zu, daß ich ihn aus der Stummheit befreite. In der Wortwahl jedoch ließ er sich nicht durch mich bestimmen. Hatte ich ihm ein Wort in einer Weise vorgesagt, die er als bevormundend empfand, verwendete er es nie mehr. An den Lücken in seinem aktiven Wortschatz konnte ich meine Verfehlungen erkennen. Wenn es sich um ein Wort handelte, um das man nicht herumkommt, erfand er kurzerhand ein neues, und auf diese Weise entstanden Bruchstücke einer ihm eigentümlichen, privaten Sprache. Anfänglich griff ich diese Wörter auf, es war schön, sie verbanden uns, nur uns. Erst nach einer Weile begriff ich, daß auch das eine Verfehlung war, weil ich das Bedürfnis nach Abgrenzung nicht verstand und respektierte.

Manchmal denke ich, daß ich deshalb von Anfang an ein gutes Gespür für Paco hatte, weil ich Vater in mir trage.

*

All das habe ich Juliette erzählt. Das hätte ich nicht tun sollen. Nicht, bevor ich es dir erzählt hatte.

*

Wir haben beschlossen zu schreiben, um voneinander loszukommen. Bedeutet das, daß wir auch über die Gegenwart schreiben, in der wir erzählen? Oder ist umgekehrt das Verschweigen dieser neuen Gegenwart gerade das, was die Befreiung ermöglicht? Wie hast du es dir vorgestellt, als du jenen grausamen Satz über den Kerker unserer Liebe sagtest?

*

Bereits gestern abend spürte ich, daß es mir nicht genügt, Vaters Melodien vorgespielt zu bekommen, ohne sie festhalten zu können. Deshalb kaufte ich heute morgen ein Aufnahmegerät, vier riesige Lautsprecher und zwei Mikrophone, die von der Decke herunterhängen wie in der Philharmonie. Zwei Stunden habe ich gebraucht, um die Haken an der Decke anzubringen, die Leiter mußte ich mir von den Sommerfelds borgen. (Sie sind befangen, wenn sie mich sehen, aber es ist eine traurige Befangenheit und keine schnüfflerische.) Das Aufnahmegerät ist ein gewaltiges Ding, stundenlang habe ich die Gebrauchsanweisung studiert, bis ich jeden Regler beherrschte. Es ist, sagte der Verkäufer, die größte Anlage, die er jemals an einen privaten Haushalt geliefert hat. In Vaters Arbeitszimmer sieht es jetzt aus wie in einem Studio: lauter Drähte und Kabel, das Aufnahmegerät auf vier Getränkekisten, die sich im Keller fanden, sonst alles kahl. Der staubige Geruch in der Luft und die Spuren früherer Bilder und Möbel passen dazu. Das Licht, wenn es morgens hereinsickert, scheint nun ein anderes zu sein als all die Jahre zuvor, es ist ein nüchternes, glanzloses Licht, auch wenn es aus einem strahlenden Tag kommt.

Als ich vom Geschäft zurückkam, fand ich einen Zettel im Türspalt: *Werde Sie verklagen. Baranski.* Seinen Brief hatte ich völlig vergessen, er stand mit seinen Kunden vor verschlossener Tür.

*

Juliette brachte einen kleinen Tisch zum Essen und zwei Regiestühle mit, ferner einen Kochtopf, zwei Teller, Tassen und ein Minimum an Besteck. Bevor wir mit der Musik begannen, machte sie eine Minestrone heiß. «Wie hast du dich in Santiago verpflegt?» fragte sie, als der dampfende Topf auf dem Tisch stand.

Sie spielte sich durch den ganzen zweiten und dritten Akt von Vaters Oper. Ich saß daneben und kontrollierte das Aufnahmegerät, wechselte die Kassetten aus und beschriftete sie. Bei den lauten Stellen muß man darauf achten, daß der Zeiger im Bereich bleibt. Vater hat viel Fortissimo dabei und abrupte Wechsel zwischen Fortissimo und Pianissimo. Juliette hatte eine Engelsgeduld mit mir und spielte gewisse Passagen fünf-, sechsmal, bis ich den Eindruck hatte, die Klänge von innen her zu kennen. Es ist wie eine Sucht: Ich möchte auch noch die kleinste, unauffälligste Klangnuance einfangen, die Vater durch den Sinn gegangen ist.

Der Höhepunkt des zweiten Akts ist die Begegnung zwischen Kohlhaas und Luther. Vorher fällt Kohlhaas in die Tronkenburg ein, verschont im letzten Moment das Stift zu Erlabrunn, wo er den Junker vermutet, und geht dann zur Einäscherung von Wittenberg über. Das Volk in der Stimme des Chors fordert die Abführung des Junkers aus der Stadt. Kleist stellt Kohlhaas in dieser Phase als einen Mann dar, der dem Größenwahn verfallen ist, was sich an seinem Aufzug zeigt: *Ein großes Cherubsschwert auf einem roten Kissen, mit Quasten von Gold verziert, ward ihm vorangetragen, und zwölf Knechte mit brennenden Fackeln folgten ihm.* Vater hat das durchgestrichen und an den Rand geschrieben: *Kitsch!* Dort, wo Kohlhaas liest, wie ihn Luther der Ungerechtigkeit bezichtigt, ist er bei Vater allein, er liest den Text stets von neuem, und der Chor singt: *Wer beschreibt, was in seiner Seele vorging!*

Luther ist ein Baß. *Dein Odem ist Pest!* schleudert er ihm entgegen, als Kohlhaas den Raum betritt. Vater mochte Luther nicht. Er läßt ihn bombastische Melodien von stampfender Selbstgerechtigkeit singen, die den Singenden zur Karikatur machen. «Brillant», sagte Juliette und spielte die Arie von sich aus ein zweites Mal. *Wo ist, solange Staaten bestehen, ein Fall, daß jemand, wer es auch sei, daraus verstoßen worden wäre?* fragt Luther Kohlhaas. *«Mais ça alors!»* knurrte Juliette empört. Kohlhaas bleibt in dieser Szene musikalisch blaß bis zu dem Wortwechsel über Gott und Vergebung. Kohlhaas erbittet das heilige Sakrament. *Der Herr aber, dessen Leib du begehrst, vergab seinem Feind. Willst du dem Junker gleichfalls vergeben?* singt Luther. *Der Herr auch vergab allen seinen Feinden nicht,* erwidert Kohlhaas bei Kleist. *Der Gott, der das verlangt, ist nicht meiner!* singt er bei Vater. Es ist eine grandiose Arie in As-Dur, geführt von der Klarinette und untermalt von Bratsche und Fagott. *Und wenn es keinen Gott gibt: Wer sorgt dann für Gerechtigkeit?* läßt Vater Kohlhaas singen, bevor er hinausgeht. *«C'est ça!»* rief Juliette und donnerte die Frage in die Tasten. Er hat sich ausdrücken können, unser Vater, wenn er hinter der Polstertür seine Notenbogen füllte.

Es hat Vater nicht gefallen, daß Kohlhaasens Wille laut Kleist gebrochen war, nachdem es den Vorfall auf dem Marktplatz in

Dresden gegeben hatte, bei dem seine abgemagerten Pferde zum Gespött geworden waren. Der Chor schweigt sich darüber aus, und auch Kohlhaasens Absicht, in ein fernes Land zu flüchten, wird verschwiegen. *Die Dickfütterung der Rappen hatte seine von Gram sehr gebeugte Seele aufgegeben.* Diese Auskunft von Kleist konnte Vater nicht gelten lassen.

Der dritte und letzte Akt ist dem Thema gewidmet: Gerechtigkeit vor Leben. Kohlhaas hat von der Zigeunerin die Kapsel mit dem Zettel erhalten, auf dem das geweissagte Schicksal des Kurfürsten von Sachsen steht. Die Kapsel ist das Druckmittel, mit dem er sich Leben und Freiheit verschaffen könnte. Vater läßt den Chor ausrufen: *Eine winzige Kapsel gegen Leben und Freiheit!* Damit wird eine lange, schrille Arie von Kohlhaas vorbereitet, der endlich die Chance sieht, sich am Kurfürsten zu rächen, der ihm die Gerechtigkeit verwehrt hat: *Du kannst mich auf das Schafott bringen, ich aber kann dir weh tun, und ich wills!*

Juliette hörte auf zu spielen und schüttelte sich vor Lachen, als sie Vaters Anweisung an den Sänger las: *(Stimme muß sich überschlagen.)* Vater, er hat sich nie an die Regeln gehalten, wenn es um Wichtiges ging.

Immer wieder bittet Lisbeth Kohlhaas, die Chance, die in der Kapsel liegt, zu ergreifen. Sie singt: *Zu vergessen mußt du lernen!* Es ist eine sanfte, getragene Arie in hellem Dur, und man wünscht sich, sie möge nie aufhören. Auch diese Einsicht und diese Tonlage trugst du in dir, Vater.

Wer mir sein Wort einmal gebrochen, mit dem wechsle ich keins mehr! erwidert Kohlhaas und zwingt Lisbeth (ja, so muß man es ausdrücken) zur Loyalität. Sie singt: *Von Gerechtigkeit verstehst du mehr!* Juliette schauderte und griff ständig in die falschen Tasten.

Es kommt der Tag der Hinrichtung. Hier hat Vater mit Kleist gerungen, die letzten Seiten des Texts sind übersät mit Durchgestrichenem. Was er zu einer großen Szene gemacht hat, ist, wie Kohlhaas auf dem Richtplatz auf den Kurfürsten zugeht, vor seinen Augen die Kapsel öffnet, den Zettel liest und dann verschluckt. *Du wirst es nie erfahren!* singt er, und: *Über Nacht wird dich dein Schicksal einst ereilen!* Die Klänge sind so, als triebe Kohlhaas dem Kurfürsten die Worte mit der Faust ins Gesicht.

Was Vater dagegen unerträglich fand, ist die Bereitwilligkeit, ja Unterwürfigkeit, mit der Kohlhaas sich dem Scharfrichter beugt. *Kohlhaas, indem er seinen Hut abnahm und auf die Erde warf,* sagte: *daß er bereit dazu wäre!* Das hat Vater mit solcher Wut durchgestrichen, daß es einen Riß im Papier gab. Im Libretto geschieht etwas anderes: Kohlhaas täuscht eine demütige Bewegung vor, dreht sich dann blitzartig um und entreißt dem Scharfrichter das Beil. *Genau in diesem Moment fällt der Vorhang,* hat Vater hingeschrieben. Die Musik bricht mitten in einem Trommelwirbel, der beginnende Fanfarenklänge begleitet, ab. Als sei ein Tonband gerissen.

«Ein Einfall», sagte Juliette. Ein bißchen größer hätte das Lob schon sein können, finde ich.

Beim Dessert, das Juliette nachher aus der Tasche zauberte, kam sie auf Anton und Antonina zu sprechen. Vor allem auf Anton, der im Vergleich zur Schwester eine blasse, nichtssagende Figur ist.

«Das muß nichts über seine Gefühle für dich sagen», meinte sie.

«Nein, natürlich nicht», gab ich gereizt zurück.

Ich hatte mir geschworen, sie nicht nach ihrem Urteil über Vaters Musik zu fragen. Schließlich ist Vater am Bedürfnis nach Anerkennung zugrunde gegangen. Ich habe es dann doch nicht lassen können und habe sie gefragt, wie sie die Musik handwerklich betrachtet finde.

«Willst du meine ehrliche Meinung?»

«Ja.»

«Er war ein geübter Dilettant.»

Es traf mich dann doch. Sie sah es mir an.

«Einer mit ungewöhnlich viel Phantasie.»

Als sie merkte, daß ich in Wortlosigkeit versank, ging sie an den Flügel und improvisierte über Vaters Melodien.

Bevor sie ging, übermittelte sie mir eine Einladung ihrer Eltern. Offenbar sind die Arnauds neugierig auf den Sohn des scheuen Klavierstimmers. Ich habe abgelehnt, aber erst nachher verstanden warum: Ich bewege mich in dem leeren Haus, in Vaters Musik und in unserer Vergangenheit, ich gehe hin und her darin und ziehe Kreise, und das hat nicht das geringste mit Berlin, mit dieser bestimmten Außenwelt und ihren Menschen zu tun. Von alledem will ich nichts wissen, den Gang in den Supermarkt bringe ich mit geschlossenen Augen hinter mich, ich kaufe Berge von Dingen ein, die sich lange halten, um mich nachher wieder verbarrikadieren zu können.

Zunächst war Juliette wie vor den Kopf gestoßen, und für eine Weile blickte sie stumm zu Boden. Als sie den Kopf hob, war ein Lächeln auf ihrem Gesicht. «Natürlich nicht», sagte sie.

*

Ich muß aufpassen: Wenn ich die falschen Worte mit Juliette wechsle, droht das Schreiben zu versiegen. Als ich das merkte, geriet ich in Panik und wählte deine Nummer. Ich war erleichtert, daß die Leitung immer noch tot war.

Warum eigentlich haben wir ausgemacht, nicht anzurufen? Was wir wollen, sind festgefügte Worte, die Bestand haben. Nicht das Flüchtige und Verwischte, das Gespräche an sich haben. Und nicht die Verführung durch stimmliche Nähe.

*

Ich vermisse dich, Patty, und ich denke an den Nachmittag, an dem ich dich nach sechs langen Jahren wiedersah.

Ich hatte dich gebeten, mich nicht am Flughafen abzuholen. Trotzdem sah ich mich um und war enttäuscht, daß du nicht da warst. Wie schon in Frankfurt überraschte und störte es mich, daß hier alle Deutsch sprachen. Warum, verstand ich nicht. Ich dachte an den schläfrigen Singsang der Lautsprecherstimme in Buenos Aires. Die Stimme fehlte mir jetzt, und ich fragte mich, wann ich sie wieder hören würde. In unverständlicher Hast, wie auf der Flucht, strebte ich dem Ausgang zu.

Am Mexikoplatz ließ ich das Taxi halten. Plötzlich hatte ich es nicht mehr eilig. Im Gegenteil, es ging mir alles zu schnell. Ich brauchte viel mehr Zeit – so kam es mir vor –, um mich auf die Begegnung mit dir und Maman vorzubereiten. Beim Italiener trank ich einen Kaffee. Das hätte ich nicht für möglich gehalten: daß ich nach all den Jahren des angehaltenen Atems und der Einsamkeit über eine Stunde zögern würde, bis ich in die Limastraße einbog. Der Name des Lokals war jetzt ein anderer, auch die Kellner waren andere. Sonst kaum eine Veränderung. Der Platz insgesamt sah unverändert aus. Darüber erschrak ich: Es war, als würden die Jahre in Chile in einem einzigen Augenblick (demjenigen des Bemerkens, daß sich nichts verändert hatte) zusammengestaucht und würde mein Leben dort in diesem schlagartigen Zusammenrutschen der Zeit vernichtet, entwertet zu einer erfundenen Erinnerung. Jetzt bedauerte ich, kein Foto von Paco und vielleicht Mercedes dabeizuhaben. Ich sah die beiden Bilder vor mir, die ich in die Brieftasche geschoben hatte, nur um sie fünf Minuten später wieder herauszunehmen.

Vielleicht blieb ich auch deshalb so lange sitzen, weil gegen meinen Widerstand noch eine andere verwirrende Empfindung an die Oberfläche drängte: die Befürchtung, nun doch nicht mehr derselbe zu sein wie derjenige, der damals floh. Das klingt sonderbar, geradezu lächerlich, wenn man es so liest: Natürlich nicht, möchte man sagen, natürlich verändern einen sechs Jahre. Doch für mich war es anders gewesen: Bis zu diesem Augenblick hatte ich mich als einen gesehen und gespürt, der erstarrt und reglos auf den fernen, den imaginären Zeitpunkt wartete, wo er im wiedergefundenen Gleichklang mit dir würde weiterleben und sich entwickeln können. All die offenkundigen Veränderungen, die sich in Santiago vollzogen, galten nicht, betrafen nur Nebensächliches und ließen den Kern unangetastet. An dieses Gefühl hatte ich mich gewöhnt, es war wie ein stetiger Hintergrundton jener Jahre gewesen, ein Ton so stetig, daß ich ihn gar nicht mehr gehört hatte und seiner erst jetzt, da er auszusetzen schien, im nachhinein gewahr wurde. Doch jetzt, als mein Blick auf den Mexikoplatz hinausging, über dem es zu dämmern begann, war ich mir dieser Dinge nicht mehr sicher. Das gibt es vielleicht gar nicht, dachte ich, daß einer so viele Jahre wartend durchlebt und dabei im innersten Inneren unverändert bleibt. Daß ich dir wenige Schritte von hier unverändert begegnen würde – das kam mir in jenem Moment wie eine verzweifelte Illusion vor, an die ich mich in der Ferne geklammert hatte und die nun, kurz vor der Erfüllung, zerbrach.

Den Gedanken, dir nicht mehr als derselbe begegnen zu können wie damals, konnte ich zunächst nur als etwas Bedrohliches, Zersetzendes auffassen, etwas, das meine Loyalität zu dir verraten würde. Doch gab es an diesem Gedanken auch eine andere Seite: daß ich, wenn Santiago mich verändert haben sollte, in dieser Zeit ja doch gelebt hatte, und das nicht nur im äußerlichen Sinne des Wortes. Damals traute ich mich noch nicht aufzuatmen bei diesem Gedanken. Erst jetzt, da ich weiß, daß auch du in diesen Jahren weitergelebt hast, daß du dir das Recht dazu genommen hast (ob mit Anstrengung oder als Selbstverständlichkeit, das werde ich erst erfahren, wenn ich deine Aufzeichnungen lese) – erst jetzt kann ich mir eingestehen, wie befreiend der Gedanke war. Meine Liebe zu dir – ich hatte sie unwillkürlich (und ohne je auf eine andere Idee zu kommen) aufgefaßt als Verbot weiterzuleben in dem Sinne, von dem ich jetzt spreche. Ein Verbot, das ich mir selbst auferlegt hatte, ohne diesen Ursprung zu durchschauen. Daß du dieses Verbot ausgesprochen hättest, wenn auch unhörbar für mich – das habe ich nie angenommen. Vielmehr hoffte ich, es sei ein uns beiden selbstverständliches Verbot, das du genauso blind befolgen würdest wie ich. Daß es ein fürchterliches Verbot war, indem es, das Leben verbietend, den Tod gebot – auf diesen Gedanken bin ich einfach nicht gekommen.

Ich zahlte und trat in die Dämmerung hinaus, fröstelnd vor Müdigkeit. Es war eine paradoxe Empfindung, die mich ausfüllte, als ich langsam auf unser Haus zuging und feststellte, daß in meinem Zimmer kein Licht brannte: Ich hatte Angst, dir als ein Veränderter zu begegnen, und mußte deshalb hoffen, das

Leben in Santiago sei wirkungslos und also unwirklich gewesen; gleichzeitig fürchtete ich, das Leben dort mit der Ankunft in Berlin zu verlieren, und spürte den Wunsch, es als etwas Wirkliches zu bewahren. Es sollte zugleich wirklich und unwirklich gewesen sein, jenes Leben.

Die Blitzlichter des Fotografen: Es war, als seien es kleine Explosionen in mir selbst. Ich hatte nicht gewußt, daß Wut eine so vollständig körperliche Empfindung sein kann. Die Lichtsalve war wie eine innere Überschwemmung. Noch nie zuvor hatte ich einen Menschen angespuckt. Wie soll ich sagen: Ich war in jenem Moment regelrecht glücklich darüber, daß man das kann: jemanden anspucken. Als ich dann zuschlug, war es, als sei ich Vater auf dem Schulhof und Paco in einer Person. Die Kraft und Schnelligkeit, die plötzlich über mich kamen, hätte ich mir nicht zugetraut. Als die Kamera auf dem Pflaster splitterte, empfand ich eine grimmige Freude.

Ich trat durch das Gartentor und ging auf die Haustür zu. Als hätte ich schon in diesem Moment (und nicht erst später) eine schreckliche Entdeckung gemacht, starrte ich ungläubig auf die vielen Stellen, an denen der schwarze Lack aufgesprungen und abgeblättert war. Dazu paßte, daß der goldene Zierklopfer, der früher in der Sonne blitzte, wenn wir Kinder ihn poliert hatten, jetzt matt war und schwarze Flecke hatte. Der Eindruck von vorhin, daß inzwischen überhaupt keine Zeit vergangen war, wurde durch diesen Anblick korrigiert und ins Gegenteil verkehrt, ohne daß er mir die Wirklichkeit meines Lebens in Santiago zurückgegeben hätte: Hier schien die Zeit einer ganzen Generation verflossen zu sein. Mindestens so viel Zeit mußte es gewesen sein, damit es an dem Hause, in dem Chantal de Perrin wohnte, zu solchen Vorboten des Verfalls hatte kommen können. Auf dem Namensschild der Klingel lag noch etwas von dem klebrigen Blütenstaub des vergangenen Sommers. Es war sonderbar, klingeln zu müssen; ganz anders als früher, wenn ich den Schlüssel vergessen hatte. Während ich auf die Klingel drückte, fiel mir der Satz ein, den Vater in seinem ersten Brief angefügt hatte: *Den Hausschlüssel bewahre ich für Dich auf.*

Ich hörte Maman nicht kommen, und auch das Geräusch der sich öffnenden Tür hörte ich nicht, oder die Erinnerung wurde durch das Gesicht in der schmalen Türöffnung gelöscht. Der Moment, als sich unsere Blicke nach sechs Jahren begegneten, war eingehüllt in eine lähmende Stille. Wenn ich denke, mit welch übertriebenem und trotz des Stocks graziösem Schwung sie früher die Tür zu öffnen pflegte, wenn es geklingelt hatte! Darauf war ich eingestellt gewesen, und ich hatte ihr das Exaltierte daran im voraus vergeben. Statt dessen spähte sie durch einen Spalt, der kaum breit genug war, um das ganze Gesicht zu zeigen, mit Augen, die mir ängstlich erschienen wie die einer weltfremd gewordenen Greisin. (Heute weiß ich, daß ihr Blick nicht von Angst zeugte, sondern von Rückzug aus der Zeit, die draußen ihren Lauf nahm.) Das war nicht das Gesicht der Frau, die eine Nacht lang aus ihren Briefen zu mir gesprochen hatte. Der Anblick ihrer eingefallenen Züge war nicht mit der selbstbewußten Stimme der Briefe zur Deckung zu bringen.

«Maman», sagte ich, atemlos mit dem Schrecken beschäftigt, den ihr entrücktes Gesicht in mir hervorgerufen hatte. Es schien endlos zu dauern, bis sie mich erkannte und die Tür sich langsam weiter öffnete, so daß ich sie ganz vor mir stehen sah, kleiner als erwartet und sehr verletzlich. Noch immer wartete ich auf das erste Wort von ihr, das mir erlauben würde, die Schwelle zu überschreiten. «*Patrice, c'est toi?*» fragte sie schließlich im Ton einer Blinden, die in Vorahnungen geschult ist und nur noch eine letzte Bestätigung braucht. «*Oui, Maman, oui*», sagte ich, trat in die Halle und setzte die Tasche ab.

Jetzt erst fiel mir auf, daß der Stock fehlte und sie schief stand, die eine Hüfte tiefer als die andere. Den einen Teil von mir drängte es, sie, die so zerbrechlich, ja eigentlich zerbrochen wirkte, in die Arme zu nehmen. Es würde ganz anders sein als damals im Boudoir; zwischen den beiden Umarmungen würden Welten liegen. Der andere Teil meiner selbst aber erstarrte in Erinnerung an jene letzte Umarmung, gegen die ich mich mit einem blinden, archaischen Ausbruch gewehrt hatte, der eines der mächtigsten Tabus brach, das es für einen Sohn gibt.

Scheu und mit einem verlorenen Lächeln trat Maman auf mich zu, die Arme zögernd ausgestreckt, der Blick flackernd. Es lag etwas Flehendes in ihren Bewegungen, es waren Bewegungen eines Menschen, der von einer überwältigenden Schuld niedergedrückt wird und hofft, trotzdem nicht gänzlich verstoßen zu werden. Es war das ängstliche Zittern in ihren Armen, das meine Erstarrung löste. Ihre Schultern fühlten sich knochig an, als ich sie an mich zog. Und nun sah ich, daß ihre Haut, die mir zunächst nur bleich erschienen war, von dem vielen Morphium leblos und spröde geworden war wie Pergament. Als ich ihre Stirn mit den Lippen berührte, war es, als küßte ich eine Maske.

«Il est en prison», sagte sie leise. Heute weiß ich, warum sie bei diesen Worten zu Boden sah, als sei sie schuld an dieser fürchterlichen Tatsache. In jenem Augenblick rührte es mich, daß sie als erstes von Vater sprach und nicht, wie ich erwartet hatte, von sich oder unserem Wiedersehen. Und als ich sah, wie sich in ihren sonderbar fernen, leeren Augen Tränen bildeten, schloß ich sie fester in die Arme, ähnlich wie jemanden, dem man Schutz gewährt, nachdem er einem heftigen Gewitter entronnen ist.

Als ich spürte, wie sie sich gegen mich fallen ließ, als wollte sie für immer in meinen Armen bleiben, faßte ich sie bei den Schultern und schob sie sanft von mir weg. Ihr Blick war immer noch traurig und verloren, als sie zu mir aufsah; aber etwas darin hatte sich verändert, etwas, das ich zunächst nicht zu deuten wußte. Erst als sie die Hand hob und mir mit zitternden Fingern über die unrasierte Wange strich, erkannte ich in dem leisen Lächeln etwas von jenem Blick wieder, den sie sich damals in der abgeschiedenen, unwirklichen Welt des Boudoirs erlaubt hatte.

Eine jähe Wut schoß in mir hoch, und um ein Haar hätte ich sie heftig von mir weggestoßen. Doch im letzten Augenblick erkannte ich, aus welch großer Ferne dieser zärtliche Blick kam. Es war kein Blick mit einem gegenwärtigen Ziel, kein Blick, der etwas zu erreichen versuchte. Mehr als ein wirklicher, gegenwärtiger Blick war es eine Erinnerung an einen Blick, eigentlich nur das Zitat eines Blicks. Und so beendete ich unsere Umarmung langsam, wenngleich bestimmt und ohne mit den Augen auf ihren Blick zu antworten. Was ich noch wenige Augenblicke zuvor, als ihr entrücktes Gesicht in der Tür erschienen war, für unmöglich gehalten hatte, das wußte ich nun: Das Vergangene, auch wenn es zugeschüttet unter Jahren des Morphiums lag, hatte seine Macht in ihr nicht verloren. Ich mußte auf der Hut sein.

«Le silence», sagte sie unvermittelt. Ich wartete. «Es war all die Jahre ohne dich so ….» Ich sagte nichts. «Meine Briefe. Du hast nie …» Einen Augenblick lang war ich versucht, den Satz für sie zu Ende zu bringen. Doch dann sah ich Paco vor mir, wie er aufstampfte und die Fäuste machte, wenn ich ihm Worte in den Mund gelegt hatte. Pacos Gegenwart und Mamans Gegenwart schoben sich übereinander, und einen Moment lang wurde mir schwindlig. Ich machte einige langsame Schritte auf meine Reisetasche zu. «Du mußt mir nachher erzählen, was geschehen ist», sagte ich mit der Nüchternheit eines Anwalts. «Alles. Und ganz genau.»

Sie mochte den sachlichen Ton nicht. Der Blick, der eben noch ganz aus der Vergangenheit gekommen war, begann unter der Drohung der Gegenwart zu flackern. Sie griff nach einer Strähne im Haar und verschwand aus der Welt, wie sie es immer getan hat, wenn es schwierig wurde. (Die Bewegung war der früheren ähnlich, aber sie wirkte eingerostet, als habe Maman in letzter Zeit wenig Anlaß gehabt, in der Gegenwart anderer ihre ungewöhnliche Art der Flucht anzutreten.) Da wußte ich, daß etwas nicht stimmte. Aber von selbst wäre ich nie darauf gekommen.

Du hast oben auf mich gewartet. Die ganze Zeit über hatte ich gehofft, das würdest du tun, und ich war glücklich zu sehen, daß der Gleichklang unserer Empfindungen soweit immer noch reichte. Als ich mich nach der Reisetasche bückte, fiel mein Blick auf den Spiegel, unseren Spiegel. Es war so sehr unser Spiegel, daß ich mich mit deinen Augen zu sehen meinte und unglücklich darüber war, dir keinen besseren Anblick bieten zu können als meine überanstrengt blickenden Augen und die übernächtigten Gesichtszüge. Im selben Augenblick, in dem ich mit diesem Gedanken beschäftigt war, bemerkte ich Maman, die sich hinter mich schob und meinen Blick in der spiegelnden Fläche suchte. In prüfender Koketterie fuhr sie sich mit beiden Händen durchs Haar. Berechnung lag in dieser Bewegung nicht; sie entsprang dem rührenden Wunsch, die unübersehbaren Anzeichen des Verfalls vor mir zu verbergen. Ich ließ es zu keiner erneuten Begegnung der Blicke kommen, hob die Tasche übertrieben schwungvoll auf und ging rasch zur Treppe.

Das Parfum, das ich beim Betreten meines Zimmers roch, war deines. Im Dunkeln hattest du am Fenster gestanden, auf die Straße geblickt und auf mein Erscheinen gewartet. Ich machte Licht und sah das Bett. Auch du würdest es gesehen haben. Am Zimmer hatte sich nichts verändert. Dort auf dem Bettrand hattest du gesessen, als mich deine reglose Gegenwart weckte. *Adieu* – auch jetzt hörte ich wieder, wie du es sagtest. *Adieu.*

Mein Mund war ausgetrocknet, und ich fror, als ich zum Schreibtisch hinüberging. Sein Gegenstück stand bei dir. Für Schüler waren es viel zu üppige Schreibtische gewesen. Als Maman sie uns schenkte, war es, als schwappe eine Welle von GPs überbordender Großzügigkeit durch sie hindurch zu uns. Ich blickte auf die Maserung der Rosenholzplatte. Als es damals darum ging, wer welchen Schreibtisch nahm, hast du in dieser Maserung eine Fratze gesehen, und deshalb wolltest du den anderen. Ich hätte sie auch gerne gesehen, diese Fratze, aber es gelang mir nicht. Auch jetzt nicht.

Im Entrée unten hörte ich Mamans unregelmäßige Schritte. Zu meinem Empfang hatte sie Pumps angezogen, was für die Hüfte Gift war. Ich sah sie in Ballettschuhen vor dem Spiegel stehen, auf den äußersten Fußspitzen balancierend, mit schmerzverzerrtem Gesicht und geballten Fäusten zum Zeichen ihres trotzigen Willens.

Einen Moment brauchte ich noch, bevor ich dir gegenübertreten konnte. Ich nahm Bleistift, Kugelschreiber und Lineal in die Hand, die aus der Schulzeit stammten. Sie hatten dagelegen, als hätte ich sie gestern noch bei den Hausaufgaben gebraucht. Maman hatte versucht, meine Flucht zu leugnen, indem sie in diesem Zimmer die Zeit anhielt. Auch die Bücher auf dem Regal waren dieselben wie damals. Camus, unser Held. Nein, mein Held, den du mir zuliebe gelesen hast. Baudelaire, *Petits poèmes en prose;* du konntest den halben Band auswendig. Chateaubriand, *Mémoires d'outre-tombe;* was er über die Zeit in Combourg und über seine Gefühle für Lucile, die Schwester, schreibt – wir haben es immer wieder gelesen, und haben nie ein Wort darüber verloren. *Die Rote* von Andersch, die du anfangs vor mir geheimhieltest, ich habe nicht verstanden warum. *The Long Goodbye* von Chandler; im Unterschied zu den drögen Stunden bei Buchin war mir Englisch hier endlich wie eine lebendige Sprache vorgekommen, und ich hatte mich in den amerikanischen Slang verliebt. (Du nicht, das war nicht zu teilen.) *Le Rouge et le Noir;* das du ein ausgesprochen blödes Buch fandest. Und Unmengen von Simenons.

Ich hatte keine Ahnung, wie ich es in diesem Zimmer auch nur eine einzige Nacht lang aushalten sollte.

Wie ich über die Galerie zu deinem Zimmer gekommen bin, weiß ich nicht mehr. Deutlich erinnere ich mich, daß mir die kalte Hand beim Anklopfen zitterte. Weißt du noch, wie wir nach dem Einzug in dieses Haus beschlossen, in Zukunft anzuklopfen? Oder eigentlich war es kein gemeinsamer Entschluß: Du warst es, die es so wünschte. Es war ein erster Abschied von der bedingungslosen, durch keinerlei Scheu getrübten Gemeinsamkeit, die uns in den beiden angrenzenden Zimmern in Genf verbunden hatte. Nachts blieb die Verbindungstür stets einen Spalt offen. Ich habe es dir nie gesagt: In der ersten Nacht in Berlin bin ich aufgestanden und habe die bereits geschlossene Tür einen Spaltbreit aufgemacht. Du warst auf der anderen Seite der Galerie, und das war so weit weg. Gegen Morgen habe ich die Tür zugemacht. Am Ende des zweiten Tages, als das Tragen und Einräumen vorbei war und die Türen sich zum erstenmal richtig geschlossen hatten, klopftest du bei mir, und als ich erstaunt öffnete, verkündetest du die neue Regel.

Ich war aufgeregt, als ich das erste Mal bei dir klopfte. Eine neue Zeit hatte begonnen. Was mir über den Abschied hinweghalf, war das Gefühl, daß wir nun wie Erwachsene waren und daß das Anklopfen etwas Vornehmes an sich hatte. Wir hatten kein besonderes Zeichen. Dennoch wußte ich stets, daß du es warst, wenn ich die beiden leisen Klopfgeräusche hörte, die fast miteinander verschmolzen. Mit Vaters lautem, polterndem Klopfen waren sie ohnehin nicht zu verwechseln. Doch auch Mamans sanfte, zögernde Art zu klopfen hätte ich nie für etwas gehalten, das von deiner Hand stammte. Und ich bin vollkommen sicher, daß dies auch für tausend andere Arten zu klopfen gilt.

Meine Hand wußte noch, wie ich bei dir zu klopfen pflegte. Doch der krampfhafte Vorsatz, es so zu machen wie früher, verdarb alles: Ich begann viel zu leise, und dann ließ mich die Angst, du könntest es überhören, unnötig laut und lange fortfahren. «Oui», sagtest du in meine letzte Handbewegung hinein. Deine Stimme schien mir wärmer und vertrauter zu klingen als vorgestern am Telefon. Aber sie war immer noch weit von der Stimme meiner damaligen Schwester entfernt, die mich in einem weichen, schläfrigen Tonfall zu empfangen pflegte. Eingetreten bin ich in einem Zustand äußerster Wachheit, in dem freilich jede Bewegung und jeder Eindruck unter der Wucht der Erwartung sogleich wieder gelöscht wurde, so daß er nachträglich wie eine Art Bewußtlosigkeit erscheint. Und dann sah ich dich – das erste Mal seit mehr als sechs Jahren.

Du standest in der Dämmerung mit dem Rücken zum Fenster, das Gesicht im Dunkeln, so daß mein Blick den deinen nicht sofort fand. Das erste, was ich statt dessen in mich aufnahm, war der Schattenriß deines Kopfes über gekreuzten Armen. Es sind inzwischen viele Tage vergangen, in denen ich mich an die neue Frisur habe gewöhnen können. Trotzdem spüre ich auch jetzt noch das erste Entsetzen, als ich sah, wie kurz, damenhaft und streng du das Haar trugst. (Nicht der Zeitungsfotograf war es gewesen, sondern du selbst.) Dazu die goldenen Ohrringe, die im letzten Licht schimmerten. Nichts mehr von der wilden Mähne, die dir früher auf die Schultern gefallen war und die du stets von neuem aus dem Gesicht streichen mußtest. Nichts mehr, um Hände und Gesicht darin zu vergraben.

«*Salut*», sagtest du leise und löstest dich von der Fensterbank. Jetzt erst trafen sich unsere Blicke und versanken ineinander. Einen Augenblick lang war ich nicht mehr vorhanden. Nur du warst noch da. Ich vergrub die Hände in den Taschen. Bis du einen weiteren Schritt machtest und mir die Hände auf die Schultern legtest. Als sich unsere Wangen berührten und ich das ungewohnte Parfum roch, sagtest du meinen Namen. Du sprachst ihn französisch aus, aber ich konnte mich nicht gegen den Wunsch wehren, ihn mit dem italienischen Klang zu hören. «Patty», sagte ich. Ich muß es ein dutzendmal gesagt haben. Und nun wagte ich endlich auch, dich mit den Händen zu berühren.

Im Rückblick kommt es mir vor, als hättest du unsere zerbrechliche Umarmung, die ich aus lauter Angst vor einer falschen Bewegung bald abbrach, ausdehnen mögen. Wir sahen uns an, beide mit Tränen kämpfend. «Ich kann dich kaum noch sehen», sagtest du, das Taschentuch in der Hand, «wir brauchen Licht.» *Lumière*, hattest du gesagt, doch dann, als du vom Lichtschalter zurückkamst, sagtest du das Wort noch einmal in unserer Geheimsprache, dem Provençalischen: *lume. Lumiero,* sagte ich, und: *lus.* Wie früher. Das Lächeln, mit dem du das vieldiskutierte Wort aussprachst, war ein Vorschlag, wie wir uns von nun an begegnen könnten: ohne Scheu vor der Erinnerung, doch im festen Willen, dem Sog der Vergangenheit zu widerstehen.

Ein Lächeln mit dieser Botschaft hatte ich noch nie auf deinem Gesicht gesehen. Es brachte mich aus der Fassung, daß es in dem Gesicht, das mir vertrauter war als jedes andere, etwas derart Neues geben konnte. Schlimmer noch war, daß sich dieses neue Lächeln bruchlos in das ganze Gesicht einfügte, das dadurch insgesamt etwas Fremdes bekam. Es hat in dieser Zeit voll von traumgleicher Gegenwart keinen einzigen Morgen gegeben, an dem ich nicht, ohne es zu wissen, dein früheres Gesicht erwartete und über dem Anblick des neuen erschrak. Dabei (so bilde ich mir ein) fand mit jedem Tag, an dem wir uns gemeinsam mit der Vergangenheit beschäftigten, in deinen Zügen ein kleines Stück Rückverwandlung statt. Die strenge Eleganz der neuen Frisur bröckelte, der Scheitel verwischte sich, und als du eines Morgens, als das Haar bereits ein wenig länger geworden war, mit dem roten Band über der Stirn erschienst, gelang es mir ganz von selbst, in der Vorstellung alle Verwandlung rückgängig zu machen. Auch die Spuren des Schlafs um die Augen herum halfen. Sonderbar war es auf dem Friedhof. Da sah ich die früheren, mädchenhaften Züge durch das makellos gepuderte Gesicht hindurchschimmern, und als sich unsere Blicke über dem Grab trafen, war es, als hielten sich die Zwillingskinder von einst die Hand. Erst im Flugzeug nach Paris, so stelle ich mir vor, fügten sich deine Züge wieder ganz zu dem neuen Gesicht zusammen, das sich in dieser Stadt geformt hat.

In der Nacht nach unserem ersten Wiedersehen holte ich das Bild von dir hervor, das ich stets bei mir trug. Von diesem Bild weißt du nichts. Katharina Mommsen hatte es auf dem Abiturball mit einer Sofortkamera geschossen und mir in einem Moment geschenkt, als du draußen warst. Es zeigt dich am Tisch, das Gesicht in die Hände gestützt. Die Hände mit den Spitzenhandschuhen. Es ist die wunderbarste Portraitaufnahme der Welt, und ich habe sie über die Jahre so oft betrachtet, daß sie von meinen Blicken ganz abgenutzt sein müßte. Als ich das Bild in jener Nacht hervorholte, überfielen mich Trauer und eine kindische Wut auf die Zeit und ihr unbarmherziges Verfließen. So warst du nicht mehr; das Bild war überholt. Was sollte ich damit machen? Es so zu betrachten wie bisher, das ging nicht mehr. Der gewohnte Blick wäre wie eine plumpe, verzweifelte Lüge. Doch wie sollte ich mich von dem gewohnten Blick lösen? Was für eine andere Art von Blick gab es diesem Bild gegenüber?

Das Foto, das aus aller Zeit und Wirklichkeit herausgefallen ist, verfolgt mich seither. Neulich in der Nacht saß ich hier an Vaters Schreibtisch und versuchte, es zu neuem Leben zu erwecken, damit es mir auch weiterhin ein Begleiter sein könnte. Ich hatte es fast geschafft, da hörte ich in der Stille das ferne Geräusch der S-Bahn, die dich nach unserem Abschied fortgetragen hatte. Die Beschwörung des Vergangenen fiel in sich zusammen, und beschämt ließ ich das Bild in die leere Schreibtischschublade gleiten. Dort ist es immer noch.

Patricia

DRITTES HEFT

MEHRMALS AUF DIESEN Seiten habe ich Stéphane erwähnt. Nie ist es mir gelungen, wirklich über ihn zu sprechen. Was wird es – für ihn und für mich – bedeuten, wenn ich hier zum erstenmal in Worte kleide, wie es mit ihm ist? Was machen Worte aus Intimität? Wie wird es sein, wenn ich ihm die Tür aufmache, nachdem ich gerade über ihn geschrieben habe? Ist das Aussprechen solcher Dinge nicht auch eine Art Verrat? Wird nicht die beschriebene Nähe überlagert und verfärbt durch die neue Nähe, die ich zwischen dir und mir durch das Erzählen schaffe? Je länger mein Bericht wird, desto klarer sehe ich, wie zweifelhaft mein Vorschlag war, der sich zunächst so einfach anhörte: uns das Leben zu erzählen, um Freiheit voneinander zu erlangen.

*

Um den Anfang zu finden (und sein Aufschreiben zu verzögern), bin ich zum Hotel *Plaza-Athénée* an der Avenue Montaigne gefahren, wo ich Stéphane zum erstenmal sah. Es war vor knapp zwei Jahren, als ich noch halbtags im Reisebüro arbeitete, weil die Arbeit für den Film gerade erst begonnen hatte. Ich kam zufällig vorbei und blieb vor dem Hotel stehen: Ja, hier hatten wir mit den Eltern und GP gewohnt. Ich sah GP unter dem Portal die weiße Pfeife stopfen: Deutlicher hätte er nicht unterstreichen können, wie wohl ihm beim Anblick der teuren Wagen war, die da standen.

Stéphane trat mitten in dieses Erinnerungsbild hinein. Er trug (das tut er immer) einen blauen Anzug und eine dezente, einfarbige Krawatte. Auf den Stufen vor dem Eingang steckte er die rechte Hand in die Tasche der Jacke. Er wirkte unsicher und gehetzt. Als er sich schließlich entschied, nach links statt nach rechts zu gehen, wirkte der Entschluß zufällig. An der nächsten Straßenecke blieb er vor einem Abfallkorb stehen. Mit einer ruckartigen, fast wütenden Bewegung nahm er die Hand aus der Jackentasche und sah auf den farbigen Umschlag hinunter, den sie hielt. Als habe er etwas zu verbergen, trat er näher an die Hauswand heran, bevor er ihn aufmachte. Es schienen Fotografien zu sein, die er herausnahm und regungslos betrachtete. Minuten verrannen, ich weiß nicht, was meinen Blick bei diesem Mann festhielt. Plötzlich dann steckte er den ganzen Stapel zurück in den Umschlag und warf das Ganze in den Abfallkorb. Mit eiligen Schritten bog er um die Ecke.

Ich überquerte die Straße und fischte den farbigen Umschlag aus dem Drahtkorb. Er enthielt etwa zwei Dutzend Fotos von ein und demselben Kind: einem neun- oder zehnjährigen Mädchen mit Stupsnase, dunklen Augen und goldenen Locken. Der Ort war auf jedem Bild ein anderer: vor einem Schaufenster, auf der Treppe hinunter zur Métro, im Park. Immer war eine Frau dabei, erkennbar als Arm und schmuckbehängte Hand, die unscharf mit dem Hintergrund verschwammen. Hätte ich die Bilder nur zurück in den Korb getan!

Zwei Tage später betrat der Mann im blauen Anzug das Reisebüro. Er wollte eine Fahrkarte nach Albertville und ließ sich verschiedene Verbindungen heraussuchen. Sein Blick war abwesend, und zwischendurch schien es, als habe er sein Vorhaben vergessen. Zwei Stunden später saß er wieder vor mir und gab die Fahrkarte zurück. Es habe sich etwas geändert, sagte er nur.

Es dauerte etwa einen Monat, dann sah ich ihn wieder. Er betrat einen Schmuckladen, der mit eigener Handarbeit warb, und kam nicht mehr heraus. Der Mann ging mir nicht aus dem Kopf, und einige Tage später betrat ich den Laden und erkundigte mich, was es kosten würde, einen meiner Ringe zu ändern. Da kam Stéphane aus der Werkstatt, immer noch mit Krawatte, nur die Jacke hatte er ausgezogen und mit einem Arbeitskittel vertauscht. «Ach, Sie», sagte er.

Es hat mehr als ein Jahr gedauert, bis ich die Geschichte über die Fotos und die Fahrt nach Albertville erfuhr. So ist Stéphane: Man muß ihm Zeit lassen. So, wie er einem Zeit läßt.

Das Mädchen auf den Fotos war die Tochter einer Kundin, für die er einen Schmuck kreiert hatte. Am Tag, als er sie im Hotel zum erstenmal aufsuchte, sah er das Mädchen und verlor daraufhin, wie er sagte, für einige Zeit den Verstand. Das Mädchen nämlich sah seiner kleinen Schwester zur Zeit ihres Todes zum Verwechseln ähnlich. Viele Jahre lang war es ihm gelungen, das Geschehen, das zu ihrem Tod geführt hatte, aus der Erinnerung zu verbannen. Jetzt kamen die Bilder zurück, und sie müssen eine solche Wucht besessen haben, daß Stéphane für einige Tage nicht mehr bei sich war und dem Geschäft fernblieb, unauffindbar für alle, die sich um ihn Sorgen machten.

Es muß ein hellgrauer Tag mit Schneegestöber gewesen sein, als es passierte. *Gris clair*, das ist wichtig, es ist immer dasselbe Wort, wenn er einen neuen Anlauf macht, die Begebenheit zu erzählen. Einmal fügte er hinzu: es sei sonderbar gewesen, in diesen Himmel zu schauen und zuzusehen, wie sich die Schneeflocken aus dem Hellgrau herauslösten, wie sie aus der hellgrauen Farbe herauswuchsen. Überhaupt habe er bis zu jenem Tag sehr oft in den Himmel hinaufgesehen, die anderen hätten darüber gespottet, auch die Lehrer, wenn er den Hals verdreht habe, um aus dem Fenster des Klassenzimmers in den Himmel hinaufsehen zu können. Danach, nachdem es geschehen sei, habe er niemals mehr in den Himmel gesehen, nicht ein einziges Mal. Und es stimmt: Wenn ich ihn auf den Himmel aufmerksam mache, so erfindet er sofort etwas anderes, auf das er unsere Aufmerksamkeit lenken kann. Daß er, wenn er von jenem Tag zu sprechen versucht, so lange bei dieser und anderen Einzelheiten verweilt, besonders bei den Farben: Es kommt mir vor, als hoffe er, durch die Beschwörung dieser Details die vergangene Zeit anhalten zu können, so daß sie den schrecklichen Moment des Geschehens nie erreicht.

Colette, die kleine Schwester, saß oben am Abhang auf dem Schlitten. (Am *steilen* Abhang, sagt er, es scheint, als habe sie sonst immer an einem anderen, flachen Abhang gespielt.) Wie er auch, trug sie eine Mütze mit Ohrenklappen gegen die Kälte. Colettes Klappen hatte die Mutter mit Stickerei verziert, seine nicht. (Einige Tage nachdem er es mir erzählt hatte, sagte er plötzlich in die Stille hinein: *Sie hat sich sogar die Mühe gemacht, für die beiden Klappen ganz verschiedene Muster auszusuchen.*) Die Schwester war die Quirlige und Charmante, welche die Erwachsenen zu verzaubern verstand; eine Schauspielerin mit goldenen Locken, eine kleine Queen. Der Gegensatz zu ihm, dem Stillen, Unauffälligen, muß groß gewesen sein. Ohrenklappen für ihn zu besticken, sagte er, habe sich nicht gelohnt. An jenem Tag hatte seine Mutter, die Lehrerin, frei. Sie saß auf einer Bank und rauchte. Colette sah neugierig auf den steilen Abhang, den die älteren Kinder hinunterglitten. Ihr Wunsch, es ihnen gleichzutun, war stark, das sah man an der Art, wie sie langsam immer näher an die Kante rückte, den Körper weit nach vorne gebeugt.

Was dann im einzelnen geschah, hat Stéphane nicht gesagt; ich glaube, er wird es nie jemandem sagen. Mitten am Abhang überschlug sich Colette und blieb tot liegen. *Meurtrier,* sagte die Mutter. Mörder. Er durfte nicht zur Beerdigung und mußte sich am nächsten Tag heimlich auf den Friedhof schleichen. Die Mutter (*elle,* sagt er nur) weigerte sich, ihn bei sich zu behalten, und wollte ihn in Annecy in ein Heim stecken (nicht in Albertville, wo sie wohnten; er sollte nicht einmal mehr in derselben Stadt sein). Der Großvater, ein Goldschmied, verhinderte das und holte ihn zu sich nach Paris, wo er die Schule beendete und die Lehre als Goldschmied machte. Noch heute wohnt er in der Wohnung, die ihm der alte Mann vermacht hat.

Die mühsam verbannte Erinnerung an diese Dinge brach über Stéphane herein, als er sich im Hotelzimmer seiner Kundin dem kleinen Mädchen gegenübersah. Den Scheck, den ihm die Frau als Vorauszahlung für den Schmuck ausgestellt hatte, vergaß er mitzunehmen. Die folgenden Tage verbrachte er damit, dem Mädchen und seiner Mutter auf Schritt und Tritt zu folgen, heimlich und aus der Ferne. Er kaufte ein Teleobjektiv und machte Bilder von dem trippelnden Lockenkopf, die er sofort entwickeln ließ und stets bei sich trug. Er schlief nicht mehr. Nach einer Woche tauchte er im Geschäft auf, setzte sich ohne Erklärung an die Werkbank und stellte den bestellten Schmuck in einer Arbeit von zwei ganzen Tagen und Nächten fertig.

Als ich ihn aus dem Hotel kommen sah, hatte er den Schmuck gerade abgeliefert. Vor dem Abfallkorb zwang er sich mit aller Macht, den Alptraum der vergangenen Tage zu beenden, indem er die Fotos wegwarf. Er schlief trotzdem nicht. Als er ins Reisebüro kam, hatte er beschlossen, nach Albertville zu fahren und sich gegen die erdrückende Last zu wehren, indem er den Ort des Geschehens aufsuchte und sich vergegenwärtigte, daß es nicht so gewesen war, wie ihm die Mutter angedichtet hatte. Das war eine unsinnige Idee, fand er, als er mit der Fahrkarte im Café saß, und so brachte er die Karte zurück.

Als Stéphane von diesen Dingen erzählte, tat er es stockend und mit so langen Pausen, daß ich jeweils zweifelte, ob noch etwas käme. Als er fertig war und am Fenster stand, machte ich einen großen Fehler, den ich in den Wochen, in denen wir uns danach nicht sahen, nur langsam zu erkennen lernte. Ich erzählte von Michel Payot. Indem ich Stéphane davon erzählte, wollte ich ihm nur – so dachte ich im Moment – zu verstehen geben, daß ich wußte, wie es war, die Urheberin von Unfall und Tod zu sein. Deshalb erzählte ich auch noch Michels Ende. Doch Stéphane muß sofort gespürt haben, daß ich viel mehr wollte: eine Gemeinsamkeit der Schuldigen, die helfen könnte, das Empfinden der Schuld zu lindern. Was ich, während er sprach, in mir gespürt hatte (gegen bessere Einsicht), war die Sehnsucht nach der einen, einzigen Gemeinsamkeit gewesen, die du verweigert hattest, weil du die Intimität der Schuld haßtest, die mich mit Michel verband. Doch Stéphane wußte aus zwanzig Jahren Erfahrung, daß es eine entlastende oder gar befreiende Gemeinsamkeit dieser Art nicht geben kann, es sei denn als Lüge. Er drehte sich um und warf mir einen traurigen, vielleicht auch enttäuschten Blick zu. Dann ging er ohne ein Wort hinaus.

Die Fotos von Colettes Doppelgängerin hatte ich damals im Schreibtisch verstaut. Einige Wochen nachdem mir Stéphane die Geschichte erzählt hatte, suchte ich verzweifelt nach einem Dokument, und weil es sich partout nicht finden wollte, räumte ich den gesamten Schreibtisch aus. Als Stéphane überraschend vorbeikam und das mit Papieren übersäte Zimmer betrat, fiel sein Blick auf eines der Fotos, das aus dem Umschlag gerutscht war. Es half nichts, daß ich ihm die Geschichte so erzählte, daß mein Interesse an ihm im Vordergrund stand. Er hat mich danach nie mehr überraschend besucht, und er mischt sich seither noch weniger in mein Leben ein als vorher.

Das ist es, was Stéphane zu einem besonderen Menschen macht: Er mischt sich nirgendwo ein. Das ist bei ihm nicht Einsicht oder Absicht, keine Lebensphilosophie. Er ist einfach so oder ist es geworden. Seine Art zu fragen, und überhaupt seine Art zu sprechen: Sie läßt alles, wie es ist. Als habe er für immer das Recht verwirkt, in einem anderen Leben etwas zu verändern. Seine Zärtlichkeit, die sich nicht einmischt. Die Hand, die bereit ist, sich beim ersten Anzeichen der Scheu – und schon vorher: bei der bloßen Ahnung einer Scheu – sofort und endgültig zurückzuziehen. (Manchmal habe ich gedacht: die Hand, die Colette über die Kante des Abhangs hinausschob.) Er rasiert sich zweimal am Tag. Sonst könne er sich niemandem zumuten, sagte er einmal.

Stéphane, er gehört nirgends dazu. Er ist korrekt, er ist auf altmodische Weise höflich (ein bißchen wie Papa: bei Tisch hält er mir den Stuhl, bis ich ganz richtig sitze), und er ist überall gern gesehen, weil er Gespräche so zu führen versteht, daß die anderen besser zu Wort kommen, als sie es sonst gewohnt sind. Aber er bleibt stets, auch wenn er selbst redet, im Hintergrund. Alle wissen: Er ist Goldschmied, einer mit Ideen, für viele ein Geheimtip. Mehr weiß keiner. Er gibt keine Einladungen, kaum jemand kennt seine Wohnung, und manchmal ist er tagelang telefonisch nicht zu erreichen. Er ist der stillste Mensch, den ich kenne. Noch mitten im größten Verkehrslärm tritt er leise auf. Niemand kann Türen so leise schließen wie er, oft weiß ich nicht, ob er noch drinnen ist oder schon draußen. Wenn man seinem Blick das erste Mal begegnet, hat man den Eindruck, er schiele, oder es sei sonst etwas mit seinen Augen nicht in Ordnung. In Wirklichkeit ist es nur so, daß sein Blick ungewöhnlich zurückhaltend ist, er scheint ständig ganz woanders herzukommen und sich nur mühsam auf etwas in der Außenwelt einstellen zu können. Nie ist sein Blick zudringlich. Immer wenn ich ihn in der Werkstatt besuche, wo er oft durch die Lupe guckt, denke ich: Dort, bei den goldenen Schmuckstücken, ist sein Blick am liebsten. Alles andere hat für ihn keine Bedeutung. Man brauche dabei nichts zu reden, sagte er auf die Frage, was er an seinem Beruf am meisten liebe.

Ich hatte nicht gewußt, daß ein Mann so sein kann. Daß Zuneigung so sein kann. Es ist nicht anstrengend mit ihm. Es ist befreiend, nicht vereinnahmt zu werden. Das hat mich angezogen.

Was mir zu schaffen machte, als ich ihn kennenlernte: daß man alles erklären muß. Wie kann man – dachte ich oft – Intimität schaffen mit jemandem, mit dem man nicht aufgewachsen ist? Intimität – das hieß plötzlich etwas völlig anderes. Sie ließ sich steuern, indem ich auswählte, was Stéphane aus meiner Vergangenheit wissen sollte. Das machte diese Intimität zu etwas Verfügbarem, dem Willen oder der Willkür Unterworfenem. Und: Ich konnte mich aus ihr zurückziehen in meine verschwiegene Vergangenheit. Aus der Intimität, wie sie zwischen dir und mir bestanden hatte, konnte man sich nicht zurückziehen. Dahinter gab es kein unbekanntes Terrain mehr. Sie war absolut, diese Intimität. Wir waren in ihr vollständig geborgen. Und ihr vollständig ausgeliefert.

Einmal (es hat sehr lange gedauert, bis es soweit kam) habe ich Stéphane angeschrien: Er solle doch seine verdammte Zurückhaltung aufgeben. Sein Gesicht erstarrte, der Blick zog sich ganz weit zurück. Eine Woche lang war er nicht zu erreichen.

Manchmal liege ich wach und frage mich: Liegt es nur an ihm? Gebe ich ihm eigentlich genug von mir? Oder ruhe ich mich bei ihm nur aus von dir?

Oft schon habe ich mir gewünscht, er möge in Konkurrenz zu dir treten, den Kampf gegen dich aufnehmen. Einen Kampf, der mich von dir befreien könnte. Dann macht mich seine Diskretion rasend. Nachher bin ich wütend über mich: daß ich die Befreiung von einem anderen erwarte, statt sie selbst zu vollziehen. Dann wieder denke ich: Ich habe jemanden gesucht, der so anders ist als du, daß es zu keiner Konkurrenz kommen kann.

Wieviel Abgrenzung verträgt die Liebe? Damit es noch Liebe ist?

*

Zum erstenmal hat sich Stéphane in mein Leben eingemischt. Dabei sah es am Anfang überhaupt nicht danach aus. Der Boden der Wohnung war übersät mit Papas und Claras Büchern, als er eintrat. Er erstarrte, und es dauerte eine Weile, bis ich begriff: Der Anblick war ähnlich demjenigen, bei dem er damals das Bild von Colettes Doppelgängerin entdeckt hatte. «Stell dir vor», sagte ich schnell, «Papa hat ein System mit achtundzwanzig Arten von Erfolg und Mißerfolg entwickelt, alles in Farbe, es geht so kompliziert zu wie in der Kabbala.» Ich hatte es nicht sagen wollen. Überhaupt hatte ich nicht von Papa sprechen wollen, oder Maman, oder dir. (Ich hatte sogar überlegt, die Bücher wegzuräumen; doch das war eine Frage der Selbstbehauptung.) Nun konnte ich nicht mehr zurück. Und ich erlebte eine große Überraschung: Nach zwei Stunden kannte sich Stéphane in Papas Scholastik besser aus als ich.

Wieder einmal staunte ich über sein phänomenales Gedächtnis. Wenn er will, behält er einfach alles. Aber es ist nicht, wie bei Papa, ein Fluch, denn es besteht nicht aus unauslöschlichen Erinnerungen an Unrecht. Überhaupt geht es nicht um Dinge, die ihn betreffen. Es sind französische Monarchen und Schlösser, über die er alles weiß. Und Napoléon. Er hat eine sonderbar trockene Art, davon zu erzählen. Keine Spur von Identifikation. Es ist eine Welt von trockenen Märchen. Es gibt eine Verträumtheit dabei, die groß ist und echt, ohne sich zu überhitzen. Die Rolle, die das Erinnern bei Stéphane spielt, ist so anders als bei Papa, daß ich manchmal denke: Es handelt sich um vollkommen verschiedene Fähigkeiten.

Beim Essen sagte er auf einmal: «Kannst du es nicht so sehen: Dein Vater wollte einfach wissen, was geschehen kann, wenn jemand mit einer Schöpfung seiner Phantasie an die Öffentlichkeit tritt. Und er wollte es ganz genau wissen. Wie ein Wissenschaftler.» Es war der Versuch, mich aus der verbissenen Wut zu befreien, mit der ich über den Irrsinn von Papas Farbmarkierungen gesprochen hatte. Was hätte es genutzt zu sagen: Du kanntest Papa nicht!

Claras Bücher hätte ich lieber ganz für mich behalten. Aber während ich kochte, hatte Stéphane bereits zu blättern begonnen. Bis in die frühen Morgenstunden hinein blieben wir auf den Spuren von Clara und ihren Eltern.

Das Wichtigste fanden wir ganz unten in einem Karton: drei dicke Manuskripte, in denen vier Menschen mit Worten gegen ihr Schicksal angekämpft haben. Das eine stammt von Claras Mutter, Elena Fontana-Aslanischwili. Es ist eine fast fünfhundert Seiten dicke Geschichte des Balletts. Du und ich, wir hatten keine Ahnung, daß diese Frau eine Berühmtheit war. Erst die vielen Dokumente, die Maman mit größter Akribie geordnet und beschriftet hat, enthüllen ihre tragische Geschichte.

Elena Aslanischwili wuchs in Tiflis auf, wo sie eine bekannte Balletteuse wurde, die mit einundzwanzig ein Angebot nach St. Petersburg erhielt. Es gibt Fotos der tanzenden Elena in der Schule von Tiflis, auf der Ballettschule von Tiflis, in der Oper von Tiflis. Dazu: Elenas Diplom der Ballettschule in Tiflis; ihr Vertrag mit dem Petersburger Ballett; reihenweise Auszeichnungen; ein dickes Album mit hymnischen Kritiken in den Zeitungen von Tiflis, und ein weiteres Album mit Zeitungsausschnitten aus Petersburger Zeitungen. (Auf der einen Seite jeweils der russische Text, auf der gegenüberliegenden die französische Übersetzung von Clara.) Elena Aslanischwili, sie wurde Désirée genannt, die göttliche Désirée. Es war Stéphane, der auf die Erklärung stieß: Elena wurde bald nach der Ankunft in St. Petersburg mit der großen Sängerin Désirée Artôt verglichen, der einstmaligen Verlobten von Tschaikowsky. In der einen Zeitung wird sie *die Ballettinkarnation der unvergleichlichen Désirée Artôt* genannt. Diesen Künstlernamen, der mitten im tosenden Beifall von den Rängen heruntergerufen wurde, sollte sie später an ihre Tochter Clara weitergeben, als zweiten Vornamen.

Mitte Zwanzig bricht das Rheuma aus. Auch darüber berichten die Zeitungen, um zu erklären, warum die Königin des Petersburger Balletts nachläßt und ab und zu sogar einknickt und fällt. Elena reist nach Lugano in die berühmte Rheuma-Klinik von Ferdinando Fontana. Ende Zwanzig heiratet sie den Arzt, ein Jahr später wird Clara geboren. Die bewährte Therapie Fontanas, die in den ersten Jahren hilft, kommt gegen die wachsenden Schmerzen nicht mehr an, Elena wird zur chronischen Schmerzpatientin. Fontana gibt ihr Morphium, immer mehr. Mit vierzig bringt sich Elena um. Da ist Clara gerade zehn. Auf ein gesondertes Blatt hat Maman eine Zeitungsmeldung über Ferdinando Fontana geklebt: Er habe sich kurz nach dem Selbstmord von Elena aus der Rheumaklinik in Lugano zurückgezogen. Das Foto: ein von tiefer Depression gezeichnetes Gesicht.

Das Manuskript über die Geschichte des Balletts hat Elena kurz nach Claras Geburt begonnen, und sie hat daran gearbeitet, bis sie im Kampf gegen die Schmerzen unterlag. Zehn Jahre Recherchen, die Zürcher Universitätsbibliothek hat ihr Hunderte von Büchern per Fernleihe besorgt, die Talons belegen es. Erst waren wir verwundert, daß die Korrekturen des getippten Texts in zwei ganz verschiedenen Handschriften verfaßt sind. Die eine Schrift ist diejenige von Elena selbst, es gibt Dokumente, an denen man das ablesen kann. Sie hält sich bis etwa Seite vierhundert durch, dann übernimmt die andere Schrift, die einen ungelenken Eindruck macht. Es muß sich um Fontanas Schrift handeln, denn in einem der Kartons fanden wir eine russische Grammatik mit seinem Stempel und mit Übungen, die er gemacht haben muß. Weiß der Himmel, warum er glaubte, über genügend Sprach- und Sachkenntnis zu verfügen, um Elenas Text nach ihrem Tode zu Ende redigieren zu können! Seine eckigen Eintragungen wirken wie der verzweifelte Versuch, eine Verbindung zu der Toten aufrechtzuerhalten. Es hat auch etwas von Buße an sich, sagte Stéphane.

Und er hatte recht: Der nächste Text, den wir fanden, ist ein angefangenes Buch von Fontana über die seelischen Begleiterscheinungen des Rheuma und über Morphinismus, in dem er sich dafür rechtfertigt, daß er Elena mit Morphium behandelt hat. Einige der Sätze, die mir Stéphane aus dem Italienischen übersetzte, sind erschütternd: als seien sie für das Gericht aller Gerichte geschrieben. Es gibt eine Aufzeichnung von Clara, in der sie versichert, Fontana selbst habe nie Morphium genommen. Die letzten drei Jahre seines Lebens scheint er nur noch vor sich hinzubrüten, Clara, die aufs Gymnasium geht, versorgt ihn. Er stirbt mit siebenundsechzig, Clara beschreibt es als ein Verlöschen. Sie ist neunzehn und hat gerade die Maturität gemacht.

Clara vergöttert ihre Mutter. Nie vergißt sie beim Unterschreiben, dem Tessiner Namen des Vaters den georgischen Namen der Mutter anzufügen. Doch sie darf nicht zum Ballett, Fontana, der Vater und Arzt, verbietet es, er will nicht, daß sie das Schicksal seiner Frau wiederholt. Dafür darf sie Klavier lernen. Sie geht aufs Konservatorium in Zürich. Im dritten Jahr des Studiums beginnt das Rheuma in den Händen. Es kommt nur langsam und leise, so daß eine flackernde Hoffnung bleibt. Trotzdem, die Konzertlaufbahn scheidet aus. Clara denkt an Klavierlehrerin. Doch auch das wird unmöglich. Mit vierundzwanzig gibt sie das Konservatorium auf und vollzieht eine Wendung: Sie wird Krankenschwester und geht einer Liebe wegen nach Genf. Als es mit den Gelenken noch einmal schlechter wird, bietet man ihr die Leitung der Schwesternschule an, auf der Station ist sie jetzt nur noch halbtags. Sie bleibt heiter, das Rheuma kommt vorübergehend zum Stillstand, mit dem

Beruf geht es viele Jahre gut. In einem von Mamans Fotoalben gibt es ein Bild mit Clara am Klavier, umringt von Kolleginnen im weißen Kittel. Mit dreißig gibt es einen gewaltigen rheumatischen Schub. Da begegnet sie GP, der sich in ihrer Klinik behandeln läßt. Ganz hinten im Album, mitten auf einer leeren Seite, steht in Mamans Handschrift der Satz: *Maman hat Morphium nie angerührt.* Die Schrift ist zittrig, die Zeile verrutscht. Sie muß das geschrieben haben, als sie den Stoff dringend brauchte. Die Worte wirkten, sagte Stéphane, als habe Maman sie hingeschrieben, um sich an ihnen festzuhalten. Um sich gegen den Sog der Sucht zu stemmen.

Schließlich ein drittes Manuskript: Claras Übersetzung von Elenas Konvolut ins Französische. Ihre Schriftzüge: wie ziseliert. Es scheint, daß sie zwar den Stift führen, nicht aber die Tasten der Schreibmaschine anschlagen konnte. Korrekturen über Korrekturen, als wolle sie sich der Gedanken der geliebten und verehrten Mutter in einem unendlichen, unabschließbaren Prozeß der Annäherung versichern. Und jetzt die Überraschung: Maman hat dieses Manuskript überarbeitet, Satz für Satz, Seite für Seite! Zunächst hat sie es einfach sprachlich verbessert, denn Clara, die mit dem Russisch der Mutter und dem Italienisch des Vaters aufwuchs, machte Fehler, wenn es um die Sprache der Kunst ging. (Von GP konnte sie das gebildete Französisch ja nun wirklich nicht lernen!) Doch damit nicht genug: Maman versuchte, das Buch auf den neuesten Stand zu bringen! Wie ihre Notizen zeigen, wollte sie nicht weniger als vier ganze Kapitel anfügen: über Serge Lifar, Margot Fonteyn, Rudolf Nurejev und Maurice Béjart. Es gibt bergeweise Talons von Ausleihzetteln der Genfer Universitätsbibliothek, und auch in der Berliner Staatsbibliothek hat sie ausgeliehen, wenn auch seltener. Bibliotheksausweise, alle paar Jahre ein neuer mit jüngerem Foto. Wenn man die Fotos nebeneinanderhält: eine Verfallsgeschichte.

Maman, das läßt sich fast auf den Tag genau rekonstruieren, hat mit dieser Arbeit sofort nach dem Unfall begonnen, noch in der Klinik, wie es scheint, denn es gibt ausgeblichene Notizen auf der Rückseite von Merkblättern des Inselspitals in Bern. Da war sie neunundzwanzig. Zweiundzwanzig Jahre lang also hat Elenas Manuskript sie begleitet. Wenn man den Text wie ein Archäologe Schicht für Schicht untersucht, wird auch hier eine Geschichte des Verfalls sichtbar: Die Überarbeitung wird immer schlechter, die Schrift fahrig, und vor allem: Das Gedächtnis wird lückenhaft, sie vergißt frühere Korrekturen und Einfügungen, erinnert sich und streicht durch, vergißt wieder, verheddert sich, und so weiter. Zunehmend gibt es auch Tintenkleckse und Flecke, die von verriebener Zigarettenasche stammen müssen. Ab und zu Nagellackspuren, ich stelle mir vor: Sie hat die Nägel frisch lackiert, vergißt, daß sie noch nicht trocken sind, und greift zum Text. Anders ist es bei den Notizen für die geplanten neuen Kapitel. Daran hat sie in guten Zeiten gearbeitet, mit klarer Schrift und klaren Angaben, die sie den Büchern entnahm und säuberlich untereinanderschrieb. Nur eben: Über Notizen ist sie nie hinausgekommen.

Es dämmerte bereits, als wir eine letzte überraschende Entdeckung machten. Die Tschaikowsky-Biographie von Modest, seinem Bruder, hatte bei Papas Büchern gelegen. Als Stéphane sie wegen Désirée Artôt aufschlug, entdeckte er, daß Maman den abgedruckten Briefwechsel zwischen Tschaikowsky und Nadeshda von Meck in allen Einzelheiten verfolgt hat, die blaßblauen Anstreichungen belegen es. Als Lesezeichen hat sie den Leihschein der Zürcher Bibliothek benutzt, mit dem Elena die dreibändige russische Gesamtausgabe der Briefe ausgeliehen hatte. «Ich wette, sie hat sich diese Ausgabe gekauft – auch wenn sie kein Russisch konnte», sagte Stéphane. «Nein», sagte ich heftig, ich weiß nicht warum. Doch Stéphane hatte recht: Unter Claras Büchern fand sich die Ausgabe, unbenutzt, die Seiten kleben noch aneinander. Es ist eine Kassette, und in einer Ecke des Kartons klebt das Etikett der Genfer Buchhandlung, durch die sich Maman die Bücher besorgt hat: *Librairie A. Jullien.* Unsere Buchhandlung!

Elena Aslanischwili, die vom Rheuma vernichtete Balletteuse, wurde für Maman zu einer Figur, in der sie sich wiederfinden konnte. Der Weg dahin war eine Tragödie. Clara hatte ihre Tochter fürs Ballett interessiert, indem sie ihr von der glanzvollen Karriere der großen Désirée erzählte. Die Tochter möge den Erfolg der Mutter wiederholen – das muß der Wunsch gewesen sein. Als Clara mit achtundvierzig an ihrem Herzfehler starb, war Maman sechzehn. Was Clara gerade noch erlebte: die Fortschritte der Tochter, einen ersten Preis in einem Jugendwettbewerb. Es gibt von Claras Hand ein Album: Fotos von Maman auf den Zehenspitzen, die Arme graziös in der Luft, selbst die Finger schon ausdrucksvoll. Für das Ballett verzichtete Maman auf das Gymnasium. Sie wollte werden wie die berühmte Désirée, ihre Großmutter. Dann kamen wir. Sie war sechsundzwanzig und dachte daran, nach unserer Geburt weiterzumachen und Désirées Leben doch noch zu vollenden. (Wenn ich mir das Alter der Tänzerinnen ansehe, die bei Elena vorkommen: Das war eine Illusion. Aber trotzdem.) Drei Jahre später der Unfall, der diesen Traum für immer zerstörte. Von Papa ließ sie sich Elenas Text in die Klinik bringen. Die Verschmelzung wurde vollkommen.

«Wenn sie das Morphium nahm», sagte Stéphane, als wir übernächtigt und still beim Frühstück saßen, «nahm sie es auch gegen Désirées Rheuma.» (Und das vom Mann der vollkommenen Abgrenzung! Ich kenne mich nicht mehr aus. Überhaupt nicht mehr.)

*

Wir haben nichts gemerkt. Neunzehn Jahre lang wohnten wir mit Maman zusammen und hatten nicht die geringste Ahnung von ihrem geheimen Leben. Ziehen wir die neun ersten Jahre ab, in denen solche Dinge ohnehin über das Verständnis von Kindern hinausgehen. Es bleiben zehn ganze Jahre, in denen sie an einem Buch arbeitete, ohne daß uns das Geringste aufgefallen wäre. Ich stelle mir vor: In die Bibliotheken ging sie, wenn wir in der Schule waren. Die Bücher, die sie nach Hause brachte, verschwanden im Boudoir, wo sie sich gestapelt haben müssen. Dann setzte sie sich an die Schreibplatte ihres Sekretärs, polsterte die Hüfte mit Kissen ab und ging die fünfhundert Seiten von Elenas Werk durch, Wort für Wort. Als ich am späten Nachmittag aufwachte, hatte ich das Bedürfnis, genauer hinzusehen. Sie hat Clara nicht den geringsten Fehler durchgehen lassen. Und nicht nur Fehler hat sie korrigiert: Auch stilistische Unebenheiten hat sie bemerkt und geglättet. Haben wir gewußt, daß Maman ihre Sprache derart souverän beherrschte? Habe *ich* es gewußt? Die vielen Stunden, die sie allein zu Hause verbrachte: Was dachten wir, daß sie in dieser Zeit machte? Was dachte *ich?*

Papa wußte davon, er hat Maman Elenas Buch ins Krankenhaus gebracht. Warum habe ich angenommen, es gebe nichts, was diese beiden Menschen vor uns geheimhielten? Die verschworene Gemeinschaft zwischen dir und mir, sie war nicht ohne Arroganz.

Auch im Briefwechsel zwischen Tschaikowsky und Frau von Meck habe ich gelesen. 1204 Briefe hat ihr Tschaikowsky geschrieben, ohne je ein Wort mit ihr gewechselt zu haben! Als das von ihm Befürchtete geschah und sie ihm auf einer Spazierfahrt im Wagen entgegenkam, lüftete Tschaikowsky den Hut – und fuhr weiter. Was Elena daran beschäftigte, können wir nicht wissen. Was bedeutete diese Art von Nähe, die körperliche Gegenwart nicht ertrug, für Maman? Schimmert hier etwas von ihren Gefühlen für Papa durch? Oder hat sie sich nur Elenas wegen damit beschäftigt?

*

Als Stéphane heute morgen gegangen war, kam es mir vor, als ginge ein Riß mitten durch mich hindurch: Ich war glücklich über diese Nacht voll von Einmischung und Gemeinsamkeit, und ich war unglücklich darüber, Papa und Maman weggegeben zu haben.

Konnte Stéphane sich einmischen, weil ich durch das Schreiben anders geworden bin? Weil er spürt, daß ich Einmischung jetzt ertrage? Hat er sich bisher nicht eingemischt, weil ich so vollständig verwickelt war in die Vergangenheit mit dir? Bin ich das nicht mehr?

Es kann nicht stimmen, daß *Guntram* von Richard Strauss das helle Lila deshalb hat, weil sich hier das helle Rot eines bloßen Achtungserfolgs mit dem hellen Blau mischt, das Papa verteilt hat, wenn die Oper später nie mehr aufgeführt wurde. Diese Oper nämlich wurde nach einer Pause von sechsundvierzig Jahren noch einmal aufgeführt. Als ich das und noch einige andere Irrtümer Stéphanes entdeckt hatte, kehrte allmählich das Gefühl zurück, daß Papas verrücktes System wieder bei mir ist und nicht mehr bei ihm. Ich mußte es mir zurückholen. Wie froh ich bin, daß Cesare Cattolica in keinem Buch vorkommt!

*

Es ist etwas mit meinem Erinnern geschehen. Wenn ich jetzt in Gedanken nach Berlin zurückgehe und mich Maman gegenüber finde, ist es nicht mehr so, wie es noch gestern war. Jetzt ist Maman die Frau, die mit Désirée Aslanischwili lebte und ihr Buch zu vollenden versuchte. Eine Frau, die stilistischen Nuancen nachsann. Eine Frau, die in den Universitätsbibliotheken ein- und ausging und sich die Geschichte des Balletts nach 1923 erarbeitete, dem Jahr, in dem Elenas Manuskript aufhört. Eine Frau, die sich mit diesen Dingen in ihrem Zimmer, an ihrem Sekretär verbarrikadierte und gegen die Kinder verteidigte, die sie mit Verlassenheit bestraften, weil sie ihre Nähe gesucht hatte. Hätte ich all das gewußt, als ich sie an jenem Donnerstag vor zweieinhalb Wochen sah: Wie anders hätte ich es erlebt!

*

Maman wußte nicht, wohin sie Papa gebracht hatten. «*Il est en prison*» war das einzige, was sie sagte, gleichgültig wie eindringlich ich die Frage stellte. (Am Telefon war sie an dem Satz fast erstickt; jetzt klang er wie eine leere Formel. Es war, als habe sie den Satz von sich abspalten müssen, um das Entsetzen, das ihn umgab, nicht jedesmal von neuem durchleben zu müssen.) Stell dir vor: seine Mutter fragen, in welchem Gefängnis der eigene Vater ist! Noch heute höre ich mich diese Frage stellen. Ich weiß, daß ich es war, die fragte; doch höre ich es, als habe jemand anderes die Frage ausgesprochen. Daß Maman es nicht wußte, sich nicht darum gekümmert hatte – es war beinahe unmöglich, sie deswegen nicht zu hassen.

Es dauerte, bis ich darauf kam, Ralf Liebermann anzurufen. (Du weißt warum.) Zuvor hatte ich Maman gefragt, ob sie einen Anwalt benachrichtigt habe. *«Un avocat?»* hatte sie zerstreut und verständnislos gesagt. Nach einigen Minuten dann: *«Il faut demander à papa.»* Daß sie von GP sprach, der seit acht Jahren tot war, habe ich erst nach einer Weile begriffen. *«Oui, Maman, oui»,* sagte ich und holte ihr eine Decke, denn nun zitterte sie.

Ich ging ins Boudoir und zog die Schublade des Schminktischs auf. Da lag es, das dicke Notizbuch mit Angaben über das ganze Netz der geschäftlichen Beziehungen, die GP unterhalten hatte. Weißt du noch, wie sehr wir als Kinder das Buch mit dem Einband aus schwarzem Leder und GPs goldenen Initialen bewunderten? Es war schön und furchtbar wichtig, ein Symbol für die Welt der Erwachsenen. Später, als uns GPs Geschäfte zweifelhaft vorkamen, bekam es etwas Anrüchiges und Gefährliches. GP muß die Veränderung bemerkt haben; mit einemmal lag das Buch nicht mehr auf dem Schreibtisch, wenn wir kamen, und bei einem der letzten Besuche sah ich, wie er es hastig in die Schublade gleiten ließ. Jetzt blätterte ich darin auf der Suche nach einem Berliner Anwalt. Das einzige, was ich in dem Chaos von Abkürzungen, Zahlen und Pfeilen ausmachen konnte, war die Nummer des Notars, der den Kauf des Hauses geregelt hatte, und der lebte ja nicht mehr. Ich legte das Buch weg, und nach einer Weile fiel mir Liebermann ein.

«Er ist einer der besten Strafverteidiger von Berlin», sagte Liebermann, als er mir Daniel Dupré empfahl. Dessen Sekretärin wollte mich abwimmeln, doch der Anwalt stand offenbar daneben, als sie meinen Namen wiederholte, und griff selbst zum Hörer. Seine Stimme strahlte bei aller beruflichen Bestimmtheit Wärme aus. «Beruhigen Sie sich», sagte er, als er hörte, wie meine Worte durch Tränen unterbrochen wurden, «ich werde mein Möglichstes tun. Ich kenne Ihren Vater, er war mehrmals bei uns zum Stimmen. Wir mochten ihn. Und so ohne weiteres glaube ich das alles nicht.» Dann fiel jenes Wort: MOABIT. Nie hätte ich gedacht, daß ein Wort mich derart erschrecken könnte. Neun Jahre hatte ich in Berlin gewohnt, und trotzdem. Jetzt war es nicht mehr das frühere Wort, das ich manchmal beiläufig und gedankenlos gehört und ausgesprochen hatte. Es war ein vollständig neues Wort, der Name für den Ort, an dem sie Papa in eine vergitterte Zelle gesperrt hatten. Ich kannte die Geschichte des Namens nicht, er sprach nicht für sich selbst, und gerade deshalb konnte sein nackter Klang all den Schrecken in sich aufnehmen, der mit dem Gedanken an Papas Lage verbunden war.

JUSTIZVOLLZUGSANSTALT: Als ich das Wort neben dem Eingang las, erfaßten mich Schwindel und Übelkeit, ich floh in den Park gegenüber und übergab mich. Es war nicht das erste Wort, das an diesem Tag so auf mich wirkte. Dupré hatte mir die Adresse genannt: Alt-Moabit 12 A. Als ich ins Taxi einstieg, war ich froh, diese Adresse nennen zu können, statt sagen zu müssen: das Gefängnis. Der Fahrer stutzte, sah mich im Rückspiegel an und fragte: «Die Haftanstalt?» *Haft, Anstalt, Verhaftung:* Nie wieder will ich diese Wörter hören, lesen oder denken. Ich war nicht darauf vorbereitet, ihnen einmal so wie jetzt gegenüberzutreten zu müssen, und so sanken sie fürchterlich tief in mich hinein.

Als ich im Park wieder zu mir gekommen war, merkte ich, daß ich mich direkt vor der Gedenktafel für Carl von Ossietzky übergeben hatte. Als ob überhaupt nur dieses eine Wort auf der Tafel stünde, fiel mein Blick auf vier Buchstaben: *Haft.* Der restliche Text, so empfand ich es in meiner Wehrlosigkeit, war ohne Bedeutung und verschwamm im Unbestimmten. Einen Moment lang setzte meine Fähigkeit, zwischen der einen und der anderen Haft zu unterscheiden, vollständig aus, die Empfindungen dem Gefängnis und dem Konzentrationslager gegenüber verschmolzen.

In den folgenden Tagen schien ich all diese gefürchteten und gehaßten Wörter als ein Echo mitzuhören, wann immer ein deutsches Wort mit vielen *a's* fiel. Du weißt, daß ich Französisch immer lieber hatte als Deutsch. Doch in jenen Tagen begann ich die deutsche Sprache regelrecht zu hassen, weil sie die Sprache war, in der es jene abscheulichen Wörter gab. Ich beschloß, in Zukunft nie wieder an Orte zu gehen, wo deutsch gesprochen wurde und die Gefahr bestand, jene Wörter hören zu müssen. Vor allem aber nicht nach Berlin, in die Stadt, in der sie Papa eingesperrt hatten.

Das Warten auf Dupré wurde zur Qual. Der Besuchstermin, den er ausgemacht hatte, war um vier Uhr. Um Viertel vor fünf war die Besuchszeit zu Ende, das sagte der Anschlag. Danach kamen drei Tage ohne Besuche. Bei deiner Ankunft würde ich dir sagen müssen, daß du Papa erst am Montag sehen konntest. Ich konnte froh sein, daß Donnerstag und nicht schon Freitag war. Vor allem aber, daß Dupré den Fall übernommen hatte.

Den Fall: Wie schrecklich war es gewesen, ihn das sagen zu hören! *So ohne weiteres glaube ich das alles nicht.* An diese Worte klammerte ich mich, während ich die Besucher betrachtete, die herauskamen, meist Frauen. Ihre Gesichter waren versteinert, in einigen konnte man Spuren von Tränen erkennen. Sie hatten es eilig, sich unter die Passanten zu mischen; die Sprache ihres Körpers zeugte von Scham. Mir gegenüber wartete noch eine andere Frau auf den letzten Besuchstermin. Sie mochte Ende Zwanzig sein und hatte sich herausgeputzt für ihren Besuch, mit Stöckelschuhen, Schmuck und viel Schminke. (War das angebracht?, ging es mir durch den Kopf. Konnte man einem Gefangenen auf diese Weise gefallen wollen? Ich wußte die Antwort nicht; hier verlor alles seine gewohnte Bedeutung.) Sie lehnte an der Wand und hatte die Augen geschlossen. Als sie sie für einen Moment öffnete, trafen sich unsere stummen Blicke.

Es war bereits nach vier, als Dupré kam. Seine warme, sichere Stimme am Telefon hatte mich einen Mann erwarten lassen, den ich sofort mögen würde. Doch es ging mir wie dir später: Zunächst war er mir nicht sympathisch. Die Kleidung zu teuer, die Brille zu chic, die graue Mähne zu sorgfältig gekämmt. Auch der routinierte und joviale Ton, der den früheren Eindruck von seiner Stimme jetzt überdeckte, störte mich. Nur die braunen Augen mit ihrem abwartenden, nachdenklichen Blick mochte ich, und später haben wir ja erlebt, daß er so ist wie die Augen und nicht wie der Rest.

Er war abgehetzt und wischte sich den Schweiß von der Stirn. Er war auf dem Revier gewesen, hatte das Vernehmungsprotokoll eingesehen und im Gericht nebenan mit dem Staatsanwalt und dem Untersuchungsrichter gesprochen. Alles schien glasklar: Papa hatte die Tat ohne Umschweife gestanden. Ja, er habe mit Vorbedacht geschossen. Nein, einen Anwalt brauche er nicht. Ob er Antonio di Malfitano gekannt habe? Wer kennt ihn nicht, sagte Papa. Über das Motiv freilich verweigerte er jede Auskunft. Ein so wortkarges Geständnis hätten sie noch nie gehört, hatten die Polizeibeamten gesagt. Und daß ein Mann nach einer derart spektakulären Tat so vollständig gelassen dasaß – das hätten sie nicht für möglich gehalten. Mit geradezu andächtiger Langsamkeit habe er seine Unterschrift unter das getippte Geständnis gesetzt.

Das Ganze sei ihm ein vollständiges Rätsel, sagte Dupré und sah mich fragend an. Mir auch, sagte ich, ich könne es einfach nicht glauben. «Er nahm die Verhaftung und das Verhör so ungerührt hin, daß man meinen konnte, diese Dinge seien ihm vertraut», hatte der Kommissar gesagt. Wieder blickte mich Dupré fragend an. Ich nickte. Ja, sagte ich in Gedanken zu Papa, ja; ein Heimkind können solche Dinge nicht allzusehr überraschen; vor allem, wenn es dem Haß von Gygax ausgesetzt war.

Die Besuchserlaubnis war ein billiger Wisch. Wieder sprangen mich zwei Wörter an: *Torkartei* und *Torbeamter*. Ein Besuch von einer halben Stunde war mir gewährt worden. Es werde die ganze Zeit ein Aufseher dabei sein, und es sei verboten, über irgend etwas zu sprechen, das mit der Tat in Verbindung stehe, sagte Dupré, bevor wir hineingingen. «Sie riskieren den Abbruch des Besuchs und ein Besuchsverbot für alle Zukunft, wenn Sie sich nicht daran halten.»

Die Prozedur des Einlassens – ich habe mit aller Kraft versucht, mich den Eindrücken zu verschließen und dabei sozusagen nicht anwesend zu sein. Am schwierigsten war das bei der Leibesvisitation. Erst als ich in dem Besuchsraum mit den vergitterten Fenstern stand, machte ich die Augen wieder richtig auf. Diese erstickende Schäbigkeit! Die dunkelgrüne, schmutzig wirkende Farbe bis auf Schulterhöhe; darüber geweißelt, aber mit braunen Schlieren, die mich an Kot erinnerten. Der Boden aus Linoleum, mit unzähligen Druckspuren von Tischen und Stühlen. Der Geruch von kaltem Rauch. Der billige Tisch aus hellem, schlecht lackiertem Holz; die harten Stühle; Aschenbecher aus Plastik mit schwarzen Brandspuren. Die Beleuchtung schummrig und grell zugleich, ich hätte nicht gedacht, daß es ein derart paradoxes Licht geben könnte.

Niemals werde ich den Augenblick vergessen können, in dem Papa hereingeführt wurde. Er trug die Sachen vom Vorabend: ein weißes Hemd mit Biesen, eine schwarze Hose mit glänzendem Einsatz an den Nähten, glänzende schwarze Schuhe. (Heute weiß ich: Es waren die Kleider, die er für die Aufführung in Monte Carlo gekauft hatte und dann nie tragen konnte. Die Smokingjacke, erklärte mir Dupré später, hatten sie zur Untersuchung auf Schmauchspuren ins Labor geschickt. «Geständnisse können widerrufen werden», sagte er, als ich fragte, warum das noch nötig sei. Ich liebte ihn für die Hoffnung, die mir seine Worte gaben, und ich haßte ihn für die Sachlichkeit in seiner Stimme, die mir Papa zu einem unter vielen Fällen zu degradieren schien.) Hemd und Hose waren zerknittert von der Nacht in der Zelle. Die Fliege hatte Papa abgenommen, der Hemdkragen stand offen. Der Kopf mit dem schlohweiß gewordenen Haar saß schwer auf dem faltigen Hals, nur das Kinn zeigte noch aufwärts und riß die unrasierten, bleichen Falten nach oben, sie schienen gespannt bis zum Zerreißen. Die Ärmel hatte er hochgekrempelt. Er fror, aber es schien ihm nichts auszumachen. Er wollte nicht – auch das berichtete Dupré später –, daß ich ihn in der Gefängnisjacke sah, die sie ihm gegeben hatten.

Stumm gingen wir aufeinander zu. Ich spürte, wie sich mein Gesicht auflöste, und der letzte Schritt, bevor ich ihm um den Hals fiel, war beinahe ein Sprung. Kaum hatte ich mit der Wange seine rauhen Bartstoppeln berührt, schloß sich die Hand des Aufsehers wie ein Eisenring um meinen Arm und zog mich weg. Es war derselbe Griff, mit dem er Papa beim Hereinführen festgehalten hatte. Vielleicht ist es Einbildung, aber der Mann schien zu erschrecken und einen Schritt zurückzuweichen, als ich ihn voller Zorn ansah. «Sie dürfen ihm die Hand geben», sagte er und ließ mich los. Papa nahm meine Hand in die seine, die immer ein bißchen rauh war wie die Hand eines Handwerkers. Ganz plötzlich dann, so daß der Aufseher keine Chance hatte dazwischenzugehen, streckte er auch die andere Hand aus und fuhr mir übers Haar. *«Mon oiseau»*, sagte er.

Wie lange war es her, daß er mich so genannt hatte! Niemand wußte von dieser Anrede, bei der seine Stimme einen zärtlichen Klang bekam wie sonst nie. Auch du wußtest nichts davon. Als kleines Mädchen hatte ich mich, nachdem Papas Geburtstagsfeier vorüber war, ins Arbeitszimmer geschlichen und ihm einen bunten Phantasievogel gebracht, den ich so sorgfältig gemalt hatte wie noch nie etwas zuvor. Als ich ihn verließ, gab er mir einen Kuß und flüsterte mir ins Ohr: *mon oiseau.* Und so hatten wir unser Geheimnis, auf das ich sehr stolz war.

Ich hatte angenommen, der Aufseher würde abseits stehen, während wir am Tisch saßen. Als er sich nun an die Längsseite des Tischs setzte, hatte ich für eine Weile das Gefühl zu ersticken. Stell dir vor: Jeder Blick, jedes Wort, das Papa und ich austauschten, mußte an seinem feisten Gesicht mit den farblosen Augen vorbei! Die ganze Zeit über wurde ich von der Vorstellung verfolgt, daß sein Blick unsere Blicke in der Mitte ihres Wegs durchschnitt, so daß sie nicht mehr ankamen. Bis zu diesem Zeitpunkt hatte ich nicht gewußt, was Haß ist, wirklicher Haß. Und noch etwas anderes hatte ich nicht gewußt: daß die

Vernichtung von Intimität, wie sie in jenem schäbigen Raum stattfand, eine der Hauptquellen für Haß ist. Von Zeit zu Zeit zog der Mann den Rotz so geräuschvoll hoch, daß es nur Absicht sein konnte, und dann verzogen sich seine wulstigen Lippen zu einem verächtlichen Grinsen. Draußen hatte ich mir eine lange Liste von Dingen zurechtgelegt, die ich Papa sagen wollte. Jetzt brachte ich kein Wort heraus und vermochte nur mit Mühe zu schlucken. Papas Konturen verschwammen mir vor den Augen. «Wie geht es Chantal?» fragte er. Er schwieg, als ich ihm stockend erzählte, daß ich nicht gewagt hatte, ihr etwas von meinem Besuch zu sagen, geschweige denn, sie zu fragen, ob sie mitkommen wolle. «Sie braucht jetzt Ruhe», sagte er schließlich. «War Doktor Rubin bei ihr?» Der Arzt werde gegen Abend kommen, sagte ich. «Und Patrice?»

Papa zündete eine Zigarette an und warf das brennende Streichholz auf den Boden. Als der Aufseher protestieren wollte, schnitt er ihm das Wort ab. Nach dem ersten Zug hustete er lange, es war ein richtiger Anfall. Das keuchende Einatmen war begleitet von einem Pfeifen. Er faßte sich ans Herz. «Die Pumpe», sagte er und mußte wieder husten. Eine Verwandlung war mit Papa vorgegangen. Wie er mir da gegenübersaß, war er nicht mehr Monsieur Frédéric, sondern das groß gewordene Heimkind, dem die derbe Sprache näher lag als die feine und das einen grobschlächtigen Gefängnisaufseher mühelos zum Schweigen bringen konnte. Ich weiß nicht, wie es kam, aber plötzlich war es Papa, der im Raum die Autorität hatte. Ich war stolz auf ihn, auch wenn er mir ein bißchen fremd vorkam.

Du hast es doch nicht wirklich getan, Papa; oder? Mit hämmerndem Herzen saß ich da, sah auf Papas Hände und versuchte, die verbotene Frage zu unterdrücken. Sie staute sich in mir, und mit jeder Sekunde wurde der Druck größer. Schließlich siegte ich; vielleicht auch deshalb, weil ich mich vor einer bestätigenden Antwort fürchtete. Papa sah mir den Kampf an. Eine Weile herrschte Schweigen, er rauchte und schnippte Asche von der Zigarette. Dann sagte er unvermittelt: *«Tu dois comprendre: c'est mieux comme ça.»* Er sprach es abgewandt, zum Fußboden hinunter, und blickte mich erst an, als er mit dem Satz fertig war. Der Aufseher fühlte sich überrumpelt und schnappte nach Luft um einzuschreiten. Da schnippte Papa Asche in seine Richtung, schlug die Beine übereinander, als sitze er in einem Fauteuil, und fragte, was ich ihm in der Tasche mitgebracht habe. Ich bewunderte und liebte ihn für seine Stärke und Geistesgegenwart, auch wenn ich die Botschaft hinter den französischen Worten rätselhaft fand. Ich nahm Notenpapier, seinen alten Füller und eine neue Biographie über Puccini aus der Tasche. Der Aufseher streckte die Hand danach aus, aber die französischen Worte hatten einen Pakt der Stärke zwischen Papa und mir geschaffen, ich stand auf und brachte ihm die Sachen.

«Puccini», sagte er, «der Erfolgreiche. Über Cesare Cattolica wird nie jemand schreiben.» Er nahm das Notenpapier und den Füller in die Hand. «Danke», sagte er, «ich werde es versuchen. Ob es hier drin allerdings geht … Aber jetzt ist es ja nicht mehr wichtig.»

Plötzlich war alle Stärke aus ihm gewichen, er schloß die Augen gegen die Tränen und mußte nachher trotzdem mit dem Hemdsärmel übers Gesicht wischen.

«Michael Kohlhaas», sagte ich, «Maman hat mir die Partitur gezeigt.»

«Ja», sagte er leise, «ja.»

Die Tür ging auf, und Dupré erschien; hinter ihm, auf dem Flur, konnte ich die Uniform eines weiteren Aufsehers erkennen. Ich stand auf und reichte Papa die Tasche, in der noch die mitgebrachten Kleider waren. Er nickte. Der Aufseher riß sie ihm aus der Hand. «Von Ihnen, Delacroix, lasse ich mich nicht für dumm verkaufen», zischte er. *Deelakroi:* Eine derart häßliche Aussprache unseres Namens hatte ich noch nie gehört. Der Aufseher begann in den Sachen zu wühlen. Da traten wir aufeinander zu und umarmten uns. Ich konnte die Tränen nicht mehr zurückhalten. Papa preßte mich so fest gegen sich, wie er es noch nie getan hatte.

«Das alles hier ist nicht so schlimm, wie du denkst», flüsterte er mir ins Ohr. «Paß gut auf Chantal auf.»

Wie ich hinausgelangt bin, weiß ich nicht mehr. Blind vor Tränen überquerte ich die Straße und ging durch den Park. Ich war froh, daß ich nicht in einen sonnigen Tag hatte hinaustreten müssen. Der Regen durchnäßte mich bis auf die Haut, doch ich war dankbar dafür und fühlte mich darin geborgen. Den Blick hob ich erst wieder, als ich sicher war, das Gefängnis nicht mehr zu sehen. Ich spürte die rauhe Wärme von Papas Händen und hörte seine Stimme in meinem Haar. Eine Stunde oder länger ging ich immer geradeaus, bevor ich ein Taxi nahm.

*

Heute wissen wir, was Papa so stark machte, so unglaublich stark. Damals lag ich bis in den Morgen wach und durchlebte immer von neuem jede Sekunde mit ihm, jedes Wort, jede Geste, jeden Blick. *Tu dois comprendre: c'est mieux comme ça.* Ich kämpfte mit dem Satz wie mit einem Code, den man nicht zu entschlüsseln vermag. *Paß gut auf Chantal auf.* GPs Pendule schlug die Stunden. Jedesmal ging ich hinunter und sah nach Maman. Wenn ich an ihrem Bett stand, hörte ich die Worte von Doktor Rubin: *Unmöglich. Nicht in dieser Verfassung. Sehen Sie sie an, sie ist ein Wrack.*

Er hatte ihr eine Spritze gegeben, und danach hatten wir sie ins Bett gebracht. Er kannte Maman erst seit einem halben Jahr. Gewußt hatte er vom Morphium nichts; aber geahnt hatte er etwas. Sein Gesicht erstarrte, als ich ihm von Doktor Fayard erzählte, der Maman in Genf behandelt hatte und ihr seit fünfzehn Jahren die Rezepte nach Berlin schickte. «Ein Verb...», begann er und verschluckte den Rest. Als er sich im Bad die Hände wusch, sah ich ihn den Schrank hinter dem Spiegel durchsuchen. Er kannte Maman schlecht; keiner von uns hatte das Zeug jemals zu Gesicht bekommen.

Gerade als er gehen wollte, kam Dupré. Rubin, der nur die Schlagzeilen kannte, blieb, als der Anwalt berichtete. Papa war nicht unfreundlich gewesen, aber verschlossen wie einer, der partout keine Hilfe will. Über das Motiv war mit ihm nicht zu reden. Zwar erteilte er dem Anwalt schließlich das Mandat, fügte aber hinzu, er wisse nicht, was es da zu verteidigen gebe. «Es ist doch alles sonnenklar, und massenhaft Zeugen», hatte er gesagt und sein spöttisches Lächeln aufgesetzt. Er muß damit übertrieben haben, denn genau in diesem Augenblick, sagte mir Dupré später, war er plötzlich ganz sicher, daß Papa log. Er fragte, ob ich ihm einen Kaffee machen könne. Als ich aus der Küche zurückkam, hörte ich, wie Rubin jene Worte zu ihm sagte: *Unmöglich. Nicht in dieser Verfassung. Sehen Sie sie an, sie ist ein Wrack.*

Jede Stunde, Maman, stand ich neben deinem Bett und blickte auf dich hinunter. Du lagst auf dem Bauch, die Arme von dir gestreckt, das Gesicht mir zugewandt. Eine Haarsträhne bewegte sich im Rhythmus deines Atems. Er ging beängstigend langsam, dein Atem. Eingeatmet hast du manchmal erst, wenn mir vor Angst der eigene Atem stockte. Du hattest nicht einmal die Kraft gehabt, oder den Willen, dir das Gesicht zu waschen. Das Rouge, der Lippenstift, die Wimperntusche – alles, was du mit deinem Gesicht gemacht hattest, um schön zu sein im Dunkel der Loge, war verschmiert. Du sahst aus wie eine Schiffbrüchige, eine Gestrandete. Die Augen lagen furchtbar tief in den Höhlen und schienen für immer geschlossen zu sein.

In Gedanken begann ich zu dir zu sprechen. Mit keinem Wort, sagte ich, hast du nach Papa gefragt, als ich heimkam. Und du wußtest, daß ich bei ihm gewesen war, natürlich wußtest du es, auch wenn ich es nicht gesagt hatte. Mit keinem einzigen Wort hast du nach ihm gefragt. Wie immer, wenn die Dinge schwierig wurden, hast du dich in Erinnerungen geflüchtet oder in Morphiumträume. Es gab ja GP oder Papa, und später Patrice, von ihnen hast du die Lösungen erwartet. (Nie von mir.) Deine zerstörte Ballettkarriere, ich weiß, ich weiß. Und deine Schmerzen. Aber das gab dir noch lange nicht das Recht, ausschließlich in der Vergangenheit zu leben und die Gegenwart als die Zeit zu hassen oder zu verachten, die leider nicht mehr die Vergangenheit war.

Einmal, als ich dir meine lautlosen, wütenden Worte entgegenschleuderte, bewegtest du dich und stöhntest leise. Ich erschrak über die Heftigkeit meines Grolls, der sich Bahn gebrochen hatte. Ich deckte dich besser zu und strich dir die Strähne aus dem verschwitzten Gesicht. Ich habe dir Unrecht getan, Maman. Aber wie hätte ich von Désirée Aslanischwili wissen sollen, und von deinem Versuch, in der Arbeit an ihrem Buch zu einer Gegenwart zu gelangen, die dich mit deinen Schmerzen und auch mit deiner Sucht versöhnen könnte? Auch etwas anderes konnte ich nicht wissen: wie unerschrocken und aufopfernd du Papa zur Seite gestanden hattest in seinem verzweifelten Kampf gegen das Schweigen aus Monaco. Wie sehr du Anteil genommen hattest an seiner letzten, seiner wichtigsten Oper. Wie sehr du ihn in jener Zeit geliebt haben mußt. Und natürlich kannte ich das wahre Ausmaß deines jetzigen Unglücks noch nicht.

Unmöglich. Nicht in dieser Verfassung. Sehen Sie sie an, sie ist ein Wrack. Die Worte von Doktor Rubin ließen mich in jener Nacht nicht los. Worum war es gegangen? Um einen Besuch im Gefängnis? Oder hatte Dupré von einer Vernehmung durch die Polizei gesprochen, als Zeugin? War das nach Papas Geständnis noch nötig? Am Abend der Tat hatte die Theaterärztin Maman für vernehmungsunfähig erklärt. Wie er Dupré erzählte, war der Kommissar darüber mit der forschen Ärztin aneinandergeraten. Als sie Papa abführten, hatte Maman einfach dagesessen, mit einer Haarsträhne gespielt und mit leerem Blick vor sich hingestarrt. Mehrmals hatte der Kommissar sie angesprochen, ohne Erfolg. Gleichgültig, wer vor ihr stand, sie spielte mit der Strähne, und ihr Blick blieb vollkommen leer. Da hatte der Kommissar ihr die Hand auf die Schulter gelegt und sie sanft geschüttelt. In diesem Moment trat die Ärztin dazu, faßte ihn wütend am Arm und wies ihn in schneidendem Ton zurecht. Sie ging vor Maman in die Hocke, fühlte ihren Puls und betrachtete ihr Gesicht. «Schock», sagte sie knapp. «Vernehmungsunfähig.»

Sie fuhr mit, als Maman von einem Streifenwagen nach Hause gebracht wurde. Einmal fragte Maman: «Was machen sie jetzt mit ihm?» Der Fahrer und die Ärztin tauschten einen Blick. Sie wußten nicht, ob sie von Papa oder dem Italiener sprach, und sie trauten sich nicht zu fragen. «Sie werden schon das Richtige tun», sagte die Ärztin. Etwas Besseres als diese idiotische Floskel sei ihr einfach nicht eingefallen, sagte sie, als sie am nächsten Tag anrief. Es war ihr nicht wohl dabei, daß sie Maman in dem leeren Haus schließlich allein gelassen hatte. Doch Maman hatte sie dazu gedrängt. Kaum hatten sie das Haus betreten, war eine sonderbare Veränderung mit ihr vor sich gegangen. Sie erwachte aus ihrer Apathie, machte überall Licht und fragte die Ärztin, ob sie ihr etwas anbieten könne. Die Ärztin suchte nach Worten, als sie mir zu beschreiben versuchte, wie Maman gewirkt hatte. Schließlich sagte sie: «Sie war sozusagen *innerhalb* ihres Schocks aufgewacht.»

Kaum hatte sie ihre Frage gestellt, hatte Maman die Rolle der Gastgeberin auch schon vergessen. Nun ging sie in Papas Arbeitszimmer, wo sie alle Lampen anmachte. Die Ärztin muß sie von der Tür aus beobachtet haben. Maman strich mit der Hand über die Kanten des Schreibtischs und ließ den Handrücken über einen Bogen leeren Notenpapiers gleiten. (Ich habe den Bogen gesehen, er lag perfekt ausgerichtet da, daneben Papas alte Feder. Das Ganze berührte mich wie ein Sinnbild seines vergeblichen Schaffens, und so ähnlich muß er es auch gemeint haben, als er die Sachen zurückließ im Wissen, daß er diesen Raum nach Ausführung seines mörderischen Vorhabens nie mehr würde betreten können. Irgendwann ertrug ich diesen Anblick nicht mehr und räumte die Sachen weg.) Nun setzte sich Maman an den Flügel, klappte den Deckel der Tastatur hoch und blickte verwundert auf die Tasten, als sehe sie sie zum erstenmal. Statt zu spielen erhob sie sich plötzlich und sagte in kühlem, beinahe feindseligem Ton: «Danke für den schönen Abend. Lassen Sie mich jetzt bitte allein.» Die Ärztin erschrak. Sie spürte, daß Maman auf hauchdünnem Eis ging und daß es vielleicht notwendig gewesen wäre, Widerstand zu leisten. Doch sie fand die Worte nicht, und inzwischen war Maman bei der Haustür. «Gute Nacht», sagte sie und öffnete die Tür. Ihr

Lächeln sei freundlich und abweisend zugleich gewesen, sagte die Ärztin; wenn es so etwas gebe.

*

Freitag und Samstag waren Tage des Wartens auf deine Ankunft. Es war ein verzweifeltes Warten voll von mißlingenden Versuchen, nicht an den roten Ziegelbau mit den vergitterten Fenstern zu denken. Als ich am Donnerstag auf Dupré gewartet hatte, war hinter einem der Gitter ein Gesicht erschienen. Einzelheiten konnte ich nicht erkennen, es war einfach das Gesicht eines Mannes, und es sah aus, als stünde er vollkommen reglos hinter den Stäben und blickte hinaus. Daß es Menschen gibt, die das aushalten, dachte ich. Vor allem dieses Bild war es, das ich von mir fernhalten mußte; denn wann immer es ins Bewußtsein drängte, wurde es zum Bild von Papas Gesicht hinter den Stäben, die so schrecklich, so unnötig dicht nebeneinander stehen.

Es gab viele Anrufe von Leuten, die ihrer Bestürzung Ausdruck verliehen, alles Leute, die Papa beraten hatte. Sie konnten die Zeitungsmeldungen nicht glauben und waren ratlos angesichts der grellen Schlagzeilen, die einem an jedem Kiosk in die Augen sprangen. André Duval, der Pianist, der in Berlin gastierte, rief an. Er glaube kein Wort. Nicht Monsieur Frédéric, der bescheidene, linkische Mann, der einen Flügel mit solcher Sorgfalt, ja Hingabe stimmen könne. Philipp de Wolff, dem nur Papa die Mechanik eines Flügels weich genug machen konnte, meldete sich aus Rom. In der Nacht zum Samstag riefen sie sogar aus New York an, zuerst Sarah Silberstein, die Papa stets während der gesamten Zeit des Probens bei sich haben wollte, kurz darauf Alan Seymoor, der das Rauchen aufgegeben hatte und Papa die Zigaretten packungsweise wegrauchte. Niemand verstand es. Ich auch nicht, sagte ich immer wieder, bevor ich schließlich den Telefonstecker herauszog.

Einmal hielt ich es nicht mehr aus und machte mich auf den Weg nach Moabit. Dieses Mal nahm ich die U-Bahn; den Kom-

mentar eines Taxifahrers hätte ich nicht ertragen. Bei der Turm-
straße stieg ich aus. Als das Gericht in Sicht kam, verlangsam-
ten sich meine Schritte. Bilder von düsteren Gängen, durch die
sie Papa vom Gefängnis ins Gerichtsgebäude führen würden,
formten sich in mir. Als ich vor dem grauen Gebäude stand,
konnte ich nicht weiter und fuhr nach Hause. In der Nacht
träumte ich, ich würde Papa von der Straße aus zuwinken. Ich
wußte nicht, ob er mich sah. Das Schlimmste aber war, daß
mein Arm schwer wurde wie Blei und ich das Gefühl hatte, etwas zu tun, was kein Mensch aushalten konnte. Dem eigenen
Vater hinter Gittern zuwinken: Würde man das ertragen? Warum erscheint es schrecklicher, als ihn bloß in der Zelle zu wissen?

Maman erwachte am Freitag erst gegen Mittag. Immer wenn
ich an die Anklagen dachte, die ich in ihr schlafendes Gesicht
hineingesprochen hatte, gab ich mir besondere Mühe mit ihr.
Ihre Schritte waren unsicher, die Betäubung durch die Spritze
schien noch nachzuwirken. Auch jetzt verweigerte sie das Essen.

Als ich von Moabit zurückkam, war sie verändert. Sie hatte
sich gewaschen und gekämmt und räumte das Boudoir auf. Ihre
Bewegungen waren fließend und hatten etwas von der zer-
brechlichen Wachheit einer Schlafwandlerin an sich. An der
Schranktür hing das blaue Kleid, das sie morgen anziehen würde, um dich zu empfangen. Auch die passenden Schuhe hatte
sie bereitgestellt. Noch einmal mußte ich ihr erklären, warum
du unmöglich schon heute hier sein konntest. «Ah, oui», sagte
sie nur, und ich hatte den Eindruck, daß sie die Erklärung sofort wieder vergaß. Jetzt klappte sie die Schreibplatte des Sekretärs herunter und legte Papier bereit. «Ich möchte jetzt allein sein», sagte sie, «ich muß meine Sachen ordnen.» Anders
als heute hatten diese Worte damals keinen besonderen Klang
für mich. Zum erstenmal seit ihrem Anruf in Paris schien Maman nicht mehr nur zu taumeln, sondern wieder einen Willen
gefunden zu haben.

Ich ging in mein Zimmer und legte mich im Dunkeln aufs

Bett. In diesen Minuten startete deine Maschine in Santiago. «Hol mich nicht ab», hattest du gesagt, «ich möchte nicht, daß es ein Wiedersehen am Flughafen wird.» Unten hörte ich das Klopfen von Mamans Stock. *Unmöglich. Nicht in dieser Verfassung. Sehen Sie sie an, sie ist ein Wrack.* Immer wieder Doktor Rubins Worte. Und Papas Worte: *Tu dois comprendre: c'est mieux comme ça.* Ich bin nicht darauf gekommen. Die Wahrheit wäre mir zu abenteuerlich erschienen, um auch nur eine Sekunde daran zu verschwenden.

*

Morgen ist Montag. Aus dem Erinnern in die Welt hinaustreten: Ich habe Angst davor.

Kein Anschluß unter dieser Nummer. Ich stelle mir vor: die Maler in den Räumen an der Limastraße. Bald werden dort wildfremde Menschen wohnen. Du bist hinter den Anden verschwunden. Dort ist jetzt Frühling. Die Kordilleren, sie hätten dich enttäuscht, sagtest du mit der scherzhaften Überheblichkeit des Schweizers.

Wie wird es sein, das Studio zu betreten und die Kollegen zu begrüßen? Nach allem, was mit mir in der Zwischenzeit geschehen ist? Im Halbdunkel vor dem Bildschirm: Bisher ist das etwas gewesen, was ich selbständig tat, aber auch gegen jemanden: gegen die Eltern, gegen dich. Es ist eine trotzige Selbständigkeit gewesen, und mein Trotz hat mich gewärmt. Morgen früh wird es eine andere Selbständigkeit sein müssen: eine selbständige. Eine, die nicht mehr gegen dich ist, sondern ohne dich. Wie finde ich sie?

Patrice

SIE HABEN VATERS Partitur zurückgeschickt. Der Mann von der Paketpost übergab sie mir: ein zerfleddertes, stellenweise durchnäßtes Paket, aufgegeben in Monte Carlo. Vater hatte die Partitur und das Textbuch schön binden lassen, schöner noch als die übrigen Partituren. Die Deckel sind fest wie Buchdeckel, und auch die Rücken sehen aus wie bei einem Buch. Alles weinrot natürlich. Das Titelblatt: Man kann noch erkennen, daß Vater die verzierten Buchstaben mit Bleistift vorgezeichnet hat, bevor er sie mit Tinte ausmalte. *Tragische Oper* steht unter dem Titel. *Von Frédéric Delacroix.* An drei Ecken ist der Karton der Deckel gestaucht, die rote Klebefolie geriffelt. Das Wasser ist bis zu den Blättern gedrungen und hat die Tinte stellenweise aufgelöst, so daß die Noten nicht mehr zu erkennen sind. Kein Begleitschreiben. Der Stempel: 20. Oktober. Heute ist der 16. November. Vater, ich kann hören, wie du sagst: «Siebenundzwanzig Tage hat es gedauert, und keinen weniger.» 263 Notenblätter, die Vater und Maman in den Tod getrieben haben. Was mache ich damit?

*

Gestern morgen rief ich Juliette an. In der Stimme von Madame Arnaud lag Erstaunen über den frühen Anruf am Sonntag morgen. Es sei eine schreckliche Tragödie, sagte sie, Juliette habe alles erzählt. Es klang echt, fand ich, offenbar haben die Arnauds mir die abgelehnte Einladung nicht übelgenommen. Ob ich in Berlin bliebe oder nach Chile zurückginge? Ich wisse es noch nicht, sagte ich. Ich habe ja wirklich keine Ahnung.

Es genüge mir nicht mehr, Vaters Arien als Klaviermelodien zu hören, erklärte ich der verschlafenen Juliette. Ob sie zwei Gesangsstudenten auftreiben könne, einen Tenor und einen Mezzosopran, die den Part von Kohlhaas und Lisbeth singen könnten? «Und das am Sonntag morgen», sagte sie. Sie werde herumtelefonieren. *«Tu es fou.»*

Sie kamen zu viert, Juliette hatte noch einen Alt für Antonina mitgebracht. «Das wolltest du doch, oder?»

Die Stimmen hallten in den leeren Räumen und bekamen dadurch eine sonderbare Dramatik, oft fröstelte mich. Der Tenor, ein Schrank von einem Mann, singt ein bißchen gepreßt, und das paßt zu der verhaltenen Wut in allem, was Kohlhaas sagt. Lisbeths Stimme ist schön, aber etwas dünn, so daß die Figur schwächer wirkt, als sie dem Text nach ist. Antonina ist ein sehr dunkler Alt, ich hatte mir etwas ganz anderes vorgestellt, aber die Frau, die kurz vor dem Diplom steht, ist souverän, und die störende Passage, wo Antonina Kohlhaas die Bibelstelle mit den Feinden und dem Vergeben zeigt, hat sie im dritten Anlauf so wunderbar gesungen, daß man den Text vergessen konnte.

Auch meine Schritte hallen, wenn ich in Vaters Zimmer auf und ab gehe. Juliette sagt, daß das blanke Parkett und das Fehlen von Möbeln die Klänge hart macht. Das ist gut so. Besonders bei den erbitterten Arien von Kohlhaas müssen die Töne durchdringend sein und schrill. Ich drehe die Anlage dann so weit auf, daß sich die Stimme des Tenors beinahe überschlägt. In solchen Augenblicken, so bilde ich mir ein, erhasche ich einen kurzen Blick in Vaters Seele. Es kommt mir dann vor, als habe er in diesen Passagen bereits die Enttäuschung und Verbitterung vorweggenommen, die er empfand, als er erfuhr, daß der Brief aus Monaco null und nichtig war und er niemals im Opernhaus von Monte Carlo sitzen und die Erfüllung seines Traums erleben würde.

Solange jemand da ist, zeige ich die Gefühle nicht, die mich überwältigen, wenn ich der Musik lausche, die Vater in sich hörte und von der keiner (und niemand) etwas wissen wollte. Erst wenn ich allein bin, lasse ich die Bänder zurücklaufen und spiele sie in der Stille der Nacht ab, bis es draußen hell wird. Es ist eine Art Totenwache, die ich halte.

Dabei, Vater, denke ich immer wieder an die Frage, die du seit deinem ersten Opernbesuch mit dir herumgetragen hast: Wo die Gefühle der Menschen, die im Opernhaus *der Musik entgegenflössen* (wie du dich ausdrücktest), im Alltag blieben. Was die Menschen damit machten. Du meintest die Gefühle, die während einer Arie den Raum ausfüllen und für vollkommene Stille sorgen; die Gefühle, die sich in Wut entladen, wenn jemand raschelt oder hustet. Du sprachst davon, wie du hinterher die Leute beobachtetest, während sie an der Garderobe auf ihre Mäntel warteten; oder wie sie in der Pause ein eitles Gehabe zur Schau stellten und Nebensächlichkeiten erörterten. Dein Empfinden war: Wenn man etwas derart Wunderbares gehört hat, kann man doch nicht zur Tagesordnung des banalen Lebens zurückkehren. Du meintest nicht: am selben Abend, sondern: niemals mehr. Die Schönheit der Musik, das war doch eine Revolution, etwas, das alles von Grund auf ändern sollte, etwas, dessentwegen man alles hinter sich lassen müßte, um nur noch dafür dazusein. Ein Auswandern aus dem Gewöhnlichen wäre das Angemessene. Doch die Leute stiegen in ihre Autos und fluchten, wenn ihnen jemand in die Quere kam – nur wenige Minuten nachdem die wunderbaren Töne inmitten einer atemlosen Stille verklungen waren. Oder sie stritten sich mit der Garderobiere und waren gereizt, wenn der Ehemann sich beim Anziehen des Mantels ungeschickt anstellte. All dies war doch belanglos und keiner Empfindung wert, dachtest du. Wenn sie jetzt diese Dinge taten, dann konnten sie es nicht ernst gemeint haben, als sie still dasaßen, als seien sie von der Musik ergriffen. Praktische Argumente ließest du nicht gelten: Dann müßte eben alles ganz anders organisiert sein, sozusagen um die Musik herum, es sei doch eine verkehrte Welt, wenn die Musik nur am Feierabend kurz aufleuchten dürfe. Was du sagtest, Vater, würde eine Kulturrevolution bedeuten, wie die Welt sie noch nicht gesehen hat.

*

Es genügt mir nicht mehr, nur die Klavierauszüge der Partituren zu hören. Ich will die Klangbilder, die Vaters Leben waren, genauer kennenlernen. Deshalb habe ich mir einen Plattenspieler und die Partituren von Stücken gekauft, die ich gut kenne. Ich lese sie, während ich die entsprechende Platte höre. Wenn Juliette kommt, werde ich sie den Klavierauszug spielen lassen. Ich werde erleben, wie das vielfältige Klangbild auf die Klaviermelodie zusammenschrumpft. Dann, so stelle ich mir vor, werde ich bei Vaters Werken den umgekehrten Prozeß durchlaufen: Ich höre den Klavierauszug und breite ihn im Inneren zu einem vollständigen Klanggebilde aus, wie er es in sich gehört haben muß.

Letzte Nacht wiederholte ich in einem endlos scheinenden Traum die Notenschlüssel, die Juliette mir erklärt hatte. Irgendwann dann stand ich neben Vater und erklärte ihm diese Schlüssel und wie es mit seinem Stück weiterzugehen habe.

Ein bißchen, Vater, war es wie in jenen schrecklichen Augenblicken, wo du mir die Briefe zeigtest, die den abgewiesenen Partituren beigefügt waren. Mir zeigtest du sie, nur mir. Wohl aus dem Gefühl heraus, daß wir die Bewerbungsschreiben ja auch zusammen verfaßt hatten. Oder auch aus dem allgemeineren Gefühl heraus, daß ich dein Lehrer und Anwalt war, wenn es um Sprache ging. Dabei brauchte man nichts an besonderer sprachlicher Gewandtheit, keinerlei besondere Fähigkeit der Deutung für die trockenen, in einer Art Verwaltungssprache abgefaßten Briefe, die durch angestrengte Höflichkeit noch zusätzlich versteift waren. Es waren Formbriefe, und die Tatsache, daß sie es waren, sollte mühsam verschleiert werden durch persönlich klingende Textbausteine.

Das Schlimmste war, Vater, daß ich sehr bald buchstäblich nicht mehr wußte, was ich dazu sagen sollte. Die Worte der Tröstung von den ersten Malen waren verbraucht, es war mir unmöglich, sie zu wiederholen, und dabei entdeckte ich auch, daß der Wortschatz des Tröstens erschreckend klein und dürftig ist. Du hast stets hinter dem Schreibtisch gesessen und mir, dem Stehenden, den Brief gereicht. Am Anfang habe ich mich gesetzt, das war die natürliche Bewegung um dir zu zeigen, daß ich verstand: Es sollte eine Begegnung zwischen uns sein, ein Gespräch, um die Enttäuschung zu lindern. Doch bald setzte ich mich nicht mehr: Ich wußte nicht, wann und wie ich wieder würde aufstehen können, jedes Aufstehen war, so schien mir, ein abruptes Beenden der Anteilnahme, ich hatte den Eindruck, dich rückwärts in die Einsamkeit deiner Enttäuschung zurückzustoßen. Denn du, so hatte ich das Gefühl, hättest von dir aus diese Begegnungen niemals beendet, du warst so klein und zusammengesunken in deinem tapferen Stolz des Weitermachens, zu etwas anderem als diesem stummen Stolz hattest du an solchen Tagen nicht die Kraft. Und so bin ich später stehengeblieben und habe die Briefe im Stehen gelesen. Ich erfaßte die Botschaft immer häufiger auf einen Blick und mußte mich zusammennehmen, um scheinbar doch jedes Wort genau zu lesen, so wie du es vorher getan hattest, zum Zeichen, daß ich die Botschaft, diese immer gleiche Botschaft, jedesmal erneut in ihrer ganzen Bedeutung würdigte und dein Schmerz nicht durch die Flüchtigkeit des routinierten Blicks mißachtet und dadurch noch vergrößert würde.

Die ersten Briefe hast du mir noch vorgelesen, langsam und stockend wie einer, der gerade lesen gelernt hat. Die Worte, welche eine Bewertung zum Ausdruck brachten, hast du mehrmals ausgesprochen, immer wieder, als gelte es, hinter den Buchstaben die Ehrlichkeit des Urteils zu prüfen. An der Art, wie dein Blick, ja dein ganzes angestrengtes Gesicht an den Worten klebte, konnte man den Versuch erkennen, in die konventionell anerkennenden Worte ein größeres, echtes Lob hineinzulesen, gegen besseres Wissen. In deinem Gesicht konnte man dabei einen Kampf erkennen zwischen Hochachtung vor der urteilenden Instanz und einem hilflosen Haß, der gegen die stets gleiche Front der Ablehnung anbrandete. Dein Gesicht war vergleichbar dem Gesicht eines Angeklagten, der aufgefordert worden war, sich aus Ehrerbietung dem Gericht gegenüber zu erheben, um sein Urteil entgegenzunehmen, ein Urteil, dessen Zustandekommen ihm für immer unverständlich bleiben würde und das in purer Ohnmacht einfach hinzunehmen war. Die Briefe waren kurz. Doch die Zeit, Vater, dehnte sich, während du lasest; um so mehr, als ich das Gefühl hatte, den Atem anhalten zu müssen, um dich in dem inneren Drama, das dich in Stücke zu reißen drohte, nicht zu stören und deinen heiligen Ernst nicht durch Bewegung zu entwerten, nicht einmal durch die lautlose Bewegung der Lungen.

Selbst die Floskel *Mit freundlichen Grüßen und den besten Wünschen für Ihr weiteres Schaffen* hast du mir vorgelesen, so langsam und gewissenhaft, als sei es noch ein vollwertiger Bestandteil des Briefes und als könne das ablehnende Urteil durch diese leeren Worte noch verändert oder abgemildert werden.

Dann hast du mir mit der rührenden und doch fürchterlichen Gleichförmigkeit deines Verhaltens einen Blick zugeworfen, der so kurz und scheu war wie der Blick von jemandem, der gerade ein beschämendes Geständnis abgelegt hat. Ich hätte ihn gerne festgehalten, diesen Blick, um ihn durch meinen Trost vielleicht verwandeln zu können. Aber obwohl du meine Gegenwart brauchtest, um mit der ablehnenden Botschaft nicht allein sein zu müssen, hast du den Blick sofort wieder abgewandt wie einer, der nie daran geglaubt hat, daß ein Tauschen von Blicken irgend etwas gegen Schmerz und den Lauf der Welt auszurichten vermag. Du hast den Brief mit fürchterlicher Langsamkeit und Sorgfalt zusammengefaltet und in den Umschlag zurückgetan. Nie hast du vergessen, das Datum draufzuschreiben, bevor er in die Schublade mit den anderen Absagebriefen kam.

*

Ich habe begonnen, Vaters Libretto zu verändern. Die Kinder, denke ich, könnten Kohlhaas auch ganz anders verlassen als durch den Tod: Sie fliehen vor ihm, weil sie den Haß und das Vergeltungsbedürfnis nicht mehr ertragen. *Vergeltung, das ist dein Fluch!*, könnte Anton singen. Er müßte zu einer Figur werden, die mit dem Vater um das richtige Verständnis von Loyalität und Liebe ringt. Am meisten, glaube ich, leidet er darunter, daß er nicht weiß, wieviel Loyalität er dem Vater schuldet und wo der Verrat beginnt. Auch für Antonina habe ich einen Text geschrieben: *Laß die Anderen Andere sein!*, bittet sie den Vater, der nicht versteht, daß sein Gefühl für Gerechtigkeit nicht bei allen Menschen das gleiche ist und nicht für alle die gleiche Bedeutung hat.

Dann habe ich einen Bogen Notenpapier genommen und mit Vaters altem Füller die erste Note meines Lebens geschrieben. Es war ein Flötenton. Ich habe keine Ahnung warum. Ich war nicht sicher, ob ich mir die richtige Tonhöhe vorstellte, aber ich ließ ihn stehen. Das Problem war, daß er eine Umgebung brauchte. Ich gab einige Noten für Bratsche dazu. Als ich mich für einen Takt entschieden hatte, wußte ich nicht, wie es weitergehen sollte: Statt einer Melodie kam immer nur die Erwartung einer Melodie. Da begann ich etwas von dem Abstand zu ahnen, der zwischen Vater und uns anderen gelegen hatte: Er hatte gewußt, was es hieß, etwas Neues zu schaffen; wir nicht.

Es fiel mir ein, daß er mir auf einem Spaziergang um den Schlachtensee (ich mag elf oder zwölf gewesen sein) etwas über das Komponieren erzählt hatte. Du weißt, was eine Melodie ist, sagte er. Das ist das Kleinste, worum es geht. Das Nächstgrößere ist ein Thema, das man auf verschiedene Weisen entwickeln kann. Es ist Teil von etwas noch Größerem: einer Atmosphäre. Sie ist etwas Umfassendes, dem noch die Struktur und der Aufbau fehlen. Das Größte schließlich ist ein Werk, ein Ganzes, das die eine Komposition von jeder anderen unterscheidet.

*

Es ist Montag morgen. Seit einer Woche schreibe ich. Die Zeit hier in dem leeren Haus, sie ist eine traumgleiche Zeit, eine Zeit jenseits der Zeit. Vaters Musik und meine Aufzeichnungen, sie

verschmelzen zu einer sonderbaren, schwebenden Art von Gegenwart. Ich teile, indem ich mich in die Vergangenheit versetze, Vaters Musik mit ihm, und ich teile, indem ich mich in die
Zukunft deines Lesens versetze, meine Gedanken mit dir. Eine
Gegenwart also, die überall ist, nur nicht in der Gegenwart. Mit
jedem Tag, der so vorbeigeht, legt sich eine hauchdünne Schicht
dieser sonderbaren, paradoxen Gegenwart über die Vergangenheit der Familie Delacroix. Inzwischen ist diese Aufschich-
tung von Gegenwart schon so weit gediehen, daß es nicht mehr
vorstellbar wäre, die Möbel zurückzuholen.

Wie aber wird es sein, wenn der letzte Ton von Vaters Musik
verklungen und das letzte meiner Worte von dir gelesen sein
wird?

*

Unser Wiedersehen: Wie schrecklich die Dinge auch waren,
über die wir sprechen mußten – wir waren beide (so schien es
mir) froh, ein Thema zu haben, das uns nicht zwang, unsere
Empfindungen in Worte zu fassen. Wir saßen auf deinem Bett,
und einmal ging mir der Gedanke durch den Kopf, wie gut es
war, daß wir so unbefangen zusammen auf einem Bett sitzen
konnten. Nie zuvor habe ich dich so heftig weinen sehen wie
damals, als du vom Gefängnisbesuch erzähltest. Szene für Szene, Bild für Bild brach es aus dir heraus, ohne Ordnung und unterbrochen durch Weinkrämpfe, welche die Worte verzerrten,
so daß ich nur langsam verstand. Der Raum mit den Gitterstäben und den braunen Schlieren an der Wand. Vater in den Kleidern vom Vorabend, die wie eine geschmacklose Maskerade
wirkten. Und vor allem: der Aufseher, immer wieder der Aufseher. Wenn du von ihm sprachst, waren es Aufschreie von solchem Haß, daß sich deine Stimme überschlug. Die Umarmung,
die er verbot. Die Art, wie er mit am Tisch saß, jeden Austausch
von Blicken und Worten überwachend. *Er zerschnitt unsere Blicke
mit dem seinen, wie mit einem Messer.* Immer wieder hast du diesen einen Satz aus dir herausgepreßt, es klang, als spucktest du

etwas aus und müßtest es stets von neuem ausspucken, um weiteratmen zu können.

Ein einziges Mal nur sprachst du ruhiger: als du erzähltest, wie Vater unvermittelt sagte: *Tu dois comprendre: c'est mieux comme ça.* Als du beschriebst, wie verschlagen Vater grinste, als der Aufseher, der sich durch die französischen Worte übertölpelt fühlte, protestierte, bekam auch dein Gesicht einen verschlagenen Ausdruck. Nichts hätte deinen Stolz auf Vaters List besser ausdrücken können als das hinterhältige Lächeln, das über dein Gesicht huschte. Heute, wo wir wissen, wie raffiniert Vaters einfach klingende Worte waren, bin auch ich sehr stolz auf ihn.

Unmöglich. Nicht in dieser Verfassung. Sehen Sie sie an, sie ist ein Wrack. Ob ich diesen Worten einen Sinn abgewinnen könne, fragtest du immer wieder. Ich hätte nicht sagen können: ja. Auch war da noch keine Erinnerung, die sich hätte greifen lassen. Nur die Ahnung eines möglichen Erinnerns war es. Und ich spürte: Dieses Erinnern würde einen Weg gehen müssen, den ich nie mehr hatte gehen wollen. Ein lautloses Erschrecken ergriff Besitz von mir, und ich brachte kein Wort mehr heraus. Es muß dich verletzt haben, daß ich auf einmal wortlos aufstand und in mein Zimmer ging. Wie etwas, das aus weiter Ferne unaufhaltsam näher kommt, spürte ich den wachsenden Sog der Erinnerung. Als ich dann fröstelnd vor Müdigkeit auf meinem Bett lag, gab ich den Widerstand dagegen schließlich auf.

Sie machte einen großen Umweg, die Erinnerung. Als wisse sie, daß sie mir die Bilder, die Doktor Rubins Worte erklären würden, nicht ohne Umschweife zumuten konnte. Es war ein raffinierter Umweg, denn er begann ganz in der Nähe des Ziels, um mich dann einige Zeit durch Szenen zu führen, die mir (so könnte man sagen) Maman in ihrer Krankheit und Zerbrechlichkeit vor Augen stellen sollten, so daß ich die Bilder, wenn sie schließlich kämen, in der richtigen inneren Umgebung sehen würde.

Die Worte des Arztes hatten etwas mit *penser pensées* zu tun, das hatte ich sofort gespürt. Oder jedenfalls mit dem Raum, in dem wir das Spiel zu spielen pflegten. Das Kind von damals konnte nicht wissen, daß die beglückende Erfahrung, die Gedanken der Mutter lesen zu können, noch bevor sie ausgesprochen waren, seine Vorstellung von Nähe für alle Zukunft prägen sollte. Nichts würde in Zukunft ernst zu nehmen sein, wenn es den Vergleich mit dieser Erfahrung nicht aushielt. Dieser Maßstab überdauerte auch meinen Ausbruch gegen Maman, von dem ich früher gesprochen habe, meine hämmernde Notwehr aus glühendem Zorn. Das merkte ich freilich erst Jahre danach, als wir längst in Berlin wohnten.

Es war die Zeit, als Maman nach einer Phase der Nüchternheit wieder zum Morphium griff. Damals – du wirst dich erinnern – richtete die Droge noch viel mehr Verwüstung an als früher. Maman fing Dinge an und vergaß schon kurze Zeit danach, was sie gewollt hatte. Lauter angefangene Stricksachen, Mahlzeiten, Zigaretten. Einmal habe ich beobachtet, wie sie am Telefon eine Nummer zu wählen begann, wie die Bewegungen dann zögerlicher wurden und noch vor der letzten Ziffer schließlich versiegten. Den Hörer in der Hand, stand sie da, stützte sich auf den Stock und sah ins Leere. So war es auch mit den Sätzen und Gedanken. Immer seltener fanden ihre Worte einen Abschluß und blieben in der Luft hängen. An schlechten Tagen kam sie über zwei, drei Worte nicht hinaus. Maman nannte das Stichwort, zu dem sie sprechen wollte *(der Coiffeur--, die Philharmonie--, die Sommerfelds--)*, es tauchte in ihrem Bewußtsein auf, und erst dann (hatte man den Eindruck) traf sie die Entscheidung, was mit ihm geschehen sollte. Immer öfter fragten wir uns ängstlich, ob überhaupt eine Entscheidung fallen würde. Denn manchmal schien Maman ganz erstaunt über das angesprochene Thema, sie hatte nichts dazu zu sagen, und das Stichwort verglühte. Besonders schlimm war es im Gehen: Sie nannte das Thema, blieb stehen und ging erst weiter, wenn sie den Anschluß gefunden hatte. Später, als sie für den angefangenen Gedanken immer seltener eine Fortsetzung fand, ging sie irgendwann trotzdem weiter, in sich zusammengesunken, gebeugt von der Enttäuschung und der Scham über ihr Vergessen.

Zu einem Anfang die Fortsetzung suchen: Das war *penser pensées* gewesen. Aus dem Spiel war bitterer Ernst geworden.

Eines Tages dann gab es die Einladung bei André Duval, dem Pianisten, der sich für Vaters Betreuung während des Aufenthaltes in Berlin bedanken wollte. Du mußt eine Vorahnung gehabt haben, denn du erfandest eine abenteuerliche Ausrede. Schon am frühen Nachmittag begann sich Maman umzuziehen. Sie muß ihre ganze Abendgarderobe durchprobiert haben. Immer wieder erschien sie mit noch einem Kleid und trat vor den großen Spiegel im Entrée, als traue sie den vielen kleineren Spiegeln im Boudoir nicht. Sie wollte es an jenem Abend so gerne richtig machen. Jedesmal, wenn ich ihre Schritte hörte, trat ich auf die Galerie hinaus und sah ihr aus dem verborgenen zu. Was sich später beim Dîner in Duvals Hotelsuite ereignete, muß sich während dieser Nachmittagsstunden in mir vorbereitet haben.

Maman, ich sehe dich in dem schwarzen Samtkleid, für das du dich schließlich entschieden hattest, am Tisch neben Duval sitzen, Vater und mir gegenüber. Du hattest nichts genommen, du wolltest nicht, daß wir uns deinetwegen genieren mußten. Deine Hand zitterte leicht, als Duval dir Feuer gab, und dicht unter dem Haaransatz hatten sich kleine Schweißperlen gebildet. Duval erzählte von seinen ersten Erfahrungen als Dirigent, und die Rede kam auf eine Ballettmusik, in der zwei Themen gleichzeitig entwickelt werden. Deine Augen begannen zu glänzen, du schienst um Jahre verjüngt. «Ja», sagtest du und unterbrachst Duval, «ich kenne die Musik und habe früher nach ihr getanzt. Die beiden Themen, sie laufen parallel, und dann auf einmal ...» Ungeschickt schobst du die eine Hand in die andere, mit der du die Zigarette hieltest. Der angefangene Satz hing in der Luft, alle warteten, man hörte das knisternde Geräusch, als die Flamme einer Kerze flackerte und mit dem flüssigen Wachs in Berührung kam. Der Glanz in deinen Augen war einem Ausdruck der Panik und Hilflosigkeit gewichen. Einen Moment lang zögerte ich noch. « ...und dann auf einmal verstrickt sich das eine Thema in das andere», sagte ich dann. Nie mehr hatte ich einen von deinen Sätzen vollenden wollen. Nie mehr. Und ganz besonders diesen nicht, denn er war einem der letzten Sätze aus *penser pensées* verwandt, einem der Sätze kurz vor dem Ende. Doch es war mir unmöglich, Maman, dich mit deiner Vergeßlichkeit, die sich von innen wie eine saugende Leere anfühlen mußte, allein zu lassen.

Es war unglaublich (und nur für mich zu deuten), was mit deinem Gesicht geschah, als du hörtest, wie ich den Satz mit *s'empêtrer* abschloß, einem Wort, das du liebtest und mich im Laufe unseres Spiels gelehrt hattest. Während Duval, dessen Blick ein-, zweimal zwischen dir und mir hin- und herging, in seinem Bericht fortfuhr, überzog sich dein Gesicht mit einer flammenden Röte, die sich alle paar Sekunden mit dem fahlen Gelb abwechselte, von dem dein Gesicht in Zeiten, wo die Sucht dich zur Sklavin machte, gezeichnet war. Gedankenverloren spieltest du mit dem Dessertlöffel, während du zu verstehen suchtest, was es bedeutete, daß ich deinen Satz für dich zu Ende gebracht hatte. Du sahst mich nicht an, dein Blick war auf die kunstvoll arrangierte Mousse gerichtet. Auch ich sah auf meinen Teller und riskierte nur hin und wieder einen kurzen, verstohlenen Blick in deine Richtung. Etwas Neues schien begonnen zu haben, ohne daß wir hätten sagen können was. Als ich wieder einmal aufsah, hattest du Tränen in den Augen, und kurz danach erhobst du dich und verschwandest im Bad. Als du frisch geschminkt an den Tisch zurückkehrtest, sahst du mich lange an. Es war der Blick von jemandem, der hofft, daß ihm vergeben wurde, es jedoch noch nicht recht glauben kann. Als das Taxi vor unserem Haus hielt, stieg ich aus und hielt dir die Tür. «*Merci*», sagtest du leise.

Von nun an half ich dir ab und zu, wenn du dich in deinen Sätzen verfingst. Aus dem verschämten, gefährlichen Spiel wurde eine nüchterne Hilfe für die zerstreute Süchtige. Bei solchen Gelegenheiten war es, als gingen wir zusammen über eine schmale, wacklige Brücke, die aus der gefährlichen Vergangenheit in eine Gegenwart führte, vor der wir uns nicht mehr zu fürchten brauchten. Es war nicht mehr nötig, daß wir uns aus dem Weg gingen. Einmal gelang uns sogar ein gemeinsames Lachen, das wir freilich unnatürlich früh abbrachen, weil wir nicht wußten, ob es zu uns paßte. Mit Geduld und Sorgfalt – habe ich oft gedacht – hätten sich die Dinge so entwickeln können, daß ich es später nicht nötig gehabt hätte, deine Briefe ungeöffnet wegzuschließen. Warum, Maman, mußtest du unser neues, zerbrechliches Vertrauen zerstören, indem du mit all deiner Kraft und Phantasie versuchtest, Patty und mich zu trennen?

Jetzt war es soweit. Noch einmal würde ich als der kleine Junge in Mamans Zimmer gehen müssen. Ich wollte, daß die Erinnerung kam, und hoffte, sie würde versunken bleiben. Ich versuchte, mich von der Vergangenheit abzuwenden, meiner Müdigkeit nachzugeben und einzuschlafen. Es gelang nicht, die innere Uhr lief noch nach den Gesetzen chilenischer Zeit, und in Santiago war erst Mittag. Ich setzte mich auf. Wenn die Bilder aus dem Dunkel der Vergangenheit hervortraten, wollte ich ihnen nicht liegend ausgeliefert sein.

Unmöglich. Nicht in dieser Verfassung. Sehen Sie sie an, sie ist ein Wrack. Ich rieb mir die übermüdeten, brennenden Augen. Als ich sie, wie zur Massage, einmal weit aufriß, fiel der Blick auf ein Buch im Regal, aus dem ein breites Lesezeichen herausragte. Manchmal kann es scheinen, als wüßten wir alles, bevor wir es wissen. Hastig, als hätte ich plötzlich mein Ziel gefunden, nahm ich das Buch und zog das Lesezeichen heraus. Es war jene Fotografie, die uns beide als Kinder im Matrosen-Look zeigt, die Mützen tief ins Gesicht gezogen, um dem Betrachter wie ununterscheidbare Zwillinge zu erscheinen. So wie jetzt hatte ich noch nie ein Foto betrachtet. Mein Blick muß vollständig leer gewesen sein, denn es war, das spürte ich, nicht die festgehaltene Szene, die mir auf der Suche nach der fehlenden Erinnerung helfen würde. Bedeutsam war die Aufnahme einfach dadurch, daß sie eine Fotografie war. Ich fuhr mit der Hand über das glänzende Bild und wischte den Staub weg, als könne eine Magie der Berührung die verlorenen inneren Bilder herbeizaubern. Immer von neuem wischte ich darüber. Und dann, als habe jemand lautlos einen Vorhang zur Seite geschoben, sah ich die offene Schublade von Mamans Schminktisch vor mir.

Es muß ein Mittwochnachmittag gewesen sein, denn während der Genfer Jahre war es immer Mittwoch, wenn Maman ausging, um sich mit GP im Geschäft an der Grand-Rue zu treffen. Der Nachmittag, an dem ich sie ins Gesicht geschlagen hatte, lag Wochen zurück. Die Tür zum Boudoir war nur angelehnt, als ich vorbeiging. Warum ich hineinging, kann ich nicht erklären. Der Raum wirkte fremd. Vielleicht war es nur, weil ich statt der Wandbeleuchtung den Kronleuchter mit dem kalten Licht angemacht hatte, das Maman nicht mochte. Vielleicht aber war die Fremdheit nichts anderes als Mamans Abwesenheit. Wenn sie da war, verwandelte sich das Zimmer mit den blaßgelben Wänden und den vielen kleinen Spiegeln in einen Teil ihrer selbst, es war, als besitze sie die magische Fähigkeit, den äußeren Raum aus der Welt herauszulösen und zu einer Facette ihrer Innenwelt zu machen. Jetzt, wo sie nicht da war, wirkte das Zimmer seelenlos, als sei es verstoßen und der öden, langweiligen Wirklichkeit übergeben worden – ein bißchen wie eine Bühne, die man im nüchternen Licht des Vormittags betritt. Nach und nach zog ich alle Schubladen des Schminktischs auf, die Griffe fühlten sich glatt und vornehm an. Auf den Umschlag stieß ich in der mittleren Schublade, er lag ganz hinten und wirkte, als läge er in einem Geheimfach, allen Blicken entzogen. Mein Gesicht brannte, ich wußte, daß ich etwas Verbotenes tat, als ich die Fotos herausnahm.

Auf den ersten Bildern war nur Maman zu sehen, fotografiert aus den verschiedensten Winkeln. Sie hatte eine Pistole in der Hand und zielte. Zwei Bilder zeigten den Blick über ihre Schulter hinweg und den ausgestreckten Arm entlang bis zu der Hand, die den Griff umfaßte. Ein kleines Stück des Griffs war nicht verdeckt und schimmerte weiß wie Perlmutt. Im Hintergrund war unscharf eine Zielscheibe zu erkennen. Dann kamen Aufnahmen, die zeigten, wie GP Maman das Schießen beibrachte. Er stand hinter ihr, umfaßte sie mit beiden Armen und stützte ihr den Arm mit der Pistole. Beide blickten sie direkt in die Kamera und lachten ein übertriebenes, ein bißchen künstliches Lachen. Ich war erstaunt, daß Maman einmal so jung gewesen war. Mit ihrem Pferdeschwanz und der Mütze hatte sie etwas von einem Schulmädchen. Auf dem letzten Bild posierten sie als Vater und Tochter, er hatte seinen Arm um sie gelegt und zog sie an sich. Ich mochte das Bild nicht und schob es unter den Stapel.

Hätten sich die Fotos nur ohne Widerstand in den Umschlag zurückschieben lassen! Doch da war etwas hinten im Umschlag, was sich sperrte, und als ich drückte, bekam das Kuvert einen Riß. Ich nahm die Bilder wieder heraus und schüttelte den Umschlag aus. Schnipsel eines zerrissenen Fotos fielen auf den Schminktisch. Es waren viele kleine Schnipsel, und auf den ersten Blick war nichts von der Szene zu erkennen. Es war niemand im Haus, und Maman würde noch lange weg sein. Trotzdem tat ich die Fotos zurück in den Umschlag, schob ihn in die hinterste Ecke der Schublade, löschte das Licht und ging in mein Zimmer. Es war das erste Mal, daß ich abschloß. Dann setzte ich mich an den Schreibtisch, holte die Schnipsel aus der Hosentasche und begann mit dem Puzzle.

Das ist jetzt mehr als fünfzehn Jahre her, doch jetzt, wo ich noch einmal in den kleinen Jungen hineinschlüpfe, spüre ich wieder die angstvolle Spannung, mit der ich das Bild zusammensetzte. Ich begann mit den Schnipseln, die zum Rand gehörten, und arbeitete mich nach innen vor. Es war wieder eine Aufnahme von GP, der hinter Maman stand, das war schnell klar. Doch je weiter ich ins Zentrum vorstieß, desto kleiner wurden die Schnipsel. Dort, in der Bildmitte, mußte etwas sein, was Maman veranlaßt hatte, noch einmal und noch einmal zu reißen. Der Rahmen war jetzt komplett, und auch Mamans safrangelbe Hose, zu der sie schwarze Stiefeletten trug, war ganz. Die Köpfe waren mehrfach durchgerissen, und weiter unten, auf Brusthöhe, wo auch die Pistole sein mußte, war es noch schlimmer, da waren die Schnipsel winzig. Wie groß muß Mamans Wut und Abscheu gewesen sein!

Ich ging ins Badezimmer und holte aus dem Arzneischrank die Pincette. Dann schloß ich wieder ab und begann, die winzigen Teilchen mit Klebstoff auf ein Blatt Papier zu kleben. Einmal ging mir durch den Kopf, daß ich sie danach nicht mehr in den Umschlag zurücktun konnte. Doch in der Aufregung wischte ich den Gedanken beiseite. Mit der Sorgfalt eines Chirurgen probierte ich an den trockenen Schnipseln zunächst die richtige Position aus, wischte dann über den Klebstoff und fügte das jeweilige Teilchen so nahtlos ein, daß von den weißen Rissen kaum mehr etwas zu sehen war.

Als ich GPs Lippen zusammengefügt und die Umgebung ergänzt hatte, sah ich, daß er Maman auf den Hals küßte. Es war mir zuwider, das zu sehen, aber ich war nicht sicher, ob es etwas Verwerfliches war und schlimm genug, um Mamans Zerreißorgie zu erklären. Sicher war ich nur, daß Vater so etwas mit dir nicht gemacht hätte. Doch GP war in vielen Dingen so anders als Vater … Ich machte weiter. Ich hatte erwartet, daß GPs Arme auch auf diesem Bild ausgestreckt sein würden, um Mamans Arm zu stützen. Doch zu meiner Verblüffung entdeckte ich, daß Maman hier den ausgestreckten rechten Arm mit ihrem eigenen linken Arm stützte. Ich vervollständigte ihr Gesicht. Die Augen waren unversehrt geblieben, das linke war für das Zielen zugekniffen, das rechte verlieh dem Gesicht durch seinen konzentrierten Ausdruck eine große Bestimmtheit, der zu ihrer selbständigen Schußhaltung paßte. Sie war, so sah es aus, eine Schützin, die sich einen Volltreffer zutraute. Maman gefiel mir. Sie stand auf sicheren Beinen, das Foto mußte aus der Zeit vor dem Unfall stammen. Sie schien voller Zukunft und Selbstvertrauen. Es lagen nicht mehr genügend Schnipsel auf dem Tisch, um GPs Kopf und die Brustpartie zu vervollständigen. Ich kehrte die Hosentasche nach außen und fand noch welche. GPs Augen hatten einen Riß abbekommen, und es blieb mir unklar, ob sein Blick auch ohne das so sonderbar gewesen wäre. Der Rest war leicht, ich brauchte mich nur an seinen Händen zu orientieren. Sie lagen fest auf Mamans Busen.

An diesem Abend täuschte ich Appetitlosigkeit vor und blieb

im Zimmer. Ab und zu holte ich das Foto aus der Schublade. Maman konnte schießen. Und GP hatte sie dabei auf eine Weise berührt, von der ich mit meinen neun Jahren noch nichts gehört hatte. Es waren viele Fragen, die mich bis in die Nacht hinein verfolgten und mich auch an den folgenden Tagen nicht in Ruhe ließen. Die meisten waren zu groß für mich, das spürte ich, und diese eine Sache konnte ich nicht wie sonst mit dir besprechen. Was GP getan hatte, war verwerflich, soviel war klar; deshalb das zerstörte Foto. War das der Grund, daß Maman nie, mit keinem Wort, von ihren Schießübungen erzählt hatte? Wenn sie aber, was damals gewesen war, insgesamt vergessen wollte – warum hatte sie die Fotos und insbesondere die Schnipsel aufbewahrt? Und wenn es so schlimm war – warum war es dann vor einer Kamera geschehen? So schlimm konnte es doch nicht sein, wenn man es sogar fotografieren ließ.

Die Sache mit dem Fotografen, der alles gesehen haben mußte, beschäftigte mich lange. Schließlich ging ich in ein Fotogeschäft und fragte, ob man machen könne, daß die Kamera von selbst fotografiere, ohne einen Fotografen? Die Bedienung war gönnerhaft, wie sie Kindern gegenüber oft sind. Immerhin zeigte sie mir, wie ein Apparat mit Selbstauslöser funktionierte. Danach war ich sicher zu wissen, wie es mit jenem Foto gewesen war. Das löste nicht das Problem, warum GP von etwas Verbotenem ein Foto hatte haben wollen. Und wirklich vollkommen unverständlich war, warum Maman, wo sie das Foto doch mit einer derart verbissenen Wut zerrissen hatte, immer noch an jedem Mittwoch zu GP ging.

Ob das, was GPs Hände an Maman getan hatten, mit dem zusammenhing, was Mamans Hände an mir getan hatten – diese Frage stellte ich mir damals natürlich noch nicht. Es war auch so schon alles verwirrend genug. Einige Zeit trug ich die ganzen Fragen wie eine große Last mit mir herum. Dann zogen wir nach Berlin, es war alles neu und Genf samt GP weit weg. Die Bilder und Fragen versanken.

Die Erinnerung war (als ob sie sich für das lange Vergessen rächen wollte) von solcher Wucht und Lebendigkeit gewesen, daß sie in meinem übermüdeten Kopf die Gegenwart außer Kraft gesetzt hatte. Nur langsam fand ich zu mir selbst zurück und verstand, warum ich im Dunkeln auf meinem Bett saß. *Unmöglich. Nicht in dieser Verfassung. Sehen Sie sie an, sie ist ein Wrack.* GP hatte Maman schießen gelehrt. Das hieß, daß sie es gut konnte. GP hatte dafür gesorgt, daß sie, wenn sie etwas konnte, es gut konnte. Sie hatte in allen Dingen seine Musterschülerin zu sein. Plötzlich war alles sonnenklar: Was Dupré erwogen und Doktor Rubin ausgeschlossen hatte, war nicht ein Gefängnisbesuch oder eine Vernehmung, wie du (zwar ohne wirkliche Überzeugung, aber ohne die Wahrheit zu ahnen) vermutet hattest. Es war um die Frage gegangen, ob es in Wirklichkeit Maman war, die den tödlichen Schuß abgegeben hatte. Der Anwalt und der Arzt, sie hatten es ganz nüchtern als eine Hypothese erwogen. Der eine hatte es für möglich gehalten, weil er Vaters Geständnis für falsch hielt. Der andere hatte sich nicht vorstellen können, daß eine Morphinistin mit zittrigen Händen über diese Distanz hinweg treffen könnte. Er kannte die Festigkeit nicht, zu der Maman bis zum Schluß fähig war, wenn es wirklich um etwas ging, eine Festigkeit, die, wenn sie aufflackerte, allem körperlichen Verfall Hohn sprach.

Es war unmöglich, Patty, dir von meinem Verdacht, ja eigentlich meiner Gewißheit zu erzählen. Du hättest wissen wollen, woher ich von Mamans Schießkünsten wußte, und du würdest nicht verstanden haben, daß ich dir von den Fotos nicht schon damals erzählt hatte, zu einer Zeit, als wir zusammen noch ein einziges Leben lebten, in dem es auch nicht den Schatten eines entzweienden Risses geben durfte. Ich hätte dir von dem zerrissenen Foto erzählen müssen und allem, wofür es stand. Ich ging in meinem dunklen Zimmer auf und ab und probierte aus, ob das möglich wäre. Es erschien mir undenkbar, und ich bin froh, es jetzt dem Papier anvertrauen zu können und deinen Blick nicht auf mir zu spüren.

Wenn ich recht hatte, saß Vater unschuldig in einer Zelle, weil er Maman vor dem Gefängnis bewahren wollte. Ich weiß nicht, welchen Namen ich den Gefühlen geben soll, die mich bei die-

sem Gedanken überwältigten. Ich dachte an seine beiden Briefe, und eine Welle der Scham schlug über mir zusammen. Das
konnte ich nicht wiedergutmachen, Vater. Aber jetzt wollte ich
in deiner Nähe sein, auch wenn das nur bedeuten konnte, mitten in der Nacht vor dunklen Gefängnismauern zu stehen.

Bevor ich das Haus verließ, ging ich unten mit zögernden
Schritten den Gang entlang bis zu Mamans Zimmer. Durch den
schmalen Türspalt sah ich sie vor der Schreibplatte des Sekretärs sitzen. Gedankenverloren schraubte sie die Kappe auf den
Füller, nur um sie im nächsten Moment wieder abzuschrauben;
die gleichen ziellosen Bewegungen wiederholten sich stets von
neuem. Die lange Asche der Zigarette würde gleich aufs leere
Papier fallen. *Il est en prison.* Jetzt verstand ich den schuldbe-
wußten Ton, in dem sie die Worte bei der Begrüßung gesagt
hatte. *Wie kannst du hier so ruhig sitzen in deinem maßgeschnei-
derten Kleid,* wollte ich schreien, *während Vater auf einer Pritsche
liegt und auf die schwere, häßliche Tür mit dem Schieber starrt, noch
immer das hallende Geräusch im Ohr, das die großen Schlüssel machten!* Die Asche fiel aufs Papier. Maman schien es nicht zu bemerken. Gerade wollte ich mich abwenden, da streckte sie langsam, wie in Trance, den Arm aus, um eine der kleinen Schubladen mit den Perlmuttgriffen herauszuziehen. Ohne jeden
Übergang (so, als seien die beiden Bilder Anfang und Ende
einer Absence) sah ich ihren gestreckten Arm vor mir, der die
Pistole hielt. GP hatte in diesem Bild nichts zu suchen, ich hatte ihn ausgelöscht. Mit einemmal waren Wut und Vorwurf wie
nie gewesen; statt dessen empfand ich eine merkwürdige, ver-
schwörerische Art von Stolz für Maman und ihre kaltblütige Tat.
Sie schniefte. Das Morphium; nach all den Jahren waren die Na-
senschleimhäute vollständig ausgetrocknet. Aus der Schublade
hatte sie zwei rosafarbene Karten genommen, die sie jetzt betrachtete. Nach einer Weile erinnerte ich mich: Es waren die Ein-
trittskarten zur Mailänder Scala, zu jener legendären Vorstellung
von *Tosca,* zu der sie mit Vater gereist war. Jetzt sah ich auch die
Risse, durch die man sie entwertet hatte. Es war pathetisch, wie
Maman über die Karten strich, das eine Mal, als wolle sie die

Risse rückgängig machen, dann wieder, als wolle sie sie liebkosen. Doch vielleicht war es nur mein zudringlicher Blick, der die Gesten pathetisch machte. Rasch verließ ich das Haus.

*

Das erste, was meinen Blick gefangennahm, als ich vor das Gefängnis trat, waren die drei Fenster, hinter denen noch Licht brannte. Mit schmerzenden Augen versuchte ich, die Schatten hinter den Gitterstäben zu entziffern. Keinen Augenblick, Vater, habe ich gezweifelt, daß eines der erleuchteten Fenster deines war. Die Schatten bewegten sich nur selten, und je länger ich nach oben starrte, desto weniger war ich sicher, was davon Einbildung war. Ich hätte alles darum gegeben, dich zu sehen, und zugleich hoffte ich, dein Gesicht nicht sehen zu müssen, wie es von Gitterstäben durchschnitten wurde. Ich nahm Zuflucht zu der Vorstellung, du säßest in dem kargen Raum an einem Tisch und hättest das Notenpapier vor dir, das dir Patty gebracht hatte. In dem alten braunen Anzug aus der Junggesellenzeit, um den du gebeten hattest, saßest du da wie immer, mit ungebeugtem Rücken auf dem äußersten Rand des Stuhls, die Beine in Bereitschaft wie bei einem Pianisten. Du hattest mit einer neuen Oper begonnen. Ich hörte das Kratzen der Feder auf dem Papier. Nichts konnte dir etwas anhaben.

In diesem Augenblick ging mit einem Schlag hinter allen drei Fenstern das Licht aus. Wie grausam diese gesteuerte Gleichzeitigkeit war, die in ihrer mechanischen Präzision etwas von einer Hinrichtung hatte! Von einer Kirche schlug es zehn. Ich ertappte mich bei dem absurden Gedanken, sie hätten mit dem Löschen wenigstens warten können, bis der letzte Schlag verklungen war. Für eine Weile trotztest du in meiner Vorstellung der verhängten Dunkelheit. Wie ein blinder Schachspieler seine Züge in den lichtlosen Raum hinausdiktiert, wiesest du deine Hände an, die Noten für eine Ouvertüre zu schreiben, deren berauschende Leichtigkeit allen Gefängnismauern dieser Welt spottete. Ich wußte, Vater, daß du das konntest, das und noch vieles mehr, du saßest dort drinnen wie ein Mann aus Granit, mit unbeugsamem Willen und überlegenem Verstand, da mochten sie noch so viele Türen verriegeln und noch so viele Lichter löschen. Doch dann ergriff die schweigende Dunkelheit der schrecklichen Festung Besitz von dir, das dunkle Schweigen drang unaufhaltsam auch in deine Zelle ein und zermalmte dich.

Ich hatte nicht gewußt, daß es das gibt: daß man das Gewicht eines Gebäudes im eigenen Körper spüren kann. Mit verdoppelter, verdreifachter Schwerkraft lasteten die dicken Mauern auf dem Grund, sie waren für die Ewigkeit gemacht und würden alle Kirchen der Stadt, wiewohl sie aus dem gleichen Backstein bestanden, überdauern. So schwer lastete das Gebäude mit seiner gestochen scharfen Silhouette aus Stacheldraht und Eisenspitzen auf mir, daß ich mich lange Zeit nicht vom Fleck zu rühren vermochte. Von den Autos und Passanten, die sich an diesem Samstag abend achtlos an den Gefängnismauern vorbeibewegt haben werden, sah ich nichts. Über dem ganzen Stadtteil lag, als bestünde sie aus kaltflüssigem, erstickend grauem Blei, eine alles einebnende Stille, und der Name Moabit lag über den Mauern und Zäunen wie ein alttestamentarischer Fluch.

Der Rolladen, auf den mein Blick jetzt fiel, war etwas ganz Gewöhnliches, etwas, das kaum hätte unauffälliger sein können. Und doch konnte ich kaum glauben, was ich sah. Dort, wo sich die breite Fläche des Rolladens stufenlos in die Mauer einfügte, mußte der Gefängniseingang sein. Doch die Wand aus nahtlos aneinandergefügten Metallrippen war wie eine zynische Leugnung dieser Tatsache: Zu dem dahinterliegenden, namenlosen Bereich der Wachtürme, Gitter und Handschellen gab es keinen Eingang! Überhaupt gab es keine Verbindung zur Außenwelt. Der Bau, in dem Vater, der nie vor eins zu Bett ging, im Dunkeln auf der Pritsche saß, war ein toter Bezirk der zentralen Lichtschalter und klirrenden Schlüssel, eine Welt außerhalb der Welt, zu der niemand Zutritt hatte.

Dann auf einmal kippte mein Blick in die andere Richtung, schuf eine neue Perspektive, und nun bedeutete der vom Rollladen verschluckte Eingang etwas anderes: Die Welt, die ge-wöhnliche Welt, war auf unbestimmte Zeit verreist und hatte die Verstoßenen dem unbeaufsichtigten Tun derer überlassen, die die Schlüssel besaßen. Der eiserne Vorhang half dem Vergessen, er löschte die Erinnerung an einen Ein- und Ausgang. Ob er je-mals wieder hochgezogen würde, lag im ungewissen, und was mit unserem unschuldigen Vater geschah, war nichts, woran je-mand auch nur einen einzigen Gedanken verschwendet hätte.

Wie es kam, daß sich mein Blick und der des Aufsehers im Wachturm ineinander verhakten wie die Blicke lebenslanger Feinde, verstehe ich im Rückblick besser als in jener Nacht, wo mir alle Dinge, die äußeren wie die inneren, ganz und gar un-durchdringlich erschienen. Als nächtliche Silhouette war der Aufseher ein hagerer Mann mit schmalem Gesicht, dem die Uni-formmütze viel zu groß und hoch auf dem Kopf saß. Ab und zu ließ ein schwacher Lichtschein von irgendwoher seine Bril-lengläser aufblitzen. Dann war es, als sende er einen gnadenlo-sen, stählernen Blick aus. Er war der einzig sichtbare Mensch, den ich für den Schrecken der finsteren Festung verantwortlich machen konnte. Die Tatsache, daß er nicht viel mehr als eine schwarze Gestalt mit grotesken Umrissen war, machte ihn zur idealen Zielscheibe für meinen Haß und meine Verachtung, wenn ich zur Kabine des Wachturms hinaufblickte. Am Anfang ertrug ich den Anblick des Turms (und das haßerfüllte Echo, das vom Wort *Wachturm* in mir ausgelöst wurde) nur für weni-ge Augenblicke. Das mag der Grund gewesen sein, warum ich mich von ihm wegbewegte und die Straße entlangging, bis ich am äußersten Stück der Gefängnismauer jene Plastik entdeck-te, die mir das Blut ins kalte Gesicht trieb.

Hoch oben ragt dort eine riesige Hand aus der Wand und hält an einem Waagebalken zwei Zellen. Die eine, soeben ver-lassen von einer weggehenden Gestalt, ist unten – die Freiheit wiegt viel, viel mehr als die andere Zelle, in der sich die einge-sperrte Figur in einer Haltung der Scham zur Wand dreht. Doch was sage ich: Es sind nicht Zellen, Patty, was die Plastik zeigt, sondern *Käfige*, die sich in nichts von Tierkäfigen unterscheiden, in nichts. Ich bin an der Grausamkeit der Symbolik fast erstickt. Vater in einem Käfig. Einem Käfig. Einem vergessenen Käfig ohne Ein- und Ausgang.

Es war lächerlich, aber ich ging im Sturmschritt zum Wachturm zurück, ausgefüllt von dem blinden, betäubenden Wunsch, jemanden zur Rechenschaft zu ziehen. Jetzt wich ich dem Anblick, der mit der Erinnerung an Mauer und Todesstreifen verschmolz, nicht mehr aus. Die Brille in der Kabine blitzte auf. Ich bohrte meinen Blick genau ins Zentrum der Gläser. Die Gläser drehten sich weg und kamen wieder. Sie blieben länger als vorhin. Der Kopf neigte sich dem Kabinenglas entgegen. Ich stemmte die Füße auf den Asphalt und starrte. Kopf und Schulter des Mannes drehten sich weg, und als die Gläser wiederkamen, waren sie größer und gehörten zu einem Feldstecher. Ich zitterte vor Kälte und Haß. Er würde ganz genau sehen, was ich tat. Meine Hand in der Jacke berührte das Notizbuch und den Stift, die ich bei mir getragen hatte, wenn ich mit Paco über die Friedhöfe von Santiago gegangen war, um einen Namen für ihn zu suchen. Ich lehnte mich gegen die Hauswand, inspizierte mit übertrieben deutlichen Kopfbewegungen das Gefängnis und tat dann, als machte ich Notizen. Der Feldstecher war immer noch da. Ich sah direkt in ihn hinein, machte die Bewegung des Schreibens und sah wieder hoch. Es gab nur noch meine Augen und die großen Linsen. Die dunkle Gestalt griff zum Telefon, ohne ihren Blick abzuwenden. Ich bekam Herzklopfen und wurde vor Kälte schmal. Später, im Traum, waren meine Hände wie aus Eis, als ich den Mann zu erwürgen versuchte.

*

Wieder habe ich deinen dritten Akt gehört, Vater. Ich kenne die Musik inzwischen so gut, daß mich kein einziger Ton mehr überrascht. Gerechtigkeit vor Leben. Wenn du getan hättest, was du vorhattest, so wäre dieses der Gedanke gewesen, mit dem du auf deiner Pritsche in Moabit gesessen hättest. *Eine winzige Kapsel gegen Leben und Freiheit!* läßt du den Chor ausrufen, und Kohlhaas erwidert: *Du kannst mich auf das Schafott bringen, ich aber kann dir weh tun, und ich wills!* Wenn er sich am Schluß blitzartig umdreht und dem Scharfrichter das Beil entreißt: Etwas davon muß Patty gespürt haben, als sie sah, wie du den Aufseher matt setztest.

In Wirklichkeit saßest du nicht hinter Gittern wie Kohlhaas. Der Grund, aus dem du dich widerstandslos in die dunkle, schweigende Festung hattest führen lassen, war ein ganz anderer. Patty gegenüber hast du ihn in Worte gefaßt, die knapper nicht hätten sein können: *Im Gefängnis gibt es kein Morphium.*

*

Damals, auf dem Heimweg von Moabit, hatte ich das Bedürfnis, mir deine erste Begegnung mit der Musik zu vergegenwärtigen, die den Keim alles Späteren in sich trug. Wir hatten die Geschichte oft gehört, Patty und ich, und wir waren froh gewesen, als sie schließlich zusammen mit deiner Musik hinter der Polstertür verschwand. Jetzt holte ich sie hervor, dankbar für jedes Wort, an das ich mich erinnerte. Und während ich ihr lauschte, sah ich dich auf der Pritsche sitzen, aufrecht und still, fest in der Gewißheit, daß du unmöglich anders hättest handeln können.

«Im Aufenthaltsraum des Heims, in das sie mich gesteckt hatten, gab es ein Klavier. Es war uns verboten, den Deckel über der Klaviatur aufzumachen. Der Heimleiter nämlich, Gygax mit Namen, Urs Gygax, betrachtete das Klavier als sein Eigentum. Was es nicht war, das hatte ich schon in den ersten Tagen herausbekommen, als ich in die Küche abkommandiert wurde, wo man Gygax nicht mochte. Das Klavier also stand meistens unbenutzt in der Ecke. Nur während des spärlichen Musikunterrichts und am Samstag abend, jeden Samstagabend, wurde darauf gespielt, und zwar von Gygax, Urs Gygax, dem Heimleiter, der größten Wert darauf legte, mit *Herr Direktor* angesprochen zu werden. Was ich nie getan habe, nicht ein einziges Mal.

Von mir aus nämlich habe ich ihn überhaupt nicht angesprochen.

An meinem ersten Samstagabend im Heim spielte Gygax wie immer seine heimatlich-kitschigen Melodien. Ich habe sofort gehört, daß das Klavier verstimmt war. Das Wort *verstimmt* kannte ich noch nicht, deshalb sagte ich: ‹Die Töne sind falsch›. Gygax, der mich, den Verstockten, von Anfang an nicht mochte, verstand es als Kritik an seinem Spiel und war zutiefst gekränkt. Nicole, die Betreuerin, versuchte auszugleichen, indem sie mir die richtigen Worte beibrachte: *verstimmt* und *désaccordé*. ‹Das Klavier ist verstimmt›, sagte ich nun bei jeder Gelegenheit. Bis ich merkte, daß alle darauf warteten, weil sie wieder diesen Kampf zwischen mir und Gygax sehen wollten. Da sagte ich es aus Trotz nicht mehr. Alle drehten sich zu mir um und warteten. Doch ich schwieg nur und lächelte. Dieses Lächeln – Gygax haßte es aus ganzer Seele. Es sei das arroganteste Kinderlächeln, das er kenne, sagte er vor versammelter Mannschaft.

Wieder war es Samstagabend. Nicole hatte ihren Cousin Pierre mitgebracht, einen blinden Klavierstimmer. Kaum hatte Gygax ein paar Töne angeschlagen, da rief Pierre aus: ‹*Mon Dieu, ist dieses Klavier verstimmt!*› Ich kann den Triumph, den ich bei diesen Worten empfand, nicht beschreiben, es gibt dafür keine Worte. Alle drehten sie sich um und sahen mich an. Ich ging nach vorn, stellte mich neben das Klavier und sah Gygax an. Unentwegt sah ich ihm in die Augen, bis er den Raum mit rotem Kopf verließ. Die Geschichte machte im ganzen Heim die Runde. Plötzlich war ich für die anderen jemand. Versteht ihr: Ich war jemand. Über meine Langsamkeit im Unterricht lachten sie mit einemmal nicht mehr. Gygax sah zu Boden, wenn er mir auf der Treppe begegnete. Er schikanierte mich nur noch hinterrücks, nicht mehr vor aller Augen.

Einige Tage später kam Pierre, um das Klavier zu stimmen. Es war ein sonniger Herbsttag, Bündel von Sonnenstrahlen durchschnitten den Staub. Mich haben sie geblendet, ich mußte ihnen ausweichen. Pierre, auf dessen Gesicht sie einfielen, reagierte überhaupt nicht. Die Strahlen konnten ihm nichts anhaben. Es war, als prallten sie an ihm einfach ab. Da hatte ich plötzlich den Eindruck zu verstehen, was das ist: blind sein. Eingeschlossen sein. Geschützt und eingeschlossen zugleich. Pierre war der erste blinde Mensch, den ich kennenlernte. Ich habe ihn gefragt, wie es vor den Augen sei: ob es ganz dunkel sei. Es war etwas sehr Sanftes in seiner Stimme, wenn er über seine Blindheit zu mir sprach. Er erzählte mir, wie wichtig die Welt der Töne werde, wenn man nichts mehr sehe. Und wie neu diese Welt auf einmal klinge. Übrigens auch, wie das Gesicht zu einem Sinnesorgan werde, wie es auf Wärme und Luftzug reagiere und überhaupt auf die Gegenwart von etwas. ‹Daß da ein Gegenstand ist, das fühlst du mit dem Gesicht›, sagte er.

Ab und zu, während er sprach, lächelte Pierre. Später habe ich ein Foto aus einer Zeit gesehen, als er das Augenlicht noch besaß. Er hatte ein wunderbar offenes, ausgelassenes Lachen. Laut Sophie, seiner Frau, konnte er damit jede Frau auf der Stelle erobern. Dieses Lachen war verstrickt in das Lachen anderer. Das spätere Lächeln dagegen: Pierre konnte nicht mehr damit rechnen, auf einem anderen Gesicht eine für ihn sichtbare Antwort zu bekommen. Es war ein einsames, nach innen gewandtes Lächeln.

Pierre drehte mit dem Schlüssel an den Stimmwirbeln, schlug die Akkorde an, korrigierte noch einmal. Dabei schloß er die Augen wie ein Sehender, der sich auf Töne konzentriert. Ich war gefangengenommen von dem Erlebnis, daß er mit dem Ton genau, wirklich ganz genau dann zufrieden war, wenn auch ich es war. Wenn auch ich zur Ruhe kam, was diesen Ton anlangte. Einmal dann, als der Ton richtig war, sagte ich: ‹Jetzt!› Pierre wandte mir leicht den Kopf zu und lächelte dieses sonderbar einsame Lächeln. ‹Stimmt genau›, sagte er, ‹wollen mal sehen, ob du es noch ein zweites Mal triffst.› Ich machte es richtig, wieder war es das Lösen einer Spannung, wenn der Ton endlich saß.

Es wurde ein Spiel. Oder nein, es war das Ernsteste, was ich in meinem Leben bisher erlebt hatte. Ich zitterte vor Aufregung. Zum erstenmal hatte ich das Gefühl, etwas zu können, wirklich zu können. Eine Fähigkeit zu besitzen, die nicht jeder besaß und mit der man jemanden in Erstaunen versetzen konnte. Und das Verrückte daran: Ich brauchte gar nichts dazu zu tun, ich konnte es einfach, es war in mir drin, ein Teil von mir. Diese Leichtigkeit, sie bildete einen wunderbaren Gegensatz zu der Anstrengung, die mich die Worte damals kosteten.

Ich fragte, ob ich auch einmal mit dem Schlüssel an den Stimmwirbeln drehen dürfe. Da nahm er meine Hand in seine und führte sie durch die nötigen Bewegungen. Es war eine unerhört warme, trockene Hand, mir ist, als könne ich sie noch heute spüren. Sehr schlanke, weiße Hände hatte Pierre, sanfte, glatte Haut, fast wie die einer Frau. Ich wünschte, meine Hand für immer in der seinen lassen zu können, das Stimmen sollte nie aufhören. Doch dann ließ er mich los und holte eine Taschenuhr hervor, an der er die Zeit abtastete. Er müsse sich beeilen, sagte er, und deshalb müsse er den Rest selbst machen. Als ob er die Enttäuschung auf meinem Gesicht sehen könne, zog er mich zu sich heran und fuhr mir tröstend übers Haar.

Da roch ich zum erstenmal seinen wunderbaren Geruch. Es muß ein Parfum gewesen sein, das er immer benutzte, oder eine Crème. Nach seinem Tod war ich jahrelang auf der Suche nach diesem Geruch. Dann verlor ich allmählich die Sicherheit zu wissen, was für ein Geruch es gewesen war, ich probierte innerlich mehrere aus und wußte es nicht mehr. Dabei hatte ich das Gefühl, auch Pierre selbst zu verlieren. Wenn ich wolle, sagte Pierre zum Abschied, dürfe ich ihn zu Hause besuchen, da könne er mir über das Stimmen noch mehr erklären.

Es wird euch unglaublich vorkommen, aber es war das erste Mal, daß mich jemand zu sich nach Hause einlud. Vorher war ich stets zu Hause bei der Mutter gewesen und dann nur im Heim. Ich wußte zunächst nichts zu sagen, so daß Pierre mich fragte, ob ich nicht wolle. Erst als ich dann etwas stotterte, merkte er, daß ich aus Überraschung und Freude geschwiegen hatte. Als ich es später Nicole erzählte, lächelte sie und fuhr mir auch übers Haar. ‹Du hast ja ein ganz heißes Gesicht›, sagte sie.

Pierres Wohnung war sehr hell eingerichtet, viel Weiß und

nur hie und da ein Farbfleck. Pierre hatte, als sie kurz nach seinem Unfall in diese zweckmäßigere Wohnung zogen, darum gebeten. Außer Sophie, seiner Frau, verstand es niemand. ‹Ich möchte, wenn ich eines Tages die Augen aufschlage und wieder sehen kann, in einen sehr hellen Raum hineinblicken›, sagte Pierre. Dabei wußte er ganz genau, daß er nie wieder etwas sehen würde, niemals wieder. Trotzdem, ohne diese Illusion konnte er einfach nicht leben. ‹Es ist›, sagte mir Sophie einmal, ‹eine bewußt inszenierte Selbsttäuschung, in die er sich einwickelt wie in ein schützendes, schmerzlinderndes Tuch.›

So etwas wie diese Wohnung hatte ich noch nie gesehen, ich betrat eine völlig neue Welt. Gekannt hatte ich bisher nur die Räume auf dem Bauernhof von Odiles Eltern, Butzenscheiben im Wohnzimmer, dann die Zweizimmerwohnung am Bahngeleise, in der ich mit Mutter wohnte, Möbel aus zweiter Hand, billig und zusammengewürfelt, und schließlich die nichtssagenden Einrichtungsgegenstände des Heims, sie waren so nichtssagend, daß ich trotz der vier Jahre, die ich dort verbrachte, nicht mehr sagen könnte, wie sie ausgesehen haben, vor allem nicht die Farben, das ganze Heim scheint mir ganz farblos gewesen zu sein.

In Pierres Wohnung begriff ich zum erstenmal, was das hieß: *élégant* – ein Wort, das ich wegen seines hellen Klangs und seiner Melodie schon immer sehr gemocht hatte, auch verband ich damit ein Gefühl, eine Erwartung, aber noch nie hatte ich etwas gesehen, was ihr entsprochen hätte. Bis ich Pierres Wohnung betrat. Es war wie eine Erweckung. Alles paßte zusammen. Und es waren überraschend wenig Möbel da, einmal damit Pierre mit möglichst wenigen Hindernissen zu kämpfen hatte, aber auch Sophie gefiel es so. Es war, wie gesagt, eine neue Welt, und diese Welt verband sich von nun an mit allem, was mit Musik zu tun hatte: Musik, das war ein Bestandteil von Pierres Wohnung, etwas Elegantes, jede Melodie war wie eine der eleganten Formen in dieser Wohnung. Im Wohnzimmer, wenn man es so nennen kann, stand ein riesiger Flügel, tiefschwarz und glänzend. Sonst nur noch ein einziger großer Sessel für einen Zuhörer.

Und eine Wand ganz voller Bücher, alle über Musik. Etwas so Elegantes, so Vollkommenes hatte ich überhaupt noch nie gesehen. Und so viel leerer Raum um den Flügel herum. Ein Zimmer nur für diesen Flügel. Der viele Raum, das war der wirkliche Reichtum. Ich war wie betäubt.

Als Pierre mit unglaublich zielsicheren Schritten quer durch den Raum zum Flügel ging, bemerkte ich zum erstenmal, daß er vom Unfall ein bißchen hinkte. Langsam und feierlich, als sei es die Vorbereitung zu einem Gebet, setzte er sich auf der Klavierbank zurecht und rieb die Fingerspitzen aneinander, wie um sich ihrer Empfindlichkeit zu vergewissern. Dann begann er zu spielen. Später, als ich einen Vergleich hatte, habe ich gesehen, daß er nicht besonders gut spielte. Es war zu gefühlsbetont, zu sehr nur Ausdruck seiner Sehnsucht nach Licht und seines Schmerzes wegen der nie endenden Finsternis. Dabei kam ihm der Sinn für die Strenge der Kunstform abhanden. Den Rhythmus dehnte er nach Belieben. Als könne man überall *tempo rubato* spielen. Es war an der Grenze des Kitschs und manchmal jenseits der Grenze. Auch hatte seine Fingerfertigkeit Grenzen. Er war ein Autodidakt, selbst aus ärmlichen Verhältnissen, nicht zuletzt daher rührte seine Zuneigung zu mir. Aber er liebte das Instrument über alles, es war jetzt, da er nichts mehr sah, seine ganze Welt. Und in dieser Welt war er verbunden mit Sophie, seiner Frau, einer Klavierlehrerin.

Als ich abends nach dem ersten Besuch ins Heim zurückkam, in den öden Speisesaal und mein schäbiges Zimmer, lag ich die ganze Nacht wach auf dem Bett, nicht einmal ausziehen mochte ich mich. Ich träumte von Pierres weißer, eleganter Welt und spürte den felsenfesten Willen in mir heranwachsen, mir Zutritt zu dieser Welt zu verschaffen, koste es was es wolle.

Vom nächsten Tag an begann ich wie verrückt für die Schule zu arbeiten, ich mußte die Aufnahmeprüfung für die Sekundarschule um jeden Preis bestehen, wenn ich Klavierbauer werden wollte. Die Lehrer kamen aus dem Staunen nicht heraus, plötzlich war ich nicht mehr bockig, sträubte mich nicht mehr, sondern war willig und zum Fürchten fleißig, wie Nicole einmal sagte. Die Stimmung schlug zu meinen Gunsten um, und auf einmal hatten sie alle den Ehrgeiz, daß ich die Prüfung bestünde. *Unser kleiner Steinway* nannten sie mich, und der Hausmeister, ob aus Unwissenheit oder Jux, versteifte sich auf *unser kleiner Stradivari*, wobei er das *S* wie ein *Sch* aussprach, was alles noch lächerlicher machte.

Pierre und Sophie haben mich auf ganz unterschiedliche Weise in die Musik eingeführt. Sophie durch ihre nüchterne, am Handwerklichen orientierte Art. Sie bestand darauf, daß ich die Dinge von Anfang an lernte. Dutzende von Malen habe ich den Spruch gehört, daß man nicht tanzen könne, bevor man gehen gelernt habe. Sophie, das waren die Etüden. Pierre dagegen, das war die Musik. Wie gesagt, er war kein guter Pianist, eigentlich sogar ein ziemlich schlechter. Aber die Art, wie er mit seinen halb geschlossenen blinden Augen dasaß, eingeschlossen ins Dunkel, und einer Melodie lauschte – es hatte etwas unglaublich Eindringliches. Jetzt ging es um die Seele und um nichts sonst. Es hatte etwas von einem Heiligtum. In solchen Momenten habe ich ihn sehr geliebt, so sehr wie niemanden vor oder nach ihm. Und zu dieser Liebe gehörte der Schmerz über seine Dunkelheit und die Dankbarkeit dafür, daß er mir diese neue Welt gezeigt hatte. Ich wäre für ihn durchs Feuer gegangen.

Sophie zeigte mir etwas ganz Neues: Noten. Sie sahen bedeutsam aus wie eine Geheimschrift. Unter der Bettdecke, beim Licht einer Taschenlampe, lernte ich nächtelang alle Notenschlüssel auswendig. Dabei stellte ich mir vor, daß außer Pierre und Sophie nur ich diese Schrift lesen könne.

Sophie hatte die Angewohnheit, Noten ins Konzert mitzunehmen, Taschenpartituren, dicke dunkelgelbe Heftchen. Eines Tages nahm sie mich in eine Oper mit. Es war *Un Ballo in Maschera*. Von der Handlung verstand ich so gut wie nichts, die Aufführung war in italienischer Sprache. Aber etwas so Schönes, etwas, das so tief in mich hineinsank, hatte ich vorher noch nie erlebt. Die Bühne, die hinter dem Vorhang in unglaublich kurzer Zeit vollkommen umgebaut werden konnte; das Orchester im Graben; die Bewegungen des Dirigenten; die Kostüme;

die Tatsache, daß auch die Dialoge gesungen wurden. Aber was das Unglaublichste war: wenn das Orchester Anlauf nahm und eine musikalische Bühne baute, auf der dann die Arien anhoben. Erst sehr viel später ist mir bewußt geworden, daß ich mit größter Erregung die besondere, erwartungsvolle Stille im Publikum fühlte, wenn wieder ein solcher Anstieg zu einer bekannten Arie kam. Dann der frenetische Beifall, wenn eine dieser Arien zu Ende war. Das hatte ich nicht erwartet und nicht für möglich gehalten: daß Menschen so begeistert sein könnten. Mit brennendem Gesicht saß ich dort im Dunkel und fühlte einen Gedanken, den zu denken ich mich noch viele Jahre lang nicht traute: Auch ich würde so etwas komponieren, und am Ende würde auch ich vorn auf der Bühne stehen, mitten im tosenden Beifall von den Rängen. In einem wahren Fieber bin ich aus der Vorstellung hinausgegangen, stumm vor Aufregung, so daß Sophie mich neugierig musterte. Von diesem Fieber habe ich mich nie mehr erholt.

Pierre und Sophie Delacroix adoptierten mich. Ich war elf Jahre alt. Als ich noch im Heim gewohnt hatte und nur zu Besuch bei ihnen war, hatte ich mich stets als das arme Heimkind gefühlt, für das man etwas tat. Am Tag, als ich mit Sack und Pack bei ihnen einzog, wurde das anders. Nun war ich ihr Sohn. Am Anfang war es wunderbar. Ich lernte auf ihrem Flügel Klavier spielen. Mühelos fügte ich mich in das Leben der beiden ein. Oder jedenfalls glaubte ich das; wollte es glauben. Doch bald, nachdem die Neugierde und die Freude am Neuen nachgelassen hatten, gab es die ersten Anzeichen dafür, daß Pierre und Sophie sich nun doch in ihrem aufeinander eingespielten, stillen und wortkargen Leben gestört fühlten. Es kam zu ersten Gereiztheiten, wie es sie vorher nie gegeben hatte. Ich traute mich nur noch an den Flügel, wenn die beiden nicht da waren. Und mit einemmal war es für Sophie schwierig, Konzertkarten zu bekommen. Wer weiß, wie es sich entwickelt hätte, wären die beiden nicht verunglückt.»

Das, Vater, war die Geschichte, wie du sie uns mit geringen Abweichungen sicher ein dutzendmal erzählt hast. Die Geschichte deiner Begegnung mit der Musik. Die Geschichte, die dich schließlich hinter Gitter brachte.

*

Juliette war da, und wir haben ausprobiert, was ich mir vorgestellt hatte: Ich erlebe, wie ein orchestriertes Werk auf den Klavierauszug schrumpft, und dann versuche ich bei Vaters Musik den umgekehrten Weg. Es ist schwerer, als ich dachte, viel schwerer. Vor allem, weil ich nicht gewohnt bin, die Noten der vielen Instrumente wirklich zu hören. Ganz zu schweigen von ihrem Zusammenklang.

Doch nicht nur deswegen geriet der Abend in Unordnung. Mitten in die Musik hinein klingelte das Telefon. Sie versuche seit Tagen vergeblich, mich zu erreichen, sagte Mercedes. Paco habe ein neu eingeliefertes Kind mit dem Feuerlöscher angegriffen. Der Kopf sei über und über mit Schaum bedeckt gewesen, man habe den Augenarzt einschalten müssen. Noch nie sei er anderen gegenüber gewalttätig geworden; immer nur sich selbst gegenüber.

«Hast du verstanden?»

Ja, sagte ich, ich hätte verstanden. Dann war es in der Leitung lange still.

«Wie heißt das neue Kind?» fragte ich schließlich.

«Undurraga.»

Das war der Name, den sich Paco auf dem Friedhof ausgesucht hatte.

«Warum fragst du?»

«Nur so.»

«Siehst du jetzt, wie recht ich hatte?»

Du hast Pacos mühsam errichteten Wall der Abgrenzung niedergerissen, hieß das, und jetzt überspülen ihn die Wogen seiner Affekte. Du bist schuld.

Ich sagte nichts. Das andere Kind hatte Paco den Namen weggenommen. Damit waren auch unsere Spaziergänge entweiht worden. Dagegen hatte er sich gewehrt.

«Kann ich ihn sprechen?»

«Nein.» Es klang mehr als bestimmt; schneidend.

Ich spürte, wie mir heiß wurde. Ich hielt den Hörer weg vom Ohr und atmete langsam aus.

«Wann kommst du zurück?» fragte Mercedes in das erneute Schweigen hinein.

Ich wisse es nicht, sagte ich.

«Wann wirst du es wissen?» Das Rauschen in der Leitung machte es unmöglich zu erkennen, wieviel Ironie in der Frage lag.

Ich wisse es nicht, sagte ich.

*

«Er ist ein seelisch gestörtes Kind», sagte Juliette. «Laß dir nicht einreden, daß du daran schuld bist. Und wie kommt diese Mercedes, oder wie sie heißt, überhaupt zu derart selbstgerechten Kommentaren?»

«Ich bin drei Jahre lang mit ihm spazierengegangen», sagte ich. «Wir haben Musik gehört, die genau gleiche Musik zu der genau gleichen Zeit. Es war lächerlich und auch Kitsch, aber ich habe mit Oper begonnen. Das mochte er überhaupt nicht, er nahm einfach den Kopfhörer ab. Dasselbe bei Brahms, Schumann, Mendelssohn. Auch bei Beethoven-Symphonien machte er nicht lange mit. Vielleicht ist es ihm zuviel, wenn mehrere Instrumente im Spiel sind, dachte ich, und legte Klaviersonaten ein. Er behielt den Kopfhörer auf. Natürlich habe ich auch lateinamerikanische Musik probiert, bekam aber ein ziemlich abweisendes Gesicht. Nach der ersten Kassette mit Klaviersonaten von Mozart machte er mit der Hand eine drehende Bewegung: Noch einmal! Es ist bei Mozart geblieben, und manchmal wollte er Bach hören. Mit der Zeit konnte ich sein Mozart-Gesicht von seinem Bach-Gesicht unterscheiden und legte das Richtige ein. So war das, drei Jahre lang, sogar ein bißchen mehr. – Und es war bei mir, daß er die ersten Worte sprach.»

«Du kannst ihm nicht ein Leben lang ein Vater sein», sagte

Juliette. «Oder ein Therapeut. Und du kannst nicht seinetwegen dein Leben in Chile leben.»

Juliettes Worte taten mir gut, sie rückten die Dinge zurecht. Doch als sie gegangen war, verloren die Worte mit jeder Stunde an Überzeugungskraft. Pacos Zeichnung liegt vor mir. Ich verrate ihn, den Lebenden, um hier viel zu spät der Musik eines Toten zu lauschen.

Patricia

VIERTES HEFT

D U BIST EIN SPIELER, Patrice. Nicht beim Roulette oder
am Pokertisch. Du spielst mit Menschen. Nicht, um sie
auszunutzen, oder weil du keine Achtung vor ihnen hättest. Auch nicht aus Freude an der Macht. Deine Sucht besteht
darin, daß du nicht anders kannst, als die Grenzen einer Beziehung auszuloten, indem du sie überschreitest und dadurch eine
Katastrophe herbeiführst.

Das war es, was ich dachte, als ich den Hörer aufgelegt hatte. Was du über dich und Paco erzähltest: Es hatte einen unheilvoll vertrauten Klang. Und die Tatsache, daß du entgegen
unserer Abmachung anriefst, um mich um Rat zu fragen, kam
mir vor wie eine Episode in der erzählten Geschichte. Ich bin
die letzte, die dir in dieser Sache raten kann, und nicht nur, weil
ich den Jungen und seine Pflegerin nicht kenne. «Entschuldi-
ge, daß ich angerufen habe», sagtest du. *«De rien»*, sagte ich.

In den Stunden, die auf deinen Anruf folgten, konnte ich
nicht schreiben, und auch am nächsten Abend kamen die Worte nicht. Du ließest dir Papas Musik vorspielen, hattest du gesagt. Also habe ich dich doch richtig erraten, dachte ich. Ich
dachte es ohne Freude oder Triumph. Denn es war schwierig,
mich in der neuen Situation einzurichten. Du hörtest Papas Musik, die ich nie gehört hatte, und du hörtest sie mit jemandem
zusammen, der nicht ich war. Außerdem geschah das in uner-
warteter Nähe, wenn ich es an der Entfernung zu den Anden
maß, an die ich mich im stillen Zwiegespräch mit dir gewöhnt
hatte. Es sind noch zwei weitere Tage vergangen, bis ich wieder
Worte fand.

*

An den Abenden, an denen ich vor dem leeren Heft saß und vergeblich auf Worte wartete, sah ich dich oft vor mir, wie du mir als kleiner Junge alles brachtest, was du geschaffen hattest: jede Zeichnung, jede Lehmfigur, alles. Du überbrachtest es auf eine Weise, die mich schon damals, als ich es noch nicht zu deuten wußte, zutiefst rührte. Verstanden habe ich deinen Wunsch erst im Laufe der Zeit: Du wolltest nicht gelobt werden für dein Werk. Auch wolltest du keinen Dank dafür. Du hast es mir nicht so gewidmet, wie man ein Geschenk macht. Was du wolltest, war, daß ich es zu unserem gemeinsamen Gut erklärte und es auch als das meine anerkannte. Vorher zählte es nichts. Ein fernes Echo dieses Wunsches meinte ich in der Stimme zu entdecken, mit der du mir am Telefon von Paco erzähltest.

Ich kann den Regen auf deiner Haut spüren, sagtest du eines Tages, während du mit der Hand die Tropfen auf deinem eigenen Arm berührtest.

Die Körpersprache derer, die du bewundert und geliebt hast, übernahmst du mit atemberaubender Selbstverständlichkeit. Du sahst, wie ein Dirigent vom Podium herabstieg und mit federndem Schritt zur Tür ging, die ihm der Saaldiener aufhielt. Als der Beifall verklang und du aufstandest, gingst du in genau dem gleichen Gang, der deinem eigenen fremd war, hinaus ins Foyer. Du warst so vertieft darin, dich im Gang des anderen zu verlieren, daß du gar nicht bemerktest, wie du mir davonliefst. Einmal sahen wir in einem Café einen Mann, dessen Hand beim Erklären von etwas explodierte, als müßten die Finger sternförmig und weit in den Raum hinausfliegen. Am nächsten Tag machtest du beim Erklären die gleiche Bewegung. Ob es um den sprachlichen Stil von jemandem ging, um die Gestik, die Mimik, seine Körperhaltung, sein Lachen: Mühelos machtest du alles nach. Heute denke ich: Dieses virtuose Einfühlungsvermögen, es ist auch eine Sucht: die Sucht, nicht du selbst werden zu wollen.

Gleichklang – das war das Zauberwort, mit dem du unser unsichtbares Gefängnis gebaut hast. Wieder einmal warst du treffsicher in der Wahl des Wortes, es ist ein schönes, poetisches Wort, man kann sich schon aus diesem Grunde kaum dagegen wehren, und weil man das Wort nicht ablehnen kann, fällt es schwer, sich gegen die Idee zu wehren. Auf Worte hast du dich schon immer verstanden, schon als Knirps hast du die verrücktesten Wendungen aufgeschnappt und halbwegs richtig gebraucht, lange bevor du die Sache kennen konntest. Zum Entzücken von Maman. Und Reden hast du gehalten an Geburtstagen und Hochzeiten, die Leute grölten vor Vergnügen und Bewunderung, eine Mischung aus altklugem Priester und marktschreierischem Don Juan warst du. Du konntest die Leute zum Lachen, aber auch zum Weinen bringen, du hast die Gabe, dich in die Herzen der Menschen zu reden, sie zu halten und zu trösten, aber auch, sie im Innersten zu verletzen. Auf diese Weise hast du auch mich betört, vor allem mit dem Wort *Gleichklang*. Du hast es derart zelebriert, dieses Wort, daß ich nicht zu denken wagte, die Sache könnte undurchführbar oder gar zerstörerisch sein, eine wohlklingende Falle.

Dabei ging es dir nicht ums Wort, sondern um die Sache. Nie wurde das deutlicher als an deiner Weigerung, ein Spiel zu spielen, in dem wir Gegner wären. Gegeneinander spielen – das war unmöglich. Du sabotiertest jeden Versuch, indem du mich absichtlich gewinnen ließest. Und einmal, als wir einem Tennismatch zusahen, sagtest du: «Stell dir vor, einer verliert in einem Endspiel und sagt nachher: ‹Ich konnte ihn nicht verlieren sehen, ich mag ihn viel zu sehr.› Wäre das nicht wunderbar?»

Du warst ein Meister in der Kunst der geteilten Geheimnisse. Jedes dieser Geheimnisse war wie ein Überfall, und sie waren so geschickt gewählt, daß ich mir schrecklich vorgekommen wäre, hätte ich sie verraten. Auch diese Geheimnisse: Steine in der Mauer unseres Kerkers. Das einzige, was geholfen hätte, wäre gewesen zu sagen: «Ich will keine Geheimnisse mehr mit dir teilen.» Aber das hätte geheißen: «Ich liebe dich nicht mehr». Das zu sagen war undenkbar.

Die Orte, die wir gemeinsam entdeckt hatten, waren wie mit einer Farbe überzogen, der Farbe der Ausschließlichkeit: Hier durften wir nicht mit anderen hingehen, höchstens allein.

Was du von mir überhaupt nicht ertrugst: Ironie. Die spielerische Distanzierung, die darin liegt, sie war schon zuviel. Was unsere Liebe betraf, so warst du vollständig humorlos (genauso wie Maman, wenn es um dich ging). Dabei konntest du dich vor anderen selbst wunderbar auf die Schippe nehmen, du warst berühmt dafür, die Lehrer bewunderten die Reife, die sie darin sahen. Ich konnte nicht lachen, wenn ich zugegen war, weil ich wußte, daß ich diejenige war, die bei diesem Spiel draußen bleiben mußte; ich hatte dein Anker zu sein.

Märchen einstreuen: Auch diese betörende Idee von dir entsprang, glaube ich, deiner unstillbaren Sehnsucht nach Gleichklang. Du wolltest andere in Erstaunen versetzen, am liebsten ganz aus der Fassung bringen durch eine Großzügigkeit, die sie für unvorstellbar gehalten hatten, weil sie jeden Rahmen und jede Vernunft sprengte. Wie damals vor dem Theater, als wir aus dem Taxi stiegen, voller Vorfreude und noch das Lachen über einen Scherz im Gesicht. Ein schüchternes Mädchen in einem schäbigen Mantel und groben, abgetragenen Schuhen, das Gesicht halb verdeckt von strähnigem Haar, hielt sich linkisch ein Stück abgerissenen Karton vor die flache Brust: *Suche zwei Karten.* Du kamst mit offenem Mantel und wehendem Schal auf meine Seite, um mir die Tür zu öffnen (das ließest du dir nicht nehmen, und ich ließ es geschehen, obwohl ich diese Sekunden der erzwungenen Untätigkeit und den besonderen Blick des Fahrers im Rückspiegel haßte), dein Arm war schon ausgestreckt zum Türgriff hin, da sahst du das Mädchen mit dem Schild, verharrtest einen Moment in schwankendem Gleichgewicht und holtest dann die Brieftasche aus der Jacke. Mein Blick war gleichzeitig mit deinem auf das Mädchen gefallen, und kaum hatte ich die drei Worte durch die beschlagene Scheibe hindurch gelesen, wußte ich, was nun kommen würde, das heißt, ich wußte es nicht, aber ich hatte wieder einmal dieses Gefühl, das mir eine deiner Maßlosigkeiten ankündigte, eine deiner absurden Großherzigkeiten, die von atemberaubender Rücksichtslosigkeit nicht zu unterscheiden sind.

Du holtest die Karten im Wert von 160 Mark hervor und

reichtest sie dem Mädchen, das sie vor die kurzsichtigen Augen hielt. «Die kann ich mir leider nicht leisten», sagte sie und schützte die Augen vor einem eisigen Windstoß. Das war einer jener Momente, die dir mehr wert waren als ein ganzes Vermögen. «Wir schenken sie Ihnen», sagtest du und zogst mich fort. *Wir* schenken sie Ihnen!

Eitelkeit ist es nicht, was dich in solchen Momenten übermannt; auch nicht die Eitelkeit des Märchenprinzen. Die Reaktion wartest du nicht ab, es geht dir nicht darum, dich an der Überraschung zu weiden. Zu deiner Art von Märchen gehört es, zu verschwinden wie ein Geist. Einen Augenblick lang hast du die Welt aus den Angeln gehoben, das zu wissen genügt dir. Du bist, denkst du, ins Innerste einer anderen Person vorgestoßen, die du gar nicht kennst; durch einen Überraschungsschlag hast du alle Mauern der Sicherheit und Abwehr durchbrochen, um – so verrückt es auch klingen mag – mit ihr zu verschmelzen und dadurch zu beweisen, daß so etwas, gegen alle Erfahrung, doch möglich ist. Etwas, das nicht einmal mit mir möglich gewesen ist. Für diesen einen Augenblick hat die Hoffnung über die Erfahrung triumphiert.

Du bist etwas, was es eigentlich gar nicht geben kann: ein Solist der Nähe und des Gleichklangs. Dazu hat dich Maman gemacht. Und auf diese Weise ist es ihr schließlich doch noch gelungen, uns auseinanderzutreiben.

*

Auch über das Vergessen müssen wir sprechen.

Es war an einem regnerischen Morgen im vierten Jahr nach unserem Abschied. Ich hatte den Schirm vergessen und stand nun mit nassem Haar im Aufzug, der zum Schneidestudio hinauffährt. Durch die zugleitende Tür schlüpfte im letzten Moment ein Mann deines Alters herein. Auch aus seinem Haar tropfte es, und die Stirn war von nassen Strähnen verklebt. Der Lift hatte sich gerade in Bewegung gesetzt, da fuhr sich der Mann mit der Hand wie mit einem Kamm durchs Haar, erst mit der rechten, dann mit der linken. Sofort sah ich dich, wie auch du dir durchs Haar fuhrst. Meistens geschah es ohne besonderen Anlaß. Es lag ein Hauch von Selbstverliebtheit in der Geste, doch im Grunde, dachte ich stets, war es einfach eine Bewegung, um dich deines Körpers zu versichern. Die ganze Fahrt über blieb ich bei dem inneren Bild, ich klammerte mich daran, denn wie so oft hatte mich die Sehnsucht in einem betont nüchternen Moment wie diesem erfaßt. Um ein Haar verpaßte ich das richtige Stockwerk. Ich saß schon lange vor dem Bildschirm, da sah ich dich und dein Haar, das durch die Finger glitt, immer noch vor mir.

Auf einmal erschrak ich: Ich wußte nicht mehr, mit welcher Hand du jene Bewegung zu machen pflegtest. Es war immer nur eine Hand, und immer dieselbe, dessen war ich mir sicher. Wir sind Linkshänder, sagte ich mir. Aber war es nicht so, daß du gerade bei dieser Geste die Gewohnheit brachst? Hatten wir nicht sogar darüber gesprochen? Krampfhaft horchte ich in die Vergangenheit hinein, ich schwankte hin und her und verbiß mich derart in die Frage, daß ich mit der Arbeit in Zeitnot geriet und Überstunden machen mußte.

Auf dem Nachhauseweg war ich so unglücklich wie schon lange nicht mehr. Noch immer wußte ich nicht, welche Hand, und war inzwischen sicher, es durch Erinnerung allein nicht entscheiden zu können. Das bedeutete: Ich hatte etwas, was dich betraf, vergessen; richtiggehend vergessen. Daß das geschehen könnte – ich hatte es nicht für möglich gehalten. Die Zeit, die ohne dich verfloß, sie schuf, ob ich es wollte oder nicht, eine neue Wirklichkeit, ja. Das hatte ich zu akzeptieren gelernt, und immer öfter konnte ich, statt es nur zu erdulden, auch dazu stehen. Doch bis heute hatte mir, ohne daß ich es wußte, als unverrückbar gegolten, daß ich nie – niemals – auch nur die kleinste Kleinigkeit unserer gemeinsamen Vergangenheit vergessen würde. In jedem Augenblick meines zukünftigen Lebens würde ich mühelosen Zugang zu jedem vergangenen Ereignis, jeder einzelnen Szene haben, mochte sie noch so unbedeutend gewesen sein. Anders hatte ich es mir nicht vorstellen können, unsere Trennung war nur erträglich gewesen, weil ich an die vollständige Verfügbarkeit der geteilten Vergangenheit geglaubt hatte. Und nun hatte sich an diesem einen Detail deiner Hand der Blick in die Vergangenheit getrübt. Ich verfluchte den Regen dieses Tages, denn ohne ihn hätte sich der fremde Mann nicht ins Haar gefaßt, und mir wäre (vorläufig noch) die Einsicht erspart geblieben, daß Erinnerungen, auch diejenigen an das Allerwichtigste, mit der Zeit an Klarheit und Eindeutigkeit verlieren.

Als ich an einem Kino vorbeikam, war mein erster Impuls hineinzugehen und meine Erschütterung unter Filmbildern zu begraben. Wenn ich nachher auf die Straße träte, würde es sein, als wäre der Mann im Lift nie gewesen. Ich hatte die Eintrittskarte schon in der Hand, da warnte mich etwas: Kino, das stand doch für die Trennung von dir, und das Verwischen der Erinnerung war bereits mehr als genug der Trennung gewesen. Ich ging nach Hause.

Stéphane war ratlos, als ich den ganzen Abend über schwieg. Das heißt, ganz ratlos war er wohl nicht. «Es gibt», sagte er einmal, «dieses ganz besondere, unverwechselbare Schweigen an dir, wenn du an Patrice denkst; ich existiere dann gar nicht. Es macht nichts», fügte er hinzu, als ich ihn entschuldigend ansah.

Die Episode mit der Hand war nicht die letzte Erschütterung dieser Art. Viel tiefer noch traf es mich, als ich feststellte, daß mir auch deine inneren Konturen zu entgleiten begannen. Ich war mit Kollegen im Bistro gegenüber vom Studio. Es war von Wahlen in Algerien die Rede, und es entwickelte sich ein Streit über die Frage, wie weit sich Manipulationen vertreten ließen, um die Fundamentalisten, die zu jener Zeit den blanken Terror ausübten, von der Macht fernzuhalten. Zu solchen Fragen hattest du in der Regel sehr klare, leidenschaftlich vertretene Ansichten. Ohne es zu merken, muß ich dich im stillen nach deiner Meinung gefragt haben, denn auf einmal schreckte ich auf: Ich wußte nicht, was du sagen würdest. Ähnlich ging es mir ein bißchen später in einer hitzigen Diskussion über das Klonen von Menschen. Nicht, daß ich keine eigene Meinung gehabt hätte. Aber ich hatte mich in der Gemeinsamkeit unserer Ansichten und unseres Empfindens geborgen gefühlt. Plötzlich nun baute sich bedrohlich groß die Aufgabe vor mir auf, ein Urteil und Empfinden zu entwickeln, das dieser Gemeinsamkeit entbehrte.

Später, als ich mich an diese Aufgabe gewöhnt hatte und die Freiheit zu spüren begann, die sie mir verlieh, geschah etwas Paradoxes: Mit einemmal waren meine Erinnerungen wieder vollkommen klar und verläßlich, natürlich war es deine linke Hand, die durchs Haar fuhr (gesprochen hatten wir nicht darüber, sondern über deine für einen Linkshänder erstaunliche Angewohnheit, heranfliegende Bälle, und nur sie, mit rechts abzuwehren), und natürlich hättest du Wahlbetrug nicht vertretbar gefunden. Es war, als habe das Erinnerungsvermögen planvoll gestreikt, um mir die schmerzhafte Verselbständigung abzutrotzen.

*

Die erste Arbeitswoche seit meiner Rückkehr ist vorbei. Als ich das Studio am Montag morgen betrat, erwartete mich eine schriftliche Anweisung von Madame Bekkouche: Sie untersagte mir, mit dem alten Jean an dem Film zu arbeiten, von dem er mir erzählt hatte. Ich war sicher, daß das mit meiner Ablehnung der angebotenen Wohnung zu tun hatte, und erzählte Jean davon. «Aber da ist sie doch vor kurzem selbst eingezogen», sagte er, als er die Adresse hörte. «Sieht nach einem ziemlich persönlichen Interesse an dir aus.»

Was ich statt jenes Films machen sollte, klang zunächst langweilig: den Schnitt für eine Fernsehreportage über einen Pianisten, eine Art Portrait. Dem Namen des Mannes schenkte ich keine besondere Aufmerksamkeit. Bis es im Laufe des Vormittags plötzlich klickte: Israel Nestjev aus Tel Aviv, das war doch der Mann, der Papa an den Pranger gestellt hatte, um nicht selbst schlecht auszusehen. «Es gibt viele Pianisten, die befürchten, vom Orchester übertönt zu werden», hörte ich Papa sagen, «doch bei keinem ist das so ausgeprägt wie bei Nestjev. Unsere Begegnung stand unter keinem guten Stern, denn er trauerte meinem Vorgänger nach und betrachtete mich von Anfang an mit Mißtrauen.

‹Wie Sie vielleicht wissen, wird die Tonlage eines Orchesters im Laufe eines Konzerts etwas höher›, sagte er, ‹und ich möchte sicher sein, daß ich trotzdem gehört werde. Stimmen Sie den Flügel also nach oben, sagen wir auf 441 Hertz.›

Das tat ich. Nach der Probe, bei der er darüber kein Wort verlor, sagte er:

‹Heute abend will ich ihn auf 444 Hertz haben.›

‹Das könnte Probleme mit dem Orchester geben›, gab ich zu bedenken.

‹Sie haben gehört, was ich sagte: 444 Hertz.›

Ich bin Allüren gewohnt, aber so hatte mich noch keiner behandelt. Ich wußte, daß es nicht gutgehen konnte. Bei jedem anderen hätte ich genickt und wäre bis 442 Hertz gegangen. Bei Nestjev war es mir egal, ich hatte sogar Spaß beim Gedanken an eine Blamage. Ich stimmte auf 444 Hertz.

Die Musiker kamen herein und setzten sich, der Konzertmeister ging zum Flügel und schlug das *A* an.

‹Unmöglich!› Der erste Oboist war aufgesprungen und gestikulierte heftig. ‹Ganz ausgeschlossen! So hoch können wir nicht spielen!›

Der Konzertmeister schlug den Ton noch ein paarmal an, konzentrierte sich mit geschlossenen Augen und sagte dann: ‹In der Tat.› Dann kam er hinter die Bühne, sprach mit dem wartenden Nestjev und dem Dirigenten, und schließlich holten sie mich dazu.

‹Wie konnte das passieren?› schnauzte mich der Dirigent an.

‹Das müssen Sie nicht mich fragen›, sagte ich und sah Nestjev direkt in die Augen, ‹sondern diesen Herrn hier. Er hat mich nach der Probe angewiesen, auf 444 Hertz zu stimmen. Damit man jeden einzelnen seiner wundervollen Töne auch wirklich hört.›

‹Das ist eine Lüge›, sagte Nestjev. Meinem Blick konnte er nicht standhalten.

‹Sie haben eine halbe Stunde, um das geradezubiegen›, sagte der Dirigent zu mir, und dann ging der Konzertmeister hinaus und erklärte dem Publikum, daß wegen einer unerwarteten Temperaturschwankung ein kurzes Nachstimmen des Flügels erforderlich sei.

Es wurde eine Dreiviertelstunde, und ich war hinterher klatschnaß vor Schweiß. Im vollen Scheinwerferlicht vor aller Augen einen Flügel stimmen – es war eine Tortur. Zwar gab es am Schluß vereinzeltes Klatschen, aber ich kam mir vor wie einer, der wegen nicht gemachter Hausaufgaben vorgeführt wird. Und natürlich mußte ich gegen meine Wut ankämpfen.

Der Dirigent und Nestjev betraten die Bühne. Der Dirigent sagte ein paar Worte der Entschuldigung und wartete dann, bis Nestjev mit der Höhe der Klavierbank zufrieden war; das ist auch so ein Tick von ihm. Der Taktstock ging schon hoch, da wandte sich Nestjev zum Publikum und sagte:

‹Auch ich möchte mich entschuldigen. Die Klavierstimmer von Steinway sind nicht mehr das, was sie einmal waren.›

‹Nicht aufregen›, sagte der Mann, der den Saalmonitor überwachte. ‹Ganz ruhig bleiben. Er ist ein eitler Fatzke, das weiß doch jeder, und jetzt wissen wir, daß er auch ein Feigling ist.›

Wie ein Häufchen Elend hätte ich vor dem Flügel gesessen, schrieb eine Zeitung. Die Kollegen von Steinway glaubten mir, und auch der Dirigent ließ mir eine Botschaft dieser Art ausrichten. Israel Nestjev kam danach nie wieder nach Berlin.»

Über diesen Mann also ist eine Reportage gemacht worden, fünf Stunden Material, die ich auf vierzig Minuten zusammenschneiden soll. Eine arrogante Visage wie die habe ich noch nicht gesehen. Ein ewig beleidigter Ausdruck auf dem schmalen, käsigen Gesicht, das mit den hohlen Wangen und der spitzen Nase an einen Vogel erinnert. Dazu ein randloser Kneifer, ich habe nicht gewußt, daß es das überhaupt noch gibt. Wenn die Kollegen im Konzertsaal gefilmt haben, sieht man statt der hellen, fast farblosen Augen oft nur das Blitzen der Gläser im Scheinwerferlicht.

«Das Zucken muß natürlich raus», sagte der Kameramann am Telefon. Er meinte das Zucken, das ein-, zweimal in der Minute wie ein Gewitter über das Gesicht hinwegfegt. Wenn man den Film mittendrin anhält, ist es, als sähe man die stilisierte Maske eines Verblödeten. Eigentlich fällt es ja schwer, jemanden wegen so etwas nicht zu bedauern. Doch bei diesem Gesicht gelingt mir das mühelos. Das Zucken war nicht immer da, in den Aufnahmen aus der Jugend fehlt es, und auch bei dem Studenten sieht man es nur selten.

Er kam mit den Eltern, die offenbar glühende Zionisten waren, aus Rußland nach Israel. Den Zionismus spürt man auch in seinen eigenen politischen Äußerungen, die bemerkenswert dumm sind. Überhaupt scheint er ein Mann zu sein, der zwar brillant Klavier spielt, aber sonst nicht viel im Kopf hat. Wenn man das Material geschickt schneidet, kann man ihn wie einen einseitig begabten Crétin aussehen lassen. Es würde mich den Job kosten. Aber die Versuchung ist groß.

*

Es ist nicht nur die Versuchung, Papa zu rächen. Oder auch, Florence Bekkouche eins auszuwischen. Ich bin versucht, als Cutterin aufzuhören. Das überrascht mich. Noch wenige Tage vor Mamans Anruf sagte ich zu Stéphane, ich hätte das Gefühl, diese Tätigkeit wirklich gewählt zu haben. Und wenn ich mir vergegenwärtige, wie es dazu gekommen ist, sieht es ja auch so aus.

Ein halbes Jahr nach meiner Ankunft in Paris fand ich Arbeit in einem Reisebüro und zog von Madame Auteuil weg in eine Dachwohnung. Sie ist ein einziges Gewirr von stützenden Balken, die in den unmöglichsten Winkeln zueinander stehen. Ich habe sie alle weiß gestrichen, und dasselbe habe ich mit den Dielen des Fußbodens gemacht. Ein bißchen düster ist es an grauen Tagen immer noch; aber inzwischen habe ich so viele

Lampen angebracht, daß jeder Winkel ausgeleuchtet werden kann. Es sind nur wenige Möbel, die ich mir gekauft habe, und fast ein Jahr lang bestand das Wohnen darin, die weiße Leere des großen Raums zu betrachten und zu verfolgen, wie sich an klaren Tagen das Muster des Sonnenlichts, das durch die Luken fällt, auf den Brettern verändert. Immer noch hatte ich das Gefühl, ich müsse mir das Leben ganz neu erfinden.

Es war ein Wintertag, an dem die Schneeflocken auf dem Glas der Dachluken schmolzen, da las ich in der Zeitung einen Bericht über eine holländische Fotografin. Die eingestreuten Fotos fielen dadurch auf, daß ihre Sujets von verblüffender Unauffälligkeit waren: die Kurve einer verregneten Straße, eine vereiste Treppenstufe, eine zerdrückte Cola-Dose, ein verrostetes Hinweisschild. Ich war seltsam aufgeregt, als ich die Bilder sah; ich wußte sofort, sie würden wichtig für mich werden, ohne daß ich hätte sagen können warum. Gespannt las ich den Bericht, in dem von einer schlechten Schülerin erzählt wurde, die wegen Faulheit und Aufsässigkeit die Lehre bei einem Fotografen verpatzte, straffällig wurde und nun als Kellnerin in einem Fast-food-Lokal arbeitete. Der Autor des Berichts, ein Journalist, entdeckte ihre Aufnahmen, als ihn ein Bekannter auf eine Party mitnahm, die sie gab. Die Wände ihrer Wohnung waren tapeziert mit diesen unscheinbaren Bildern, am Ende des Berichts gab es ein Foto dazu. Sie selbst war auch abgebildet: ein schmales, ungewöhnlich flaches Gesicht mit hellen Augen und zu großem Mund, die kurzen Haare abstehend und wirr, als hätte sie sie einfach mit der Schere gestutzt, ohne Spiegel. Doch das, woran ich mich am besten erinnere, war ihr spöttisches Lächeln, frei von jeder Verbitterung. Unter dem Bild stand ein Ausspruch, den sie über ihre Fotografien getan hatte: *Für das, wofür ich mich interessiere, interessiert sich keiner.*

Du wirst verstehen, warum mich der Satz elektrisierte: Er lag in der Nähe von Papas Satz, der in Blei gegossen zu sein schien und so viele Jahre auf uns lastete: *Keiner will meine Musik hören.* Doch die Nähe – entdeckte ich bald – war nur scheinbar. Ich schnitt das Bild aus und pinnte es an einen Balken. Und dann begann ich, den Spott in diesem Gesicht mit dem spöttischen Ausdruck von Papa zu vergleichen, dem Spott, den er um seine Enttäuschung und Verletzlichkeit herum aufgebaut hatte. Der Vergleich beschäftigte mich bis in die Träume hinein, in denen ich auch dir den Unterschied zu erklären versuchte. Das war es, sagte ich dir: Die Frau auf dem Foto war zwar auch einmal überrascht gewesen, daß die anderen ihre Bilder nichtssagend und langweilig fanden. Am Anfang mochte es sie auch verletzt haben. Doch dann, so sagte ihr Lächeln, hatte sie es gut gefunden und befreiend, mit ihrer Sicht der Dinge allein dazustehen. Sie war stolz darauf, etwas ihr ganz Eigenes zu besitzen, mit dem sie ohne allen Groll allein sein konnte. Nie würde sie ihre Bilder für einen Wettbewerb einschicken, und daß davon nun in der Zeitung die Rede war, amüsierte sie höchstens, ohne in ihrem Inneren zersetzende Spuren zu hinterlassen, die sie veranlassen könnten, in Zukunft für ein Publikum zu fotografieren.

Für einige Zeit wurde sie mir zur Heldin, der ich es gleichzutun versuchte. Ich kaufte eine Kamera, und innerhalb kurzer Zeit verschwand alles Weiß der Dachbalken hinter Fotografien, die denen der Holländerin nachempfunden waren. Auch ihr Portrait blieb hängen. Es war nun ganz anders, nach der Arbeit nach Hause zu kommen: Ich kam zu etwas Eigenem, von dem es schien, als könne es der Anfang eines neuen Lebens sein.

Es dauerte viele Wochen – die Wohnung war inzwischen vollständig mit Fotos tapeziert –, bis ich mir eingestand, daß das alles nicht stimmte; daß ich mir etwas vorgemacht hatte. Das Ganze war Nachahmung, und außerdem war es krasse Selbsttäuschung zu glauben, die nachgemachte Unauffälligkeit, ja Abseitigkeit in den Sujets der Bilder würde – wie durch Magie – auch in mir die innere Unabhängigkeit meines Vorbilds hervorbringen. Ich schäme mich ein bißchen, daß ich für diese simple Einsicht so lange gebraucht habe. Es muß so gewesen sein: Von jemandem zu lesen, dem es gelungen war, mit einem Satz auf den Lippen, der Papas Satz täuschend ähnlich sah, das genaue Gegenteil von Papa zu leben, war so überwältigend, daß ich dasselbe auf der Stelle auch erreichen wollte, um mich damit auf einen Schlag von Papas Partituren zu befreien. Nicht abhängig sein von Erfolg und Applaus! Überhaupt nicht abhängig sein von Anerkennung! Diese Sehnsucht, die mich jeden Nachmittag und jeden freien Tag mit der Kamera unterwegs sein ließ, bis das letzte winterliche Licht verschwunden war, war so mächtig, daß ich die einzigartige Lösung, welche die Holländerin für sich gefunden hatte, als ein Rezept mißverstand. Und natürlich verfehlte ich gerade dadurch, was ich suchte.

Die Balken der Wohnung waren wieder weiß. Ich fühlte mich ernüchtert und vollkommen leer. Es war ein unscheinbarer Zufall, der mich zurück zum Fotografieren brachte und schließlich zum Film. Ich frühstückte an einem Sonntag in einem Bistro, an einem Tisch draußen, als ein schlecht gekleideter, nach vorne gebeugter Mann vorbeihetzte. Wäre es an einem Werktag geschehen, so hätte ich das Gehetzte auf Arbeit und Beruf geschoben und gleich wieder vergessen. An jenem stillen Sonntagmorgen jedoch hatte man das Gefühl, daß es private Sorgen sein mußten, die ihn antrieben, und deshalb beschäftigte mich der Mann noch eine Weile. Insbesondere ging mir die Tasche nicht aus dem Kopf, die er so krampfhaft festgehalten hatte, daß die Fingerknöchel weiß waren. Zwei Stunden später sah ich ihn wieder, diesmal in einem kleinen Park, wo er auf einer Bank saß und sich eine Zigarette mit der Glut der vorherigen anzündete. Die Tasche lag neben ihm auf der Bank, und darauf lag ein Blumenstrauß. Er rauchte hastig und berührte alle paar Sekunden die Tasche, wie um sich zu vergewissern, daß sie noch da war. Zum drittenmal an jenem Tag sah ich ihn in der Métro. Die Tasche und den Blumenstrauß hatte er nicht mehr bei sich. Er wirkte ein bißchen ruhiger, doch jetzt verblüffte mich, daß er auf einmal einen zitronengelben Schal trug, der zu seiner ganzen Erscheinung in gar keiner Weise passen wollte. Ich stieg mit ihm zusammen aus und folgte ihm, bis er in einem schäbigen Haus verschwand.

Das war alles, und ich verstand nicht recht, warum mich dieser Zufall eines dreimaligen Zusammentreffens bis in den

Abend hinein beschäftigte. Erst am nächsten Tag, als ich im Reisebüro Pause hatte, kam ich drauf: Es hatte sich aus der Begebenheit die Idee gebildet, durch zeitlich versetzte Bilder über einen Menschen eine Geschichte zu erzählen. Die drei Begegnungen waren wie Schnappschüsse gewesen, zu denen man nun Geschichten erfinden konnte. Was war mit der Tasche und den Blumen geschehen, und wie war er plötzlich zu dem unpassenden gelben Schal gekommen?

Ich begann, Leuten nachzugehen und sie an verschiedenen Stellen ihres Wegs zu fotografieren. Anfangs blieb ich draußen, wenn sie ein Gebäude betraten, später lernte ich, sie auch drinnen unauffällig zu fotografieren. Wenn die Bilder entwickelt waren, mischte ich sie immer neu wie ein Kartenspiel und probierte Geschichten zu den verschiedenen Sequenzen aus. Die weißen Balken der Wohnung verschwanden wieder hinter Bildern, und dieses Mal waren es wirklich meine eigenen Bilder.

Es dauerte noch fast zwei Jahre, bis daraus ein Beruf wurde. Und wieder entwickelten sich die Dinge mit einer Art schläfriger Zufälligkeit. Ich hatte für eine junge Frau einen Flug nach Marseille zu buchen und erfuhr dabei, daß sie zu einer Tagung über Filmschnitt reiste. Der Computer streikte wieder einmal, und während wir warteten, erzählte sie von ihrer Tätigkeit als Cutterin. Als sie gegangen war, buchte ich für meinen freien Tag auch einen Flug nach Marseille: morgens hin, abends zurück. In den Sitzungen der Tagung saß ich ganz hinten, als Zaungast. Ich kam ganz aufgeregt nach Paris zurück, und als ich am folgenden Wochenende Madame Auteuil besuchte, die auch über die Anfangszeit hinaus wie eine Mutter zu mir war, erzählte ich von Marseille. Als Witwe eines Journalisten kennt sie noch heute Gott und die Welt. Durch sie kam ich zu einem Praktikum in Madame Bekkouches Studio.

Was ist geschehen, daß mir all das auf einmal wie eine Sackgasse vorkommt? Die vielen Bücherkisten mit dem ganzen Gewicht der Vergangenheit, sie lassen die Filmbilder an den Wänden, die über die Jahre mehrmals gewechselt haben, papieren erscheinen. Als seien die Geschichten, zu denen sie gehören, ohnehin nicht ernst zu nehmen. Meine Pariser Jahre haben in den letzten Tagen den Geschmack des Vorläufigen bekommen, sie muten mich an, als hätte ich sie auf Abruf und mit angehaltenem Atem gelebt, auf den Augenblick wartend, wo ich richtig würde beginnen können. Sind es die Hefte, die das bewirkt haben? Hat die Beschäftigung mit der Vergangenheit solche Macht über die Gegenwart?

*

Mamans verbesserte Übersetzung von Elena Aslanischwilis Manuskript beginnt mich jetzt auch vom Thema her zu fesseln. Ich hatte keine Ahnung, wie reich und verwickelt die Welt des Balletts ist. Das längste Kapitel ist der frühen, romantischen Periode zu Beginn des 19. Jahrhunderts gewidmet, die von den großen Ballerinen bestimmt wurde. Elena liebte diese legendären Figuren, ihren Glanz, ihre Eitelkeiten und Rivalitäten. Eine der größten war Marie Taglioni, eine bleiche, ätherische Frau, welche schon von der Erscheinung her die unwirkliche Atmosphäre der romantischen Rollen perfekt zu verkörpern verstand. Ihr Vater Filippo, ein berühmter Choreograph, der nur für die Idee lebte, Marie zur größten Tänzerin Europas zu machen, schuf für sie das Ballett *La Sylphide*, das ihren Ruhm begründete. Elena hat über die Beziehung zwischen Filippo und Marie so viel zusammengetragen, daß man gern etwas über Elenas Vater wüßte. Ich suchte in den Kisten, und dabei stieß ich auf einige Seiten in Mamans Handschrift, die zwar an eine kurze Passage in Elenas Manuskript anknüpfen, aber keine Übersetzung darstellen.

Was Maman beschreibt, ist der tragische Tod von Emma Livry, der Lieblingsschülerin von Marie Taglioni, die in ihr eine neue Fee sah. Emma Livry muß mit zwanzig auf offener Bühne verbrannt sein, als ihr Ballettröckchen an den Gaslichtern der Rampe Feuer fing. Ganz anders als bei Elena fehlen bei Maman die Belege. Und nach dem dritten Lesen bin ich überzeugt: Sie hat, ausgehend von den bei Elena genannten Tatsachen, eine Phantasieerzählung geschrieben. Es sind nur wenige Seiten, aber sie fangen ein, was die Erlebniswelt der jungen Chantal de Perrin gewesen sein muß: Angst und Anspannung, Hitze und Staub auf der Bühne, und immer wieder: der Blick in das Dunkel des Zuschauerraums, aus dem ihr erwartungsvolles Schweigen entgegenkommt. Emma Livry, schreibt Maman, tanzte diesem Schweigen entgegen, immer weiter, bis zur Rampe. Und dann geschah es. Es ist ein kleines Melodrama, rührend und pathetisch, wie Maman es manchmal war. Ganz gleich, was ich sonst mit den vielen Sachen machen werde: Diese Seiten werde ich aufbewahren.

Wieviel prosaischer war ihr eigener Unfall! Auch wenn ich jetzt, wo ich die wahre Geschichte darüber kenne, hinzufügen muß: ein inneres Drama war es auch. Mehr als zwanzig Jahre lang haben wir geglaubt, Maman sei in Bern in das Taxi hineingelaufen, weil sie Natalie Lefèvre im Bahnhof verschwinden sah und sie einholen wollte. Als wir irgendwann von Natalie erfuhren, daß sie damals gar nicht am Bahnhof war, hieß es einfach: Ich habe es aber geglaubt. Es war ohnehin ein nur schemenhaftes Ereignis, wir waren ja, als es geschah, erst drei. Was zählte, war der Eindruck von Maman, wie sie mit eingegipster Hüfte und halb schwebend im Spitalbett lag. Einen Grund, die Geschichte über den Hergang anzuzweifeln, hatten wir nie. Und so war am Freitag abend vor deiner Ankunft eine Art innere Umschichtung nötig, bevor ich begriff, daß ich nun eine andere, die wahre Geschichte über jene Begebenheit zu hören bekam.

Ich saß in der Küche, als Maman aus dem Boudoir kam. Mit der einen Hand stützte sie sich auf den Stock, in der anderen hielt sie eine Zigarette. An Daumen und Zeigefinger war etwas von der blaßblauen Tinte, mit der sie zu schreiben pflegte. Als sie mich sah, kam sie mit langsamen Schritten herein. Ihre Bewegungen hatten etwas Schläfriges wie bei jemandem, der mit seinen Gedanken woanders ist. Hinter einem Stuhl blieb sie stehen. Ihr Gesicht war fahlgelb im Licht der Lampe, winzige

Schweißperlen bedeckten die Stirn. Mich sah sie nicht an, und auch sonst schien ihr Blick kein Ziel zu haben. Ich spürte, daß sie etwas Wichtiges sagen wollte und daß ihr das nur gelingen würde, wenn sie in dem inneren Gleichgewicht, das sie drüben beim Schreiben gefunden hatte, nicht gestört wurde. Behutsam legte ich Messer und Gabel beiseite. Die lange Asche der Zigarette fiel zu Boden, ohne daß Maman es merkte. Es war still in der Küche. Nur das Ticken der Pendule aus dem Entrée war zu hören.

«Er war im *Schweizerhof* abgestiegen», begann sie und machte eine Pause. Das eingefallene Gesicht schien jünger und lebendiger zu werden. «Er steigt immer im *Schweizerhof* ab. Dort hat er bei seinem ersten Engagement gewohnt, und seither schwärmt er davon. Von dort ist es nicht weit zum Casino, wo er einen Liederabend gab.» Jetzt wich das Leben wieder aus dem Gesicht. «Ich wollte ihn sehen. Nicht treffen wollte ich ihn, nur sehen; aus einer gewissen Distanz heraus betrachten. Und nicht im Rampenlicht wollte ich ihn sehen, sondern im nüchternen Tageslicht und in gewöhnlicher Kleidung. Ich wollte mich vergewissern, daß es ihn noch gab, als wirklichen Menschen und nicht nur als Hochglanzprodukt der Illustrierten.»

Wer nicht bei Maman aufgewachsen ist, den müßte es verblüfft haben, daß sie auf diese Weise, ganz ohne Einleitung und Namensnennung, über jemanden zu sprechen begann. Doch wir kannten das: Sie tat oft so, als müßten die anderen über ihre Gedankenwelt jederzeit auf dem laufenden sein. Es war nicht Anmaßung. Es war, als sei ihr nicht klar, daß die anderen nicht Bewohner ihrer Gedankenwelt waren. Daß man in der Welt der eigenen Vorstellungen allein ist und es einen ziemlichen Umstand bedeutet, den anderen Zugang zu verschaffen.

Während sie sprach, dachte ich daran, wie sie am Tag zuvor gesagt hatte, Antonio werde die Titelrolle in Papas Oper singen. Es konnte nur der Italiener sein, von dem sie jetzt sprach. Aber noch war ich nicht bereit, es zu glauben. Vor allem wegen der unwirklichen Gegenwartsform, mit der sie seinen Tod verleugnete.

Auch die restliche Asche der Zigarette fiel zu Boden. Maman hatte keinen einzigen Zug genommen. Sie schien Schmerzen zu haben und verlagerte das Gewicht auf das andere Bein. Für einen Moment sah es aus, als wolle sie sich setzen. Doch dann hielt sie inne, als habe sie diese Absicht schon wieder vergessen, und sprach im Stehen weiter.

«Ich traute mich nicht, im Hotel anzurufen und nach der Dauer seines Aufenthalts zu fragen.» Ärgerlich zog sie die Brauen zusammen. «Wieso eigentlich? Immerhin ist er … aber egal, ich fuhr am Tag nach dem Konzert aufs Geratewohl hin. In Bern regnete und stürmte es. Ich erinnere mich an die Geräusche von Regen und Wind, als ich nachher im Krankenwagen lag. Ich postierte mich hinter einer Säule der Arkaden in der Nähe des Hoteleingangs und wartete. Stunden vergingen.»

Jetzt setzte sich Maman und bat um ein Glas Wasser. Sie trank und blieb dann mit geschlossenen Augen sitzen. Sie wirkte erschöpft und uralt. Ich setzte mich genauso hin wie vorher, damit alles gleich aussähe, wenn sie die Augen aufschlüge. Noch nie hatte ich mit solcher Spannung darauf gewartet, daß jemand in einer Erzählung fortfuhr. Von dem, was jetzt kam, schien mir alles abzuhängen. Ich hätte es nicht erklären können, aber sogar das, was mit Papa im Gefängnis geschah, schien davon abzuhängen. Eine Frage, das spürte ich, hätte alles zerstören können. Ich wartete. Die Pendule tickte lauter als sonst. Es war das erste Mal, daß Maman so zu mir sprach und mich zu ihrer Vertrauten machte. Es würde meine Gefühle ihr gegenüber für immer verändern. Auf einmal kam mir mein alter Groll unsinnig vor. Die erschöpfte, von Schmerzen und Morphium gezeichnete Frau, die wie eine Schiffbrüchige vor mir saß, war meine Mutter. Nichts war in diesem Moment wichtiger als das, was mir ihre Erzählung enthüllen würde.

«Er trat aus dem Hotel, neben ihm eine üppige Schönheit mit südländischen Gesichtszügen. *Une putain.* Ich erkannte ihn nicht sofort, denn er trug einen Hut. Das hatte er früher nie getan. Es sah idiotisch aus. Ich hatte angenommen, er ginge in Richtung Spitalgasse. Er schlug jedoch die andere Richtung ein und kam auf mich zu, den Kopf der Frau zugewandt, die ihn zum Schaufenster einer Bijouterie zog. Ich war wie gelähmt, als die beiden wenige Schritte von mir entfernt stehenblieben und die Auslage betrachteten. Ich zitterte bei dem Gedanken, gesehen zu werden, und doch wollte ich es auch. Während die Frau mit dem Blick weiterhin am Schmuck hing, drehte er sich um und blickte durch den Arkadenbogen zu den dunklen Wolken hinauf. Als er sich wieder der Frau zuwandte, streifte er mich mit einem flüchtigen Blick, ohne mich zu erkennen.»

Das Geräusch von zerspringendem Glas zerschnitt die Stille, die eingetreten war. Maman hatte das Glas zerdrückt und sich dabei geschnitten. Von ihrem Handballen tropfte Blut auf den Rock. «Wenn er nur nicht stehengeblieben wäre! Dann wäre all das nicht geschehen», sagte sie und griff mit der blutenden Hand nach dem Stock, den sie vor sich hielt wie ein Beweisstück. «Während die Frau weiterging wie bisher, verlangsamte er auf einmal den Schritt und senkte den Kopf wie jemand, der von einer bedeutsamen Erinnerung eingeholt wird. Es war für mich wie eine Szene in einem Stummfilm: keinerlei Geräusch mehr, nur noch Bewegung und gespannte Erwartung. Auch an eindeutige Empfindungen erinnere ich mich nicht mehr. Doch die Angst, er habe mich mit Verzögerung nun doch noch erkannt und käme zurück, muß mich überwältigt haben. Ich machte ein paar Schritte rückwärts, um aus seinem Gesichtsfeld zu verschwinden, dabei übersah ich eine Stufe, stolperte und geriet auf die Fahrbahn hinaus, und da wurde ich vom Kotflügel eines Taxis mitgerissen, das vom Hotel weg in den Verkehr hinausfahren wollte.» Sie schlug mit dem Stock auf den Boden und rutschte dabei mit der blutenden Hand ab. «Ich weiß, daß du nichts dafür kannst», schrie sie, und ihre Stimme überschlug sich, «und trotzdem habe ich dir all die Jahre hindurch die Schuld gegeben. Es paßte so gut zu allem anderen!»

Bevor Doktor Rubin am Tag zuvor gegangen war, hatte er mir ein Fläschchen mit Beruhigungsmittel gegeben. «Das geben Sie nicht aus der Hand!» hatte er gesagt. Nachdem ich ihr die Hand verbunden hatte, holte ich ein neues Glas Wasser und ließ Maman von dem Mittel trinken. Ich hatte befürchtet, es könnte wie ein Schlafmittel wirken, so daß ich nichts mehr erführe. Was eintrat, war etwas anderes: Nach einer Weile begann Maman zu sprechen, als glitte sie auf ihren Erinnerungen mühelos dahin, nicht ohne Gefühl, aber ohne die Art von Verstrickung, die zu dem Ausbruch von vorhin geführt hatte.

«Es war Anfang September und noch warm. Wir fuhren mit offenem Dach. Es war nicht das erste Mal, daß ich das Casino betrat. Papa hatte es mir an meinem achtzehnten Geburtstag gezeigt. Der livrierte Kontrolleur lächelte, als er im Paß mein Geburtsdatum sah. Damals durfte ich 1000 Francs verspielen. Was mich am meisten beeindruckte, waren die Leute an den Tischen, die sich alles notierten und rechneten, bevor sie setzten. Auf ihren Gesichtern war eine Entrücktheit, die ich noch nie zuvor an Menschen gesehen hatte. Es gab da eine Frau mit Lorgnon, einem welken Gesicht unter dicker Schminke und brennenden Augen, die mit einem Berg von Jetons begann und alles verlor. Wochenlang geisterte diese Frau durch meine Träume.»

Langsam, als befürchte sie, durch Bewegungen den Faden zu verlieren, zog Maman das silberne Etui aus der Jackentasche und entnahm ihm eine Zigarette. Ihre Hand zitterte, als sie die Flamme an den Tabak hielt. Es mußte das Casino von Evian sein, von dem sie sprach.

«Das alles erzählte ich ihm auf der Fahrt. Lachend wechselte auch er 1000 Francs und drückte mir die Jetons in die Hand. Ich möge sein Glücksengel sein!, sagte er und küßte mich aufs Haar.» Sie schluckte. «Er hat diese unwiderstehliche Art, mich aufs Haar zu küssen.» Wieder schluckte sie. «Ich hatte Papas Stimme im Ohr, als ich die Jetons setzte, vorsichtig, wie er es mich gelehrt hatte: *Rouge, Noir, Manque, Passe, Pair, Impair,* ab und zu *carré* oder *à cheval.* Es war ein Auf und Ab, und jedesmal, wenn die Kugel schließlich zur Ruhe kam, legte er mir den Arm um die Schulter, freudig oder tröstend. Während meines letzten Einsatzes verschwand er einen Moment, und gerade, als der Croupier sich mit kalter Geschicklichkeit meine Jetons angelte, trat er wieder neben mich, einen einzigen Jeton zu 1000

Francs in der Hand. ‹Auf eine einzelne Zahl!› sagte er, als er ihn mir reichte. Ich erschrak, denn Ton und Gesichtsausdruck waren auf einmal ganz anders. Bisher war es ein Spiel gewesen, nun war es Ernst, ein beklemmender Ernst, hinter dem sich etwas Fanatisches verbarg, das nur mühsam im Zaum zu halten war. Sein Körper war angespannt wie vor einem Wettkampf, ich konnte es fühlen, ohne ihn anzusehen. Es lag etwas Einsames in dieser Anspannung; ein bißchen war es, als stünde, während die Kugel rollte, jemand neben mir, der in Isolationshaft saß.

Nie werde ich vergessen, wie die Kugel auf der Trennwand zur nächsten Zahl zu zögern schien, bevor sie auf die 33 rollte – die Zahl, auf die ich gesetzt hatte. Während mir die Augen von der Anstrengung, jede Täuschung auszuschließen, zu schmerzen begannen, wartete ich vergebens darauf, daß sich sein Arm auch jetzt um mich legen würde. Als ich mich nach ihm umdrehte, stand er still da, abwesend und unberührbar, die Augen unverwandt auf die Türme von Jetons gerichtet, die der Croupier mit ausdruckslosem Gesicht in meine Richtung schob. 36 000 Francs! Die Sekunden verrannen, und er stand immer noch bewegungslos neben mir. Ich wagte nicht, ihn anzusprechen; es war, dachte ich später, eine Scheu wie diejenige, die man einem Schlafwandler gegenüber empfindet.

Faites vos jeux! Die Stimme des Croupiers war so ausdruckslos wie sein Gesicht. Jetzt sah ich den Schweiß auf Antonios Stirn. Mechanisch holte er ein Taschentuch hervor und wischte ihn ab. Es war, als sei ich für ihn nicht mehr vorhanden. Als er die Arme nach den Jetons ausstreckte, trat ich unwillkürlich zur Seite; wenn es bisher auch ein bißchen mein Geld gewesen war – jetzt war es nur noch seines. Langsam, aber ohne Zögern schob er die gesamten Jetons auf ein einziges Feld und achtete darauf, daß sie keine Linie berührten. Nur wenig andere Spieler setzten; die meisten blickten gebannt auf den hohen Einsatz und auf ihn, der ganz dicht am Roulettetisch stand, die Hände in den Hosentaschen, unmerklich wippend und mit halb geschlossenen Augen. Ferner als in jenem Augenblick hätte er mir nicht sein können.

Rien ne va plus! Die Kugel rollte. Als sie langsamer wurde und sich gegen die Mitte hin zu bewegen begann, hörte er mit dem Wippen auf. Auf das gleichmäßige Schleifen und Sirren der Kugel folgte das unregelmäßige Poltern, wenn sie mit dem gegenläufigen Zahlenrad in Berührung geriet und kurz in Zahlenkästchen hineinsprang, um sofort wieder wegzuspritzen. Erst nachher bemerkte ich, daß sich meine Finger die ganze Zeit über in der Handtasche festgekrallt hatten. Das Poltern der Kugel wurde langsamer und sanfter. Zum Stillstand kam sie auf der 18. Seine Jetons lagen auf der 17. Von den Zuschauern war Seufzen und Ausatmen zu hören. Der Croupier warf ihm einen kurzen Blick zu; um seine Mundwinkel zuckte es, als er die Jetons zu sich zog.

Erst jetzt wagte ich, ihn anzublicken. Er hatte die Augen geschlossen und atmete langsam und tief. Die Lippen zitterten leicht, man mußte neben ihm stehen, um es erkennen zu können. Dann entspannten sich seine Züge, die Lippen kamen zur Ruhe, und er schlug die Augen auf wie nach einer langen Ohnmacht – unsicher, zögernd und mit Verwunderung im Blick. Einen Moment lang sah er mich an, als müsse er sich darauf besinnen, wo er dieses Gesicht schon einmal gesehen hatte. *Faites vos jeux!*, rief der Croupier. Jetzt bildete sich auf seinem Gesicht das Lächeln, das mich schon bei der ersten Begegnung verzaubert hatte. Es kam mir vor, als hätte sich sein Gesicht über einem Abgrund geschlossen. *Amusant, n'est-ce pas?* sagte er und zog mich mit sich fort.»

Kein einziges Mal hatte Maman seinen Namen erwähnt. *Er* – das war genug. Sie hatte sich hinter ihren zuckenden Lidern in eine innere Arena zurückgezogen, in der sie mit ihm allein war. Ich stand am Rande dieser Arena und hielt den Atem an. Meine Gedanken schienen ihren Gedanken so nahe zu kommen, daß sie sie fast berührten.

Jetzt geschah etwas mit ihr, im Rückblick kommt es mir wie ein kurzer Erdrutsch in ihrem Inneren vor. Sie hielt das Glas und den Stock umklammert und kauerte sich seitlich auf dem Stuhl zusammen, ähnlich wie sie es in Papas Sessel getan hatte.

Als sie fortfuhr, klang ihre Stimme weinerlich und wütend, beides in rascher Folge hintereinander und manchmal auch gleichzeitig.

«Während der Rückfahrt verlorst du kein Wort über das Roulette, sondern plaudertest über dieses und jenes. Es war dir peinlich, daß ich dich bei deiner Sucht hatte beobachten können, das konnte ich hinter jedem deiner Scherze spüren. Ich stellte mir vor, wie es im Casino weitergegangen wäre, hätte ich nicht dabeigestanden. Dabei betrachtete ich deine Hände mit den berühmten Ringen. – Ich kann sie noch heute auf mir spüren. – Bis zu jenem Abend hatten sie aus herrlich kühlem Gold bestanden. Jetzt bestanden sie einfach aus kaltem Metall.»

Der Erdrutsch war vorbei, und Maman fand zurück zur inneren Distanz des Erzählens. Bei dem, was nun kam, war ich oft versucht aufzustehen und sie zu umarmen. Ich blieb sitzen. Sie sprach in meiner Gegenwart, ja. Aber anders als am Anfang war ich nicht mehr sicher, ob sie wirklich zu mir sprach. Vielleicht war es nur Zufall, daß sich ihre Erinnerungen, ihre Wut und ihr Schmerz vor mir entluden. (Statt vor dir, ging es mir durch den Kopf.)

«An jenem Abend ging ich nicht mit ins Hotel. Bei den Proben der nächsten Tage verausgabte er sich, als sei bereits Premiere. Er war phantastisch. Nachher suchte er mich in der Garderobe und wollte gelobt werden. Er wollte Evian vergessen machen. Es gelang ihm, weil auch ich es vergessen wollte. Die Premiere endete mit einundzwanzig Vorhängen und tosendem Beifall für ihn, den Star. So habe man den *Maskenball* in Genf noch nie gehört, schrieben die Zeitungen. Ich war starr vor Eifersucht, als er Amelia vor aller Welt umarmte und ihr einen spielerischen Kuß auf die Lippen drückte. Nach der Premierenfeier gingen wir ins Hotel, wo er mich wegen meiner Eifersucht auslachte.»

Maman stellte das Glas auf den Tisch und wischte sich mit beiden Händen die Tränen aus dem Gesicht. Für einen Augenblick erschien ein Lächeln auf ihrem Gesicht, und sie öffnete die Augen. Ihr Blick war auf mich gerichtet, aber er kam nicht an. Er galt der erinnerten Szene, nicht mir.

«Es wurden Wochen des Rausches. Papa, der sich geweigert hatte, in eine Aufführung zu gehen, wurde mürrisch und begann zu trinken. Der September ging zu Ende. Für die Hälfte der Woche flog er jeweils nach Mailand, um *Tosca* vorzubereiten. *Tosca* war seine erste Platte gewesen, und sie hatte ihm dieses Engagement eingebracht. Es war sein Début an der Scala, und er war in Gedanken mehr dort als in Genf. In den beiden letzten Aufführungen von Verdi war seine Stimme matt und flach, er war nicht mehr bei der Sache. Im Grunde genommen war er auch längst nicht mehr bei mir. Wenn ich ihn nötigte, über eine gemeinsame Zukunft zu sprechen, klangen seine Worte wie mühsame Lippenbekenntnisse. Ich hatte das Gefühl, den Boden unter den Füßen zu verlieren.»

Mamans Gesicht schien zu gefrieren; die Stirn, die Nase und die geschlossenen Augen sahen jetzt aus, als seien sie aus hartem, grauem Stein.

«Am Morgen deiner endgültigen Abreise nach Mailand versetztest du mich; du warst schon weg, als ich das Hotel betrat. An der Réception wurde mir ein Bogen Hotelpapier ausgehändigt, auf dem einige flüchtig hingeworfene Worte standen. Jahrelang sind diese Worte in meinem Kopf gekreist wie eine klebrige Melodie, die man nicht los wird: *Adieu. Es war schön. Sei nicht traurig, daß es vorbei ist. Das Leben geht weiter.* Die Buchstaben der Unterschrift waren dreimal so hoch wie der Rest. Noch heute weiß ich nicht, was mich wütender gemacht hat: daß es abgegriffene Worte wie aus einer Seifenoper waren, oder daß du mit deinem vollen Namen unterschrieben hattest.»

Das Telefon klingelte. Das würde Dupré oder Rubin sein. Ich machte die Küchentür zu. Sie mußten warten. Was ich im Laufe der letzten Stunde erfahren hatte, veränderte alles. Das war es, was ich dachte: *Es verändert alles.* Ohne eigentlich zu wissen, was das hieß. Ich habe nicht klar gedacht, die ganze Zeit über nicht. Nur dieses diffuse Gefühl hatte ich: daß die Dinge ganz anders waren, als ich bisher geglaubt hatte. Das schloß – irgendwie – auch unsere Vergangenheit ein, spürte ich. Und natürlich hatte ich die Frage auf den Lippen, ob Papa von alledem wußte. Ob er wußte, daß die Stimme, die er bei seinen Tenorrollen stets im Ohr gehabt hatte, Mamans früherem Liebhaber gehört hatte. Ob er wußte, wen er da erschossen hatte.

«Er ist ein Spieler und ein Feigling», fuhr Maman jetzt fort. «Das sagte ich mir Stunde für Stunde, Tag für Tag. Es nützte nichts. Papa triumphierte insgeheim, und das machte es noch schlimmer. Zehn Tage später erfuhr ich, daß ich schwanger war. Es folgten Tage, in denen in meinen Gefühlen soviel Verwirrung herrschte wie nie zuvor. Ich hatte werden wollen wie Désirée Aslanischwili, die göttliche Désirée. Ich hatte mit dem Tanzen spät angefangen, später als andere Kinder, weil Maman zwar wollte, daß ich zum Ballett ging, aber auch Angst davor hatte, mich zu vergewaltigen. ‹Es gibt da furchtbare Beispiele›, sagte sie.» (Heute weiß ich: Eines dieser Beispiele, das Clara aus Elenas Text kannte, war Marie Taglioni.) «Trotzdem: Ich war gut, in der Genfer Truppe galt ich als die Nummer eins, und in jenem Herbst hätte ich für eine Saison nach Paris gehen können. Sollte ich das eines Kindes wegen aufgeben, dessen Vater mich auf diese schnoddrige und auch lächerliche Weise hatte sitzenlassen?

Mehrmals stand ich am Flughafen und am Bahnhof, entschlossen, nach Mailand zu fahren. Ob es Selbstachtung war, die mich zurückhielt, oder die Gewißheit, daß es ohnehin nichts nützen würde – ich weiß es nicht. Ich mußte es jemandem erzählen, und so sagte ich es schließlich Papa. Als ich am nächsten Morgen nach einer weiteren schlaflosen Nacht herunterkam, hatte er bereits eine Liste von Adressen für eine Abtreibung, alle im Ausland.»

Ein Lächeln, das mehr wie die bloße Erinnerung an ein Lächeln war, glitt über Mamans eingefallenes, erschlafftes Gesicht.

«Es war eine Woche später, daß Frédéric kam, um den Flügel zu stimmen. Er weiß viel mehr darüber zu sagen als ich. Ich war ganz eingesponnen in meine verworrenen Empfindungen. Immer wieder legte ich in jenen Tagen die Platte mit *Tosca* auf. Dutzende von Malen hintereinander hörte ich mir *Recondita armonia di bellezze diverse!* an und wartete stets von neuem auf Cavaradossis Beteuerung *Il mio sol pensier sei tu!* Er hat sie im Hotelzimmer für mich gesungen, diese Worte. Ganz allein für mich. Und dann zauberte er zwei Karten für die Mailänder Premiere hervor, buchstäblich aus dem Ärmel. ‹Für dich und deinen Vater›, sagte er lächelnd, ‹vielleicht hat er danach weniger gegen mich.›

Daß Frédéric seine Stimme sofort erkannte, machte ihn mit einem Schlag zu meinem Vertrauten, obgleich wir voneinander nichts wußten und ich nicht im Traum daran dachte, ihn jemals einzuweihen. Als er dann noch den Ausspruch über die Musik, die einen auf die Stille vorbereitet, zitierte, war ich ganz sicher, daß ich ihn nicht gehen lassen wollte. Ich brauchte ihn als Gefährten, der mir half, meine verletzte Liebe zu ertragen – als jemanden, bei dem ich diese Gefühle unerkannt abladen konnte und der sie aufbewahren würde, so daß sie nicht verlorengingen, wenn mich die anderen Empfindungen der Wut und der Demütigung überspülten. Beides nebeneinander auszuhalten – das war zuviel, und so brauchte ich jemanden, der an der Last meines Zwiespalts mittrug, ohne es zu wissen und ohne sich einzumischen.

Frédéric, er kam mir so stark vor, so fest (sie gebrauchte das Wort *solide*) und verläßlich mit seinen großen, eckigen Händen – wie jemand, der dafür geschaffen war, mir einen Teil meiner Last abzunehmen. Während er seine Akkorde anschlug und mit dem Stimmschlüssel an den Wirbeln drehte, den Kopf leicht geneigt als Zeichen der Konzentration, betrachtete ich seine Hände und verglich sie mit den feingliedrigen, eleganten Händen, welche die Türme von Jetons zur Mitte des Spieltischs hin geschoben hatten. Ich war froh, daß dieser Mann hier keine eleganten Hände mit Siegelringen hatte, sondern grobe Hände, die nur so lange plump wirkten, als man sie nicht arbeiten sah. Er blickte auffallend oft hoch zum aufgestellten Flügeldeckel. Erst als er gegangen war und ich mich auf die Klavierbank setzte, verstand ich warum: Es war ein Spiegel. Es machte großen Eindruck auf mich und gefiel mir sehr, wie Frédéric seiner Bewunderung wortlosen Ausdruck verliehen hatte, indem er immer wieder in den Spiegel aus schwarzem Lack hochblickte. Der eine würde stets zu großen Worten greifen, gewissermaßen stets Arien singen, wenn es darum ging, seinen Gefühlen Ausdruck zu verleihen; der andere würde ohne Worte hochblicken.

Frédéric, er sollte mein Gefährte sein, der mir helfen würde, die Reise nach Mailand heil zu überstehen. Am Morgen dieses Tages hatte ich die beiden Karten endlich in den Papierkorb geworfen. Zerrissen jedoch hatte ich sie entgegen meiner Gewohnheit nicht. Der Wunsch war noch nicht wirklich besiegt, und nun stand auf einmal dieser bescheidene, bäurisch wirkende Mann vor mir, der in stiller Begeisterung von Opern gesprochen hatte, während er mit dem Stimmen beschäftigt war. ‹Ich …ja …natürlich möchte ich das›, stotterte er. Auf dem Weg hinaus verfing er sich mit seiner Werkzeugtasche in der Tür. So sehr hatte ihn mein Angebot aus der Fassung gebracht.»

*

Als ich am Samstag gegen Mittag herunterkam, war Maman bereits fertig angezogen, um dich zu empfangen. Wie muß es in ihr ausgesehen haben, während sie ruhelos von Raum zu Raum ging! Sechs Jahre lang hatte sie dir Brief um Brief geschickt, ohne eine Antwort zu bekommen, so daß sie sich die Antworten schließlich selbst ausdachte. Nun würdest du, die wirkliche Person, zur Tür hereinkommen, weil Papa in einer Zelle saß. Und sie würde, das wußte sie, nicht mehr lange schweigen können. Soviel auf einmal ist zuviel für einen Menschen.

Erst jetzt, da alles vorbei ist und die Gefühle Zeit gehabt haben, klare Konturen anzunehmen, spüre ich, daß mich die Lösung, die Maman für sich fand (die Lösung, die von ihr Besitz ergriff), mit Stolz erfüllt. Irgendwann in jener Nacht ging sie in den Keller, um ihren Stock zu zersägen. Als ich die vielen kleinen Stücke sah, die über den ganzen Raum verteilt lagen, meinte ich die Gewalt der Gefühle, die sich dabei entladen hatten, in meinem eigenen Körper zu spüren. Die Säge in der Hand, hatte sie abgerechnet, mit den anderen und sich selbst. Den Rest des Weges wollte sie ohne Krücke gehen, wie groß die Schmerzen auch sein mochten. Von nun an wollte sie ganz allein für sich einstehen. Sogar mit GP hat sie abgerechnet. Den silbernen Knauf des Stocks fand ich im entferntesten Winkel des Raums. Er hatte Dellen vom Aufprall an der Wand, und Mamans Initialen, die GP hatte eingravieren lassen, waren verformt.

Wäre dir diese Befreiung nur schon früher gelungen, Maman! Es wäre leichter gewesen, dich zu lieben.

Patrice

ICH BIN VOM GEFÄNGNIS in Moabit nicht auf direktem Wege nach Hause gefahren. Als ich meinen Blick von der dunklen Gestalt im Wachturm schließlich löste, hielt wenige Meter von mir entfernt ein Taxi. Das Lachen der aussteigenden Leute holte mich in die Wirklichkeit einer gewöhnlichen Berliner Straße zurück. Ich stieg ein. Der Fahrer wartete. «Plötzensee», hörte ich mich sagen, «zum Frauengefängnis.» Der Fahrer drehte sich um und sah mich an. In meinem Blick muß noch der Nachhall meines haßerfüllten Starrens von vorher gelegen haben. Das hielt ihn davon ab zu sagen, was er hatte sagen wollen. Er fuhr los.

Ich hatte nicht gewußt, daß ich es tun würde. Maman muß die ganze Zeit in meinen Gedanken gewesen sein, ohne daß ich es merkte. Stell dir vor: von einem Gefängnis zum anderen fahren mit der Frage im Sinn, welches von zwei unerträglichen Dingen leichter zu ertragen wäre: der eigene Vater oder die eigene Mutter hinter Gittern! Ich sah Maman vor mir, wie sie über die Risse in den Opernkarten strich und dabei schniefte. (Der Anfang und das Ende eines zerbrochenen Lebens in einem einzigen Moment vereint.) Sie würden sie nicht holen kommen. – Vater kam nur heraus, wenn sie sie holen kamen. – Vater würde von sich aus nie ein Wort zurücknehmen, nie. – Sie durften sie nicht holen kommen. – Vater konnte nicht für den Rest seines Lebens in der dunklen Festung bleiben, wo sie einem nach Belieben das Licht abdrehen. Nach der Verurteilung würde er Gefängniskleidung tragen müssen, den braunen Anzug aus der Junggesellenzeit, um den er gebeten hatte, würden sie uns mitgeben, damit wir ihn zu Hause wieder in den Schrank hängten, für immer. – Auch Maman würde Gefängniskleidung tragen müssen.

«Ich möchte …», sagte ich. Der Fahrer trat auf die Bremse.

«Nichts», sagte ich.

‹Lassen Sie doch diesen Quatsch›, hörte ich Vater sagen, ‹meine Frau hat noch nie eine Waffe in der Hand gehabt, noch nicht einmal gesehen hat sie eine, ich dagegen war der beste Schütze in der Kompanie, Hugentobler nämlich hat beschissen, das wußte jeder.›

‹Aber hier ist ihr Geständnis›, sagten sie.

‹Sie muß den Verstand verloren haben›, sagte Vater, ‹der Wisch ist keinen Pfifferling wert, bringen Sie mich zurück in die Zelle.›

Er würde kein Wort zurücknehmen, nie. – Sie würden Maman nicht holen kommen. – Hast du von ihren Schießübungen gewußt?, fragte ich Vater in Gedanken. Ich kann nicht zulassen, daß sie dich für einen Mord verurteilen, den du nicht begangen hast. Und genausowenig kann ich zulassen, daß sie kommen, um Maman zu holen. Sag mir, was ich tun soll, sagte ich zu ihm.

Dabei hat Vater von Ratschlägen nichts gehalten. *Jeder muß selber wissen, was er tut, und dann hat er dafür geradezustehen.* Wenn du nur nicht immer so senkrecht gewesen wärest, Vater, so unbeugsam tapfer. Es hat dich unzugänglich gemacht und schrecklich hart.

«Hier ist es», sagte der Fahrer, «soll ich warten?»

Ich wollte seinen Blick nicht auf mir spüren, wenn ich vor dieses zweite Gefängnis trat, und schickte ihn weg. Bevor er losfuhr, kurbelte er das Fenster herunter und fragte:

«Sind Sie ganz sicher?»

Ich nickte stumm. Ich werde den Tonfall seiner Frage nicht vergessen, vor allem nicht den Klang des «janz». Es lag eine Sanftheit und väterliche Fürsorge darin, die ich dem graubärtigen, groben Gesicht nicht zugetraut hätte.

Ich weiß nicht, wie lange ich vor den Gefängnismauern auf und ab gegangen bin. Und ich habe keine Ahnung, was ich dort eigentlich wollte. Auf der anderen Seite der toten Straße liegt das Gefängnis für Jugendliche, ein gigantischer Bau, der einen denken läßt: So viele Jugendliche können es gar nicht sein, die etwas angestellt haben. Außerhalb der Mauern des Frauengefängnisses liegt ein Wohnhaus, das einzige weit und breit. Die Fenster waren erleuchtet. Ich fand es unglaublich, daß hier jemand wohnen wollte (selbst wenn es Gefängnispersonal war; oder gerade dann). In den Wachtürmen war niemand. An der Autozufahrt gibt es eine Ampel. Sie stand auf Rot. Sie würde die ganze Nacht auf Rot stehen. Noch nie war eine Ampel so rot gewesen. Die dunkle, menschenleere Stille auf der Straße machte das Rot hart und gefährlich. Es war ein Rot, das alles in sich vereinigte, wovor man sich fürchten konnte, und alles, was man hassen konnte. Wenn sie Maman brachten, würde die Ampel auf Grün geschaltet werden. Ich konnte nicht weggehen, bevor ich dem Rot getrotzt hatte. Ich vergaß zu atmen, als ich die weiße Linie auf der Straße überschritt. Später, im Traum, brach daraufhin etwas los, ich habe vergessen was; nur daß es etwas Rotes war, weiß ich noch. In Wirklichkeit geschah nichts. Vor dem Besuchereingang blieb ich stehen. Wenn sie Maman holen kamen, würde ich durch diese Tür gehen. Ich würde immer wieder durch sie gehen. Ich könnte Berlin nicht mehr verlassen. An einem Flugzeugfenster sitzen und auf die Stadt hinunterblikken, in der Maman hinter Gittern saß: Das war undenkbar. Ganz und gar ausgeschlossen. Und mit Vater war es das gleiche. Auch ich war von nun an ein Gefangener.

Ein Mann auf einem Fahrrad bog in die Straße ein. Ich machte ein paar rasche Schritte, bis ich wieder auf dem Trottoir stand.

«Was machen Sie hier?» fragte er und stieg ab.

«¡Vete a los diablos!» sagte ich. «Geh zu den Teufeln!» Es war die Wendung, die Paco benutzen würde. Je öfter man ihm sagte, daß die Mehrzahl hier nicht am Platze sei, desto hartnäckiger sprach er von Teufeln, manchmal sogar von vielen Teufeln. Auch die Hände vergrub ich wie Paco in den Taschen. Der Mann, der unter dem Mantel die Uniform des Gefängnispersonals trug, zögerte noch einen Moment und ging dann weiter.

Bevor er im Eingang des Jugendgefängnisses verschwand, blickte er zurück. Alle waren sie an diesem Abend meine Feinde. Ich rührte mich erst, als die Tür hinter ihm ins Schloß gefallen war.

*

Das Entrée war dunkel, als ich das Haus betrat. Der schmale Lichtschein, der durch die angelehnte Tür des Boudoirs nach außen drang, war ein leuchtender Strich. Maman mußte seit Stunden auf mich gewartet haben; sie rief nach mir, kaum war die Haustür ins Schloß gefallen. Ich war erstaunt über die Festigkeit in ihrer Stimme. Sie paßte weder zu der gebrochenen Frau, die mir am Nachmittag die Tür geöffnet hatte, noch zu der Gestalt, die vor wenigen Stunden gedankenverloren über die Opernkarten gestrichen hatte. Langsam ging ich den Flur entlang. Ich spürte das Herz pochen. Es würde das erste Mal sein, daß ich dieses Zimmer betrat.

Der Raum hatte mit dem Genfer Boudoir nicht mehr die geringste Ähnlichkeit. Alles war neu: der Schminktisch, die Spiegel, das Sofa, die Sessel und Teppiche, die Vorhänge. Nichts erinnerte mehr an GPs verschnörkelten, parfümierten Geschmack. Auch die Beleuchtung war eine andere; das gedämpfte Licht, das sich in der Erinnerung mit der Empfindung des Verbotenen vermischte, war einem klaren, fast weißen Licht gewichen, das eine nüchterne Atmosphäre entstehen ließ. Nur der Sekretär war der alte.

Ich war verwirrt. Meine Gefühle, die aus dem Schatten der Vergangenheit hervortraten, konnten sich gegen nichts richten und sich von nichts abstoßen; sie stießen ins Leere. Es fällt mir schwer, es zuzugeben, aber ich fühlte mich betrogen – als hätte jemand heimlich Bühnenbild und Requisiten ausgetauscht, so daß ich, ohne es zu merken, schon seit langem im falschen Stück spielte, mit längst überholten Gefühlen und Gedanken. Ich hatte erst wenige Schritte in den Raum hinein getan, da kam mir der Gedanke: Es war unnötig gewesen, eine unnötige

Grausamkeit, Mamans Briefe nicht zu öffnen. Mein Groll und meine Verweigerung hatten in den letzten Jahren einer Frau gegolten, die es so nicht mehr gab. Indem sie den Raum, der im ganzen Haus am meisten der ihre war, vollkommen veränderte, hatte Maman einen Abstand zum Vergangenen hergestellt. Es lag mir die Frage auf der Zunge, wie lange diese Veränderung schon zurücklag. Doch diese Frage hätte eine gefährliche Nähe geschaffen, die es um jeden Preis zu vermeiden galt.

Auf der Schreibplatte des Sekretärs lagen zwei verschlossene Kuverts. Auf dem einen, dickeren, stand Vaters Name. Das andere trug keine Aufschrift. Das hellbeige Papier, die blaßblaue Tinte, die hauchdünnen Schriftzüge: alles genau wie bei den sechsundsiebzig Briefen, die in meiner Kommode, unter der gehäkelten Decke, verschwunden waren. Ich wußte sofort, was in den beiden Umschlägen sein mußte. Doch kaum hatte sich dieses Wissen gebildet, schob ich es auch schon gewaltsam zur Seite. Dafür war ich noch nicht bereit.

«Möchtest du eine Tasse Tee?» fragte Maman. «Und etwas Gebäck?»

Mit der verbundenen Hand griff sie nach der Teekanne auf dem Réchaud und begann mir in die bereitstehende Tasse einzugießen.

«Du trinkst ihn immer noch mit viel Milch und Zucker, *à l'anglaise?*» fragte sie dann, das Milchkännchen in der einen, den Kandiszucker in der anderen Hand. Sie blickte mich nicht an, und dadurch wirkte die Frage wie etwas, das eigentlich gar nicht in der Gegenwart geschah, sondern wie ein bloßes Echo aus der Vergangenheit war. Am liebsten hätte ich nichts geantwortet.

«Ja, bitte», sagte ich schließlich.

Vier oder fünf Sorten Biskuits füllten die Schale. Maman nannte sie alle beim Namen und schilderte ihre Vorzüge. Ich hörte nicht mehr hin. Draußen regnete es in Strömen. Die Pendule im Entrée schlug zwei Uhr.

«Du trinkst ja gar nicht», sagte Maman leise.

Ich dachte an die rote Ampel in Plötzensee. Es war gespenstisch.

Maman sank in den Sessel zurück und schloß die Augen. Die nächtliche Teestunde war zu Ende. Ein letztes Mal hatte sie alles aufgeboten, um den Schein zu wahren – so, wie man es sie gelehrt hatte. Vielleicht hatte sie mir auch zeigen wollen, daß sie wußte, wie man sich einem erwachsenen Sohn gegenüber benahm. Das war jetzt vorbei. Von nun an würde es nur noch um die Wahrheit gehen. Ohne die Augen zu öffnen, strich sie das blaue Kleid glatt und suchte nach einer Haltung, in der die Hüfte am wenigsten schmerzte. Die Pendule tickte aufdringlich laut. Mit schmerzverzerrtem Gesicht, die Hand an der Hüfte, erhob sich Maman plötzlich, humpelte hinaus und stellte das Ticken ab. Es war, als habe sie damit für uns beide eine besondere Zeit geschaffen, eine Zeit des Erinnerns und Erzählens, die man mit keiner Uhr messen konnte. Danach setzte sie sich genauso hin wie zuvor, so daß es schien, als sei sie gar nicht hinausgegangen. Langsam faltete sie die Hände im Schoß. Ihre Züge entspannten sich und ließen die Erschöpfung sichtbar werden. Die Augen immer noch geschlossen, begann sie zu sprechen.

Sie erzählte wieder einmal von der Reise zur Mailänder Scala. Zunächst war ich überrascht, daß jenes ferne Ereignis zur Sprache kam. Doch bald verstand ich, warum sie so weit ausholte: Sie wollte mir (und vielleicht auch sich selbst) erklären, wie es zu der blutigen Tat in der Oper hatte kommen können. Dieses Mal war es nicht die übliche Geschichte, die wir früher nicht mehr hören konnten, weil sie durch die Wiederholung etwas Erstarrtes bekommen hatte und zu einer erzählerischen Ikone verkommen war, einer Familienikone, aus der die Wahrheit des Erlebens längst gewichen war. Vielmehr sprach sie davon, wie sie und Vater am nächsten Morgen in der berühmten Galleria gefrühstückt hatten.

«Dort erzählte er mir zum erstenmal von der geheimen Sehnsucht, ein großer Opernkomponist zu werden. Und wie um zu beweisen, daß er dazu die Fähigkeit besaß, sprach er den Kellner im antiquierten, barocken Italienisch der Oper an. Erst viel später fand ich heraus, daß dies das einzige Italienisch ist, das er kann», sagte sie.

Unter ihren Wimpern bildeten sich Tränen, und es waren keine Morphiumtränen.

«Er erzählte von seinem ersten Opernbesuch in Genf, im Grand Théâtre. Wie er dort mit brennendem Gesicht im Dunkel saß, den Applaus hörte, der nicht enden wollte, und dachte: Auch ich werde so etwas komponieren, und am Ende werde auch ich auf der Bühne stehen und solchen Beifall bekommen. Er vergaß, daß wir in einem Café saßen, und sprach viel zu laut, so daß sich die Leute zu uns umdrehten. Ich ließ ihn reden; es wäre zu grausam gewesen, ihn in der Begeisterung, die er noch einmal durchlebte, zu stören. Und zu meiner Verblüffung waren mir die neugierigen und aufgebrachten Blicke kein bißchen peinlich.» Nach einer Pause fügte Maman hinzu: «Ich glaube, das war der Moment, als ich zum erstenmal spürte, daß ich ihn nicht nur brauchte, sondern auch mochte.»

(Weißt du noch, wie Vater uns Kindern, als wir mit ihm vor dem Grand Théâtre standen, erzählte, daß er damals *mit brennendem Gesicht* im Dunkel des Zuschauerraums gesessen habe? Bei ihrer Erzählung zitierte Maman genau die gleiche Formulierung. Auch das war Vater: Das erzählerische Erinnern bewegte sich gestanzten, unwandelbaren Formulierungen entlang, von denen er einmal entschieden hatte, daß sie treffend waren.)

«Von allem, was er damals sagte», fuhr Maman fort, «haben mich seine Worte über die Gefühle der Zuhörer am meisten beeindruckt. Da saßen all diese Menschen ganz still da, sagte er, und man hatte den Eindruck, daß es auch in ihnen drin still geworden war. Für die Länge einer Aufführung machten sie Raum für die großen Gefühle, die sonst nicht zu Wort kamen. Ohne das Geringste voneinander zu wissen, saßen sie nebeneinander, regungslos und ganz der Musik hingegeben. In der Wut, mit der sie jemanden anzischten, der es wagte, ein Geräusch zu machen, kam zum Ausdruck, wie groß die Sehnsucht war, sich wenigstens für diese kurze Zeitspanne vergessen zu dürfen – bevor sie dann zurück mußten in die Welt der Enttäuschungen und zurück in die Tapferkeit, mit der die kleinen, schäbigen Dinge des Lebens zu bewältigen waren. Immer, wenn wir zusammen in der Oper waren, mußte ich an diese Worte denken. Auch am Mittwoch abend», fügte sie leise hinzu.

Jetzt, als Erzählende, erkannte ich Maman wieder als diejenige, die in den Briefen zu mir gesprochen hatte. Sie sprach zusammenhängend und flüssig. Das Morphium hatte ihr jene zerbrechliche, trügerische Ruhe verliehen, die uns stets so unheimlich war, weil sie nicht aus ihr selbst kam, sondern geborgt war. Nur hin und wieder vergaß sie, einen Satz zu Ende zu bringen, und gegen Morgen, als die Wirkung des Morphiums nachließ, kam wieder jene gesteigerte Form von Zerstreutheit zurück, in der ihre Sätze unvollendet blieben. Ein einziges Mal nur brach sie einen Satz in jenem abwartenden, ja lauernden Tonfall ab, den sie gewählt hatte, wenn wir *penser pensées* spielten, und ich glaube nicht, daß es Absicht war, eher war es, wie wenn uns in einem unpassenden Moment eine alte Gewohnheit die Regie aus der Hand nimmt. In den Pausen, die entstanden, achtete ich auf mich selbst und war – trotz des Unglücks, dessen Zeuge ich war – erleichtert zu spüren, daß meine Sucht, die Sätze für sie zu Ende zu denken und zu sprechen, viel von ihrer Macht über mich verloren hatte. Sie war nur noch spürbar als ein schwaches Echo aus ferner Vergangenheit. Wenn ich Maman ab und zu half, einen angefangenen Satz abzuschließen, geschah es nicht mehr aus einem Zwang, sondern einem Gefühl der Fürsorglichkeit heraus. Mein Groll gegen sie kam in jenen Nachtstunden zur Ruhe. Die Sanftheit, mit der sie über Vater sprach, nahm den Erinnerungen, die sich von Zeit zu Zeit zwischen uns drängten, die Schärfe.

Für einige Augenblicke hatte ich den Eindruck (vielleicht war es auch nur Erwartung), sie würde nun über den Abend der Tat sprechen. Doch soweit war sie noch lange nicht.

«Als wir wieder in Genf angekommen waren», fuhr sie fort, «und in Frédérics kleinem Appartement saßen, traute er sich schließlich, mir von seiner Teilnahme an einem Opernwettbewerb zu erzählen. Er mußte sich – buchstäblich – einen Ruck geben, ich sehe die Bewegung noch heute vor mir. Verlegen holte er die Partitur hervor und zeigte mir eine Seite nach der anderen. Vor jedem Umblättern wartete er so lange, als sei ich eine geübte Leserin von Partituren, die das Geschriebene als Klangbild zu hören verstand. Sollte die Oper gedruckt werden, sagte er, werde er sie mir widmen.

Ob ich mich noch erinnere, wie er mir seine erste Oper habe widmen wollen, fragte er mich am Tage, als der Brief aus Monaco gekommen war. ‹Das ist sechsundzwanzig Jahre her, mehr als ein Vierteljahrhundert›, sagte er, ‹jetzt endlich kann ich dir eine Oper widmen.›»

Im Kampf gegen die Tränen verzog Maman das Gesicht zu einer Grimasse. Schließlich öffnete sie die Augen, streifte mich mit einem scheuen Blick, der mich um Geduld zu bitten schien, und nahm eine Zigarette. Für einige Minuten vollzog sich in ihrem Gesicht eine wundersame Verwandlung: Das erschöpfte, tränennasse Gesicht wurde von einem gelösten, glücklichen Ausdruck überzogen. Nicht daß Erschöpfung und Verzweiflung unsichtbar geworden wären. Was die Erinnerung auf ihre Züge zauberte, war ein hauchdünner, durchsichtiger Ausdruck des Glücks, der gar nicht wirklich auf dem Gesicht zu liegen, sondern, durch einen infinitesimalen Abstand getrennt, vor ihm zu schweben schien. Ab und zu, während sie mit sanfter, liebevoller Stimme erzählte, überfiel mich der Gedanke an die rote Ampel in Plötzensee. Dann wünschte ich, die Zeit für sie anhalten und den Zustand des glücklichen Erinnerns einfrieren zu können. Damit der Augenblick niemals käme, in dem sie mir die schreckliche Wahrheit offenbaren würde.

Sie erzählte von der Zeit, in der Vater an der neuen Oper, der Vertonung von *Michael Kohlhaas*, arbeitete. Es müssen die zwei glücklichsten Jahre gewesen sein, die sie zusammen erlebten. Etwas davon wußte ich ja schon aus den Briefen. Doch wieviel lebendiger und eindringlicher waren die Episoden, die sie nun erzählte! Die Hände, die bisher still in ihrem Schoß gelegen hatten, beteiligten sich jetzt am Erzählen. Manchmal balancierte sie ihre Worte am Rande der Tränen entlang, in denen sich vergangenes Glück und gegenwärtiger Schmerz mischen würden.

«Die Idee zu dieser Oper kam Frédéric in der U-Bahn, sagte er. Er war zum Stimmen bei einer Studentin der Kunsthochschule gewesen, die er beim Kauf eines Klaviers beraten hatte. Sie hatte gerade Kleists Novelle gelesen und erzählte davon. Frédéric kam erst spät nach Hause, er hatte immer noch mehr wissen wollen. Ein Mann, der um jeden Preis zu seinem Recht kommen wollte – das war ein Stoff, in dem er sich sofort wiedererkannte. Bis spät in die Nacht hinein berichtete er mir auf seine holprige Weise alles, was er von der Studentin gehört hatte. Er war so aufgeregt, daß er sich den Schweiß von der Stirn wischen mußte. Seine Begeisterung – ein bißchen war es wie damals in Genf, als er mir vom Opernwettbewerb erzählte. In der Wohnung der Studentin hatte er noch nicht an eine Vertonung gedacht. Da war er einfach fasziniert davon gewesen, daß jemand über einen Mann geschrieben hatte, der war wie er.

‹Weißt du, an was ich zuerst dachte?› fragte er mich. ‹Daran, daß Mutter wegen der Narbe im Gesicht nur in der zweiten Klasse des Bahnhofsbuffets bedienen durfte, wo es immer Dunst aus Rauch und Biergeruch gab und wo die Männer mit den dicken Bäuchen sie überall betatschten. Sie konnte das Haar sooft waschen, wie sie wollte, der verfluchte Geruch blieb.›

In der U-Bahn dann (er wußte sogar noch die Station) hatte er auf einmal gedacht: Aus dieser Geschichte mache ich eine Oper. *Meine* Oper. Noch in derselben Nacht holte er aus Patricias Zimmer den Text und begann zu lesen. Vorher sah er die Opernführer durch und stellte triumphierend fest, daß er recht gehabt hatte: Aus diesem Stoff hatte noch niemand eine Oper gemacht.

Einige Monate später, als der erste Akt bereits fertig war, kam ein neues Opernlexikon heraus, umfassender als alle bisherigen. Frédéric blätterte im Laden darin und stellte fest, daß es doch schon zwei *Kohlhaas*-Vertonungen gab, die eine von einem Dänen, die andere von einem Österreicher. Tagelang war er geknickt und mutlos. Dann bat er mich, ihn nach Linz zu begleiten, wo die Vertonung von Karl Kögler, dem Österreicher, uraufgeführt worden war. Wir fuhren hin, setzten uns in den Lesesaal der Bibliothek und arbeiteten uns auf der Suche nach einer Besprechung durch die großen Zeitungen von 1989. Am Ende des zweiten Tages wurden wir fündig. Es gab zwei Kritiken, beide auf laue Weise positiv. Frédéric machte Fotokopien, dann schlenderten wir durch die Stadt und setzten uns in ein Café.

‹Michael Kohlhaas ist doch kein Baß›, sagte er, ‹und auch kein Bariton wie bei dem Dänen. Der Gipfel aber ist: Lisbeth als stumme Rolle. Der hat wirklich keine Ahnung. Ich mache sie zu einem lyrischen Mezzosopran.›

Später, im Hotel, kam er ins Bad, unsere Blicke trafen sich im Spiegel, und da verzog sich sein Gesicht zu einem Lächeln, wie ich es an ihm schon lange nicht mehr gesehen hatte.

‹Sie war Unsinn, diese Reise›, sagte er. Ich drehte mich zu ihm um, und wir fielen uns mit einem befreienden Lachen in die Arme. ‹Nach Kopenhagen fahren wir nicht›, sagte er, als wir nebeneinanderlagen. Es war verrückt: Ich war richtig enttäuscht, so gut gefiel es mir auf dieser unsinnigen Reise.

Wir blieben noch einen weiteren Tag in Linz. Als wir nach dem Frühstück in einen strahlenden Tag hinaustraten, holte Frédéric die Kopien der Kritiken aus der Jacke, warf einen langen Blick darauf und ließ sie dann in einen Abfallkorb fallen. Dieses Bild habe ich nie vergessen. Es lag so viel Hoffnung darin: die Hoffnung, er würde sich von seinem versklavenden Erfolgstraum befreien, ihn eines Tages so locker abschütteln können wie diese Papiere. Es wurde ein Urlaubstag bei wolkenlosem Himmel. Ich hatte kaum Schmerzen, und manchmal nahm ich den Stock aus Übermut unter den Arm. Es kam vor, daß wir Hand in Hand gingen.

‹Wie kann man nur Paul August heißen›, sagte er am nächsten Tag im Zug, auf die Vornamen des dänischen Komponisten von Klenau anspielend. Es lag noch ein Rest des gestrigen Humors in seiner Stimme, aber auch die alte Verbissenheit klang bereits wieder durch. Zu Hause angekommen, setzte er sich mit beklemmender Hast an den Schreibtisch und griff zur Feder. ‹Meine wird besser›, sagte er, ‹viel besser.› Die kurze Befreiung und meine kühne Hoffnung waren zu Ende.»

Maman machte eine lange Pause und probierte eine neue Sitzhaltung aus. Jetzt, wo sie die Hände anders faltete, sah ich, wie brüchig das Morphium die Fingernägel inzwischen gemacht hatte; da half auch der dunkle, dick aufgetragene Nagellack nicht mehr.

«Trotzdem wurde es eine gute Zeit», fuhr sie schließlich fort. «Die Arbeit an der Oper, sie veränderte Frédéric, und sie veränderte ihn so schnell, daß manchmal eine bloße Woche bereits einen großen Unterschied in seinem Inneren zu machen schien. Er wurde sicherer, verschlossener und zärtlicher zugleich – es war, als wachse er nach innen, hin zu sich selbst. Wenn ich das sah, beneidete ich ihn. Ab und zu erzählte er vom Heim, von den Ungerechtigkeiten und Demütigungen – es waren lauter Dinge, die er zuvor nie erzählt hatte. Erst jetzt, wo die Musik seine Seele verflüssigte, konnte er darüber sprechen. Nicht selten arbeitete er bis in den Morgen hinein, fast bis zum Umfallen. Oft kam er mitten in der Nacht zu mir, seine Augen glänzten, und dann ging ich hinunter und hörte zu, wenn er mir ein neues Thema vorspielte.

Auch über die Figuren und das Libretto sprachen wir oft. Zu Beginn war es manchmal ein Kampf, denn er schien mir mit Kleists Geschichte viel zu frei umzugehen, es kam mir abenteuerlich vor, was in seinen Händen daraus wurde. Mehr als einmal schlug ich vor hinauszufahren und uns die Orte und Landschaften in Sachsen und Brandenburg anzusehen, wo die Erzählung spielte. Bücher mit dem geschichtlichen Hintergrund hatte ich längst besorgt. Mit Ungeduld, für die er sich verlegen entschuldigte, wehrte er ab. Allmählich verstand ich, daß es darauf überhaupt nicht ankam: Bei der Oper handelte es sich um eine Geschichte, die nur zum Schein draußen in der Welt spielte; in Wirklichkeit war sie ein Drama in seinem Inneren, und meine Aufgabe war, ihm bei der Entfaltung dieses Dramas zu helfen. Hätte ich das nur schon früher begriffen, bei all den anderen Opern!»

Maman strich sich mit dem Handrücken über die Stirn, als wolle sie diese Verfehlung, dieses viel zu spät entdeckte Versäumnis wegwischen.

«Es gab eine einzige Figur, bei der ich mich nicht einmischen durfte: Lisbeth, Kohlhaasens Frau. Nur er, er ganz alleine, wisse, wie sie sei, sagte er, und es klang, als gehe es um eine Entdeckung und nicht eine Erfindung. Erst als die Oper praktisch fertig war, bekam ich die Arien zu hören und zu lesen, die mit Lisbeth zu tun hatten. Frédéric stand mit dem Rücken zu mir am Fenster, als ich den Text las. Er war eine Liebeserklärung, und sie galt, da konnte es keinen Zweifel geben, mir. Solche Worte hatte ich aus seinem Munde nie gehört. Er hatte diesen Rahmen gebraucht, um sie äußern zu können.

‹Es ist unsere gemeinsame Oper›, sagte er, als wir nachher zusammen am Fenster standen, ‹deine genauso wie meine.›

Und das nach sechsundzwanzig Jahren! Aber so ist er; genau so.» Maman schluckte und würgte mehrmals, bevor sie hinzufügte: «Und jetzt ist er im Gefängnis.» Sie öffnete die Augen und sah mich an: «Aber nicht mehr lange.»

Alles, was sie später tat, war in diesem einen Blick vorgezeichnet. Alles. Ein letztes Mal dachte ich an das rote Licht in Plötzensee. Nein, sie würde in keinem Polizeifahrzeug sitzen, das dort vorfuhr.

*

Soeben habe ich noch einmal die Arien gehört, in denen Kohlhaas und Lisbeth zueinander sprechen. *Du meine treue Gefährtin!* singt Kohlhaas. Maman muß diese und ähnliche Worte gemeint haben, als sie von einer Liebeserklärung sprach. Von seiner Seite nämlich gibt es an Worten nichts, was darüber hinausginge. Die Musik würde an einigen Stellen zu einer Liebeserklärung passen. Aber insgesamt muß Vater gespürt haben, daß die Figur von Kohlhaas zerbräche, wenn die Empfindungen Lisbeth gegenüber zu stark würden. Auch das wäre eine Möglichkeit, die Oper umzuschreiben: Die Liebe siegt über den Wunsch nach Vergeltung.

*

Bevor Maman fortfuhr, führte sie die Tasse mit dem kalten Tee, auf dem sich ein dunkler Film gebildet hatte, zu den Lippen, vergaß ihr Vorhaben aber mitten in der Bewegung, weil die nächste Welle des Erinnerns sie überspülte und mit sich fortriß. Es waren Erinnerungen von einer anderen, düsteren Farbe, das war an ihren Händen abzulesen, die sie nun krampfhaft ineinander verschränkte, als suche sie in dem wechselseitigen Druck der Finger einen Halt gegen den Ansturm der Gefühle.

«Es war ziemlich genau vor einem Jahr, daß Frédéric die Oper abschloß: am 19. Oktober, einem Sonntag.

‹Eben habe ich die letzte Note geschrieben›, sagte er, als ich zu ihm ins Zimmer trat. Er legte den Füller zur Seite. ‹Es ist immer ein besonderer Moment, wenn man zusieht, wie die letzten Striche trocknen. Ein bißchen macht es auch traurig.› Ich stellte mich neben ihn, und wir sahen zu, wie die glänzende Tinte matt wurde. ‹Das heutige Datum wollen wir festhalten›, sagte er und nahm meine Hand.

Am nächsten Morgen ging er viel zu früh zum Kopierladen, er mußte fast eine Stunde warten. Das Einpacken und Abschicken der Partitur war anders als sonst. Dieses Mal war ich es, die schon lange vorher nach einem passenden Karton gesucht hatte. Sogar Seidenpapier und eine neue Rolle Klebeband hatte ich besorgt. Ich stand daneben, als Frédéric die Noten behutsam in den Karton tat und die Zwischenräume mit Seidenpapier ausstopfte. Zweimal machte er das Päckchen wieder auf und stopfte noch fester. ‹Damit kein Spielraum zum Rutschen bleibt. Die Ränder könnten beschädigt werden. Wer weiß, wie grob sie auf der Post mit so etwas umgehen›, sagte er. Am Ende bat er mich, die Adresse zu schreiben. ‹Du mit deiner eleganten

Schrift›, sagte er und sah mich auf eine Weise an, die mich an seine bewundernden Blicke damals in Mailand erinnerte.

Das Paket brachten wir gemeinsam zur Post, und danach machten wir einen langen Spaziergang. Gesprochen haben wir nicht viel. Es war nicht nötig. Ich hatte keine einzige Note zu der Oper beigesteuert. Trotzdem hatte er recht: Es war auch meine Oper. Was wir da eben zur Post gebracht hatten, war ein Stück unseres Lebens. Es durfte nicht zurückgewiesen werden. Es mußte ein Erfolg werden. Es mußte einfach. Auf jenem Spaziergang glaubten wir felsenfest daran. Die Jury in Monaco würde erkennen, wie echt die Geschichte und die Musik waren. Dieses Mal würde sie es erkennen. Sie würde es erkennen.

Lange hielt diese Gewißheit nicht an. Es klingt paradox, aber die ersten Zweifel begannen sich genau an dem Tag einzunisten, als aus Monaco die Eingangsbestätigung für die Partitur kam. Es war eine Karte mit Umschlag, auf der nur zwei, drei förmliche Sätze und eine unleserliche Unterschrift standen. Es muß das krasse Mißverhältnis zwischen unserem Gefühl auf jenem Spaziergang und dem unpersönlichen Ton dieser Karte gewesen sein, das uns durcheinanderbrachte. Er dürfe nicht daran denken, wie viele von diesen Karten verschickt worden seien, sagte Frédéric. Dabei war dies nun wirklich nicht das erste Mal; mit Bestätigungen dieser Art hätten wir eine ganze Schachtel füllen können. Doch dieses Mal war es anders: In diese Oper hatte Frédéric alles hineingelegt, vor allem die bitteren Erfahrungen im Heim und die vielen Demütigungen auf der Suche nach Anerkennung. Die Arbeit an der Partitur, sie war der Versuch gewesen, diese Dinge zu bewältigen und sich aus ihrem würgenden Griff zu befreien. Das aber konnte nur gelingen, wenn er damit endlich erfolgreich war. Die Geschichte der Mißerfolge mußte ein Erfolg werden.

In den folgenden Tagen sagten wir uns immer wieder vernünftige Dinge, vor allem, daß jene Karte nicht das geringste über die Erfolgsaussichten aussagte. Doch es nutzte wenig. Allein schon die Tatsache, daß Frédérics Partitur eine unter vielen war, empfanden wir als bedrohlich und fast gleichbedeutend mit Ablehnung.»

Maman löste ihre Hände, die vom Drücken weiß geworden waren, und nahm eine Zigarette. Während sie rauchte, war es still. Bleierne Müdigkeit überkam mich. Ich überlegte, wie lange ich schon ohne richtigen Schlaf war, aber ich hatte die Übersicht über die Tage verloren. Maman beugte sich entschlossen nach vorn und drückte die Zigarette mit fester Hand aus, statt sie wie üblich auf dem Rand des Aschenbechers verglühen zu lassen. Wie früher war das ein Zeichen, daß sie sich zu einem Entschluß durchgerungen hatte.

«Was ich dir jetzt erzähle … Du mußt mir versprechen, es niemals zu verraten», begann sie.

Ich nickte.

«*Niemals*», wiederholte sie und sah mich an, als wolle sie mir mit ihrem Blick die Lippen für immer versiegeln. «Das ist das eine, was er niemals erfahren darf. *Jamais.*»

«Du kannst dich darauf verlassen», sagte ich.

Für einige Augenblicke kniff sie die Augen zusammen, als prüfe sie die Glaubwürdigkeit meines Versprechens. Dann lehnte sie sich zurück, schloß die Augen und fuhr in der Erzählung fort.

«Es war Ende November. Mehrere Wochen waren vergangen, seit wir die Partitur zur Post gebracht hatten. Wir sprachen nicht mehr oft über Monaco und den Wettbewerb; es war längst alles gesagt. Aber es verging kein Tag, ohne daß wir daran dachten. Frédéric nahm keine neue Komposition in Angriff. Wenn er am Schreibtisch saß, blätterte er in der *Kohlhaas*-Partitur. Die wenigen Male, wo ich den Flügel hörte, waren es Melodien aus dieser Oper. Es war, als überprüfe er, ob sie gut genug waren – gut genug, um die Welt zur Anerkennung zu zwingen. Bevor die Jury das Urteil gesprochen hatte, konnte er an nichts Neues denken. Er lebte mit angehaltenem Atem, und ich auch. Oft wurde ich wach, weil er sich ruhelos herumwälzte. Am Ende solcher Nächte stand ich mit ihm auf und begleitete ihn zur S-Bahn.

Es war an einem solchen Morgen, daß es geschah. In der Post war die neue Ausgabe von *Paris Match*. Daß ich dieses Magazin las – ich habe mich stets ein bißchen geniert. Aber seit eurem Weggang war es so still, so fürchterlich still im Haus, wenn Frédéric bei der Arbeit war. Ich brauchte etwas, das die Gedanken betäubte. Nicht die Schmerzen; die Gedanken. Und die Erinnerungen. Kaum hatte ich mit dem Blättern begonnen, da stieß ich auf eine Klatschgeschichte über Antonio ... Antonio di Malfitano.»

Maman hatte schon Atem für den nächsten Satz geholt, da hielt sie inne. Es kam mir vor, als überlege sie, was ich von dir über sie und den Italiener gehört haben konnte. Mit einer zerstreuten Handbewegung schien sie die Frage schließlich beiseite zu schieben.

«Der Text war um ein großes Foto herum arrangiert, das ihn mit einer blassen, alabasternen Schönheit zeigte.» Mamans Lippen zitterten. «Berichtet wurde, daß er sich mit dieser Frau, einer venezianischen Adligen, verlobt hatte. Die Hochzeit sollte Mitte Februar in Venedig stattfinden, mitten im Karneval. Sie stamme aus einer steinreichen, stockkatholischen Familie, hieß es, und der Journalist ließ durchblicken, daß die Leute bigott seien. Auch klang an, daß Antonios Vergangenheit mit Frauen nicht zu dieser Bigotterie passe. Das gleiche gelte von seiner bekannten Leidenschaft fürs Roulette. Sie werde ihn schon zähmen, hatte die Verlobte gesagt, um dann hinzuzufügen: Sie werde etwas Besonderes für ihn sein, nämlich die erste Frau, mit der er Kinder und eine richtige Familie haben werde.» Maman biß sich auf die Lippen. «Und Antonio muß gesagt haben, sein Leben nehme dadurch eine ganz neue Wendung. Anfällig für Kitsch und Klischees war er immer schon.

Am Ende des Berichts erfuhr man, daß Antonio seit letztem Jahr den Vorsitz in der musikalischen Jury von Monaco hatte und Bevollmächtigter der Stiftung geworden war, welche die musikalischen Wettbewerbe ausrichtete und Nachwuchssänger unterstützte. Ich muß eine heftige Bewegung gemacht haben, als ich das las, denn die Teetasse kippte um, und der Tee versickerte im Tischtuch. Einen Plan hatte ich nicht sofort. Aber ich war wie elektrisiert und las den Bericht stets von neuem. Erst im Laufe des Tages begann ich mir vorzustellen, wie es sein würde, ihn aufzusuchen und unter Druck zu setzen. *Ich werde etwas Besonderes für ihn sein, nämlich die erste Frau, mit der er Kinder haben wird.* In meiner Vorstellung sprach die blasse Adlige die Worte mit schriller, ans Hysterische grenzender Stimme. Immer wenn ich den Satz in mir hörte, schien es mir, als müßte das, was ich zu erzählen hatte, Antonio in helle Panik versetzen. Dann wieder stellte ich mir vor, wie er mich auslachen und mir die Tür weisen würde.»

Das, was ich zu erzählen hatte. Mein Körper reagierte schneller als der Verstand. Mit einemmal spürte ich, daß ich einen Magen hatte. Auch andere Teile des Körpers waren auf besondere, aufdringliche Weise gegenwärtig. Das erste Begreifen war wie eine vollständige Leere, die jeden anderen Gedanken verdrängte. Du hattest mir von der geplanten Abtreibung erzählt, und eine Weile klammerte ich mich an den Gedanken, daß es das war, was Maman als Druckmittel hatte benutzen wollen. Aber etwas in ihrer Stimme sagte mir, daß es um etwas anderes gegangen war, etwas, das viel schwerer wog: Die venezianische Adlige *konnte* gar nicht die erste Frau sein, mit welcher der Italiener Kinder hatte. Er *hatte* bereits Kinder, und zwar mit Maman: uns.

Kaum hatte dieser Gedanke meine Abwehr durchbrochen, geschah etwas Merkwürdiges mit meiner Aufmerksamkeit: Sie sprang, ohne daß ich es hätte verhindern können, in kurzen Abständen hin und her zwischen Mamans weiterer Erzählung, der Frage, ob Vater dieses Geheimnis kannte, und dem Versuch, mir Klarheit über die Bedeutung des Gehörten zu verschaffen – die Bedeutung, die es für mich, für uns haben konnte.

«Zwei Tage später flog ich nach Paris», fuhr Maman fort. «Laut Bericht hielt sich Antonio dort zu Proben auf. Es tat weh, Frédéric zu belügen, was den Zweck der Reise betraf. Gerade jetzt tat es besonders weh. Immer wieder mußte ich mir sagen, daß ich es für ihn tat. Antonio wohnte im *Ritz,* darunter tat er es nie, der Angeber. Es waren sicher ein Dutzend Male, daß ich die Place Vendôme umkreiste, bevor ich schließlich die Lobby betrat. Meine Hände waren kalt und feucht vor Schweiß.»

Maman rieb die Handflächen aneinander, sie schien noch einmal den kalten Schweiß zu spüren.

«Der Maestro sei nicht da, sagte man mir an der Réception. Wenn ich warten wolle ... Ich wartete, stundenlang, bis in den späten Abend hinein. Der Kellner, der mir die Getränke brachte, begann Mitleid mit mir zu haben. Und dann auf einmal kam Antonio herein und ging zur Theke, um sich den Schlüssel geben zu lassen. Sein Schritt war schwerer als damals, und als er sich mit aufgestütztem Ellbogen – genau wie früher – an die Theke lehnte und mit der anderen Hand den Mantel zurückschlug, sah ich, daß er dick geworden war. Vor wenigen Tagen war sein fünfundfünfzigster Geburtstag gewesen. Er machte ein, zwei Schritte zur Seite, und nun lag das Gesicht im Lichtkegel eines Deckenstrahlers. Auch das Gesicht war aus dem Leim gegangen. Auf dem Foto neulich war mir das nicht aufgefallen. Jetzt, aus diesem Winkel, schienen mir Wangen und Kinn aufgedunsen, und die auffällig schmale, scharfe Nase, die ich besonders gemocht hatte, paßte da nicht mehr hin. Als er den Schlüssel und einen Stapel Post entgegennahm, blitzten die Ringe an der Hand auf. Ich ... *comment dire* ... ich war aufgeregt, ihn zu sehen, aber anders als erwartet, es war eine viel kühlere Aufregung, eine Aufregung ohne die lähmende Befangenheit, vor der ich mich gefürchtet hatte. Plötzlich wußte ich, daß ich ihm gewachsen war. Zwar war ich froh, daß inzwischen neues Personal hinter der Empfangstheke stand, das ihm nichts von mir und meinem Warten sagte. Aber ich hätte mich stark genug gefühlt, ihm auch dort unten zwischen den Plüschsesseln, vor aller Augen, entgegenzutreten. Es war ein wundervolles Gefühl, das nur durch einen einzigen Gedanken getrübt wurde: Hätte ich die Befreiung, die mir jetzt gelang, nur schon viel früher vollzogen!»

Maman war ganz in jenen vergangenen Moment versunken – so vollständig, wie nur sie es konnte. Für lange Minuten, in denen sie regungslos dasaß, schien es, als habe sie den Zweck der damaligen Reise, das Ziel der ganzen Erzählung und sogar meine Anwesenheit vergessen. In unregelmäßigen Abständen peitschte der Wind den Regen gegen das Fenster. Mit großer Anstrengung unterdrückte ich einen Hustenreiz. Es war wie bei einer Schlafwandlerin: Um nichts in der Welt durfte man sie stören. Ich wagte erst dann wieder richtig zu atmen, als sie von neuem zu sprechen begann, mit einer Stimme, die (es war sonderbar) sowohl hart und mitleidslos klang als auch verträumt.

«Ich ließ ihm Zeit. Mein Erscheinen sollte ihn im Zustand der Entspannung und Wehrlosigkeit treffen, wie er sich einstellt, wenn man nach einem langen Tag allein nach Hause kommt und alle Masken fallen läßt. Es sollte nichts da sein, hinter dem er sich verschanzen konnte. Mit diplomatischem Geschick hatte der Empfangschef am Nachmittag vermieden, mir die Zimmernummer zu nennen. Doch es war leicht: Der Schlüssel, den sie ihm gaben, hatte ganz außen, in der linken oberen Ecke gehangen. Ich fuhr in die Etage, auf der die Suiten liegen.»

Maman machte eine Pause und nahm eine Zigarette. Den letzten Satz hatte sie in zögerndem, beinahe ängstlichem Ton gesagt, es lag darin ein Nachhall der Beklommenheit, mit der sie nun doch hatte kämpfen müssen, als sie damals den Flur zu seinem Zimmer entlangging.

«Was ich tat, als ich vor seiner Tür stand, habe ich nicht vorhergesehen; es hat mich vollständig überrascht. Als erstes spürte ich, daß es mir zuwider war, seine Tür mit bloßen Händen zu berühren; es würde sein, als berührte ich seinen fett gewordenen Körper. Ich hob den Stock, bis die Spitze auf der Höhe seines Kopfes war, den ich mir hinter der Tür vorstellte.» Mamans Atem ging schneller. «In diesem Augenblick trat eine Gruppe von Leuten aus dem Aufzug und kam auf mich zu. Erschrocken senkte ich den Stock. Erst später, als ich das Hotel längst verlassen hatte, wurde mir klar, daß ich weniger über die Leute erschrocken war als über die Grausamkeit, die in meiner Geste gelegen hatte. Als die Leute außer Sichtweite waren, trat ich näher an die Tür und klopfte mit dem Griff des Stocks dreimal

an das Holz, es gab einen schroffen, herrischen Klang. Antonios
Gesicht war wütend, als er die Tür aufriß, um dem Urheber des
unverschämten Klopfens die Meinung zu sagen. Noch ehe er
recht begriffen hatte, was geschah, war ich schon im Zimmer.
Wie vom Donner gerührt stand er da, die Hand auf der Klinke
der offenen Tür.

‹Chantal … wie …›, stotterte er.

‹Schließ die Tür!› sagte ich und hoffte, es würde wie ein
schneidender Befehl klingen. Unschlüssig und mit einem Ausdruck, als kenne er sich nicht nur in der Situation, sondern auch
in sich selbst nicht aus, bewegte er die Tür hin und her.

‹Die Tür!› sagte ich noch einmal, und nun schloß er sie. Dann
drehte er sich zu mir um, und jetzt gab ihm der Ärger über meinen Befehlston die gewohnte Selbstsicherheit zurück.

‹Was bildest du dir …›

‹Du bist mir etwas schuldig›, hörte ich mich sagen. So war es
während dieser ganzen schrecklichen Begegnung: Ich hörte
mich mit kalter, harter Stimme Dinge sagen, die ganz woanders
herzukommen schienen, nur nicht aus mir. Oder vielleicht sollte ich sagen: die ich mir nicht zugetraut hätte. Die Fremdheit
meiner Worte, sie war entsetzlich, und je größer das Entsetzen wurde, desto mehr verbiß ich mich in meinen herrischen
Ton.

‹Ich verstehe nicht, wovon du sprichst›, sagte Antonio, der
sich ganz gefangen hatte und nun lässig auf der Lehne eines
Sessels saß, die Hände in den Taschen eines Morgenmantels. Es
war warm im Raum, die Hitze stieg mir ins Gesicht, und ich begann, den Mantel auszuziehen. Für einen Augenblick, der mir
vorkam wie aus der Zeit herausgeschnitten, trat an die Stelle der
Gegenwart die Erinnerung an die vielen Gelegenheiten, bei denen mir Antonio aus dem Mantel geholfen hatte. Nie versäumte
er, mir nachher das Haar im Nacken zu ordnen. Diese Geste, die
stets etwas von der Langsamkeit und Sanftheit einer Zeitlupe
hatte – ich liebte sie so sehr, daß ich mich nicht von der Stelle
rührte, bis ich sie gespürt hatte. Es konnte geschehen, daß ich
mitten im Lokal stehenblieb und den Kellnern den Weg ver-

sperrte, während Antonio zur entfernten Garderobe ging. Er lächelte, wenn er das sah, und dann ordnete er mir das Haar so sorgfältig wie ein Friseur. Das war der Mann – ein und derselbe Mann –, der nun ungerührt zusah, wie ungeschickt ich mich in der Aufregung anstellte. Ich verheddterte mich, der Stock kam mir in die Quere, und dann riß irgendwo eine Naht, das demütigende Geräusch füllte die weitläufige Suite voller Empiremöbel bis in den letzten Winkel hinein. Ich kam mir wie ein tolpatschiger Krüppel vor. Die ganze Zeit über rührte sich Antonio nicht vom Fleck, er hatte die Arme über der Brust verschränkt und betrachtete mich mit süffisantem Lächeln. Er hatte beschlossen, alles, was kommen mochte, mit Schweigen zu quittieren und an diesem verächtlichen Lächeln abprallen zu lassen.

‹Wenn dir etwas daran liegt, deine blutleere Adlige und ihr Geld zu bekommen, dann wirst du tun, was ich dir jetzt sage›, stieß ich hervor und schleuderte den Mantel auf einen Sessel.

Antonio zog die Brauen hoch; sein Gesicht wurde zu einer höhnischen Fratze. Der Blick jedoch war eine Spur weniger sicher als zuvor; ganz hinten in den Augen flackerte Angst auf. Ich sah ihn unverwandt an, mein starrer Blick sollte bis zu jener Angst vordringen und sie schüren.

Ich werde etwas Besonderes für ihn sein, nämlich die erste Frau, mit der er Kinder haben wird, zitierte ich und gab den Worten einen gezierten, affigen Klang. ‹Erinnerst du dich?›

Das überhebliche Lächeln auf Antonios Gesicht blieb, aber es wirkte … *comment dire* … verlassen, als habe er es auf seinen Zügen vergessen. Wie in kritischen Momenten beim Roulette drehte er geistesabwesend an seinen Ringen. Ich wartete, ich hatte alle Zeit der Welt. Mit den nächsten Worten würde ich ihn zu meinem Gefangenen machen.

‹Und?› fragte er schließlich mit forcierter Gleichgültigkeit.

‹Das kann Madame sich abschminken›, sagte ich, ‹restlos abschminken.› Es gefiel mir, ihn zwischen meinen Sätzen warten zu lassen – ihn, der das Gespräch an sich zu reißen pflegte, kaum hatte er einen Raum betreten.

‹Diese Rolle ist nämlich schon besetzt›, fügte ich hinzu.

Immer wieder hatte ich diese Worte im Inneren geprobt, während ich in der Halle auf ihn wartete. Jetzt betrachtete ich ihn wie ein Versuchstier. *Comme un insecte.*»

Das letzte Wort sprach Maman mit scharfem, überdehntem Zischlaut aus, in dem der Haß hörbar wurde; buchstäblich hörbar.

«Er blinzelte wie jemand, der plötzlich geblendet wird. Ein letzter Rest des herablassenden Lächelns war zurückgeblieben. Es war nur noch der Hauch eines Lächelns, man mußte, um es zu erkennen, den vorangegangenen Ausdruck gesehen haben. Ich wartete und griff währenddessen nach den Zigaretten in der Jackentasche. Ich genoß es, Herrin der Situation zu sein. Es gibt weniges, was ich so genossen habe, so rückhaltlos und mit derartiger Klarheit des Empfindens.

‹Ich verstehe kein Wort›, sagte er. Ihm, der mit seiner Stimme die Welt zu verzaubern vermochte, wollte diese Stimme jetzt nicht gehorchen, die Worte kamen mit hilfloser Heiserkeit heraus. So stelle ich mir die Heiserkeit von jemandem vor, der nach Monaten des Schweigens die ersten Worte spricht. Ich sah ihn ganz gerade an, nicht so starr wie vorhin, einfach nur ganz gerade, sozusagen ohne Umschweife und Schnörkel. Es war ein Blick, wie ich ihn oft bei Frédéric gesehen hatte, nur erlebte ich ihn dieses Mal von innen. Ein bißchen war es, als überbrächte ich seinen Blick, als stünde ich vor Antonio als Frédérics Abgesandte, eine Botschafterin der Blicke.»

Ich erkannte Maman nicht wieder. Nicht nur, daß sie minutenlang ohne Stocken sprach, und dies mit derart überlegener, anstrengungsloser Regie über ihre Sätze, daß der Gedanke, sie könnte dabei jemals Hilfe benötigt haben, grotesk erschien. Was mich darüber hinaus frappierte, waren der Reichtum ihres Wortschatzes und die Treffsicherheit ihrer sprachlichen Phantasie. (Ich hoffe, das klingt nicht anmaßend. Hier spricht, so scheint mir, der Junge von damals, der bei *penser pensées* zwar der Untergebene war, weil ihm die Aufgaben gestellt wurden, dem aber gleichzeitig auch die Rolle des Überlegenen zufiel, weil es zum Ernst des Spiels gehörte, daß er es war, der die fehlenden Worte fand.)

«Langsam, ohne den Blick von Antonio zu wenden, nahm ich jetzt die Zigaretten aus der Jackentasche», fuhr Maman fort. «‹Hier wird nicht geraucht!› sagte er und versuchte vergeblich, seinen Worten den Klang einer Anordnung zu geben, der niemand zuwiderhandeln würde. In aller Ruhe – einer gefährlichen Ruhe, wenn es das gibt – klappte ich das Etui auf, entnahm ihm eine Zigarette und hielt die Flamme aufreizend lange vor den Tabak, bis ich schließlich den ersten Zug tat. Antonios Hände krallten sich in den Plüsch der Sessellehne. Nur so konnte er sich davon abhalten, mich mit Gewalt am Rauchen zu hindern, und es hatte zuviel Drohung in meinen letzten Worten gelegen, als daß er sich das getraut hätte. Schon nach wenigen Augenblicken hatte er mit seiner würgenden Allergie gegen Rauch zu kämpfen, die mich damals, vor sechsundzwanzig Jahren, veranlaßte, mit dem Rauchen aufzuhören.»

Für die Dauer einiger Sätze wechselte Mamans Stimme in eine ganz andere, viel sanftere Tonlage, die in sonderbarem Kontrast zu der Grausamkeit der erzählten Szene stand.

«Die Allergie war so stark, daß er einmal die Anfangsszene einer Inszenierung von *Carmen* kippte, in der die Arbeiterinnen der Zigarettenfabrik zu Dutzenden mit brennenden Zigaretten auf die Bühne kamen. Nur in den Spielsälen, da ergriff etwas Besitz von ihm, das die panische Abwehr zum Schweigen brachte, gleichgültig, wie dicht der blaue Dunst über den Roulettetischen hing.»

Es wurde still im Raum, sehr still. Ich hörte das fehlende Ticken der Pendule. Einige Momente lang fürchtete ich, Maman könnte abstürzen und in schweigenden Erinnerungen versinken, aus denen sie nicht wieder zurückfinden würde. Doch dann fuhr sie mit der Zunge über die ausgetrockneten, gespaltenen Lippen, der schrecklich fragile Körper straffte sich, und als sie weitersprach, war es wieder in dem angespannten, lauernden Ton, der die Atmosphäre in der Suite des *Ritz* besser heraufbeschwor als die Worte selbst.

«Die eine Hand schützend an den Hals gepreßt, ging er mit schnellen Schritten ans andere Ende des Raums, wo er das Fenster aufriß und tief Luft holte.

‹So›, sagte ich, ‹du verstehst also kein Wort. Dann will ich's dir erklären. Die Rolle der Frau, die mit dir Kinder hat, ist, wie ich sagte, bereits besetzt. Von mir.›

Obwohl er im offenen Fenster stand, faßte sich Antonio wieder an den Hals. Zeit verstrich, immer mehr Zeit, ohne daß er sich rührte. Ich werde nie erfahren, was damals in ihm vorging. Langsam tat er ein paar Schritte in den Raum hinein, den Kopf gesenkt, die Hände in den Taschen des seidenen Morgenmantels, der ihn wegen der süßlichen Farben wie eine Figur in einer schnulzigen Operette aussehen ließ.

‹Du willst mir also weismachen, daß du ein Kind von mir hast›, sagte er mit gepreßter Ruhe, den Blick auf den Teppich gerichtet. Dann hob er ruckartig den Kopf, und unsere Blicke begegneten sich über die ganze Länge des Raums hinweg. ‹Was für ein ausgemachter Blödsinn!›

‹Nicht *ein* Kind›, sagte ich – und es war wundervoll, es zu sagen –, ‹sondern zwei.›

Antonio explodierte vor Erleichterung, die Allergie war vergessen, und er machte mit den Armen weit ausgreifende Bewegungen.

‹Warum nicht drei, vier … ein Dutzend!›

Er muß plötzlich sicher gewesen sein, eine Irre vor sich zu haben, die phantasierte, eine behinderte Frau, die nicht darüber hinweggekommen war, daß er sie hatte sitzenlassen, und die ihn jetzt, ein Vierteljahrhundert später, mit einem wirren Plan, den sie wer weiß wie lange schon in ihrer verletzten Seele herumgetragen hatte, unter Druck zu setzen versuchte. In seinem höhnischen Lachen entblößte er zwei Reihen makellos weißer Zähne. Schon damals hatte er von Jacketkronen gesprochen; der gelbliche Schimmer auf den ursprünglichen Zähnen hatte ihn immer gestört. Doch sie waren zu weiß, die neuen Zähne, es war ein verlogenes Weiß, zu hell und zu gleichmäßig, und alles, was aus diesem waschmittelweißen Mund kam, klang unecht. Ich war drauf und dran zu fragen: Bist du sicher, daß du noch deine alte Stimme hast?

‹Und mit diesem Märchen will Madame – oder ist es: Mademoiselle? – hausieren gehen, wenn ich nicht tue, was sie zu befehlen beliebt? *Dio mio!* Du armes kleines Ding, du verwirrte kleine Möchte-gern-Erpresserin!›

Ich hätte vieles tun können, ohne daß es ihn überrascht hätte: wütend schreien, mit dem Stock auf ihn losgehen, weinen … Nur auf das eine war er nicht gefaßt: daß ich mich nun meinerseits auf eine Sessellehne setzte, den Stock der Länge nach auf dem ausgestreckten Zeigefinger balancierte und ihn spöttisch ansah, die Situation demonstrativ auskostend. Das Gesicht von jemandem, der mit einer Erwartung ins Leere greift, weil der andere sich allem Erwartbaren entzieht und nur noch durch seinen taxierenden Blick anwesend ist – ein solches Gesicht sieht stets ein bißchen dümmlich aus, unstet und mit einer Neigung zur Grimasse, weil der Besitzer keine Ahnung hat, um welche Zukunft herum er die Muskeln gruppieren soll. Antonios Gesicht indessen sah besonders albern, geradezu verblödet aus, als er mit leicht geöffnetem Mund auf den schwankenden Stock glotzte, den ich mit diabolischem Vergnügen fast herunterfallen ließ, bevor ich ihn mit einer Drehung des Fingers ins Gleichgewicht zurückholte. Es würde mich nicht wundern, wenn ich in diesem Moment richtig vergnügt ausgesehen hätte. Und wieder hatte ich Zeit, viel Zeit. Diejenige zu sein, welche die Zeit auf ihrer Seite hat, schien mir in jenem Moment größter Luxus zu sein. Ich wußte: Bald würde er es nicht mehr aushalten und von neuem zu sprechen beginnen. Genau das würde der Augenblick für meinen Einsatz sein.

‹Jetzt reicht …›, fing er an, und nun hatte sich sein Gesicht zu einem klaren Ausdruck des Ärgers gefügt.

‹Es sind Zwillinge›, sagte ich, ‹ein Junge und ein Mädchen.› Ich weiß nicht warum, aber ich war stolz auf euch, als ich es sagte.

Ich muß die Worte mit solcher Ruhe und Sicherheit gesprochen haben, daß das Gesagte sofort wie eine unanfechtbare Tatsache im Raum stand. Antonio wußte nicht wohin mit den Händen und drehte an den Ringen. Zwei-, dreimal warf er mir einen Blick zu, und waren seine Blicke vorher höhnisch, verächtlich und bestenfalls mitleidig gewesen, so waren sie nun verlegen und voller Scheu.

‹Und es sind meine Kinder?› Die Frage kam leise und heiser.

‹So würde ich das nicht sagen, nein. Doch du hast sie gezeugt.›

‹Und warum sollte ich das glauben?› Es hatte ein Angriff werden sollen, fiel jedoch in sich zusammen, noch bevor die Frage ganz ausgesprochen war.

‹Es wäre leicht zu beweisen.›

‹Und warum sagst du mir das erst heute?› Furcht und der Wunsch, sich zu wehren, hielten sich die Waage in seiner Stimme.

Ich zögerte. Für einige Augenblicke, in denen ich Papa vor mir sah, wie er mir die Liste mit den Abtreibungskliniken überreichte, war ich versucht, ihm die Wahrheit zu sagen. Ihm zu erzählen, wie mich damals die Erschöpfung nach schlaflosen Nächten in einen langen Schlaf riß, aus dem ich mit dem Entschluß aufwachte, das Kind zu behalten. Und daß auch Trotz im Spiel gewesen war, Trotz und Wut auf ihn. Aber nicht nur: auch der Wunsch – wenngleich nicht richtig eingestanden –, mit ihm verbunden zu bleiben, ohne ihn um seine Gegenwart bitten zu müssen. Und schließlich: daß es mir als eine Form der Macht über ihn erschienen war, ihm das Wissen vorzuenthalten, eine Macht, die er nie spüren würde und die gerade deshalb um so grausamer war, denn sie erlaubte mir, in Gedanken mit ihm zu spielen und ihn in seiner Ahnungslosigkeit klein und lächerlich zu machen, ohne daß er sich dagegen wehren konnte.

All das hätte ich ihm erzählen können. Als ich mich nachher in irgendeinem Café auf irgendeinem lauten Boulevard fragte, warum ich es nicht getan hatte, sah ich, statt daß mir ein Grund eingefallen wäre, nur sein verfettetes Gesicht vor mir, das die markanten Züge von früher verloren hatte und mir insgesamt viel vager erschien als damals. Oder vielleicht war es anders, vielleicht war genau das der Grund gewesen: In dieses Gesicht hinein konnte ich keine Wahrheiten sprechen, die so vieles über mich enthüllt hätten. Und so entschloß ich mich zu Worten, die ihn wie ein Faustschlag treffen sollten.

‹Weil meine Kinder um keinen Preis wissen sollten, was für ein … Lackaffe sie gezeugt hat›, sagte ich.»

Maman stolperte über das vernichtende Wort *(gommeux)*, als bereue sie jetzt, es damals verwendet zu haben. Ihr Zögern und das krampfhafte Schlucken, von dem es begleitet wurde, wirkten rührend und zugleich gespenstisch im Lichte dessen, was sie später getan hatte und was alle vernichtenden Schimpfworte aller Sprachen der Welt zusammengenommen wie einen gutmütigen Scherz aussehen ließ. Doch auch das gehörte zu ihrer halsbrecherischen Art des Erinnerns: Wenn sie bei Vergangenem war, so war das für sie vor allem vergangene Gegenwart, die vergessen ließ, daß inzwischen eine neue Gegenwart entstanden war, die ein anderes Licht auf das Gewesene werfen könnte.

«Worte von solcher Verachtung hatte er nicht erwartet, und er schloß die Augen wie jemand, der taumelt. Ich wünschte, er möge über seine Betäubung schnell hinwegkommen, denn sie drohte das moralische Kräfteverhältnis zu seinen Gunsten zu verschieben. Erst als er sich rührte und erneut ans offene Fenster trat, wagte ich, die neue Zigarette anzuzünden. Sie war fast zu Ende geraucht, als er mit sicheren Bewegungen das Fenster schloß, direkt in meinen Rauch hineintrat und mit beschämender Nüchternheit sagte:

‹Ich höre.›

‹Die anstehende Entscheidung im Opernwettbewerb – wann fällt sie?›

‹Wie … du meinst Monaco?›

Ich nickte.

‹Mitte Januar.›

‹Es ist eine Oper von Frédéric Delacroix, meinem Mann, dabei. Der Titel ist *Michael Kohlhaas*. Du wirst dafür sorgen, daß sie den Preis erhält und aufgeführt wird.› Ich hoffte, daß nur ich das Zittern in meiner Stimme bemerkt hatte.

‹Wie stellst du dir …›

‹Du wirst dafür sorgen, du bist der Vorsitzende der Jury.›

‹Es gibt sieben …›

‹Du wirst dafür sorgen.›

Wieder schloß er die Augen. Doch dieses Mal war es nicht das Gesicht von einem, der taumelt, sondern einem, der sehr wach ist und rechnet.

‹Und wenn nicht?›

‹Von Mitte Januar bis Karneval, das ist ein Monat. Da kann viel passieren.›

Kaum merklich schüttelte er den Kopf und wischte mit beiden Händen über das aschfahle Gesicht, als könne er das Unglaubliche verscheuchen. ‹Du versuchst tatsächlich, mich zu erp…›

‹In einem Monat kann viel passieren. Sehr viel. Ein Glück, daß es *Paris Match* gibt.›

Später, im Café, dachte ich, daß ich nach diesen Worten hätte gehen sollen. Den Mantel nehmen und hinausgehen, ohne mich noch einmal umzudrehen. Aber das Drohen hatte mich erschöpft, ich hatte nicht gewußt, wie anstrengend Drohungen sein können, ich hatte keine Erfahrung darin. Ich glaube, ich sah plötzlich müde und unsicher aus, vielleicht sah man mir auch die Schmerzen an. War es deshalb, daß mir Antonio in den Mantel half? Oder war es, weil er mich, die unberechenbare Gegnerin, gnädig stimmen wollte? Ich weiß es nicht.»

Maman hielt inne. Ihre Augenlider, auf denen ich feine blaue Äderchen entdeckte, zuckten wild und unregelmäßig. Sie ruhte sich nicht aus, sie kämpfte mit Erinnerungen, die Hände krampfhaft ineinander verschlungen.

«Da war noch die Sache mit dem Stock, den ich fallen ließ. Es geschah nicht mit Vorsatz, als Teil eines Kalküls. Und doch irgendwie mit Absicht. Das merkte ich, als Antonio sich bückte, um ihn aufzuheben. Er, der mir bei der Ankunft nicht einmal aus dem Mantel geholfen hatte, bückte sich jetzt, da er wußte, wie gut meine Karten waren, sogar nach dem Stock. Doch statt Genugtuung empfand ich Scham, und da wußte ich, daß es ein billiges Manöver gewesen war, ihn fallen zu lassen. Als Herrscherin über Untertanen tauge ich nicht. Schon eher als M ...»

Sie schluckte, es schien mir das lauteste Schlucken zu sein, das ich je gehört hatte.

«Als er mir den Stock reichte, trafen sich unsere Blicke, und ich glaube, ich lächelte ein bißchen – als Entschuldigung. Er konnte sich keinen Reim darauf machen und erwiderte das Lächeln nicht. Doch was dann kam, ist vielleicht aus der veränderten Atmosphäre heraus entstanden, die mein Lächeln bewirkt hatte.

‹Ein Unfall?› fragte er und deutete auf mein Bein. Er traf den richtigen Ton, haargenau den richtigen. Plötzlich war er wieder im Vollbesitz seiner Kräfte, und dazu gehörte, daß er ein Meister des Tons war, nicht nur im Gesang, sondern auch im Modulieren seiner gewöhnlichen Stimme, mit der er noch die feinste Stimmungsnuance gezielt zum Ausdruck bringen konnte. Er machte nicht den Fehler, Mitleid in die Stimme zu legen. Nicht die Spur. Er wählte den sachlichen Ton des Arztes, jene unverwechselbare Sachlichkeit, welche auf Nähe angelegt ist, eine Nähe, die eigentlich gar nicht der Fragende schafft, sondern der Gefragte, der schnell bereit ist, schmerzliche Einzelheiten aus seiner Lebensgeschichte preiszugeben, um sich einen Augenblick lang auf der ärztlichen Sachkunde ausruhen zu können.

Und ich fiel darauf herein. ‹Es war ... ja, du ... vor dem Hotel ...› Während ich mit den Worten kämpfte, oder vielmehr gegen sie, da sie mich zu verraten drohten, umspülte mich ein Strudel von Bildern, Bilder von den Arkaden in Bern, von der Blondine, die ihn damals begleitet hatte, Bilder aber auch von Umarmungen in ferner Vergangenheit, versunkene Bilder, die ich für immer ausgelöscht geglaubt hatte, dazu übermannte mich plötzlich das Bedürfnis, die Verachtung und die Drohung, derer ich mit einemmal nicht mehr sicher war, zurückzunehmen, ja ungeschehen zu machen, ich war meiner ungewohnten, ungekonnten Kaltschnäuzigkeit überdrüssig, doch was stand ich dann in dieser versnobten, verplüschten Hotelsuite, in verzerrter Haltung wegen der schneidenden Schmerzen, ich brauchte Morphium, ich kam mir vor wie eine Hülle ohne Kern, ein aberwitziger Plan hatte mich hierher getrieben, eine Idee, die aus meiner Verbundenheit zu Frédéric entstanden war, uns in Wirklichkeit aber trennte, weil sie für immer Geheimnis bleiben mußte, denn sie verletzte, ohne daß er es wußte, seine Würde, was hatte ich angerichtet, ein schlechtes Gewissen begann mich zu würgen, immer weniger vermochte ich mich gegen die anbrandenden Bilder zu wehren, ich sah Antonio nicht mehr und auch den Raum nicht, nur den Griff des Stocks spürte ich noch deutlich, dankbar für die kühle Festigkeit, und dann humpelte ich hinaus, meine Schritte waren größer, als ich mir leisten konnte, es muß grotesk ausgesehen haben, aber ich wollte hinaus, hinaus aus dem Zimmer und hinaus aus dem Hotel, die Place Vendôme war leer und unwirklich, etwas vornehm Totes haftete ihr an, Antonio würde alle Fenster aufgerissen haben, um den Rauch zu verscheuchen und auch mich, den kuriosen, verwirrten Geist aus der Vergangenheit, aber ich blickte nicht zurück und wurde erst ruhiger, als mich die vielen Passanten auf dem belebten Boulevard zu kleineren Schritten zwangen.»

Maman hatte mit immer kürzer werdendem Atem gesprochen, und es hatte sich Schweiß auf dem Gesicht gebildet, als sei sie soeben wirklich gelaufen. Sie griff zur Tasse und trank in hastigen Schlucken. Dunkle Fetzen des Films auf dem Tee blieben an der Oberlippe hängen, sie erinnerten mich an Algen und ließen das Gesicht verloren, ja verwahrlost aussehen. Ich wollte Maman in die Arme nehmen, ihr das Gesicht waschen und sie festhalten, bis der Atem sich beruhigte. Noch nie, noch kein einziges Mal in meinem ganzen Leben hatte ich so für sie empfunden. Es war eine große Befreiung, und während sie mich erfaßte, spürte ich, daß ich damit nicht mehr gerechnet hatte – daß ich nicht einmal gewußt hatte, daß ich vergeblich darauf wartete.

Und doch war es auch eine schreckliche Erfahrung. Denn das, was zu dieser Befreiung geführt hatte (dazu geführt hatte, daß ich überhaupt hier war und daß Maman so erzählte, wie sie es getan hatte), war zugleich dasjenige, was mich in wenigen Stunden, einem Tag vielleicht, dazu zwingen würde, für immer von ihr Abschied zu nehmen.

Da hörte ich deine Schritte im Flur. Du bliebst vor unserer Tür stehen. Ich hielt den Atem an und hoffte, du würdest nicht klopfen. Wenn Maman nur weiterspräche; das würde dich davon abhalten. Es tat weh, es zu spüren: Ich wollte ihre Geschichte *allein* hören. Und ich wollte nicht, daß du uns in unserer neuen Intimität, die das Erzählen geschaffen hatte, anträfest. Wie hättest du wissen können, daß die neue Nähe nichts mehr mit dem alten Boudoir und mit *penser pensées* zu tun hatte!

Du hast nicht geklopft, obgleich es bei uns drinnen still blieb. Immer noch verstandest du es, mich zu erraten, selbst durch geschlossene Türen hindurch. Das ging mir durch den Sinn, als sich deine Schritte entfernten, und ich war so glücklich über den Gedanken, daß ich dir am liebsten nachgelaufen wäre, um dich hereinzuholen. *Quelle folie!*

Seit dem Beginn von Mamans Erzählung sah ich das erste Mal auf die Uhr: halb fünf. Zwei, drei Stunden würde die Dunkelheit noch anhalten. Auf keinen Fall durfte es zu früh hell werden. Maman war noch lange nicht fertig, das war klar, und das Erzählen konnte versiegen, wenn die schützende Dunkelheit draußen dem zudringlichen Licht eines neuen Tages wich. Und das war nicht der einzige Grund, warum ich die Zeit anhalten und die Bewegung der Erde aussetzen wollte. Der neue Tag, er konnte Mamans letzter Tag sein. An seinem Ende würde sie nicht nur mir, nicht nur uns gegenüber ein Geständnis abgelegt haben, sondern auch der Welt gegenüber, die Vater gefangenhielt. Damit er – wie sie später sagen würde – wie immer an seinem Schreibtisch vor einem Bogen Notenpapier sitzen konnte.

Für einige Augenblicke verschwand Maman aus meinem Gesichtsfeld, und ich sah statt dessen die Schatten hinter den vergitterten Fenstern von Moabit, die mit dem Erlöschen des Lichts vernichtet wurden. Auch ich wünschte mir nichts sehnlicher, als Vater drüben im Arbeitszimmer zu sehen, die alte Feder mit dem kratzenden Geräusch in der Hand. Aber ich wollte nicht, daß Maman dafür mit dem Leben bezahlte. Besonders jetzt nicht, da ich seit wenigen Minuten zum erstenmal im Leben zu wissen schien, wie es wäre, die ebenso gewollte wie erlittene Berührungslosigkeit zwischen uns, die über Kontinente hinweg gegolten und sogar Geschriebenes eingeschlossen hatte, zu beenden, ohne in den Strudel früherer Empfindungen zu geraten; wie es sein könnte, Maman zu lieben, nicht nur irgendwie, sondern mit einer Liebe, die dem Verstehen entsprang. Flucht, dachte ich. Doch daran, daß sie alleine floh, war nicht zu denken. Ich würde mit ihr gehen. Als Schutz gegen den Regen hielt ich meinen Mantel über uns ausgebreitet, ich weiß nicht, woher dieses Bild plötzlich kam, es war wie ein Bild am Ende eines Films, ich sah uns beide von außen, und die Straße wurde gegen den Horizont zu immer schmaler.

«*Er hat Wort gehalten* – das war das erste, was ich dachte, als ich den Brief aus Monaco las, den mir Frédéric wortlos und mit Tränen in den Augen überreichte», sagte Maman in meine unwirklichen Fluchtgedanken hinein. Sie schwieg eine Weile und dachte über ihre Worte nach. «Als hätte Antonio mir etwas versprochen. Und nicht nur das: als hätte er mir ein völlig freiwilliges Versprechen gegeben, weil er etwas wiedergutmachen wollte. Nein, eigentlich noch anders: weil er Frédéric durch seinen überlegenen Sachverstand endlich zu der verdienten Anerkennung verhelfen wollte. So wollte ich es sehen. Nur so konnte ich es sehen. Nur so konnte ich die … die Erpresserin vergessen, die ich nie hatte sein wollen. Aber das gelang immer nur für kurze Momente, dann holte mich die Wahrheit wieder ein.

Seit Mitte Januar hatte ich jeden Morgen am Fenster gestanden und auf den Postboten gewartet. Mit jedem Tag hatte ich weniger daran geglaubt und war mir von Mal zu Mal hilfloser vorgekommen. Die Telefonnummer von *Paris Match* lag im Sekretär. Aber ich wußte die ganze Zeit über, daß ich sie nicht wählen würde. Frédérics wegen nicht, euretwegen nicht – und auch meinetwegen nicht. Und nun hatte er es tatsächlich getan.

Frédéric umarmte mich lange, noch heute kann ich seine Tränen auf dem Hals spüren. *Er hat Wort gehalten,* sagte ich mir vor und beschwor die unschuldige Deutung von Antonios Tun.

Doch genau in jenem Moment versagte die Lüge. Ich war nach Paris gefahren, damit ein Moment wie dieser Wirklichkeit würde. Und nun war er nichts wert. Frédérics Oper hatte nicht die Chance gehabt zu gewinnen, weil sie die beste war. Ich fühlte mich schwer und plump vor Scham, als er mich voller Übermut hochhob und in der Luft herumwirbelte.

Paris Match brachte eine Doppelseite voller Bilder von Antonios Hochzeit. Palazzi, Kronleuchter, Gondeln, Karnevalskostüme. Das verlogene Weiß seiner Zähne. Auf dem Fest hatte er natürlich gesungen. Einen Vormittag lang betrachtete ich die Bilder. Ich dachte daran, wie er sich nach meinem Stock gebückt hatte. Ich hörte seine Frage nach dem Unfall. Wie groß muß deine Angst gewesen sein!, dachte ich. Ich dachte es ohne Triumph. Schließlich packte ich die Zeitschrift ein und warf sie in einen weit entfernten Abfallkorb.»

Mit langsamen, matten Bewegungen nahm Maman eine Zigarette.

«*Et puis on attendait … on attendait … toujours.* Ich habe dir davon geschrieben. So oft. Du …du hast nie geantwortet.»

Lange Momente verstrichen, bis sie mich schließlich anblickte. Es war ein Blick voller Bitterkeit, der uns beide zurückwarf, plötzlich erschien die neue Nähe der letzten Stunden wie nie gewesen. Ich hätte mir gewünscht, diesen Blick ruhig aushalten zu können. Statt dessen erstarrte ich in alter Abwehr und Wortlosigkeit. Ich sah vor mich hin und dachte an die gehäkelte Decke auf der Kommode in Santiago, unter der Mamans Briefe verschwunden waren. Ich war froh, daß ihre Stimme wie vorher klang, als sie schließlich fortfuhr und mit wütender Resignation Worte aus Monaco zitierte, die ich aus ihren Briefen kannte.

«*Le bon moment. Pour des raisons imprévues.* Diese nichtssagenden Formeln, die erste am Anfang, die zweite am Ende der Hoffnung. Dazwischen die fürchterliche Reise nach Monaco.»

Rastlos verschränkte, löste und verschränkte Maman die Hände, sie muß noch einmal durch die quälenden Stationen jener Reise geglitten sein wie durch Abschnitte eines Alptraums.

«Ich darf nicht daran denken, wie viele Stunden Frédéric mit Warten verbrachte, tagsüber bei den Schließfächern, nachts vor der Fürstenresidenz. Währenddessen stand ich vor einem Wohnhaus mit Baldachin, Concierge und einem Entrée aus Marmor. Es war Antonios Adresse, sie hatte im Telefonbuch gestanden. Sein Name war nirgendwo, aber neben dem obersten Klingelknopf gab es eine Leerstelle, und beim Penthouse waren alle Jalousien heruntergelassen. Ob ich eine neue Freundin des Maestro sei, wagte mich die Concierge zu fragen. *La vieille garce!* Sie musterte mich von oben bis unten wie ein Stück Vieh. ‹Oder wohl eher eine Verflossene!› fügte sie grinsend hinzu. Einzubilden brauche ich mir darauf nichts, es gebe sie wie Sand am Meer. *Putain!*»

Maman erstickte fast, als sie an diese Demütigung zurückdachte. Ihre Züge verzerrten sich in Haß. Ich hatte nicht gewußt, daß ihr Gesicht so roh und häßlich aussehen konnte. Du hast mich ausgelacht, wenn ich über eine ordinäre Wortwahl von Maman erschrak: Was denkst denn du, wie in einer Ballettschule geredet wird, besonders unter der Dusche! Es stimmt schon, ich wollte sie nicht wahrhaben, diese Seite von ihr. Nicht einmal jetzt.

«Man wisse nie, wann der Maestro zurückkomme, das könne in einer Stunde sein oder erst in einem Monat, sagte die Concierge in einem Ton, als verleihe diese Ungewißheit ihr ganz persönlich Macht. Ich wartete zunächst auf der Straße, später in einem Café gegenüber und schließlich auf dem Treppenabsatz vor dem Penthouse. Zuerst wollte die Concierge mich nicht hinauflassen. Doch mein Blick brachte sie zum Schweigen. Ich hätte die alte Vettel mit dem Stock verdroschen, und das wußte sie.»

In Mamans Gesicht wich die Wut dem Schmerz, und als sie weitersprach, kamen die Worte leise.

«Nachts lagen wir im Hotel nebeneinander, schlaflos bis in

die frühen Morgenstunden. Den Brief mit dem Wappen der Grimaldis, sagte Frédéric einmal, den hätte er gerne Georges gezeigt. Er war immer *Georges* für ihn», sagte sie wie zu sich selbst, «nie hat er *Papa* gesagt oder *grand-père,* und *GP,* eure Abkürzung, mag er nicht. Ein anderes Mal in jener Nacht sprach er davon, der Leitung des Opernhauses Antonio für die Rolle des Michael Kohlhaas vorzuschlagen. Er habe beim Komponieren stets seine Stimme im Ohr gehabt. Ich bin zusammengezuckt, und einen schrecklichen Augenblick lang habe ich geglaubt, er kenne die Wahrheit. Diese Art von halsbrecherischem Humor ist ja typisch für ihn.»

Im allgemeinen stimmt das; aber ich glaube nicht, daß Vater in diesem Fall zu irgendeiner Art von Humor fähig gewesen wäre. Hätte er von der Erpressung gewußt – er hätte die Oper zurückgezogen. Oder er wäre ins andere Extrem verfallen und hätte den Italiener nun erst recht als seinen Kohlhaas hören wollen. Aber nicht aus Humor, sondern aus jenem urgewaltigen, gleichsam alttestamentarischen Zorn heraus, den wir so sehr fürchteten, weil wir ihn in seiner Maßlosigkeit nicht verstanden. (Es muß aus solchem Zorn heraus gewesen sein, daß er im Heim das Gesicht des Jungen, der einen Schwachen gequält hatte, in den Staub des Sportplatzes drückte. Erinnerst du dich an die roten Flecke, die wie durch Geisterhand auf seinem Gesicht erschienen, wenn er davon erzählte?)

«Der zweite Brief, der das Ende aller Hoffnung bedeutete, kam im Juni, zwei Tage vor Frédérics sechzigstem Geburtstag. Frédéric war im Geschäft, so daß ich es war, die das Kuvert aus dem Kasten nahm. Ich konnte fühlen, daß nur ein einziger Briefbogen drin war. Ich riß es auf und las die wenigen Zeilen: Es werde in diesem Jahr keine Preisverleihung und keine Aufführung geben – *pour des raisons imprévues.* Man bedaure das. *Veuillez accepter, Monsieur, nos sentiments très distingués.* Die Unterschrift war eine andere als beim letztenmal. Ob es sich um die Frau am Telefon handelte, wußten wir nicht; ihren Namen hatte Frédéric vergessen.

Das erste, woran ich in jenem Moment dachte, war Frédérics

Zeigefinger, der auf dem ersten Brief den eingestanzten Buchstaben des fürstlichen Briefkopfs entlanggefahren war. Als stünde Frédéric neben mir, hörte ich seine Bemerkung über die Schönheit des Wappens. Es verging mehr als eine Stunde, bis ich die Kraft fand, ihn anzurufen. Währenddessen wählte ich alle paar Minuten Antonios Nummer in Monte Carlo. Es nahm niemand ab. Ich erwog zu warten, bis Frédéric abends heimkäme. Aber das hätte er nicht verstanden.

Es sei ein Brief aus Monaco angekommen, sagte ich, als er sich am Telefon meldete. Eine Ewigkeit lang sagte er nichts, und es kam mir vor, als hörte ich ihn stoßweise atmen.

‹Und?› fragte er schließlich tonlos.

Am besten komme er nach Hause, um es selbst zu lesen, sagte ich. Dieses Mal hörte ich genau, wie er Luft holte.

‹Es wird nichts aus der Aufführung›, sagte er.

Es war eine Feststellung ohne die geringste Spur eines fragenden Tonfalls. Das war das Schlimmste: daß Frédéric, noch bevor er den Text kannte, nur diese eine Möglichkeit zuließ. Nichts hätte die Größe seiner Enttäuschung, aber auch die Last seiner Vorahnung besser zum Ausdruck bringen können als die angespannte Sachlichkeit in seiner Stimme. Ich habe keine Ahnung, was ich im einzelnen sagte, ich weiß nicht einmal, ob es viel oder wenig war. Im Gedächtnis geblieben ist mir nur der verzweifelte Wunsch, Frédéric durch die Telefonleitung hindurch etwas zu sagen, was verhindern könnte, daß alles in ihm einstürzte.

‹Ich komme›, sagte er heiser und legte auf.»

Liebermann, so erfuhr ich inzwischen, war mit im Raum, als der Anruf kam. Nachdem er aufgelegt habe, sei Vater ganz still stehengeblieben. Mit seinem Gesicht sei etwas geschehen, was er noch niemals zuvor an einem Gesicht erlebt habe: Ganz langsam, wie in Zeitlupe, sei das Gesicht erschlafft und dann regelrecht zerfallen, um sich schließlich in einem Ausdruck wieder zusammenzufügen, der ihn an kalten Stein denken ließ. Zunächst dachte Liebermann, es sei jemand gestorben. Aber der Haß, der durch das versteinerte Gesicht hindurch nach außen drängte, paßte nicht dazu. Ohne ein Wort, als sei er die ganze Zeit über allein gewesen, ging Vater hinaus.

«Ich hatte angenommen, er nähme ein Taxi», sagte Maman. «Als er nach einer Stunde immer noch nicht da war, befürchtete ich Schlimmes. Schließlich kam er in Sicht. Langsam ging er auf das Haus zu, die Hände auf dem Rücken verschränkt, den Hemdkragen offen, die Krawatte gelockert und verrutscht. Vor dem Gartentor blieb er stehen und rauchte eine Zigarette. Das hatte er noch nie getan, wenn er heimkam. Noch nie. Ich wagte nicht hinauszugehen. Am Ende trat er die Kippe mit drehenden Bewegungen aus. Es waren so viele Bewegungen, daß nur noch Staub übrig sein konnte.

Den Brief hatte ich ihm auf den Schreibtisch gelegt. Ich wußte: Dort würde er sich den Sätzen stellen wollen, die alle Hoffnung vernichteten. Er las den Brief im Stehen. Er las ihn mehrmals. Immer wenn er mit dem Blick unten angekommen war, hob er den Kopf und begann von vorn. Sein Blick war voll von erschütternder Ungläubigkeit. Ich trat neben ihn, wagte aber nicht, ihn zu berühren. Er war so angespannt, daß man den Eindruck haben mußte, er werde bei der leisesten Berührung zerspringen. Schließlich zeigte er auf den letzten Satz, die barocke französische Grußformel. ‹Eine solche Lüge›, sagte er leise.»

Vater. Du hast immer alles ganz wörtlich genommen; wortwörtlich. Und wenn die anderen dann nicht zu jedem einzelnen ihrer Worte standen, fühltest du dich betrogen und verbrachtest Tage damit, sie im inneren Gespräch zur Rechenschaft zu ziehen.

«*Pour des raisons imprévues* – viele Tage und Nächte vergingen, in denen wir immer von neuem über diese Worte nachdachten. Eigentlich, fanden wir, war es eine Unverschämtheit, uns mit einer derart nichtssagenden Auskunft abzuspeisen. Wir beschlossen, mit dem Deuten aufzuhören – nur um bei nächster Gelegenheit weiterzumachen. Frédéric meldete sich krank und ging nicht mehr ins Geschäft. Das war noch nie vorgekommen.»

Tatsächlich machte sich Liebermann, der an Vaters zerfallendes Gesicht bei jenem Anruf dachte, seine Gedanken. Vater und krank, das gab es einfach nicht, meinte er.

«Eines Morgens setzte sich Frédéric mit einer Kanne Kaffee neben das Telefon und wählte alle fünf Minuten die Nummer in Monte Carlo. Ich brachte immer neuen Kaffee, und das Essen stellte ich ihm auf den Telefontisch. Bis tief in die Nacht hinein drückte er immer wieder die Wahlwiederholungstaste, und nach wenigen Stunden Schlaf machte er am nächsten Tag weiter. Er rasierte sich nicht mehr. Rasieren werde er sich erst dann wieder, sagte er, wenn er eine Verbindung mit Monte Carlo bekommen habe.

Wenn Frédéric endlich Schlaf gefunden hatte, war ich es, die zum Telefon ging. Nacht für Nacht wählte ich Antonios Nummer. Die Stunden verstrichen, und auch ich stieß auf eine Mauer des Schweigens. Es war mir klar, daß das nichts zu bedeuten brauchte. Ein Mann wie Antonio war rund um den Globus unterwegs, und zudem, das wußte ich aus der Presse, hatte er nicht nur diese Wohnung. Und doch war ich schon damals überzeugt davon, daß er etwas mit der Sache zu tun hatte. Bestärkt wurde ich in meinem Verdacht, als ich eines Nachts wieder seine Nummer wählte und vom Tonband die mechanische, kalte Antwort erhielt: *Le numéro que vous demandez n'est pas attribué.*

Zur Gewißheit wurde es durch Artikel in *Le Monde* und *Paris Match*, die in den ersten Julitagen erschienen: Zum erstenmal seit Bestehen des monegassischen Opernwettbewerbs werde es keine Preisverleihung und keine Aufführung geben. Offenbar seien Stiftungsgelder veruntreut worden. Aus gutunterrichteter Quelle habe man erfahren, daß der berühmte Tenor Antonio di Malfitano in die Sache verwickelt sei. Der Tenor sei nicht zu sprechen. Es sei ein offenes Geheimnis, daß di Malfitano gerne spiele, er sei in verschiedenen Casinos bekannt. Sein Telefon in Monte Carlo sei abgeschaltet, was auf eine Flucht aus Monaco hindeute. Aus dem Fürstenhaus sei kein Kommentar zu erhalten.»

Mamans Lippen verzogen sich zu einem Lächeln, das ihre

Bitterkeit besser zum Ausdruck brachte, als eine verkniffene Miene es vermocht hätte.

«Mehr brachte *Le Monde* nicht, es war dort ohnehin eine eher kleine Meldung. *Paris Match* machte natürlich mehr daraus. Quer über die Seite lief ein Band aus sechs Fotos, die so eingefaßt waren, daß sie wie fortlaufende Aufnahmen auf einer Filmrolle aussahen. Zwei Bilder von Antonio vor dem Casino von Monte Carlo, zwei weitere mit den Grimaldi-Töchtern – stets auf Tuchfühlung –, und schließlich noch zwei Schnappschüsse von der Karnevalshochzeit, auf denen die Signora trotz der vielen Schminke wie ausgekotzt aussah. Unter den Bildern eine Wortfolge, die wie ein Telegramm aufgemacht war: *gloire – noblesse – richesse – fraude*. Die Geschichte strotzte vor Andeutungen und wilden Spekulationen, vor allem über Antonios angeblich besondere Beziehung zu den Grimaldi-Töchtern. Daß das Fürstenhaus zu der unerwarteten Entwicklung schwieg, wurde danach als süffisante Pointe präsentiert.

Beim ersten und auch zweiten Lesen nahm ich an, der Artikel ende hier. Die Seite war zu Ende, und der letzte Satz klang nach schwungvollem Abschluß. Wie betäubt blieb ich sitzen. Das warf ein ganz neues Licht auf die Heirat mit der reichen Adligen. Ihre Millionen hatten helfen sollen, die Veruntreuung zu vertuschen. Im geheimen natürlich, die venezianische Familie würde keinen Betrüger bei sich aufnehmen wollen. Oder galt das als Kavaliersdelikt? Worüber man auf keinen Fall hinweggesehen hätte, wären uneheliche Kinder gewesen. Bigotterie war stärker als Gesetzestreue. Ich sah Antonio vor mir, wie er sich mit den Händen über das aschfahle Gesicht fuhr, als könne er dadurch den Spuk meiner Drohung wegwischen. Machte ich sie wahr, ginge ihm nicht nur Reichtum verloren. Er mußte damit rechnen, daß der Betrug ans Licht käme und er vor Gericht gestellt würde. Deshalb, nur deshalb, hatte er sich nach meinem Stock gebückt.

Irgend etwas war dann trotzdem schiefgegangen. Und wir waren die Betrogenen. Gut, er hatte uns nicht absichtlich betrogen. Er war ja davon ausgegangen, daß die von ihm geplünderte Kasse der Stiftung bald wieder aufgefüllt sein würde, so daß die Aufführung der prämierten Oper wie jedes Jahr stattfinden konnte. Trotzdem: Es war seine Tat, seine Unterschlagung, die uns um den Preis und die Aufführung brachte. Die billigen Abschiedsworte damals, der Unfall, und jetzt das. Es war genug, mehr als genug.

Und doch war es noch nicht alles. Als ich aufstand, um das Telefon abzunehmen, rutschte mir die Zeitschrift vom Schoß, und als ich zurückkam, war die nächste Seite aufgeschlagen. Gerade wollte ich zurückblättern, da fiel mein Blick auf ein kurzes, durch einen Balken abgeschlossenes Textstück – das wirkliche Ende des Artikels von der vorherigen Seite. Simon Carpentier, der Preisträger des diesjährigen Opernwettbewerbs, hieß es da, sei enttäuscht und wütend über diese Wendung der Dinge. ‹Ich kann es einfach nicht glauben›, habe der erst Siebenundzwanzigjährige, ein großes Talent mit Zukunft, gesagt.

Ich begriff nicht. Minutenlang begriff ich einfach nicht. Ich las die Zeilen noch einmal und noch einmal. Ich ging in Frédérics Zimmer und entfaltete den ersten Brief aus Monaco, der seit jenem Tag griffbereit auf dem Schreibtisch lag, auch jetzt noch, wo er überholt und entwertet war. Langsam löste sich, was eine Sperre der Ungläubigkeit gewesen war. Es stimmte nicht, daß Antonio uns nicht absichtlich betrogen hatte. Im Gegenteil, er hatte mich auf die dreisteste, kaltschnäuzigste Art und Weise aufs Kreuz gelegt: Die Jury hatte für Carpentiers Oper gestimmt; Antonio hatte Anweisung gegeben, Frédéric einen Brief mit einer glatten Lüge zu schreiben; die Lüge würde halten, bis die Heirat perfekt war. So einfach war das. Und es erklärte, warum die Frau, mit der Frédéric telefoniert hatte, nichts von Nerea Etxebeste wußte. Sie mußte Antonios Privatsekretärin sein. Und sicher nicht nur das.

Es dauerte, bis ich in Panik geriet. Das gibt es: Du weißt, daß du in Panik geraten wirst, sobald du eine bestimmte Überlegung angestellt hast, du weißt, daß dir alles zur Verfügung steht, um sie zu vollziehen, und nun stellst du dich, ohne es eigentlich zu wollen, dumm und taub in der Hoffnung, es werde alles vorübergehen, du weißt nicht wie, du glaubst es eigentlich auch nicht wirklich, aber du tust so als ob. Ich machte Tee, ließ ihn viel zu stark werden und goß ihn in den Abfluß. Ich tat, als kümmerte ich mich um die Blumen. Erst als ich den Hörer abnahm und die Nummer meines Coiffeurs wählte, wurde es zuviel, ich legte auf und stellte mich der Angst.

Auf gar keinen Fall durfte Frédéric die Sache mit Carpentier lesen. Es müßte ihm ein vollkommenes Rätsel sein, warum man sich die Mühe gemacht hatte, ihm jenen lügenhaften Brief zu schreiben. Und er würde nicht ruhen, bis er es gelöst hatte. Du weißt ja, wie er ist: Er gibt nie auf. Und schon gar nicht in dieser Sache. Er würde mit mir darüber sprechen wollen, immer wieder. Ich müßte lügen, lügen und nochmals lügen. Und das ausgerechnet jetzt, wo wir uns so nahe waren wie nie zuvor. Es war unausdenkbar. Und wer weiß, vielleicht würde er auf seiner rastlosen Suche irgendwann, irgendwie auf die Wahrheit stoßen. Dann würde alles einstürzen. Was ich getan hatte, es würde ihm wie Verrat vorkommen. Nie würde er es mir vergeben. Es würde ihm vorkommen, als sei unsere Nähe eine einzige, von mir inszenierte Lüge gewesen.»

Maman sah mich an, in den Augen flackerte Angst.

«Versprichst du mir, es für dich zu behalten? Ganz für dich? Für immer? Komme, was wolle?»

Ich nickte.

«Auch Patricia darfst du es nicht sagen. Sie und Frédéric … Vielleicht …»

«Glaube ich nicht», sagte ich, «aber du kannst dich auf mich verlassen.»

Diese Angst würde sie bis zuletzt nicht loswerden. Jetzt schloß sie wieder die Augen.

«Ihm nur die Notiz in *Le Monde* zu zeigen war unmöglich. Er würde sofort fragen, was in *Paris Match* darüber stehe. Und überhaupt nichts zu sagen – ich hätte es nicht ausgehalten. Er las die französischen Zeitungen selten. Doch was, wenn er es zufällig gerade an diesem Tag tat? Ich nahm einen breiten Filzstift und markierte Anfang und Ende des Texts, das Ende natürlich dort, wo ich es haben wollte, in der rechten unteren Ecke der Seite. Die dicken Striche, die ich dort setzte, sie sollten jeden Impuls unterbinden, die Seite in Erwartung einer Fortsetzung zu wenden. Um die Markierungen hier weniger ungewöhnlich erscheinen zu lassen, brachte ich entsprechende Zeichen in *Le Monde* an. Es sah nun aus – so hoffte ich –, als habe ich die Zeichen gesetzt, um die Bedeutung des Inhalts zu unterstreichen. Ein bißchen hoffte ich auch, daß Frédéric über den Text so aufgebracht sein würde, daß er zu blättern vergäße.

Er las die Artikel. Er las sie stets von neuem, tagelang. Die Zeitungen lagen die ganze Zeit über auf dem Schreibtisch. Öfter als sonst ging ich hinüber und sah nach, ob er die Seite der Illustrierten gewendet hatte. Es schien nicht so. Eines Tages kam ich dazu, wie er die Texte ausschnitt und auf einen Bogen Notenpapier klebte. Der Atem stockte mir, als er den gefährlichen Text umdrehte und zum Klebstoff griff. Um ihn abzulenken, fragte ich ihn etwas Belangloses, und dann trat ich neben ihn und nahm ihm den Text aus der Hand. ‹Du hältst am besten die Unterlage fest›, sagte ich, setzte das Blatt auf und glättete die Blasen. Die Gefahr war vorüber. Jetzt klebten wir den kürzeren Text darunter. ‹Merci›, sagte er und nahm meine Hand. Ich brachte kein Wort heraus.

Auf einen anderen Bogen klebte er eines der Fotos von Antonio. Zu meiner Überraschung war es das sympathischste von allen: Antonio trat aus dem Casino, er war geblendet vom hellen Tageslicht, und sein Gesicht sah dadurch sehr verletzlich aus, gar nicht selbstsicher wie sonst.

Nach einer Woche zerknüllte Frédéric den Bogen mit den Artikeln, warf ihn in den Papierkorb und leerte den Korb in die Mülltonne. Das Foto schnitt er aus dem anderen Bogen heraus und lehnte es an die Schreibtischlampe. Eines Abends holte er die Nagelschere und löste aus dem Foto die Gestalt von Antonio heraus. Er klebte sie auf eine Karteikarte und machte aus einer anderen Karte eine Stütze für das Bild. Wenn man genau hinsah, waren die Konturen der Figur gewellt; die Krümmung der Scherenblätter war stärker gewesen als diejenige der Bildlinien. Stundenlang saß Frédéric am leeren Schreibtisch und betrachtete das Bild: Dies war der Mann, für dessen Stimme er Berge von Noten geschrieben hatte. Der Mann, der ihm stets vor Augen gestanden hatte, als er die langen Arien schrieb, in denen Michael Kohlhaas sich an der Ungerechtigkeit wund rieb. Der Mann, dessen Schallplatte uns zusammengebracht hatte. Und jetzt: der Mann, der ihn um die Anerkennung betrog, auf die er ein Leben lang gewartet hatte.

Das Foto war das letzte, was Frédéric vernichtete. Vorher waren noch die beiden Briefe mit dem fürstlichen Emblem dran. *Schicken Sie mir umgehend die Partitur zurück!* schrieb er nach Monaco. Keine Anrede, keine Grußformel, nur diesen einen Satz und die Unterschrift. Dann zerriß er den Brief mit der Absage und warf die Schnipsel in die Toilette. Zwei Tage später verbrannte er den ersten Brief. Verstehst du: Er *verbrannte* ihn! Die verkohlten Reste um den Aschenbecher herum wischte er mit übertriebener Sorgfalt zusammen. Es kam mir vor, als könne sich diese Sorgfalt jeden Augenblick in zerstörerische Wut verwandeln. Am Schluß nahm er den Brieföffner und zerstampfte mit dem Griff alle Reste zu Staub.»

Ich kann die Brandspuren auf dem Schreibtisch sehen, welche die verglimmenden Papierreste hinterlassen haben. Zwei schwarze Stellen, eine größere und eine kleinere. Ich brauche nur den Arm auszustrecken, dann kann ich sie berühren. Vater. Der Brief mußte zu Staub werden. Ausgerechnet dieser Brief, auf den du ein Leben lang gewartet hast. Zu Staub. Damit er vollkommen aus der Welt verschwand. Als hätte es ihn nie gegeben.

«Es dauerte weitere drei Tage, bis das Foto von Antonio verschwand. Frédéric stand am Fenster, als ich das Arbeitszimmer betrat. Seine rechte Hand war zur Faust geballt, nur ein kleines Stück der Karteikarte war zu sehen. Als ich zu ihm trat, versuchte er sein trotziges Lächeln. Es mißlang, das Gesicht blieb versteinert. Zu sehen, wie das Gesicht ihm nicht mehr gehorchte: Das war schlimmer als jede andere Äußerung von Enttäuschung und Wut zuvor. Bis in den Abend hinein behielt er das zerknüllte Foto in der Faust. Dann warf er es draußen in die Mülltonne und begrub es unter dem Abfall, den er aus der Küche mitgenommen hatte. Ich sehe ihn dort stehen, eine unbewegliche Gestalt in der fortgeschrittenen Dämmerung, die Arme hingen einfach herunter, die Hände taten nichts, es war, als hätte er soeben die letzte Handlung seines Lebens vollzogen.

Nachher setzte er sich mit einem neuen Stoß Notenpapier an den Schreibtisch. Als ob nichts geschehen wäre. Abend für Abend, Wochenende für Wochenende saß er vor denselben leeren Blättern. Oft blieb er länger als nötig im Geschäft. Er rauchte mehr als sonst. Ab und zu klagte er über ein Gefühl der Enge in der Herzgegend. Es würde nichts nützen, das Fürstenpalais niederzubrennen, sagte er einmal, als er schlaflos neben mir lag. Sonst verlor er über Monaco kein Wort mehr. Im Haus wurde es noch stiller.

Dabei wäre es vermutlich geblieben, irgendwann wären Wut und Enttäuschung verglommen und einer bitteren Resignation gewichen, wäre nicht eines Tages Anfang August jenes Plakat erschienen. Ein rotes Plakat mit weißer Schrift. Als ich ans Fenster trat, war ein Mann dabei, es mit einer langstieligen Bürste, von der weißlicher Kleister tropfte, an die Litfaßsäule zu klatschen. Aus diesem Winkel konnte ich den Text nicht erkennen. Ich habe keine Ahnung, warum ich ihn unbedingt lesen wollte. Wirklich überhaupt keine Ahnung. Doch ich ging hinaus, und das erste, was mir in die Augen fiel, war Antonios Name. Es ging um ein Gastspiel der Mailänder Scala, und er würde an drei Abenden im Oktober Cavaradossi in *Tosca* singen.

Ich habe seither so oft von diesem Moment geträumt, daß ich nur noch schwer zwischen Traum und Erinnerung unterscheiden kann. Im Traum, der immer genau gleich verläuft, fahre ich mit dem Zeigefinger den Buchstaben von Antonios Namen entlang, alles fühlt sich glitschig und klebrig an, und vor dem Finger, der unnatürlich groß und häßlich ist, staut sich der Kleister wie eine Bugwelle. Dann gibt es regelmäßig einen Riß, und als nächstes graben sich meine zehn Finger in das feuchte Papier und versuchen erfolglos, es herunterzureißen. Ich wache in dem Moment auf, in dem ich von der Leiter falle.

Die Sache mit der Leiter stimmt. Ich meine mich zu erinnern, daß es ganz leer in mir wurde, als ich begriffen hatte, was auf dem Plakat stand. Leer bis auf einen einzigen Gedanken: Auf gar keinen Fall durfte Frédéric das Plakat sehen. Erst viel später fiel mir ein, daß es ja an zahllosen anderen Stellen der Stadt auch hing. Ich holte die große Leiter und kletterte hinauf, bis ich den oberen Rand des Plakats zu fassen bekam. Das Papier gab nach, aber es war noch so feucht vom Kleister, daß es sofort riß. Es waren immer nur kleine Schnipsel, die abrissen, der Mißerfolg machte mich wütend, meine Bewegungen wurden immer hektischer, und als ich einmal besonders heftig riß, verlor ich das Gleichgewicht und fiel von der Leiter, genau auf die kaputte Hüfte. Es tat so weh, daß ich wohl für einen Augenblick ohnmächtig wurde, denn plötzlich sah ich Gesichter von Passanten über mir und hörte die Frage, ob man einen Krankenwagen rufen solle. Ich wehrte ab und rappelte mich mühsam auf. Sie stützten mich, und jemand brachte die umgefallene Leiter zurück in den Keller. Bevor ich die Haustür schloß, blickte ich zur Säule hinüber. Die Gruppe der Passanten löste sich nur langsam auf. Alle würden sie sich fragen, was in aller Welt ich auf der Leiter gewollt hatte.

Als Frédéric gegen Abend nach Hause kam, stand ich am Fenster und hoffte, er würde wie immer achtlos und mit gesenktem Kopf an der Litfaßsäule vorbeigehen. Wäre das Plakat nur nicht dunkelrot gewesen! Dunkelroten Dingen kann er einfach nicht widerstehen, und er sieht sie noch durch den dichtesten Nebel hindurch, besonders wenn es dasjenige Rot ist, das er *Bordeauxrot* nennt. Und das Plakat hatte diese Farbe. Als übe sie magische Anziehungskraft aus, hob er denn auch für einen Augenblick den Kopf, ich vergaß zu atmen und war erleichtert, als er, ohne das Tempo der Schritte zu verlangsamen, weiterging. Er hatte schon das Gartentor geöffnet, da hielt er abrupt inne, in seinem Gesicht zuckte es merkwürdig, und nun ging er zurück und stellte sich vor das rote Plakat. Minutenlang stand er regungslos da, nur die Daumen rieben ziellos am Griff der Tasche, die er mit beiden Händen vor sich hielt. Das ist die eine Sache zuviel, dachte ich, das hätte nicht auch noch geschehen dürfen. Es war, als spürte ich durch das Fenster hindurch, wie Frédéric im Inneren eine Grenze überschritt. Erst später wurde mir klar, daß in mir bereits etwas Ähnliches geschehen war, das durch die ungläubige, hilflose Art, in der er das Plakat anstarrte, gleichsam besiegelt wurde.

An diesem Abend erfuhr ich, daß Frédéric es gewußt hatte. Das mit Antonio und euch, meine ich. Ich hatte es für das bestgehütete Geheimnis meines Lebens gehalten, und er hatte es die ganze Zeit gewußt. Es verschlug mir die Sprache. Stell dir vor: Er hat all die Jahre über gewußt, daß er nicht euer wirklicher Vater ist! Und hat kein Wort darüber verloren! Es habe ihm nichts ausgemacht, sagte er in seiner trockenen Art. Je wichtiger die Sache, desto weniger Worte – das ist sein Prinzip. Manchmal liebe ich ihn dafür, dann wieder möchte ich ihn schütteln.

Im Verlauf des Abends erzählte ich ihm alles über Antonio und mich. Er hörte schweigend zu. Daß er die Bedeutung des Gehörten verstand, merkte ich nur daran, daß er mich bei jeder neuen Enttäuschung, von der ich sprach, noch fester an sich zog. Am Schluß hielten wir uns eng umschlungen. ‹Also hat er nicht nur mich, sondern uns beide betrogen›, sagte er schließlich.

In gewissem Sinne haben wir die Umarmung nie mehr gelöst. War sie zu Beginn vor allem Ausdruck geteilten Leids, so wurde sie mit der Zeit immer mehr Ausdruck eines geteilten Vorsatzes. Wir haben ihn nie ausgesprochen, diesen Vorsatz. Mit keinem Wort. Das machte ihn nicht schwächer. Im Gegenteil. Wir hüllten uns von Tag zu Tag mehr ein in unseren verschwiegenen Plan, er entwickelte sich zu einem Cocon aus beredtem Schweigen, der die Ereignisse draußen in der Welt wie bloße Staffage aussehen ließ.

Mitten in jener Nacht stand Frédéric auf, und als er nicht zurückkam, ging ich nach unten und rief nach ihm. Die angelehnte Kellertür brachte mich schließlich darauf, draußen nachzusehen. Im Schlafanzug und mit bloßen Füßen stand er ganz oben auf der Leiter, umfaßte mit beiden Händen den Griff des großen Fleischermessers und bohrte die Klinge in das rote Plakat. Noch nie zuvor hatte ich jemanden mit solchem Ingrimm arbeiten sehen. Fetzen nach Fetzen segelte zu Boden, die helleren Farben der darunterliegenden Plakate wurden immer deutlicher sichtbar, und der für mich sichtbare Teil des Plakats sah bereits so verwüstet aus, daß man unwillkürlich an Vandalismus dachte. Ich stellte mich schlafend, als Frédéric zurückkam. Beim Frühstück sah ich an seinen geröteten Augen, daß er kaum geschlafen hatte. Gegen alle Gewohnheit trank er nur Kaffee. An der Litfaßsäule ging er vorbei, ohne einen einzigen Blick auf die zerfetzte Fläche zu werfen.»

Ich glaube, es war an dieser Stelle der Erzählung, daß Maman hinausging. Immer öfter hatte sie die Stellung gewechselt, wenn ein heftiger Schmerz sie zusammenzucken ließ. Als sie zurückkam, strich sie die Ärmel des blauen Kleids glatt. Die Bewegung erinnerte mich an einen schwülen Sommertag, es war noch in Genf, ich muß sieben oder acht gewesen sein. Alle Leute waren leicht bekleidet, niemand trug mehr Kleidungsstücke als unbedingt nötig. Da kam Maman in den Park, wo ich spielte. Wie immer trug sie ein Kleid mit langen Ärmeln. Sie setzte sich auf eine Bank neben lauter Frauen mit ärmellosen Kleidern. Ich war stolz, daß sie viel eleganter aussah als diese Frauen. Zugleich aber fand ich es merkwürdig und ein bißchen beklemmend, daß sie auch bei dieser Witterung lange Ärmel trug. Sie wirkte dadurch fremd und unberührbar. Als wir später zusammen im Aufzug standen, fragte ich sie, warum sie nie kurze Ärmel trage. In der Spiegelwand des Lifts sah ich, wie sie erschrak und mit geschlossenen Augen nach Fassung rang. «Du weißt doch, daß ich diesen Unfall hatte», sagte sie schließlich und küßte mich aufs Haar.

«In den letzten Wochen haben wir … *comment dire* … sehr leise gelebt», fuhr Maman nun fort. «Ich weiß nicht, ob es wirklich so war, aber es kam mir vor, als sprächen wir auch leiser als sonst miteinander. Viel war es nicht, was wir redeten. Nicht etwa, weil wir uns nichts zu sagen hatten. Im Gegenteil: Wir waren uns so nahe wie vorher nie, näher noch als in der Zeit des Wartens auf Nachricht aus Monaco. Eines Abends dann war Frédéric beim Essen noch stiller als sonst, und er blickte so abwesend vor sich hin, daß er sicher nicht merkte, was er aß. Plötzlich hielt er inne und legte Messer und Gabel beiseite. Er tat es so langsam und vorsichtig, als seien sie zerbrechlich. Seine Hand zitterte, als er in die Jacke faßte, dorthin, wo die Brieftasche war. Im letzten Moment zögerte er, zog die Hand zurück, hielt sie eine Weile in der Schwebe, um die Brieftasche schließlich doch hervorzuholen. Er sah mich nicht an, als er die sechs Karten für die Staatsoper nebeneinander aufs Tischtuch legte.» Mamans Stimme brach. «Er wollte, daß sie genau in einer Reihe lägen; in solchen Dingen ist er ja schrecklich penibel. Doch seine Hände zitterten jetzt derart, daß er die Karten mit jeder Berührung noch mehr in Unordnung brachte. Er geriet in eine solche Wut über seine Ungeschicklichkeit, daß er mit der einen Hand auf die andere einschlug. Erst als ich meine Hand auf die seine legte und mit der anderen die Karten ausrichtete, wurde er ruhiger. Er streifte mich mit einem dankbaren Blick, sah dann aber wieder weg.

‹Die linke Seitenloge›, sagte er. ‹Wir werden allein sein.›

Und nach einer Pause, in der er die Karten zurück in die Brieftasche tat:

‹Er hat uns betrogen, dich und mich. Betrogen hat er uns›, sagte er.

Er mußte dreimal ansetzen, bevor ihm diese wenigen Worte gelangen. In der Nacht, als ich sein schlafendes Gesicht neben mir sah, dachte ich: Es hatte sich angehört, als seien es die allerersten Worte, die er in seinem Leben sprach.

Durch den Sturz von der Leiter waren meine Schmerzen stärker geworden. Manchmal waren sie unerträglich. Es hatte Zeiten gegeben, da hatte ich beinahe vergessen, daß die Schmerzen mit Antonio zu tun hatten. Jetzt war er darin wieder ganz gegenwärtig, und wenn es wie mit Messern durch mich hindurchfuhr, wurde ich von Wellen des Hasses förmlich überspült.

Ich träumte wieder öfter vom Unfall in Bern, doch anders als früher: Die Arkaden, unter denen ich auf Antonio wartete, säumten jetzt die Place Vendôme, und im Moment des Unfalls war der Platz in weißglühende Helligkeit getaucht, welche die paradoxe Angst entstehen ließ, ich könnte das Augenlicht verlieren. Obwohl Frédéric mich drängte, ging ich nicht zum Arzt. Es war ein Gefühl in mir wie: Das lohnt sich nicht mehr. Und wie du siehst, hatte ich recht», fügte Maman leise hinzu.

Das Geräusch der ersten S-Bahn war zu hören, und kurz darauf sprang der Motor eines Autos an. In weniger als einer Stunde würde es hell werden. Ich hatte das Gefühl, ein Jahr lang nicht geschlafen zu haben. Wenn die Geräusche der erwachenden Stadt den Strom des Erzählens nur nicht versiegen lassen, dachte ich. Und: Dieser neue Tag, dieser Sonntag, er wird Mamans letzter Tag sein. Ich will nicht, daß er beginnt.

In sehr nüchternem, sachlichem Ton sagte Maman nach einer Pause: «Wir haben euch nie etwas von der Pistole gesagt. Sie hatte zu Papas Sammlung gehört, es war die Waffe, mit der er mich schießen lehrte.»

Sie zögerte und schien zu überlegen, ob sie das, was ihr eben durch den Sinn gegangen war, auch erzählen sollte.

«War ich selbst es, die es lernen wollte? Oder war es nur Papas Wille? Natalie war dagegen. Sie regte sich schrecklich auf, wenn davon die Rede war. ‹Pervers›, sagte sie, ‹das ist pervers.› Ich weiß nicht, vielleicht sagte sie es aus Eifersucht. Jedenfalls: Papa ... *comment dire* ... drängte mir die Pistole auf, als wir hierherzogen. ‹Damit du mich nicht vergißt›, sagte er. Das habe ich Natalie nicht erzählt. Sie hätte sich geschüttelt. Es war ... ich ... ich wollte die Waffe nicht, aber vor den Kopf stoßen wollte ich Papa auch nicht. Ich tat sie ganz unten in einen Umzugskarton, vergaß aber, in welchen, und so kam es, daß Frédéric sie beim Auspacken fand. Als er sie mir wortlos zeigte, war sein Gesicht bleich und straff vor unterdrückter Wut, es erinnerte mich an sein Gesicht damals auf dem Schießstand.

Das war einige Wochen nach der Reise zur Scala, noch vor dem Umzug in die gemeinsame Wohnung. Er hatte mich mit seinem Besuch überraschen wollen und erfuhr vom Dienstmädchen, daß ich mit Papa zum Schießen in den Club gefahren war. ‹Zum *was*?› muß er gefragt haben, und er muß es in derart schneidendem Ton gefragt haben, daß Annette stotterte, als sie es später erzählte. Papa und ich, wir standen nebeneinander, als er den Schießstand im Sturmschritt betrat und Papa die Waffe kurzerhand aus der Hand riß. Die beiden Männer, die sich von Anfang an nicht gemocht hatten, standen sich gegenüber, ein bißchen war es wie bei einem Duell. ‹Sind Sie verrückt geworden?› sagte Frédéric so laut, daß es beinahe ein Schreien war. ‹Eine schwangere Frau!› Ich glaube, was Papa am meisten aus der Fassung brachte, war, daß Frédéric in der Anrede das *Du* rückgängig machte, das sie vor wenigen Tagen vereinbart hatten. Frédéric sah ihn mit einem seiner fürchterlich geraden, unversöhnlichen Blicke an. Dann machte er plötzlich einen Schritt auf die Brüstung zu, hob die Waffe und schoß das Magazin leer. Die Kugeln trafen ausnahmslos ins Schwarze. Er tat die Pistole auf die Ablage, legte mir den Arm um die Schulter und zog mich fort. Papa hat ihm diesen Auftritt nie verziehen.»

Maman schwieg so lange, daß ich einmal mehr Angst bekam, sie könnte sich in der fernen Vergangenheit verlieren und ich erführe nie, was am Abend der Tat wirklich geschehen war. Dann wieder wünschte ich, daß genau das geschähe: daß es ihr gelänge, ferne Erinnerungen ganz und für immer zu einer imaginären Gegenwart zu machen, um fortan die wirkliche Gegenwart nicht mehr erleben zu müssen.

«Die Pistole, die Vater im Umzugskarton fand – war es die mit dem Perlmuttgriff?» fragte ich schließlich, um ihre Gedanken auf die Zeit vor der Tat zurückzulenken. Erst als die Frage schon ausgesprochen war, fiel mir ein, daß ich von dieser Pistole nichts wissen durfte. Kaum hatte Maman davon zu sprechen begonnen, hatte ich die verbotenen Fotos vor mir gesehen: das Bild von Mamans gestrecktem Arm mit dem weiß schimmernden Griff der Pistole in der Hand; die Aufnahmen von GP, der ihr von hinten den Arm mit der Waffe stützte; das mühsam restaurierte Foto mit seinen Händen auf ihrem Busen.

Maman sah mich an, zuerst nur überrascht, dann mit einem Blick, in dem sich Schrecken und Ärger mischten. «Woher weißt du …?»

«Vater hat mir davon erzählt», log ich. «Es war vor langer Zeit, an einer Schießbude auf der Kirmes in Genf. Da hatten sie auch eine Pistole mit Perlmuttgriff. Vater traf so gut, daß wir die Regale mit den Trophäen hätten leer räumen können.»

«Was hat er …?» fragte Maman, und es klang, als unterdrücke sie mühsam eine aufflammende Panik.

«Nichts. Nur daß GP eine ähnliche Pistole besitze und daß er ein Waffennarr sei.»

«Nichts vom Schießunterricht? Nichts davon, daß ich mit dieser Pistole schießen gelernt habe?»

«Nein. Davon wußte ich nichts.»

Wieder versank Maman in Schweigen.

«Ja», sagte sie schließlich, «es war diese Pistole, die Frédéric beim Auspacken fand. Er wollte sie auf der Stelle nach Genf zurückschicken. Wir einigten uns darauf, sie in einen Karton zu tun, den wir im hintersten Winkel des Speichers versteckten. Spät in jener Nacht ging Frédéric nach oben und schob seine alte Kommode davor, von der er sich auch jetzt nicht hatte trennen können. ‹Wegen der Kinder›, sagte er.

Die Marmorfüße des häßlichen Dings scheuerten damals derart laut auf dem Steinboden des Speichers, daß ich Angst hatte, das Geräusch könnte euch wecken. Und nun, vor wenigen Tagen, hörte ich das gleiche Geräusch wieder, ich erkannte es sofort. Es war mitten in der Nacht. Frédéric ging danach in die Küche und machte die Tür ganz leise zu, um mich nicht zu wecken. Nach einer Weile hielt ich es nicht mehr aus und ging zu ihm. Er saß am Küchentisch und reinigte die Pistole. Mit dem wirren Haar und den grauen Bartstoppeln sah er aus wie ein Voyou, ein gealterter Landstreicher. Unsere Blicke trafen sich.

‹Er hat uns um die Zukunft betrogen›, sagte er. ‹Die Oper, das war die Zukunft. Unsere Zukunft.› Und nach einer Pause: ‹Es geht nicht, daß er eine Zukunft hat und wir nicht. Es geht nicht.›

Während der letzten Worte entsicherte er die Waffe probeweise, das harte Geräusch riß die Worte in Fetzen. Es war, als hörte ich das Geräusch zum erstenmal. Der Nachhall, den es in mir hatte, wollte und wollte nicht enden, nicht einmal schwächer wurde er, im Gegenteil, der metallene, gewalttätige Klang schwoll zu etwas Unerträglichem an, vor allem nachts, wenn ich wach lag und die Schläge der Pendule das unaufhaltsame Schrumpfen des zeitlichen Abstands verkündeten, der uns vom Abend der geplanten Tat noch trennte. Dann betrachtete ich Frédérics Hände auf der Bettdecke und fragte mich, wie es in ihm aussehen mochte.

Je kürzer die Zeit wurde, die noch blieb, desto öfter sah ich diese Hände vor mir, wie sie in Linz die Opernkritiken in den Abfallkorb hatten fallen lassen. Könnten wir unseren mörderischen Vorsatz doch auch so leicht abstreifen!, dachte ich. Denn immer deutlicher spürte ich, daß wir zu Gefangenen unseres verschwiegenen Plans geworden waren. Das gnadenlose Geräusch der Pistole hatte aus dem schützenden Cocon einen Kerker gemacht. Panik überfiel mich, wenn ich feststellte, daß der Haß auf Antonio seine frühere Klarheit und Festigkeit in mir verloren hatte. Im Dunkel des Schlafzimmers suchte ich nach einer Lage, in der die Schmerzen besonders heftig waren, und tastete nach meinen zerstochenen Armbeugen, in denen die Blutergüsse sich aufschichteten. Damit der Haß wiederkäme. Ich ging in Gedanken zurück zu dem Morgen, an dem man mir im Hotel Antonios feige Abschiedsworte überreicht hatte. Dann wieder machte ich aus seinem aufgedunsenen Gesicht und dem schreienden Weiß der Zähne eine Fratze, die nicht abstoßend genug sein konnte. Doch der Haß, den ich auf diese Weise in mir zu versammeln und zu schüren suchte – er vermochte gegen das unheilvolle, unmenschliche Geräusch der entsicherten Waffe nicht zu bestehen.

Was werde ich tun, wenn der Haß, dessen ich mir so sicher war, immer mehr wegbröckelt?, fragte ich mich. Seit Wochen hatten Frédéric und ich in einem Gleichklang des Hasses geatmet. Was würde geschehen, wenn ich aus dem gemeinsamen Rhythmus herausfiel? Wenn er von der Arbeit kam, wartete ich am Fenster auf ihn. Wenn er kommt, werde ich es ihm sagen, dachte ich jedesmal, ich werde ihm sagen, daß ich es nicht will. Dann kam er, und seit er meine neue Gewohnheit des Wartens kannte, suchte er so früh wie möglich meinen Blick. Wir winkten nie, und auch gelächelt haben wir kein einziges Mal. Wir sahen uns einfach an, bis er durchs Gartentor auf die Haustür zuging, die ich ihm aufschloß. Sein Blick war so gerade und direkt wie immer. Doch erst jetzt, als sich unsere Blicke über diese neue Distanz hinweg verschränkten, verstand ich, was die Leute meinten, wenn sie sagten: In seinem Blickfeld ist es stets ein paar Grad kälter, oder: Man muß wissen, was man will, wenn man ihm unter die Augen tritt. Es ist, glaube ich, einfach die Unerschrockenheit und Bestimmtheit in seinem Blick, welche die Leute als Kälte mißverstehen. Die Wachheit in den Augen des guten Schützen. Was sie übersehen, ist das Angebot des Vertrauens, das darin liegt, das Versprechen der unbedingten Zuverlässigkeit. Vor allem das war es, was ich durch die Scheibe hindurch sah. Nein, es war unmöglich. Nach allem, was wir in letzter Zeit zusammen erlebt und durchlitten hatten, konnte ich ihn nicht im Stich lassen.

Dienstag nacht stand er leise auf und ging hinunter ins Arbeitszimmer. Er spielte Melodien aus *Michael Kohlhaas*. Er spielte so leise, daß die Töne manchmal wegbrachen und Lücken entstanden, aber ich erkannte trotzdem alles. Ich sah ihn vor mir, wie er den einstmals erlösenden Brief aus Monaco streichelte, um ihn am Ende mit steinerner Miene zu Staub zu zerstampfen. Nein, ich durfte mich aus unserem wortlosen Pakt nicht davonschleichen. Lisbeth, Kohlhaasens Frau, wäre so etwas nicht im Traum eingefallen.»

Maman stutzte, und an der Nasenwurzel bildete sich die kleine Falte, die immer dann zu erscheinen pflegte, wenn ihr etwas Unerwartetes einfiel, das die Gedanken durcheinanderbrachte.

«Vielleicht war uns nicht nur der rächende Vorsatz, sondern auch die Oper zum Kerker geworden», sagte sie schließlich.

Über die letzten Tage vor der Tat hätte ich gerne mehr gewußt: Wie es bei Tisch war, beim Abwaschen, beim Zubettgehen und beim Aufwachen. Hatten sie noch eingekauft? Hatten sie Nachrichten gehört? Musik? Was hatten sie gelesen? Wie war es, wenn sie auf die Litfaßsäule mit dem zerfetzten Plakat zugingen? Wie hatte Maman die stillen Stunden des Tages zugebracht, bis Vater von der Arbeit kam?

Doch es war nicht die Zeit für Fragen.

Was ich weiß: Am Dienstag abend nahm Vater die persönlichen Sachen aus dem Steinway-Haus mit. Er sei an jenem Tag sehr still gewesen, sagte Liebermann, und auffällig sanft, auch mit wichtigtuerischen Kunden, die er sonst habe abblitzen lassen. Oft sei er herumgestanden, als wisse er nicht, was er da solle. Wie es ihm eigentlich gehe, habe er Liebermann unvermittelt gefragt. Es war das allererste Mal, daß er ihm eine Frage dieser Art stellte. ‹War nur so eine Frage›, muß er gesagt haben, als Liebermann sich verblüfft zeigte. Am frühen Nachmittag ging Vater, die Hände in den Hosentaschen, durch alle Räume, seine Haltung sei die eines Museumsbesuchers gewesen. Als er ging, gab er Liebermann und den anderen die Hand. ‹Adieu›, sagte er zu den erstaunten Kollegen. Ob er denn morgen nicht komme, fragte einer. ‹Doch, natürlich›, habe Vater gesagt.

Draußen hatte der Tag begonnen, durch die Lücken zwischen den Vorhängen sickerte Licht. Es war mir danach, die Vorhänge fester zuzuziehen, oder besser noch: die Fenster zuzukleben. Doch meine Besorgnis war unnötig, Maman ließ sich nicht stören. Sie nahm jetzt Anlauf zum schwersten Teil des Berichts, der dem Abend der Tat galt. Von Satz zu Satz gewann ihre Stimme an Festigkeit, die Erinnerungen kamen mit großer Sicherheit und Genauigkeit, und bald sprach sie mit selbstbewußter, beinahe trotziger Nüchternheit. Die Gegenwart dieses Sonntagmorgens war fern, ferner als jede Gegenwart, die man hätte erdichten können. Der neue Tag vermochte Maman nichts mehr anzuhaben. Sie hatte mit ihm nichts mehr zu schaffen.

«Am Mittwoch morgen wachte ich sehr früh auf, die Dämmerung hatte eben erst begonnen. Ich kam aus einem unbeschwerten, glücklichen Traum. Es war um Urlaub am Meer gegangen, um einen jener Urlaube, als ihr noch kleine Kinder wart.» Maman machte eine Pause, bevor sie hinzufügte: «Als die Dinge noch in Ordnung waren.»

Als du unserer Liebe noch nicht mit Eifersucht begegnet bist, dachte ich. Als du noch nicht vom Willen getrieben warst, uns auseinanderzubringen. Nicht wir waren es, die Zerstörung anrichteten. Nicht wir. Es war das einzige Mal in jener Nacht, daß ich ihr einen Vorwurf machte, der einzige Moment, in dem der alte Groll aufflammte.

«Ich schloß die Augen und drückte das Gesicht ins Kissen. Ich wollte zu den Traumbildern zurück. Es war sonderbar: Um daran zu denken, was dieser Tag bringen würde, war ich noch nicht wach genug, aber ich spürte, daß es ein schrecklicher Tag werden würde, das Ende von allem. Und so versuchte ich mich wegzuducken. Lange ging es nicht gut, bald lag ich wieder auf dem Rücken, und nun war mir alles klar. Wir werden es tun, dachte ich. *Wir*, nicht *er*. Und ich zählte die Stunden bis dahin. Frédéric schlief noch, ab und zu fuhr er sich leise stöhnend mit der Zunge über die trockenen Lippen. Das ist das letzte Mal, daß ich neben ihm aufwache, dachte ich. Ich war froh, daß er noch schlief. Es würde, das spürte ich, eine schwierige Begegnung sein, wenn er aufwachte, eine Begegnung, in der wir uns ansehen würden wie Vertraute, die sich plötzlich fremd sind und darüber in Verlegenheit geraten.

Und so war es dann auch. Unter der Tür zum Bad stießen wir zusammen, entschuldigten uns überschwenglich und förmlich zugleich, und dann faßten wir uns aus lauter Ratlosigkeit an beiden Händen, es muß ausgesehen haben wie bei Kindern, die einen Reigen beginnen. Frédéric ging nicht ins Geschäft. Er sprach nicht darüber, sondern blieb einfach über die Zeit hinaus am Frühstückstisch sitzen. Die Stunden verrannen quälend langsam. Jeder blieb in seinem Zimmer. Ich legte die Sachen bereit, die ich anziehen wollte. Dreimal tauschte ich aus. Noch nie ist mir eine Tätigkeit so sinnlos erschienen, und manchmal mutete mich der Gedanke an mein Aussehen an diesem Abend obszön an. Das Kleid, das ich schließlich anziehen sollte, schleuderte ich zu Boden. Nachher holte ich das Bügeleisen. Ich verbot mir, an das Geräusch beim Entsichern der Waffe zu denken.

Auf einmal (so unvermittelt, als halte mich die Zeit mit einem Taschenspielertrick zum Narren) war es nach sechs, und ich hatte Angst, wir würden zu spät kommen. Vor geschlossener Tür, unter den Augen des Personals warten müssen! An diesem Abend! Als ich Frédérics Zimmer betrat, saß er im Smoking vor den offenen Schubladen des Schreibtischs und ordnete seine Sachen. Es war der Smoking, den wir für Monte Carlo gekauft hatten. Weil der schwedische Preisträger einen getragen hatte. Nur deshalb. Seit der Anprobe im Geschäft hatte ich ihn nie wieder darin gesehen.

‹Aber doch nicht der Smoking!› sagte ich. Ich weiß nicht, warum ich es sagte. Oder doch: Es sah lächerlich aus, besonders das seidenbesetzte Revers und die Biesen am Hemd; einfach lächerlich. Wie hinter der Bühne, wenn man die Sänger, die man privat kennt, in den bombastischen Gewändern sieht.

‹Doch, natürlich›, sagte Frédéric, ‹gerade jetzt!›

Wir verstanden uns nicht. Eigentlich war es ja nicht wichtig, doch es kam mir vor, als tue sich zwischen uns ein Abgrund der Verständnislosigkeit auf. In einer Stunde würden wir zusammen das Haus verlassen und es nie wieder gemeinsam betreten. Um den Plan durchzuführen, durch den wir aneinandergekettet waren. Und wir verstanden uns nicht. Auch später, im entscheidenden Moment, als es geschehen sollte, verstanden wir uns nicht. Das war das Schlimmste. Schlimmer als alles andere.»

Langsam – so langsam, daß ich noch sehen konnte, wie ihre Züge zerfielen – schlug Maman die Hände vors Gesicht. (Und es lag nicht die Spur von Theatralik darin. Du irrst: Nicht alles an Mamans Gestik war berechnend.) Nach einer Weile wurde sie von einem trockenen, holprigen Schluchzen geschüttelt. Das Holprige daran – nichts hätte ihre Hilflosigkeit und das Erlöschen jeder Hoffnung besser zum Ausdruck bringen können. Als es langsam sanfter wurde und schließlich verebbte, löste Maman die Hände behutsam vom Gesicht, und nun fügten sich ihre Züge zu einem Ausdruck großer Einsamkeit, oder vielleicht sollte ich besser sagen: Verlassenheit. Es war der Ausdruck, der den Rest ihres Berichts begleitete, eines Berichts, der ahnen ließ, wie wenig die beiden Menschen, die unsere Eltern waren, voneinander gewußt haben.

«Ich habe nicht gesehen, wie Frédéric die Waffe einsteckte. Doch als er sich zur Haustür drehte um abzuschließen, schlug die Manteltasche schwer gegen das Holz, es gab einen dumpfen Schlag. Es war die Tasche, die sich im Taxi mit meiner Manteltasche berührte.

‹Ist di Malfitano nicht großartig?› sagte die Fahrerin, als wir ihr das Ziel nannten, ‹ich war in der gestrigen Aufführung.›

Aus dem Autoradio kamen Opernarien. Es war nicht seine Stimme. Trotzdem war es das letzte, was wir in diesem Augenblick hören wollten. Aber keiner von uns traute sich, etwas zu sagen. Als lähmte uns die Schuld schon im voraus.

‹Ihren nicht?› fragte die Garderobiere und deutete auf Frédérics Mantel, den er sich über den Arm gelegt hatte.

‹Nein›, sagte Frédéric, ‹meinen behalte ich.›

Es lag eine solche Festigkeit des Willens in seiner Stimme, ich wußte nicht, wie ich ihn jetzt noch hätte aufhalten können. Vorher, beim Betreten der Oper, hatte ich mich umgedreht und zurückgeblickt, hinaus in die Nacht und die Lichter. Frédéric hatte sehr bestimmt dagestanden, als er auf mich wartete. Nicht ungeduldig, nur bestimmt, den Kopf leicht gesenkt. Diese Bestimmtheit hatte mich daran gehindert zu sagen, was ich dachte: Laß uns wieder hinausgehen, nach Hause.

Nun standen wir vorn in der Loge, über uns Scheinwerfer und ein Gewirr von Kabeln. Wir blieben länger stehen, als Leute sonst in der Oper stehen bleiben, bevor sie sich setzen. In Richtung Bühne blickend, muß Frédéric dasselbe gedacht haben wie ich: Es ist zu machen. Bis es dunkel wurde und der Applaus für den Dirigenten einsetzte, sahen wir uns nur ein einziges Mal an. Als wir es taten, war es schrecklich, ich weiß nicht zu sagen warum. Vielleicht, weil wir nach dem passenden Gesichtsausdruck suchten, ihn von innen her sozusagen zu ertasten versuchten, doch es gab ihn nicht, es hätte ein ganz neuer Gesichtsausdruck und eine ganz neue Art von Blick sein müssen, die wir nicht zur Verfügung hatten, unsere Gesichter standen vor einer unlösbaren Aufgabe und sahen daher vollständig leer aus, leer und starr, so daß wir uns erschrocken abwandten.

Frédéric hatte den Mantel auf dem Schoß und die Hand auf der Tasche mit der Waffe. Bis zur Pause hat er sich nicht ein einziges Mal bewegt, er saß neben mir als eine reglose Gestalt im Dunkel, den Blick unverwandt auf die Bühne gerichtet, ein Mann aus ... *comment dire ...*»

«Aus stummem Stein», sagte ich. *«Le mutisme de pierre.»*

Ich verfluchte mich, noch bevor das letzte Wort heraus war. Wenn es jemals einen Augenblick gegeben hatte, in dem ich um gar keinen Preis einen Satz von ihr hätte vollenden dürfen – das war er. Maman verlor das Gleichgewicht, über der Nasenwurzel bildete sich die Falte, und ihre Züge gerieten in Unordnung. Plötzlich schien es ihr überall weh zu tun, mit gequälten Bewegungen verlagerte sie ihr Gewicht, und die Asche der Zigarette fiel aufs Sofa.

«Pierre», sagte sie gedankenverloren, fast wie ein Automat, *«oui, c'était son nom.»*

Ich biß auf die Lippen, daß es blutete. (Das ist die Antwort auf deine Frage nach der Wunde, einige Stunden später.) Nie mehr würde ich einen Satz vollenden, der nicht meiner war. Nie mehr in meinem ganzen Leben. Ich atmete auf, als ich sah, daß mein Einwurf Mamans Konzentration nur an der Oberfläche gestört und daß sich ihr Gesicht bereits wieder geschlossen hatte, wie es auch sonst zu geschehen pflegte, wenn sie in der Vergangenheit verschwand.

«Als die Lichter ausgingen – genau in jenem Augenblick –, spürte ich: Das war das Ende, das Ende der Zeit, unserer Zeit. Ein letztes Mal würden wir durch die Melodien gleiten, die uns damals zusammengebracht hatten. Danach kam nichts mehr. Nichts, was zählte.

Als Antonio die Bühne betrat, vergaß ich zu atmen. Er stieg in der Kirche aufs Malergerüst und holte das Medaillon mit Toscas Bild hervor. Um in die Tasche zu fassen, mußte er den Malerkittel zurückschlagen, es war die gleiche Bewegung wie damals an der Réception des *Ritz. Recondita armonia.* Gegenwart und Erinnerung schoben sich übereinander, die Bilder verschmolzen. Ich roch den Staub hinter der Genfer Bühne, wo er mich zum erstenmal geküßt hatte. Als Claire Taillard, die die Tosca sang, in seine Arme sank, fühlte sich meine Brust an wie aus Beton. Sie sangen Mund an Mund, nur der Schleier, den sie vor dem Gesicht trug, trennte die beiden. Wie sehr ich es auch wünschte, es gelang mir nicht wegzusehen.

Als ich wieder zu mir kam, saß ich weit nach vorne gebeugt, die Hände auf der Brüstung der Loge. Ich genierte mich vor Frédéric und richtete mich auf. In diesem Moment wechselte die Beleuchtung, und der Scheinwerfer über uns begann zu arbeiten. Er sandte einen schmalen Lichtkegel in das Dunkel auf der Bühne und traf Antonios Gesicht. Die grellweißen Zähne. Das aufgedunsene Gesicht, gegen das auch die Maskenbildnerin nichts vermocht hatte. Die Tropfen für glänzende Augen; in seiner Garderobe in Genf hatte ich das Fläschchen gesehen, und einmal, als ich allein dort war, hatte ich es verschwinden lassen, ich mochte das künstliche Glitzern nicht, er war dann gar nicht mehr er selbst. In Paris wollte ich ihn höhnisch fragen, ob er sicher sei, noch die alte Stimme zu haben. Der Hohn wäre unbegründet gewesen, er sang wie ein Gott, und einmal mehr war ich überwältigt von der besonderen Mischung aus Schärfe und Wärme, die sein besonderes Timbre ausmachte.

Der Lichtkegel, durch den sich feiner Staub träge hindurchbewegte, hatte schneidend scharfe Ränder. Das würde nachher die Flugbahn der Kugel sein. Ob Frédéric es noch kann, dachte ich, es ist viele Jahre her, er ist aus der Übung. In Gedanken hob ich den Arm und ließ ihn langsam sinken, wie Papa es mich beim Zielen gelehrt hatte. Unmöglich, sagte ich mir, vollkommen unmöglich, und nicht nur technisch, sondern überhaupt, eine aberwitzige Idee, einen Menschen einfach zu erschießen, dazu noch auf der Bühne, melodramatischer Kitsch, mörderischer Kitsch, in was hatten wir uns da hineingesteigert, das war nur möglich gewesen, weil wir den Menschen nicht leibhaftig vor uns gehabt hatten, sondern nur ein Phantasma, ein Trugbild des Hasses, aber jetzt war es ganz anders, jetzt stand der wirkliche Mann dort und sang in eine atemlose Stille hinein.

Der Pausenvorhang fiel, tosender Beifall brach los. Cavaradossi, Tosca und Scarpia traten vor den Vorhang. Die beiden Männer küßten Claire Taillard die Hände. Antonio verbeugte sich, vornehm und knapp, das habe ich an ihm immer gemocht. Er begann damit in der anderen Richtung und bewegte sich langsam zu uns hin, die Augen abwechselnd ins Parkett und auf die Ränge gerichtet. Das glänzende, graumelierte Haar wippte, und von Zeit zu Zeit fuhr er sich mit der Hand über den Kopf, wie um es zu beruhigen. Zur gegenüberliegenden Loge, so schien mir, hatte er vorhin nicht hinaufgeblickt, er würde wahrscheinlich auch unsere nicht beachten. Doch dann geschah es doch, und unsere Blicke begegneten sich. Wenn es denn wirklich eine Begegnung war und nicht nur ein Blick, der den meinen ohne Erkennen streifte. Wissen konnte ich es nicht, denn ich zuckte unwillkürlich aus seinem Blickfeld zurück. Als ich mich wieder vorwagte, war er bereits verschwunden, und die Leute erhoben sich.

Wir blieben sitzen. Es war das längste und quälendste Warten meines Lebens. Hatte Frédéric etwas Ähnliches gedacht wie ich? Er mußte sich inzwischen bewegt haben, denn seine Beine waren übereinandergeschlagen, und die Hand lag nicht mehr auf der Manteltasche. Jetzt aber saß er wieder regungslos da, die Augen geschlossen. Es war unmöglich, ihn anzusprechen. Er würde noch einmal an die zahllosen Arien denken, die er für Antonio geschrieben hatte, damit er dort unten stünde und sie sänge, mit derselben verzaubernden Stimme, mit der er jetzt Puccini sang. An den Brief aus Monaco würde er denken, an den fürstlichen Briefkopf, den er später zu Staub zerstampfte. Und auch Erinnerungen ans Heim würden vor ihm auftauchen, Bilder von hohnlachenden Lehrern und Mitschülern, vom Arrestraum und den Momenten, wo er dem verhaßten Sportlehrer beim Völkerball als letzter gegenüberstand, mit sicheren Händen, die auch den schärfsten Ball ruhig abfingen, alles unter den Augen der anderen, die hofften, er werde verlieren, dieses eine Mal nur, damit sie ihn ein bißchen weniger fürchten müßten. All dies würde er im Inneren ein letztes Mal durchgehen, bevor er dann aufstand, um sich, sichtbar für alle Welt, zu rächen für die lange Reihe von Demütigungen, die er ertragen hatte, Jahr für Jahr. Er hatte dagegen angekämpft mit Tausenden von Notenblättern, jedesmal hatte er sich hingesetzt und trotzdem weitergemacht, immer wieder, bis der Mann hinter dem Vorhang, der sich jetzt in seiner Garderobe ausruhte, der Mann, den er verehrt, ja geliebt hatte – bis dieser Mann sein verächtliches Spiel mit ihm trieb. Nein, es war unmöglich, vollkommen ausgeschlossen, ihn zu stören und zu bitten, es nicht zu tun. Er war … er kam mir unantastbar vor in seiner Versunkenheit, in der er Anlauf nahm zu seiner Tat, die auch unsere Tat sein sollte.

Nach einer Ewigkeit gingen die Lichter wieder aus, Frédéric hatte die Augen kein einziges Mal geöffnet. In der Morgendämmerung, einen letzten Brief an Tosca schreibend, erwartete Cavaradossi auf der Plattform der Engelsburg seine Exekution. *E lucevan le stelle.* Als er es damals im Genfer Hotelzimmer sang, rief der Nachtportier an, jemand hatte sich beschwert. Der Alte habe ganz verschüchtert geklungen, lachte Antonio, und ich lachte mit, obwohl mir das Verächtliche in seinen Worten nicht gefallen hatte. Da kannte ich das ganze Ausmaß seiner Arroganz noch nicht.

Jetzt erschien Tosca, zeigte ihm den Passierschein und berichtete von ihrem Mord an Scarpia. *O dolci mani.* Er pflegte es in meine Hände hinein zu singen, ich spürte seinen Atem auf den Handflächen, und am Schluß vergrub er das Gesicht darin. Jetzt nahmen er und Tosca in Erwartung der nahen Freiheit zum Schein Abschied. *Amaro sol per te m'era il morire.* Auch jetzt sangen sie Mund an Mund. Doch nach wenigen Takten war es für mich, als verschwänden die Töne in weite Ferne, und was nun kam, war eingehüllt in tonlose Aufmerksamkeit, es zählten nur noch Augen und Hände, die nicht irren durften.

Ich sah zu Frédéric hinüber. Er rührte sich nicht. Er kennt jeden Takt der Oper, dachte ich, er wird schon wissen, warum er noch wartet. Der Widerschein eines Scheinwerfers fiel auf sein Gesicht. Es war alt, müde und eingefallen, die geschlossenen Augen lagen tief in den Höhlen. Alles Leben schien aus ihm gewichen. Auf einmal, es war wie ein plötzliches Erwachen, wußte ich: Er hat nicht mehr die Kraft, es zu tun, sie haben ihn gebrochen, jetzt haben sie ihm auch das noch genommen.»

Maman drehte einen erloschenen Zigarettenstummel zwischen den Fingern. Es war eine schrecklich verlorene Bewegung, mir kam es vor, als habe sie keinen Urheber, und manchmal sogar, als fände sie gar nicht wirklich statt. Vorhin hatten die Erinnerungen ihre Züge immer wieder zum Flackern gebracht, eine wachsende Bitterkeit, die sich ihrer selbst indessen nicht ganz sicher zu sein schien, war über das Gesicht gehuscht. All das verschwand in den Minuten, die ihr Schweigen dauerte. Als sie weitersprach, tat sie es mit einem Gesicht, in dem eine große, jedoch vergebliche Anstrengung zu lesen war, mir und auch sich selbst zu erklären, was geschehen war. Die einzelnen Sätze, die sich an keinerlei zeitliche Logik hielten, wurden immer wieder unterbrochen durch lange Pausen. Aber auch sonst waren sie merkwürdig getrennt voneinander, es war, als würden sie an ganz verschiedene Stellen einer großen Tafel geschrieben, so weit voneinander entfernt, daß sie einander in keiner Weise berührten, weder indem sie sich auseinander ergaben, noch dadurch, daß sie sich widersprachen. Die verstreuten Worte offenbarten eine fiebrige Ruhe, in der Maman, in der Zeit hin- und herspringend, dem unverstandenen Geschehen jener Sekunden einzelne kleine Einsichten abtrotzte, ohne daß diese sich zu einem Ganzen zusammengefügt hätten.

«Frédéric leistete keinen Widerstand, als ich in seine Manteltasche griff und die Pistole herauszog. – Bis auf die Bühne, wo er stand, das war weiter als auf dem Schießstand, aber nur ein bißchen. – Ich habe es für Frédéric getan. *Er hat uns betrogen, betrogen hat er uns.* Das hatte er doch gesagt. *Er hat uns um die Zukunft betrogen.* Er hatte es gesagt. – Sie banden ihm ein Tuch um die Augen, ich mußte mich beeilen. – Der plötzliche Konkurs seines Vaters und die hereinbrechende Armut, *la povertà, sai, la povertà*, wie oft habe ich das von ihm gehört. Geld zu haben oder nicht zu haben sei wie ein Naturereignis, unberechenbar, das war seither sein Gefühl. Sein Gesicht war anders als sonst, wenn er davon sprach, ohne Wichtigtuerei, *émouvant*. – Ich hatte keine Zeit, die Soldaten griffen nach dem Gewehr. – Das Geräusch des Entsicherns, ich habe es nicht gehört, auch an die Bewegung erinnere ich mich nicht, aber sie werden meine Fingerabdrücke auf dem Lauf finden, sie müssen sie finden. – Sie fesselten ihm die Hände auf dem Rücken. – *La miseria, sai, la miseria*, aber jetzt hatte ich keine Zeit. – *Du kleine Möchte-gern-Erpresserin.* – All der leere Raum um mich, als ich anlegte, soviel leerer Raum, es war unheimlich, den Arm in den leeren Raum hinauszustrecken. – *Er hat uns betrogen, betrogen hat er uns.* Das hatte er doch gesagt. *Er hat uns um die Zukunft betrogen.* Er hatte es gesagt. – Die Soldaten zielten, als ich soweit war, es war keine Zeit mehr, ich mußte beim erstenmal treffen, der Abzug ging härter als erwartet. – Es krachte keine Salve, die Soldaten ließen mich im Stich. – Er sank zu Boden, den Mund weit geöffnet. – Frédéric ist mir nicht in den Arm gefallen, wäre er mir nur in den Arm gefallen. Eben noch hatte er so bleich und still dagesessen, so abwesend …und nun stand er vor mir, nahm mir die Waffe aus der Hand und drückte mich auf den Sitz. – Sie kamen, es war ein Getrampel von Schritten, ein lautes, aufdringliches Getrampel, und dann faßten sie ihn an den Armen und führten ihn ab.»

Maman war am Ende ihrer Geschichte angekommen. Jetzt lehnte sie sich zurück und glitt zur Seite. Zuerst schien es, als würden sich ihre Züge nur entspannen, doch die Entspannung hörte sozusagen nicht auf, die Wangen und Augen sanken immer weiter nach innen, und eine Vorahnung des Todes erschien auf dem weißen, knochigen Gesicht.

Ich legte sie auf dem Sofa hin und breitete eine Decke über sie.

«Ich möchte jetzt schlafen», sagte sie nach einer Weile.

Ich ging zur Tür, vorbei am Sekretär und der Schreibplatte

mit den beiden Umschlägen, von denen ich jetzt ganz sicher wußte, was sie enthielten.

«Weißt du, was ich mir wünsche?» fragte sie, als ich die Türklinke in der Hand hielt.

Ich wartete.

«Ich möchte Frédéric noch einmal drüben am Schreibtisch sitzen sehen. Vor einem Bogen Notenpapier. Nur ein einziges Mal noch.»

«Ja, Maman», sagte ich.

Dann schloß ich die Tür.

Patricia

FÜNFTES HEFT

ICH MÖGE DIE POLSTERTÜR nicht schließen, bat Papa, als ich ihm Mamans Abschiedsbrief gegeben hatte. Er muß ihn stets von neuem gelesen haben. Ab und zu hörte ich ihn weinen. Es war das erste Mal, und noch nie hat mich ein Weinen so sehr erschüttert wie dieses Weinen eines Mannes, der sich die Tränen ein Leben lang verboten hatte. Am Anfang war es ein stoßweises, trockenes Schluchzen, das mit rauhem Klang eine Abwehr durchbrach. Später wurden die Geräusche regelmäßiger und sanfter, man konnte hören, wie Papa sich immer bereitwilliger ergab. Ich hatte dasein wollen, wenn er mich brauchte. Als die Tränen schließlich versiegten und es still blieb, ging ich hinein.

Das Weinen hatte sein Gesicht verändert. Trotz und Bitterkeit waren aus seinen Zügen verschwunden. Jetzt war es ein sanftes, verletzliches Gesicht, das nichts mehr wollte. Ein Stoß von Mamans hellbeigen Briefbogen lag in seiner Hand. Er saß im Sessel und nicht am Schreibtisch. Ich glaube, er hat sich kein einziges Mal mehr an den Schreibtisch gesetzt. Das leere Notenpapier lag da, als gehörte es einem anderen. Hin und wieder warf er einen Blick hinüber wie jemand, der neugierig ist auf den Arbeitsplatz eines berühmten Mannes aus vergangener Zeit. Er nahm Abschied von sich selbst. Als habe er geahnt, daß das Herz ihn im Laufe der Nacht im Stich lassen würde.

Er fuhr sich mit dem groben braunen Jackenärmel übers Gesicht, als er mich bemerkte. Langsam, als komme es aus weiter Ferne, erschien ein Lächeln auf seinen Zügen. Er deutete auf den Brief. «Sie glaubt, es sei *Recondita armonia di bellezze diverse!* gewesen, was er sang, als wir uns zum erstenmal gegenüberstanden. In Wirklichkeit war es *Qual occhio al mondo può star di paro all'ardente occhio tuo nero?* Ich weiß es genau, weil ich auf die Farbe ihrer Augen achtete und mich fragte, ob es ein Graublau oder ein Graugrün sei. Sie verwechselt die beiden Arien, weil sie die andere über alles liebt. Sie hält sie für die schönste Arie der Operngeschichte.»

Als er von Maman in der Gegenwartsform zu sprechen begann, dachte ich zunächst, es sei wie bei Maman, als sie vom Unfall in Bern sprach und di Malfitano wie einen Lebenden behandelte. Erst nach einiger Zeit merkte ich, daß es anders zu verstehen war. Papa verleugnete nichts. Er hörte, wie die Verfasserin des Briefes zu ihm sprach, und in diesem Sinne war sie ihm ganz gegenwärtig. Ich weiß nicht, woran es lag, aber je länger er sprach, desto mehr dachte auch ich an sie als eine Lebendige.

«Wenn ich an die erste Begegnung im Hause de Perrin denke», begann er, «sehe ich zunächst den hochgestellten Kragen ihrer Jacke und darüber das goldene Haar. Der Wind hatte es zerzaust, und die Nachmittagssonne ließ es aufleuchten. Die lange und taillierte Jacke betonte das Knabenhafte des Körpers. Sie hatte eine ungewöhnliche Farbe. ‹Wie naßgelber Sand›, sagte Chantal später einmal. Sie stand in Stiefeln auf glänzendem Parkett vor den hohen französischen Fenstern des Salons, durch die sie gerade hereingekommen sein mußte. Die Hände in den Jackentaschen, blickte sie auf den Teppich von buntem Herbstlaub hinaus, der den Kiesweg bedeckte. Ihre schlanke Gestalt strahlte eine derartige Eleganz aus, daß ich ungewöhnlich lange brauchte, bevor ich die Musik erkannte, die den Salon ausfüllte. Es war, wie gesagt, Cavaradossi, der Toscas schwarze Augen besang.

‹Bonjour›, sagte ich, nachdem das Dienstmädchen die Tür hinter mir geschlossen hatte.

Chantal drehte sich um, sah mich abwesend an und sagte nichts. Ich muß etwas gesagt haben wie ‹Ich bin der Klavierstimmer, ich wurde bestellt, um einen Flügel zu stimmen; einen Steinway›. Da sah ich an ihr zum erstenmal jene Geste, die ich später über alles lieben sollte, obwohl sie mich oft genug fast zum Wahnsinn trieb: Sie faßte ins Haar, ergriff eine Strähne und hielt sie so unbeweglich fest, als habe sie ihre Hand vollständig vergessen. Dabei nahmen ihre Augen einen traurigen, seelenvollen Ausdruck an, und die Lippen öffneten sich ein bißchen wie in einem großen Staunen. Zur Verzweiflung kann einen diese Haltung treiben, weil sie bedeutet, daß Chantal sich in diesem Augenblick aus allem herausfallen läßt. Sie ist gewissermaßen nicht mehr da, übernimmt vorerst für nichts mehr die Verantwortung und verlangt, ganz in Ruhe gelassen zu werden, gleichgültig, wie die Erde sich gerade dreht. In der Geste mischen sich Schmerz und Selbstschutz, aber auch Selbstverliebtheit. Und ganz sicher bin ich nach mehr als fünfundzwanzig Jahren immer noch nicht, wieviel Schauspielerei dabei ist.

Damals jedenfalls war ich wie verzaubert von der Geste und dem Blick, und es dauerte, bis ich mich loszureißen vermochte und den Flügel entdeckte, der am anderen Ende des langen Raums stand.

‹Ist das der Flügel?› fragte ich. Sie hatte immer noch kein Wort gesprochen.

‹Kennen Sie ihn?› Ihre Stimme klang verträumt und gleichzeitig erloschen.

‹Sie meinen, ob ich Steinway-Flügel kenne? Ja, sicher.›

‹Nein, nein. Ich meine, ob Sie den Tenor kennen. Den, der gerade singt.›

Das war das erste Mal, daß ich sie in ihrer charmanten, wenn auch aberwitzigen Erwartung erlebte, daß die anderen jederzeit wüßten, wo sie mit ihren Gedanken gerade war.

‹Ja. Es ist Antonio di Malfitano›, sagte ich. ‹Ich meine: Gesehen habe ich ihn noch nie; aber ich erkenne seine Stimme.›

‹Verstehen Sie auch sonst etwas von Oper?›

Ich nickte, und während der nächsten Stunden gelang es mir nur mit Mühe, den Flügel zu stimmen, soviel redeten wir über Opern und Sänger. Zwischendurch unterbrach sie das Gespräch manchmal abrupt und ging zum Terrassenfenster. Die Stiefel knallten leise auf dem Parkett, und dann stand sie dort und sah regungslos hinaus. Sie sei Balletteuse, sagte sie unvermittelt und malte mit dem Finger eine unsichtbare Figur auf die Glasscheibe. Eigentlich hätte sie in jenem Moment bereits in der Vergangenheitsform sprechen müssen. Da wußte sie nämlich schon, daß sie schwanger war.»

Papa hielt den Blick für eine Weile auf den Brief gesenkt, bevor er mich anblickte.

«Hat sie es euch erzählt?»

Ich nickte.

Er fuhr mit dem Finger die Zeilen des Briefs entlang, bis er die Stelle hatte. *Als Du kamst, wußte ich es seit elf Tagen,* schreibt sie. Auch heute noch weiß sie es auf den Tag genau. Damals aber sprach sie über das Tanzen, als sei nichts geschehen. Sie lehnte sich auf den Flügelrand und verfolgte meine Bewegungen. Inzwischen hatte sie die Jacke ausgezogen und war nun ganz in Schwarz, mit einem derben Rollkragenpullover. Das dunkelblonde Haar und die Kette aus mattem Gold sahen aus wie auf einem Gemälde, besonders wenn man das Spiegelbild im aufgestellten Flügeldeckel betrachtete. In der Gegenwart dieser Frau war es, als bade man in Eleganz. Nach Pierres Wohnung war es das zweite Mal, daß ein Wendepunkt in meinem Leben von einer Erfahrung besonderer Eleganz begleitet wurde, einer Eleganz, die sich mit Musik mischte. Doch Chantals Eleganz ließ die Eleganz von Pierres Wohnzimmer blaß erscheinen.

Mir war bald klar, daß sie mit der Oper besondere, persönliche Empfindungen und Erinnerungen verband und daß sie mich als Zuhörer brauchte, dem sie in versteckter Form davon erzählen konnte. Oft lenkte sie das Gespräch zurück auf Antonio di Malfitano. Das geschah mit der angespannten Beiläufigkeit, die in unserer Stimme ist, wenn wir eine Leidenschaft zu verbergen suchen und doch auch den widersprechenden Wunsch haben, sie kundzutun. Di Malfitanos Gesang, das spürte ich, mußte eine Rolle gespielt haben in einer Liebe, welche diese Frau mit sich herumtrug. Das Gespräch über den italienischen Tenor, dachte ich auf dem Heimweg, war eigentlich ein

Gespräch über einen ganz anderen Mann gewesen, denn die Wahrheit, die konnte ich da natürlich noch nicht ahnen. Im übrigen war ich noch nie mit einer solchen Frau zusammengewesen und war wie betrunken von ihrer Gegenwart.

‹Wissen Sie, wer Désirée Artôt war?› fragte sie unvermittelt.

‹Eine Sopranistin›, sagte ich. ‹Vorübergehend die Verlobte von Tschaikowsky. Heiratete den spanischen Bariton Mariano de Padilla y Ramos. Tschaikowsky war erleichtert.› Wie glücklich war ich in jenem Moment über mein Wissen! Es war, als hätte ich es nur erworben, um diese Prüfung bestehen zu können.

Chantal sah mich mit großen Augen an. ‹Wissen Sie alles so genau?›

‹Nur wenn es um Musik geht, vor allem Oper›, sagte ich.

‹Désirée Aslanischwili. Sagt Ihnen der Name etwas?›

Es dauerte mindestens eine Minute, bis ich den Kopf schüttelte, und man muß mir die Verzweiflung angesehen haben, denn Chantal begann zu lächeln. Es war ihr erstes Lächeln, und es besiegelte meine Gefühle für sie.

‹Braucht er auch nicht›, sagte sie. ‹Das ist die Welt des Balletts. Sie war meine Großmutter, eine berühmte russische Tänzerin. Eigentlich hieß sie Elena. Sie wurde das Opfer von Rheuma.› Sie zeigte auf das Bild von Clara. ‹Das war ihre Tochter, meine Mutter.›

Da hatte ich noch keine Ahnung, wie wichtig dieses Gesicht für mich einmal werden würde.

‹Wissen Sie, was er auf die Frage sagte, welche Musik ihm am meisten bedeute?› fragte sie einmal, als sie wieder an der Terrassentür stand und mir den Rücken zuwandte.

Inzwischen war ich es gewohnt, daß sie immer wieder, ohne jede Ankündigung, auf den Italiener zurückkam.

‹*Diejenige Musik, die uns auf die Stille vorbereitet*›, sagte ich. Es hatte einige Tage zuvor in der Zeitschrift gestanden, die als Titelbild seine Hände mit den berühmten Siegelringen gebracht hatte.

‹Ach, Sie haben es auch gelesen? Ist es nicht wunderbar?› Es klang, als kämpfe sie mit den Tränen, aber ich war nicht sicher, denn sie hatte es in meine wiederholten Akkorde hineinge-sprochen.

Am Ende stand ich ihr gegenüber, die Werkzeugtasche in der Hand. Sie reagierte nicht auf meine ausgestreckte Hand, son-dern spielte mit der vordersten Strähne ihres Haares, den Blick auf die Stiefelspitzen gesenkt.

‹Würden Sie am Samstag mit mir nach Mailand in die Scala fahren, um ihn in *Tosca* zu hören? Ich meine Antonio … di Mal-fitano.›

Ich bilde mir ein, einen Augenblick gestutzt zu haben, weil sie seinen Nachnamen mit Verzögerung nannte, so wie man es tut, wenn man einem Fremden gegenüber von jemandem spricht und nicht gleich daran denkt, daß der andere von der Nähe in dieser Beziehung nichts weiß. Aber meine Verwunderung wur-de von der Überraschung über ihr Angebot sofort weggewischt. Ich habe keine Erinnerung an das, was ich sagte. Ich sehe nur, wie sie mich anblickte, immer noch das Haar zwischen den Fin-gern, und mir die praktischen Einzelheiten unserer Reise er-klärte.»

Papa dachte nach und fuhr dabei mit dem Handrücken sanft über die Blätter von Mamans Brief. «Es gab an diesem Erklären etwas, das mir noch nie begegnet war. Es lag Bestimmtheit dar-in. Nicht die Bestimmtheit einer Lehrerin. Auch nicht die Be-stimmtheit meiner Mutter, die manchmal – besonders wenn es ein schlechter Tag gewesen war – den Befehlston aus dem Bahnhofsbuffet (dem Buffet der zweiten Klasse) mit nach Hau-se brachte. Chantals Bestimmtheit hatte etwas Sanftes. Etwas Verführerisches. Ich erlebte damals zum erstenmal ihre betö-rende Fähigkeit, mit wenigen Worten Nähe herzustellen. Und das mit einer Entschiedenheit, gegen die es keine Verteidigung gab. Nicht, daß mir nach Abwehr gewesen wäre, im Gegenteil. Aber als ich nachher wie betäubt in meiner Wohnung saß, war mir unheimlich bei dem Gedanken, daß ich keine Chance ge-habt hätte, nein zu sagen. Nein sagen: Das war meine Spezia-lität. Im Heim war ich zum Partisanenkämpfer geworden. Mit Worten. Oder der Verweigerung von Worten. Und nun war diese unglaublich elegante Frau aufgetaucht und hatte mich matt gesetzt. In einem Spiel, dessen Regeln ich nicht kannte. Natürlich hatte es vor ihr Frauen gegeben, wenn auch nicht wie Sand am Meer. Aber das hier war etwas ganz anderes.

Wir fuhren nach Mailand. In ihrem Auto und über den Grand St. Bernard. Ich hatte mein kleines Appartement aufgeräumt und lange gelüftet, um den muffigen Geruch, der in der alten Tapete saß, loszuwerden.» Papa maß das elegante Arbeitszimmer, das nicht mehr seines zu sein schien, mit den Augen aus. «Manchmal habe ich ihn hier drinnen vermißt, diesen muffigen Geruch.

Es klingelte, und ich eilte zur Wohnungstür. Niemand. Erst mit Verzögerung begriff ich, daß sie an der Haustür geklingelt hatte, die tagsüber offenstand, so daß niemand auf die Idee kam, er müsse klingeln, um ins Haus zu kommen. Ich blickte zum Fenster hinaus, und da sah ich sie auf dem Trottoir stehen, mit dem Rücken zum Haus, ungeduldig wippend, die Hände in den Taschen einer Jacke, die wiederum eine ungewöhnliche Farbe hatte. (‹Auberginefarben›, sagte sie. Für sie müssen die Farben ausgefallen sein; nicht aufdringlich, aber besonders. *Quelle couleur triviale!* Hörst du sie? *Il porte les couleurs triviales* – das war die härteste Kritik an Georges, die ich von ihr gehört habe.) Es lag – dachte ich in jenem Moment – soviel Mißachtung in diesem Wippen! Auch drehte sie sich kein einziges Mal um. Es gibt das natürlich, daß man einen guten Freund auf diese Weise abholt. Man hat seine Wohnung schon oft gesehen, es ist eine Verabredung, ein Abholen wie Dutzende von Malen zuvor. Aber beim ersten Treffen: Was für ein Desinteresse am anderen! Erst auf der Fahrt habe ich verstanden: Sie hatte, als sie vor mein Haus trat, der Versuchung nicht widerstehen können, der Musik und den rhythmischen Anweisungen aus einer Ballettschule zuzuhören, die gegenüber aus einem Fernseher kamen. Das ist auch später hin und wieder geschehen: Sie blieb dann wie hypnotisiert stehen, schloß die Augen und faßte sich ins Haar. Daß sie an jenem Morgen vor meinem Haus mit dem Abschied von ihrer Ballettzukunft kämpfte, um dann Hunderte von Kilometern zu fahren, nur um die Stimme desjenigen zu hören, der ihr diese Zukunft genommen hatte: Das konnte ich natürlich nicht wissen.

Es war eine verrückte Situation: Trotz der Einladung zu dieser Fahrt und der Gespräche über Oper war mein Abschied neulich wie der Abschied eines Handwerkers gewesen und nicht wie der Abschied eines Freundes, mit dem man sich auf eine Reise begibt. Und nun sollten wir uns als Reisegefährten treffen. Unzählige Male habe ich mich später gefragt, ob sie an jenem Morgen, während ihres wippenden Wartens, bereits entschlossen war, den Dingen die Wendung zu geben, die sie dann nahmen. Sie danach zu fragen habe ich mich nie getraut. Du weißt ja, wie schwer es ist, mit ihr über ihre Gedanken zu sprechen.»

Papa blätterte in Mamans Brief. «Und nun steht hier dieser Satz, dieser wunderbare Satz: *Als ich vor Deinem Haus mit der schrecklich gelben Fassade wartete, war ich sicher: Du warst der richtige Gefährte, der mir helfen würde, diese gefährliche Reise heil zu überstehen.*» Papas Blick blieb an dem Briefbogen hängen. Seine Lippen bewegten sich vor und zurück wie immer, wenn ihn etwas beschäftigte. «Sie fügt hinzu: *Du mit Deinen sicheren Händen.*» Wieder verging Zeit, bevor er sich entschloß weiterzusprechen.

«Wir haben in den fast sechsundzwanzig Jahren mit keinem Wort darüber geredet, aber von den zahllosen Malen, wo ich ihren verstohlenen Blick auf meinen Händen sah, weiß ich, daß sie meine groben Hände mit den legendären, feinen Händen des Italieners verglich. Wenn sie den Eindruck hatte, ich könnte sie bei ihrem Blick ertappt haben, und wir saßen beieinander, legte sie ihre Hände rasch auf meine – eine entschuldigende Zärtlichkeit, die den Blick und auch den Gedanken dahinter ungeschehen machen sollte. Es war, wie wenn sie gesagt hätte: Ich mag dich trotzdem. Ich war froh, wenn ich die Hände danach wieder frei hatte, und im Laufe der Zeit wurde ich gut darin, geradezu virtuos, ihre Geste vorauszuahnen und meine Hände in Sicherheit zu bringen.

Ungeschickt sind sie eigentlich nicht, meine Hände; aber langsam. Ich bin ja ein guter Klavierbauer geworden, einer, auf den man sich in der Werkstatt verlassen konnte, und auch beim Stimmen schickte der alte Chopard mich, wenn es um einen besonders schwierigen Kunden ging, wo nichts schiefgehen durfte. Das absolute Gehör und meine langsamen, verläßlichen Hände, sie machten mich zum ersten Stimmer in Genf und Lausanne, ja eigentlich in der ganzen welschen Schweiz. Ich habe viele reiche Häuser von innen gesehen. Patrizierhäuser. Viel feinen Tee aus teurem Porzellan getrunken, das ein Dienstmädchen hinstellte. Und oft genug kamen am Ende die Herrin oder der Herr des Hauses, manchmal auch die blasierte Tochter, die darauf warteten, daß ich die Klavierbank räumte. Sie setzten sich mit einem bedeutsamen Schwung an den Flügel: So, jetzt ist es aber Zeit, daß sich wieder Hände mit den Tasten beschäftigen, die etwas von Musik verstehen, begabte Hände, nicht die Hände eines Handwerkers. Ich konnte ihnen ja nicht sagen, daß ich soviel Musik in mir hörte, wie sie in ihrem gesamten Leben nicht in sich hören würden. Statt dessen verabschiedete ich mich mit meiner Werkzeugtasche wie ein Installateur, nur mit sauberen Händen.

‹Bonjour›, sagte ich an jenem Morgen vor dem Haus und dachte: Es klingt ganz anders als neulich bei meinem Besuch als Klavierstimmer. Fast, als sei es ein anderes Wort. *Es hat mich irritiert, daß Du nicht Auto fahren konntest*, schreibt sie, *aber gefallen haben mir Deine einfachen Worte: Ich gehe gern*. Ich glaube, ich hatte es nicht lernen wollen, weil Pierre ja auch nicht mehr fahren konnte. Es war eine Art, ihm nahe zu sein. Zu meinen Kunden bin ich mit dem Zug gefahren, manchmal mit dem Postbus. Und ich bin immer gerne gegangen, die Werkzeugtasche in der Hand, die mir Pierre und Sophie am ersten Tag meiner Lehre geschenkt hatten. Ich brauchte doppelt so viele Stunden wie andere, um das Auto fahren schließlich zu lernen, und du weißt, wie ich fahre.

Es war sonderbar: Chantal fuhr fahrig und sicher zugleich. Ich dachte an die ruhige, biedere Art, mit der Sophie gefahren war, eine Art, die sie sich angewöhnt hatte, um Pierre neben sich jeden unnötigen Schreck zu ersparen. Chantal trug beim Fahren gelbe Lederhandschuhe. ‹Senffarben›, sagte ich versuchsweise, und sie lachte bestätigend, es war das erste Mal, daß ich den hellen Klang ihres Lachens hörte. Ihre schlanken Hände waren stets in Bewegung. Die rechte Hand spielte auch dann mit dem Ganghebel, wenn man für mein laienhaftes Gefühl nicht ans Schalten denken mußte. Die linke änderte unablässig die Stellung am Steuer. Es wirkte alles unstet. Am Anfang hatte ich deshalb beim Überholen und in den Kurven Angst. Doch bei der Auffahrt zum St. Bernard sah ich, wie sicher und genau sie die Kurven fuhr, und sie schaltete so gekonnt, daß es ein ununterbrochenes Fließen war, nicht die Spur eines Rucks, wenn der neue Gang griff.» Papa schluckte. «Es war ja nicht nur das Ballett, was mit dem verfluchten Unfall zu Ende ging.

Wir sprachen wenig. Viel haben wir ja nie miteinander geredet. Das hat mir gefallen. Es ist anstrengend, die eigenen Gedanken mit anderen zu teilen.» Er lachte sein rauhes Lachen. «Vielleicht sogar unmöglich, wer weiß. Und vor allem: unnötig.

Das eine, was ich noch weiß, ist, daß ich sagte, wie sehr ich den Genfer See liebte. Und wie sie mit dieser unglaublichen Verzögerung, die uns alle immer wieder zur Verzweiflung getrieben hat, antwortete, ja, sie auch, und sie sei sich nicht sicher, was sie mehr liebe, den See oder das Meer. Meine Bemerkung war etwa bei Vevey gefallen, ihre nicht vor Montreux. Und das war typisch: Ich sprach vom See, sie sogleich vom Meer.

‹Frédéric›, sagte sie unvermittelt, irgendwo im Aostatal, ‹ich werde Sie einfach Frédéric nennen; darf ich?› Und natürlich war das keine echte Frage. Es war schön, wie sie den Namen aussprach. Die hellen Laute. Hell und vornehm.

Sie fuhr durch Mailand, als ob sie dort zu Hause sei. Es war unglaublich. Das Hotel lag nur wenige Gassen von der Scala entfernt. Kein moderner Kasten; ein altes Hotel mit Baldachin, Parkett und Plüsch. *Patina,* schon damals ein Lieblingswort von ihr. Was ich noch lebhaft vor mir sehe: wie sie mich anweist, das Gepäck im Auto zu lassen, und wie sie dann mit schläfriger Eleganz an die Réception tritt. Die Frau hinter der Theke kannte sie nicht, so daß Chantal spitz ihren Namen sagte, um dann ungehalten zu fragen, ob Monsieur René nicht da sei. Der Mann erschien und begrüßte sie überschwenglich. Ein ziemlicher Schleimscheißer, wenn du mich fragst. Mich musterte er mit einem abschätzigen Blick, um dann nach Monsieur de Perrin zu fragen. ‹Comme d'habitude›, sagte er, als er ihr die Schlüssel für die beiden Zimmer überreichte.

Die Zimmer hatten eine Verbindungstür. Ich kann seither keine solche Tür sehen, ohne daran zu denken, wie Chantal sie mit leisem Quietschen öffnete und sich in ihrem Négligé aus Satin durch den Spalt in mein Zimmer schob. Doch vorher geschah noch vieles, es war der längste Abend meines Lebens.

Wir gingen essen. Sie mochte meinen blauen Anzug nicht, ich glaube, sie fand ihn unmöglich, denn das war das erste, was ich in Genf mit ihr einkaufen ging: ein paar Anzüge. Um ehrlich zu sein: Ich habe mich in der blauen Kluft auch nie wohl gefühlt. Dabei war ich stolz darauf. Ich habe das Ding maßschneidern lassen, mit Weste. Vom ersten Lohn, der dabei vollständig draufging. Pierre nämlich trug nur maßgeschneiderte Anzüge. Dann sei er sicher, gut auszusehen. Blinde, denkt man, sind nicht eitel. Aber es ist so gut wie alles falsch, was man über Blinde denkt. Was mich beeindruckte: daß da ein Schneider kam, der sich ausschließlich mit mir beschäftigte. Soviel Aufmerksamkeit nur für mich. Vorher die Auswahl des Stoffs. *Tuch* nannten sie es. Vornehmer Klang, man denkt an Handel, große Ballen. Überhaupt der Wortschatz, den sie mir, dem wohlhabenden Kunden gegenüber benutzten. Allerdings hatte ich den Eindruck, daß sie mir das Ganze nicht glaubten. Ich benahm mich viel zu unbeholfen. Wie der Bub vom Lande. Der ich ja auch bin. Wenn man von der Musik absieht. So betrachtet war ihr Getue dann auch wieder der blanke Hohn.» Papa faßte an die Jacke des braunen Anzugs. «Dieser hier ist von der Stange und war bald ausgeleiert. Darin geht es mir gut.

Ob sie Antonio di Malfitano schon einmal auf der Bühne gesehen habe, fragte ich Chantal beim Essen. Stell dir vor! Ganz plötzlich entschuldigte sie sich und verschwand. Sie war einsilbig, was ihn betraf. Ich erzählte, was ich über ihn gelesen hatte. Er müsse ein ziemlicher Frauenheld sein, sagte ich. Später erzählte ich die Geschichte über seine erste, dreimonatige Ehe, die ich in einer Illustrierten gelesen hatte. Sie schwieg. Ob ich Näheres über diese erste Frau wisse, fragte sie einmal. Es war da etwas. Aber am Tisch bin ich noch nicht drauf gekommen. Wer denkt schon an so was!

‹Sie tragen keinen Ring›, sagte sie beim Kaffee. Da lernte ich diese Angewohnheit von ihr kennen: eine Feststellung zu treffen und darauf zu warten, daß man Auskunft gibt. Als sei ihr das Fragen zu anstrengend. Es ist ein bißchen wie hofhalten: Die anderen können froh sein, daß sie ihnen zuhört. ‹*Continuez!*› Das sagte sie immer wieder, wenn ich in meiner Lebensgeschichte eine Pause machte. Wieder war es wie hofhalten: Sie erlaubte dem Vasallen zu erzählen. Erst später, als ich dem alten de Perrin begegnete, verstand ich, daß sie es von ihm, der es mit herrischer Jovialität sagte, einfach übernommen hatte, wahrscheinlich, ohne je darüber nachzudenken.

‹*Vos parents?*› Was hätte ich sagen sollen? Daß Henri ein Taschendieb und Säufer gewesen war, der im Gefängnis starb? Hätte ich das sagen sollen, während ich neben dieser atemberaubenden Frau saß, ihre brillantbesetzte Uhr aus Platin vor Augen, die eleganteste, die ich jemals gesehen hatte? Also erfand ich den erfolgreichen Filou, der zwar Frau und Kind hatte sitzenlassen, aber eine Karriere gemacht hatte. Eine Karriere wie Henri Delarue, der zwei Jahre ältere Junge aus dem Heim, ein Großmaul, der mit fünfzehn über Nacht ein Mädchen mit ins Heim brachte und damit durchkam. Ging nach Chile und wurde dort Börsenmakler, er hatte schon als Zehnjähriger angefangen, mit den verrücktesten Sachen zu handeln, und wußte über Zinsen und dergleichen alles. Ich habe ihn bewundert, beneidet und manchmal auch gehaßt wegen seiner Großmannssucht. Er log wie gedruckt, dreister noch als ich, nur wußte das Gygax nicht. Ja, den machte ich während jenes Essens in Mailand zu meinem Vater. Für Chantal und später auch für euch.»

Erinnerst du dich an das Foto, das Papa uns als Kindern zeigte? Es war das Foto von einem angeblichen Henri, der nach Chile ging, um sein Glück zu versuchen, und alles erreichte, was man sich wünschen konnte: die eigene Plantage, das herrschaftliche Haus, das riesige Schwimmbassin. Er stand da, das eine Bein nonchalant auf der Balustrade der Terrasse, mit der Hand kraulte er einer Dogge den Kopf. Glaubhaft war diese Geschichte ja eigentlich nie: Warum, wenn er Odile schon schrieb und sein Foto schickte, hatte er ihr nicht etwas von seinem Reichtum zukommen lassen? Wenigstens etwas für seinen Sohn? Außerdem war diese Idee von Erfolg nicht deine, Papa, darum ist es dir nie gegangen. Aber was solltest du machen angesichts einer diamantbesetzten Uhr aus Platin?

«Zu Odile dagegen stand ich, das war auch leichter, weil sie Opfer war und nicht hatte wählen können, wie sie ihr Geld verdiente. Und dann war sie ja vor allem die Mutter, die früh starb. Was mich störte, war, daß Chantal nicht mehr zuzuhören schien, als ich vom Unterschied zwischen der ersten und der zweiten Klasse im Bahnhofsbuffet sprach.

Vom Komponieren sagte ich bei diesem Essen nichts. Mehrmals war ich nahe dran, doch dann schien es mir irgendwie zu … zu gefährlich. Das kam erst am nächsten Morgen in der Galleria.

Daß sie für den Italiener schwärmte, und das nicht nur aus der Distanz, wurde mir klar, als Cavaradossi die Bühne betrat und *Recondita armonia …!* sang. Chantal benahm sich wie jemand, der alles um sich herum vergißt. Sie beugte sich weit nach vorn, verschränkte die Hände, daß sie weiß wurden, und klebte mit dem Blick förmlich an ihm. Und so blieb es die ganze Zeit über. Einmal legte sie ihre Hand auf meine, aber es war ein pures Versehen, sie wollte sich an der Sessellehne festhalten. Verglichen mit dem Saal der Scala war das Grand Théâtre in Genf nichts. Von dem tosenden Beifall nach jeder großen Arie und überhaupt von der ganzen Atmosphäre war ich berauscht. Ab und zu sagte ich zu mir: Du bist in der Scala, im *Teatro della Scala* von Mailand. Dazu die Gegenwart von Chantal de Perrin, es war unwirklich. Der Italiener sang fantastisch. Chantal hatte Tränen in den Augen, als ich ihr in der Pause das Glas mit dem Champagner brachte, und bald verschwand sie in der Toilette, um sich neu zu schminken. Später, als mir der Arzt versicherte, die neun Monate seien schon vorbei, und mir die Augen endgültig aufgingen, bin ich diesen Abend in allen Einzelheiten noch einmal durchgegangen, immer wieder. Und zu meiner Überraschung fand ich ihn noch genauso schön wie damals, als ich dachte, Chantal hätte die Verbindungstür einfach aus dem Wunsch heraus geöffnet, zu mir zu kommen.

Ich bin nicht nur zu Dir gekommen, um einen Vater für die Kinder zu haben, schreibt sie hier. *Ich habe Dich sofort sehr gemocht.* Ich weiß nicht, ob es so war. Zunächst einmal war ich der biedere Klavierstimmer, dem man den unmöglichen blauen Anzug würde ausreden müssen. Und daß unsere erste gemeinsame Nacht just auf den Abend folgte, an dem sie ununterbrochen an den Italiener gedacht hatte: Sonderbar war es schon. Milde ausgedrückt. Aber merkwürdigerweise hat all das meine Gefühle weniger berührt, als man vielleicht erwarten würde. Als ich selber gedacht hätte. Ich war immer nur mit Mädchen aus meiner Schicht zusammengewesen. Nicht ohne Erfolg übrigens, nein, kann man nicht sagen.» Papa lachte. «Freilich klagten sie, ich sei nicht recht bei der Sache. Irgendwas muß dran gewesen sein, denn ich habe es oft gehört. Es gab einige kleine Eifersuchtsdramen, die mich ziemlich ungerührt ließen. Auch da gab es Klagen. Eigentlich waren es immer die Mädchen, welche die Initiative ergriffen. Insgesamt war es, als wartete ich auf etwas ganz anderes. Etwas Großes. Und nun war mir diese Frau begegnet, die zu dem Glanz paßte, den ich mit Sophie in der Oper kennengelernt hatte. Sie war eine Frau, wie man sie neben sich haben möchte, wenn man auf der Bühne den rauschenden Beifall entgegennimmt. Sie war wie ein Bindeglied zur Opernbühne, an die ich jede freie Minute dachte. Und die Tatsache, daß der große Antonio di Malfitano ihr Liebhaber gewesen war, paßte bestens dazu.

Inzwischen war ich sicher, daß es sich so verhielt. Als wir wieder in Genf waren, fand ich heraus, daß der Italiener den Sommer über dagewesen war. Ich fand das Hotel, sie kannten Chantal, und auch in Evian war ich. Es paßte alles zusammen. Wie gesagt, meine Entdeckung bedrückte mich nicht, und ich freute mich deshalb nicht weniger darauf, Chantal zu sehen. Zwei Wochen nach Mailand erfuhr ich von der Schwangerschaft. Ab und zu dachte ich, wie es wäre, wenn. Ich fand den Gedanken … interessant. Aus der Fassung brachte er mich nicht.

Nach der Hochzeit im Januar zogen wir in die Rue De-Candolle. Natürlich hatte Georges die Wohnung besorgt. De-Candolle sei eine alte Genfer Familie, die namhafte Botaniker hervorgebracht habe, sagte er. Und die angrenzende Rue Saint-Ours verdanke ihren Namen dem Genfer Maler aus dem 18. Jahrhundert. Was mir Eindruck machte, war die Nähe zur Comédie und zum Grand Théâtre. Dem Boulevard des Philosophes, auf den Chantal hinwies, konnte ich weniger abgewinnen. Was mir gefiel: die Aussicht aus dem fünften Stock auf den Park gegenüber, die Promenade des Bastions.

Als Mitte Juni die Wehen kamen, stand ich mit dem Arzt allein auf dem Flur. ‹Ausgeschlossen›, sagte er, ‹die Sache hat Mitte September stattgefunden – sozusagen.› Er sah mich an, unsicher, wie ich diese Eröffnung aufnehmen würde. ‹D'accord›, sagte ich. Er grinste. ‹Bonne chance, quand même.› Wie sich herausstellte, wohnte er nur ein paar Straßen von uns entfernt. Ein-, zweimal im Monat begegneten wir uns über die Straße hinweg. Dann hoben wir grüßend die Hand. Überquert haben wir die Straße nie. Ein einziges Mal nur sind wir ihm mit dem Kinderwagen begegnet. ‹Ah, les jumeaux!› sagte er, ‹tout va bien?›

Ich beschloß, ein guter Vater zu werden. Obwohl ich keine Ahnung hatte, was das ist. Weißt du, manchmal war ich ganz froh, nicht der leibliche Vater zu sein. Es hat mir geholfen, eine innere Distanz zu bewahren. Die ich manchmal brauchte. Zum Beispiel damals, als die Polstertür kam. Auch machte mich meine Entdeckung freier: Sie war wie ein Gegengift gegen das Gefühl, für all den Luxus dankbar sein zu müssen. Dadurch, daß ich meine Rolle spielte, hatte ich alles abbezahlt. So ein Gefühl war es. Frei machte mich die Entdeckung nicht nur Chantal, sondern auch Georges gegenüber. Seine Herablassung konnte ich jetzt spielerisch sehen. Ich habe ihn sogar schikaniert, ohne daß er von meiner Absicht wissen konnte. Wenn er sich wieder einmal aufs hohe Roß setzte, ließ ich eine Bemerkung über euer südländisches Aussehen fallen, oder ich trat vor Claras Bild und fragte, wie er sich die Sache mit der Vererbung erkläre, irgendwie müßten die scharfe Nase von Ferdinando Fontana und Claras volle Lippen zu euch gelangt sein. Und auch eure schlanken Hände: ‹Wie Antonio di Malfitano!› lachte ich. Nachher hatte er Schweißperlen auf der Oberlippe und sah mir den restlichen Abend über nicht mehr in die Augen. Da war ich sicher: Er wußte. Wie ein Erpresser trat ich nie auf, solche Leute sind mir zuwider. Aber ich wurde furchtlos und unbefangen, ließ mir nichts mehr bieten. Georges war irritiert, und die Einladungen wurden seltener.

Nicht, daß mein verschwiegenes Wissen immer leicht gewesen wäre. Als ich am Tag von Chantals Unfall das Inselspital in Bern verließ und mir in der Stadt ein Hotelzimmer suchte, sah ich überall die Plakate, die das Konzert des Italieners vom Vortage ankündigten. Als ich an der Unfallstelle stand, die Chantal mir genannt hatte, fiel mein Blick auf den Eingang vom *Schweizerhof.* Einer plötzlichen Eingebung folgend ging ich hinein und fragte, ob der Italiener dort abgestiegen sei. Ja, aber er sei im Laufe des Nachmittags abgereist. Nein, das sei nach dem Unfall draußen gewesen. In der Nacht rief ich Natalie Lefèvre an. Sie war an diesem Tag nicht einmal in der Nähe des Bahnhofs gewesen. ‹Chantal muß mich mit jemandem verwechselt haben›, sagte sie.

Wenn di Malfitano in der Schweiz auftrat, kam es manchmal in den Fernsehnachrichten. Dann griff Chantal hastig nach dem Stock, stemmte sich hoch, wie es der Arzt verboten hatte, und verschwand ohne ein Wort. An seinem vierzigsten Geburtstag wurde eine Gala übertragen. Aus der Scala. ‹Komm›, sagte ich, ‹das sehen wir uns an, dort haben wir doch vor zehn Jahren gesessen.› Sie habe Schmerzen, sagte sie, und ich brachte sie ins

Bett. Dann schaltete ich ein und blieb dabei, bis der Italiener zum letztenmal vor den Vorhang trat. Ihr wart neun und durftet bis zur Pause aufbleiben. Dann schickte ich euch barsch ins Bett, und es war nicht eine Frage eures Schlafs. ‹Ja, er war gut›, sagte ich, als ich später neben Chantal lag.

Auch an seinem fünfzigsten Geburtstag gab es eine Galasendung, dieses Mal aus der Oper von Monte Carlo. Salle Garnier. Dort, wo … nein, lassen wir das. Es war der Herbst nach eurer Flucht. Wir saßen beide von Anfang bis Ende vor dem Fernseher. Gesprochen haben wir nichts. Ich gab ihm die Schuld an eurer Flucht. Ich kann es nicht erklären, aber ich gab sie ihm, die ganze verdammte Schuld. Den ganzen verdammten Abend lang, und es war ein langer Abend.

Schlimm war es dann noch einmal im vergangenen Frühjahr, auf unserer verrückten Reise nach Monaco. Tagsüber wartete ich bei den Postfächern in Monte Carlo auf Nerea Etxebeste. Plötzlich fand ich die Warterei idiotisch und ging zurück ins Hotel. Da lag das Telefonbuch aufgeschlagen auf dem Bett, und neben der Adresse von Antonio di Malfitano war eine Bleistiftmarkierung.

‹Laß uns morgen heimfahren›, sagte Chantal, als wir nebeneinanderlagen, jeder in Gedanken eingesponnen, von denen der andere nichts wissen durfte. Ich dachte daran, wie sie im Herbst zuvor nach Paris gereist war. Sie wolle in der Nationalbibliothek die Briefe von Vaslav Nijinski, dem Tänzer, einsehen. Nijinski war mit neunundzwanzig verrückt geworden und hatte anschließend einunddreißig Jahre im Irrenhaus zugebracht. Die Figur faszinierte Chantal, und sie hatte den Eindruck, Elena Aslanischwili sei ihm nicht gerecht geworden. Nach Jahren, in denen sie Elenas Manuskript kaum angerührt hatte, arbeitete sie nun wieder öfter daran. ‹Seit *Michael Kohlhaas* habe ich wieder Lust dazu›, sagte sie, ‹ich glaube, es ist, weil du mich an deiner Arbeit hast teilhaben lassen. Und wegen Lisbeth.›

Wir standen in Tegel vor dem Flugsteig. ‹Bist du eigentlich sicher, daß Nijinski französisch und nicht russisch geschrieben hat?› fragte ich. Die Frage brachte sie aus der Fassung, und sie stotterte irgend etwas. Ich maß dem keine besondere Bedeutung bei, ihre Zerstreutheit hatte in den letzten Jahren noch zugenommen, manchmal war es, als sei sie im Inneren ganz zerklüftet. An diesem Tag nahm ich *Paris Match* aus dem Briefkasten. Di Malfitano sei in Paris, stand in der Klatschkolumne, wie üblich im *Ritz*. Gegen ihre Gewohnheit rief Chantal nicht an und kam zwei Tage früher als geplant zurück. Ob Nijinskis Briefe etwas hergäben, fragte ich. ‹Wie? Die Briefe, ach so, ja›, sagte sie nur. Ein paar Tage später brachte ich ihre Jacke in die Reinigung. Die Bedienung griff gewohnheitsmäßig in die Taschen und fischte einen Kassenbon heraus. Er stammte aus der Bar des *Ritz*. Wie gesagt, manchmal war das Wissen nicht leicht.»

Nein, er wußte nichts von dem, was Maman dir erzählt hatte. Er würde bis zuletzt glauben können, daß die Jury sich für seine Oper entschieden hatte und daß sie es getan hatte, weil sie das Werk für das beste hielt. Es war ja auch völlig unmöglich für ihn, von der Erpressung zu erfahren, sagte ich mir nachher. Trotzdem hatte ich den Atem angehalten. Jetzt atmete ich aus.

«Als ich Anfang Juli las, daß nichts aus der Aufführung meiner Oper würde, weil der Italiener die Gelder unterschlagen hatte, geschah etwas mit dem Namen ANTONIO DI MALFITANO. Ich sprach mir den Namen immer wieder vor. Sein Klang hatte sich geändert. Ursprünglich war es ein Name mit großem Klang gewesen, ein Name wie eine Melodie. Wie oft hatte ich mir vorgestellt, der Name stünde auf einem Plakat, das eine Oper von mir ankündigte! Der Name hatte zu den allerersten Worten gehört, die Chantal und ich wechselten. Dann war er zum Namen geworden, den der Vater meiner Kinder trug. Später war es der Name des Mannes, der an der Unfallstelle in Bern gewesen war. Der Name, der genügte, damit Chantal vom Fernsehen aufstand. Der Name desjenigen, dem ich die Schuld an eurer Flucht gab. Auch der Mann, dem Chantal in Monte Carlo und Paris nachgelaufen war, hieß so. Jetzt, die Zeitschrift vor mir, hörte ich den einst geliebten Namen nur noch als eine bombastische Wortfassade mit nichts dahinter. Der Name eines unverschämten Großmauls. Eines Betrügers. Ein Name voller Hohn. Der Name eines Feindes.

Und eines Tages dann hing das Plakat an der Litfaßsäule vor unserem Haus. Dort, wo ihr früher das Kinoprogramm studiert habt. Es war am 10. August, siebenundzwanzig Tage nach dem Jahrestag eurer Flucht. Ich entdeckte es, als ich von der Arbeit kam. Zunächst fiel mir nur die dunkelrote Farbe auf. Sie ist ja meine Lieblingsfarbe. Sie ist es seit dem Abend, als Sophie mich in die Oper mitnahm. Überall die roten Sitze und der rote Samt! Den weißen Buchstaben auf dem Plakat schenkte ich keine Beachtung. Es war mir nicht danach, berühmte Namen auf Plakaten zu sehen. Ich hatte schon die Hand auf der Klinke des Gartentors, da spürte ich, daß der eine Name auf dem Plakat trotzdem zu mir durchgedrungen war. Ich zuckte zusammen wie unter einem elektrischen Schlag, als mir klarwurde, wessen Name es war. Ich wollte es nicht wahrhaben und machte das Gartentor auf. Doch der Name ließ mich nicht los. Er hatte sich festgesetzt und begann mich zu vergiften. Ich ging zurück und las: Antonio di Malfitano, Tenor. Ich war wie hypnotisiert und starrte den Namen an, wer weiß wie lange. Es wurde mir heiß wie im Fieber und schwindlig wie bei einem Schwächeanfall. Nur mühsam gelang es mir schließlich, das ganze Plakat zu lesen. Es ging um ein Gastspiel, das die Musiker der Mailänder Scala in der Staatsoper geben würden. Aufgeführt wurde *Tosca*. Der Italiener sang die Rolle des Cavaradossi, Claire Taillard war Tosca. Ende Oktober würde es drei Vorstellungen an aufeinanderfolgenden Tagen geben.»

Papa schwieg eine Weile und starrte mit leerem Blick auf seine Hände. Hast du auch bemerkt, wie übersät mit Altersflecken sie waren? Als ich die Flecke betrachtete, hatte ich das Gefühl, erst jetzt ganz zu begreifen, wie lang die vergangenen sechs Jahre gewesen waren. Dann wieder war ich mir nicht sicher, ob es die dunklen Stellen auf seinem Handrücken nicht auch früher schon gegeben hatte, und diese kleine, unbedeutende Unsicherheit weitete sich zu dem erschreckenden Eindruck, über Papa nichts zu wissen, nie etwas gewußt zu haben. Ab und zu schloß er nun für einige Sekunden die Augen. Es mochte sein, daß er noch einmal die Empfindungen durchlebte, die ihn vor dem Plakat überflutet hatten. Oder er holte unhörbar Atem, um von der Entstehung seines blutigen Plans zu berichten.

«Ich habe keine Ahnung, wie lange ich vor dem Plakat stand», fuhr er schließlich fort. «Das nächste, woran ich mich erinnere, ist, daß Chantal mir im Entrée entgegenkam. Sie hinkte stärker als sonst, und am Kinn hatte sie einen Bluterguß, der Puder vermochte ihn nicht ganz zu verdecken. ‹Du hast es gesehen, nicht wahr?› sagte sie einfach. Dann erzählte sie von ihrem Sturz.

An diesem Abend erhob sie sich mit einemmal aus dem Sessel, setzte sich neben mich aufs Sofa und lehnte den Kopf an meine Schulter. Es war viele Jahre her, daß sie das getan hatte. Früher war es stets die Einleitung gewesen, wenn sie mir etwas Schwieriges zu sagen hatte, das uns beide betraf. Ich pflegte dann ihre Hände in die meinen zu nehmen und einige Augenblicke verstreichen zu lassen, bevor ich fragte: ‹Ja?› Auch jetzt nahm ich ihre Hände und hielt sie fest, bis das Zittern nachließ. Dann geschah etwas Sonderbares: Ohne daß ich nachdenken mußte, wußte ich plötzlich, was sie mir sagen würde.

‹Ja?› fragte ich.

‹Du weißt es, nicht wahr?› sagte sie leise.

‹Ja›, sagte ich, ‹es sind nicht meine Kinder.›

Ihre Hände begannen von neuem zu zittern.

‹Wie hast du es herausgefunden?›

‹Der Arzt damals. Ich habe gerechnet.›

‹Und es hat dir nichts ausgemacht?›

‹Nein›, sagte ich.

‹Warum?›

‹Ich weiß nicht. So war es eben.›

Sie schreibt hier: *Das waren die schönsten Worte, die Du jemals zu mir gesagt hast.*

Sie rückte noch näher zu mir. Das Zittern ihrer Hände war wiedergekommen und ließ sich nicht mehr besänftigen. ‹Weißt du auch den Rest?›

‹Ja›, sagte ich, ‹ich weiß auch den Rest: Der wirkliche Vater ist Antonio di Malfitano.›

Jetzt nahm Chantal meine Hände in die ihren.

‹Und nun hat er auch noch dich betrogen›, sagte sie.

Bei diesem Satz wurde ihre Stimme dunkel und rauh. So hatte sie noch nie geklungen. Es war, als habe Chantal eine innere Grenze überschritten. Dahinter wurden Dinge möglich, die bisher undenkbar gewesen waren.

In jener Nacht habe ich kein Auge zugetan. Als Chantal schließlich Schlaf gefunden hatte, ging ich ins Wohnzimmer und blickte hinaus zu der Litfaßsäule. Es mußte weg, das Plakat. *Weg.* Ich holte aus dem Keller die Leiter und aus der Küche das große Fleischermesser. Ein Plakat zu entfernen ist schwieriger, als man denkt. Ich erwischte immer nur kleine Streifen, und dazu kam, daß ich bei jedem Einstich die dicke Schicht früherer Plakate mit aufriß. Es war gegen vier Uhr, als ich begann, und als ich schließlich wieder am Fenster stand und auf die Fläche von aufgerissenem, zerfetztem Papier blickte, dämmerte es bereits. Ein einziger Mensch war vorbeigekommen, ein älterer Mann mit schwankendem Gang. Er war kurz stehengeblieben, hatte aber bald wieder mit seinem Gleichgewicht zu tun gehabt und war weitergegangen.

Ich ging ins Arbeitszimmer und setzte mich vor das leere Notenpapier. Seit dem zweiten Brief aus Monaco hatte ich keine einzige Note mehr geschrieben. Ich hörte nichts mehr. Im Inneren war nichts als dumpfe Stille. Immer wieder dachte ich an Pierre und Sophie, die mir die Musik geschenkt hatten. Es nützte nichts. Auch Platten hören ging nicht mehr; nach wenigen Takten stellte ich ab. Wenn im Geschäft jemand spielte, um ein Klavier auszuprobieren, ging ich in den Nebenraum und hielt mir die Ohren zu. Schlimm war, wenn sie oben in dem Raum spielten, den wir als Übungsraum vermieten. Sie hatten mir die Musik weggenommen. Der Italiener hatte sie in mir zerstört. Und mit der Musik die Zukunft. Denn das war die Musik für mich gewesen, seit Pierre das erste Mal ins Heim gekommen war: Zukunft. Etwas, was es für mich vorher nicht gegeben hatte.

Statt zu komponieren saß ich am Schreibtisch und dachte daran, was für ein Unglück dieser Mann über Chantal gebracht hatte. Wenn sie auf den Stock gestützt hereinkam oder wenn ich das Geräusch des Stocks irgendwo im Hause hörte, zog sich vor Wut und Schmerz alles in mir zusammen. Der Haß auf den Italiener wuchs und wuchs. Mit jedem Tag mehr erschien es mir unerträglich, daß er sollte weiterleben können wie bisher, während wir durch ihn zu Menschen ohne Zukunft geworden waren. Und eines Abends, als ich Chantal nach einem besonders heftigen Schmerzanfall zu Bett gebracht hatte und sah, wie gequält, zerbrechlich und ohne Hoffnung sie in den Kissen lag, dachte ich das erste Mal daran, diesen Mann zu töten.

Darüber, wie der Plan sich in mir entwickelte, kann ich dir nicht viel sagen; ich weiß selbst nur wenig. Wochenlang hatte mich ein einziger Gedanke ausgefüllt: wie man den Italiener zur Rechenschaft ziehen könnte. Und nun würde dieser Mann hier auftreten und sich feiern lassen, als sei nichts gewesen. Ich konnte nicht verstehen, daß er noch *irgendwo* auftreten konnte. Ich kann es immer noch nicht verstehen. Ich begreife nicht, daß es Leute gab, die sich für seinen Betrug einfach nicht *interessierten*; daß seine Stimme mehr wog als seine Tat.»

Unvermittelt faßte sich Papa mit beiden Händen ans Herz, senkte den Kopf und biß sich auf die Lippen, wie um dem plötzlichen Schmerz besser Widerstand leisten zu können. Als es vorbei war, standen ihm winzige Schweißperlen auf der Stirn, und das Blut kehrte nur langsam in das weiße Gesicht zurück.

«Wir haben viel geschwiegen. In der Erinnerung ist es, als hätten wir uns tagelang ohne Unterbrechung schweigend gegenübergesessen. Zu Beginn war es nicht mehr als ein Schweigen, in dem jeder seinen Gedanken nachhing. Doch während eines gemeinsamen Schweigens kann viel geschehen, das weiß ich jetzt. Ein Schweigen, das ist etwas, was sich entwickelt. Die Schweigenden können darin riesige Strecken zurücklegen, man würde es nicht glauben. Man kann sich dabei so sehr aufeinander zubewegen, daß sich die Gedanken und Gefühle am Ende berühren. Keine Lücke mehr, verstehst du, überhaupt keine.»

Wie erschütternd war es, Papa von dieser Entdeckung sprechen zu hören! Er, der keine Ahnung hatte, wie schwer es für dich und mich war, von dieser kostbaren Erfahrung loszukommen!

«Die Zeit, die verstrich, bis aus dem Gedanken ein Vorsatz geworden war, ist in meiner Erinnerung untermalt mit dem Surren eines Ventilators. Den ganzen August über lag brütende Hitze über Berlin. Man hinterließ Spuren, wenn man am Mexikoplatz über den weichen Asphalt ging. Auch nachts blieb es heiß. Im Geschäft herrschte Flaute, und Liebermann war im Urlaub, so daß ich das Büro für mich allein hatte. Stundenlang saß ich dort neben dem Ventilator, ordnete meine Gedanken und versuchte, mit mir ins reine zu kommen. Dabei wurde ich von einem Gefühl getrieben, das ich nicht besser beschreiben kann als so: Ich suchte nach dem Anfang. Wovon es der Anfang sein sollte, hätte ich nicht sagen können. Als aber schließlich das Bild der beiden Polizisten in mir aufstieg, wußte ich, daß ich ihn gefunden hatte, diesen Anfang.

Es waren die Polizisten, die den Unfall von Pierre und Sophie meldeten. Sie waren von ausgesuchter Höflichkeit. *Un accident mortel, Monsieur, nous sommes désolés.* Sie behandelten mich wie einen Sohn aus vornehmem Hause. Ganz anders die Leute von der Bank und der Gerichtsvollzieher, *Monsieur l'huissier.* Huissier – es ist das widerwärtigste Wort, das ich im Laufe meines ganzen Lebens kennengelernt habe. Bis dahin hatte ich gedacht, es sei Gygax, der Name des Heimleiters. Doch zwischen den beiden Wörtern gab es einen großen Unterschied: Über Gygax hatte ich gelernt, mich lustig zu machen, jedenfalls nach außen hin. Beim Gerichtsvollzieher ging das nicht. Er war ein Mann mit randloser Brille und scharfer Bügelfalte. Kein Unmensch, sogar ein bißchen bedauernswert an jenem Tag, denn er war erkältet und mußte andauernd niesen. Kein Unmensch, nein, aber auch kein Mensch. Ein Beamter. Wie ich erfuhr, hatten Pierre und Sophie enorme Schulden, die auf eine Bürgschaft zurückgingen, für die sie hatten einstehen müssen. Sie schuldeten der Bank immer noch viel Geld. Deshalb wurde nun das Mobiliar gepfändet. *Monsieur l'huissier,* er ging mit gänzlich unbeteiligter Miene durch die Räume, eine Akte in der Hand, in die er seine Schätzungen eintrug. Mit dem Abtransport werde man bis Ende des Monats warten, das Jugendamt werde sich meinetwegen mit dem Heim in Verbindung setzen. Zum Schluß verlangte er einen Satz Schlüssel.

Ich hatte gerade mit der Lehre in der Klavierwerkstatt des alten Chopard angefangen, als diese Dinge geschahen. Als ich wenige Tage später nach Hause kam, war der Flügel weg. Man sah nur noch die Druckstellen der Flügelfüße und den abgetretenen Teppich dort, wo die Klavierbank gestanden hatte. Mir fiel auf – das weiß ich auch nach mehr als vierzig Jahren noch –, wie unberührt der Teppich direkt unter dem Flügel aussah, er war dort in der Farbe etwas dunkler als der Rest und staubig. Wo Pierre vom Sessel aus zum Flügel gegangen war, gab es einen Pfad von Fußabdrücken. Es war ein erstaunlich schmaler Pfad, Pierre hatte ein Raumempfinden von verblüffender Genauigkeit besessen. Die Leere, die durch das Fehlen des Flügels entstanden war, schien Pierres Geruch, der immer noch in der Wohnung hing, zu verstärken; beinahe war es, als wehre sich Pierre aus der Ferne gegen das, was geschah. Wenige Tage später stand ich mit einem Koffer voller Musikbücher wieder vor dem Heim. Nicole sorgte dafür, daß ich dort einstweilen wohnen konnte. Ich glaube kaum, daß jemand das verstehen kann: Als ich beschloß, den Italiener zu erschießen, da wollte ich mich auch für den Rausschmiß aus Pierres Wohnung rächen.

Pierre und Sophie waren meine erste Chance im Leben gewesen, und nun war sie mir genommen worden. Ich spürte, wie sich ein unerhört fester, unerschütterlicher Wille in mir formte: Ich würde es allein schaffen. Ich würde Musik schreiben – große, bewegende Opern. Am Ende der Aufführung würde ich auf der Bühne stehen und von einer Sängerin umarmt werden. Der Applaus würde niemals enden.»

Nie zuvor hatte ich Papa so ungeschützt von seinen Erfolgsträumen sprechen hören, und noch nie hatte er so deutlich erkennen lassen, daß sie der Sehnsucht des Waisenkinds nach Liebe entsprangen. Um seinen Mund zuckte es, und er schluckte krampfhaft.

«Dieser Wille hat alle Rückschläge und Enttäuschungen überdauert. Auch wenn ich mich innerlich unter den Schlägen wand und krümmte – der Wille blieb ungebrochen. Bis die Sache mit dem Preis passierte und die Aufführung abgesagt wurde. Es war, als habe man mir den Atem weggenommen, mit einem Schlag alle Luft aus den Lungen gesaugt. Von da an hatte ich keine Kraft mehr, mein erfolgloses Leben vor mir herzutragen. Kraft hatte ich nur noch für etwas Negatives: di Malfitanos Leben, das Leben eures leiblichen Vaters, zu vernichten und damit die ganze Welt der Musik, sofern sie mich betraf, zu zerschlagen. Das war das letzte kleine Wegstück, auf das mein Wille noch ausgelegt war.»

Er warf mir einen raschen Blick zu, einen Blick voller Scheu. Es war seine stumme Entschuldigung dafür, daß er unseren Vater hatte töten wollen.

«Er würde im *Adlon* wohnen, sein Name erschien in der Werbung des Hotels. Zweimal bin ich nach der Arbeit hingefahren und habe in der Lobby gesessen. Ich habe mir vorgestellt, wie er herunterkäme und an mir vorbei durch die Halle ginge. Es wäre kinderleicht gewesen. Auch den Künstlereingang der Oper habe ich mir angesehen. Sehr lange hätte ich dort nicht unbemerkt stehen können, das Personal ist mißtrauisch. Aber das war ohnehin alles Unsinn. Dann wäre es ja Mord gewesen.»

Zuerst glaubte ich mich verhört zu haben, so unwahrscheinlich hatten diese letzten Worte geklungen. Dann dachte ich, es könnte einer von Papas halsbrecherischen Scherzen sein. Doch sein Gesicht bewies, daß er es ernst gemeint hatte und daß er da keinen Widerspruch sah. Jetzt erst verstand ich: Worum es ihm gegangen war, war eine Tat, die im Innenraum der Oper zu geschehen hatte, ganz nahe an der Bühne, eine Episode, die, weil sie im Schutze der Opernhandlung – gleichsam als ihr Schatten – hatte verlaufen sollen, mit dem Libretto die fiktive Wirklichkeit allen Bühnengeschehens teilte, indem sie die ganze Macht der Gefühle offenbarte, ohne doch den anderen

Innenraum, denjenigen der Phantasie, zu verlassen. Di Malfitanos Tod – es hätte genügt, daß er wie Cavaradossis Tod war: wirklich im Rahmen eines Dramas. Nicht irgendeines Dramas; es ging durchaus um Papas Leben. Aber er hat sein Leben, sein wirkliches Leben, ganz in der Phantasie gelebt. Das habe ich immer gewußt, und ich hätte ohne Zögern zugestimmt, wäre es von jemandem mit diesen Worten ausgedrückt worden. Doch daß es *wirklich* so war – das verstand ich erst, als Papa jene erstaunlichen Worte gesprochen hatte.

«Ich brauchte mehrere Anläufe, bis ich die Theateragentur in Zehlendorf tatsächlich betrat. ‹Sie waren lange nicht mehr bei uns›, sagte Frau Gregorius. ‹Antonio di Malfitano. Mal sehen, darauf gibt es natürlich einen Run. Sicher soll es, wie immer, das Beste sein?› Nun ja, sagte ich, der erste Rang müsse es schon sein, aber wir seien dieses Mal eine ganze Gruppe, und unsere Freunde möchten den Kindern einmal zeigen, wie es im Orchestergraben zugehe, deshalb am besten ganz außen und einige der Plätze unbedingt in der ersten Reihe.

Ich würde bei meinen unverschämten Lügen nicht einmal inwendig rot, pflegte Gygax zu sagen. Wie üblich hatte er keine Ahnung, aber lassen wir das.

Jedenfalls war das hier etwas völlig anderes. Ich hatte das Gefühl, ich sei aus Glas und Frau Gregorius brauche nur hinzusehen, um meine Absicht zu erkennen. Für alle drei Aufführungen waren die vorderen Plätze im ersten Rang ausverkauft. ‹Man sieht auch von hinten noch gut›, sagte Frau Gregorius. Kinder nicht, wandte ich ein. Im zweiten Rang gab es noch seitliche Plätze, zwei sogar ganz vorn. Ich stellte mir Distanz und Winkel vor. Schließlich schüttelte ich stumm den Kopf. ‹Also nicht?› sagte Frau Gregorius, und in ihrer Stimme lag unüberhörbare Verwunderung sowie ein bißchen von dem Ärger, den man Querulanten gegenüber empfindet. In diesem Moment stand die Sache auf des Messers Schneide.»

Papa wurde von einem heftigen Hustenanfall geschüttelt. Nachher lehnte er den Kopf zurück und schloß für eine Weile die Augen. Das ganze Gesicht war schweißbedeckt. Die ehemals vollen Wangen waren eingefallen, die breite Stirn und das spitze Kinn bildeten ein Dreieck, das auf dem Kopf stand, das Kinn, auf dem es früher nur ein einziges Grübchen gegeben hatte, war zerfurcht, als habe jemand Kerben hineingeschnitten, um über etwas Buch zu führen, der Schnurrbart war wirr und verdeckte die Nasenlöcher, ich fragte mich, wie er noch atmen konnte. Jetzt richtete er sich auf und holte Tabak und Zigarettenpapier hervor.

«Das hat mir einer von denen im Bau gegeben», sagte er, als er meinen erstaunten Blick sah. «Dafür habe ich ihm gezeigt, wie man so etwas versteckt, das lernt man im Heim.» Das Drehen ging wie der Blitz. «Das hat man in den Fingern», sagte er mit sonderbarem Stolz, «das vergißt man nie.» Nach dem ersten Zug setzte erneut ein Hustenanfall ein, offenbar begleitet von Herzschmerzen, denn wieder faßte Papa sich an die Brust. Von Hilfe wollte er nichts wissen, auf einmal hatte er es eilig, mit seiner Geschichte voranzukommen. Im Rückblick kommt es mir vor, als habe er gespürt, daß ihm nicht mehr viel Zeit blieb.

«Frau Gregorius sah ratlos auf den Sitzplan der Oper. ‹Moment›, sagte sie plötzlich, ‹da war doch die Sache mit den Seitenlogen. Jürgen, kommst du mal?› Ja, sagte ihr Sohn, das sei richtig, es würden ausnahmsweise Karten für die Seitenlogen verkauft, sechs pro Loge. Frau Gregorius ließ sich das telefonisch bestätigen, erhielt aber gleichzeitig die Auskunft, die Karten seien schon alle weg. Botschafter mit Anhang. Ob nicht doch der zweite Rang?

Ich ging nach Hause. Es sollte nicht sein. An einem der folgenden Tage telefonierte ich vom Geschäft aus mit der Scala und erkundigte mich nach dem nächsten Auftritt des Italieners. Erst im Frühjahr, wegen Umbauarbeiten. Ich ging ins Café am Steinplatz. Wie gereizt ich war, merkte ich erst, als ich die Kellnerin ohne jeden Grund anschnauzte. Es war nicht, weil sich der Plan nicht durchführen ließ. Es war, weil ich die Geschmacklosigkeit besessen hatte, ihn in Gedanken in die Scala zu verlegen. Ich spürte, wie der Haß mich zersetzte, die Säfte in mir begannen zu stinken, am Ende würde ich genauso schlecht sein, wie Gygax immer gesagt hatte. In der Scala – das wäre doch gewesen, als zerstörte ich nachträglich unsere Ehe. Auf dem Heimweg schämte ich mich so sehr, daß ich auf die andere Straßenseite wechselte, wenn mir jemand entgegenkam. ‹Du wirkst heute so klein›, sagte Chantal. Es ist ihr selten etwas entgangen, das Morphium machte sie hellsichtig.

Eine Woche später, am Samstag vormittag, rief Frau Gregorius an. Für den Abend der zweiten Aufführung war die linke Seitenloge frei geworden, dem peruanischen Botschafter war etwas dazwischengekommen. ‹Jürgen hat seine Beziehungen spielen lassen. Weil Sie es sind.› Sie lachte. ‹Und wegen Ihrer Gattin, er hat eine ausgesprochene Schwäche für sie.›

Ich weiß noch, daß es war, als verschwänden alle Gedanken aus meinem Kopf, für eine Weile konnte ich mich auf absolut nichts besinnen. Im Heim gab es einen Jungen, Marcel hieß er, dem geschah das andauernd, er war Epileptiker. Er versuche dann mit aller Kraft, anwesend zu sein, aber es wolle nicht gelingen, sagte er oft. So ähnlich war das damals am Telefon. Ob ich noch dran sei, fragte Frau Gregorius, jetzt schon eine Spur kühler. Ja, sagte ich, sie solle mir die Karten zurücklegen, ich würde sie abholen. Als ich auflegte, war es, als besiegelte ich etwas.

Das heißt doch noch gar nichts, sagte ich mir den ganzen Abend und die ganze Nacht über, es bleibt trotzdem alles offen. Aber es stimmte nicht. Die Karten lagen im Schreibtisch, und sie ließen nichts mehr offen. Als ich in der Zelle auf der Pritsche lag, haderte ich mit dem Zufall. Warum hatten sie ausgerechnet für dieses Gastspiel die Seitenlogen freigegeben, für die man sonst keine Karten bekam! Chantal könnte noch am Leben sein.

Wäre sie mir nur in den Arm gefallen! Im übertragenen Sinne, meine ich. Sie wurde mit jedem Tag stiller, und es gab Augenblicke, da wünschte ich, ich hätte ihr meinen Plan nie angekündigt. Sie stand jetzt immer am Fenster, wenn ich nach Hause kam. Sie war bleich, und ihr Haar war strähnig, dabei gab sie sich in letzter Zeit auf ihre scheue Art besondere Mühe, mir zu gefallen, aber das Haar blieb strähnig, sie konnte machen, was sie wollte. Ihre Augen hinter der Fensterscheibe wirkten erloschen, müde von den neuen Schmerzen, für die der Italiener verantwortlich war. Tagsüber im Geschäft spürte ich manchmal den Wunsch, meinen Plan fallenzulassen. Nicht weil der Haß schwächer geworden wäre. Aber es gab Momente, da sehnte ich mich nach Gleichgültigkeit, einer Gleichgültigkeit, die alles aufsaugen oder einebnen würde, ich weiß nicht, was das richtige Wort ist, Patrice wüßte es. Betäubend sollte sie sein, diese Gleichgültigkeit, wie das Ende des Lebens ohne Tod. Manchmal hielt diese Stimmung an, bis ich in die Limastraße einbog. Doch wenn ich dann Chantals erloschene Augen sah und die Strähnen, in denen so viel Vergeblichkeit lag, schämte ich mich meiner Schwäche und straffte mich im Inneren. Es ging nicht, daß sie immer mehr erlosch und niemand das Unrecht sühnte, das der Italiener ihr angetan hatte. Es ging nicht. Der Gedanke war unerträglich.

Es war mir zuwider, Georges' Kitschpistole mit dem schlüpfrigen Perlmuttgriff hervorzuholen. Ein Pistolengriff muß rauh sein. Aber es ist eine gute Waffe, ich habe einmal ein ganzes Magazin leer geschossen.» Über Papas Gesicht huschte das verschlagene Grinsen, das ich nicht mochte. «Es war gewagt, ich hätte mich blamieren können … Aber lassen wir das. Als ich sie reinigte, kam Chantal herein. Ich habe es mitten in der Nacht getan, ich wollte nicht, daß sie es sah; aber offenbar war ich nicht leise genug. Und dann habe ich in ihrer Gegenwart, es geschah ganz automatisch, probeweise entsichert. Sie fuhr zusammen und sah furchtbar verletzlich aus, wie sie da im Nachthemd und mit bloßen Füßen unter der Tür stand. Es kam mir vor, als hätte ich soeben auf sie geschossen.

Eine Erinnerung, die mich jahrzehntelang nicht mehr heimgesucht hatte, überfiel mich. Ich war sieben, es war wenige Wochen, bevor Odile, meine Mutter, starb. Zum Geburtstag hatte ich mir eine Wasserpistole gewünscht, und meine Mutter hatte – das erfuhr ich später von Solange, der Großmutter – ganz Fribourg abgesucht, um die raffinierteste aufzutreiben, die zu haben war. Das Geld dafür muß sie aus der gelben Porzellanbonbonnière genommen haben, in die sie abends das Trinkgeld tat, das sie tagsüber erhalten hatte. Die Pistole sah einer wirklichen täuschend ähnlich, und ich fiel ihr um den Hals – etwas, was ich nur bei ihr tat und später im Leben nie wieder. Tagelang rannte ich herum und verspritzte Wasser, ich studierte den Druckpunkt des Abzugs und den Winkel, in dem man den gekrümmten Wasserstrahl abschießen mußte, um das Ziel zu treffen, es war eine Art Ballistik, und ich wurde perfekt darin. Eines Tages traf ich aus Versehen meine Mutter, der Wasserstrahl ging ihr direkt ins Auge. Im Bahnhofsbuffet fluchten sie, weil sie nicht zur Arbeit kam, und der Arzt nahm mich ins Gebet. Ich wünschte mir, tot zu sein, so verzweifelt war ich. Das Unglück mit der Pistole habe nicht das geringste mit ihrem Tod zu tun, versicherte Solange. Es sei die Lunge gewesen. Solange war immer gut zu mir gewesen, und ich wollte ihr glauben. Aber ganz wurde ich den Verdacht nie los, sie habe gelogen, um mich zu beruhigen.»

Die neue Zigarette, Papa, drehtest du im Zeitlupentempo, und schließlich hörten die Finger auf sich zu bewegen. Deinen Blick, der schräg zu Boden ging, weit zurück in die Kindheit – ich werde ihn nie vergessen. Mit den Fingern der beiden Hände hieltest du die unfertige Zigarette, als nächstes würdest du das Papier zur Zungenspitze führen, doch alle Bewegung der Finger war eingefroren, die Zeit stand still, und wenn ab und zu ein Tabakkrümel zu Boden fiel, so geschah es außerhalb der Zeit. So werde ich dich in Erinnerung behalten: ein alter Mann im Anzug aus der Junggesellenzeit, eine unfertige Zigarette zwischen den derben Fingern, versunken in Bilder der Kindheit. Mein Vater. Ein rätselhafter Vater, wie sich bald zeigen sollte, als die Zeit nun weiterzufließen begann und du fortfuhrst.

«Wo war ich? Ach ja, Chantal unter der Tür. Danach versteckte ich die Waffe, sie sollte sie erst in der Loge wieder sehen. Als ich im Polizeiwagen saß und sie mich trotz der Handschellen an den Oberarmen festhielten, als sei ich ein Gewaltverbrecher mit übermenschlichen Kräften, sah ich immer wieder Chantals Hände vor mir, wie sie die Waffe im Dunkel mit

routinierten Bewegungen entsicherten. Es lag eine enorme Entschlossenheit in diesen raschen, zielsicheren Bewegungen. Das
harte Geräusch fiel in ein paar leise Takte hinein und schien bis
zu den gegenüberliegenden Rängen hinaufzuhallen. Doch nichts
konnte Chantal mehr aufhalten. Eingequetscht zwischen den
Polizisten, dachte ich: Das ist dieselbe Frau wie die im Nachthemd unter der Küchentür; ein und dieselbe Frau, man würde
es nicht glauben.

Am Dienstag, dem Tag der ersten Aufführung mit dem Italiener, regnete es in Strömen. Der Regen klatschte mir ins Gesicht, als ich auf der Straße stand und das Steinway-Haus ein
letztes Mal betrachtete. Fünfzehn Jahre hatte ich hier gearbeitet. Wie viele Flügel mochte ich verkauft haben? Wie viele Kla-
viere? Es war damals ein gutes Angebot gewesen, ein Angebot,
das man nicht ablehnen konnte. Dazu kam, daß ich aus dem
Bannkreis von Georges hinauswollte, es sollte endlich Schluß
sein mit Chantals Mittwochsbesuchen bei ihm, er war ein des-
potischer alter Mann, und ich mochte die Stimmung nicht, in
der sie zurückkam.

Doch wenn ich ehrlich bin: Noch wichtiger war der Name
STEINWAY & SONS. Damals wie heute hatte er einen unerhörten
Glanz, dieser Name, einen Glanz, der nie verblassen würde, einen Glanz der Ewigkeit. Ich meine nicht den gewöhnlichen
Glanz, den weltweiten Ruhm von Steinway. Ich meine den ganz
persönlichen Glanz, den diese Buchstabenfolge für mich hatte,
seit ich sie zum erstenmal auf Pierres Flügel gesehen hatte. Pierre
lehrte mich die richtige Aussprache und erzählte mir die Geschichte des Namens, auch den Streit zwischen Steinway und
Grotrian-Steinweg. Er war so unglaublich elegant, dieser Name,
genauso elegant wie der glänzende schwarze Lack. Der Glanz
des Lacks war gewissermaßen in den Namen hineingegossen.
Obwohl ich seine Herkunft nun kannte, kam es mir doch vor,
als sei dieser einzigartig elegante Name aus keinem anderen
Grund erfunden worden als dem, die Eleganz des schwarzglänzenden Lacks in goldenen Lettern darstellen zu können.
Während der Klavierstunden, die mir Sophie gab, kam es nicht

selten vor, daß ich ein Tonchaos anrichtete, weil ich statt auf die Noten auf die goldenen Lettern sah. Sophie schimpfte nie, sondern fuhr mir übers Haar. *Mon petit rêveur*, sagte sie. Als ich mein Praktikum bei Steinway in Hamburg machte und entdeckte, daß es auch mattschwarze Flügel gab, ja, daß man jede Farbe bestellen konnte, sogar Pink, da war ich so empört, daß die Kollegen lachten. Sie wußten eben nichts vom Wesen der tiefschwarzen Flächen, die sie jahraus, jahrein polierten. Nichts wußten sie davon. Nichts.

Daß ich das Steinway-Haus nie mehr würde betreten können, war nicht so schlimm, obwohl ich die Kollegen mochte, vor allem Liebermann, der freilich nicht viel mit mir anzufangen wußte, es ging ihm da wie vielen Leuten, die ich mochte. Schlimmer war, daß ich nie mehr einen Flügel würde sehen und berühren können. Bevor ich am Tag darauf dieses Zimmer hier, wie ich dachte, für immer verließ, fuhr ich mit der Hand die geschwungene Form des Flügels entlang. Ich wollte, daß ich diese Linie im Gefängnis jederzeit vor das innere Auge zaubern konnte. Sie würde mir über vieles hinweghelfen.

Unser Haus an der Limastraße. Ich stand davor, unsichtbar für Chantal, das Wasser floß in Bächen aus der Dachrinne. Würde ich es danach noch einmal betreten? Wenn sie mich, wie üblich, nach fünfzehn Jahren freiließen, wäre ich fünfundsiebzig. Ich mochte nicht daran denken, das war jenseits aller Zeit. Unser Haus, es sah an diesem regnerischen Abend fremd aus. Viel zu groß und viel zu teuer. War es jemals wirklich *unser* Haus gewesen? Oder war es stets die Berliner Villa geblieben, die Georges de Perrin seiner Tochter gekauft hatte?

Wie ich da stand, hatte ich auf einmal das merkwürdige Gefühl, mich insgeheim, ganz im Inneren, davonzuschleichen. Weg vom Haus, von Chantal, von euch. Es war nichts, was ich tat, eher war es etwas, was mir zustieß. Vielleicht sollte ich deshalb besser sagen: Ich wurde davongetragen, wie von einer sanften, aber unwiderstehlichen Strömung ... Verstehst du?»

Ja, Papa, ich verstand. Ich brauchte dich nur anzusehen, wie du dasaßest, ein scheuer, linkischer Gast in einem noblen Haus, das niemandem von uns mehr ein Heim sein würde. Auch daß du an jenem Abend von uns, von Patrice und mir, abgerückt warst, auch das verstand ich. Wie könnte ich es nicht verstehen! Wir sind damals gegangen, ohne auch nur Adieu zu sagen. (Daß das mehr mit uns als mit dir zu tun hatte, das ist etwas, was ich dir nicht erklären konnte.) Und trotzdem: Ich krümmte mich unter deinen Worten zusammen.

«Besonders deutlich war jenes Gefühl, als ich nachher durchs Entrée ging, in dem ich mich immer verloren gefühlt habe. ‹Du hast ...›, sagte Chantal, als sie die vollgestopfte Tasche sah, in die ich die persönlichen Dinge aus dem Geschäft gepackt hatte, als die anderen bei Tisch waren. Sie muß den langen Brieföffner mit dem Löwenkopf erkannt haben, der ein Stück herausragte, jedenfalls wußte sie sofort Bescheid. Den Satz machte sie nicht fertig, es war, als habe ihr der Anblick den Atem geraubt. Das hatte sie sich nicht klargemacht, daß auch das dazugehören würde. Oder sie erschrak über das Geordnete, Planvolle meines Tuns, ich weiß es nicht. Es muß ihr das Gefühl des Endgültigen gegeben haben, des Unwiderruflichen.

Ich machte die Polstertür zu, etwas, was ich seit Monaten nicht mehr getan hatte. Kaum hatte ich sie geschlossen – die Hand hatte ich noch auf der Klinke –, machte ich sie wieder auf, um sie nach wenigen Augenblicken erneut zu schließen. Ich wußte nicht, was richtig war. Lange stand ich vor dem Regal mit meinen Partituren. Draußen rauschte und prasselte der Regen, immer größere Wassermassen stürzten herunter, ganz automatisch fragte ich mich, ob das Dach dicht sei. Die Rücken der gebundenen Partituren ... irgend etwas war mit ihnen, sie sahen plötzlich so anders aus. Genau gleich wie immer und doch anders. Als ob sie auf einmal nicht mehr zu mir gehörten. Irgendwie lächerlich sahen sie aus, besonders die Fäden der Leineneinbände, die sich durch das viele Anfassen gelöst hatten und nun unordentlich herunterhingen. Jahrzehnte meines Lebens, so kam es mir vor, fingen in diesem Moment an zu bröckeln, ein lautloser innerer Zerfall begann. Ich verstand nicht, was da mit mir geschah. Das verstand ich erst später, in der

Loge. Jetzt war ich damit beschäftigt zu verhindern, daß aus dem Zerfall ein Einsturz wurde. Das durfte nicht geschehen. Zwar kannte ich mich in mir selbst nicht mehr aus; aber ich wußte, das durfte nicht geschehen. Ich schob es auf das Unheimliche, das der sintflutartige Regen an sich hatte. Ich wußte, daß es nicht wirklich daran lag. Vorerst aber wollte ich es glauben und ging durch alle Räume und prüfte, ob die Fenster richtig geschlossen waren.

Nach Mitternacht war der Regen vorbei, jetzt hörte man draußen eine tropfende Stille. Das Gefühl, das mich früher am Abend überfallen hatte, war immer noch da. Es war ein Gefühl des Verlusts, soviel verstand ich inzwischen. Nicht irgendeines Verlusts. Eines umfassenden, bedrohlichen Verlusts. Chantal schlief, als ich hinunterging. Ich setzte mich in diesen Sessel hier und schlug die Partitur von *Michael Kohlhaas* auf. Es war die Kopie, das Original haben sie mir bis heute nicht zurückgeschickt, diese Lumpen. Noch nie hatte ich meine Partituren im Sessel gelesen, ich kam mir vor wie ein begutachtender Fremder.

Ich weiß nicht, wie ich dir das erklären soll: Ich fand die Oper miserabel, hundsmiserabel. Die Melodien, hatte ich den Eindruck, waren einfältig und pathetisch, und das ganze Libretto erschien mir läppisch. Leise, so daß Chantal nicht geweckt würde, spielte ich das eine oder andere. Ja, einfältig. Unbedarft. Passend zu meinen groben Fingern. Ich konnte sie nicht länger auf dem glänzenden Elfenbein der Tasten sehen, diese Finger, und machte den Deckel zu. Ich ging durch das Zimmer wie einer, der sich in einer fremden Stadt verirrt hat. Was bedeutete diese Entdeckung? Was bedeutete sie für morgen? Die Tasche mit den Sachen aus dem Büro stand dort drüben, wo du sie auch jetzt siehst, immer noch unausgepackt. Ich betrachtete sie. Einmal nahm ich sie sogar in die Hand, vielleicht um auszuprobieren, wie es wäre, wenn ich sie morgen einfach zurücktrüge.»

*

Eben habe ich sie ausgepackt, diese Tasche. Die ganze Zeit über stand sie so da, wie die Paketpost sie gebracht hatte, viel Schnur und Klebeband, das Packpapier an einigen Stellen eingerissen. Ich fand nicht den Mut, sie auszupacken, aber in die Abstellkammer sollte sie auch nicht. Zweimal ist Stéphane darübergestolpert und fast hingefallen. Er hat sie wieder genauso hingestellt, wie sie vorher gestanden hatte.

Vier gerahmte Fotos sind unter den Sachen, eine Aufnahme von dir, eine von mir und eine von uns beiden, wie wir uns im Meer den riesigen Wasserball zuwerfen. Es hätte viele Bilder aus jüngerer Zeit gegeben, doch Papa hatte nicht ausgetauscht. Das vierte Foto ist ein Schnappschuß von Maman, den ich noch nie gesehen habe. Ich glaube, es ist in der Mailänder Galleria. Wie jung sie da noch ist! Papa hat sie mitten in einer drehenden Bewegung eingefangen. Wie graziös sie sich damals noch bewegen konnte. Und wie frisch ihre Haut aussieht; noch nichts von dem grauen Schimmer des Morphiums. Bis wir drei oder vier waren, müssen wir sie gespürt haben, ihre frische Haut.

Zwei Kaffeebecher waren in der Tasche, ein Tauchsieder, Bücher über Klavierbau, ein Arbeitskittel. Und natürlich Schreibsachen. Darunter ein Lineal, das mir die Tränen in die Augen trieb. Es ist ein uraltes, braunes Holzlineal, übersät mit Tintenflecken. In der einen Ecke steht in eingestanzten Buchstaben INSTITUT HOFFNUNG, in der anderen INSTITUT ESPOIR. Vaters Heim. Warum er gerade dieses Lineal hat mitgehen lassen – wer weiß. Das Rührendste: Er hat die beiden Wörter HOFFNUNG und ESPOIR ausgemalt, immer wieder, die Buchstaben sind von der vielen eingetrockneten Tinte rabenschwarz. Wie zynisch ihm diese Wörter vorgekommen sein müssen, der pure Hohn. Ich stelle ihn mir vor, wie er während der Schulstunden dasitzt und die eingegrabenen Buchstaben entlangfährt, das Gesicht gänzlich verschlossen, um die Stimme von Gygax nicht zu hören. Du hattest recht: Man würde ihn auf dem Klassenfoto allein schon an der Verschlossenheit seines Gesichts erkennen. Die Fotos sind nun alle zusammen in einer Mappe. Aber was mache ich mit den Sachen aus der Tasche?

Warum hast du die Tasche nicht zurückgetragen, Papa, warum nicht! Am nächsten Morgen einfach zurückgetragen, ins Geschäft. Es wäre ein ganz normaler Arbeitstag geworden und ein normaler Feierabend. Dann stünde die Tasche jetzt nicht hier wie das Mahnmal einer Katastrophe. Und ich müßte dir nicht zuhören, wie du darüber nachdenkst, daß die Musik für dich vielleicht nichts weiter gewesen ist als eine gigantische Lebenslüge.

*

«Ich kannte mich nicht mehr aus. Als ob ich das nicht besser wüßte als alles andere, zählte ich meine Partituren: vierzehn. Das sei eine ziemlich dürftige Anzahl für einen Zeitraum von dreißig Jahren, sagte nachher jemand im Traum zu mir, nicht einmal eine alle zwei Jahre. Viel fehle dazu aber nicht, und immerhin sei es eine zweistellige Zahl, verteidigte ich mich. Aber meine Worte fielen ... fielen in den leeren Raum. Einen wirklich ganz leeren Raum, aus dem ein höhnisches Lachen kam. Ich hörte es zwar nicht richtig, dieses Lachen, aber ich war ganz sicher, daß es da war und mir galt. Ich war froh aufzuwachen und in einen hellen Tag hinauszusehen. Ich schloß noch einmal die Augen und genoß das Wissen, daß alles nur ein böser Traum gewesen war. So, wie ich es als Junge immer gemacht hatte. Im Bad rauschte das Wasser. Als es aufhörte, fiel Chantals Stock gegen die Badewanne und glitt ab, wie oft hatte ich dieses Geräusch schon gehört. Ich sah sie vor mir, wie sie sich nun bücken würde, das Gesicht schmerzverzerrt. In diesem Augenblick wurde ich ganz wach und wußte, was heute geschehen würde.

Der Mittwoch war ein einsamer Tag. Das war das Wichtigste an diesem schrecklichen Tag: daß wir einsam waren. Ich auf jeden Fall war es, und ich glaube, ich kann es auch für Chantal sagen. Wir wußten nichts miteinander anzufangen. Ausgerechnet an diesem Tag. Und ausgerechnet am Ende einer Zeit, die uns einander so nahe gebracht hatte wie nie zuvor. Wir blieben in unseren Zimmern und fragten uns wohl beide, was der andere tat. Ein einziges Mal nur trafen wir uns, sozusagen. Es war am Vormittag, und das Telefon hatte geklingelt, für meine Ohren viel lauter als sonst. Aufgeschreckt waren wir beide ins Entrée getreten. ‹Laß nur›, sagte ich, ‹das ist das Geschäft.› Dann stellte ich den Apparat auf leise, und wir gingen zurück, jeder in sein Zimmer. Ich versuchte, nicht an die nächtliche Episode mit den Partituren zu denken, und begann, meine Sachen zu ordnen.

Ich fand meinen Geburtsschein und die frühen Schulzeugnisse. Fritz Bärtschi steht darauf. Fritz Bärtschi.»

Die weißglühende Wut, die daraufhin zischend aus Papa herausbrach, verfolgt mich bis in die Träume hinein. Sie hatte sich durch nichts angekündigt, plötzlich sprach er einfach in diesem fürchterlichen Staccato und bewegte zwischen den einzelnen Sätzen die Lippen, vor und zurück, vor und zurück, es war wie ein Anfall, der ihn mit sich fortriß.

«Ihr habt nie nach meinem wirklichen Namen gefragt. Du nicht, Patrice nicht, Chantal nicht. Nie. Kein einziges Mal. Als hätte es mich unter diesem Namen nie gegeben. Fritz Bärtschi heiße ich. Fritz Bärtschi. Mit *ä*, einem offenen *ä*. Georges hielt sich den Bauch vor Lachen, als er den Namen hörte. Und sprach ihn absichtlich mit spitzem, französischem *é* aus. Aber ich heiße Bärtschi. Mit *ä*. Ob es euch paßt oder nicht. Bärtschi, sagte Gygax, das gibt es doch gar nicht, ein derart häßlicher Name. Aber es ist mein Name, mein wirklicher Name. Fritz Bärtschi. Mit *ä*. Ein gewöhnlicher Name. Gewöhnlich, wie ich es bin. Mit gewöhnlichem *ä*. Meine Mutter nämlich hieß Bärtschi, Odile Bärtschi. Das paßt doch überhaupt nicht zusammen, sagten sie im Bahnhofsbuffet. Aber so hieß sie, ob es den anderen paßte oder nicht. So heißen wir eben, sagte sie zu mir. Ihr wolltet immer nur Delacroix hören, du und Patrice und Chantal. Den Namen von Pierre, den ich bei der Adoption erhielt. Den vornehmen Namen des Malers. Und Frédéric. Wie Chopin. Fritz, das war nicht gut genug. Aber ich heiße Fritz, Fritz Bärtschi. Davon wolltet ihr nichts hören.»

Ich fiel aus allen Wolken, Papa. Woher sollte ich wissen, daß dir dein erster Name so viel bedeutete? Es ist nicht wahr, daß dich niemand von uns danach fragte. Natürlich ist es nicht wahr. Es war nicht oft, daß wir darüber sprachen, das stimmt. Wozu auch. Aber wir kannten den Namen natürlich, und woher sollte GP ihn gekannt haben, wenn nicht von Maman? Noch während du sprachst, wußte ich, daß deine Tirade nicht wörtlich zu nehmen war. Aber wie war sie sonst zu verstehen? Du warst stolz auf den angenommenen Namen, besonders wenn Maman ihn aussprach, sie konnte ihn regelrecht zelebrieren. Du warst stolz, daß du ihn auf deine Partituren schreiben konntest. Nein, es ist unmöglich, daß ich mich darin täusche. Du liebtest den Namen, weil du Pierre liebtest. Ich verstand deine Wut nicht, als sie sich entlud. Ich verstand nicht, warum du plötzlich zurück wolltest zu deinem alten Namen. Erst als du erzähltest, wie es dir in der Loge ergangen war, da verstand ich.

Nach seinem Ausbruch war Papa verlegen. Langsam wurden seine Augen, die hart und schwarz gewesen waren wie vorher nie, wieder sanfter und heller. Er rieb sich die Schulter, dann den Oberarm. Schließlich fuhr er sich mit der Handfläche übers Herz und machte langsame, kreisende Bewegungen. Fritz Bärtschi, sagte ich mir innerlich vor, Fritz Bärtschi. Ich versuchte, aus dem Vorsagen ein Anreden zu machen, ein stummes Ansprechen. Es ging nicht. Was sind doch Namen für seltsame Wesen! Sie bedeuten nichts, ihre einzige Bedeutung ist ihr Klang. Und doch kann man sie nicht einfach austauschen. Es muß in uns viel geschehen, damit ein Tausch möglich wird. Wir müssen den Betreffenden neu sehen lernen.

Fritz Bärtschi: Ich verengte die Augen, als ginge es darum, Papa in seinen sichtbaren Umrissen genauer zu erkennen als bisher. Wurde er, wenn man ihn mit dem neuen alten Klang umgab, mehr er selbst? Ich sprang zwischen den beiden Namen hin und her, es war, wie wenn ein Gegenstand durch abwechselnde Lichtquellen beleuchtet wird. Fritz Bärtschi: Was vorhin noch überhaupt nicht gegangen war, schien jetzt für kurze Momente möglich, bevor der gewohnte Name wieder die Oberhand gewann. Nach und nach begriff ich, daß die beiden Namen ganz unterschiedliche Standpunkte in der Zeit verkörperten, die man in ihrer Verschiedenheit nicht nur denken, sondern erleben konnte. Daß sie wie zeitliche Filter wirkten. Frédéric Delacroix: Das war die Gegenwart – war bisher die Gegenwart gewesen –, und es war dasjenige Stück Vergangenheit, in dem wir ihn als unseren Vater erlebt hatten. Fritz Bärtschi dagegen, das war die Vergangenheit vor unserer Vergangenheit, graue Vorzeit sozusagen, in der Papa ein Leben gelebt hatte, das wir nur aus Erzählungen kannten, die gar keine wirklichen, zusammenhängenden Erzählungen waren, sondern nur Fragmente, winzige Fragmente, die zudem in abgekürzter Form zur Sprache kamen, so daß sie zu etwas Schematischem verblaßten, das man zitierte, ohne sich darum zu kümmern.

Selten nur ragte etwas aus jener fernen Vergangenheit in unsere Gegenwart hinein. Wie wenn Papa plötzlich stehenblieb und jemandem, der gerade an ihm vorbeigegangen war, hinterherschnüffelte, die Augen halb geschlossen, ganz darauf konzentriert, den augenblicklichen Geruch mit der Erinnerung an Pierres Geruch zu vergleichen. Die Vergangenheit griff nach ihm und ließ ihn wie gebannt stillstehen, als habe das Codewort eines Hypnotiseurs zu wirken begonnen. *Comme un chien*, sagte Maman wütend, wenn wir auf ihn warten mußten. Weißt du noch? (Ich glaube, es war bei Maman auch Eifersucht auf Pierre, das Gefühl, daß Papa den blinden Klavierstimmer mehr geliebt hatte als sie – oder vielleicht nicht mehr, aber doch mit einer Art Liebe, die seine echteste Liebe war und die er nie wieder jemandem entgegenbringen würde, eine einmalige, unwiederholbare Liebe.) Dabei war das ja noch etwas aus dem jüngeren Teil jener Vergangenheit, in dem es den Namen Delacroix schon gab. Der ältere Teil, das waren die Jahre mit den Schulzeugnissen, von denen Papa nun sprach.

«Fritz Bärtschi war ein miserabler Schüler», sagte er, und die Tatsache, daß er von diesem Schüler in der dritten Person sprach, nahm der früheren Anklage etwas von ihrer Schärfe, lag doch darin etwas, was die wütende Identifizierung wieder aufhob. Papa setzte sein schelmisches Lächeln auf, und nun war er wieder der alte. «Jedenfalls sagen das die Zeugnisse. Ich selbst fand es nicht. In manchen Fächern fand ich mich richtig gut. Zum Beispiel im Kopfrechnen. Immer, wenn es um Zahlen ging. Gygax hatte da nicht den Hauch einer Chance gegen mich. Das wußte er. Deshalb nahm er mich nie dran und freute sich über alle Maßen, wenn er mir das Heft mit Rot versauen konnte. Man konnte es richtig sehen, er hatte viel mehr von der roten Tinte verspritzt als nötig. *Faul*, schrieb er mit Vorliebe darunter, *faul*.

Beim Schriftlichen nämlich ging nichts. Ich habe Papier gehaßt, vor allem die karierten Hefte, die einem alles vorschreiben. Als wir nach Deutschland kamen, hörte ich zum erstenmal das Wort *kleinkariert* und habe es sofort gemocht, weil es so treffend ist. Es trifft haargenau den Geruch des damaligen Schulzimmers nach Wichse und Desinfektion. Bei den Sprachen war es das gleiche. Die Rechtschreibung beherrsche ich ja bis heute nicht. Sie hat mich nie interessiert.

Was mich interessierte, war der Klang der Wörter. Und ein Klanggedächtnis muß ich schon als ganz kleines Kind gehabt haben. Ich vergaß kein neues Wort. Wir hörten viel Radio zu Hause, das Radio lief ständig, deutsch und französisch, wie es gerade kam. Fritz Bärtschi war nicht der Schnellste, wenn es um Bedeutung ging, aber die Wörter als Klanggebilde faszinierten ihn, er preßte sein Ohr an den Apparat, ganz dicht, so daß die Mutter eine Weile dachte, er höre schlecht, und mit ihm zum Arzt ging. Im Heim waren sie baff über den Umfang meines Wortschatzes und entsetzt über das Durcheinander beim Anwenden, ganz zu schweigen vom Mélange aus Deutsch und Französisch, das ich nicht so empfand, es war alles eine einzige Sprache für mich.

‹Du bist ein Wortanarchist›, sagte Gerber, der die Sprachen unterrichtete. Keiner im Klassenzimmer verstand das Wort, ich auch nicht, aber sein Klang gefiel mir, und wann immer man mir in Zukunft einen Fehler vorhielt, sagte ich: ‹Ich bin eben ein Wortanarchist.› Erst viel später habe ich das Wort *Anarchist* nachgeschlagen. Danach gefiel mir Gerbers Bezeichnung noch viel besser. Aber eben, die Noten in den Zeugnissen waren entsprechend.»

*

Die Zeugnisse von Fritz Bärtschi liegen hier vor mir. Es sind wirklich miserable Zeugnisse. Nicht nur die Fachnoten sind schlecht. Schlecht, eigentlich vernichtend sind auch die charakterlichen Beurteilungen: *verstockt, trotzig, renitent, nachtragend.* Und dann kommt eine Bemerkung, deren Doppelbödigkeit Gygax offenbar nicht aufgefallen ist: *unbeeindruckbar durch Drohungen.* So, genau so war Papa auf der Wache, nach der Verhaftung. Die Polizisten, sagte Dupré, waren irritiert über so viel Gelassenheit. Er habe dagesessen wie auf einer Insel, unberührbar, muß der eine gesagt haben.

Fritz Bärtschi in Musik: *völlig unbegabt,* steht neben der schlechten Note.

*

«In Musik galt Fritz Bärtschi als eine ganz besondere Null.» Papa lächelte sein trotziges Lächeln. «Zu Recht, aus ihrer Sicht. Ich war ein Brummer, einer, der statt einer Melodie immer den gleichen Ton sang. Ganz wie heute, ich kann ja nicht einmal pfeifen. Und was Noten anlangt, so blieb ich lange ein Analphabet. Für mich war das nur noch mehr Papier. Bis mir Pierre am ersten Sonntagmorgen, nachdem ich bei ihnen eingezogen war, ein ganzes Buch mit gedruckten Noten zeigte und dasjenige Wort aussprach, das wie kein anderes Wort mein weiteres Leben bestimmen sollte, ein Wort, das für immer etwas Kostbares, Geheimnisvolles, fast Heiliges bezeichnete: PARTITUR. Ein magisches Wort, das mich durch seine geheimnisvolle Kraft in eine neue Welt eintreten ließ.

In den Tagen und Wochen, nachdem ich es zum erstenmal gehört hatte, sah ich alle Leute an, jeden einzelnen, und dachte: Sie kennen dieses wunderbare Wort bestimmt nicht, ich dagegen schon, das habe ich ihnen allen voraus. Dabei hatte ich das Gefühl, einer Elite, einem Adel anzugehören, einer Art Loge oder Geheimbund mit ganz wenigen eingeweihten Mitgliedern. Man konnte den Leuten nicht ansehen, ob PARTITUR ein Wort war, das sie hinter der Stirn mit sich trugen. Aber ich bildete mir ein, einen sechsten Sinn dafür zu haben, so daß ich hin und wieder jemanden sah, von dem ich dachte: Der kennt das Wort. Dann fühlte ich mich auf der einen Seite mit ihm verbunden in diesem kostbaren Wissen, auf der anderen Seite war ich eifersüchtig, daß es nicht ein Wort war, das nur Pierre, Sophie und ich kannten. Ich muß, wenn ich meinen sechsten Sinn in Gang setzte, die Leute mit unverschämter Direktheit angesehen haben, denn sie reagierten mit Ärger, der vielleicht durch die Tatsache gemildert wurde, daß ich noch ein Kind war. Wenn der Ärger auf dem betrachteten Gesicht groß war und das Gesicht häßlich machte, beschloß ich, daß der Betreffende das wunderbare Wort auf gar keinen Fall kennen konnte, sonst wäre da nicht dieser häßliche Ausdruck. Jenes magische Wort zu kennen mußte einen immun machen gegen alles Häßliche, es mußte einen veredeln und herausheben aus dem Gewöhnlichen.

Dies alles verstärkte sich noch, nachdem ich in der Volksbücherei gewesen war. Die vielen Bücher schüchterten mich ein, und die Frau bei der Aufsicht war unfreundlich und barsch. Es war sonderbar: Der Anblick der vielen Bücher machte mich wehrlos, ich vergaß mit einem Schlag alles, was ich an Selbstverteidigung und schmutzigen Tricks im Heim gelernt hatte. Es war, als habe mir jemand meine Rüstung weggenommen. Lange freilich dauerte das nicht. Ich galt im Heim als dreister, kaltblütiger Lügner, und jetzt machte ich diesem Ruf Ehre, indem ich der Frau ein Märchen über einen Botengang für meine kranke Mutter erzählte. Das stimmte die Frau schließlich gnädig, so daß sie mich durch die endlose Reihe von Regalen zu den Lexika führte.

Lange saß ich an einem Tisch und las den ausführlichen Artikel PARTITUR stets von neuem. Nach dem dritten- oder viertenmal konnte ich ihn so gut wie auswendig und fühlte mich so erhaben über die anderen, daß ich die Bibliothekarin keines Blickes würdigte, als ich den Raum verließ. Jetzt, mit all meinen Kenntnissen über die Herkunft und Bedeutung des magischen Worts, war ich endgültig geadelt, und meine Überheblichkeit kannte keine Grenzen mehr. Auf dem Rückweg teilte ich die Leute nicht nur – wie bisher – in solche ein, die das Wort kannten, und andere. Eine neue Unterscheidung war dazugekommen, die ich mit scharfrichterlichem Blick anwandte: Unter denjenigen, die das Wort kannten, war strikt und erbarmungslos zu unterscheiden zwischen den Banausen, die es irgendwann aufgeschnappt hatten und nun gedankenlos nachplapperten, und den Kennern, die über das im Lexikon ausgebreitete Wissen verfügten. Niemand unter den vielen Leuten, die an jenem Tag zum Bahnhof strömten, bestand meinen Test, auch nicht das Mädchen mit dem Cello und der Mann mit dem unförmigen Kasten, in dem ich eine Posaune oder Trompete vermutete. Insgeheim war ich überzeugt, daß nur ich, ich ganz allein, über dieses Wissen verfügte, und ich fühlte mich darin bestärkt durch die Tatsache, daß die fraglichen Seiten in dem neuen Lexikon noch aneinandergeklebt hatten. Vor mir, hieß das, hatte noch niemand den Artikel gelesen. Gut, der Verfasser des Texts hatte auch gewußt, was ich nun wußte. Aber ihn stellte ich mir als jemanden vor, der inzwischen verstorben war. Ich war sein allwissender Nachfolger.

Eines Tages kam ich an einer Musikalienhandlung vorbei, die im Schaufenster eine Reihe von Taschenpartituren liegen hatte. Es störte, ja empörte mich, daß diese Bändchen, über die nur ich wirklich Bescheid wußte, einem breiteren Publikum zugänglich gemacht wurden, das nichts davon verstand. Aufgebracht ging ich hinein und fragte die Bedienung, ob sie wisse, was eine Partitur sei. Die Frau antwortete mit mütterlichem Wohlwollen, das mich zur Weißglut brachte. ‹Eine Partitur, das ist so etwas›, sagte sie und zeigte mir ein Bändchen, das sie aus dem Regal genommen hatte. ‹*Ich* weiß, was eine Partitur ist›, schnauzte ich sie an, ‹aber wissen *Sie* es? Wußten Sie zum Beispiel, daß *Partitur* eigentlich *Einteilung* heißt? Und daß das Wort vom lateinischen *partiri* kommt? Und daß ...? Und daß ...?> Die Frau wußte nicht, wie ihr geschah, als ich zu ihr wie ein schadenfroher Anwalt vor Gericht sprach, der es genießt, eine Beweislücke nach der anderen aufzudecken.

Als ich schließlich wieder auf der Straße stand, hatte ich das Gefühl, etwas Kostbares verloren zu haben, das ich leichtsinnig aufs Spiel gesetzt hatte. Doch nach und nach verblaßte die unselige Episode im Musikgeschäft, und mein geheimes Wissen über Partituren gewann seinen Zauber zurück. Wann immer ich unglücklich war, ging ich in die Bücherei und las den Artikel über Partituren, obwohl ich ihn inzwischen wortwörtlich auswendig konnte. Auf die Idee, daß auch andere Dinge in dem Lexikon, das die ganze Welt der Musik umfaßte, interessant sein könnten, bin ich lange nicht gekommen.»

Auf Papas Gesicht erschien jener eigentümlich selbstbewußte Ausdruck, mit dem er jeden Spott über sich selbst zu begleiten pflegte und der um so selbstbewußter wurde, je abwegiger das eigene Tun war, über das er sich, allem fremden Kopfschütteln zuvorkommend, lustig machte. Er stand zu sich selbst, gerade in seiner unnachahmlichen ironischen Distanz tat er es. Und er hat diese schwierige Aufgabe besser gelöst als all diejenigen, die über ihn den Kopf schüttelten. GP zum Beispiel, ich glaube nicht, daß er auch nur ahnte, was das heißt: zu sich selbst stehen. Auch wenn man es ihm erklärt hätte: Er hätte es garantiert mit Selbstzufriedenheit verwechselt, von der er reichlich besaß.

«Einmal», fuhr Papa fort, «stand der richtige Band des Lexikons nicht im Regal, als ich kam. Der Schweiß brach mir aus, und ich verlor völlig die Fassung: Es war doch *mein* Band! Ein alter Mann las darin, ich entdeckte ihn in der hintersten Ecke. Er blickte unsicher auf, als ich neben ihn trat, um ... Ich weiß nicht, was ich wollte. Die wäßrigen Augen des Alten hielten mich davon ab zu fragen, wie lange er noch lesen werde. Ich holte mir einen anderen Band des Lexikons und begann zu blättern. Es geschah aus Verlegenheit, um die Zeit totzuschlagen, bis ich wieder an meinen Band konnte. Es wurde der Anfang einer langen, glühenden Zeit, in der ich alle sieben Bände des Lexikons verschlang, keinen einzigen Artikel ließ ich aus. In der Freizeit sah man mich nicht mehr, ich konnte das Ende der Schulstunden kaum erwarten und verschwand sofort im Lesesaal der Bücherei, wo mich inzwischen das gesamte Personal kannte und freundlich behandelte, wenn auch mit gönnerhaftem Lächeln. Mein Wissen über Musik wuchs und wuchs, und wenn ich über all die vielen Komponisten las, so war es wie ein Rausch, der mit der Erinnerung an den ersten Opernbesuch, die Kronleuchter, das Purpur der Sitze und das Gold der Verzierungen verschmolz. Und all diese Dinge wurden angestoßen durch ein einziges Wort, das mich in seinen Bann geschlagen hatte: PARTITUR.

An diese Dinge dachte ich, als ich am Mittwoch abend im Dunkel in der Loge saß. Wir saßen sehr steif dort, Chantal und ich. Als die Lüster erloschen, strich mir Chantal kurz mit dem Handrücken über die Hand auf der Lehne, so leicht und kurz, daß ich nicht sicher war, ob es nicht aus Versehen geschah. Und weil ich nicht sicher war, wandte ich ihr mein Gesicht nicht zu, sondern setzte mich nur ein bißchen aufrechter hin, und nach einer Weile legte ich die Hand auf die Manteltasche mit der Pistole.

Später, in der Zelle, als ich mir alles noch einmal durch den Kopf gehen ließ, hätte ich nicht sagen können, von wann an ich wußte, daß ich es nicht tun würde. Im Laufe des Nachmittags hatte mich eine merkwürdige Gereiztheit erfaßt. Es hatte mit Fritz Bärtschi und seinen Zeugnissen zu tun, glaube ich. Ich hatte sie mit den Zeugnissen von Frédéric Delacroix verglichen, der fleißig geworden war, fast ein Streber, um für die Lehre als Klavierbauer gerüstet zu sein. Wie soll ich sagen: Fritz Bärtschis Zeugnisse hatten mir besser gefallen. Ja, das war es: Sie hatten mir besser gefallen. Dieses Gefühl, es hatte Folgen. Frédéric Delacroix nämlich kam mir auf einmal fremd vor. Nicht vollständig fremd, natürlich, nicht so wie ein anderer Mensch. Aber ich war nicht mehr ganz er. Ich und er, wir paßten auf einmal nicht mehr richtig zueinander. Das war überraschend gekommen, und ich hatte noch keine Zeit gehabt, mir einen Reim darauf zu machen. Ich merkte nur, daß ich abseits stand, als Frédéric Delacroix, die Pistole in der Tasche, ins Taxi stieg und zur Staatsoper fuhr. Auch beim Betreten der Oper, bei der Garderobe und auf dem Weg zur Loge stand ich abseits.

Der Italiener betrat die Bühne. Der Vater meiner Kinder. Euer Vater. Etwas stimmte nicht. Ich war viel weniger aufgeregt als erwartet. Für diesen besonderen Moment hatte ich mir mehr an Gefühl zugetraut. Der Maler Cavaradossi sang göttlich, überrascht war ich nur, wie verfettet er aussah. Ich sagte mir die Tatsachen vor: der erste Brief aus Monaco; der zweite Brief; die Telefonanrufe nach Monte Carlo; die Reise nach Monaco; die Veruntreuung der Stiftungsgelder; Chantals Unfall in Bern; ihr Fall von der Leiter; ihre Schmerzen; das Morphium. Ich war erstaunt, daß es nötig war, mir diese Dinge ausdrücklich in Erinnerung zu rufen. Noch erstaunter war ich, daß es ziemlich mühsam war, sie alle zu behalten. Wie wenn man einen müden Kopf hat und das Gedächtnis nicht mehr richtig funktioniert. Nicht nur erstaunlich, sondern beunruhigend war: Sie wogen zuwenig, diese paar Tatsachen. Auf die Idee, daß sie nicht schwerwiegend genug sein könnten, wäre ich vorher nicht im Traum verfallen. Wochenlang hatte ich mich nicht mehr gespürt vor Haß, und jedes Klopfen von Chantals Stock hatte diesen Haß mit neuer Heftigkeit durch meine Adern getrieben. Nun saß ich da, sah auf den Italiener hinunter und fragte mich: Was hat er eigentlich getan?

Von der Oper habe ich bis zur Pause kaum etwas mitbekommen. Ich begann mich mit jemandem zu beschäftigen, an den ich jahrzehntelang nicht mehr gedacht hatte: mit Henri, meinem Vater. Beim Ordnen meiner Sachen hatte ich das Foto gefunden, das Solange, meine Großmutter, zögernd herausgerückt hatte, als ich nach dem Tod von Mutter nicht lockerließ. Es war das einzige Foto, das Odile von Henri besessen hatte.»

*

Das Bild liegt vor mir: Ein noch junger Mann, aber ein bereits verlebtes Gesicht mit Furchen und Tränensäcken, der Alkohol ist nicht schwer zu erraten. Die gleiche Nase wie Papa, die gleichen ausgeprägten Linien von den Nasenflügeln zu den Mundwinkeln hinunter. Graue Augen, der Blick gewieft, eigentlich sogar verschlagen. Ein scheues, weiches Lächeln, das nicht recht zu dem sonstigen Gesichtsausdruck paßt, der herausfordernd und arrogant ist. Er war dein Vater, Papa, aber ich glaube, ich mag ihn nicht. Nein, ich mag ihn überhaupt nicht. Obwohl du ihn nun verklärtest und darüber beinahe ins Schwärmen gerietest.

*

«Er war ein Schürzenjäger, ein Don Juan der derben Art. Im Bahnhofsbuffet kassierte er von Odile vor aller Augen eine Ohrfeige, weil er sie in den Po gekniffen hatte. Das ist eines der wenigen Dinge, die mir Mutter über ihn erzählt hat. Was ich, der kleine Junge, nicht verstand: warum er trotz dieser Ohrfeige mein Vater geworden war, sich dann aber nie blicken ließ. Ein bißchen mehr erfuhr ich später von Solange: Er lebte von Gelegenheitsarbeit. Muskeljobs. Tat, wonach ihm gerade war. Wenn der Circus *Knie* in der Gegend war, machte er Kasse. Am Nachmittag, in der Tierschau, zeigte er kleine Akrobaten- und Clown-Nummern für die Kinder, abends trat er als Taschendieb auf, das Publikum grölte. Muß gesoffen haben wie ein Loch. Aber nie bei der Arbeit. Als Taschendieb, meine ich. Er hatte sehr lange, feine Finger, sagte Mutter. Ganz anders als ich. Beim Stehlen muß er unglaublich geschickt gewesen sein. Einmal, ein einziges Mal, war er beim Klauen angetrunken. Da haben sie ihn geschnappt. Er ist im Gefängnis gestorben, an Leberzirrhose. Ein Taschendieb war er, mein Vater. Ein Taschendieb und ein Tagedieb. Das war es, was mein Vater Henri war: ein Tagedieb. Ein richtiger Tagedieb.»

Papa berauschte sich an dem Wort *Tagedieb*, es war, als habe er es gerade erst entdeckt. Ich dachte an das, was er über Worte als reine Klanggebilde gesagt hatte. Auch du kannst das ja: dich an Wörtern berauschen. Aber bei dir ist es etwas ganz anderes als bei Papa.

«Fritz Bärtschi, mein Großvater, war immer dagegen gewesen, daß Odile Kellnerin wurde. Sie wäre besser auf dem Bauernhof geblieben, meinte er. Odile aber, nach der sich – bevor das Unglück mit der Wange passierte – jeder umdrehte, wollte partout in die Stadt. Ihre uneheliche Schwangerschaft, das sei die Strafe, sagte der Bauer, ein bigotter Calvinist, von dem ich die derben Hände habe. Seine Frau Solange dagegen, eine Schönheit aus dem Waadtland, die einen Besseren verdient hätte als den sturen Bauern, unterstützte Odile heimlich in ihrem Wunsch. Mutter taufte mich Fritz aus dem hilflosen Versuch heraus, dem Vater zu Gefallen zu sein, ihn gegenüber dem Kind vielleicht doch noch positiv einzustellen. Es nützte nichts. Der Vater verstieß Odile, es gab nur noch heimliche Treffen mit der Mutter. Deshalb kam ich nach Mutters Tod nicht auf den Bauernhof, obwohl das Jugendamt dazu gedrängt hatte, um das Heim zu vermeiden. Ein tiefes Zerwürfnis trennte von nun an die Großeltern. Sie redeten nicht mehr miteinander. Etwa ein Jahr lang erhielt ich von Solange Freßpakete. Dann starb sie. Kurz vorher besuchte sie mich und gab mir ein dickes Kuvert mit Aufzeichnungen. ‹Vielleicht wirst du das später einmal lesen wollen›, sagte sie. Es war ihre Geschichte, soweit sie mich betraf. Am Mittwoch, bevor Frédéric Delacroix den Smoking anzog, habe ich darin gelesen.»

*

Es sind etwa zwanzig Seiten, gefüllt mit einer zierlichen, makellosen Handschrift, in der es hier und da an den großen Buchstaben winzige Verzierungen gibt wie in alten Büchern. Die Aufzeichnungen sind an Papa gerichtet, der Ton ist manchmal entschuldigend, dann wieder ermahnend, insgesamt zärtlich, der kleine Fritz muß ihr viel bedeutet haben.

«Ich richte diese Worte an Dich», schrieb sie, «obwohl Du sie jetzt noch nicht verstehen kannst. Ich habe nicht mehr viel Zeit, und ich möchte, daß Du später siehst, daß ich viel an Dich gedacht habe, obwohl ich Dich nicht zu mir nehmen konnte.» Bald kommt sie auf ihre hauptsächliche Sorge zu sprechen: daß Fritz nach Odiles Tod zu einem Eigenbrötler geworden war. «Im Bahnhofsbuffet warst Du doch der Liebling der Leute», schrieb sie, «*le petit prince*, weil Du die Lieblingsplatte der Gäste in der Musicbox kanntest, Du brauchtest sie nur ein einziges Mal gehört zu haben, sagte Odile. Warum meidest Du im Heim die anderen Kinder? Du seist furchtbar kratzbürstig und abweisend gegen alle, sagen sie. Um dein Bett herum hättest Du sogar einen Paravent aufgestellt. Dein Gedächtnis, sagt Nicole, sei fabelhaft, unglaublich. Leider sei es auch ein Elefantengedächtnis, Du seist schrecklich nachtragend. Manchmal, mein Junge, muß man einfach vergessen, was die anderen gesagt und getan haben, auch wenn es weh tat. Sonst ist man ständig mit seinen schlimmen Erinnerungen beschäftigt, die ja immer mehr werden, und man kommt nicht mehr zum Leben.» Die beiden letzten Sätze hat Papa dick unterstrichen, wer weiß wann.

Für eine Weile konnte ich nicht weiterlesen. Ich mußte hinaus auf die Straße und ging zweimal um den Block. Jetzt, Ende November, ist es in Paris eisig. Ich war versucht, dich anzurufen und dir die Sätze von Solange vorzulesen.

Die Großmutter erklärt dem kleinen Fritz, daß nichts dabei sei, wenn er mit dem Kopf gern hin und her schaukle. Man brauche nicht für alles einen Grund. Das sei genausowenig schlimm wie daß er lieber mit der linken Hand schreibe. Von Nicole wisse sie, daß ein dummer Lehrer ein Wort benutzt habe, das die anderen jetzt hinter ihm herriefen: *Echolallie*. Es sei ein wichtigtuerisches Wort, sie habe es im Lexikon nachschlagen müssen. Offenbar bezeichneten gewisse Angeber damit die vollkommen harmlose Angewohnheit, eben gehörte Wörter zu wiederholen, wie ein Echo. Ob er noch wisse, wie charmant manche Gäste im Bahnhofsbuffet das gefunden hätten?

Wir haben das Wort aus Papas Mund nie gehört. Jetzt weiß

ich, warum er uns verbot, in seiner Gegenwart das Wort *lallen* zu benutzen.

Noch etwas machte Solange Sorgen: Papas Neigung zu phantasieren. «Die Phantasie ist etwas Wunderbares und Kostbares», schrieb sie, «und Dir ist viel davon mitgegeben worden, mehr als den meisten Menschen. Aber Du mußt mit dieser Gabe sorgsam umgehen. Erfinde ruhig, soviel Du willst. Aber nicht, wenn man die Wahrheit von Dir erwartet. Denn dann bedeutet erfinden lügen. Es ist nicht leicht zu wissen, wann die anderen Anspruch auf die Wahrheit haben. Das hat mich das Leben gelehrt. Auch gibt es Menschen, die es verdienen, belogen zu werden. Aber das ist nicht die Regel. Und merk Dir: Die Menschen mögen es nicht, hinters Licht geführt zu werden. Ihre Rache kann grausam sein. Im Bahnhofsbuffet, da mochten sie Deine phantastischen Geschichten. Aber das Bahnhofsbuffet ist nicht das Leben.»

Wie gern hätte ich Solange gekannt!

*

«Tosca hatte soeben Scarpia erstochen und nahm ihm den Passierschein aus der Hand», fuhr Papa fort. «Der Vorhang fiel. Aus seinen Falten traten die Hauptdarsteller hervor und verbeugten sich an der Rampe. Langsam wanderte der Blick des Italieners in unsere Richtung. Chantal beugte sich weit nach vorn. Ich dachte an Mailand. Di Malfitanos letzter Blick galt unserer Loge, dann wandte er sich ab und verschwand. Ich bin diesem Mann, der euer Vater war, nie persönlich begegnet, und auch jetzt kam es zu keinem wirklichen Austausch von Blicken. Sein Blick wischte über den meinen hinweg, wie er über alle anderen auch hinwegwischte.

Ich hatte Angst vor dem Pausenlicht. Wir würden die Loge nicht verlassen, das war klar. Chantals Blick würde auf mir ruhen. Auf Frédéric Delacroix. Sie würde sich fragen, warum meine Hand nicht mehr auf der Manteltasche mit der Waffe lag. Warum habe ich nicht zu ihr gesagt: Laß uns nach Hause fahren! Warum bloß? Es wäre so leicht gewesen. Sie würde jetzt noch leben. Ich könnte zu ihr gehen. Wir könnten einen Spaziergang durch das Herbstlaub machen, wie auf der Reise nach Linz. Du hättest sie erleben sollen: Stundenlang ging sie ohne Schmerzen neben mir her, und einmal stellte sie den Stock zum Jux in eine Hausecke, als wolle sie ihn dortlassen. Wie in Lourdes!, lachten wir. Einmal gab sie mir auf offener Straße einen Kuß, und dann gingen wir wie übermütige Kinder Hand in Hand weiter. So etwas könnten wir jetzt wieder machen, immer wieder. *Laß uns nach Hause fahren!* Diese wenigen Worte hätten genügt.

Doch ich bin stumm sitzen geblieben. Die Pause kam mir endlos vor. Ich wollte mit den Gedanken zurück zu Fritz Bärtschi, zu Mutter und Solange. Das Licht aus den Lüstern störte dabei. Als es wieder ausging, hatte ich keinen einzigen Blick mit Chantal getauscht und kein einziges Wort gesprochen. Wie gesagt: Der Mittwoch war für uns beide ein schrecklich einsamer Tag.

Cavaradossi wurde auf das Dach der Engelsburg geschleift. Die Feder für den Abschiedsbrief an Tosca in der Hand, begann er *E lucevan le stelle* zu singen, mit dieser Stimme, die einen alles vergessen läßt. War es vorher nur Vorahnung gewesen, jetzt wußte ich es: Es war nicht mehr nötig, ihn zu töten. Was bei diesem Gedanken in mir geschah, war das Aufhören eines Fiebers, das jahrzehntelang in mir gewütet hatte. Das Aufhören eines verzehrenden Fieberns nach Anerkennung. Das lautlose und plötzliche Erlöschen einer Besessenheit. Eine stille Kapitulation, durch die sich mein ganzer Körper entspannte. Eine sonderbare Klarheit begann mich auszufüllen: die Klarheit, daß ich nicht die Begabung besitze, große Musik zu schreiben. Und daß das nichts macht.

Ich bin Klavierstimmer, dachte ich, ein guter Klavierstimmer, manche sagen: ein ausgezeichneter Klavierstimmer. Mehr nicht. In jenem Augenblick fand ich zu meinem ursprünglichen, hölzernen Namen zurück. Namen bedeuten ja nichts. Und doch hatte ich den Eindruck, als beschriebe mich dieser hölzerne

Name ganz genau, treffender und umfassender als alle anderen Worte: Fritz Bärtschi. Ich bin Fritz Bärtschi, dachte ich. Fritz Bärtschi. Und nach einer Weile kam eine weitere Empfindung hinzu: Ich wollte die vielen Dinge, die ich über Musik weiß, loswerden. Nicht vergessen; aber ruhen lassen. Ich spürte, daß ich nun nichts mehr wollte, nichts mehr zu wollen brauchte. Daß Jahrzehnte eines ununterbrochenen Wollens zu Ende waren.

Seither bin ich ganz ohne Willen. Es ist schön und leicht. Ich hätte nicht gedacht, daß es so schön und leicht sein würde. Ich bin jetzt ohne Willen, wie ein Tagedieb, der sich treiben läßt. Wie Henri. Es ist, als sei ich in der Zeit zurückgereist bis hinter den Tag, als Pierre ins Heim kam, und hinter den Tag, als ich seinen glänzenden Flügel zu Gesicht bekam, der alles, meinen gesamten Willen, in Gang setzte.

In der ersten Nacht in der Zelle kam mir auf einmal der Gedanke, daß es vielleicht ein großes Unglück gewesen war, Pierre zu begegnen. Eine Verführung zu einem Leben, das gar nicht meines sein konnte. Danach träumte ich von Pierre. Es war seit sehr langer Zeit der erste Traum von Pierre. Und es war das erste Mal überhaupt, daß ein Traum von Pierre mich unglücklich machte. Er bestand aus fast nichts, der Traum, vor allem hatte er keine Handlung. Im Grunde war es nur ein geträumter Geruch. Pierres Geruch. Und mir war nicht …wohl dabei.»

Papa schluckte und schluckte, der Adamsapfel wollte nicht zur Ruhe kommen. Da saß der Mann, der dir und mir durch seine Sehnsucht nach Anerkennung nicht weniger als die gesamte Musik verbaut hatte, und erklärte, es sei alles ein Irrtum gewesen. Meine erste Regung war Wut. Eine grenzenlose, überbordende Wut. Ich hätte nicht gedacht, daß ich einer solchen Wut fähig wäre, und schon gar nicht Papa gegenüber. Es war einfach so unfair. Ich muß ihn entgeistert angesehen haben, denn seine Augen wurden schuldbewußt. «Ich weiß», sagte er nur.

*

War das, was Papa sagte, eine Einsicht, die nachträglich große Teile seines Lebens zum Einsturz brachte? Oder war es nur eine Ermüdungserscheinung, die ihn davor bewahrt hatte, einen Mord zu begehen?

Er mußte, um zu sich selbst zu finden, Abschied nehmen von seiner Liebe zu Pierre, der einzigen wirklichen Liebe, die er gekannt hatte, einer Liebe, die ihn von sich selbst weggetragen hatte, statt ihn näher an sich heranzubringen, wie eine Liebe das sollte. War es so?

Dann säßest du jetzt in Berlin in deinem verrückten Tonstudio und beschäftigtest dich mit etwas, das Papa in den letzten Tagen seines Lebens abzustreifen versuchte, weil es für ihn keinerlei Bedeutung mehr hatte. Seine Musik, sie wäre wie eine leere Hülse. Und dieser leeren Hülse wegen verrietest du deinen indianischen Jungen.

*

«Chantal muß gemerkt haben, was in jenem Moment mit mir geschah. Als sich die Erschießungsszene ankündigte, spürte ich plötzlich ihre Hand in meiner Manteltasche. Mit einer entschlossenen, fast brutalen Bewegung zog sie die Waffe heraus. Sie stand auf und lehnte sich mit der Schulter an die Wand der Loge, die Waffe in den herunterhängenden Händen. Ich hörte das laute, hallende Geräusch des Entsicherns, das uns – so kam es mir vor – für jeden einzelnen Zuhörer verraten mußte.

Was ich jetzt sage, wird für jemand anderen schwer zu verstehen sein, da bin ich sicher: Ich verspürte nicht den geringsten Impuls, sie an ihrem Vorhaben zu hindern. Vielmehr kam es mir vor, als habe ich mein eigenes Vorhaben zur Ausführung an sie weitergegeben. Wie einen Staffettenstab. Und ich war stolz auf sie. Obwohl es auch weh tat. Denn bei ihr würde es nicht mehr dieselbe Tat sein. Sie würde den Italiener erschießen, weil nicht er hier an ihrer Seite saß, sondern ich, der Klavierstimmer, mit dem sie hatte vorliebnehmen müssen, um einen Vater für ihre Kinder zu haben. Einen kurzen Augenblick lang bereute ich meine Kapitulation, Eifersucht schoß wie eine Stichflamme in mir hoch, und nun wollte ich es doch selbst tun.

Aber da war es bereits zu spät. Die Soldaten waren gerade dabei, ihre Gewehre auf Cavaradossi in Anschlag zu bringen. Chantal hob die Waffe und winkelte den Ellbogen an. Mit der anderen Hand faßte sie zur Stützung unter den Ellbogen. Dann senkte sie langsam und konzentriert den Unterarm, bis der Lauf der Waffe genau in der Verlängerung des gestreckten Arms lag und so unbarmherzig auf Cavaradossi zeigte wie die Gewehre der Soldaten. Es war lange her, Jahre schon, daß ich in Chantal, die still und müde geworden war, so viel Spannkraft gesehen hatte, und es machte mich glücklich, einen so starken, rücksichtslosen, unaufhaltsamen Willen in ihr aufflammen zu sehen.

Sie schoß einen Takt zu früh. Ein, zwei Gewehre gingen daraufhin trotzdem los, aber die anderen Soldaten drehten den Kopf nach oben in unsere Richtung, die Waffe jetzt ziellos in den Händen. Di Malfitano stieß einen röchelnden Laut aus, taumelte und stürzte zu Boden, die Musik geriet in Unordnung und erstarb schließlich.

Es war unvorstellbar für mich, daß Chantal ins Gefängnis ginge. Und ich meine das ganz wörtlich: unvorstellbar. Es war die eine Sache, die ich nicht hätte ertragen, mit der ich nicht hätte leben können. Das wußte ich ohne nachzudenken. Nicht die Frau, die sich seit eurer Flucht in eine sanfte Verschrobenheit eingesponnen hatte. Die Frau, die mit jedem Jahr weiter von der Wirklichkeit wegglitt, hinein in unwirkliche Dialoge mit euch und in lindernde Morphiumträume. Die Frau, deren Haut diese winzigen Runzeln bekommen hatte, welche der Haut das Aussehen von Pergament verliehen. Im Gefängnis gibt es kein Morphium. Schon allein deshalb war es undenkbar.

Als ich sah, wie sich ihr Arm, der Arm von Georges' gelehriger Schülerin, mit der Waffe langsam senkte, bis er ganz gestreckt war, wurde ich vollkommen still in der Gewißheit, daß ich es sein würde, der für ihre Tat ins Gefängnis ginge. Es war der selbstverständlichste Gedanke der Welt, der keinen anderen neben sich duldete. Und so sprang ich, als der Schuß gefallen war, auf, drückte Chantal auf den Sitz und stellte mich neben sie, wie zu ihrem Schutz. Erst ein bißchen später begriff ich, wie wichtig das gewesen war: daß mich die Leute hatten stehen sehen, so daß ich sagen konnte, ich sei es gewesen. Wenn es darauf ankam, war ich immer kaltblütig, das sagten sie im Militär ebenso wie im Heim. Vorsichtig, wie um sie nicht zu wecken, nahm ich Chantal die Waffe aus der Hand. Sie ließ es geschehen, als merke sie es nicht, sie war abwesend wie in Trance. Über Schmauchspuren lernten wir beim Militär alles; Hügli, der Leutnant, war Kriminaltechniker. Ich hielt die Hand vor den Pistolenlauf und rieb, dann fuhr ich mit der Waffe über den Jackenärmel. Das mußte reichen, dachte ich, und es hat ja dann auch gereicht. Dann stand ich aufrecht in der Loge und blickte hinunter auf den toten Antonio di Malfitano und die Verwirrung auf der Bühne. Chantal war auf ihrem Sitz zusammengesunken. Der Vorhang wurde heruntergelassen, das Licht ging an, und jemand trat vor den Vorhang. Der Italiener sei erschossen worden, sagte er, niemand dürfe das Theater verlassen, die Ausgänge würden gesperrt, bitte haben Sie Verständnis. Ich blieb aufrecht stehen, blieb einfach nur stehen wie jemand, der nichts zu verbergen hat, und wartete, bis man auf mich zeigen würde. Als mich zwei Polizisten an den Armen packten, dachte ich: Wie albern, ich gehe doch auch so mit, und: Ich habe nichts zu verbergen.»

*

Das war Papas Geschichte. «Maman hat aus Loyalität geschossen», sagtest du, als du am Sonntag morgen bei mir warst, vor Erschöpfung grau im Gesicht und mit den Tränen kämpfend. «Sie hat es getan, weil Vater dazu nicht mehr die Kraft hatte.»

So mag es gewesen sein. Doch mittlerweile wissen wir: Wenn es so war, dann war es ein tragisches Mißverständnis. Papa fehlte im entscheidenden Moment nicht die Kraft, sondern der Wille. Wenn er Maman nicht in den Arm gefallen ist, dann nicht, weil er froh war, daß sie seinen Willen vollendete, sondern weil er glaubte, sie handle aus einem eigenen Willen heraus, der zu respektieren war. Doch den hatte sie in Wirklichkeit gar nicht. Es war ein fremder Wille, den sie zu Ende führte, als sie abdrückte, und zudem ein Wille, den es in diesem Augenblick nicht mehr gab. «Immer wieder zitierte sie Vaters Worte über das Betrogenwerden», sagtest du. «Als rufe sie ihn zum Zeugen dafür auf, daß sie tun mußte, was sie tat.»

Ich habe Papa nicht gesagt, wie es wirklich war. Daß es ein schreckliches Mißverständnis war, geboren aus Sprachlosigkeit; ein unnötiges Mißverständnis aus blinder, sprachloser Loyalität heraus. Daß Maman sich an jenem Abend ebensosehr wie er gewünscht hatte, einfach nach Hause zu fahren. Als er von der Staffette und Mamans eigenem Motiv für die Tat sprach, stockte mir der Atem. Wie leicht hätte es sein können, daß in Mamans Brief Sätze standen, die ihm klarmachten, daß sie es nur seinetwegen getan hatte! Doch was sie dazu geschrieben hatte, waren nur seine eigenen Sätze: *Er hat uns betrogen. Um die Zukunft hat er uns betrogen.*

Ich bin sicher: Als Schreibende tat sie dasselbe, was sie auch tat, als sie Samstag nacht zu dir sprach: Sie beschwor seine Worte, an die sie sich klammerte, um ihrer Tat, die gar nicht die ihre war, einen Sinn zu geben. Doch zum Glück konnte Papa das den Worten nicht ansehen. Still und erloschen saß er mir jetzt gegenüber, ein alter Mann, der mit der Waffe in der Hand im gefährlichsten Moment seines Lebens unsicher geworden war, ob ihm Musik wirklich etwas bedeutete.

Patrice

W ENN DU ZU PATTY nur nicht davon gesprochen hättest, Vater, daß dir die Musik vielleicht gar nichts bedeutet habe! Daß womöglich alles ein gigantischer Irrtum, eine umfassende Lebenslüge gewesen sei! Deine Worte hindern mich daran, mich ganz in deine Musik hineinfallen zu lassen in dem Gefühl, dir nun endlich nahe zu sein und dir denjenigen Respekt und diejenige Zuneigung entgegenzubringen, die ich dir schuldig geblieben bin. Denn nun weiß ich nicht, womit ich es bei der Musik, die durch die leeren Räume hallt, zu tun habe: mit einem Stück deiner Seele oder mit dem Ergebnis einer jahrzehntelangen Anstrengung, die gar nicht wirklich den Klängen galt, sondern dem Applaus, der auch der Applaus für etwas anderes hätte sein können.

Wenn die Passagen harmonisch und die Töne wie Wind sind, der über Landschaften streicht, bin ich ganz sicher, daß die geäußerten Zweifel ohne jede Bedeutung sind, Irrlichter, die einem verqueren Bedürfnis nach Selbstzerstörung entsprangen, vielleicht auch Ermüdungserscheinungen nach einer langen Zeit der Erfolglosigkeit. Dann verschwinden jene zerstörerischen Sätze für eine Weile aus meinem Kopf. Bis zum nächsten Einbruch von Dissonanzen, die laut oder leise inszeniert sein können. Dann – obwohl die Welt der Musik voll ist von gekonnten Dissonanzen – denke ich auf einmal, daß etwas dran sein könnte an deiner vernichtenden Bilanz. Das hieße, daß ich Tag für Tag und Nacht für Nacht hier säße und einem Phantom nachjagte, statt Paco bei der Hand zu nehmen, wie ich es in Santiago jeden zweiten Tag tat. Wenn du nur jene Worte nie gesprochen hättest, Vater!

Ich war es, der dich fand. Dein Tauchsieder veranlaßte mich nachzusehen. Warm war er nicht mehr, als ich um vier Uhr früh in die Küche kam. Aber so stand er nur, wenn du ihn vor kurzem gebraucht hattest. Das Bett im Schlafzimmer war unberührt. Du hattest nicht in das Zimmer gehen mögen, in dem wir zwei Nächte zuvor Maman gefunden hatten. Die Polstertür war zu. Das Herz schlug mir bis zum Hals, als ich die Klinke drückte und nach vielen Jahren, in denen ich es vergessen hatte, spürte, wie schwer die Tür war, mit der wir deine Musik erstickt hatten.

Beide Hände am aufgerissenen Kragen, saßest du mit geschlossenen Augen im Sessel. Es schien mir unendlich lange her, daß ich dich schlafend gesehen hatte. Du warst in mir gegenwärtig als einer, der bis tief in die Nacht hinein über seine Noten wachte und längst wieder am Schreibtisch saß, wenn wir aufstanden. Jetzt war dein Gesicht zur Ruhe gekommen, die Spuren des Herzanfalls waren verebbt. Noch bevor ich die unnatürliche Kühle deiner Haut spürte, wußte ich, daß du tot warst. «Vater», sagte ich trotzdem, und schüttelte dich sanft.

Der Flügel war offen. Auf dem Notenpult lag *Michael Kohlhaas*, das Duett, das er und Lisbeth am Grab der Kinder singen. Ein letztes Mal hast du dich vergewissern wollen, wie sie ist, deine Musik. Du hast die Tür zugemacht, um uns nicht zu stören. Und so hörten wir dich nicht, als der Anfall kam.

Ich habe die Tür hinter uns beiden zugemacht und bin bei dir geblieben, bis es dämmerte. Immer von neuem sah ich dich aus dem Gefängnistor in Moabit treten. Du warst unschuldig. Mamans Geständnis bewies es. Ihre Fingerabdrücke auf dem Lauf der Pistole bewiesen es. Die Schmauchspuren auf dem Abendkleid bewiesen es. Es war bewiesen. Trotzdem haben sie dich noch eine Nacht lang dortbehalten. Freigelassen werden Leute nur morgens, zu einer bestimmten Stunde. «Ich kann es nicht ändern», sagte Dupré und legte mir, obwohl ich ihn angeschrien hatte, die Hand auf die Schulter.

Dein Haar war schlohweiß, und der Schnurrbart, der früher nie grau zu werden schien, war es jetzt. Die Länge der verflossenen Zeit, die sich an dem veränderten Aussehen zeigte, erschütterte mich – als hätte ich sie auf dem Weg nicht bis auf den Tag genau ausgerechnet. Nie zuvor, Vater, hatte ich an dich als einen alten Mann gedacht. Dein unbeugsamer Wille, die Welt eines fernen Tages doch noch zur Anerkennung deiner Musik zu zwingen, schien dir einen unerschöpflichen Vorrat an Zukunft zu verleihen. Ein bißchen war es, als seist du dadurch dem gewöhnlichen Lauf der Welt entrückt. Der Mann jedoch, der nun auf mich zukam, war alt geworden. Es war mir danach, dich zu umarmen – etwas, was ich als Kind zum letztenmal getan hatte. Doch du strecktest mir sofort und mit großer Bestimmtheit die Hand entgegen, als hieltest du eine Umarmung jetzt und vielleicht überhaupt für ausgeschlossen. «Vater», das war das einzige, was ich herausbrachte, und ich mußte dieses eine Wort den Tränen abtrotzen. «Patrice», erwidertest du und legtest auch deine zweite Hand auf die meine, als sei vor allem ich es, der Trost brauchte.

«Deine Briefe», sagte ich, als wir im Auto saßen, «ich …ich konnte dir nicht antworten. Ich weiß nicht …ich konnte einfach nicht.»

«Ach so, das», sagtest du, während du kerzengerade neben mir saßest.

Für einen Fremden hätten die Worte klingen können, als sei die Sache mit den Briefen längst vergessen. Doch ich wußte es besser. Durch die wenigen Worte warst du mir mit einem Schlag wieder ganz gegenwärtig, ich erkannte jede Nuance von Stimme und Blick. Du hattest nichts vergessen. So wie du niemals etwas vergaßest.

«Ich … es tut mir leid», sagte ich.

Du sahst mich mit deinem fürchterlich geraden Blick an. «Es ist geschehen», sagtest du.

Maman hast du nicht mehr gesehen. An jenem Morgen, den du nicht mehr erlebt hast, hätten wir zusammen hingehen können. Sie hatten sie zurechtgemacht, aber du wärst trotzdem erschrocken. Der Tod ließ, was das Morphium mehr als zwanzig Jahre lang angerichtet hatte, in aller Schärfe hervortreten. «Gerade mal einundfünfzig – niemand würde es glauben», sagte Patty auf dem Heimweg.

Wir haben sie zusammen gefunden, Patty und ich. Es war keine Überraschung. Sie wachte am Sonntag erst gegen Mittag auf. Atemlos hörten wir, wie sie im Haus herumging. Wie begegnet man einem Menschen, der seinem Leben an diesem Tag ein Ende setzen wird? Wie begegnet man ihm, wenn es die eigene Mutter ist?

Schließlich ging ich hinunter. «Kann ich etwas für dich tun?» fragte ich.

«Ich möchte Frédéric heimkommen sehen», sagte sie. Sie zeigte mit bestimmter, fast zorniger Geste auf die Haustür. «Durch diese Tür dort.» Sie ging ins Boudoir. Als sie zurückkam, gab sie mir eines der beiden Kuverts, die in der Nacht auf dem Sekretär gelegen hatten. «Hier, das wird reichen. Du brauchst nur den Anwalt anzurufen.»

Dupré kam. Er las das Geständnis im Stehen. Langsam ging er im Entrée auf und ab. «Es ist nicht zu machen», sagte er schließlich. «Zwar hat irgendein Untersuchungsrichter Wochenenddienst, und ich werde gleich hinfahren und Druck machen. Aber sie werden ihn nicht sofort freilassen. Zuerst wollen sie hören, was er dazu sagt. Ob er sein Geständnis widerruft und wie er die Falschaussage erklärt. Sie werden auf der Waffe Fingerabdrücke Ihrer Mutter finden wollen, und Schmauchspuren auf der Kleidung. Das braucht Zeit. Und bis dahin hat man sie längst verhaftet. Ich kann zu erwirken versuchen, daß der Haftbefehl erst morgen früh in Kraft tritt. Aber man wird sie auf jeden Fall holen kommen, bevor Ihr Vater draußen ist. Sie wird ihn nicht mehr zur Tür hereinkommen sehen.»

«Sie wird nicht mehr leben, wenn sie kommen», sagte ich.

Dupré sah mich lange an. «Dann sollte ich erst morgen früh aufs Gericht gehen. Damit wir sicher sind, daß ihr die Nacht bleibt. Es gibt Untersuchungsrichter, die sind sogar am Wochenende übereifrig.»

Ich nickte.

Er zeigte aufs Boudoir. «Ist sie dort drin?»

Wieder nickte ich.

Er machte ein paar Schritte, blieb stehen und kam zurück. «Trauen Sie sich zu, ihr die Lage zu erklären?»

«Ja», sagte ich, und dieses eine Wort kam so mühsam und heiser aus der Kehle, als sei es mein allererstes Wort.

Ich setzte mich auf die Treppe zur Galerie. Dort pflegte ich als Junge zu sitzen, wenn ich nicht wußte, wie ich Vater oder Maman etwas erklären sollte. Als ich schließlich das Boudoir betrat, stand Maman mit ihrer schiefen Hüfte am Fenster und sah hinaus. Sie drehte sich um und sah mich fragend an. Ich ging auf sie zu und schloß sie in die Arme.

«Du kannst ihn nicht heimkommen sehen», sagte ich in ihr Haar hinein, «sie würden dich vorher holen.»

Ich sagte *würden* und nicht *werden*. Dann begrub ich sie unter meinen Tränen. Sie hielt mich fest, bis es vorbei war. Sie hatte nicht geweint, und ihre Stimme war klar und sicher.

«Ich habe es Patricia erklärt. Hat sie es verstanden?»

Ich nickte.

«Und du?»

Wieder nickte ich.

«Hier. Das gibst du bitte Frédéric.» Sie gab mir das andere, dickere Kuvert. «Meine Sachen sind geordnet. Es ist alles im Sekretär. Ich werde früh zu Bett gehen.»

Ich umarmte sie ein letztes Mal.

«Adieu, mon garçon.» Das waren die letzten Worte, die ich von ihr hörte. Sie klangen ganz anders als in den Briefen. Jetzt waren sie richtig, diese Worte. Ich denke daran wie an einen schützenden Verband über einer tiefen Wunde. Ich weiß nicht mehr, wie ich in mein Zimmer gekommen bin. Auf dem Bett preßte ich das Gesicht ins Kissen, bis ich fast erstickte.

Sie hat es mit Würde getan, Vater, das sollst du wissen. In ihren letzten Handlungen war nichts von der gewohnten Zerstreutheit. Sogar die Haare hat sie noch gewaschen. Mit erschöpftem Gesicht lag sie auf dem frisch bezogenen Kissen, unwiderruflich still. Über den Arm war ein Tuch gebreitet. Darunter lag die Spritze, die ihr aus der Armbeuge geglitten war.

Bis zum Schluß wollte sie es verbergen. Und wußte immer, daß wir es wußten.

Es war, wie gesagt, keine Überraschung. Aber ich werde ein Leben lang brauchen, um den Schrecken, in den das Warten auf ihren Tod eingehüllt war, zum Schweigen zu bringen.

*

Die Tonkassetten beginnen sich zu stapeln. Musik von dreißig Jahren. Im Dezember geht Juliette nach London, um am Meisterkurs eines englischen Pianisten teilzunehmen. Wenn die Zeit nur reicht, um auch die restliche Musik aufzuzeichnen! Ich möchte jeden einzelnen, auch den unbedeutendsten Ton festhalten, den Vater mit der alten, kratzenden Feder aufgeschrieben hat. Nur wenn ich das tue und im stummen Zwiegespräch mit ihm darauf bestehe, daß er jeden dieser Töne liebte, vermag ich das Bild des toten Klavierstimmers auszuhalten, wie es sich mir damals, als draußen der neue Tag heraufdämmerte, unauslöschlich einprägte.

Vaters erste Oper war die Vertonung von Jean Anouilhs Stück *Le voyageur sans bagage*. Es hat mich erschreckt, daß ich das erst *entdecken* mußte. Jeden anderen Opernkomponisten hätte ich *gefragt*, was seine erste Oper gewesen sei; in gewissem Sinn ist sie schließlich die wichtigste. Vater habe ich nie danach gefragt. Ich bin einfach nicht auf die Idee gekommen!

Sofort, als käme es jetzt auf Minuten an, fuhr ich los und besorgte mir den Text. Ein französischer Kriegsgefangener – so die Geschichte – findet sich im Jahr 1918 auf einem Bahnhof in der Heimat wieder. Alle Erinnerung ist ausgelöscht, sein Gedächtnis ist vollständig leer. Im Asyl, wo man ihn aufnimmt, fühlt er sich wohl und unternimmt nichts, um seine Vergangenheit wiederzufinden. Achtzehn Jahre später trifft er auf eine Familie, die ihn als Sohn beansprucht. Was ihm, Schicht für Schicht, über die ersten achtzehn Jahre seines Lebens offenbart wird, entsetzt ihn. Was für eine Kluft zwischen dem, was er zu sein wünschte, und dem, was er wirklich war!

Kaum hatte ich die Eingangsszene gelesen, fiel mir ein, wie fasziniert Vater war, wenn er von einem Gedächtnisverlust hörte. Erst jetzt begreife ich: Für ihn, der das Gepäck seines ruhelosen Gedächtnisses mit sich schleppte, muß der Zustand jenes Soldaten Gegenstand der Sehnsucht gewesen sein. Mit Texten ist Vater von Anfang an freizügig verfahren. Die Ankunft am Bahnhof ist bei Anouilh nur eine Rückblende von wenigen Worten, bei Vater ist es der szenische Auftakt. Pikkoloflöte, Zimbel, Triangel und Harfe schaffen eine leichte, heitere Atmosphäre. Dazu Vaters Regieanweisungen: *vollständig leerer Bahnhof, Licht des frühen Morgens. Was für eine Befreiung ist der Verlust der Vergangenheit!*, ist die erste große Arie des Soldaten in hellem C-Dur. Es sind Vaters Worte. Anouilhs Worte kommen erst später: *J'étais si tranquille à l'asile … Ich war an mich gewöhnt und kannte mich gut – und nun muß ich mich verlassen, ein anderes Selbst finden und es anziehen wie eine alte Weste.* Später, als ihn die Vergangenheit einholt, werden die Klänge dunkler und angstvoll. Die schlimmste Entdeckung ist, daß der Soldat als Junge seinen besten Freund aus Eifersucht zum Krüppel gemacht hatte. Vater gibt dieser Episode sehr viel Raum, und für eine Weile habe ich mich gefragt, ob das etwas zu bedeuten hat. Doch dann haben mich andere Dinge gefangengenommen, vor allem, daß er aus den Gedanken übers Erinnern, die Anouilh dem Soldaten eher nebenbei eingibt, musikalische Höhepunkte macht. *Pflichten, Haß und Wunden … Was dachte ich denn, daß es sei, das Erinnern?* singt der Soldat, und: *Die eine Erinnerung finden heißt, alle finden; eine Vergangenheit erwirbt man sich nicht in Einzelteilen!* Auf diese Weise hat die Oper zwar den Soldaten, aber noch mehr das Erinnern zum Thema. Auch wenn dieses erste Werk musikalisch ungelenk, naiv und stellenweise kitschig ist: Juliette mag es von allen am liebsten. «Kann ich ein Foto von deinem Vater haben?» fragte sie, als sie die Partitur zuklappte.

Vater, wir sahen immer nur winzige Ausschnitte aus deiner Gedankenwelt. Das meiste behieltest du für dich, es blieb verborgen hinter dem bitteren Lächeln, mit dem du der Welt begegnet bist. Ich habe keinen Menschen getroffen, der sein Leben so sehr im verborgenen lebte wie du. Keinen. Ein bißchen warst du wie von einem anderen Stern.

Was die Stoffe von Vaters Opern anlangt, bin ich aus dem Staunen nicht herausgekommen. Beispielsweise hat er sich tatsächlich an Alexandre Dumas, *La Dame aux camélias*, herangewagt. Es kommt mir vor, als habe er ausgerufen: Das kann ich auch! Doch wie anders ist seine Traviata! Violetta weigert sich Vater Germont gegenüber, Alfredo aufzugeben. Zwischen den beiden entwickelt sich ein erbitterter Kampf, in dessen Verlauf sie sich nicht scheut, sogar ihre Tuberkulose als Waffe einzusetzen. Wenn Violetta über gesellschaftliche Konventionen herzieht, fliegen die Fetzen. Das Wichtigste aber ist das Beharren auf dem Recht der Gefühle. «Jetzt wundert mich nicht mehr, daß er sich für Kohlhaas begeisterte», sagte Juliette. Musikalisch ist es leider nur ein Abklatsch von Verdi, verglichen damit ist die Kohlhaas-Oper viel selbständiger. Das gilt auch schon für die Vertonung von Balzacs *Le Père Goriot*.

Überrascht war ich zunächst, daß Vater *Eine blaßblaue Frauenhandschrift* von Franz Werfel aufgegriffen hat. «Warum überrascht», sagte Juliette, «dein Vater war ein Moralist, denk nur daran, wie er die Angst dieses verwöhnten und feigen Staatsdieners vor der jüdischen Frau und dem möglichen Skandal auskostet.» Irgendwie hat sie recht. Aber *Moralist* ist das falsche Wort. Es lag Vater fern, jemandem etwas vorzuschreiben. Nichts lag ihm ferner. Worum es ihm ging, war die Unantastbarkeit eines jeden Menschen. Wut und Vergeltungsrausch, sie brechen in seinen Textbüchern dann los, wenn dieses letzte Heiligtum in Frage gestellt wird.

So ist es auch beim *Besuch der alten Dame*. Vater hat die Vertonung von Dürrenmatts Stück ein Jahr vor der Kohlhaas-Oper abgeschlossen. Was den Wunsch nach Vergeltung anlangt, übertrifft Claire Zachanassian, wie Vater sie entwickelt, Dürrenmatts Figur bei weitem. Wie in der Verfilmung läßt sie die Leute von Güllen Alfred Ills Tod beschließen und ändert danach die Bedingung für das Geld: Er soll am Leben bleiben, und seine mordbereiten Mitbürger sollen mit ihm weiterleben, Tag für

Tag. Doch das allein kam Vater zu milde vor. Er läßt sie an Ills Geschäft vorbeidefilieren, einen nach dem anderen. Ill steht unter der Tür und sieht zu, wie sie sich hinknien und ihm buchstäblich die Stiefel (*schmutzig!*, heißt es im Libretto) lecken. Sie tun es, denn sie haben sich, das Todesurteil vorwegnehmend, hoch verschuldet und wären ohne das versprochene Geld ruiniert. Ill lächelt siegesgewiß. Da erklärt die alte Dame, daß aus dem Ganzen nichts wird: Solch miesen Schweinen gegenüber fühle sie sich an kein Versprechen gebunden. Sobald man das Pfeifen des Zugs hört, mit dem sie Güllen verläßt, fallen die Güllener über Ill her und lynchen ihn. «Kohlhaas ist mir dann doch lieber», sagte Juliette. Was Vater aber gelungen ist: die musikalische Darstellung von triefendem Sarkasmus. Während der Lehrer seine sophistische Rede hält, in der das Todesurteil über Ill als Akt der Gerechtigkeit gepriesen wird, schaffen die Streicher durch spitze und hektische Tonfolgen, unterbrochen von atemlosem Pizzikato, einen musikalischen Hintergrund, der die Worte des Lehrers unterhöhlt und affig erscheinen läßt. Selbstbewußter Zynismus des Lehrers, sagt Juliette. Ich meine: Sarkasmus des Komponisten.

Was ich am Ende mit all den Kassetten und der ganzen Tontechnik machen werde – ich habe keine Ahnung. Sie nach Chile verschiffen? Ich bin unfähig, soweit zu denken. Meine Gedanken reichen gerade noch bis zu dem Moment, wo wir aus dem Bistro auf die Straße treten und unsere Abschiedsworte sprechen werden. Danach, so kommt es mir vor, wird die Zeit unter mir wegbrechen (wie es Straßen bei einem Erdbeben manchmal tun).

*

Ich habe begonnen, das Libretto von *Michael Kohlhaas* ein zweites Mal zu verändern. Lisbeth beschafft sich eine zweite Kapsel, die im Unterschied zur grünen Kapsel der Zigeunerin rot ist. Während sie Kohlhaas auf dem Richtplatz umarmt, entwendet sie ihm die grüne Kapsel und übergibt sie dem Kurfürsten, wie er es verlangt hatte. Als er sie öffnet, liest er Worte, die Lisbeth in der Nacht zuvor hineinpraktiziert hat: *Euer Schicksal erfahrt Ihr aus der roten Kapsel, die Ihr an mir seht und die Ihr bekommt, wenn Ihr meinen Gatten freilaßt.* Der Kurfürst befiehlt die Freilassung von Kohlhaas. Als er die rote Kapsel öffnet, liest er: *Das war ein großer Fehler, denn jetzt wißt Ihr: Der Name des letzten Regenten Eures Hauses ist der Eure, und er wird noch vor Ablauf dieses Monats durch die Pest erlöschen!* Den Kurfürsten trifft der Schlag. Kohlhaas ist wie vom Erdboden verschwunden.

Nie wird jemand diese Entwürfe lesen. Keine Zeile davon. Dabei arbeite ich täglich viele Stunden daran. Manchmal denke ich: Es ist verrückt. Dann wieder: So ist es richtig, genau so.

In einfachen Worten habe ich Paco von Vater und seiner Musik geschrieben. Und ich habe das Bild von dir (dasjenige mit den Spitzenhandschuhen) beigefügt. *Esta es Patricia,* habe ich auf die Rückseite geschrieben.

*

Mein berufliches Leben in Chile habe ich für dich gelebt, Vater. Denn es wurde zu einem Kreuzzug gegen die Erfolgreichen. Bis ich praktisch Berufsverbot erhielt. Jeder Schlag gegen den Erfolg würde die Ungerechtigkeit deines Mißerfolgs mildern: Das muß die Idee gewesen sein, die mich jetzt, wo ich sie von deinem Schreibtisch aus wie die Idee eines anderen betrachte, nur den Kopf schütteln läßt. Indem ich Erfolgreiche zu Fall zu bringen suchte, meinte ich dich am anderen Ende der Welt zu rächen. Mit meiner Flucht hatte ich deine heiseren Predigten über Erfolg hinter mir lassen wollen. Statt dessen wurde ich zu einem spanischsprechenden Kohlhaas für dich. Es war kindisch und konfus, das habe ich wohl gespürt. Und doch habe ich es nicht verhindern können. Zu sehr bin ich dein Sohn.

Als es damals, auf der Hinreise, nach einer endlos scheinenden Nacht schließlich Tag wurde, sah ich auf die Kordilleren hinunter. *Los Andes.* In jenem Moment waren sie für mich keine Berge an der Grenze eines wirklichen Landes, sondern imaginäre Gebilde meiner Phantasie. Sie gehörten zu einem ersonnenen Land, in das man fliehen konnte, wenn man den Gedanken an Erfolg und die Bitterkeit des Mißerfolgs nicht mehr ertrug. Hier strebte niemand nach Erfolg, und niemand fürchtete sich vor Mißerfolg. Die Menschen taten, was sie taten, weil es sie interessierte und es etwas mit dem zu tun hatte, was sie waren. Ob die Anderen es gut fanden oder schlecht oder langweilig, spielte nicht die geringste Rolle. Die Anderen waren kein Maßstab. Selbstvertrauen schöpfte jeder ganz aus sich selbst; die Anerkennung der Anderen brauchte er nicht. Im Gegenteil: Wenn jemand diesen Menschen die Idee von Erfolg und Mißerfolg erklärte, würden sie befremdet den Kopf schütteln. Wie konnte sich jemand derart von den Anderen abhängig machen! Was für eine verrückte Idee! Auch wenn ich mich immer tiefer in meinen aberwitzigen, zerstörerischen Kreuzzug verwickelte: In einem Winkel der Seele weigerte ich mich bis zuletzt, mir dieses Märchenland nehmen zu lassen. Vielleicht ist das der Grund, warum ich in dem wirklichen Land nie ganz angekommen bin. Außer bei Paco.

Als ich ankam, war ich zunächst verzweifelt über die engen Grenzen des Ausdrucks, die mir mein winziger spanischer Wortschatz setzte. Noch im Taxi vom Flughafen, als ich zu dem Studenten am Steuer gerne etwas über das winterliche Licht mitten im Sommer gesagt hätte, nahm ich mir vor, diese Grenzen mit aller Macht und in kürzester Zeit zu überwinden. Doch dann geschah etwas Merkwürdiges: Mit einemmal fühlte ich mich erlöst durch die Kargheit meiner sprachlichen Mittel. Die Suche nach Worten war zu Ende. Ich konnte alles geschehen lassen, ohne es beschreiben zu müssen. Stille senkte sich auf die Welt und meine Erfahrungen. Die Stille vor der Erfindung der Sprache.

Das Taxi war verschwunden. Ich blickte in braune Baumkronen vor einem blaßblauen, smogverfärbten Himmel. Statt die Pension zu betreten, setzte ich mich gegenüber in das Café mit dem Namen *Inca de Oro*. Von dem, was der Kellner sagte, verstand ich kein Wort. Ich war froh: Die Stille würde noch eine

Weile andauern. Am Ende meiner Flucht angekommen, holte ich Atem, bevor ich die ersten Schritt tat, die jene Stille unweigerlich zerstören würden.

Anfangs wohnte ich mit Studenten zusammen. *Calle Moneda* war die Adresse, eine Straße, die im Viertel mit den kleineren Universitäten und Instituten beginnt und schnurgerade ins Zentrum führt, vorbei am Regierungspalast, direkt zur *Berlitz Escuela de Idiomas*, wo ich Unterricht nahm. Es war eine heruntergekommene, spottbillige Unterkunft. In einer ursprünglich großzügigen Wohnung hatte man nachträglich Wände eingezogen, die dünn wie Pappe waren. Man hörte jedes Wort aus dem Nebenraum, und vor allem hörte man die stampfende Musik, die den ganzen Tag über lief.

In meiner wütenden Verlassenheit arbeitete ich meine Übungsbücher durch, wobei ich die Tonbänder so laut abhörte, daß meine Stimme krächzte. Ich stemmte mich gegen die Musik, und ich stemmte mich gegen das immer wieder hereinbrechende sprachliche Unverständnis, es war alles ein einziges verzweifeltes Stemmen gegen die neue Welt. *El suizo,* der Schweizer, hieß ich bei den anderen. Es verletzte mich, daß sie mich nicht beim Namen nannten. Es kam jedoch nicht von ungefähr; in meinem verbissenen, rastlosen Lernen muß ich ihnen fremd und unzugänglich vorgekommen sein.

Was denn das fernere Ziel dieses Lernens sei, fragten sie mich nach zwei, drei Wochen, als wir in der Küche zusammensaßen. *Estar aquí,* sagte ich. Hier zu sein. Im ersten Augenblick dachte ich, ich hätte es nur deshalb gesagt, weil es einfach zu sagen war. Doch dann spürte ich, wie treffend die Antwort gewesen war. Als einen Spaßvogel kannten mich die anderen nicht gerade, und so zögerten sie, bevor sie in Gelächter ausbrachen. Doch dann wurde meine Antwort zum geflügelten Wort, das jeder Gast über mich zu hören bekam. Als ich auszog, sagte einer: Jetzt wirst du lernen, *dort* zu sein.

Bei Berlitz habe ich mich durch einen tollkühnen Poker eingeführt. Einzelunterricht war zu teuer, vor einer Anfängerklasse aber graute mir; ich kannte meine Ungeduld. Im ersten Gespräch mit der Leitung redete ich mit solcher Geschwindigkeit und Bestimmtheit französisch, daß Señor Ormazabal, ein hagerer Mann mit scharfgeschnittenem Gesicht, gar nicht dazu kam, mein Spanisch auf die Probe zu stellen. Eher hatte ich das Gefühl, er wolle sein Französisch unter Beweis stellen. Ich sagte, ich wolle in der mittleren Stufe einsteigen, und als er davon sprach, daß die Schule eine solche Entscheidung auf der Grundlage eines spanischen Essays treffe, nickte ich wie zu etwas Selbstverständlichem. Ob es mir morgen früh passen würde, fragte er. Ich weiß noch genau, wie ich sagte: *de acuerdo*.

Es war ein kalter Wintermorgen, aber ich fröstelte nicht nur deshalb, als ich ins *Inca de Oro* ging. In vierundzwanzig Stunden einen spanischen Essay vorzubereiten, das war unmöglich. Was tun? Da geschah etwas Unerwartetes: Mit einemmal, Vater, sah ich ganz deutlich jene Fotografie vor mir, die dich als Zögling im Heim zeigt. Schon damals war das herausfordernde Lächeln, das Gygax zur Weißglut bringen konnte, auf deinen Lippen und in deinen Augen. Jetzt, kaum eine Woche nach meiner Flucht vor dir, kam es mir zu Hilfe. Ich kaufte eine Touristenzeitschrift über die Schweiz. Zu Hause lernte ich einen der Artikel auswendig. Ich konnte mir einiges zusammenreimen, so wie man sich über die Grenzen romanischer Sprachen hinweg Dinge zusammenreimen kann. Doch beim Memorieren ging ich wie über spiegelglattes Eis, ohne Halt und ohne das geringste Gefühl für richtig und falsch. Erst in den frühen Morgenstunden hatte ich den Eindruck, es schaffen zu können. Zwei Stunden Schlaf, und alles schien wie ausgelöscht. Doch als ich mich in der Schule an den Tisch setzte, war es wieder da, und ich schrieb die Wörter nacheinander hin, meist aus dem visuellen Gedächtnis. Es reichte, und am nächsten Tag saß ich in der gewünschten Klasse.

Spanisch wurde mir zur Sprache der Verlassenheit. Ihr Klang vermischte sich mit der imaginären Kälte, die auch in den heißen Monaten nicht aus meinem Gesicht weichen wollte. Mir schien, als müßten sich all diese spanisch sprechenden Menschen hier genauso verlassen fühlen wie ich, und wenn sie sich dann nicht so benahmen, schien es mir eine Lüge. Im Traum lachten mich spanischsprechende Menschen aus, weil ich auf ihren Bluff hereingefallen war. Dann sann ich den halben Tag darüber nach, wie das Eingeständnis von Verlassenheit, wie es in jenem Lachen eingeschlossen war, so heiter und frech klingen konnte.

Erst indem ich Paco sprechen lehrte, wurde das Spanische auch zu meiner Sprache. (Als es soweit war, Patty, empfand ich es als Unglück: Nun konnte ich eine Sprache, welche dir nicht geläufig war. Es war, als würde ich von dir weggespült. Dieses Gefühl glich einem anderen, das mich ausfüllte, als ich in Valparaiso am Strand stand: Das war der falsche Ozean, ich führe in die falsche Richtung, wenn ich ein Schiff bestige.)

Als ich Spanisch fließend sprach, ging mir öfter eine Frage durch den Sinn: Welches war denn nun eigentlich meine Sprache? Von welcher Art waren die Worte, in denen ich mich am ehesten aufgehoben fühlte? Ich erfand einen Test: Welche Sprache half mir am meisten, mich im Inneren gegen bedrängende Dinge zu wehren? Der Test fiel zu meiner Überraschung vollkommen eindeutig aus: Es waren die schweizerdeutschen Worte, welche die Angst am besten zu bannen vermochten. Die Ferne nahm der Mundart alles Enge und ließ nur den nüchternen Ton übrig, der der Welt das Beängstigende nimmt, indem er alles auf ein überschaubares Maß reduziert. Die Sätze, die am meisten halfen, waren Sätze, wie Vater sie sagen würde: kurze, lakonische Sätze.

Da begann ich in Gedanken etwas zu tun, was mir nie zuvor in den Sinn gekommen war: Ich fragte Vater um Rat, wenn ich nicht mehr weiterwußte. Das ging gut, bis ich das Gespräch auf Heimweh und Einsamkeit lenkte. Da schwieg Vater. Ich fragte ihn, was das damals im Heim für eine Art von Einsamkeit gewesen sei. Ich wollte wissen, wie nah oder fern seine Empfindung der meinen gewesen war. Er schwieg, und ich sah lediglich das spöttische Lächeln vor mir, das seine Verletzlichkeit nur unvollkommen zu übertünchen vermochte.

In der ersten Zeit wunderten sich die Lehrer über den neuen Schüler. Lidia Paredes, welche die meisten Stunden gab, erzählte mir später, am verblüffendsten sei gewesen, wie ich an einem Tag bei einem Thema rein gar nichts zu verstehen schien, nur um am nächsten Tag reihenweise korrekte, wenn auch ungelenke Sätze darüber zu sagen. Sie konnte nichts von der Sprache der Verlassenheit wissen, die ich wie einen Feind studierte, den man in- und auswendig kennen muß, um ihn besiegen zu können. Ich sprach alle neuen Wörter und Redewendungen auf Tonband. Das Band anzustellen war das erste, was ich am Tage tat, es abzustellen das letzte. Überall im Zimmer, wo mein Blick regelmäßig hinfallen würde, hingen Zettel mit widerspenstigen Wörtern. Mein System war einfach: In jeder Schulstunde Dutzende von Seiten mit Notizen über Unverstandenes füllen, zu Hause nachschlagen, Tonband an, Tonband aus, zurückspulen. Die Träume waren voll von zusammenhanglosen spanischen Wörtern. Später nahm ich Radiosendungen auf, um mich an die chilenische Aussprache zu gewöhnen, die alles verschleift und verschluckt. Ich ordnete die Bänder nach Sprechgeschwindigkeit und Artikuliertheit: am einen Ende die Nachrichten, am anderen aufgeregte, sich überschlagende Sportreportagen. Erlitt ich beim Abhören eines schwierigen Bandes Schiffbruch, ging ich zum nächsteinfacheren zurück. Die Lehrer hielten es für Fleiß, einige für Begabung. In Wirklichkeit waren es Einsamkeit und Verzweiflung. Es war gut, daß es diese Sprache zu lernen gab. Ich wage nicht daran zu denken, was sonst geschehen wäre.

Der Krieg, den ich gegen den Erfolg führen sollte, begann mit einer harmlosen kleinen Episode. Beatriz Sandoval, die ich nur einmal die Woche hatte, fing mich eines Tages nach dem Unterricht ab und zeigte mir einen längeren Brief eines Verlags, der noch am selben Tag ins Deutsche und Französische übersetzt werden mußte. Die zuständigen Übersetzer waren nicht zu erreichen. Ob ich mir das zutraue? Ich setzte mich in ein Büro mit lauter Wörterbüchern. Beim abschließenden Durchlesen der Texte fiel mir auf, daß der Schlußabsatz ironisch, im Deutschen geradezu sarkastisch klang. Das paßte nicht zum Ton des

übrigen Briefs. Ich sah nach: Es lag daran, daß ich einige wenige Worte aus Versehen nicht übersetzt hatte. Auf dem Heimweg
trank ich vor dem *Inca de Oro* einen Kaffee, es war kurz nach
Weihnachten, und das Thermometer zeigte über dreißig Grad
an. Wie groß die Wirkung sein konnte, wenn man beim Übersetzen einige Worte vergaß! Ich spann den Gedanken weiter:
Was für eine Macht ein Übersetzer oder Dolmetscher hätte,
wenn er gezielt einiges *verschwiege* oder die Worte gar *ver-
fälschte*! Er könnte Herr werden über ganze Verhandlungen, ge-
schäftliche und gerichtliche, er hätte es in der Hand, wie sich
Stimmungen, Situationen, ganze Beziehungen zwischen Menschen entwickelten. Und, dachte ich schließlich, er vermöchte
unter Umständen, Erfolg in Mißerfolg zu verwandeln und Mißerfolg in Erfolg. «Lautlose Sabotage», lachte Juan, der Kellner.
Weiter geschah nichts.

In der nächsten Zeit erhielt ich von der Schule hin und wieder kleine Übersetzungsaufträge. Als Gegenleistung bekam ich
Einzelunterricht. Nach drei, vier Stunden am Tag, in denen ich
gezwungen wurde, ständig spanisch zu sprechen, hatte ich ein
Gefühl, als schwämme mein Gehirn im Schädel. Beatriz Sandoval, eine Frau von Mitte Fünfzig mit strengem Gesicht und stren-
ger Frisur, war meinen Fehlern gegenüber unnachgiebig. *«¡Im-
perdonable!»* war ihr ungerührter Kommentar, wenn ich einen
Fehler machte, der mir inzwischen eigentlich nicht mehr passieren durfte. Anfänglich hielt ich ihre barsche Art für ein Zeichen, daß sie mich nicht mochte. Doch allmählich begriff ich,
daß sie mich, ganz im Gegenteil, zu ihrem Starschüler erkoren
hatte und daß ihre Strenge ihrem Ehrgeiz als Lehrerin entsprang.

Ich wurde besser und besser. Inzwischen verstand ich die
Sportreportagen im Radio auf Anhieb und hatte auch mit der
saloppen Sprache in Kriminalfilmen keine Mühe mehr. Beatriz
(ich nenne sie nur hier beim Vornamen, in Wirklichkeit war die
sprachliche Oberfläche unserer Beziehung sehr förmlich) war
herzkrank und mußte manchmal eine Woche aussetzen. Dann
vermißte ich sie, und nicht nur wegen des Unterrichts. Das

machte es später, als ich die Dinge in Unordnung brachte, schwierig.

Im Frühling des zweiten Jahres, als Lehrer für Deutsch und Französisch ausfielen, sprang ich für ein paar Wochen ein. Es war sonderbar, mit gerade zwanzig vor Leuten zu stehen, die zum Teil Jahrzehnte älter waren als ich. Was ich lernen mußte und bis zum Schluß nicht wirklich konnte: den Leuten ihr eigenes Tempo beim Suchen der richtigen Worte zu lassen. Einige wurden richtig wütend, wenn ich der Versuchung nicht widerstehen konnte, den deutschen oder französischen Satz für sie zu Ende zu sprechen. Dann entschuldigte ich mich so wortreich, daß sie es übertrieben fanden. Sie konnten ja nicht wissen, wie sehr mir in solchen Momenten Maman gegenwärtig war; wieviel Kraft es kostete, gegen das Echo ihrer Erwartungen anzukämpfen. Den anderen ihr Tempo lassen: Erst Paco hat es mich gelehrt.

Gegen Ende des zweiten Jahres boten sie mir einen Vertrag an. Ich glaube, es war Beatriz, die es durchsetzte, daß ich Bewerbern mit Diplom vorgezogen wurde. Señor Ormazabal war ein bißchen erstaunt über die zögerliche Art, in der ich unterschrieb und ihm die Hand schüttelte. Ich glaube, er war sogar etwas gekränkt; schließlich hatte er mir mit der Aufenthalts- und Arbeitserlaubnis geholfen. Wie konnte er ahnen, daß die feste Anstellung für mich zweischneidig war. Einerseits war es höchste Zeit, daß nun regelmäßig Geld kam; das Geld vom Sparkonto war aufgebraucht. Auf der anderen Seite wurde mit der festen Anstellung der bisherige, freischwebende Zustand beendet, der mir so wichtig gewesen war, weil er mir die Illusion gelassen hatte, ich könne jederzeit – sozusagen stündlich – zurückkehren.

Als ich mit dem Vertrag in der Hand auf die Calle Moneda hinaustrat, war plötzlich alles anders: Ich war nicht länger jemand, der sich nur vorübergehend, auf Abruf in dieser Stadt aufhielt; jetzt war ich ein richtiger Einwohner von Santiago, ein Einwohner mit Arbeit. Ich war hierher ausgewandert. Ganz freilich habe ich das nie glauben wollen. Beispielsweise hätte ich mir nun eine anständige Wohnung leisten können. Statt dessen bin ich in ein schäbiges kleines Appartement mit abgenutzten Möbeln gezogen, in dem die Heizung ständig ausfällt. Jedesmal, wenn ein Jahr zu Ende ging, habe ich mir vorgenommen umzuziehen. Jedesmal bin ich geblieben. Umziehen, Möbel kaufen – es schien mir zuviel Bindung an einen Ort, den ich einzig und allein deswegen gewählt hatte, weil er so weit entfernt war von deinen Partituren, Vater.

Den ersten Auftrag als Dolmetscher erhielt ich von der schweizerischen Botschaft. Es war im vierten Jahr meines Aufenthalts. Der Botschaft fehlten an diesem Tag die Leute, und ich wurde aufs Polizeipräsidium geschickt, wo drei Jugendliche aus der Schweiz einem Beamten in Operettenuniform gegenübersaßen, der seine Macht genoß. Die beiden Jungen und das Mädchen waren vom Süden her nach Santiago getrampt, und als sie bei einer Straßenkontrolle unsanft aus dem verrosteten Auto geholt wurden, fand man in ihrem Gepäck Kokain und Heroin, während der Fahrer sauber war. Die drei schworen Stein und Bein, daß sie mit dem Rauschgift nichts zu tun hätten. Der Fahrer, behaupteten sie, müsse ihre Taschen für den Fall einer Kontrolle als Versteck benutzt haben.

Soviel Angst auf einmal habe ich selten gesehen, und noch nie hatte ich es mit Leuten zu tun gehabt, die ein derartig rotziges Gebaren als Schutzschild vor sich herschoben. Wann der Fahrer das Zeug denn in ihre Taschen hätte praktizieren sollen, fragte der Beamte, der mit *Teniente* angeredet werden wollte.

«Beim Tanken, du Blödmann, als wir alle aufs Klo mußten», sagte einer der Jungs.

«Eine naheliegende Frage», übersetzte ich, «er muß es getan haben, als wir alle auf der Toilette waren, bei einer Tankstelle.»

Ob sie bereit seien, sich auf Einstiche und Kokainspuren in der Nase untersuchen zu lassen?

«Das würde dir so passen, du geiler Sack», zischte das Mädchen.

«Selbstverständlich», übersetzte ich, «aber vorher möchten

wir wissen, ob sich unsere Fingerabdrücke auf den Rauschgift-beuteln gefunden haben.»

Sie hatten sich nicht gefunden, und da auch die Armbeugen der Kinder (denn so kamen sie mir vor) unverdächtig aussahen, ließ man uns schließlich gehen. Die Botschaft war beeindruckt, und als es mir einige Zeit danach gelang, auch einen schweize-rischen Touristen, dem sie Fahrerflucht anhängen wollten, her-auszuhauen, begann sich mein Ruf als der Mann für Engpässe zu festigen. «Sie sollten Fürsprech werden!» sagten sie in der Botschaft.

Bis dahin und noch einige Zeit darüber hinaus bewirkte ich mit fälschendem und unvollständigem Übersetzen Gutes. Was mich dabei faszinierte, war der Widerspruch zwischen den Ge-sichtern und den Worten. Da trafen erbitterte Blicke aufeinan-der, während ich die freundlichsten Worte überbrachte. Leute gingen mit strahlenden Gesichtern aufeinander zu und trauten ihren Ohren nicht, wenn sie meine ironischen oder verächtli-chen Worte hörten. Ungläubig verbuchten sie die verblüffen-den Botschaften als Irrtum und machten wie geplant weiter.

Es kam beim Fälschen auf die richtige Dosierung an, das merkte ich bald. Wenn die Kluft zwischen dem Erwarteten und dem Gehörten zu groß war, blieb die beabsichtigte Wirkung aus, weil sich der Gedanke an ein Mißverständnis aufdrängte. Durch Wortfälschung Mißstimmung zu erzeugen ist eine hohe Kunst. Die Fälschung muß gerade noch glaubwürdig sein, und wenn man als wortjonglierender Drahtzieher einen dramati-schen Höhepunkt des Gesprächs herbeiführen will, muß man es durch behutsame Steigerung tun.

Einfach wundervoll sind die Momente, wo die Gesprächs-partner einen Verdacht gegen den Dolmetscher fassen. Das dau-ert lange, der Gedanke erscheint abenteuerlich. (Was sollte das Motiv sein?) Wenn es schließlich geschieht, entsteht eine Situa-tion, in der sich die Beteiligten mit stummen Gedanken inein-ander verhaken, ohne daß diese Gedanken ihren Weg nach draußen finden können, denn der Verdacht ist schlechterdings nicht zu beweisen. Den Blicken, die mir die verwirrten Gesprächspartner jeweils zuwarfen, schickte ich ein Starren voll von fragender Unschuld entgegen, das den Argwohn abwehren sollte, noch bevor er mich ganz erreicht hatte. Nur selten ging ich so weit, den schweigsamen Verdacht durch mein Gesicht zu bestätigen, um durch ein Lächeln hinzuzufügen: Aber beweisen können Sie es nicht.

So war es bei Hannes von Graffenried, einem Schachgroßmeister aus Bern, der in Santiago gegen die Lokalmatadoren Ibarra und Reyes antrat. Von Graffenried hat wirklich nur diese eine Begabung: Schach. Von Fremdsprachen keine Spur, nicht einmal des Hochdeutschen ist er wirklich mächtig. Das hindert ihn nicht daran, als weltläufiger Dandy aufzutreten. Der Aufwand, den der Mann mit seiner Kleidung, seinen Brillen, seiner Frisur und seinen Hüten treibt, ist unglaublich. Die Klatschblätter überboten sich denn auch mit skurrilen Schnappschüssen von früheren Turnieren. Er wohnte im besten Hotel der Stadt, dem *Carrera*. Ich traf ihn im Aufenthaltsraum, einer riesigen Halle mit viel Messing und schwarzem Marmor, in der es den ganzen Tag klassische Musik vom Band gibt. Wir verabscheuten uns vom ersten Moment an, und es dauerte keine zehn Minuten, bis er durchblicken ließ, daß er es der Botschaft übelnahm, ihm nichts Besseres als einen Schnösel wie mich zu schicken. Da beschloß ich, Herrn von Graffenried, den Berner Patriziersohn, in dieser Stadt unmöglich zu machen.

Ich begann damit, daß ich seinen ausgefallenen Bitten an das Hotelpersonal einen herrischen Klang gab. Wenn er sagte: «Ich brauche für den Schachtisch einen eigenen Aschenbecher», übersetzte ich: «Warum, verdammt noch mal, fehlt auf dem Schachtisch der Aschenbecher?» Als er dem Pagen erklärte: «Ich möchte, daß die Schuhbändel bei meinen Schuhen herausgezogen und gesondert gereinigt werden», klang das aus meinem Munde so: «Wenn Sie die Schnürsenkel nicht gesondert reinigen, können Sie etwas erleben!» Die Gesichter und Stimmen des Personals wurden von Tag zu Tag abweisender, wenn der Mann auftauchte. Seine Aschenbecher wurden nicht mehr geleert, und Botschaften wurden, selbst wenn sie dringlich waren, ins Fach gelegt, statt sie ihm telefonisch durchzugeben. Die feindselige Einstellung des Hotelpersonals war das erste, worüber sich von Graffenried im Zeitungsinterview beschwerte.

«Wie kommen die dazu – einem Mann wie mir gegenüber!»

«Das ist der mieseste Schuppen, in dem ich jemals gewohnt habe», übersetzte ich.

Das Gesicht der Reporterin gefror, und sie schnappte nach Luft, bevor sie fragte, wie er seine Chancen gegen Ibarra und Reyes einschätze.

Von Graffenried lächelte süffisant. «Ich habe schon gegen ganz andere Gegner gewonnen.»

«Solche Flaschen verputze ich vor dem Frühstück», sagte ich.

«Wollen Sie im Ernst behaupten, daß die beiden Flaschen sind?» fragte die konsternierte Frau, der die Stimme nicht mehr recht gehorchen wollte.

Ich gab die Frage weiter: «Sind Sie sicher, daß nicht Sie die Flasche sind?»

Von Graffenried wurde bleich, stand wortlos auf und ging.

Das Interview wurde als Knüller aufgemacht, und der gelbe Hut auf dem Begleitfoto tat ein übriges. Die beiden anderen Zeitungen sagten versprochene Gespräche ohne Begründung ab. Es lief gut.

Ibarra und Reyes verweigerten den Händedruck und zogen ihre Zusage zurück, daß der Schweizer während des Spiels rauchen dürfe. Von Graffenried verstand das Ausmaß der Feindseligkeit nicht und fühlte sich verfolgt. Er verlor eine Partie nach der anderen. Am vierten Tag reiste er ab. Bei der letzten Begegnung sah er mich lange an. Ich sah ihn auch an. Und lächelte. Sonst schöpfte niemand Verdacht.

Auch beim Vortrag eines französischen Professors mit großem Namen dolmetschte ich. Er ist ein aufgeblasenes Individuum, und seine gestelzte Art zu sprechen und zu gestikulieren ist unerträglich. Hinzu kam, daß ich dabei war, als er die Quittung für sein Honorar unterschrieb: tausend Dollar. Ich konnte der Versuchung nicht widerstehen. Ob er bestätigen könne, fragte eine Studentin, daß das Vichy-Régime von sich aus, ohne Druck der Deutschen, Abtransporte von Juden organisiert habe?

Ich übersetzte: Ob er das bestreiten wolle?

Der Franzose wurde bleich. Er sei Historiker, sagte er, und als solcher halte er sich an die Daten; die Kategorien des Bestreitens oder Zugebens seien hier fehl am Platz.

Meine Übersetzung: Wenn man sich an die Daten halte, könne man den Antisemitismus des Vichy-Régimes weder bestätigen noch bestreiten.

Gelächter im heißen Saal. Der Professor, Unverständnis in den Augen, wischte sich den Schweiß aus dem Gesicht. Bei Pétain gehe es dem Historiker da nicht anders als bei Pinochet, sagte er. Diesen Satz übersetzte ich wortgetreu. Für einen Augenblick herrschte ungläubiges Schweigen. Dann brach ein Sturm der Entrüstung los. Wie er dazu komme, Pinochets Verbrechen in Zweifel zu ziehen! Der Dekan brach die Diskussion ab. Das vorher angekündigte Essen fand nicht statt. Am nächsten Tag wurde der Franzose von der liberalen Presse in Stücke gerissen.

Im Frühling dieses Jahres dann passierte die Sache mit Señor Valdivieso, Mercedes' Vater. Die Valdiviesos sind ein altes, weitverzweigtes Geschlecht. Viele von ihnen sind seit jeher im Kupfergeschäft, also wohlhabend. Es gibt unter ihnen sowohl Anhänger von Pinochet als auch erbitterte Gegner. Die Anhänger verteidigen eigentlich gar nicht den General, sondern den *Pinochetismo* als erfolgreiche Wirtschaftspolitik, und sie berufen sich gern auf das wirtschaftliche Chaos unter Allende. So ist es bei Mercedes' Vater, glaube ich. Doch die Tochter kann nicht davon absehen, daß ihr Vater das System eines Mannes verteidigt, der soviel Blut an den Händen hat. Schon als Schulmädchen war sie im illegalen Widerstand gegen Pinochet, und sie findet den Einfluß, den der General (*«ese asesino»*) immer noch hat, unerträglich. Es gab einen Bruch mit dem Elternhaus, seit zehn Jahren hat Mercedes mit ihrem Vater kein Wort gewechselt.

Ich hatte diesen Auftrag nicht gewollt. Er war zu groß für

mich. Sprachlich war ich der Sache gewachsen, auch wenn es das erste Mal war, daß ich bei einer Konferenz als Simultandolmetscher eingesetzt wurde. Aber ich hatte, wie sich zeigen sollte, viel zuwenig Abstand zu den Leuten und zu meinen Gefühlen.

Es war ein international besetztes Forum, auf dem über Wirtschaftsfragen der Dritten Welt gesprochen wurde. Ich war zuständig für die Teilnehmer französischer Zunge. Bis zur Pause lief alles glatt. Tagelang hatte ich den besonderen Wortschatz für dieses Thema studiert, und die Worte kamen. Allerdings war ich von der ungewohnten Anstrengung zittrig, und als mich beim Buffet jemand aus Versehen anrempelte, so daß mir der Orangensaft aufs Hemd schwappte, merkte ich an meiner heftigen Reaktion, daß ich aus dem Lot war. Dann kam der Beitrag von Señor Valdivieso. Um das zu sagen, was er wollte, hätte er den Namen Pinochets nicht zu nennen brauchen. Aber er nannte ihn. Das löste zunächst ein Streitgespräch zwischen Mercedes' Vater und einem anderen Chilenen aus, in dem die Wucht der Gefühle spürbar wurde, obgleich die Form gewahrt blieb. Nur als das Wort vom *Handlanger Pinochets* fiel, sah es einen Moment lang so aus, als verlöre Señor Valdivieso, ein Mann von imponierender Statur und äußerst kultiviertem Benehmen, die Fassung. Einen Moment lang schlug er die Hände vors Gesicht, und aus dem Kopfhörer kam heftiges Atmen. Dann war es vorbei.

In der Nacht danach, als ich keinen Schlaf finden konnte, spürte ich mit aller Klarheit, daß ich, statt der neutrale Übersetzer zu bleiben, in jenem Augenblick für Mercedes' Vater Partei ergriffen hatte. Auch gegen seine Tochter. Oder vor allem gegen sie, denn am Tag zuvor hatten wir uns wegen Paco wieder einmal in den Haaren gelegen. Und so spürte ich Hitze im Gesicht, als sich am nächsten Tag ein Teilnehmer aus Genf, den ich am Tonfall erkannte, an Señor Valdivieso wandte und ihm vorwarf, an seinem Kupfer klebe Blut. Mercedes' Vater starrte mit versteinertem Gesicht vor sich hin, als er meine Worte hörte. Die Sekunden verrannen. Andere Teilnehmer schüttelten nur den Kopf.

«Mein Kupfer ... ich ... das ist ungeheuerlich», sagte Señor Valdivieso leise und wiederholte: «Ungeheuerlich.»

In meinen Ohren klangen seine Worte hilflos, und ich glaube, es tat mir einfach weh, daß dieser Mann nicht zu einem Gegenschlag ausholte. Und so tat ich es.

«An meinem Kupfer klebt weniger Blut als an Ihrem Gold», sagte ich.

Was danach geschah, weiß ich nur aus der Presse, denn ich verließ das Gebäude noch in derselben Minute. Die Schweizer Delegation hatte nach meinen Worten lautstark protestiert, es war zu einem Tumult gekommen, und die Sitzung wurde unterbrochen. Den Teilnehmern, die meine Worte nicht gehört hatten, mußte die Sache erklärt werden. Auch Señor Valdivieso. Durch den Konferenzteilnehmer, der für den Rest des Tages an meiner Stelle dolmetschte, erklärte er dem Mann aus Genf, daß es sich um eine unglaubliche Eigenmächtigkeit des Dolmetschers handle und daß er das jüdische Gold mit keinem Wort erwähnt habe, die spanischsprechenden Zuhörer könnten das bezeugen. Es half wenig. Die Atmosphäre blieb bis zum Ende gestört.

Es war das Ende meiner Arbeit als Dolmetscher. Berlitz feuerte mich noch am selben Tag. Ich hätte Beatriz Sandoval, die so viel für mich getan hatte, gern einige Worte der Entschuldigung und auch der Erklärung gesagt, doch sie war für mich nicht zu sprechen. Mein Brief blieb unbeantwortet.

*

Es war auch das Ende meiner engeren Beziehung zu Mercedes. Eine Beziehung, mit der ich mir Mühe gegeben habe, immer wieder, ohne daß ich sie je verstanden hätte. Die Arbeit als Krankenschwester und Sozialarbeiterin ist ihre Art, den Protest gegen das Elternhaus zum Ausdruck zu bringen. Auch ihre Kleidung wählt sie entsprechend. Das einzige, was sie verrät, sind die besonderen Schals und die teuren Ringe. Es hat nach der ersten Begegnung auf Pacos Spielplatz mehr als ein Jahr gedauert, bis sie das erste Mal über Nacht blieb. Mit der größten Selbstverständlichkeit verließ sie meine Wohnung am nächsten Morgen als unabhängige, von mir ganz getrennte Person, jemand mit eigenen Interessen, die ich bis heute nicht alle kenne. Was sie nicht ertrug: wenn ich aus dem Bedürfnis nach Nähe ihre Gedanken zu erraten versuchte. Hatte sie mich wieder einmal zurechtgewiesen, zog ich mich für Wochen zurück. Sie tat nichts, um mich zurückzugewinnen. Sie konnte sehr gut ohne mich sein.

Auch ich verweigerte etwas: Musik. Das begehrte Abonnement für die Oper war das einzige, was Mercedes von ihrer Mutter annahm. Ich ging kein einziges Mal mit. Und ich tat etwas, was mir manchmal wie ein Fortschritt erschien und manchmal wie ein Exerzitium, das ich mir nicht glaubte: Ich beschloß, ihr meine undurchsichtige Abwehr nicht zu erklären. Eine Beziehung zu einer Frau, in der es eine solche Weigerung gäbe, hatte ich mir bis dahin nicht vorstellen können. Ich war erstaunt, verletzt und später erleichtert, daß ich sie damit nicht kränkte. Daß es tatsächlich so sein könnte, habe ich bis zum Schluß nicht wirklich glauben können.

Es war unmöglich, ihr die Episode auf der Konferenz zu erklären. Nicht daß ich die Todsünde des Dolmetschers – die bewußte Wortfälschung – begangen hatte, war für sie das Schlimme. Was sie fast ersticken ließ vor Zorn, war, daß ich ihrem Vater Worte in den Mund gelegt hatte, die an ihm hängenbleiben würden, wenn auch nur so, daß man sie als etwas zitierte, das richtigzustellen war. Plötzlich war ihr Vater jemand, der makellos bleiben mußte. Nur sie habe das Recht, ihn zu kritisieren, nur sie!, schrie sie mich an, als sie mein verwundertes, ironisches Gesicht sah. Wie hätte ich ihr erklären können, daß meine Entgleisung dem Wunsch entsprungen war, Señor Valdivieso zu verteidigen, und nicht zuletzt gegen sie!

*

Ich habe mir nie verziehen, daß ich ihr von dir erzählte, Patty. Nicht alles, natürlich. Aber ich habe von unserer großen Nähe gesprochen. Dinge, die ich sonst nur Paco, dem schweigsamen Begleiter, anvertraute. Als sie mir den Schlüssel zurückgab und ich ihr im Treppenhaus nachblickte, war das die schlimmste Empfindung: daß sie das Wissen um unsere Liebe mit sich forttrug. Es war, als würde diese Liebe dadurch weniger.

An jenem Tag fuhr ich zum Bahnhof und versuchte, dein Lachen doch noch wiederzufinden. Der Bahnhof von Santiago nämlich ist der Ort, an dem ich dein Lachen verlor.

Es war an einem Wintertag im Juli des zweiten Jahres, die verschneiten Kordilleren ragten gestochen scharf in einen klaren, windbewegten Himmel hinauf. Wieder einmal hatte es mich zum Bahnhof getrieben. Er ist der verlassenste Ort, den ich kenne, eine gespenstisch stille Halle mitten in Markttrubel und hektischem Verkehr. Zweimal am Tag kommt ein Zug an, zweimal fährt einer ab: der eine nach Norden, der andere nach Süden. Zu den übrigen Zeiten keine Menschenseele. Ich kaufte eine Bahnsteigkarte und setzte mich auf dem Perron auf die einzige Bank. Da geschah es: Ich war mir plötzlich nicht mehr ganz sicher, wie dein Lachen klang. Es war das erste Mal, daß ich den Eindruck hatte, etwas, was dich betraf, *vergessen* zu haben! Der Schweiß brach mir aus, es war ein Gefühl, wie wenn man in einer Felswand den Halt verliert. Hastig holte ich das Bild von dir hervor, es entglitt meinen fahrigen Händen, und als ich es aufhob, knickte es an der einen Ecke ein. Verzweifelt versuchte ich, das ernste Gesicht zwischen den weißen Handschuhen zum Lachen zu bringen, und konzentrierte mich mit aller Macht auf mögliche Klänge. Für Augenblicke war ich wieder sicher, doch gleich danach bröckelte die Gewißheit, fiel in sich zusammen und ließ mich mit der Empfindung zurück, nicht nur dein Lachen, sondern dich insgesamt verloren zu haben. Bis zu dem Tag, als mir Mercedes den Schlüssel zurückgab, habe ich den Bahnhof nie wieder betreten.

Auch an jenem Tag habe ich vergeblich nach deinem Lachen gesucht. Und jetzt war es noch schlimmer als beim erstenmal.

Denn auf dem leeren Perron dachte ich an die Erzählung eines chilenischen Autors mit dem Titel: *Juanita, su fantasma.* Sie handelt von Ramóns Empfindungen beim Abschied von Juanita. Er sieht ihr nach, wie sie die lange, schnurgerade Straße entlanggeht und immer kleiner wird. Jeder Meter, den sie geht, tut ihm weh, denn es ist ein Meter, den sie ein zweites Mal wird zurücklegen müssen, bevor sie wieder bei ihm sein kann. Wer weiß, wann das sein wird und was bis dahin alles geschehen kann. Jetzt ist sie nur noch ein Punkt am Horizont. Dann nichts mehr. Der Augenblick, in dem sich das Gesichtsfeld hinter ihr zu einer Fläche schließt, in der sie nicht mehr vorkommt, ist wie eine Vorahnung des Todes.

Und nun geschieht etwas Seltsames: An die Stelle der gesehenen, wirklichen Gestalt tritt die Vorstellung von ihr, eine Vorstellung, die Ramón nicht beschreiben könnte, die er aber ganz genau kennt, genauer sogar als jede wirkliche Gestalt. Das muß er auch, denn da Juanita nicht mehr da ist, ist die Vorstellung das einzige, worauf sich sein Gefühl, das sonst Juanita gilt, richten kann. Und dieses Gefühl legt sich die Gestalt von Juanita nun so zurecht, wie Ramón sie gerne hätte – und läßt ihn glauben, daß sie auch in Wirklichkeit so ist. Er weiß es nicht, aber er genießt diese Freiheit des inneren Modellierens, und für die Zeit, in der die wirkliche Gestalt weg ist, richtet er sich in seinem Gefühl für die modellierte Figur ein, er ist erfahren darin, erfahrener als in manchen Gefühlen, die ihm von wirklichen Menschen abverlangt werden. Es geht ihm gut dabei: Er ist nicht allein, denn Juanita, wie er sie sich erfindet, ist ja bei ihm. Es ist ihre Abwesenheit, die ihm die vollkommene, ungetrübte Gemeinsamkeit gibt.

Er beginnt sich vor ihrer Rückkehr zu fürchten: vor der Kluft zwischen der wirklichen und der erfundenen Frau, die er wird aushalten müssen. Auf dem Weg zum Bahnhof fährt er langsam, immer langsamer. Die Zeiger an der großen Uhr gehen zu schnell. Juanita wird wieder in sein Gesichtsfeld eintreten, wird dieses stille Gesichtsfeld aufreißen. Es würde reichen, daß sie darin eine einzige Sekunde auftauchte: Genau derselbe Prozeß der Trennung müßte nachher von neuem ablaufen. Auf dem Weg zum Bahnsteig fragt er sich manchmal (um keinen Preis würde er es zugeben), wie es wäre, wenn sie nie wiederkäme; wenn er den Rest des Lebens ganz ungestört mit der modellierten Figur verbringen könnte. Würde Juanita verblassen und ihm schließlich ganz entgleiten?

Beim nächstenmal versucht Ramón, sich gegen den Schmerz des Abschieds zu wappnen, vor allem gegen den schrecklichen Augenblick, in dem sich das Gesichtsfeld ohne Juanita schließen wird: Schon während sie langsam kleiner wird, richtet er es so ein, daß die modellierte Figur ihren Platz einnimmt. Beruhigt kann er ihr nun mit dem Blick folgen, denn sie kann ihm, weil sie kleiner und vager wird, nicht mehr widersprechen, nicht durch ihr Aussehen und vor allem nicht durch ihr Gesicht. Doch das Manöver erweist sich als Bumerang: Weil Juanita, wenn sie am Horizont anlangt, von der erfundenen Figur vollständig aufgesogen ist, erlebt Ramón ihr Verschwinden, als sei es das Verschwinden der modellierten Figur. Und das wäre die Katastrophe der Einsamkeit. Er geht deshalb dazu über, die erfundene Figur erst auf dem Heimweg aufsteigen zu lassen.

Wenn Juanita anruft: Sie könnte es nicht ausdrücken, aber sie merkt, daß er nicht allein ist und sie als das, was sie ist, nicht vermißt; daß er zufrieden ist mit der modellierten Figur an seiner Seite. Sie meint, aus seinem seltsamen Ton einen Vorwurf herauszuhören: daß sie weggegangen ist. Doch sie spürt auch, daß es vielleicht noch ein ganz anderer Vorwurf ist: daß sie nicht so ist wie die modellierte Figur. «Möchtest du, daß ich noch länger wegbleibe?» fragt sie einmal. Weil Ramón sich niemals eingestehen könnte, daß sie nicht die modellierte Figur ist, will er die Frage um jeden Preis so verstehen: ob er möchte, daß die wunschgemäße Figur wegbliebe. Das entsetzt ihn. «Wie kannst du so etwas fragen!» sagt er und nimmt ihr die Frage übel – weil sie nämlich zeigt, daß sie nicht die modellierte Figur ist, die würde das ja niemals fragen. «Ich meine ja nur», sagt Juanita. Jetzt weiß Ramón überhaupt nicht mehr, in welcher Stimmung er zum Bahnhof fahren soll.

Ich liebe die Erzählung, weil sie so genau ist. Und ich hasse sie, weil Mercedes mir das Bändchen brachte, nachdem ich ihr von dir und mir erzählt hatte. Ich habe nie ein Wort über den Text verloren. Der Autor gab kurz darauf eine Lesung, auf der er aus diesem Text vortrug, es hatte in der Zeitung einen Vorabdruck gegeben, und er war in aller Munde. Als ich meine Frage stellte, war ich so aufgeregt, daß ich im Spanischen Fehler machte, die mir seit Jahren nicht mehr passiert waren. «Ist es eine Kritik an Ramón, daß es ihm so geht, wie es ihm geht?» fragte ich. «Oder geht es allen immer so?» Der Autor steckte langsam eine Zigarette zwischen die Lippen und hielt die Flamme übertrieben lange an den Tabak. «Das wüßte ich auch gern», sagte er schließlich.

Damals auf dem Bahnhof, als ich an die Erzählung dachte, fühlte ich mich so einsam wie am ersten Tag in dieser Stadt. Die Idee, auf die ich nicht gekommen bin, keinen Moment lang: auf meine Ironie zu warten. Gibt es das: ein ironisches Verhältnis zur Einsamkeit?

Patricia

ritz Bärtschi heiße ich. Fritz Bärtschi. Mit ä, einem offenen ä. Ob es euch paßt oder nicht. Das war das eine, was ich immer wieder hörte, als ich meinem toten Vater gegenübersaß. Und das andere: *Ich beschloß, ein guter Vater zu werden. Obwohl ich keine Ahnung hatte, was das ist.*

Ich weiß nicht, ob er ein guter Vater war, denn auch ich weiß nicht, was das ist. Was ich weiß: daß ich viele Stunden voll von märchenhaftem Glück erlebte, wenn ich mich in seinem Genfer Arbeitszimmer an die samtweiche Tapete lehnte und seinen langsamen Worten lauschte, die in den Rauch orientalischer Zigaretten eingehüllt waren und Opernschicksale beschrieben, von denen ich nur das eine verstand: daß sie viel, viel größer und wichtiger waren als alles, was den Menschen zustieß, denen man begegnete, wenn man die Schuhe anzog und hinunter auf die Straße ging. Damals und später bei Cesare Cattolica lehrte mich Papa, was Einbildungskraft ist. Kann ein Vater einem Kind etwas Wichtigeres aufschließen als die Welt der Phantasie?

Es gab nur eine einzige Gelegenheit, wo es umgekehrt war und ich ihm etwas aufschließen konnte. Das war, als ich mit ihm zu Steinway nach New York reiste. Erst heute kann ich es sagen, und ich bin erleichtert, daß es soweit ist: Ich war nachträglich froh, daß du krank wurdest und das Bett hüten mußtest. Mit dir wäre es eine ganz andere Reise geworden, und ich besäße nicht die kostbaren Erinnerungen, die eine nach der anderen in mir aufstiegen, nachdem ich dich bei der Totenwache abgelöst hatte.

«Neuyork», sagte Papa, als wir in Frankfurt auf den Start war-

teten, «ich hätte nicht gedacht, daß ich einmal dorthin käme.»
Ich habe ihn in den neun Tagen nicht dazu bewegen können,
den Namen richtig auszusprechen. Und das lag nicht an seinem
schlechten Englisch. Wenn er an seiner Aussprache festhielt,
dann deshalb, weil es *sein* New York war, in das er reiste, eine
Stadt, die er durch seine Aussprache und seinen Tonfall kurzerhand zu einem Bestandteil seines Lebens machte.

Du wirst dich erinnern: Er hatte eine rührende, träumerische
Art, von weit entfernten, legendären Orten zu sprechen: von
Kap Horn, Feuerland, der Behringstraße. Fritz Bärtschi war gut
in Geographie, das war die einzig gute Note. Die wahren Verhältnisse auf der Erde kannte er also. Aber sie interessierten ihn
nur als Spielmaterial für die Phantasie. Und wenn sie ihn bei
seinen phantastischen Reisen durch die Welt störten, setzte er
sich einfach darüber hinweg. Städte, Landschaften: Ihn interessierte nur, was in seiner Phantasie daraus wurde. Der Rest war
ihm so sehr gleichgültig, daß es einem den Atem verschlagen
konnte. Ganz begriffen habe ich das erst auf jener Reise. Zwar
stimmt es, daß ich ihm mit den besseren Sprachkenntnissen
manches aufschließen konnte. Doch wenn wir abends zusammensaßen und er erkennen ließ, wie der Tag für ihn gewesen
war, kamen mir die praktischen Dinge, die ich beigesteuert hatte, unwichtig vor im Vergleich zu dem, was in seinem Kopf aus
dem Erlebten geworden war.

Auf dem Hinflug erzählte er von dem Reklameschild für *Bière
Cardinal*. Im Rückblick kommt es mir vor, als habe er während
des gesamten Fluges nur darüber gesprochen, nur über dieses
eine Schild. «Meine erste Reise war eine Fahrt mit der Eisen-
bahn von Fribourg nach Genf», begann er. «Das war in demselben Jahr, in dem Mutter starb. An meinem siebten Geburtstag,
wenige Wochen nach Kriegsende. Jahrelang hatte ich auf diese
Fahrt warten müssen, denn das Geld für die Fahrt, das war für
uns viel Geld, als Kellnerin im Bahnhofsbuffet der zweiten Klasse verdient man nicht viel. Wenn man das nun so hört, daß ich
lange darauf gewartet hatte, würde man denken: Es war wegen
Genf, er war neugierig auf Genf und auf die Strecke den See

entlang. Aber so einfach war es nicht. Vor allen Dingen nämlich wollte ich das große Metallschild sehen, das am verrosteten Geländer unseres baufälligen Balkons angebracht war. Es war eine Reklame für *Bière Cardinal.* Eine Reklame, die den Fahrgästen ins Auge springen sollte. Denn wir wohnten in einem Haus direkt am Geleise, und wenn der Zug vorbeifuhr, wackelte das ganze Haus, insbesondere der Balkon.

Nun würde man denken: Wenn das Schild am Balkongeländer hing – warum sagt er dann, daß er jahrelang darauf wartete, es zu sehen, er konnte es doch jeden Tag sehen. Das stimmt, ich konnte es tatsächlich jeden Tag sehen, sooft ich wollte. Das war nicht das Problem. Das Problem war, daß ich das Schild unbedingt *von der anderen Seite aus* sehen wollte. Ich wollte dem Haus gegenüber sein und lesen: *Bière Cardinal.* Eigentlich sollte ich nicht sagen: *lesen.* Zwar wußte ich von meiner Mutter, daß es sich wegen der Lücke zwischen den Buchstaben um das handelte, was sie *zwei Wörter* nannte. Und ich wußte, wie man sie aussprach: *Bière Cardinal.* Aber ich hätte nicht sagen können, wie die Buchstaben in einer anderen Reihenfolge lauteten. Nur in dieser Reihenfolge kannte ich ihren Klang: *Bière Cardinal.*

Warum nun wollte ich auf die beiden Wörter von der anderen Seite aus blicken? Ich habe lange gebraucht, bis ich es herausfand. Zuerst bin ich aufs Geländer geklettert, habe mich so weit hinausgelehnt wie möglich und habe die Buchstaben, die auf dem Kopf standen, von oben betrachtet. Bald wußte ich: Das war es nicht, worum es mir ging. Dann habe ich wochenlang überlegt, wie ich auf die andere Seite der Geleise zu dem Elektrohäuschen gelangen könnte, das unserem Haus direkt gegenüberlag. Das war schwierig, denn auf beiden Seiten gab es einen unüberwindlich hohen Zaun. Außerdem hätte es ein fürchterliches Donnerwetter gegeben, wenn mich Mutter auf der anderen Seite gesehen hätte. Schließlich entdeckte ich weit weg einen Geleiseübergang. Ich wartete ein paar Tage, bis der Nebel kam. Als ich endlich beim Elektrohäuschen stand, war der Nebel so dicht, daß ich nur die ungefähren Umrisse unseres Hauses erkennen konnte, aber nicht das Schild mit *Bière*

Cardinal. Erst am dritten Nebeltag hatte ich Glück: Ich stand verborgen im Nebel, und gegenüber schien die Sonne auf das Schild, so daß ich die Aufschrift sehen konnte: *Bière Cardinal.*

Ich war enttäuscht. Das war es auch nicht, worum es mir die ganze Zeit gegangen war. Nach einer Weile kam ein Zug. Ich blieb stehen, und durch die vorbeiflitzenden Fenster hindurch war mein Blick auf das Schild gerichtet: *Bière Cardinal.* Da wußte ich es: Ich wollte das Schild nicht einfach von der anderen Seite aus sehen, sondern aus einem fahrenden Zug heraus. Ich wollte es so sehen, wie einer es sieht, der es sich leisten kann, daran vorbeizufahren. Bequem in einem Zugabteil sitzen, ein schönes Reiseziel vor Augen, und nur einen flüchtigen Blick auf das häßliche Haus mit dem Schild werfen: Das war es, wovon ich geträumt hatte. Deshalb war der siebte Geburtstag so wichtig: Jetzt würde es genauso sein, endlich.

Doch es kam anders. Alle Plätze auf der richtigen Zugseite waren belegt. Meine Mutter verstand nicht, warum ich immer weiter auf dieser Seite suchte, wo es doch Plätze auf der anderen Seite gab. Ich spürte, daß das etwas war, was ich ihr nie würde erklären können. Daß es etwas war, was ihr weh tun müßte. Sie wurde ärgerlich und hielt mich schließlich fest. Darüber verpaßte ich den Blick auf das Schild mit *Bière Cardinal,* und nun dachte ich während der ganzen Reise daran, daß mir das auf der Rückfahrt auf keinen Fall passieren durfte.

Genf war groß und bunt und laut. Vor jedem Kleidergeschäft blieb meine Mutter stehen, vor jedem. Auch vor den Speisekarten der Restaurants. Mittags kaufte sie ein belegtes Brot, das wir uns auf einer Bank am See teilten. Später bekam ich noch ein Eis. Als sie es bezahlte, fiel das Portemonnaie zu Boden. Was herausrollte, war ein einziges Ein-Franken-Stück, ich sehe es noch heute rollen. Beim Schiffsquai blieb sie stehen und holte das Portemonnaie noch einmal hervor. Sie wandte sich von mir ab, als sie es untersuchte. Aber sie weiß doch auch so, daß nicht genug drin ist, warum sieht sie nach, dachte ich. Ich weiß nicht, was mehr weh tat: dieser Gedanke oder die Tatsache, daß sie sich abwandte. Als sie mich ohne ein Wort bei der Hand nahm, hatte sie Tränen in den Augen.

Wir waren eine Stunde zu früh am Bahnhof. Mir knurrte der Magen. Mutter zog mich an sich. ‹Zu Hause mache ich uns einen schönen Eintopf›, sagte sie, ‹und ganz viel davon.› Auf der Rückfahrt sah ich sie immer wieder vor mir, wie sie sich abgewandt und das Portemonnaie untersucht hatte. Ich kuschelte mich an sie. Ich wollte, daß sie verstand: Es machte nichts, daß wir kein Geld hatten. Sie legte den Arm um mich, und so blieben wir sitzen. Darüber verpaßte ich das Schild mit *Bière Cardinal,* obwohl wir auf der richtigen Seite saßen. Erst viele Jahre später habe ich das Schild vom Zug aus gesehen. Das Schild sagte: *Bière Cardinal.* Sonst sagte es mir nichts mehr. Ich wußte nicht, ob ich darüber froh oder traurig sein sollte.»

Als der amerikanische Beamte bei der Einreise nach dem Zweck des Aufenthalts fragte *(business or pleasure?),* sagte Papa: *Yes.*

Während ich nach der Haltestelle für den Bus in die Stadt suchte, stand Papa nur staunend da und betrachtete die vielen Yellow Cabs. Er war so voller Staunen, daß er nicht merkte, wie er die Leute behinderte, die mit dem Gepäck durch die automatische Tür traten. Als ich ihn so stehen sah, hielt ich inne und merkte, wie ich stets von neuem dachte: *Bière Cardinal.* «Komm, wir nehmen eins von denen», sagte er nachher und hielt mir wie ein galanter Gentleman die gelbe Wagentür auf.

Yellow Cab fahren – es war wie ein Rausch. Hunderte von Dollars haben wir auf diese Weise verpulvert. Papas bevorzugte Strecken: die Fifth Avenue und die Avenue of the Americas. «Ich kann mich beim besten Willen nicht entscheiden, welche mir besser gefällt», sagte er immer wieder. Wir sind diese Strecken zu jeder Tageszeit gefahren. Am liebsten aber fuhr er sie nach Mitternacht, das Gesicht an die Scheibe gedrückt und den Hals verrenkt, um in die Lichter der Wolkenkratzer hinaufzusehen. Auch wenn ich ihn in dieser Haltung sah, dachte ich: *Bière Cardinal.*

Einmal stand er um vier Uhr nachts angezogen vor meiner

Tür. «Komm», sagte er, «um diese Zeit haben wir es noch nicht gemacht.» Wir fuhren zwei Stunden durch Manhattan, und auf dieser Fahrt war es der weiße, aus den Schächten hochkochende Dampf, der Papa faszinierte. Dann frühstückten wir und erwarteten bei der Battery unten einen strahlenden Tag. Plötzlich umarmte er mich, hob mich hoch und hielt mich lange fest. Es war auf dieser Reise die zweite Umarmung voll von übermütiger Zärtlichkeit.

Die erste war im Rockefeller Center am Morgen nach der Ankunft. Ich war überrascht gewesen, daß Papa die Met nicht schon am Abend zuvor hatte sehen wollen. Statt dessen hatte er mit dem Stadtplan am Fenster gestanden – zunächst in seinem Zimmer, dann in meinem auf der anderen Seite – und hatte mir aufgeregt die Namen der Gebäude und Straßen genannt, die er sah. Jetzt jedoch, an diesem ersten Morgen in New York, an dem aus einem hellgrauen Himmel winzige Schneeflocken fielen, wollte er zur Oper, die er immer mit vollem Namen aussprach: *Metropolitan Opera*. Auf dem Weg dahin kamen wir an der Eisbahn im Rockefeller Center vorbei. Und da geschah etwas, was mir wie ein Wunder vorkam und für mich den Höhepunkt der Reise darstellte: Papa *vergaß* die Oper. «Komm», sagte er und nahm mich wie die jüngere Schwester bei der Hand, «jetzt werde ich zum erstenmal in meinem Leben Schlittschuh laufen, Mutter konnte es sich nicht leisten, mir welche zu kaufen.»

Papa mit eckigen Bewegungen auf dem New Yorker Eis, mit ausgestreckten Armen das Gleichgewicht suchend, die Kleider weiß vom vielen Umfallen: Ich kann nicht ohne Tränen daran zurückdenken. Du sahst aus wie Buster Keaton, Papa, und es war wunderbar, am Ende deine kalte, rauhe Haut an meiner Wange zu spüren.

Nachher wollte er unbedingt ein *Pastrami*-Sandwich essen, denn dieses Wort war ihm noch nicht begegnet. Und da erzählte er mit vollem Mund vom Völkerball im Heim.

«Binggeli hieß er, unser Sportlehrer, Ernst Binggeli, wir nannten ihn nur Aschi. Das haßte er, überhaupt haßte er seinen lächerlichen Namen, er sah sich nämlich als eleganten, stets braungebrannten Liebling der Frauen, ich bin sicher, er trat bei einem Rendez-vous unter anderem Namen auf. Im Völkerball war er gut. Aber nicht ganz so gut wie ich. Wenn man gewinnen will, muß man einen Wurf antäuschen können, um im allerletzten Moment die Richtung zu ändern, so daß die fangenden Hände im falschen Winkel zum heranfliegenden Ball stehen. Und das beherrschte ich besser als er. Außerdem machten harte Bälle meinen Händen weniger als seinen.

Zu Beginn eines Spiels standen wir in verschiedenen Hälften des Feldes, das war eine stillschweigende Vereinbarung. Wenn wir den Ball bekamen, zielten wir auf andere, nicht aufeinander. Bis nur noch wir übrig waren. Dann wurde es auf dem Hof still, und wenn der Ball mit einem Knall vom Asphaltboden hochsprang, kam ein hartes Echo von den Wänden des Heims zurück, es hörte sich unheilvoll an. Wir fingen an. Vom Gefühl her ging es auf Leben und Tod, wie bei einem Duell. Die Würfe wurden immer härter, die Hände begannen zu brennen, der Atem ging lauter und schneller. Was Binggeli, Aschi Binggeli, jedesmal erneut fast um den Verstand brachte: daß dieser Bengel derart hart werfen und derart sicher fangen konnte. In seiner Verzweiflung sprang er dann hoch wie ein Handballer vor dem Tor und schmetterte den Ball von oben auf mich herunter. Doch meine Hände waren genau dort, wo ich sie brauchte. Und ich entwickelte eine Technik, um mein kleineres Körpergewicht auszugleichen und meinem Wurf eine Wucht zu geben, die Binggelis Wucht in keiner Weise nachstand: Ich drehte mich mehrmals um die eigene Achse wie ein Hammerwerfer und ließ den Ball erst im letzten Moment los. Den leichten Schwindel, den die rasante Drehung verursachte, genoß ich, er floß mit der Wut und Verachtung zusammen, die ich für Binggeli, Aschi Binggeli und das ganze Heim empfand. Und fast immer erwischte ich Binggeli schließlich auf dem falschen Fuß. Als ich schon etwas älter war, sagte ich am Ende des Spiels: ‹Bis zum nächstenmal, Herr – Binggeli.› Zwischen den beiden letzten Worten machte ich eine lange Pause, als müsse ich mich auf seinen Namen besinnen. Die anderen kicherten. Binggeli, da bin ich sicher, hätte mich am liebsten umgebracht.»

An der Lower East Side kamen wir an einem Abbruchgelände vorbei, auf dem Kinder Baseball spielten. Papa trat auf den Fänger mit dem großen Handschuh zu und sagte: *«I, too.»* Verblüfft gab ihm der Junge den Handschuh. Papa ging in die Hocke. Der Pitcher warf sanft; Papa fing. Der Pitcher legte mehr Wucht in den Wurf; Papa fing auch jetzt. Auch als Pitcher verblüffte Papa die Kinder. *«I forget never!»* lachte er und winkte zum Abschied. Ich war froh über die Sonne, die eine Lücke in der Wolkendecke gefunden hatte. Das Licht, das sich in dem herumliegenden Müll blitzend brach, überstrahlte die Verbissenheit, die in der Erzählung über Binggeli und den Völkerball gelegen hatte.

In der Oper gab es Verdis *Otello* mit Antonio di Malfitano in der Titelrolle. Wir bekamen keine Karten. Trotzdem wollte Papa abends hingehen. Teure Wagen fuhren vor, einer nach dem anderen. Wir sahen Rod Steiger aus einem Bentley steigen und Woody Allen aus einem Taxi. Der Zugang zum Künstlereingang war von Polizei abgeriegelt. «Ich hätte ihn gern hineingehen sehen», sagte Papa, als wir nachher hoch über der Stadt in einer Bar saßen und in die Lichtschluchten Manhattans hinunterblickten. Und dann erzählte er von der Oper, die keine wurde.

«Georges war daran schuld. ‹Daß es dir nicht wie Charles Bovary geht!› hatte er eines Abends vor der Hochzeit gesagt, als wir allein waren. Gut, er war angetrunken. Aber er hatte es gesagt. Als der Ärger nicht weggehen wollte, kaufte ich den Roman. Ich habe berühmte Bücher nie gemocht. Es gibt so viele davon. Und die Leute, die einen darauf hinweisen: Ihnen ist es wichtiger, belehrend darauf hinweisen zu können, als die Bücher gelesen zu haben und dadurch verändert worden zu sein. Es dauerte nicht lange, da wurde ich wütend auf Emma Bovary. Auf ihre Larmoyanz, ihre Bequemlichkeit und Feigheit. Und wie sie mit dem Kind umgeht!

Der Gipfel ist die Szene, wo sie Hippolyte das Bein abnehmen müssen, weil Bovary an seinem Klumpfuß herumgesäbelt hat. Charles, der Ohnmacht nahe, sitzt da und hört den Schrei durch die Stadt hallen. Und sie weiß nichts Besseres zu tun, als sich in Gedanken über seine Mittelmäßigkeit zu beklagen. Auch ihr Name würde durch Charles' Mißgriff besudelt! Ich kochte. Und da beschloß ich, eine Oper zu schreiben mit dem Titel: *Monsieur Bovary.* Die Ereignisse aus seiner Sicht. Natürlich: Er ist ein Trottel. Kauft Emma auch noch ein Pferd, damit sie mit Rodolphe ausreiten kann. Und bezahlt die angeblichen Klavierstunden, während derer sie sich mit Léon vergnügt. Aber er weiß, was das ist: jemanden gern haben. Davon hat sie keine Ahnung, keine blasse Ahnung. Verbringt ihre Zeit mit Tagträumen, die kitschiger nicht sein könnten. Das einzige, was sie leistet: Geld ausgeben. Sein Geld. Während er Tag für Tag, Nacht für Nacht Krankenbesuche macht. Gut, er ist kein brillanter Arzt, und er ist ein Spießer. Aber er steht zu seiner Frau. Er weiß, was das ist: zu jemandem stehen. Sie dagegen: Die anderen sind für sie nichts weiter als Spielzeuge, die man wegwirft, wenn man ihrer überdrüssig ist.

So ist es auch, als sie in der Oper sitzt und *Lucia di Lammermoor* hört. Vor der Pause vergöttert sie den Tenor und sieht sich an seiner Seite von Blumenregen zu Blumenregen reisen. Wenn sie ihm wenigstens einmal begegnet wäre! Nach der Pause dann ist er plötzlich abgemeldet, weil inzwischen Léon aufgetaucht ist. So geht's doch nun wirklich nicht! Und der Gipfel: Jetzt findet sie die Wahnsinnsszene uninteressant. *Uninteressant!* Gut, Bovary versteht mal wieder gar nichts. Aber sie schnauzt ihn an wie einen Dienstboten: ‹*Tais-toi!*› *Le pauvre garçon* nennt ihn Flaubert. Was fällt dem Mann ein, dem rechtschaffenen Bovary gegenüber einen derart herablassenden Ton anzuschlagen!

Wochenlang habe ich mich aufgeregt. Doch das Notenpapier blieb leer. Aufregung reicht für eine Oper nicht. Etwa ein Jahr später habe ich es mit einer verrückten Version versucht: Charles weiß alles und wird zu Emmas Berater im Umgang mit ihren Liebhabern. Um sie nicht ganz zu verlieren. Eines Tages dann will sie aufhören und wieder zu ihm zurückkehren. In diesem Moment verläßt Charles sie: Er hat herausgefunden, daß es am besten ist, allein zu leben. Doch die Musik wollte auch jetzt nicht kommen.»

Um in die Bar gelassen zu werden, hatte Papa ein hauseigenes Dinner-jacket anziehen müssen. Er rächte sich, indem er auf französisch bestellte. Seine Suffisance, als der Kellner nicht verstand, war bühnenreif. Später lenkte ich den Kellner ab, so daß Papa unbemerkt hinausschlüpfen konnte. Die Jacke gaben wir einem Bettler, der seinen Augen und Ohren nicht traute. Vor der Tür unserer Hotelzimmer lachten wir immer noch.

Unglaublich war, Papa bei *Tiffany's* zu erleben. Er werde einfach mit *plastic money* bezahlen, sagte er auf dem Weg. Der Ausdruck, den er am Tag zuvor in einem Restaurant aufgeschnappt hatte, gefiel ihm über alle Maßen. Und als ich sah, wie unbekümmert er sich in diesem nobelsten aller Geschäfte benahm, verstand ich plötzlich, warum: Das Geld, das er hier ausgeben würde, war ohnehin kein wirkliches, kein echtes Geld wie dasjenige, das Odile im Bahnhofsbuffet (dem Buffet der zweiten Klasse) verdient hatte; es war GPs Geld, unverdientes Geld, das mit ihm im Grunde nichts zu tun hatte, auch wenn er es ausgab. Er tat, als gehörte ihm alles, weil ihm nichts gehörte. Über die irren Preise lachte er so laut, daß es mir peinlich war. Maman kaufte er einen Armreif und mir eine Haarspange. Er war an diesem Morgen nicht rasiert, und der Kragen war zerknittert wie bei einem, der in den Gängen der Subway geschlafen hatte. Die Frau an der Kasse hielt die goldene Kreditkarte für gestohlen, da bin ich sicher. Ob er sich ausweisen könne? «*Swiss money*», sagte Papa, als er ihr den roten Paß hinhielt. Sein Gesicht dabei war so, daß ich nicht wußte, ob ich lachen oder mich fürchten sollte: wie in Stein gehauene Ironie. Die Frau holte telefonisch eine Bestätigung ein. Mir schien, als zuckte Papa buchstäblich nicht mit der Wimper. Die Frau war noch immer nicht zufrieden und holte den Chef. «*Swiss money good money*», sagte Papa, als er Karte und Paß zurückbekam. Er war unmöglich. Er war großartig.

«Und jetzt auf nach Harlem!» sagte er anschließend. Aber doch nicht mit Tiffany-Schmuck in der Tasche, gab ich zu bedenken. Es half nichts. Ich hatte Angst, wie man als Tourist Angst vor Harlem hat. Bei Papa keine Spur von Angst. Es gefiel ihm in Harlem, es gefiel ihm unheimlich gut. Er merkte, wie es mich beunruhigte, wenn herumstehende Schwarze uns mit den Blicken folgten. «Es sind keine *feindseligen* Blicke», sagte er und legte mir den Arm um die Schulter, «es sind nur *stille* Blicke.» Plötzlich war meine Angst verflogen, und ich genoß es, neben meinem furchtlosen Vater einherzugehen. *«Good weather!»* sagte Papa zu einem alten Mann, der vor einer Schuhmacherwerkstatt reglos auf einem Schemel saß. Dabei schneite es, und die frühe Dämmerung setzte ein.

Kein Tag verging, ohne daß wir auf dem RCA Building waren. Natürlich waren wir auch auf dem Empire State Building und dem World Trade Center. Aber die Aussicht vom RCA Building fanden wir unvergleichlich, und außerdem waren wir da fast immer allein. Das grüne Rechteck des Central Parks mitten im Meer von Wolkenkratzern: Es beeindruckte Papa jedesmal wie beim erstenmal. Wenn er, heiser vor Begeisterung, mit ausgestrecktem Arm darauf zeigte, dachte ich: *Bière Cardinal.*

Zur Freiheitsstatue wollte er nicht. «Kitsch!» war sein lakonischer Kommentar. Ellis Island dagegen, die erste Station der Einwanderer, wollte er unbedingt sehen.

Einmal kamen wir an der Houston Street vorbei. *«Hausten»,* las Papa. *«Juusten»,* korrigierte ich ihn. Da hielt Papa zwei Jugendliche an, zeigte auf das Schild und sagte: *«Say this!»* «Hausten Street», sagten sie wie aus einem Munde. Der Triumph in seinen Augen war unbeschreiblich. Abends im Hotel, als Papa in seinem Zimmer war, ging ich zum Empfang. Ja, diese New Yorker Straße werde *Hausten* ausgesprochen, nicht wie die texanische Stadt, sagten sie.

Papa war immer zwei Stunden früher auf als ich, und wenn wir zusammen frühstückten, war es sein zweites Frühstück. Dazwischen ging er allein durch die Straßen. Wenn er von diesen Spaziergängen zurückkam, war sein Gesicht glatter als sonst und zehn Jahre jünger. Da wußte ich: Diese Stunden allein in der langsamen New Yorker Morgendämmerung waren für ihn das Schönste an der gesamten Reise. Ich war eifersüchtig auf seine Begabung fürs Alleinsein.

Als ich ihn am sechsten Tag zum Frühstück abholte, streckte er mir einen Flugschein entgegen: «In zwei Stunden fliegen wir nach San Francisco!» Als ich ihn entgeistert ansah, sagte er: «Zwei Tage. Verrückt, ich weiß. Aber wenn wir jetzt schon hier sind. *Plastic money!*»

Wir haben den Mietwagen kaum je verlassen, so sehr war Papa von den steilen Straßen und den immer neuen Ausblicken fasziniert. Dreimal über die Golden-Gate-Brücke nach Sausalito, dreimal auf die Twin Peaks: Das war das tägliche Minimum. Die meiste Zeit aber verbrachten wir auf der Geary Street, die quer über die Halbinsel zum Pazifik führt. Von dem Gefühl, auf den *Pazifischen Ozean,* wie er feierlich sagte, zuzufahren, konnte Papa nicht genug bekommen. «Dort vorne liegt Hawaii», sagte er. «Wenn wir jetzt immer weiterflögen, kämen wir auch nach Berlin.»

Papa in Kalifornien: Verglichen damit kam es mir vor, als sei er in New York regelrecht zu Hause. *«Hi, how are YOU today?»* fragten sie uns. *«I am going good»,* sagte Papa, *«how is it with you?»* Er verstand nicht, daß sie ihn erst so freundlich und so persönlich ansprachen, dann aber auf seine Gegenfrage keine Antwort gaben. Ich lachte. Er zögerte und lachte dann auch. Schließlich lachten wir beide darüber, daß er mit seinem Lachen gezögert hatte.

«Wir hätten weiter nach Westen fliegen sollen», sagte er auf dem Rückflug nach New York. Es war ein Scherz, und es war keiner. «Die Schule», sagte ich, denn die Faschingsferien gingen zu Ende. «Ach, die Schule», sagte er.

Zu Steinway in Queens gingen wir am letzten Tag. Sie waren erstaunt, daß Papa sich erst jetzt meldete, das Steinway-Haus in Berlin hatte ihn für früher angekündigt. *«I was busy»,* sagte er, und als man auf weitere Erklärungen wartete, wiederholte er: *«busy».* Sie führten uns durchs ganze Werk und zeigten Papa die technischen Neuerungen, derentwegen er hier war. Anschließend gab es ein Essen mit der Geschäftsleitung. Sie überschütteten ihn mit Lob. In Berlin nur Frédéric Delacroix als Stimmer, keinen anderen: Das sagten alle Pianisten, mit denen sie es zu tun hätten. Deshalb jetzt die Frage: ob er sich vorstellen könnte, gewisse Pianisten auf ganzen Tourneen zu begleiten, rund um den Globus? Dieser Wunsch werde immer öfter geäußert. Es würde sich auch finanziell für ihn lohnen, fügten sie hinzu.

Was jetzt kam, wird mir für immer unvergeßlich bleiben, und es ließ auch die Amerikaner in den dunkelblauen Blazern nicht unberührt. «*I have a woman*», sagte Papa, «*and she has pains. So it is not possible. Not possible.*»

Am letzten Abend gingen wir ins Kino. «Ich weiß», sagte Papa, «ich werde nichts verstehen, aber das spielt keine Rolle.»

Es war ein Film über einen jungen Lehrer, der in einer Schule der Bronx vergeblich versucht, gegen Gewalttätigkeit dadurch anzukämpfen, daß er die Schüler an sich bindet. Von dem vielen Slang verstand auch ich nur wenig.

«Hast du gesehen, wie der eine schwarze Junge, der mit den feinen Gesichtszügen, um die Freundschaft des schlaksigen Weißen wirbt, der beim Basketball immer die Körbe macht?» fragte Papa, als wir in der Hotelbar noch etwas tranken. Langsam, Zentimeter für Zentimeter, drehte er das Whiskyglas in seinen großen Händen. Er drehte es sicher ein halbes dutzendmal ganz herum, bevor er weitersprach. «Ich habe das noch nie jemandem erzählt, noch nie. Es gab im Heim einen Jungen, um seine Freundschaft habe ich auch geworben. Reto hieß er, und seine Eltern, die bei einem Autounfall ums Leben kamen, waren Rätoromanen. Außer beim Völkerball und mit dem Gehör war Reto in allem besser als ich. Vor allem, wenn es um Sprache ging. Er saß ganz außen beim Fenster, während des Unterrichts sah ich ihn im Profil, er hatte ein sehr klares Profil, wie auf einer Medaille. Ich hätte gern Schulaufgaben mit ihm gemacht. Aber er machte sie mit zwei anderen zusammen, und ich wußte nicht, wie ich es ihm hätte sagen sollen. Er war auch nur ein Waisenkind, aber alles, was er tat, war irgendwie … vornehm. Das bewirkte, daß die Lehrer ihn respektvoll behandelten, wie einen Erwachsenen. Ich wäre auch gern so gewesen wie er: so vornehm. Ich studierte ganz genau, wie er es machte, aber es gelang mir nicht, es nachzuahmen. Vielleicht, dachte ich, würde ich es lernen, wenn ich sein Freund sein könnte. Aber dazu wollte es einfach nicht kommen, ich konnte machen, was ich wollte.»

*

An diese Worte, die Papa in das Whiskyglas hineinsprach, mußte ich denken, als ich gestern nacht herausfand, daß die Sache mit Cesare Cattolica, Papas erfundenem Gefährten des Mißerfolgs, viel komplizierter war, als ich gewußt hatte. Wieder einmal hatte ich mich in die Farben von Erfolg und Mißerfolg verbissen und holte immer noch mehr Bücher aus den Kartons. Da stieß ich auf Giorgio Bassanis Erzählung *Hinter der Tür*. Was mich neugierig machte, war die Widmung in schwarzer Tinte: *Für Fritz von Evi, 10. Juni 1968*. Papas dreißigster Geburtstag. Eine Frau, von der er nie erzählt hat. Eine Frau, die ihn bei seinem richtigen Namen nannte. Papa hat nur das erste Drittel des Buchs gelesen, man sieht es am Rücken. (So war es ja oft: Er las wirklich nur so lange, wie es ihn fesselte, dann legte er ein Buch weg, wie berühmt es auch sein mochte.) Kaum hatte ich zu blättern begonnen, da sprang mir der Name in die Augen: Cattolica. Aufgeregt begann ich zu lesen. Es konnte Zufall sein. *Ich sehe das Gesicht Cattolicas noch vor mir: sein klares Profil, rechts neben mir, von der Präzision einer Medaille*. Nein, es konnte kein Zufall sein. Zwar heißt Cattolica bei Bassani Carlo und nicht Cesare, aber das Buch ist Cesare Gàrboli gewidmet. Carlo Cattolica ist der Star der Klasse, und der Schüler Bassani bewundert ihn. Er würde gern mit ihm Schulaufgaben machen, aber Cattolica (der *berühmte* oder *große* Cattolica, wie er genannt wird) trifft sich mit zwei anderen.

Das ist eigentlich alles, was es an Ähnlichkeit mit Reto, dem Rätoromanen, gibt. (Die Welt des altsprachlichen Gymnasiums, in dem die Erzählung spielt, könnte im übrigen der Welt von Papas Heim nicht ferner sein.) Doch das genügte Papa. Er hat sein erfolgloses Werben um Reto nicht verwinden können und blieb darin ein Leben lang mit ihm verbunden. Er machte aus ihm einen Cattolica, mit dem er leben konnte: von Bellini postum anerkannt, aber im Leben mit ihm selbst durch den Mißerfolg verbunden.

Zunächst war ich enttäuscht, daß Cattolicas Name, der den ganzen Zauber von Papas Erfindungen in sich trug, nicht von ihm stammte. Sogar wütend war ich und verschüttete darüber den Tee. Aber eigentlich hat er ja mit der Figur auch den Namen ganz neu erschaffen, dachte ich schließlich. Und ich hörte Papa, wie er auf dem Heimflug von Amerika, hoch über dem Atlantik und zwischen den Zeiten, plötzlich sagte: «Das Wichtigste über Cesare Cattolica habe ich dir nie erzählt: Seine Opern hatten kein Libretto. Daß er eigentlich ein Libretto gebraucht hätte, fiel ihm erst ein, wenn die Oper schon fertig war. Und da war es zu spät.»

*

Warum, Papa, konnte es nicht so bleiben wie damals auf der Reise? Doch was frage ich: Ich war es doch, die ohne ein Wort des Abschieds geflohen war, gerade so, als ertrüge ich es nicht, auch nur eine Minute länger zu bleiben. Meine wenigen Besuche in den letzten Jahren: flüchtig, ohne ruhige Wahrnehmung und ohne wirkliche Gegenwart. Wie solltest du verstehen können, daß ich – ausgerechnet ich – geflohen war und mein Leben nun aus diesem Bruch heraus lebte, der auch ein Bruch mit dem Leben an der Limastraße war, wenngleich nicht mit dir, oder doch nicht in jeder Hinsicht? Oft verstand ich es ja selbst nicht.

Es war nach mehr als einem Jahr, daß wir uns zum erstenmal wiedersahen. Wir traten zusammen auf die Terrasse in den Spätsommernachmittag hinaus. Als wir uns, noch drinnen, der Terrassentür zuwandten, hobst du den Arm, um mir die Hand auf den Rücken zu legen, wie du es immer getan hattest, wenn du mich irgendwohin mitnehmen wolltest. («Komm!» sagtest du dann, und deine Hand schob mich. So war es auch auf der Amerikareise. Wenn ich davon träume, so ist es, als schöbest du mich über den ganzen Kontinent.) Doch ich wartete vergeblich auf die Berührung. Verlegen stecktest du die Hand wieder in die Tasche. Eine geflohene Tochter berührt man nicht. Dann standen wir draußen, um Worte verlegen. «Inzwischen sind alle vier Jahreszeiten ohne dich vorbeigegangen», sagtest du schließlich.

Dieser erste Besuch fiel in eine Zeit, in der Maman besonders viel Morphium nahm. In dem einen Jahr hatte ich vergessen, wie groß ihre Zerstreutheit sein konnte. Sie verlor die Orientierung in der Zeit, als sie mich sah. «Habe ich dir schon gesagt, daß Silke Lazar ein Kind bekommt?» fragte sie. Dabei war es wenige Wochen vor unserer Flucht, daß sie von der Schwangerschaft der Putzfrau erfahren hatte. Das inzwischen verflossene Jahr war wie nicht gewesen. Jetzt gab es keine Putzfrau mehr. Du warst froh darüber, Papa. Dienstboten: Du konntest dich nie an die Idee gewöhnen, daß andere für dich arbeiteten. «Dann bleibt der Staub eben liegen», sagtest du. Er blieb liegen. Nicht bei jenem ersten Besuch, aber später konnte man ihn riechen. Überhaupt roch es im Haus jetzt anders: nach Verlassenheit und Verfall.

Auch du mußt an jenem ersten Abend des Wiedersehens an Amerika gedacht haben, Papa. Denn plötzlich holtest du das Klassenfoto aus dem Heim hervor und zeigtest auf einen schmalen Jungen mit hellem Haar und großen Augen. «Das ist Reto», sagtest du. «Aber nicht im Profil», sagte ich. Du warst glücklich, daß ich mich an dieses Detail erinnerte, einen kurzen Augenblick lang war es nun auch zwischen uns so, als sei das vergangene Jahr nicht gewesen. Und dann erzähltest du von dem Tag, an dem du das verhaßte Heim verlassen und zu Pierre und Sophie ziehen durftest.

«Am Vortag packte ich meine Sachen zusammen. Ich packte den ganzen Tag, scheint mir. Dabei war es erstaunlich wenig, was ich besaß. Es paßte alles bequem in den schäbigen Koffer, mit dem ich vier Jahre zuvor angekommen war. In der Nacht konnte ich nicht schlafen, aber das Schnarchen der anderen störte mich weniger als sonst: Es war das letzte Mal. Nach dem

Frühstück war ich zu Gygax bestellt, zu Urs Gygax, dem Leiter. Ich war mit Absicht unpünktlich. Und ich donnerte mit der Faust gegen die Tür, statt untertänig anzuklopfen, wie es uns beigebracht worden war.

‹Was ist denn das für eine Art anzuklopfen!› schnauzte mich Gygax an.

Ich sagte nichts. Stand einfach nur da, die Hände in den Hosentaschen, Kaugummi kauend. Was er beides nicht ausstehen konnte. Er hatte schon Atem geholt, um mich erneut zurechtzuweisen, da machte er eine abwinkende Bewegung voll von Überdruß und ließ es sein.

‹Es wird dir nicht allzusehr leid tun, uns zu verlassen›, sagte er.

‹Nicht allzusehr, nein›, gab ich zurück und biß auf den Kaugummi, daß es knallte.

Er kam hinter dem Schreibtisch hervor.

‹Ein Kirchenlicht bist du ja nicht gerade.›

Das hätte er nicht sagen sollen. Auch wenn es stimmte.

‹Ich höre, wenn die Töne falsch sind. Wie bei Ihnen. Herr Gyggaxx.›

‹Du unverschäm …›

‹Ihre Töne sind alle falsch. Jeder einzelne. Immer. Auch wenn das Klavier frisch gestimmt ist.›

Er war rot angelaufen.

‹Und nicht nur in der Musik›, fügte ich hinzu. Die Worte waren zu groß für mich, das spürte ich, sie kamen mir vor wie Worte, die mir eingegeben wurden, damit ich der Größe des Augenblicks entsprechen konnte. Und auch was ich anschließend tat, während Gygax nach Luft schnappte, war nicht von mir, ich hatte es aus einem Buch mit Geschichten, in denen der Rädelsführer einer Schülerbande lauter kühne Dinge tat: Ich nahm den Kaugummi aus dem Mund, klebte ihn auf die Ecke des Schreibtischs und drückte den Daumen hinein wie einen Stempel in Siegellack. Solange ich im Raum war, brachte Gygax, Urs Gygax, keinen Ton mehr hervor.

Von Binggeli, Aschi Binggeli, habe ich mich auf tollkühne Art verabschiedet. Sie spielten Völkerball, als es für mich Zeit wurde zu gehen. Ich trat einfach ins Feld, in der linken Hand den Koffer. Völkerball einarmig spielen zu wollen ist gewagt, das kann ich dir sagen, mehr als gewagt. Reto mir gegenüber hatte den Ball. Die anderen, die noch übrig waren, räumten stillschweigend das Feld. Retos Wurf, das glaube ich bis auf den heutigen Tag, war eine noble Geste des Abschieds. Nicht daß es ein lahmer Wurf gewesen wäre. Aber er paßte haargenau in meine Armbeuge, so daß ich nur noch zuzumachen brauchte. Er lächelte, als ich fing. Er lächelte so, wie nur er lächeln konnte. Ich wünschte, er hätte mir dieses Lächeln öfter geschenkt. Ich lächelte zurück. Jedenfalls versuchte ich es. Ich hoffe, es wurde auch ein vornehmes Lächeln, nicht so vornehm wie seines, aber immerhin. Alle, die sie dastanden, sahen unser Lächeln, seines und meines. Jetzt wußten sie: Reto hatte mich angenommen.

Ich konnte nicht aus der Drehung heraus werfen, das ging mit dem Koffer nicht, und abstellen wollte ich ihn nicht, das hätte alles verdorben. Binggeli wußte: Wenn er diesen Ball nicht abfing, diesen Ball eines Kofferträgers›, war er erledigt. ‹Also, Herr — Binggeli›, sagte ich und knallte den Ball ein paarmal auf den Asphalt. Die anderen hielten den Atem an. Außer dem Knallen des Balls und dem Echo von den Mauern her hörte man keinen Ton. Es gab zwei Möglichkeiten. Ich konnte den Ball richtig in die Hand nehmen, weit ausholen und ihn über den Kopf hinweg auf Binggeli hinunterschmettern. Oder ich setzte das knallende Aufschlagen noch eine Weile fort und schlug dann ganz unerwartet mit dem Handballen zu, ähnlich wie ein Volleyballspieler. Die Wucht des Balls wäre geringer, aber mit einem solchen Schlag würde Binggeli einfach nicht rechnen. Ich tat, als würde ich im ersten Sinne werfen, und brach mitten in der Bewegung ab, als traute ich mich noch nicht. Ein Raunen war zu hören. Die Spannung hatte den Siedepunkt erreicht. Wieder knallte ich den Ball auf den Asphalt. Und plötzlich dann schlug ich, für jeden völlig unerwartet, von der Seite zu und drückte den Ball dabei nach unten, so daß er auf Schienbeinhöhe ankäme, dort ist er am schwersten zu fangen. Binggeli war so überrascht, daß er gar keinen Versuch machte zu fangen. ‹Adieu, Binggeli›, sagte ich, nahm den Koffer in die andere Hand und verließ den Hof, ohne mich noch einmal umzudrehen. So, wie ich es aus dem Buch mit den Geschichten kannte.»

Von Reto hast du bei meinen späteren Besuchen nie mehr gesprochen, Papa. Überhaupt hast du kaum mehr von dir gesprochen. Du mußt die Lähmung gespürt haben, die mich befiel, sobald ich das Haus betreten hatte, das nicht mehr mein Zuhause war und in dem enttäuschte Stille und Verfall regierten.

Es war deshalb ein großes und befreiendes Ereignis, als du anriefst um zu sagen, daß du mit einer neuen Oper begonnen hattest. Deine Stimme hatte einen feierlichen Klang, als du den Titel nanntest: *Michael Kohlhaas.* In den vergangenen Jahren hatte ich gelernt, dein Schweigen am Telefon zu entziffern. Was auf die Nennung von Kleists Figur folgte, war ein stolzes Schweigen: Jetzt habe ich das Schwierigste in Angriff genommen, schien es zu sagen, und gleichzeitig dasjenige, was mir am nächsten ist. Oder: Jetzt habe ich mich selbst in Angriff genommen. Wir hatten die Novelle in der Schule lesen müssen, viel zu früh für mich. Sie war mir schwerfällig erschienen, und ihre Gewalttätigkeit verabscheute ich. Nun las ich sie noch einmal, dir zuliebe. Ich verstand sofort, warum es ein besonderer Stoff für dich war.

Und eines Nachts dann kam der Anruf, in dem du vom Preis erzähltest.

«Stell dir vor: ich. Kein anderer», sagtest du. «Monaco. Monte Carlo. Nach vierzehn Opern und sechsunddreißig Bewerbungen. Ich, Frédéric Delacroix. Kein anderer. Ich.»

Ich nahm frei und flog zu euch nach Berlin. Du hattest den Brief in der Hand und wartetest in der offenen Tür, als mein Taxi hielt. Einen Kuß wolltest du nicht, der Brief hätte dabei beschädigt werden können. Vor Aufregung stockend hast du ihn vorgelesen, und dann mußte ich ihn selbst lesen, mehr als einmal. Doch was ich vor allem vor mir sehe, wenn ich an diesen

Besuch denke: wie du den kostbaren Brief glattstrichst, immer wieder, ohne Ende.

«Noch nichts», sagtest du, wenn ich in der nächsten Zeit anrief und fragte, was es aus Monaco Neues gebe. Jedesmal klang es ein bißchen verzagter. Im Frühjahr dann sagtest du auf die immer gleiche Frage:

«Es sind noch einige Nachforschungen nötig.»

«Was für Nachforschungen?» fragte ich.

«Nachforschungen eben», sagtest du.

Manchmal war es eine Tortur, mit dir zu telefonieren, eine regelrechte Tortur.

Eure Reise nach Monaco verschwiegst du mir.

Deinen sechzigsten Geburtstag im Juni hatten wir zusammen feiern wollen. Ich hatte die neue Puccini-Biographie gekauft, von der du nichts wußtest, wie ich durch eine Fangfrage festgestellt hatte. Statt auf den Geburtstagstisch habe ich sie dir dann auf den Gefängnistisch gelegt. Denn am Vorabend meiner Reise klingelte das Telefon. Stéphane konnte es nicht sein, und von der Hektik der Kollegen hatte ich an diesem Abend genug, ich war froh, ihr ein paar Tage entfliehen zu können. Deshalb ließ ich es klingeln. Aber das Klingeln wollte nicht aufhören, und so nahm ich schließlich ab.

«Es wird nichts aus Monaco», sagtest du heiser. Keine Begrüßung, keine Einleitung, als erstes dieser Satz. Dann Schweigen. Ich weiß noch: Der Magen tat mir weh, als hätte man Säure hineingegossen. Ich muß nach dem Text des Briefs gefragt haben, denn nun lasest du die wenigen Sätze vor. *Veuillez accepter, Monsieur, nos sentiments très distingués.* Mehrmals lasest du diese Formel vor, wiederum heiser, doch nun war der Heiserkeit etwas Rauhes beigemischt, eine rauhe Hilflosigkeit.

«Wir werden darüber sprechen, morgen um diese Zeit bin ich ja bei dir», sagte ich.

Schweigen.

«Du willst doch trotzdem, daß ich komme?»

«Es gibt nichts zu feiern», sagtest du.

«Soll ich also nicht kommen?»

«Es gibt nichts zu feiern.»

Wäre ich doch trotzdem geflogen! Die Bitterkeit, ich hätte sie dir nicht nehmen können, gewiß nicht. Aber vielleicht hätte ich sie umlenken oder ihr eine andere Tönung geben können. Ich hätte dich daran erinnern können, daß du beim Anblick der Eisbahn im Rockefeller Center die Oper einfach vergessen hattest. Daß es außer der Oper noch ganz andere Dinge gab, Dinge wie eine Eisbahn mitten unter Wolkenkratzern, einen Ort, an dem man vor den Augen der anderen etwas tat, bei dem es nicht um Erfolg oder Mißerfolg ging, auch nicht um Sieg oder Niederlage wie beim Völkerball. Und an den Pazifischen Ozean hätte ich dich erinnern können, an die Geary Street und an Hawaii, wo wir mit *plastic money* jederzeit zusammen hinfliegen konnten, Opernwettbewerbe hin oder her. An lauter solche Dinge hätte ich dich erinnern können. Vielleicht hätte dich dann das rote Plakat später nicht aus der Bahn geworfen. Und Maman hätte nicht einen Mord zu begehen brauchen, den niemand wollte, weder sie noch du, einen unnötigen, willenlosen Mord an einem Mann, der zwar mit gezinkten Karten gespielt hatte, aber das war auch schon alles.

*

Ich wünschte, Maman, wir beide hätten auch eine lange Reise gemacht. Als ich bei dir saß und in dein unwiderruflich stilles Gesicht blickte, in dem die Augen von Stunde zu Stunde tiefer in die Höhlen zu sinken schienen, suchte ich nach Erinnerungen, die ein ähnliches Gewicht hätten wie die Bilder von Papa in Amerika. Sie kamen nur langsam, und es waren wenige.

Die eine ist eine Erinnerung an dein Lachen. Wir stehen zusammen beim Bärengraben in Bern. Du trägst den Pelzmantel. Ab und zu fahre ich mit der Hand über das glänzende Fell. Das ist ein Anlaß, dich zu berühren. Sonst nämlich gibt es das schon lange nicht mehr: Berührung und Zärtlichkeit. Ich nehme dir Patrice weg, das ist dein Vorwurf, soviel versteht das neunjährige Mädchen schon. Und es nimmt dir übel, daß du ihn ins Boudoir holst und er nachher sonderbar riecht. Darüber sind wir zu Gegnerinnen geworden, du und ich. Doch jetzt, beim Bärengraben, ist das nicht wichtig. Ob es auch Pelzmäntel aus Bärenfell gebe, frage ich. Am ehesten in Kanada und Rußland, sagst du. Es überrascht mich, daß du in dieser Weise über die Welt Bescheid weißt, das hätte ich dir nicht zugetraut, so kenne ich dich nicht, du bist immer so zerstreut und scheinst dich für die Welt nicht zu interessieren, denn warum sonst stehst du mitten in der Tagesschau auf. Es rührt dich, daß dir die kleine Tochter eine Frage stellt, in der du als Frau mit Wissen angesprochen wirst, sozusagen als Erwachsene, denn nicht selten kommt dir unsere Rücksichtnahme auf deine Zerstreutheit wie eine Entmündigung vor. Dankbar streichst du mir übers Haar. In einem gemeinsamen Blick sehen wir, wie ein junger Bär auf dem Bassinrand ausgleitet und ins Wasser fällt. Die Mutter hilft ihm heraus, und dann gibt sie ihm eine Ohrfeige. Schallendes Gelächter bei den Zuschauern. Zuerst machst du ein Gesicht, als würdest du gerne mitlachen, hättest aber vergessen, wie es geht. Und dann plötzlich gelingt es dir. Du bist glücklich darüber, und nun will dein Gesicht immer mehr davon, die anderen helfen dir mit weiteren Lachsalven, denn der kleine Bär zeigt sich zutiefst beleidigt und verzieht sich in die Ecke. Jetzt lachst du Tränen, ein bißchen finde ich es übertrieben, aber ich bin glücklich, dich lachen zu sehen, ich kann mich nicht erinnern, wann das letzte Mal war. «Komm, jetzt zeige ich dir, wo Kanada und Rußland liegen», sagst du, und auf dem Gang zum Geschäft mit den Weltkugeln hast du weniger Schmerzen als sonst, die Hand auf dem Stockgriff ist nicht, wie sonst, weiß vor Anstrengung. Du kaufst mir den größten Globus, den sie haben. Es macht nichts, daß mir ein kleinerer eigentlich besser gefällt, die Hauptsache ist, daß es nun einen Gegenstand gibt, der uns verbindet, dich und mich. Man wird uns die riesige Weltkugel zuschicken, wir können das Geschäft unbeschwert verlassen.

Natalie Lefèvre, der eigentliche Anlaß der Fahrt nach Bern, hat den Arm im Gips. Wir machen Blödsinn mit dem Gips, und wieder sehe ich dich lachen, Maman. Auch Natalie fällt auf, daß du anders bist als sonst. Geradezu ausgelassen. «Heute nehme ich die Treppe!» sagst du beim Abschied kühn und läßt uns vor dem Aufzug stehen. Die Ausgelassenheit hält an, bis wir am *Schweizerhof* vorbeikommen. «War es hier?» frage ich. «Ja, hier», sagst du.

Acht Jahre später flogen wir beide nach Genf zu GP, der todkrank war. Es war das einzige Mal, daß ich dich hörte, wie du aus der Distanz heraus über ihn sprachst, und es machte dich für die Dauer des Flugs zu einem anderen, freieren Menschen.

«Édouard de Perrin, sein Vater, war ein Tyrann, ich habe ihn noch erlebt. Ein Geldtyrann. Das einzige, was in seinen Augen zählte, war Geld. Nicht, um damit zu protzen. Er und Jacqueline, seine Frau, gaben wenig aus. Das Haus in der Genfer Altstadt, wo sie wohnten, war viel bescheidener als die Villa in Cologny draußen, die sie dem Sohn schenkten, als er Clara heiratete. Nein, Geld war für Édouard nicht etwas, was man *vorzeigte,* sondern etwas, was man *hatte.* Das Bankgeheimnis war etwas Großes, Heiliges, größer und heiliger als die Zehn Gebote. Georges, der Sohn, hat … *comment dire* … nie ein Verhältnis zur Weltanschauung des Vaters gewonnen. Der Alte wollte aus ihm machen, was er selbst war: einen unauffällig, aber teuer gekleideten, rastlosen Geschäftsmann, der jeden Centime sofort wieder investierte. Seine Vorbilder waren die hanseatischen Geschäftsleute aus Hamburg. Er ließ ihn eine kaufmännische Lehre machen, und zum Geburtstag schenkte er ihm Abonnements für die großen Wirtschaftszeitungen der Welt.

Zwei Jahre hielt Papa durch, dann war er eines Tages spurlos verschwunden. Jacqueline erlitt einen Nervenzusammenbruch und gab Édouard die Schuld an allem. Nach mehr als einem Jahr, in dem er sich mit Gelegenheitsarbeiten durchgeschlagen hatte, tauchte Papa wieder auf, leberkrank, aber selbständiger und mit dem Mut zum Widerspruch dem Vater gegenüber. Er beendete die Lehre, und Jacqueline setzte durch, daß ihm ein Teil des Vermögens überschrieben wurde, so daß er eigene

Wege gehen konnte. Von Uhren und Schmuck wollte er nie mehr etwas hören. Er probierte vieles aus und landete schließlich bei Antiquitäten. Als er im Krankenhaus Clara kennenlernte, besserte sich die Beziehung zu Édouard schlagartig, denn sie wußte den Alten zu nehmen. Sogar einen Flügel kaufte er. Für die Gelegenheiten, wo sie zu Besuch kam. Doch das bessere Klima zwischen Vater und Sohn änderte nichts daran, daß Papa von dem vielen Geld daran gehindert wurde, ... *comment dire* ... sein eigenes Leben zu leben. Daß das jemandem gelingen konnte: Das war es, was ihn an Clara am meisten faszinierte. Er selbst hat sich von dem erstickenden Reichtum nur dadurch ein bißchen befreien können, daß er mit Geld um sich warf. Zu mehr hat es nicht gereicht. Dazu ist er zu bequem.»

Ich weiß noch, Maman, wie erstaunt ich über diese letzten, harten Worte war. Die Stewardeß servierte das Essen, und wir schwiegen eine Weile. Plötzlich hatte ich das Gefühl zu begreifen: Deine Gefühle für GP waren viel komplizierter, als es den Anschein hatte, wenn du ihn gegen Kritik, auch die unausgesprochene, in Schutz nahmst. Und auch dein Verhältnis zu seinem Geld war nicht so einfach, wie es erscheinen mochte, wenn man sah, wie du die Belege der Kreditkarten unterschriebst: ganz gerade stehend, ohne dich auch nur einen Zentimeter zum Papier hinunterzubeugen, hast du mit gestrecktem Arm deinen Namen schnell und achtlos hingekritzelt. Mit deiner Weitsichtigkeit hatte das nichts zu tun. Es war die Haltung einer Frau, die es sich leisten konnte, Fragen des Geldes buchstäblich auf Abstand zu halten.

Deine Gedanken müssen eine ähnliche Wendung genommen haben wie die meinen, denn als du wieder neben mir saßest, begannst du sofort von dem Mädchen aus der Ballettschule zu erzählen, dessen Eltern das Geld für eine Reise nicht aufbringen konnten.

«Das Genfer Kinderballett sollte zu einer Aufführung nach Kopenhagen fahren, auf eigene Kosten. Als ich Papa die Summe nannte, gab er mir das Doppelte. ‹Damit du dir dort etwas Ordentliches leisten kannst›, sagte er, ‹aber dafür will ich doppelt so viele Küsse wie sonst.› Als das Geld am Tag darauf eingesammelt wurde, fehlte Larissa, die Tochter russischer Flüchtlinge. Sie hatte sich auf der Toilette eingeschlossen und erschien erst nach einer Stunde. Als Arlette, die Tanzlehrerin, sie in der Pause nach dem Geld fragte, stotterte sie: ‹*Papa ne peut pas permettre.*› Was er denn gegen die Reise habe, daß er die Erlaubnis verweigere, fragte Arlette. Keine Antwort, Larissa blickte zu Boden. Plötzlich ging Arlette ein Licht auf: ‹*Il ne peut pas se le permettre.* Ist es das, was er gesagt hat: daß er es sich nicht leisten kann? Daß er das Geld für deine Reise nicht hat?› Larissa nickte.

Das war das erste Mal in meinem Leben, daß mir bewußt wurde: Geld ist nicht selbstverständlich. Und: Man kann es als Schande empfinden, wenn man es nicht hat. Ich mochte Larissa nicht besonders, sie war in allem einen Tick besser als ich, der heimliche Star. Aber wie sie dastand, den Kopf gesenkt, den Blick auf die geflickten Ballettschuhe gerichtet: Man konnte es nicht mit ansehen. Und so holte ich zu Hause die zweite Hälfte von Papas Geld hervor. Im Geschäft, an der Kasse, überreichte man Geldscheine einfach so, bei anderen Gelegenheiten dagegen übergab man sie in einem Umschlag, das hatte ich herausgefunden. Richtig klar war mir nicht, wann man was tat, und warum. Versteckte man die Scheine in einem Umschlag, weil man sich ihrer schämte? Oder weil man sich genierte, daß jetzt überhaupt von Geld die Rede sein mußte? Ich fand all das ziemlich verwirrend und entschied nach langem Hin und Her, daß im Fall von Larissa ein Umschlag angebracht war.

Den Umschlag holte ich hervor, als ich bei Larissas Eltern im Wohnzimmer stand. Auf dem Weg hatte ich mich in der Großzügigkeit meiner Absicht genossen, doch jetzt war mir nicht wohl bei der Sache. ‹Für Kopenhagen›, sagte ich. Larissas Vater lief rot an, und da wußte ich, daß ich einen schrecklichen Fehler gemacht hatte. Seine Frau legte ihm die Hand beschwichtigend auf den Arm. ‹Wer hat dir das gegeben?› fragte sie und zeigte auf den Umschlag, den niemand aus meiner anbietenden Hand entgegennehmen wollte. ‹Papa›, sagte ich. ‹Als Taschengeld.› Das Gesicht von Larissas Mutter wechselte schnell hintereinander den Ausdruck. Einmal war es Rührung über die kindliche Großherzigkeit, im nächsten Augenblick Ärger. Den Ärger verstand ich nicht, spürte aber, daß meine Auskunft die Sache eher noch verschlimmert hatte. Immer noch hielt ich den Umschlag in den leeren Raum hinein. Ganz plötzlich dann fühlte ich mich gedemütigt. Tränen liefen mir übers Gesicht, als ich die Treppe der Mietskaserne hinunterrannte. Irgendwo auf dem Heimweg nahm ich die Hundertfrankenscheine aus dem Umschlag und riß sie in Fetzen. Es war gut, daß Maman von Papas übertriebenen Geschenken meistens nichts erfuhr. So konnte ich sie am Vorabend der Reise um etwas Taschengeld für Kopenhagen bitten.

Arlette trieb Geld für Larissas Reisekosten auf. Die Eltern lehnten ab. Arlette war gekränkt. Larissa sprach wochenlang kein Wort mehr mit mir. Da wußte ich: Geld, vor allem fehlendes Geld, war etwas, wobei man nur Fehler machen konnte.

Sich etwas leisten können: Das Wort und die Idee beschäftigten mich noch lange. Seit Kopenhagen hatten sie für mich mit der Frage zu tun, wie weit man reisen konnte. Ich stand neben dem großen Globus im Salon, maß mit den Fingern eine Strecke aus und fragte Papa: ‹Können wir uns das leisten?› Er nickte und lächelte dabei zufrieden. ‹Und das?› Wieder nickte er und steckte die Pfeife in den Mund. Die Strecken wurden riesig, bis nach Indien und China. Immer noch nickte Papa. ‹Aber um die ganze Welt: Das kann sich doch niemand leisten. Oder?› ‹Wir schon›, sagte Papa und hielt ein Streichholz an den Tabak.

Ich betrachtete sein lächelndes Gesicht hinter den Rauchwolken, und da spürte ich zum erstenmal in meinem Leben, daß ich etwas an Papa nicht mochte, nämlich eben dieses Lächeln. Er verstand nicht, daß ich auf einmal verstimmt war. Auch ich verstand es erst viel später: Ich war enttäuscht, daß es für uns keine unerfüllbaren Wünsche gab. Das Wissen, daß wir ohne weiteres zu jedem Punkt auf dem Globus gelangen konnten, entzauberte die Weltkugel. Ich hatte keine Lust mehr, die Beleuchtung darin anzuknipsen. Als ich Frédéric kennenlernte, beneidete ich ihn manchmal insgeheim: wie er sich freuen konnte, wenn ein lange unerfüllbarer Wunsch endlich in Erfüllung ging.»

Wieso, Maman, ging es nur im Flugzeug, daß du so zu mir sprachst? Warum nicht auch auf der Erde? Je näher wir nach der Landung dem Chemin du Pré-Langard kamen, desto stiller wurdest du. Gleich würdest du wieder GPs Tochter sein, die ihn gegen jede Kritik in Schutz nahm.

Doch nein: Auch in dieser Hinsicht war die Reise voller Überraschungen. Vor allem eines werde ich nie vergessen: wie du mit seiner Waffensammlung umgesprungen bist. Noch am Tag der Ankunft riefst du den Händler an. «Nennen Sie einen Preis», sagtest du am Tag darauf zu ihm, als alles auf dem Tisch lag. Du hättest jeden Preis akzeptiert, da bin ich sicher. Der leere Glasschrank machte aus dem Raum etwas anderes, fast schien es, als habe sich die Atmosphäre im ganzen Haus verändert. GP, bleich und abgemagert, starrte fassungslos auf den leeren Schrank. «Du hast …», sagte er heiser. Ihr standet euch gegenüber. Du sagtest kein Wort, standest einfach nur da und sahst ihm gerade ins Gesicht, so gerade, wie Papa es getan hätte. GP hielt dem Blick nicht lange stand. In seinem nachlässig übergeworfenen Morgenmantel schlurfte er zu dem leeren Schrank, drehte den Schlüssel und zog ihn ab. Deutlicher hätte er seine Niederlage nicht besiegeln können. Einen Moment lang tat er mir fast leid.

Es mußte ein Geheimnis geben, das dich so stark und ihn so schwach machte. Du hast es mit ins Grab genommen. Auf dem Rückflug war ich versucht, danach zu fragen. Ich habe es nicht getan. Es hätte bedeutet, an etwas zu rühren, was nur euch beide etwas anging.

An dieses Geheimnis wirst du gedacht haben, als sich sein Sarg in die Erde senkte. Auf deinen Stock gestützt standest du da, als seist du ganz allein auf der Welt.

Patrice

....
SIEBTES HEFT
....

MITTEN IN VATERS schönster Arie habe ich den Haupt-stecker herausgezogen, an dem die ganze Technik hängt. Ich hatte es nicht kommen sehen. Auf einmal war es genug. Es war genug.

Eine betäubende Stille setzte ein. Ich blieb im Dunkel sitzen. Es war drei Uhr morgens. Irgendwann schlief ich im Sessel ein. Als ich erwachte, war Tag. Draußen fiel der erste Schnee.

Mit dem gelben Kaffeebecher trat ich ans Fenster. In den folgenden Tagen bin ich viel am Fenster gestanden und habe in den unaufhörlich fallenden Schnee hinausgesehen. Ab und zu suchte ich nach dem treffenden Wort für die Empfindung, die mich einhüllte wie ein schützendes Tuch. Ich fand es nicht, das passende Wort. Denn Gleichgültigkeit war es keineswegs, was mir zu dieser erlösenden Ruhe verhalf. Jedenfalls nicht Gleichgültigkeit im abweisenden Sinn. Das tonlose Schauspiel der Schneeflocken, es hatte sich besänftigend zwischen mich und die Dinge geschoben. Abstand, dachte ich zwischendurch, vielleicht war das das richtige Wort. Ich hätte ihn gern behalten, diesen wohltuenden Abstand. Ob er bleiben würde, wenn es aufklarte und der Schnee irgendwann schmolz?

Zum erstenmal seit der Beerdigung ging ich zum Grab. Du und ich, wir waren erstaunt, wie viele Leute damals kamen, trotz allem. Musiker aus der Philharmonie, auch Angestellte. Vor allem Angestellte. Vater kannte sie alle, mit den Pförtnern stand er auf du und du. Aber auch Studenten waren gekommen. Als ich jetzt an sie dachte, sah ich Vater vor mir, wie er in der Wohngemeinschaft am Küchentisch saß und fragte, wie es sei, in einer richtigen Familie aufzuwachsen.

Nur zwei Menschen waren gekommen, um von Maman Abschied zu nehmen. Nur zwei, beides Frauen. Natalie Lefèvres Tränen, die ohne Unterlaß unter den geschlossenen Lidern hervortraten, werden wir beide nie vergessen. Nach dem ersten Brief aus Monaco hatte Maman sie fast jede Woche angerufen. «Immer wieder wollte sie wissen, wie ich das lange Schweigen deute. Immer wieder. Mit jeder weiteren Woche wurden die Erklärungen, die sie sich ausdachte, noch verwickelter, und manchmal fuhr sie mich an, wenn ich etwas von den vorangegangenen Überlegungen vergessen hatte. Versprochen hat sie sich nur ein einziges Mal. ‹Das kann er nicht machen, nein, das wird er nicht wagen›, sagte sie. ‹Wer?› fragte ich. ‹Ach, nichts›, sagte sie hastig und wechselte das Thema. Erst jetzt, wo ich die Sache mit dem *Ritz* weiß, ergibt es einen Sinn.»

Und dann die Frau aus der Staatsbibliothek. Du hattest recht: Sie sprach über Maman wie über eine Lehrerin, der man ein Leben lang dankbar ist. Dabei war sie älter als Maman. «Über die Geschichte des Balletts wußte sie alles. Da machte ihr niemand etwas vor. Und wenn sie davon erzählte: Es war, als sei es Gegenwart und nicht ferne Vergangenheit. Sie würde gern Russisch lernen, sagte sie. Um den großen russischen Balletteusen näher zu sein. Aber wegen der Schmerzen könne sie die fremden Wörter nicht behalten, es sei zum Verzweifeln.» Von dem, was über Maman in der Zeitung stehe, glaube sie kein Wort, fügte die Frau hinzu und machte eine Bewegung, die es einfach wegwischte. Sie tat uns gut, diese Bewegung. Doch was die Frau erzählt hatte, tat auch weh: Es war ein wildfremder Mensch, mit dem Maman die Begeisterung übers Ballett hatte teilen müssen.

Ich verließ das Grab und ging lange über den Friedhof. Das Gehen wurde zu einem stummen Kampf mit Paco. Ich versuchte, seine klebrige Hand in der meinen zu spüren. Ich wollte, daß es mit ihm so wäre wie früher. Aber seit dem letzten Telefongespräch wollte das nicht mehr gelingen. Ich hatte in die rauschende Entfernung hinein gesagt, daß es hier schneie. «*Es mentira*», hatte er erwidert. Damals wie jetzt sagte ich mir: Du darfst das nicht als *Lüge* hören. Es heißt nur: Das kann ich nicht glauben, das kann ich kaum glauben. Und das ist doch ganz natürlich für ein Kind: In Santiago ist jetzt Hochsommer. Ich sagte es mir stets von neuem. Es half nichts. *Mentira.* Mit diesem Wort war etwas eingestürzt, etwas, was man nicht wieder würde aufbauen können. Oder doch? Auf dem Friedhof nahm ich ein letztes Mal Anlauf. Ich dachte an ihn als krankes Kind, als Patienten, dem man nichts übelnehmen durfte. So betrachtet konnte ich sanft und vorsichtig mit ihm umgehen. Ich konnte mit ihm durch die Tür der Klinik treten und ihn in die Obhut von Mercedes geben. Ich war erleichtert, wenn sie ihn bei der Hand nahm. Doch eines konnte ich nicht: Ihm von dir und mir erzählen, mich ihm anvertrauen. Dazu mußten wir Freunde sein, über alle Unterschiede hinweg und ohne Rücksicht auf Gesundheit und Krankheit. Es mußte sein wie bei der geteilten Musik, beim Atmen im gleichen Takt. Doch dann – ja, dann verletzte das Wort von der Lüge. *Señorito:* Kein einziges Mal habe ich unsere Phantasieanrede in jenem Gespräch gebraucht. Vielleicht auch deshalb, weil Paco kein Wort über das Foto von dir gesagt hatte.

*

Als ich vom Friedhof zurückkam, fiel mir der Schnee auf, der an der Litfaßsäule hängengeblieben war. Als ich näher trat, erkannte ich das Muster: Der herangewehte Schnee war in den Vertiefungen hängengeblieben, die Vater mit dem Fleischermesser aufgerissen hatte. Sie hatten inzwischen neue Plakate darübergeklebt, und der Kleister hatte die Unebenheiten zum Teil ausgeglichen. Aber einige besonders wütende Gräben waren geblieben, und darin hatte sich der Schnee verfangen.

*

Es dauerte fast einen Tag, bis ich mein verrücktes Tonstudio abgebaut hatte. Als ich am Morgen danach aufwachte, war es sehr leer im Raum. Der Flügel und der Schreibtisch wirkten wie tote

Gegenstände auf einer Auktion. Ich packte Vaters Partituren ein, eine nach der anderen. Oben drauf meine Entwürfe zum *Kohlhaas*-Libretto. Dann schloß ich den Metallkoffer ab. Gegen Mittag kamen die Leute vom Klaviertransport und standen in blauer Arbeitskleidung um den glänzenden Steinway herum. Ob ich mich jetzt von ihm trennen könne, fragten sie lachend. Ich bin in ein anderes Zimmer geflüchtet, als sie ihn auseinandernahmen und hinaustrugen. Auch als später der Schreibtisch gekippt wurde, um durch die Tür zu passen, ging ich hinaus.

Ich träumte vom Koffer mit den Partituren. Stundenlang umwickelte ich ihn mit Klebeband, Schicht über Schicht, und immer noch eine. Damit ja kein Wasser hineindränge. Denn er sollte im Meer versenkt werden. Dort wäre er geborgen, war mein Gefühl. «Du möchtest sowohl, daß die Partituren aus der Welt verschwinden, als auch, daß sie bleiben», lachte Juliette. «Wir bewahren sie für dich auf. Bei uns zu Hause sind sie sicher. Und es gefällt mir, die Hüterin all dieser Töne und Worte zu sein.»

*

Die letzte Nacht verbrachte ich im Hause der Arnauds. Es war mir nicht schwergefallen, die erneute Einladung anzunehmen. Auf dem Weg hielten wir bei der Post, wo ich den Umschlag mit den Wohnungsschlüsseln für Baranski aufgab. Beim Abendessen erzählte ich, wie der Makler zwei Tage vorher fast in Ohnmacht gefallen war, als er die viele Technik sah, dazu überall abgebröckelter Putz, wo ich Haken für die Mikrophone in Wand und Decke geschlagen hatte. Im Streit mit ihm habe ich, ganz ohne Absicht, plötzlich Sätze benutzt, die aus dem *Kohlhaas*-Libretto stammen könnten. Als er die steifen und pathetischen Worte hörte, muß er entschieden haben, daß ich verrückt sei. Plötzlich nämlich wurde er ganz ruhig, sagte zu allem ja und wünschte mir gute Reise. Die Geschichte war am Tisch der Arnauds ein voller Erfolg. Was ich nicht erzählte, war das Gespräch, das ich am Vortag mit Katharina Mommsen führte, um zu erfahren, wie ich mich im Streit mit Baranski, der inzwischen seinen Anwalt eingeschaltet hatte, verhalten solle. «Keine Kohl-haasiade!» sagte Katharina. Was ich an dem Wort nicht mochte, war, daß es Vater lächerlich zu machen schien.

Nach dem Essen, als uns der leichte Gesprächsstoff ausging und die Tragödie der Familie Delacroix mit einemmal in den Raum hineinragte, fragte Madame Arnaud, ob ich mir eigentlich Vater als erfolgreichen Mann vorstellen könne. Als Mann, auf dem die Blicke ruhten. Sie habe ihn ja kaum gekannt, er sei nur zweimal bei ihnen zum Stimmen gewesen. Und wenn er dabei allein sein wollte und es ihn zu stören schien, wenn sie ihm Tee brachte, brauche das nichts zu sagen. Trotzdem: Er habe auf sie wie ein Mensch gewirkt, dem es unangenehm war, betrachtet oder, besser: gemustert zu werden. Und er hätte dann doch auch Reden halten müssen. Wenigstens hätte man nach einer Eloge Dankesworte von ihm erwartet. Ob er eigentlich habe witzig sein können, geistreich? Sie habe ihn nicht humorlos ge-funden, wenn sie nach dem Stimmen zusammen im Salon saßen. Aber es sei ein nach innen gewandter Humor gewesen, ein Humor, der sich selbst genügte. Ein Humor auch, der sich seiner selbst nicht immer bewußt war. Zudem könne sie sich vorstellen, daß die Leute manchmal nicht seines Humors wegen gelacht hätten, sondern der unfreiwilligen Komik wegen, die von ihm ausging. Wie von Buster Keaton. Sie und ihr Mann sei-en ja nun erfahren im Repräsentieren, die Arbeit in der Bot-schaft bringe das mit sich. Monsieur Delacroix bei solchen An-lässen: Eigentlich sei sie sicher, daß er alle fünf Minuten auf die Uhr gesehen hätte. Und dann noch etwas ganz anderes: Nahm der Applaus einem Künstler das Werk nicht auch irgendwie weg? Löste er es nicht in gewissem Sinne aus seinem Inneren heraus? Und war das nicht ein sehr hoher Preis dafür, daß die Leute zu einem sagten: Das hast du gut gemacht? Ob Vater all das wohl klargewesen sei?

Ich nickte zu allem und dachte hinter diesem Nicken: Ich habe mir Vater nie nach einem Erfolg vorgestellt. Immer nur da-vor, im Anstieg. Auf eine andere Idee bin ich einfach nicht ge-kommen.

«Jetzt aber zu etwas Praktischem», sagte Monsieur Arnaud, ein Mann wie ein Bär. «Könnten Sie sich vorstellen, für die Botschaft zu arbeiten? Als Übersetzer? Dolmetscher?» «Papa!» sagte Juliette, und es war, als riefe sie aus: Das kann er doch jetzt noch nicht wissen, nicht in diesem Moment, wo er noch mit Chile ins reine kommen muß, und mit sich selbst! Ich sah auf die Uhr. In fünfundsechzig Stunden würde ich am anderen Ende der Welt in einen Hochsommermorgen hinaustreten, sagte ich. Ich wisse nicht, was dann mit mir geschehen werde. Wenn ich in den vergangenen Wochen etwas gelernt hätte, dann dieses: daß alles Denken und Empfinden ganz und gar vorläufig sei, daß es von lauter Dingen beeinflußt werde, die mit ihm genaugenommen nichts zu tun hätten, und daß aus einem vorläufigen Denken und Empfinden nie etwas anderes werden könne als noch mehr vorläufiges Denken und Empfinden.

Am nächsten Morgen waren wir zu früh in Tegel. Da erzählte ich Juliette von Pacos Worten beim letzten Anruf. «Du bist aber auch empfindlich mit Worten», sagte sie. «Aber wer weiß, vielleicht ist es ganz gut so. Wie ich schon einmal sagte: Du kannst dein Leben nicht seinetwegen in Chile leben.»

Sie mußte gehen. Es war wie ein Schnitt, als sich die Tür des Flughafengebäudes hinter ihr schloß. Ich habe dir Juliette nie beschrieben. Ich tue es auch jetzt nicht.

*

Ich weiß nicht, ob es eine gute Idee war, einen Tag vor unserem Treffen nach Paris zu kommen. Es ist sieben Jahre her, daß ich zum letztenmal hier war, und ich wollte mich vorbereiten können, wenigstens zwei halbe Tage lang. Wobei ich keine Ahnung hatte, was das hieß: mich vorbereiten.

Ich hatte es nicht tun wollen und bin doch nach der Ankunft ins Musée d'Orsay zu Monets Bild gefahren. Zu unserem Bild. Der Abstand, aus dem der Schnee am besten wirkt, beträgt sieben Schritte. Einen langen Blick habe ich auf die große Uhr in der Halle geworfen. Du und ich, wir haben tagelang nach einer

Armbanduhr gesucht, die ihr ähnlich wäre. Es hätte eine Uhr für dich sein können, oder für mich, oder für beide. Wir haben sie nicht gefunden.

Nachher bin ich hier ins Hotel geflüchtet und habe geschrieben. Abends dann bin ich zu dem Haus gefahren, in dem du wohnst. Es war eine lange Fahrt; ich hatte das Hotel danach ausgesucht. Nach der Klingel zu urteilen, konnten es zwei Wohnungen sein, beides Dachwohnungen. Aus der einen drang Licht, die andere war dunkel. Warum nicht einfach klingeln? Schließlich warst du es doch, Patricia, meine Schwester. Aber es war ja nicht ohne Grund, daß du ein Bistro vorgeschlagen hattest. Ein Bistro weit weg von der Wohnung.

*

Wenn das Flugzeug heute abend abhebt, werde ich in deinen Aufzeichnungen zu lesen beginnen. Ich werde Zeuge deines Erinnerns werden. Vielleicht werde ich erfahren, daß unsere Liebe für dich ganz anders war als für mich. Ist das Erinnern etwas, für das es einen Zeugen geben sollte? Ist es etwas, was man teilen kann? Wäre es nicht besser, wir begegneten uns einfach so – und zeigten uns unsere Grenzen, wie die Worte sie gezogen haben?

Ich betrachte den Stoß meiner Hefte. Jetzt, da alles aufgeschrieben ist, möchte ich es nicht mehr lesen. Es kommt mir vor, als hätten die Worte in diesen Heften ohne mein Wissen von Anfang an einem ganz anderen Zweck als dem Lesen gedient. All dies aufzuschreiben – es hat mir die Gegenwart zurückgegeben, die ich vor langer Zeit verloren hatte. Nun jedoch ist es anders als früher: Sie ist eine Gegenwart ganz allein für mich. Wird sie standhalten, wenn ich nachher das Bistro betrete und deinem Blick begegne?

Patricia

....
SIEBTES HEFT
....

MIT STÉPHANE IN DIE Oper zu gehen war ein großer Schritt. Ich bin in den vergangenen Jahren kein einziges Mal im Konzert gewesen, geschweige denn in der Oper. Plattenspieler habe ich auch keinen gekauft. Musik, das war Papas Unglück. So habe ich es empfunden. Natürlich galt das besonders für die Oper. Ich habe eine Blindheit für Plakate entwickelt, auf denen Opern angekündigt werden. Ich brauche nichts dazu zu tun: Ich übersehe sie, auch wenn ich davor stehe. Die Kollegen im Studio sprechen am nächsten Tag über die Aufführungen. Ich sitze dabei und mampfe Kartoffeln. Seit ich aus Berlin zurück bin, wird das Thema in meiner Anwesenheit gemieden. Ich weiß nicht, was in den hiesigen Zeitungen gestanden hat. Aber natürlich wissen sie: Sie ist die Tochter.

Stéphane kam mit Karten für *La Serva Padrona* von Pergolesi, ein kleines, kammermusikalisches Stück voller Humor und Augenzwinkern. Nichts könnte von *Tosca* weiter entfernt sein. «Komm», sagte er, «irgendwann mußt du anfangen, man darf sich die Musik von niemandem stehlen lassen.»

Erst nach der Aufführung habe ich begriffen, daß er diese Worte auch zu sich selbst sagte. Auch für ihn war es viele Jahre her, daß er zum letztenmal eine musikalische Veranstaltung besucht hatte. Er hatte es hin und wieder versucht, war aber mittendrin davongelaufen, oft noch vor der Pause, vorbei an wütend zischenden Leuten. Jedesmal war es die Erinnerung an Colette, seine kleine Schwester, die ihn hinausgetrieben hatte.

«Unweigerlich mußte ich an ihre Geige denken. Ihre Geige. Alles drehte sich um ihre verdammte Geige. Sie spielte nicht wie ein Wunderkind, nein, das ist nicht wahr. Aber sie spielte gut.

Und sie sonnte sich in ihrem Können, alle lagen ihr zu Füßen. Ich war der Statist, der ihr in den Pausen die Geige halten durfte. Bei Gelegenheiten, wo sie aufspielte, strahlte Mutter, sie strahlte und strahlte, es war nicht zum Aushalten. An mich richtete keiner das Wort. Es war wie mit den Ohrenklappen, den bestickten und den anderen. Und eines Abends dann war es zuviel für mich. Es war einfach zuviel. Ich zerstörte die vielgepriesene Geige. Ich zertrampelte sie. Mutter und Colette haben danach kaum mehr ein Wort mit mir geredet.»

Wir haben an jenem Abend vor drei Tagen beide einen großen Schritt getan. Auch aufeinander zu. Trotzdem ist hinterher jeder in seine eigene Wohnung gegangen. Langsam, aber ohne Zögern habe ich Papas Bücher zurück in die Kartons getan. Es war der Moment, es zu tun. Die Beschäftigung mit Papas Farbenscholastik hatte ich schon einige Tage zuvor aufgegeben. Ein Beobachter hätte bestimmt laut gelacht: Nachdem ich das letzte Buch weggelegt hatte, warf ich meine Buntstifte in die Mülltonne. Sie schienen von der Idee des Erfolgs befleckt. Vor dem Schlafengehen holte ich den Kasten wieder heraus.

Ins Stocken geriet ich bei der Puccini-Biographie, die ich Papa zum Geburtstag hatte schenken wollen und die ich ihm statt dessen ins Gefängnis brachte. Er hatte sie an einer einzigen Stelle geöffnet: dort, wo Puccini über die anfänglich ablehnenden Reaktionen auf *La Bohème* berichtet. Ich sah Papa auf der Pritsche sitzen, das Buch in den großen Händen. Ein letztes Mal hatte er sich vergewissern wollen, daß auch die Erfolgreichen mit Enttäuschungen zu kämpfen haben.

Als ich die Kartons mit Klebeband verschloß, war es, als würde ich sie versiegeln. Niemand würde dieses Siegel aufbrechen dürfen, niemand.

Gegen drei Uhr früh ging ich ins Studio, um die Gemeinheiten aus meinem Film über Israel Nestjev herauszunehmen. Beide Mittel, die es Madame Bekkouche angetan haben, hatte ich reichlich eingesetzt: *à bout de souffle* und *l'écho visuel*. Atemlos liefen die Bilder auf sein zuckendes Gesicht zu, und das Echo seiner albernen Worte wollte und wollte nicht aufhören. Jetzt ist es ein braves Portrait. Ich habe sogar sein asthmatisches Schnaufen zwischen den Sätzen herausgeschnitten. Geblieben ist eine gewisse Kühle des Berichts. Sollte ich später doch wieder als Cutterin arbeiten, möchte ich herausfinden, was genau an einer Bildfolge es ist, das solche Dinge wie Kühle und Distanz erzeugt.

Kurz bevor die ersten Kollegen kamen, legte ich einen knappen, förmlichen Brief an Florence Bekkouche auf mein Pult: die Kündigung. Dann setzte ich mich in ein Bistro und sah zu, wie es unter dem wolkenverhangenen Himmel langsam hell wurde.

Am Tag darauf brachte die Spedition Papas Bücher zu Madame Auteuil. Die Kartons füllen jetzt mein altes Zimmer, das sie nicht mehr vermietet. Sie ist in den fünf Jahren stark gealtert, ihre Hände zitterten, als sie mir Tee einschenkte. «Man kann die Sachen der Eltern, auch die wichtigen, nicht ein Leben lang aus Pietät mit sich herumschleppen», sagte sie. «Sie sind nicht Teil des eigenen Lebens. Sie sind es ganz einfach nicht. Irgendwann einmal müssen sie zurück in den großen Umlauf der Dinge – als Handelsobjekt, Spielzeug oder was auch immer. Und eines Tages werden auch diese Sachen Abfall. Ich finde daran nichts Schreckliches. Im Gegenteil, es ist ein befreiender Gedanke.» Erst als ich wieder zu Hause war, fiel mir ein, woran mich diese Worte erinnert hatten: An das, was Solange, Papas Großmutter, dem kleinen Fritz Bärtschi über Gedächtnis und Vergessen geschrieben hatte.

Seit gestern sind die vielen Balken in meiner Wohnung wieder weiß und nackt. Was noch hängt, ist das Bild von Clara, die Papa zu Puccinis Erfolgsfee umgedichtet und zu seiner Gefährtin auf dem Flügel gemacht hat. Dieses Bild, habe ich das Gefühl, wird lange bleiben. Keine Ahnung habe ich, was mit Désirée Aslanischwilis Buchmanuskript werden soll. Es ist, wie Papas Partituren, ein Dokument der Vergeblichkeit. Gelten Madame Auteuils Worte am Ende auch dafür?

*

Du bist heute abend in der Stadt. Das weiß ich ohne nachzudenken. Du wirst dich auf unser Treffen vorbereiten wollen. Auf so etwas willst du dich immer vorbereiten. Irgendwann wirst du unten stehen. Wenigstens von außen wirst du wissen wollen, wo ich lebe. Du wirst nicht klingeln, auch dessen bin ich mir sicher. Das ist etwas, was wir gelernt haben: daß es für die Liebe Regeln gibt, eine Ordnung, an die sie sich zu halten hat, will sie sich nicht verfärben und in Empfindungen verwandeln, die ihr entgegengesetzt sind.

Du wirst meine Hefte mit ans andere Ende der Welt nehmen. Wieviel von dem, was mir beim Schreiben klar war, wird klar bleiben? Läßt sich, was man einmal in Worte gefaßt hat, weiterleben wie bisher? Oder ist die stille Beschäftigung mit Worten die wirkungsvollste Art, das Leben zu verändern – wirkungsvoller als die lauteste Explosion?

Irgendwann morgen nachmittag wird es soweit sein. Wir werden getrennte Wege gehen, für immer. Wenn dein Flugzeug abhebt, werde ich wieder hier sitzen und zu lesen beginnen, wie es dir mit mir ergangen ist. Was immer es für Worte sein mögen, die ich lese: Ich werde sie in mir aufbewahren, jedes einzelne von ihnen. Das sollst du wissen.

Abschied

PATRICE DELACROIX war eine Stunde zu früh bei dem Bistro, das seine Schwester als Treffpunkt vorgeschlagen hatte. Nach einem Blick auf die Uhr trat er ein und nahm Platz. Als der Kellner auf ihn zuging, erhob er sich unvermittelt, verließ das Lokal und setzte sich ins nächste Café auf der anderen Straßenseite. Nach der zweiten Tasse Kaffee holte er einen Stoß blauer Hefte aus der Schultertasche, die über der Stuhllehne hing, und begann zu blättern. Nach und nach wurde aus dem Blättern ein Lesen. Mittendrin brach er wieder ab und schlug das nächste Heft auf, an einer zufälligen Stelle, wie es schien. Seine Bewegungen, die anfänglich schläfrig wie die eines Müßiggängers erschienen waren, wurden fahrig. Als er mit dem Arm die Kaffeetasse umstieß, hielt er inne, schloß die Augen und steckte die Hefte nach einer Weile zurück in die Tasche.

Zur verabredeten Zeit ging Patrice hinüber ins Bistro. Kaum hatte er sich gesetzt, trat seine Schwester durch die Tür. Es war eng zwischen den Tischen, so daß es bei der Begrüßung nur zu einer flüchtigen Berührung kam. Wer von draußen durch die Scheibe blickte, sah einen jungen Mann und eine junge Frau mit südländischen Gesichtszügen, die sich mit der scheuen Aufmerksamkeit von Menschen anblickten, die sich nach langer Zeit wiedersehen oder die bald werden Abschied nehmen müssen. Einmal fuhr sich der Mann mit der Hand durchs Haar. Da lächelte die Frau wie jemand, der nach langer Zeit eine geliebte Melodie hört. Als er daraufhin etwas sagte, lachte sie richtig. Nun war es sein Gesicht, auf dem ein Lächeln des Wiedererkennens erschien.

Nachdem der Kellner frischen Kaffee gebracht hatte, griff der Mann in seine Schultertasche und holte zwei blaßgelbe Becher hervor, die er vor sich hinstellte. Zielsicher griff die Frau nach einem der Becher, und mit der anderen Hand berührte sie den Mann am Arm. Als hätte jemand ein Kommando gegeben, griffen sie zu ihren Tassen und gossen den Kaffee in die Becher. Dann hoben sie die Becher und stießen an. Die Leute am Nebentisch, die das Geschehen verblüfft beobachtet hatten, lachten. Nachdem sie ausgetrunken hatten, stießen der Mann und die Frau noch einmal an und setzten die Becher dann ab. Jetzt griff die Frau in ihre Tasche und holte einen Stoß roter Hefte hervor. Auch der Mann legte seine Hefte vor sich auf den Tisch. Sie schoben die beiden Stöße nebeneinander und schienen ihre Höhe zu vergleichen. Dann, als täten sie beide einen tiefen Atemzug, schoben sie sich die Hefte zu. Scheu fuhren sie mit der Hand über das oberste Heft wie über etwas Kostbares, Zerbrechliches. Auch die anderen Hefte nahmen sie in die Hand, wie um ein jedes von ihnen zu würdigen. Den Blick hielten sie gesenkt, und für den Betrachter schien sich an dem Tisch der beiden eine Stille auszubreiten, die nicht zu der Betriebsamkeit im Lokal paßte. Als der Mann und die Frau die Hefte schließlich langsam und umständlich in ihre Taschen schoben, hatten sie keines davon aufgeschlagen.

Für eine Weile sprachen die beiden nun miteinander und waren darin von den anderen im Lokal nicht zu unterscheiden. Nur ihre Gesichter waren aufmerksamer als bei Leuten, die sich auch sonst oft sehen. Dann, auf einmal, wurden die beiden still. Als sei jetzt alles gesagt. Als der Mann zahlen wollte, winkte die Frau ab und legte einen Geldschein auf den Tisch.

Sie traten auf die Straße und gingen langsam nebeneinander her. Einmal ergab es sich, daß sie genau im Gleichschritt gingen. Da wandten sie sich die Gesichter zu und lächelten.

In einer stillen Straße kamen ihnen drei Jungen und ein Mädchen in Jeans und Turnschuhen entgegen. Sie redeten eifrig miteinander und schienen nur mit sich selbst beschäftigt. Das Mädchen war außergewöhnlich hübsch. Patrice betrachtete sie, und Patricia betrachtete ihn dabei. Plötzlich gingen die vier zum Angriff über. Patrice und Patricia wurden eingekreist. Sie waren so überrascht, daß sie sich nachher an keine Einzelheiten erinnern konnten. Nur daß sie überall Hände auf sich gespürt hatten. Die Jungen und das Mädchen stoben auseinander, und das erste, was den Geschwistern auffiel, war, daß ihre Taschen verschwunden waren. Patrice begann zu rennen, doch die vier waren bereits um die Ecke verschwunden, jeder um eine andere.

Zitternd und außer Atem traten sie unter einen Torbogen. Wortlos holte Patrice Flugschein, Paß und Geld aus der Innentasche der Jacke. Minutenlang standen sie nebeneinander, in Gedanken versunken und mit Verwirrung auf den Gesichtern. Schließlich sahen sie sich an, und aus der Verwirrung wurde zögernd ein Lächeln.

«All die Tinte», sagte Patrice.

«Trotzdem war es nicht umsonst», sagte seine Schwester.

«Nein, es war nicht umsonst.»

Es wurde Zeit, und es begann zu regnen. Patrice und Patricia Delacroix gingen schweigend bis zur nächsten Ampel. «Du mußt über die Straße», sagte er. «Ja», sagte sie, «und der Bus zum Flughafen ist hier entlang.» Die Ampel wurde grün. Sie küßten sich auf die Wange. «*Salut*», sagten sie gleichzeitig. Patricia ging über die Straße. Bevor sie auf der anderen Seite um die Ecke bog, drehte sie sich um und hob die Hand, wie sie es früher immer getan hatte. Auch er hob die Hand und ließ sie oben, bis seine Schwester aus dem Blickfeld verschwunden war.

Pascal Mercier

Nachtzug nach Lissabon
Roman (73436)

Der Bestseller bei btb

»Ein fesselndes Abenteuer. Ein wunderbarer Roman.«
Der Spiegel

»Mit dem neuen Roman hat sich Mercier selbst
übertroffen. Geradezu atemlos liest man dieses Buch,
kann es kaum aus der Hand legen.«
Die Welt

Pascal Mercier bei btb:
Perlmanns Schweigen (72135)
Der Klavierstimmer (72654)

www.btb-verlag.de